LE TALISMAN ÉCARLATE

Marion Zimmer Bradley est née en 1930 dans l'État de New York, dans une famille de cheminots. Dès son jeune âge elle est habitée par la passion d'écrire et, à dix-huit ans, elle remporte un prix décerné chaque année en Amérique à l'auteur de la meilleure nouvelle. Pour survivre, elle fait de nombreux métiers: serveuse, blanchisseuse, chanteuse de carnaval...travaille dans un cirque. Elle se marie, suit son époux avec le Santa Fe Express dans des localités toujours plus éloignées et isolées. Le merveilleux et le fantastique la fascinent. Pour échapper à la solitude, elle écrit. Elle publie de nombreux ouvrages de science-fiction, mais c'est avec ses deux romans historiques, best-sellers internationaux, racontant la merveilleuse légende du Graal : *Les Dames du Lac* (prix du Grand Roman d'évasion 1986) et *Les Brumes d'Avalon,* qu'elle est maintenant célèbre dans le monde entier.
Julian May est née en 1931. En 1953, elle épouse T.E. Dikty qui sera son éditeur et son agent. Elle publie ses premiers écrits de science-fiction en 1951 mais abandonne en grande partie ce genre pendant plusieurs années. Sous de nombreux pseudonymes, elle écrit alors près de 290 ouvrages, traitant pour la plupart de science et de nature, à l'intention des jeunes. En 1980, elle renoue avec la science-fiction et connaît un succès immédiat. Elle est l'auteur d'une dizaine de romans.

Déjà paru dans Le Livre de Poche :

LES DAMES DU LAC
LES BRUMES D'AVALON
LA TRAHISON DES DIEUX
LA COLLINE DU DERNIER ADIEU
LA PRINCESSE DE LA NUIT

MARION ZIMMER BRADLEY
JULIAN MAY

Le Cycle du Trillium

*

Le Talisman écarlate

TRADUIT DE L'AMÉRICAIN PAR JEAN-BERNARD PIAT

LE LIVRE DE POCHE

Titre original :

BLOOD TRILLIUM

Le Monde des Trois Lunes
Mer Septentrionale
Mer Méridionale
Mer des Bas-Fonds
Calotte Glaciaire Éternelle
Limite de la calotte glaciaire
Iriane
Plateau du Kimilon
Terre des Barbares
à Plumes
Tuzamen
Merika
Dorok
Raktum
Iles Cernées de Flammes
Iles Enfumées
La Péninsule
Frangine
Triola
Laboruwenda
Rokmiluna
Iles d'Engi
Ruwenda
Var
Mutavari
Montagnes Ohogan
Zinora
Taloazin
Kurzwe
Okamis
Iles Sans Vent
Ile du Conseil
Imlit
Sobranie
Galanar
N
O
E
S
0
500
1000
1500
2000
lieues
© 1992 Claudia Carlson

1

Cette année-là, le printemps et la fin des pluies hivernales se faisaient attendre depuis bien longtemps dans le monde éclairé par les Trois Lunes. De tardives moussons avaient inondé les basses terres de la Péninsule et accumulé de hauts monticules de neige au pied de la Tour de l'Archimage, sur le versant méridional du Mont Brom. Et la nuit où arriva le petit fugitif du nom de Shiki, il tombait de la neige fondue.

Le gypaète qui lui avait servi de monture à travers la bourrasque mugissante était trop fourbu pour utiliser sa voix mentale, et n'avait donc pas prévenu ses compagnons de la Tour. Aussi son arrivée causa-t-elle stupeur et consternation. A peine l'oiseau géant se fut-il posé sur le toit glissant qu'il s'affaissa et rendit son dernier souffle. Sur le moment les serviteurs de la Dame Blanche ne virent même pas le fardeau qu'il avait transporté si fidèlement vers le sud. Le majestueux corps, à l'exception des ailes, de la queue et de la tête, était tout entier gainé d'une pellicule de glace. Le manteau de cuir qui avait protégé Shiki, recroquevillé sur le dos de l'oiseau au cours de ce terrible voyage, était aussi raide qu'une armure et comme soudé à l'énorme cadavre. Le fugitif lui-même était si proche du trépas qu'il n'eut pas la force de ramper pour sortir de sous son abri, et il aurait pu périr si les gardes de l'Archimage n'étaient accourus à sa rescousse. Ils virent tout de suite que c'était un membre du Peuple de la Montagne, qu'il appartenait à la même race d'aborigènes vispis qu'eux-mêmes, mais manifestement à une tribu inconnue, du fait de sa petite taille.

— Je suis Shiki. J'apporte des nouvelles à la Dame Blanche, parvint-il à articuler. Une chose épouvantable est arrivée dans le nord.... Au Tuzamen. Je... je dois lui dire...

Il ne put poursuivre et tomba inanimé, rêvant de sa femme morte et de ses deux enfants morts. Shiki eut l'impression qu'ils lui faisaient signe dans son rêve enfiévré, qu'ils l'exhortaient à les rejoindre dans un royaume doré de paix et de chaleur, où fleurissaient des Trilliums Noirs sacrés sous des cieux sans nuages.

Comme il aspirait à y retrouver les êtres qu'il chérissait ! Etre enfin libéré de la souffrance et de l'impitoyable fardeau du devoir ! Mais il n'avait pas encore délivré son sinistre message. Aussi demanda-t-il aux fantômes d'attendre encore un peu, afin qu'il pût remplir sa dernière mission et informer l'Archimage du grand danger. Au moment même où il ouvrait la bouche, sa famille parut disparaître en souriant et en secouant la tête dans une brume étincelante.

Et lorsqu'il s'éveilla, il sut qu'il vivrait.

Il se trouvait au lit dans une chambre douillette, à l'éclairage tamisé. Il était bien bordé sous un couvre-lit en fourrure et ses deux mains gelées étaient emmaillotées de tissu. Une étrange petite lampe de chevet diffusait une vive lumière jaune, émanant d'une sorte de cristal sans trace de flamme. Une pluie glacée battait contre la croisée, mais la pièce était bien chaude, quoiqu'il n'y eût point de feu de cheminée ni de poêle. Un subtil parfum se faisait sentir. Il tenta de s'asseoir et avisa sur une table au pied du lit une rangée d'urnes dorées, remplies de Trilliums Noirs, plantes magiques comme celles qu'il avait vues en rêve.

Debout dans l'ombre se tenait une femme de haute stature. Elle portait une grande cape faite d'un tissu blanc chatoyant qui jetait des éclairs bleus intermittents, tel un glacier. Elle avait le visage dissimulé par un capuchon et Shiki retint d'abord son souffle avec appréhension, car une aura de mystère et de puissance semblait émaner d'elle : il se sentit privé de toute force et trembla comme un enfant terrifié. Il avait déjà rencontré un être doté de ce genre d'aura, et il avait failli en mourir.

La femme rejeta son capuchon et vint à côté de lui. Doucement elle le força à se rallonger.

— N'aie pas peur, dit-elle.

La redoutable aura parut alors se dissiper, et sa détentrice ne ressembla plus qu'à une belle jeune femme aux cheveux noirs — de la race humaine et non de celle des Peuples. Elle avait des yeux d'un bleu opalescent, où brillaient de faibles lueurs dorées, ainsi qu'une bouche gracieuse au sourire grave.

Sa peur se mua en une folle angoisse. Et si après tout son voor s'était trompé de destination ? L'Archimage légendaire qu'il cherchait à rencontrer était une ancienne, la protectrice et la gardienne du Peuple de la Montagne à l'époque des Disparus. Mais cette femme semblait tout juste âgée d'une trentaine d'années...

— N'aie crainte, reprit-elle. De toute éternité, les Archimages se sont succédé, ainsi qu'il a été décrété au commencement. Je suis l'Archimage Haramis, la Dame Blanche de cette époque, et je t'avoue que je suis encore une novice dans l'art d'utiliser les pouvoirs de ma noble fonction, car je l'occupe seulement depuis douze ans. Mais dis-moi qui tu es, pourquoi tu as cherché à me voir, et je ferai de mon mieux pour t'aider.

— Dame Blanche, chuchota-t-il avec lenteur, j'ai demandé à mon fidèle voor de me conduire à vous parce que j'implore justice. Ma famille, les gens de mon village, moi-même, nous sommes tous victimes d'un terrible préjudice qui crie réparation. Mais au cours de mon voyage, tandis que je frôlais la mort, j'ai compris que nous n'étions pas les seuls à avoir besoin de votre aide. C'est le monde entier qui en a besoin.

Elle le considéra en silence un long moment. Il fut alors stupéfait de voir des larmes perler dans ses yeux.

— Ainsi, c'est donc vrai ! murmura-t-elle. Tout le pays est parcouru de frémissements d'inquiétude, de rumeurs... La discorde aurait une nouvelle fois éclaté entre les Peuples et l'espèce humaine. On parle même de dissensions entre mes deux sœurs chéries. J'ai tenté cependant de trouver des raisons ordinaires à ces troubles, parce que je ne voulais pas croire que l'équilibre du monde fût à nouveau menacé.

— Il en est ainsi ! s'écria-t-il en se redressant brusquement. Dame Blanche, croyez-moi ! Vous devez me croire ! Ma propre femme n'a pas voulu me croire et elle a été tuée, ainsi que nos enfants et nombre de nos congénères. Le malfaisant qui est venu de la Calotte Glaciaire Eternelle tient à présent tout le Tuzamen en son pouvoir. Mais bientôt... bientôt...

Il eut une quinte de toux et ne put poursuivre. Exaspéré, il se mit à s'agiter comme un aliéné.

L'Archimage leva la main.

— Magira !

La porte s'ouvrit. Une autre femme entra, s'approcha vivement du lit, et le regarda avec d'énormes yeux verts. Ses cheveux semblaient du platine finement tissé, et ses oreilles dressées étaient ornées de bijoux rutilants. Contrairement à l'Archimage qui portait une austère cape blanche, la nouvelle venue était magnifiquement vêtue d'une ample robe de cérémonie en gaze d'un cramoisi éclatant. Elle arborait aussi un collier doré et des bracelets constellés de pierres précieuses multicolores. Elle apportait une coupe de cristal contenant un sombre breuvage fumant, et sur l'ordre de l'Archimage elle l'administra à Shiki.

Sa toux cessa, en même temps que sa panique.

— Dans un moment vous vous sentirez mieux, déclara la dénommée Magira. Ne perdez pas courage.

La Dame Blanche ne repousse point ceux qui s'adressent à elle.

Magira essuya le front pâle et moite de Shiki avec un chiffon doux, et il constata avec soulagement qu'elle n'avait que trois doigts aux mains. Il fut réconforté de voir que cette femme appartenait au Peuple comme lui, bien qu'elle fût de taille humaine, que ses traits fussent plus finement dessinés que les siens, et que son accent fût étrange. C'était l'espèce humaine, après tout, qui était à l'origine de l'imminente calamité.

Le breuvage médicinal avait un goût amer, mais celui-ci calma ses nerfs et lui redonna des forces. La Dame Blanche s'assit d'un côté du lit, Magira de l'autre. Au bout de quelques minutes, il se détendit et fut en mesure de raconter son histoire :

« Je m'appelle Shiki, commença-t-il, et j'appartiens au peuple des Doroks. Nous habitons au Tuzamen, dans cette lointaine région où affleurent, quasiment jusqu'à la mer, les langues de glace de la Calotte Glaciaire Eternelle. La plus grande partie de cette terre est sinistre. On n'y voit point d'arbres, mais des landes battues par les vents et des montagnes désolées. Nos petits campements se nichent au creux de vallées profondes, au pied de rochers escarpés. L'air et le sol sont réchauffés par des geysers, ce qui permet aux arbres et à la végétation de pousser. Nos cavernes sont modestes, mais confortables. Les humains installés sur les côtes et dans les Iles Cernées des Flammes ne nous rendent visite que rarement. Nous n'entretenons également que peu de relations avec les autres tribus du Peuple de la Montagne, mais nous savons que des parents à nous vivent en montagne un peu partout dans le monde. Et comme eux nous chérissons les voors. Nous vivons avec ces grands oiseaux qui savent voler si loin et nous servent de montures.

(Je me rends compte à présent que Dame Magira ainsi que les serviteurs qui m'ont accueilli et ont l'honneur de vous servir sont de ma race, mais y tiennent sans doute un rang supérieur. Maintenant je commence à comprendre pourquoi mon regretté voor Nunusio tenait tant à ce que je vous transmette mon redoutable message... Mais pardonnez ma digression, Dame Blanche ! Il me faut poursuivre mon récit.)

Je gagnais ma vie comme trappeur, chassant les noirs fedoks et les worrams dorés qui ne vivent que dans les plus hautes montagnes. Je guidais aussi les humains en quête de métaux précieux afin de les mener jusqu'aux enclaves vierges de glace, là où les volcans adoucissent le terrible froid.

Il y a plus de deux ans, durant la Saison Sèche de l'automne, trois humains sont arrivés à notre village. Ce n'étaient ni des prospecteurs ni des marchands, mais ils se présentèrent comme des savants venus du sud, de Raktum. Ils avaient été envoyés par la reine régente Ganondri, nous ont-ils expliqué, à la recherche de certaine herbe rare, dans le dessein de guérir leur jeune roi, Ledavardis, de la langueur maligne dont il souffrait. Cette plante ne poussait prétendument que dans le Kimilon, la lointaine Terre de Feu et de Glace, île tempérée entourée de glaciers.

Le chef de notre village, la vieille Zozi Dos Tordu, a expliqué aux étrangers que le Kimilon était situé à plus de neuf cents lieues à l'ouest et qu'il était entièrement cerné par la calotte glaciaire. L'endroit est inaccessible par terre, et seuls ces grands oiseaux que le Peuple appelle des voors et que les humains appellent des gypaètes peuvent l'atteindre. Le voyage est quasiment impraticable à cause des tempêtes monstrueuses qui assaillent la Calotte Glaciaire Eternelle. Aucun autre Peuple de la Montagne hormis les Doroks n'a jamais osé s'aventurer jusqu'au Kimilon à dos de voor, et cela fait près de deux siècles que nous-mêmes évitons ce lieu.

Les trois étrangers ont alors promis une énorme récompense au guide dorok qui les emmènerait au Kimilon, mais aucun n'a accepté. Non seulement l'expédition fut jugée trop périlleuse, mais de plus ces trois humains avaient une mine peu engageante. Ils sentaient la magie noire, et l'on répugnait à leur faire confiance. L'un était tout de noir vêtu, le deuxième habillé de violet, et le troisième portait une tenue d'un jaune vif.

Tous trois ont alors exigé que nous leur vendions des voors afin qu'ils puissent se rendre au Kimilon par eux-mêmes !

Notre Chef a contenu son indignation et leur a expliqué que ces grands oiseaux étaient des êtres libres, qu'ils n'étaient pas à vendre, et qu'ils nous transportaient uniquement par amitié. Elle a aussi rappelé très courtoisement aux étrangers que ses serres et son bec à la denture acérée font du voor une créature redoutable pour ceux qui ne sont pas de ses amis. Les trois humains ont alors renouvelé leurs offres de riches récompenses pour le guide dorok qui voudrait bien les accompagner. Mais personne n'a rien voulu savoir, et les humains ont enfin enfourché leurs montures, puis ont apparemment quitté le village.

Or, il est bien connu parmi les Doroks que je suis le meilleur guide, et les étrangers l'avaient sans doute appris. Un jour, alors que je venais de poser mes pièges, je suis revenu chez moi et j'ai trouvé ma caverne abandonnée. Ma femme et mes deux jeunes filles avaient disparu, et aucun de mes congénères ne sut me dire ce qu'elles étaient devenues. J'ai été malade de chagrin cette nuit-là. Je me suis soûlé d'eau-de-vie et j'allais sombrer dans l'inconscience quand l'étranger habillé de noir a frappé à ma porte. Il avait un message important à me communiquer, m'a-t-il dit.

Oui, vous l'avez deviné... Ces canailles d'humains avaient enlevé ma famille afin de me contraindre à leur servir de guide ! Je fus prévenu : si je parlais de ce forfait à un seul de mes congénères, ma femme et mes filles seraient tuées. En revanche, si j'emmenais à bon port les trois hommes jusqu'au Kimilon et si je les en ramenais, ma famille chérie me serait rendue, et les humains me récompenseraient d'un sac de platine équivalant à dix ans de salaire.

— Ce dangereux voyage pourrait s'avérer absolument inutile, ai-je souligné, si nous ne trouvons pas l'herbe médicinale que vous cherchez.

Les scélérats se mirent alors à rire gaiement.

— Il n'y a pas d'herbe, répondit celui habillé de violet. Mais il y a autre chose qui nous attend et ne saurait souffrir aucun retard. Alors fais venir une cohorte de tes gypaètes les plus robustes — quatre pour nous plus dix pour transporter certaines fournitures indispensables — et nous partirons avant l'aube.

Je ne pouvais qu'obtempérer.

Je vous épargnerai le récit de cet horrible voyage jusqu'à la Calotte Glaciaire Eternelle. Il nous fallut sept jours. Chaque nuit nous accordions une courte étape à nos vaillants voors. Lorsque nous sommes enfin parvenus à la Terre de Feu et de Glace, les volcans étaient en pleine éruption. La lave ruisselait le long de leurs versants et le ciel était plein d'une fumée noire striée de traînées cramoisies. On eût dit la vision des dix enfers. Il tombait une pluie de cendres qui blanchissait le sol et recouvrait la maigre végétation telle une neige empoisonnée.

Et c'est là que nous avons trouvé un être humain solitaire.

Il s'était apparemment construit une solide maison à l'aide de blocs de lave. C'était une demeure aussi vaste que deux granges, adossée à une imposante colline. Non seulement elle était bien faite, mais elle était belle. Toutefois, l'homme ne devait se nourrir que des lichens incrustés dans les rochers, des racines et des baies des quelques arbustes poussant dans le maigre sol, des limaces et des bestioles à coquille hantant les sources chaudes. Tout cela ne devait pas être bien copieux, car il n'avait que la peau sur les os la première fois que nous l'avons rencontré.

C'était un homme de haute stature. Il était presque deux fois plus grand que moi. Sa barbe et ses cheveux jaunâtres repoussants lui arrivaient quasiment aux genoux. Il avait une figure ridée et balafrée. Ses yeux enfoncés dans le crâne, d'un bleu extrêmement pâle, jetaient des regards scrutateurs. Une étincelle dorée brillait au fond de pupilles ténébreuses, l'étincelle de la folie. Il était chaussé de grossières sandales qui protégeaient ses pieds des rochers de lave coupants. Il portait une tunique toute roide, faite de pièces disparates tissées de fibres de plantes. Tenue adéquate, car les feux souterrains rendent le Kimilon bien plus chaud que la calotte glaciaire qui l'entoure.

J'ai aussitôt compris que notre expédition avait pour but de délivrer cet homme, qui s'appelait Portolanus. C'était sans nul doute un puissant sorcier. Je dois vous dire tout de suite, Dame Blanche, que rayonnait autour de lui une aura d'enchantement aussi inquiétante que celle dont votre propre personne est investie. Seulement, sa magie n'était nullement bienveillante. Bien au contraire il émanait de Portolanus une sorte de fureur rentrée, comme si son être intime eût été un tourbillon d'émotions incandescentes. Il me semblait qu'elles auraient pu jaillir comme le magma en fusion qui s'échappe d'un volcan, si Portolanus avait voulu libérer tous les pouvoirs de son âme destructrice.

Lors de notre première rencontre, Portolanus avait été quasiment incapable d'articuler parole humaine. Je n'ai jamais su combien de temps il était resté exilé en cet horrible lieu, ni comment il avait pu appeler à l'aide ses trois sauveurs. Ces derniers le traitaient avec le plus profond respect mêlé de crainte. Ils lui avaient apporté de magnifiques effets, blancs comme neige. Et après qu'il eut été bien nourri, bien lavé, que ses cheveux eurent été coupés, que sa barbe eut été taillée, il fut méconnaissable. Ce n'était plus le pauvre hère qui avait beuglé triomphalement comme une bête quand les voors s'étaient posés près de sa demeure.

Outre nos vivres et les tentes minuscules sous lesquelles nous avions dormi, les « fournitures » que les acolytes de Portolanus m'avaient fait charger sur les voors n'étaient que des sacs et des cordes. J'ai vite compris quelle en était l'usage. Tandis que les voors se reposaient et que j'étais gardé dehors par un de ces scélérats, le sorcier et les autres étaient occupés à l'intérieur de la maison en pierre. Ils en sont enfin sortis, chargés de nombreux paquets, qu'ils ont arrimés sur les oiseaux. Puis nous sommes retournés au Tuzamen par le chemin périlleux de l'aller.

Cependant, nous ne nous sommes pas rendus directement à mon village. Nous sommes allés jusqu'à la côte, jusqu'aux campements humains sordides de Merika, la « capitale » du Tuzamen, à l'embouchure du Fleuve Blanc. Là, les gredins ont déchargé leurs mystérieux paquets et se sont installés au Château de Ténébreuse, bâtisse délabrée dominant la mer. On m'a libéré et on m'a remis un petit sac de pièces de platine, moins d'un dixième de la somme promise. Le solde, à en croire Portolanus, me serait payé « quand son sort se serait amélioré ». (Ce n'est pas demain la veille, me suis-je dit. Mais j'ai sagement gardé cela pour moi.) Les sbires de Portolanus m'ont indiqué l'emplacement du tunnel de lave où ils avaient emmuré ma famille. J'y trouverais les miens sains et saufs, m'ont-ils assuré.

Les voors m'ont ramené dans les montagnes, et j'ai délivré ma femme et mes filles. Elles souffraient de faim, de froid, elles étaient sales, mais à part cela aucun mal ne leur avait été fait. Vous imaginez le bonheur de nos retrouvailles. Ma femme fut transportée de joie à la vue du sac de platine, et elle a aussitôt fait de grands projets en vue de le dépenser ! Je leur ai ordonné à toutes trois de ne parler à personne de leur mésaventure, car, lorsqu'on a affaire à des humains — et tout particulièrement à des tenants de la magie noire —, on n'est jamais trop prudent.

Puis, pendant près de deux ans, nous avons vécu en paix.

Les nouvelles des affaires humaines parviennent lentement dans les lointaines vallées des Doroks. Nous n'avions donc pas appris que Portolanus, prétendant être le petit-neveu du puissant sorcier Bondanus qui avait régné quarante ans auparavant, avait sans tarder renversé Thrinus, le potentat en titre du Tuzamen, et s'était emparé du pouvoir. Le bruit courait que lui et ses partisans utilisaient des armes ensorcelées qui rendaient inutiles les armures ordinaires, et qu'eux-mêmes étaient invulnérables. Ils pouvaient, disait-on, s'emparer de l'âme de leurs ennemis et transformer ces derniers en pantins impuissants.

Je n'ai rencontré Portolanus de nouveau que lors de la Pluie de cet hiver, voici une vingtaine de jours. Il s'est présenté au milieu de la nuit et a fait irruption dans notre grotte avec un coup de tonnerre. Notre solide porte en fut presque arrachée de ses gonds. Nos petites filles se sont réveillées en hurlant. Quant à ma femme et moi, nous avons failli mourir de peur. Cette fois-ci le sorcier n'avait pas son aura, et je ne l'aurais point reconnu... si je n'avais vu ses yeux. Il était vêtu comme un roi sous son manteau boueux. Son corps n'avait plus son apparence chétive. Sa voix, naguère rauque, était devenue douce et insinuante.

— Nous devons retourner au Kimilon, Singulier. Fais venir des voors pour toi et pour moi, plus un autre pour transporter les fournitures nécessaires.

L'indignation s'est emparée de moi. Ainsi qu'une grande peur, car je savais — si lui l'ignorait — que nous en avions réchappé de justesse lorsque nous nous étions hasardés à traverser la calotte glaciaire, et encore était-ce durant la Saison Sèche. C'était de la folie de tenter un tel voyage à présent, alors que les tempêtes de neige battaient leur plein, et je lui ai fait part de mes craintes.

— Nous partirons quand même, m'a-t-il dit. J'ai le pouvoir de commander aux tempêtes. Il ne t'arrivera rien, et cette fois-ci je laisserai ta récompense à ta femme. Ainsi, cette pensée te réconfortera au cours de notre voyage.

Là-dessus il a sorti une bourse brodée en cuir, l'a ouverte, et a répandu sur notre table un amoncellement de pierres taillées : des rubis, des émeraudes, de précieux diamants jaunes, qui étincelèrent à la lueur de notre âtre.

J'ai maintenu mon refus. Ma femme attendait un enfant, l'une de nos filles était souffrante, et malgré les assurances du sorcier, je craignais que nous n'en revenions pas vivants.

A ma grande consternation, ma femme s'est alors mise à me faire des reproches. Elle m'a énuméré toutes les merveilles que nous pourrions nous acheter une fois que nous aurions échangé les joyaux. J'étais furieux de sa sottise et de sa cupidité. Nous nous sommes violemment querellés, les enfants ont commencé à pleurnicher, et Portolanus a crié « Assez ! »

Il a soudain été enveloppé de sa terrifiante aura. Il paraissait plus grand, suprêmement menaçant. Nous avons reculé lorsqu'il a sorti d'un sac accroché à sa ceinture une baguette en métal noir. Avant que je ne comprenne ce qui se passait, il en a touché la tête de ma femme et elle est tombée par terre. J'ai poussé un cri, mais il a fait la même chose à mes pauvres petites filles, puis il a brandi sa baguette en se tournant vers moi.

— Démon ! ai-je hurlé. Vous les avez tués !

— Ils ne sont pas morts, seulement plongés dans l'inconscience. Mais ils ne se réveilleront que lorsque je les toucherai à nouveau de cette baguette magique. Toutefois, pas avant notre voyage au Kimilon.

— Jamais ! ai-je crié.

Je me suis alors concentré et j'ai envoyé l'Appel aux membres de ma tribu dorok. Ils ont volé à mon aide à travers la tempête, armés d'épées et de catapultes. Leur foule grondante s'est attroupée sous le promontoire rocheux qui protège l'entrée de ma caverne.

Portolanus s'est mis à rire. Il a entrouvert la porte et a jeté dehors un petit objet. Il y a eu un vif éclair, puis toutes les voix se sont tues. Le magicien a ouvert la porte et est sorti. Mes courageux amis étaient étendus dans l'obscurité, sous la pluie, aveuglés, impuissants. Portolanus les a touchés de sa baguette l'un après l'autre, et ils n'ont plus bougé.

Leurs familles sont alors apparues à la porte de leurs cavernes, et se sont mises à vociférer. Le grand sorcier s'est tourné vers moi. Son aura m'a cloué sur place comme un vent glacial. Ses terribles yeux ressemblaient à des diamants incandescents sertis dans l'obsidienne. Il s'est adressé à moi d'une voix très calme :

— Ils mourront tous... ou ils vivront tous. C'est à toi de choisir.

— Vous les avez déjà tués ! lui ai-je lancé, hors de moi. Je vais appeler les voors pour qu'ils vous mettent en pièces !

C'est alors moi qu'il a touché de sa baguette.

J'ai eu l'impression d'être une chandelle que l'on mouche : je me suis senti sombrer dans un néant total. Un instant plus tard, j'ai repris connaissance, aussi faible qu'un vart nouveau-né, allongé sur le dos, dans la boue et sous la pluie. La baguette magique n'était qu'à quelques centimètres de mon nez et Portolanus dardait sur moi un regard haineux.

— Stupide Singulier ! Tu ne comprends donc pas que tu n'as pas le choix ? Je t'ai plongé dans l'inconscience et puis je t'ai fait reprendre tes esprits par le pouvoir de ma magie. Cette baguette réveillera de même ta famille et tes amis... Mais seulement si tu m'obéis !

— Les voors ne peuvent voler sur de longues distances en plein orage, ai-je marmonné. En cette saison, la plupart du temps ils ne bougent pas.

— J'ai le pouvoir d'apaiser la tempête. Appelle les oiseaux, et partons.

Ayant perdu courage et espoir, j'ai fini par consentir. Les épouses et les enfants sont venus mettre à l'abri leurs maris et leurs pères hébétés. Portolanus leur a enjoint de veiller sur leurs êtres chers et sur ma propre famille jusqu'à mon retour.

Lorsque nous nous sommes élevés dans les airs, il a fait voler les voors en formation serrée, lui et sa monture au milieu. Par je ne sais quel miracle il a tempéré la violence de la bourrasque, et notre ascension s'est poursuivie par temps calme. Quand les oiseaux ont été fatigués, nous nous sommes posés sur la calotte glaciaire comme la première fois. Nous nous sommes abrités sous des tentes, entourés des voors. La neige et le vent nous ont été épargnés par enchantement tandis que nous nous reposions. Puis nous sommes repartis. Il ne nous a fallu que six jours pour atteindre le Kimilon cette fois-ci, malgré les tempêtes incessantes. Je suis arrivé sain de corps et résigné d'esprit.

Le magicien n'a alors récupéré qu'une seule chose dans la maison de lave : un coffre noir qui faisait ma taille en longueur, ainsi que trois mains en largeur et en profondeur. Il était en une matière lisse comme du verre noir et arborait une étoile argentée gravée sur le dessus, d'où dardaient de multiples rayons. Tout jovial à présent, dépourvu de son aura, Portolanus a ouvert le coffre pour me montrer qu'il était vide.

— Quel objet simple, n'est-ce pas, Singulier ? m'a-t-il dit. Et pourtant, ceci est pour moi la clef de la conquête du monde. (Il a sorti de son pourpoint un médaillon cabossé et noirci accroché à une chaîne, de la même forme que l'étoile.) Tout comme ceci m'a sauvé la vie ! Il y a de puissants sorciers dans les terres méridionales qui renonceraient à l'immortalité de leur âme pour posséder ces deux objets. Il y a des rois et des reines qui abandonneraient volontiers leur couronne pour se les approprier. Mais ils sont à moi et je suis bien vivant pour en faire usage ! Grâce à toi.

Il s'est alors mis à rire comme un dément, et son aura m'a enveloppé, tel un brouillard glacial. J'ai cru que j'allais mourir sur-le-champ de désespoir et de dégoût de moi-même. Mais j'ai entendu en esprit la voix sans mots de mon cher Nunusio, m'ordonnant de reprendre courage, et je me suis rappelé ma famille ainsi que les villageois.

Nous devons partir, m'a soufflé Nunusio, *car un formidable orage se prépare, qui va mettre au défi les pouvoirs magiques de cet être malfaisant. Nous devons quitter le Kimilon avant qu'il n'éclate.*

Avec précaution j'ai fait part à Portolanus de ce que mon voor venait de me dire. Il a lâché un étrange juron et a commencé à empaqueter rapidement sa précieuse boîte étoilée. Il l'a attachée sur le dos de l'oiseau qui lui servait de monture. Puis nous sommes partis, au moment même où les volcans disparaissaient derrière d'épais nuages.

Notre retour fut si épouvantable que je n'en ai gardé presque aucun souvenir. Le sorcier sut tenir les vents en respect, nous évitant ainsi d'être plaqués contre la calotte glaciaire, mais il ne put nous épargner le froid monstrueux. Le cinquième jour, la tempête a fini par se calmer. Cette nuit-là nous avons campé sur la glace, à la vive clarté des Trois Lunes, et Portolanus a dormi comme un mort, épuisé par son combat contre les éléments.

J'ai pris le risque d'adresser un Appel à notre village, afin de recueillir des nouvelles de ma famille et des villageois ensorcelés par le magicien. La vieille Zozi Dos Tordu m'a transmis des nouvelles affligeantes. Ceux qui au début avaient seulement paru plongés dans un sommeil enchanté avaient manifestement rendu l'âme le lendemain, partant pour un monde meilleur.

Personne ne s'y était trompé. Et le Peuple endeuillé n'avait plus eu qu'à déposer leurs corps sur un grand bûcher funéraire.

Je n'ai alors pu m'empêcher de hurler mon chagrin. Le sorcier s'est réveillé, et je l'ai traité de menteur, d'odieux assassin. J'allais dégainer mon couteau de chasse, mais il m'a menacé de sa baguette magique.

— Lorsqu'elle est utilisée sur les humains, a-t-il rétorqué, elle a un effet inoffensif, comme je te l'ai expliqué. Tu as toi-même aisément repris tes esprits, après être resté évanoui une minute. Il a dû se produire quelque effet imprévu. Vous autres Singuliers devez avoir un corps différent du corps humain, et peut-être êtes-vous plus vulnérables aux pouvoirs de ma baguette.

— Peut-être ! me suis-je écrié. Voilà ce que sont pour vous tous ces meurtres ? Une énigme à déchiffrer ?

— Je n'avais nullement l'intention de tuer les tiens. Je ne suis pas un monstre sans cœur. (Il s'est interrompu et a réfléchi, tandis que je continuais à le maudire, impuissant. Puis il a poursuivi :) Je vais te dédommager en triplant ta récompense et en te prenant à mon service. Je suis maintenant le Maître du Tuzamen... Et bientôt je dominerai le monde. Un guide serait pour moi un précieux serviteur.

J'ai failli lui opposer un refus cinglant, mais je me suis retenu par prudence. Rien ne me rendrait ma femme, mes enfants, mes amis. Je me vengerais de ce sinistre sorcier d'une manière ou d'une autre, mais il était capable de me tuer sans hésiter si je le défiais maintenant. Nous n'étions qu'à un jour de voyage du bord de la calotte glaciaire, puis de là mon village était à environ une heure de vol.

— Je réfléchirai à votre offre, ai-je grommelé.

Je lui ai tourné le dos et j'ai fait semblant de ronfler. Quant à lui, il s'est rendormi. Que faire ? Tout à l'heure, sous l'emprise du chagrin et de la fureur, je l'aurais volontiers tué. A présent je ne pouvais passer à l'acte de sang-froid. Il y avait les voors..., mais je ne pouvais pas non plus leur ordonner délibérément de le tuer. Si je l'assassinais, je ne vaudrais guère mieux que Portolanus lui-même.

Je suis sorti de la tente en rampant, me suis approché de Nunusio, et me suis adressé à mon grand ami dans la langue sans mots, afin de lui demander son avis.

Jadis, m'a-t-il répondu, *lorsqu'il arrivait au Peuple de la Montagne d'être plongé dans la perplexité, il cherchait conseil auprès de l'Archimage, la Dame Blanche, celle qui est la gardienne et la protectrice de tous les Peuples.*

Je lui ai dit que j'avais entendu parler d'elle dans mon enfance. Mais elle devait habiter quelque lointaine contrée et devait se moquer éperdument du sort d'un pauvre Dorok du Tuzamen.

Nous les voors savons où elle demeure, a repris Nunusio, *et c'est fort loin d'ici. Mais je t'y emmènerai si mes forces me le permettent, et elle te rendra justice.*

J'ai ordonné aux deux autres voors de conduire le sorcier jusqu'aux confins de la calotte, mais pas plus loin, puis de retourner au village. Le Peuple endeuillé pouvait se partager les joyaux que Portolanus m'avait donnés et les biens que je possédais. J'ai ensuite fait part aux oiseaux de mon dernier vœu : que tous les voors quittent notre village à jamais, afin qu'aucun autre guide infortuné n'attire le malheur sur notre peuple comme je l'avais fait, pour peu que Portolanus revînt et exigeât un nouveau service. Sans voors, le Peuple perdait pour lui toute utilité.

Là-dessus, Nunusio et moi nous sommes envolés.

Et je suis enfin parvenu jusqu'à vous, Dame Blanche, afin de vous raconter cette histoire. »

2

Haramis et Magira quittèrent la petite chambre et descendirent l'escalier en colimaçon qui menait à la bibliothèque de l'Archimage.

— Ce ne peut être lui ! s'exclama Magira. Il est mort ! Il a été pulvérisé par le Sceptre du Pouvoir !

Le visage de l'Archimage était assombri par le doute.

— Sur ce point, nous verrons. Pour le moment il suffit de savoir que le Maître du Tuzamen est un sorcier qui est bien capable d'ébranler le monde... Quant au nom du lieu où il a été abandonné, le Kimilon... J'ai l'impression d'avoir déjà entendu ce nom, mais c'était dans un contexte différent, me semble-t-il.

La bibliothèque était une immense salle sur trois étages, envahie par les livres. C'est Haramis elle-même qui l'avait fait construire. Le cabinet d'étude originel qui occupait la Tour de la vieille magicienne avait été agrandi. C'était là qu'elle s'absorbait dans la lecture de livres de magie, d'histoire, et de bien d'autres disciplines. Car elle espérait que tout cela l'aiderait dans la dure fonction qu'elle avait choisie. En face de la porte se trouvait un joyeux âtre où brûlait toujours une bonne flambée. Haramis puisait en effet son inspiration dans la contemplation des flammes. Et pourtant ce feu chauffait moins efficacement que l'hypocauste utilisé partout ailleurs dans la Tour. Deux rampes en colimaçon de chaque côté de la salle donnaient accès aux rayonnages. Le mur était percé de hautes fenêtres étroites qui éclairaient à profusion la bibliothèque dans la journée. A la nuit tombée, les lanternes magiques, de part et d'autre des fenêtres, diffusaient une douce lumière. Sur la vaste table de travail près du feu était posé un candélabre curieusement ouvragé. Lui aussi éclairait selon cet antique procédé : il suffisait de toucher certain point sur le piédestal pour que le candélabre jetât une vive clarté ou s'éteignît.

Debout au centre de la bibliothèque, Haramis ferma les yeux et posa la main sur son talisman, une baguette en métal blanc, dotée d'un cercle à l'une des extrémités, qui était accrochée par une chaîne à son cou. Elle rouvrit les yeux tout d'un coup et gravit précipitamment l'une des rampes afin de prendre un livre précis dans la bibliothèque.

— Ah ! Le voici ! Il faisait partie de ceux que j'ai trouvés dans les ruines de Noth, là où l'Archimage Binah a demeuré si longtemps.

Elle retourna à sa table de travail, posa sur celle-ci le volume poussiéreux et le toucha du Cercle aux Trois Ailes. Le livre s'ouvrit brusquement et certains mots semblèrent luire. Elle les lut à haute voix :

« Selon une loi immuable parmi les Peuples de la Montagne, du Marais, de la Forêt, et de la Mer, tous les objets ayant appartenu aux Disparus et retrouvés dans les ruines, seront montrés au Chef de leur village. Ceux-ci seront étudiés afin de savoir avec certitude s'ils peuvent avoir un effet maléfique, difficilement maîtrisable, mystérieux, ou bien encore ressortissant aux pouvoirs de la magie. Il est interdit aux Peuples d'utiliser de tels objets ou d'en faire commerce. Ces derniers seront réunis en lieu sûr, et seront une fois par an confiés aux soins de l'Archimage, qui pourra les déposer à l'abri au sein de l'Inaccessible Kimilon, ou sinon s'en débarrasser comme il convient... »

— Ici, nous conservons les objets dangereux au Mont Brom, observa Magira, dans la Caverne de Glace Noire.

Haramis hocha la tête.

— Et je présumais — à tort, semble-t-il — que ce Kimilon était un endroit dans la tour du vieil Archimage. Celle qui a disparu à sa mort. Mais si notre ami Shiki a raison, en ce cas le Kimilon perdu parmi les glaces est certainement le lieu où l'Archimage Binah avait sa cachette... ainsi peut-être que d'autres Archimages avant elle.

Fronçant les sourcils, Haramis regarda le livre ouvert, tout en continuant de le tapoter négligemment de son talisman. Elle n'avait pas allumé le candélabre, et la goutte d'ambre de trillium fossilisé, que contenaient les petites ailes au sommet du cercle, rayonnait intérieurement. Mais l'objet magique ne lui fut plus d'aucun secours.

— Si l'homme qui a été trouvé là-bas est bien celui que nous pensons, il n'a pu parvenir à l'Inaccessible Kimilon que parce qu'il y a été *envoyé* par le Sceptre du Pouvoir. Après que nous Trois eûmes supplié le Sceptre de nous juger... et de le juger.

— Mais pourquoi ? s'écria Magira. Pourquoi le Sceptre aurait-il agi ainsi au lieu de le détruire ? Le Sceptre n'avait-il pas pour dessein de rétablir l'équilibre du monde ?

Haramis avait les yeux fixés sur l'ambre qui luisait et elle parla presque pour elle-même.

— Il a dû avoir des années pour étudier tous ces objets anciens. Et puis il réussit par je ne sais quel moyen à mander ses sbires afin qu'ils le délivrent. C'est grâce aux objets des Disparus qu'il s'est emparé du Tuzamen.

Magira était plongée dans une horrible perplexité à présent.

— Mais pourquoi ? Pourquoi le Sceptre a-t-il laissé faire une chose aussi épouvantable ?

Haramis secoua la tête.

— Je ne sais pas. S'il est vraiment vivant, c'est sans doute parce qu'il a encore un rôle à jouer dans le rétablissement de l'équilibre du monde. Nous pensions que cet équilibre était atteint. Les événements récents prouvent que nous avions tort.

— A mon avis, c'est lui qui est à l'origine de tous les troubles de ces derniers temps ! assura Magira. Ses sbires maléfiques pourraient fort bien fomenter l'agitation qui règne aux frontières des humains, ainsi que les désordres au sein du Peuple de la Forêt, voire le triste antagonisme entre la Reine Anigel et la Dame des Yeux...

Haramis eut un geste las.

— Ma chère Magira, il faut que tu me laisses à présent. Je dois penser, prier et décider de ce qu'il convient de faire. Veille sur notre hôte, et lorsqu'il aura repris des forces, je lui reparlerai. Va maintenant.

La Vispi obtempéra.

Une fois seule, Haramis fixa d'un regard vide la fenêtre ruisselante de pluie. Elle se remémora non seulement les terribles calamités déchaînées douze ans plus tôt, mais aussi les traits de certain visage qu'elle avait tenté de chasser de ses souvenirs et de ses rêves. Elle était parvenue à l'oublier, croyant qu'il était mort, tout comme elle avait oublié le trouble qu'il avait jeté en son âme, et qu'elle avait pris pour de l'amour.

Non.

Elle se força à être honnête. Tu voulais ajouter foi à ses mensonges. Tu croyais qu'il n'avait pas incité le roi Voltrik du Labornok à envahir le Ruwenda, qu'il n'avait pas réclamé le meurtre de tes parents, souverains légitimes du Ruwenda, qu'il n'avait pas conspiré pour vous tuer, toi et tes sœurs. Tu l'as cru parce que tu l'*aimais*. Et lorsque tu as été convaincue de ses tromperies, lorsqu'il t'a révélé son infâme projet de domination du monde et t'a demandé d'en être complice, tu as eu peur de lui et tu l'as méprisé. Tu as rejeté ses visées monstrueuses, et lui aussi, tu l'as rejeté.

Mais tu ne l'as jamais haï.

Non, tu n'as jamais pu en arriver là, parce qu'au fond de ton cœur ton amour pour lui était toujours vivace.

Et maintenant, à l'idée qu'il puisse être en vie malgré tout, tu es tenaillée par une peur atroce, la peur non seulement du mal qu'il pourrait causer au monde tout entier, mais aussi du mal qu'il pourrait te causer...

« Orogastus », chuchota-t-elle. Et elle sentit son cœur chavirer tandis que ses lèvres osaient de nouveau prononcer son nom. « Je prie Dieu que tu sois bel et bien mort. Au fin fond des dix enfers ! » Après l'avoir maudit, elle se mit à pleurer. Et elle comprit qu'elle regrettait d'avoir souhaité sa damnation alors même qu'elle implorait le Ciel de ne point l'avoir laissé vivre.

Elle ne réussit à se reprendre qu'au bout d'un long moment. Elle s'assit en face de l'âtre, puis se concentra à nouveau sur le talisman, tenant bien droit la baguette dotée de son cercle, comme elle eût fait d'un face-à-main. Et elle scruta l'anneau argenté.

— Montre-moi qui ou ce qui menace le plus l'équilibre du monde, ordonna-t-elle d'une voix ferme.

Le cercle se voila d'une brume miroitante. Quasi incolore au début, telle la nacre d'un coquillage. Puis apparut au centre un halo qui devint rose, rouge, cramoisi, et enfin du plus vif écarlate. Le halo gagna en netteté, se sépara en trois parties. Elle vit que c'était une fleur à trois pétales : un trillium de la couleur du sang, comme on n'en avait jamais vu fleurir dans le monde des Trois Lunes. L'image demeura visible un court instant, puis disparut du cercle.

Haramis eut l'impression que son corps se transformait en bloc de glace.

— Nous Trois ? chuchota-t-elle. C'est *nous* qui serions le danger, et non lui ? Quel est le sens de ce que tu viens de me montrer ?

Le cercle d'argent reflétait les flammes de l'âtre, et l'ambre de trillium fossilisé diffusait sa faible lueur comme à l'accoutumée. Le talisman répondit :

La question est hors de propos.

— Oh non, non ! s'exclama-t-elle. Tu ne vas pas éluder mes questions comme tu l'as déjà fait si souvent. Je t'ordonne de me dire si nous Trois, les Pétales du Trillium Vivant, menaçons l'équilibre du monde, ou si la menace vient d'Orogastus !

La question est hors de propos.

— Le diable t'emporte ! Réponds-moi !

La question est hors de propos.

Une bourrasque de grêle gifla les carreaux. Dans la cheminée une bûche brûlante tomba avec un bruit sourd et projeta une gerbe d'étincelles en sifflant. Le Cercle aux Trois Ailes restait sans réaction. Il semblait se moquer d'elle, lui rappelant une fois encore comme elle savait mal s'en faire obéir, en dépit de toutes ses études.

Haramis s'aperçut que ses mains tremblaient, de colère ou de peur. Réprimant ce tremblement, elle implora le talisman :

— Montre-moi au moins si Orogastus est vivant ou mort.

De nouveau une brume nacrée envahit le cercle, où se mirent à tourbillonner de petites volutes légèrement colorées qui tentaient de former une image. Mais aucun visage n'apparut. L'instant d'après, elle ne vit plus rien.

Bien. C'était prévisible. S'il était réellement en vie, il était normal qu'il se protégeât par quelque sortilège. Elle pouvait recourir à un autre moyen pour essayer de le voir... Mais d'abord, une dernière requête.

— Dis-moi quel genre d'objet Portolanus est allé chercher au Kimilon lors de son second voyage avec Shiki le Dorok.

Cette fois-ci la vision fut claire. Haramis distingua le coffre noir peu profond, orné d'une étoile sur le couvercle, qu'avait décrit Shiki. Mais à présent le coffre était ouvert, laissant voir un coussin tressé de mailles métalliques ainsi qu'un carré dans un angle où étaient sertis plusieurs joyaux étincelants. Haramis, perplexe, regardait le coffre, quand le talisman parla :

Le coffre rompt les liens et permet à de nouveaux liens de se former.

— Rompt les liens ? Quel genre de liens ?

Des liens tels que ceux qui me lient à toi.

— Divinité Trine ! Veux-tu dire qu'il pourrait rompre les liens unissant mes sœurs aux trois talismans du Sceptre du Pouvoir et transmettre leurs pouvoirs à Portolanus ?

Oui. Il suffit de déposer un talisman dans le coffre et de manipuler les joyaux l'un après l'autre.

En proie à de noirs pressentiments, Haramis gagna ses appartements. Elle se munit de fourrures et de gants chauds en vue de sa visite à la Caverne de Glace Noire. Les habits qu'Orogastus avait toujours revêtus pour l'occasion avant d'y pénétrer et les effets semblables qu'il avait fait spécialement confectionner pour elle ressortissaient à un rituel futile, qui avait pour but d'apaiser les divinités maléfiques du sorcier, et ne servaient absolument à rien. Mais à vrai dire il y avait tant de choses concernant les sources de son pouvoir qui avaient échappé à Orogastus. Il avait tenu l'antique science pour sorcellerie et ne jurait que par elle. Il avait en revanche négligé la magie authentique apprise aux pieds de son mentor Bondanus.

« Et, par la Fleur, heureusement qu'il l'a négligée ! se dit Haramis. Car s'il avait été capable d'utiliser la vraie magie contre nous, il aurait fort bien pu l'emporter. »

Emmitouflée, elle descendit tout en bas de la Tour et entra dans un long tunnel qui s'enfonçait profondément dans le flanc du Mont Brom. Le boyau grossièrement taillé dans la roche était éclairé par ces merveilleuses lanternes sans flamme que l'on trouvait ailleurs dans la Tour, mais il n'était pas chauffé. Haramis marchait d'un pas vif, laissant derrière elle un nuage de condensation, serrant contre elle ses fourrures. Cela faisait des années qu'elle ne s'était pas rendue dans cette caverne, tant les échos évoqués en elle la chaviraient. Ce n'était pas tant l'atmosphère de magie noire qui avait arrêté ses pas ; c'était le souvenir d'Orogastus.

Une fois à l'extrémité du tunnel, elle ouvrit la massive porte couverte de givre et pénétra dans ce qui ressemblait à une vaste grotte. Les murailles de granit brut étaient veinées de quartz blanc. Le sol était pavé de dalles de verre aussi lisses et sombres que la glace noire faisant saillie entre les fissures des murs et du plafond. Tout autour de la pièce se trouvaient des niches ouvertes contenant des objets singuliers aux formes complexes. Des portes en verre noir conduisaient à d'autres pièces remplies d'objets étranges. C'était Orogastus qui lui avait dit que la caverne lui servait à conserver les instruments de sorcellerie confiés par les Puissances des Ténèbres. Mais Haramis avait déjà soupçonné à l'époque que ces instruments avaient forcément appartenu aux Disparus. Orogastus s'en était procuré certains en faisant commerce avec les Peuples, et il en avait trouvé d'autres lorsqu'il avait découvert cet endroit. Il avait construit la Tour afin de protéger la Caverne de Glace Noire et avoir facilement accès à son trésor. Après sa mort, Haramis s'était servie de la Tour pour son usage personnel, mais n'avait jamais touché à ce que contenait la caverne. Toutefois, d'autres instruments interdits, recueillis par le Peuple du Marais dans les ruines, étaient peu à peu venus s'ajouter à la collection.

Bon nombre des objets cachés dans la Caverne de Glace Noire étaient des armes.

Ce n'était pourtant pas ce qui l'intéressait ce soir. Elle ouvrit l'une des portes d'obsidienne et pénétra dans une petite pièce dont l'un des murs était couvert d'une épaisse couche de givre. Y était encastré un cercle gris ressemblant à un miroir, antique instrument doté du pouvoir de localiser et de surveiller toute personne au monde. Cet instrument fonctionnait fort mal. En effet, la dernière fois qu'Haramis avait tenté de le consulter pour savoir où se trouvait la sorcière glismak du nom de Tio-Ko-Fra, il n'avait émis que quelques faibles crachotements, marmonnant qu'il était épuisé, avant de s'éteindre. Cela dit, il avait eu l'occasion de se reposer de longues années depuis lors, et il y avait donc une petite chance qu'il eût repris des forces. Il faudrait toutefois qu'Haramis formulât soigneusement sa requête ; ce serait sans doute la dernière.

Elle se plaça devant le miroir, inspira profondément, et psalmodia d'une voix puissante :

— Réponds à ma requête !

Elle ne vit que son reflet dans la glace. Au bout d'un moment elle répéta les mots d'une voix plus aiguë.

Et l'instrument se réveilla. Une faible lueur remplaça le reflet d'Haramis et elle entendit un léger chuchotis :

— J'entends. Requête. Je vous prie.

Elle veilla bien à parler de la même voix anormalement haut perchée, utilisant le langage tronqué qu'Orogastus en personne lui avait enseigné lorsqu'il lui avait révélé ses secrets les plus précieux afin de se faire aimer d'elle.

— Cherche une personne. Précise position sur carte.

Lentement, ô combien lentement ! le miroir s'éclaircit.

— Requête acceptée. Nom de la personne.

Elle évoqua son image en esprit, consternée par la facilité avec laquelle son beau visage austère lui revint, encadré par de longs cheveux argentés. Mais cette fois-ci elle n'osa point prononcer son nom d'autrefois. Qui que fût ce nouveau sorcier, il lui fallait voir sa physionomie. Elle devait connaître son grand ennemi.

— Portolanus du Tuzamen.

— Recherche, dit le miroir dans un souffle, tel un moribond. La surface du miroir devint un kaléïdoscope de pâles couleurs, évoquant le propre talisman d'Haramis. Il émit un sifflement inintelligible. Exaspérée, Haramis faillit crier, mais elle se retint, sachant que, si elle parlait à présent, la moindre parole scrait interprétée par l'antique instrument comme un ordre, ce qui produirait sans doute un résultat imprévu et pouvait même empêcher le miroir de fonctionner.

Le tourbillon de couleurs cessa peu à peu, et une image indistincte apparut. Une carte marine aux environs des Iles d'Engi. Haramis discerna un minuscule point clignotant au large des terres. Elle éprouva une sensation de vertige. Son cœur battait sous ses côtes, tel un animal captif tentant de s'échapper.

La machine déterminait d'abord la situation géographique de la personne recherchée. Puis elle montrait un visage.

La carte disparut, puis une nouvelle image se forma, encore plus indistincte que la précédente. C'était assurément le visage d'un homme, mais les traits en étaient si flous qu'ils auraient pu être ceux de n'importe qui. Elle éprouva rage et désappointement, puis elle s'en voulut d'être aussi bête.

L'image s'évanouit. Le miroir émit quelques syllabes incompréhensibles, puis la lueur en son centre s'éteignit. Haramis eut aussitôt la certitude que la machine ne fonctionnerait plus jamais. Elle quitta la pièce et referma la porte. Le froid abominable ainsi que la violence des sentiments qu'elle tentait de réprimer la firent frissonner.

Portolanus était en mer, voguant sans doute cap au sud avec la délégation du Tuzamen. Il devait cingler vers la destination que ses deux sœurs atteindraient bientôt. Il était à la tête d'une nation. Il avait accès aux trésors des Disparus. Ceux-ci pouvaient s'avérer bien plus dangereux que ceux qui étaient cachés dans cette caverne. Il était aussi en possession du coffre étoilé qui l'aiderait probablement à conquérir le pouvoir d'un talisman, si tant est qu'il pût l'arracher à sa détentrice. Peut-être Portolanus était-il quelque enchanteur néophyte qui avait découvert la cachette secrète de l'Archimage par hasard. Si tel était le cas, il était déjà redoutable, et il faudrait mener habile campagne contre lui. Mais si le sorcier était réellement Orogastus, la tâche d'Haramis serait alors infiniment plus ardue. Et pas seulement à cause de ses propres sentiments.

Elle se rappela qu'il avait dû être exilé dans l'Inaccessible Kimilon par le Sceptre du Pouvoir, pour quelque raison inconnue. Et il était fort possible qu'Orogastus, ayant passé douze années d'exil dans la solitude, eût fini par apprendre à maîtriser la véritable magie qu'il possédait en lui.

Comme il lui restait à l'apprendre elle-même.

3

L'entrevue entre Kadiya et les chefs des Aliansas avait pris tant de mois à mettre sur pied, et celle-ci était si importante, que Kadiya avait même consulté le Professeur du Lieu du Savoir avant d'arrêter la stratégie qu'elle comptait mener. Ce Peuple de la Mer était différent des aborigènes du Ruwenda, habitués à obéir à la loi de la Dame Blanche et à reconnaître sans difficulté Kadiya comme leur chef. Mais l'Archimage était un mythe à demi oublié pour les Aliansas de la Mer Méridionale. Quant à la Dame des Yeux, c'était un personnage inconnu, voire quelqu'un dont il fallait se défier.

A présent Kadiya était assise d'un côté de la grande hutte sur l'Ile du Conseil, et le Peuple de la Mer occupait l'autre côté. Elle était heureuse de la légère brise qui soufflait à travers la trame lâche des murs de feuilles. Son talisman, l'Œil Incandescent Trilobé, reposait sur la natte d'herbe devant elle, enguirlandé de fleurs et de plantes odorantes en symbole de paix. L'épée du grand chef aliansa, semblablement ornée, était posée à côté.

Derrière Kadiya, Jagun le Nyssomu et les seize guerriers wyvilos qui constituaient son escorte s'agitaient nerveusement.

Cela faisait près de trois heures qu'ils étaient dans

la hutte du conseil sans suspension d'audience. Mais tant que Har-Chissa et les trente chefs qui l'entouraient seraient disposés à dialoguer, Kadiya tenait à leur accorder toute son attention. Elle avait déjà longuement expliqué sa proposition. En tant que Dame des Yeux, Grande Avocate des Peuples de la Péninsule dans leurs rapports avec l'humanité, elle avait été amenée à offrir également ses bons offices aux Aliansas, qu'une longue dissension opposait au royaume de Zinora. Elle était venue pour faire la paix.

Le Peuple de la Mer l'avait écoutée dans un silence absolu. Puis Har-Chissa avait fait un geste aux sous-chefs pour qu'ils détaillent leurs griefs contre les humains de Zinora. L'un après l'autre ils avaient énuméré les atrocités commises par les marchands humains contre le Peuple. Kadiya avait constaté avec consternation que leurs récits contredisaient la version que lui avait donnée le suave roi Yondrimel du Zinora, qui n'avait nullement jugé son intervention nécessaire. Il était évident que la situation était bien plus grave qu'elle ne l'avait soupçonné.

Une femme, l'un des chefs des Singuliers de la Mer venus de l'une des petites îles, était en train d'achever sa harangue. Ses grands yeux jaunes exorbités aux pupilles verticales se dressaient au bout de leurs courts pédoncules et elle montrait ses crocs en donnant libre cours à sa colère. Elle était originaire d'un endroit pauvre, et ne portait autour du cou que deux rangs de perles difformes ainsi qu'un tabard d'herbe sans ornement. Les écailles recouvrant son dos et ses membres supérieurs n'étaient pas peints, et l'arme accrochée à sa ceinture était une grossière hache de pierre décorée d'un coquillage.

— Vous dites que nous devrions faire la paix avec les humains du Zinora ! (Elle agita une main palmée vers les chefs aborigènes accroupis.) Nous, les fiers Aliansas qui vivons libres sur ces îles depuis l'époque où la Grande Terre était encore prisonnière des glaces ! Mais pourquoi devrions-nous vous écouter ! Les Zinoriens viennent dans nos îles et nous dupent toujours lors des transactions. Si nous refusons de vendre nos perles, notre kishati et nos huiles parfumées, ils volent ! Ils brûlent nos villages ! Ils n'hésitent pas à nous tuer ! Ils ont tué mon propre fils ! Vous venez d'écouter bien des chefs, Dame des Yeux, qui vous ont fait part des torts dont nous sommes victimes. Nous ne voulons plus entendre parler des Zinoriens. Nous n'avons nul besoin de commercer avec eux. Nous vendrons aux nations d'Okamis et d'Imlit par-delà la Mer des Bas-Fonds. Dites à ce féroce roi du Zinora que nous lui crachons dessus ! Nous savons qu'il ose prétendre que ces îles font partie de son royaume, mais c'est un menteur et un sot. Les Iles sans Vents appartiennent au Peuple de la Mer qui les habite. Pas à un vantard d'humain qui vit dans un beau palais sur la Grande Terre !

L'assemblée des Aliansas manifesta bruyamment son assentiment.

— Si ses marchands reviennent, poursuivit le chef, je vais vous dire ce que nous allons leur faire ! Nos guerriers se cacheront dans leurs pirogues parmi les récifs, et lorsque les navires des Zinoriens viendront nous dépouiller, nous percerons leurs coques et nous les coulerons sans prévenir. Quand la mer nous livrera leurs corps, nous les écorcherons pour fabriquer nos tambours ! Nous empilerons leurs crânes sur les rochers, et les griss et les pothis feront dedans leurs nids ! La chair des Zinoriens servira de nourriture aux poissons, et leurs bateaux brisés serviront de demeure au monstre marin Heldo !

Elle croisa ses bras couverts d'écailles et alla se rasseoir. Tous les autres chefs poussèrent un beuglement d'approbation.

Ce fut au tour du grand chef Har-Chissa de se lever enfin. C'était une splendide créature, dépassant d'une tête un humain robuste, mais de taille inférieure à un Wyvilo. Sa figure au museau épaté, ses défenses luisantes, ses écailles peintes en or, auraient suffi à épouvanter le pirate raktumien le plus sanguinaire. Il portait un kilt d'un tissu soyeux de couleur bleue, tissé dans le Var, et sa cuirasse d'acier au baudrier orné de bijoux aurait pu sortir de la forge royale du Zinora. C'était un individu austère et taciturne, qui préférait laisser les petits chefs énumérer les torts dont était victime le Peuple de la Mer. Maintenant qu'ils avaient achevé leurs récits, il s'adressa à Kadiya d'une voix grave et rauque :

— Lelemar de Vorin a parfaitement résumé notre sentiment à tous, Dame des Yeux. Nous avons écouté ce que vous aviez à dire, et vous nous avez écoutés. Vous déclarez être l'Avocate des Peuples, l'un des Trois Pétales du Trillium Vivant, la sœur de sang de la grande Dame Blanche. Vous nous avez montré votre talisman magique, l'Œil Incandescent Trilobé. Nous n'ignorons point que certains peuples des terres, les Nyssomus, les Uisgus, les Wyvilos, et les Glismaks, vous reconnaissent pour chef et suivent vos conseils. Vous nous demandez d'agir pareillement. Mais je dis que vous êtes aussi la sœur de sang de la reine Anigel du Laboruwenda, qui, avec son époux le roi Antar, opprime les Peuples qui refusent de faire sa volonté. Et puis vous êtes de race *humaine*...

Les Peuples de la Mer hochèrent la tête, murmurant et grondant. Le chef Har-Chissa poursuivit :

— Vous nous avez exhortés à faire la paix avec le Zinora. Vous nous dites que nous sommes moins nombreux que les humains de ce pays et que nous ne sommes pas aussi habiles dans l'art de la guerre. Vous dites que nos femmes et nos enfants vont souffrir si nous nous battons avec les Zinoriens, et que nous aurions intérêt à trouver un compromis avec eux... Mais les Glismaks, fier peuple autrefois, n'ont-ils pas renoncé à leurs habitudes belliqueuses sur votre ordre et celui de vos sœurs ? Et n'en ont-ils pas pâti, puisqu'ils sont maintenant forcés de travailler comme forçats dans les marais du Ruwenda, au lieu de vivre libres dans la Forêt de Tassaleyo ? Et ne sont-ils pas, de même que les Nyssomus, les Uisgus et les Wyvilos, traités comme des êtres inférieurs et soumis à la volonté des humains qui vivent parmi eux ?

De nouveau l'assemblée du Peuple de la Mer

hocha la tête et manifesta son indignation. Le Chef leur imposa silence.

— Je vous déclare, Kadiya des Yeux, que les Aliansas ne concluront jamais la paix avec le Zinora, et que nous ne nous soumettrons jamais à la volonté d'autres humains quels qu'ils soient. Nous sommes libres, et nous le resterons !

Il y eut de nombreuses acclamations. Puis Kadiya se leva et le Peuple de la Mer se calma. La tombée de la nuit approchait et l'intérieur de la hutte du conseil était plongée dans la pénombre. La seule lumière provenait de la lueur rougeâtre de l'ambre de trillium que recelait le pommeau du talisman de Kadiya. On voyait aussi briller les grands yeux des aborigènes : ceux du Peuple de la Mer hostile et ceux des Wyvilos, les fidèles amis de Kadiya.

— Permettez-moi tout d'abord de réfuter ce que vous avez dit des Glismaks, commença Kadiya. Si vous ne me croyez pas, vous pourrez demander l'avis de mon compagnon Lummomu-Ko, qui est le porte-parole de Let et chef parmi les Wyvilos. Il m'a honorée de sa présence au cours de cette mission. Jadis, les Glismaks s'attaquaient continuellement aux Wyvilos, leurs voisins. Quand ils renoncèrent à ces pratiques condamnables, ils durent trouver d'autres moyens de subsistance. Certains Glismaks devinrent forestiers comme les Wyvilos, mais d'autres acceptèrent de travailler au Chemin du Bourbier de la Reine dans les marais du Ruwenda, nouvelle route commandée par ma sœur la reine Anigel. Le salaire qu'elle offrait était plus que convenable. Des milliers de Glismaks gagnaient le nord durant les saisons sèches afin de travailler à la grande route. Mais lors de la dernière Saison Sèche certains rechignèrent à la besogne. Ils exigèrent que leur salaire soit doublé et réclamèrent d'autres choses que les humains ne pouvaient leur accorder. Ils manifestèrent avec violence et tuèrent plusieurs humains... Et des humains tuèrent plusieurs d'entre eux. Puis les Glismaks regagnèrent la forêt. Aujourd'hui les fiers et les cupides empêchent ceux qui voudraient travailler de retourner à la route.

C'est une triste affaire, mais je m'emploie à lui trouver une issue. Je cherche aussi à mettre un terme aux injustices et aux inégalités qui règnent encore entre d'autres Peuples de la Péninsule et les humains. Je serais toute disposée à vous aider à résoudre votre différend avec le Zinora. Mon talisman, l'Œil Incandescent Trilobé, partie intégrante du Sceptre du Pouvoir, veillera à ce que justice soit faite.

Le Chef grogna, impassible. Plusieurs de ses hommes sifflèrent et grondèrent par dérision. Kadiya parut ne pas s'en émouvoir. Elle demeurait assise dignement devant sa petite escorte d'aborigènes, les yeux rivés sur son talisman. Ce dernier ressemblait à une simple épée émoussée, sans éclat. Quant à Kadiya, c'était une femme de taille moyenne, aux cheveux brun roux, vêtue d'une tunique d'écailles dorées de milingal ornée d'un Trèfle aux Yeux. Tous les Aliansas avaient entendu dire que la poignée de son talisman possédait trois yeux magiques similaires et qu'ils pouvaient brûler d'un feu sans flamme les ennemis de la Dame, voire tous ceux qui y touchaient sans sa permission.

Aussi le chef Har-Chissa imposa-t-il silence à ses compagnons irrespectueux et dissimula-t-il soigneusement son propre mépris pour cette sorcière humaine au corps chétif. Ainsi donc, elle voulait se faire l'avocate des Aliansas ! Qui lui avait demandé de se mêler de leurs affaires ? C'était sans nul doute le roi du Zinora en personne, son congénère ! Ce n'était pas une amie du Peuple de la Mer. Elle n'avait même pas daigné leur rendre visite avant que le jeune roi Yondrimel ne revendiquât les Iles Sans Vents. Le Grand Chef avait seulement accepté cette entrevue quand Kadiya s'était engagée à aider les Aliansas. Et il apparaissait clairement à présent que le genre d'aide qu'elle proposait les mènerait tout droit à la capitulation.

La Dame des Yeux n'était qu'une dangereuse mouche du coche. Toutefois, il fallait agir prudemment avec elle, de peur qu'elle ne leur imposât sa volonté. Ce talisman magique... Si elle n'en était plus détentrice, elle deviendrait inoffensive. Et le talisman lui-même...

Mais pour le moment le Grand Chef était tenu de lui répondre, et l'honneur des Aliansas exigeait qu'il dît la vérité.

— Dame des Yeux, déclara avec courtoisie Har-Chissa d'une voix solennelle, nous vous remercions de l'intérêt que vous portez au Peuple de la Mer. Si vous désirez réellement nous aider, enjoignez au roi Yondrimel de ne plus nous persécuter. Dites-lui que nous rejetons la souveraineté qu'il revendique sur les Iles Sans Vents, et que nous ne commercerons plus avec lui, aussi longtemps que les Trois Lunes parcourront le ciel. Mettez-le en garde : la mort guettera ses marins s'ils s'aventurent jusqu'aux récifs, aux bas-fonds et aux bancs de sable qui défendent nos îles. Dites-lui tout cela, et faites-lui comprendre que c'est la vérité. Alors vous vous révélerez une véritable amie des Aliansas. J'ai parlé.

Il reprit son épée, la débarrassa des fleurs et la rengaina d'un geste menaçant.

— Dehors, mon peuple prépare une fête d'adieu pour vous et votre suite. Venez à cette fête au lever de la troisième lune. Avec respect et fermeté, nous vous demandons de quitter ces îles avant le lever du soleil et de gagner le Zinora sans tarder.

Kadiya se borna à serrer les poings. Ce fut son unique réaction. Elle récupéra son talisman et fit signe à sa délégation de se lever. Tous saluèrent l'assemblée du Peuple de la Mer, puis sortirent à la queue leu leu de la hutte du conseil. Le crépuscule les enveloppa de sa lumière bleutée.

Lorsqu'ils se retrouvèrent sur la grève, sous les grands arbres bruissant doucement, sans risquer d'être entendus des Aliansas, Kadiya dit :

— Mes amis, ma mission a échoué. Je n'ai pas été assez persuasive. J'ai peut-être même aggravé la situation. Har-Chissa m'a clairement fait comprendre qu'il me rejetait et qu'il repoussait mes propositions.

— Exiger que nous partions avant le lever du soleil... (Lummomu-Ko secoua la tête, se rappelant l'ordre à peine voilé du Grand Chef.) Pour les Wyvilos, c'est une insulte mortelle. Il en est certainement de même pour nos cousins, le Peuple de la Mer.

Kadiya laissa échapper un son qui tenait de l'exaspération et du désespoir.

— Ne vous laissez pas abattre, Extralucide, dit Jagun, le vieux Nyssomu qui était l'ami et le conseiller le plus proche de Kadiya depuis l'enfance. Ce conflit entre le Zinora et le Peuple de la Mer remonte à bien longtemps. Vous ne pouvez pas vous en vouloir de n'avoir pu y remédier à la première tentative.

— Si j'avais pu seulement leur apporter une concession de la part du roi du Zinora ! repartit-elle amèrement. Mais Yondrimel est têtu comme une mule. Il ne pense qu'à se montrer à son avantage aux yeux des souverains qui vont assister à son couronnement.

— Vous avez fait de votre mieux pour le convaincre, insista Jagun. A l'avenir, si les Aliansas continuent à se montrer intraitables, le Roi peut être disposé à vous écouter. Il est jeune, il saura peut-être apprendre la sagesse. Les alcools et les coraux précieux des Iles Sans Vents sont fort appréciés au Zinora. Quant aux perles, elles constituent une part importante de leur commerce avec d'autres nations également.

Les guerriers wyvilos qui constituaient la garde de Kadiya allèrent se dégourdir les jambes avant la fête, mais Kadiya, le petit Jagun et Lummomu-Ko s'assirent ensemble sur le sable pour contempler la mer. Les moussons avaient cessé et les eaux qui entouraient l'Ile du Conseil semblaient un miroir de métal sombre. La première des petites demi-lunes s'y reflétait. Ici et là se distinguaient à l'horizon d'autres îles plus petites, de hauts rochers et des arches rocheuses, dont les silhouettes noires se découpaient sur le ciel étoilé. Le navire varonien qui avait amené la délégation de Kadiya était ancré parmi les récifs à environ une lieue. Il était brillamment éclairé, car son équipage humain n'avait pas eu l'autorisation de mettre pied à terre.

— Allons-nous donc retourner au Zinora, comme Har-Chissa nous en a donné l'ordre ? demanda Lummomu-Ko. Physiquement il ressemblait beaucoup aux Aliansas. Il était grand et robuste, et son visage avait un caractère humanoïde moins prononcé que celui des aborigènes du Bourbier et de la Montagne. Il portait d'élégants vêtements, à la dernière mode de la noblesse du Laboruwenda, car les Wyvilos étaient aussi vaniteux que courageux et honnêtes.

— Nous n'avons guère intérêt à nous rendre au Zinora, mon vieil ami, dit Kadiya. Le gala pour le couronnement battrait son plein lorsque nous arriverions à Taloazin, et je ne tiens pas à ce que les têtes couronnées de ce monde soient témoins de mon échec. Non, il vaut mieux que je me contente d'envoyer une lettre à Yondrimel. Je pourrai le rencontrer par la suite, quand mon échec ne risquera plus de nuire au prestige d'Anigel.

— Mais comment cela serait-il possible ? s'exclama Jagun, dérouté. Il n'y a assurément pas de rapport entre les griefs des Aliansas et le lointain Laboruwenda.

Kadiya eut un rire désabusé. Elle caressait les trois lobes noirs du pommeau de son talisman, et l'ambre de trillium contenu à l'intérieur brilla d'un éclat encore plus vif.

— Le jeune roi du Zinora est un homme à l'ambition démesurée. Il ferait des gorges chaudes de mon échec devant les autres souverains. Il ne manquerait pas de souligner que je n'ai pas réussi non plus à résoudre les conflits entre les autres Peuples et le Laboruwenda jusqu'à présent. Puis il parlerait de ses grands projets pour écraser les Aliansas, offensant sournoisement la reine Anigel et le roi Antar qui n'ont pas traité aussi durement les Peuples de leur royaume. Le roi Yondrimel trouverait grâce aux yeux de la puissante reine régente du Raktum en laissant entendre que ma sœur et son mari sont incompétents et que moi, je suis inefficace.

— Je ne comprends toujours pas en quoi cela pourrait nuire à votre sœur, dit le chef des Wyvilos.

— La reine Ganondri du Raktum cherche à agrandir son propre royaume aux dépens du Laboruwenda, expliqua Kadiya. Elle pourrait parvenir à renverser Anigel et Antar si certaines factions d'humains au Labornok subodoraient la faiblesse chez les comonarques. L'union entre le Labornok et le Ruwenda est bien fragile, et repose en grande partie sur la peur des Trois Pétales du Trillium Vivant chez les humains. Si deux de ces Pétales paraissaient impuissants, alors que le troisième est bien loin dans sa tour et se préoccupe avant tout d'occultisme, l'unité du royaume pourrait s'en trouver compromise.

— Vous et la reine Anigel ne pourriez-vous pas soumettre vos ennemis humains par le pouvoir de vos talismans ? s'enquit le chef des Wyvilos.

— Non, répondit Kadiya. Pas plus que je ne pourrais contraindre à l'aide de mon talisman le roi Yondrimel et les Aliansas à conclure la paix. On ne se sert pas ainsi des talismans.

Lummomu-Ko roula d'énormes yeux.

— La politique des humains ! Qui peut y comprendre quelque chose ? La réalité est toujours chez vous différente des apparences. Des actions qui paraissent simples et directes ont des causes profondément cachées. Les nations ne se satisfont jamais de vivre tranquillement. Il faut toujours qu'elles complotent les unes contre les autres et intriguent pour dominer... Pourquoi les humains ne peuvent-ils pas avoir des rapports francs, comme les honnêtes Peuples ?

— Je me suis souvent posé cette question, avoua Kadiya en soupirant, mais je n'en connais pas la réponse. (Elle se leva et chassa le sable de ses vêtements.) Mes amis, je vous prie de me laisser à présent jusqu'au lever de la Troisième Lune, puis nous irons ensemble à la fête. (Elle montra son épée magique dont l'ambre émettait une lueur clignotante.) Comme vous l'avez sans doute remarqué, mon talisman me fait savoir que l'une de mes sœurs désire me parler.

Jagun et Lummomu-Ko s'apprêtaient à se retirer, mais le chef des Wyvilos déclara :

— Nous resterons à proximité, sans vous perdre de vue. Je n'ai pas aimé le ton de cet Aliansa au moment où nous nous sommes séparés.

— Ils n'oseraient pas m'attaquer ! lança Kadiya en se redressant et en saisissant le pommeau de son talisman.

Lummomu-Ko inclina la tête.

— Bien sûr que non. Je vous demande pardon, Dame des Yeux.

Jagun et lui s'éloignèrent ensemble, le grand chef de clan ralentissant son pas pour le régler sur celui du tout petit chasseur. Ils s'installèrent sur un rocher qui affleurait à quelque quinze aunes de là, et elle vit que leurs visages étaient tournés vers elle.

— Ridicule, marmonna-t-elle. (Puis elle s'empara de l'Œil Incandescent Trilobé et demanda doucement :) Qui m'appelle ?

L'un des lobes noirs du pommeau s'ouvrit, révélant un Œil marron, de la même couleur que ceux de Kadiya. Elle vit aussitôt en esprit sa sœur Haramis.

— Par la Fleur, il était temps, Kadi ! Pourquoi n'as-tu pas répondu tout de suite ? Je craignais que tu n'aies été victime de quelque catastrophe dans les Iles Sans Vents !

Kadiya lâcha un mot grossier.

— Je vais parfaitement bien. Seulement ma mission a été un fiasco total. (Elle résuma en quelques mots ce qui s'était passé lors de l'entrevue.) Je ne retournerai pas au Zinora. Ma présence là-bas compliquerait les choses pour Ani et Antar. Je me demande même si je saurais faire preuve de courtoisie envers eux. Pour ce qui est d'affranchir les Peuples du Bourbier et de la Forêt, nous sommes dans l'impasse. Je suis furieuse de la façon dont ils s'y sont pris face à la révolte des Glismaks. Ils savent bien que les Glismaks sont à demi civilisés. S'ils avaient agi avec les cantonniers en faisant montre de plus de tact, ceux-ci n'auraient jamais eu recours à la violence.

— Nous parlerons de ces questions plus tard, dit Haramis avec un geste d'impatience. J'ai des nouvelles plus importantes à te communiquer. Mais d'abord... Réfléchis bien à ceci, Sœur : aurais-tu dernièrement constaté, par le truchement de ton talisman ou de quelque autre manière, un bouleversement de l'équilibre du monde ?

— Absolument pas, répondit Kadiya sèchement. Je te laisse le soin de telles subtilités, Archimage. Jusqu'ici j'ai été préoccupée par l'entente entre les Aliansas et les Glismaks, et je n'ai guère eu le temps de me soucier d'autre chose. Je vais retourner au Bourbier Labyrinthique en passant par le Var et le Grand Fleuve Mutar, et je tenterai d'apaiser les Glismaks lorsque je traverserai leurs terres. Puis je me rendrai de nouveau au Lieu du Savoir pour prendre conseil auprès du Professeur.

— Oui, tu as raison, c'est ce qu'il faut faire. Mais j'avais de bonnes raisons de t'interroger sur l'équilibre du monde. Kadi... J'ai appris quelque chose qui me porterait à croire qu'Orogastus est toujours vivant.

— *Quoi ?* Mais c'est impossible ! Le Sceptre du Pouvoir l'a anéanti il y a douze ans lors de notre victoire sur le roi Voltrik.

— C'est ce que nous pensions tous. Mais un indigène du lointain Tuzamen, un petit aborigène du nom de Shiki a risqué sa vie pour venir me conter une étrange histoire. Il a été forcé d'emmener quelques humains à dos de gypaète jusqu'à un endroit situé au cœur de la calotte glaciaire. Une fois là-bas, ils ont délivré un magicien qui s'y était trouvé exilé durant des années. Cet homme s'appelle Portolanus. C'est lui qui s'est emparé du trône du Tuzamen.

— Du Tuzamen ! s'écria Kadiya avec un rire de mépris. J'ai entendu parler de ce Portolanus du Tuzamen. Il ne s'agit apparemment que d'un magicien néophyte qui ne maîtrise que les rudiments de la sorcellerie. La Divinité Trine sait qu'il n'est guère besoin de posséder de grands pouvoirs magiques pour s'emparer d'un nid de varts comme le Tuzamen. Ton talisman t'a-t-il confirmé si ce Maître Sorcier est bien Orogastus ?

— Non, avoua Haramis. Il refuse de me dire si Orogastus est vivant ou mort, et il refuse également de me laisser voir ce Portolanus. Il n'a encore jamais refusé ainsi de m'assister. Toutefois, si Portolanus n'est pas Orogastus, il peut malgré tout représenter un grand danger pour nous et notre peuple.

Une émotion que Kadiya n'avait pas éprouvée depuis de longues années monta en elle, tel un hideux Skritek émergeant lentement de sa mare, et cette émotion, c'était la peur. Mais elle l'étouffa aussitôt.

— Si Orogastus est vivant, nous le combattrons comme par le passé, déclara-t-elle. Toutes les Trois nous unirons nos talismans, et le Sceptre du Pouvoir le replongera dans l'oubli qu'il mérite !

— J'aimerais que cela soit aussi simple. (Haramis eut une expression sombre, puis elle sourit à Kadiya.) Il reste que ce Portolanus ne nous a pas encore défiées directement, et au moins nous sommes prévenues. Sois prudente, Sœur, et préviens-moi immédiatement si tu perçois une perturbation quelconque dans l'ordre du monde.

— Entendu, promit Kadiya. Et sa vision d'Haramis disparut.

Bien après minuit, Kadiya, Jagun, Lummomu-Ko, ainsi que les quinze guerriers wyvilos retournèrent à la grève et embarquèrent sur les deux petits bateaux qui devaient les ramener à leur navire. La mer était d'huile et le ciel noir, où brillaient les trois demi-lunes, était parsemé d'étoiles. Les membres de la délégation avaient trop mangé et trop bu du délicieux mais capiteux alcool de kishati. Au lieu de les mettre de bonne humeur, la fête les avait rendus plus mélancoliques que jamais. Les Wyvilos aspiraient à retrouver leur Forêt de Tassaleyo. Quant à Kadiya et Jagun, ils se languissaient du beau Manoir des Yeux, construit par les Nyssomus pour leur chef, ses conseillers et ses serviteurs, près de la source du Golobar, dans le Bourbier Vert du Ruwenda.

Nauséeuse, Kadiya tenait la barre à la poupe d'un des bateaux, tandis que Jagun faisait de même dans l'autre embarcation. Lummomu-Ko ramait avec ses compagnons tout en chantant un chant de marin. Les notes graves de la mélopée gutturale et l'hébétude qui l'accablait empêchèrent Kadiya de percevoir certains petits bruits inquiétants. Elle ne remarqua rien avant que l'eau tiède n'atteignît ses chevilles au fond de l'embarcation. Elle poussa un cri en même temps que Jagun dans son bateau.

— Nous sommes en train de couler, Extralucide ! A l'aide !

— Nous aussi, nous coulons ! s'exlama-t-elle. Vite ! Gagnez l'un des récifs.

Ils étaient encore à plus d'une demi-lieue du navire. Il y avait du fond et ils étaient entourés de rochers pointus. Les Wyvilos ramaient comme des forcenés, faisant jaillir l'écume. Kadiya entendit le cri de soulagement de Jagun :

— Nous avons atteint le récif !

Tout le monde semblait crier. Puis la quille du bateau de Kadiya racla quelque chose et l'embarcation prit de la gîte brusquement. Les Wyvilos lâchèrent les rames et tombèrent à l'eau.

— Je n'ai rien ! hurla Kadiya. Mettez-vous à l'abri !

Mais au même instant elle sentit ses pieds soudain agrippés, alors que le bateau disparaissait dans l'eau noire.

Elle se débattit follement pour se dégager. Elle ne pensa à crier qu'au dernier moment et son hurlement s'étrangla. La dernière chose qu'elle vit avant d'être submergée, ce fut Lummomu-Ko ainsi que l'un de ses guerriers qui plongeaient et se dirigeaient vers elle à la nage.

Elle sombrait, alourdie par sa cuirasse en fer et son talisman. Elle avait toujours l'impression d'être entraînée par le bateau qui coulait. Elle s'efforça frénétiquement de dégager ses chevilles de ce qui les emprisonnait. Ce n'était ni du bois, ni de la corde, mais quelque chose de dur et de rugueux. Elle tenta d'y porter les mains. En vain. Qu'est-ce que c'était ? Si seulement elle avait eu les idées claires ! L'eau était pleine de minuscules étincelles lumineuses — des méduses — et des filaments d'algues luisantes ondulaient autour d'elle... C'était très beau.

Sa poitrine brûlait comme un chaudron de lave fondue et l'air commença à lui manquer. Ses oreilles bourdonnaient. Elle ne put retenir sa respiration plus longtemps. Des bulles brillantes s'échappèrent de sa bouche et de ses narines, remontant dans l'eau faiblement illuminée. Le talisman en son fourreau jetait lui aussi une lueur d'un vert resplendissant, et cela lui rappela la petite racine de trillium qu'elle avait jadis suivie à travers l'Enfer d'Epines lors de sa grande quête.

Donner des coups de pied ! Encore ! Se dégager de ce qui l'entravait. Elle y réussit enfin, et nagea librement l'espace d'un instant. Puis l'une de ses jambes fut de nouveau saisie, et elle fut tirée vers le bas. Elle se rendit compte trop tard que quelque chose — ou quelqu'un — lui tenait solidement la cheville. Des griffes acérées mordaient sa chair à travers les lanières de ses sandales, une force herculéenne contrecarrait ses efforts pour se dégager.

Une soudaine colère l'envahit. Les Aliansas ! Lummomu-Ko avait eu raison de craindre quelque trahison de leur part ! Kadiya ne disposait plus de toutes ses facultés, mais elle continuait à se contorsionner de toutes ses forces. La brûlure dans sa poitrine était devenue insupportable.

Puis, d'un seul coup, la douleur disparut. Sa colère s'évanouit. Elle cessa de se débattre et éprouva une sensation de bien-être tout en continuant de sombrer parmi les herbes phosphorescentes. Elle avait les yeux grands ouverts, mais le monde devenait de plus en plus sombre.

Dans un éclair de lucidité, elle tira sur l'Œil Incandescent Trilobé. Si elle avait pu l'utiliser... Si seulement elle avait su quel usage en faire.

Elle le tenait à la main.

L'étau fatal qui tenaillait sa cheville se desserra soudain. Elle était libre, et flottait dans l'obscurité.

Voilà, pensa-t-elle avec soulagement. C'est mieux.

A présent elle pouvait se détendre.

Ses doigts s'ouvrirent et le talisman lui échappa. Elle vit la lueur verte s'éloigner, s'éloigner, et finir par disparaître.

Après, ce fut le néant.

Kadiya ouvrit les yeux. Elle avait un mal de tête lancinant et elle voyait tout flou. Elle avait un goût amer de bile au fond de sa gorge desséchée et elle avait l'impression de ne plus avoir de corps ni de membres. Elle ne sentit rien à la hauteur du tronc durant un bon moment et elle hésita longtemps avant de remuer bras et jambes. Elle se sentait glacée, bien qu'elle fût vêtue d'une chemise de nuit en laine. Peu à peu sa vision gagna en netteté, et elle se rendit compte qu'elle était couchée dans sa cabine à bord du navire varonien. La porte s'ouvrait et se refermait doucement avec le balancement de la mer. Elle entendit craquer le gréement, siffler les vagues, et elle comprit qu'ils filaient à bonne allure.

Après quelques vaines tentatives, elle parvint à appeler Jagun. Son vieil ami dégringola l'escalier et entra dans sa cabine, le visage fendu d'un grand sourire qui découvrait ses dents pointues. Il fut bientôt suivi de Lummomu-Ko et du capitaine du vaisseau varonien, un humain du nom de Kyvee Omin. Ils s'empressèrent autour d'elle, glissant des coussins derrière elle pour qu'elle pût s'asseoir. Jagun lui fit boire de l'eau-de-vie de ladu pour lui redonner des forces.

— Que s'est-il passé ? demanda-t-elle enfin.

— C'est les Aliansas, dit sombrement le chef wyvilo. Ce sont de bons nageurs, ces fourbes, encore meilleurs que nous. Ils ont pratiqué des trous dans nos bateaux à l'aide de vilbrequins, puis ils vous ont entraînée vers le fond. Je vous ai vue couler et j'ai plongé à votre secours avec le jeune Lam-Sa. Nous avons tout de suite compris ce qui s'était passé. Et puis, quand vous avez brandi votre talisman, l'Aliansa vous a lâchée, s'est éloigné, et nous avons pu vous attraper. Nous vous avons ramenée à la surface et vous avons hissée sur les rochers. Vous donniez l'impression d'être partie pour un monde meilleur, mais Jagun vous a insufflé son souffle salvateur sans un instant de repos.

— Merci, dit-elle en se tournant vers son ami nyssomu avec un sourire de reconnaissance.

— Puis les Seigneurs de l'Air ont fait revenir votre esprit dans votre corps, ajouta Lummomu-Ko. Les humains sur le bateau ont entendu nos cris et sont venus à notre secours.

Kyvee Omin s'avança brusquement. Originaire du Var, cet homme aux cheveux gris et au visage de comptable pointilleux avait néanmoins la réputation d'être le capitaine le plus intrépide de la Mer du Sud. Kadiya avait dû lui remettre près de mille couronnes de platine pour qu'il l'emmenât aux Iles Sans Vents, alors que personne d'autre ne voulait tenter le voyage.

— J'ai donné l'ordre qu'on lève l'ancre et que l'on quitte cet endroit de malheur aussi vite que les galériens pouvaient ramer, déclara-t-il. Les Singuliers de la Mer allumaient des feux de joie sur la plage et battaient l'appel à la guerre sur leurs tambours sacrés. Si nous avions tardé, leurs grandes pirogues auraient pu nous rattraper avant que nous n'ayons quitté ces eaux sans vents et n'ayons gagné la pleine mer.

— Combien de temps ai-je dormi ? s'enquit Kadiya d'une voix faible.

— Vingt heures, répondit Jagun.

— Le vent ne souffle pas très fort, mais il souffle quand même maintenant que nous nous sommes éloignés de ces maudits rochers, ajouta le capitaine. Nous devrions atteindre le port de Taloazin au Zinora dans moins de sept jours.

— Pas là-bas ! Non, nous devons faire demi-tour !

La voix de Kadiya se brisa. Elle gémit et porta la main aux yeux. Elle eut l'impression que sa tête allait éclater. Pourquoi devaient-ils rebrousser chemin ? Elle savait qu'il y avait une raison. Une raison impérieuse...

— Il y a pis, Extralucide. (Jagun s'approcha de sa couchette et elle vit qu'il tenait quelque chose à la main : sa ceinture et son fourreau.) Votre talisman..., commença-t-il, mais il ne put poursuivre.

Le brouillard qui obscurcissait son esprit se dissipa enfin. Elle se rendit compte que lc fourreau était vide et la mémoire lui revint.

— Nous ne pouvons pas retourner aux îles, disait Kyvee Omin. Je ne vais pas me risquer à engager mon vaisseau dans une bataille avec des sauvages. Je suis un commerçant, pas le capitaine d'un navire de guerre. J'ai uniquement accepté de vous emmener jusqu'à l'Ile du Conseil, puis de vous ramener au Var. Si pour une raison ou une autre vous tenez à éviter Taloazin, nous pouvons mouiller à Kurzwe ou dans un autre port du Zinora afin de nous ravitailler avant de mettre cap à l'est. Mais il n'est pas question de faire demi-tour.

Kadiya parvint à se dresser sur son séant. Ses yeux lançaient des éclairs et son visage était déformé par la colère.

— Nous devons absolument faire demi-tour, murmura-t-elle d'une voix rauque. J'ai perdu l'Œil Incandescent Trilobé ! Savez-vous ce que cela signifie ?

Le capitaine recula, comme si elle eût été folle.

— Non, je ne sais pas, Dame des Yeux. Vos amis m'ont laissé entendre que c'était une calamité, mais c'est votre faute, pas la mienne. C'est à vous de rattraper la chose. Je ne risquerai pas mon navire et mon équipage dans une vaine tentative pour récupérer votre épée magique. Tandis que vous étiez sans connaissance, vos amis wyvilos et moi-même sommes revenus à l'endroit où vos bateaux ont été percés. Nous nous sommes vite rendu compte que votre talisman était tombé dans une grande tranchée entre deux récifs où la profondeur est de plus de trente brasses. Même les Aliansas ne peuvent pas plonger aussi bas. Le talisman est définitivement perdu.

— Non, chuchota-t-elle, fermant les yeux de douleur. Oh, non !

De la sueur perla sur son front et elle garda le

silence un long moment. Jagun s'agenouilla à côté d'elle, tenant l'une de ses mains flasques entre les siennes, la tête penchée.

Le capitaine échangea un coup d'œil avec Lummomu-Ko, puis quitta brusquement la cabine.

Lorsque Kadiya rouvrit les yeux, elle arbora une expression résolue.

— Mes chers amis, Kyvee Omin avait raison. Je ne peux exiger qu'il m'aide. S'il ne veut pas retourner aux Iles, il faudra que je trouve un autre capitaine. Heureusement je dispose toujours de beaucoup d'argent. Je vais demander à Kyvee Omin de me déposer à Kurzwe. Quant à vous, naturellement, vous pourrez continuer le voyage jusqu'au Var, puis remonter le Grand Mutar pour vous rendre au Ruwenda...

— Non, dit tout net le robuste chef wyvilo.

Les oreilles dressées de Jagun frémirent d'indignation et il écarquilla ses énormes yeux dorés.

— Extralucide, comment pouvez-vous croire que nous serions prêts à vous abandonner ?

Elle fixa les yeux sur l'un, puis sur l'autre.

— Sans mon talisman, je ne suis plus la Dame des Yeux, je ne suis plus digne de m'appeler la Grande Avocate des Peuples. Je ne suis plus personne. Je ne suis que Kadiya.

Elle balança les jambes par-dessus le bord de la couchette et posa les pieds par terre. Les bleus et les marques de griffes laissés par son agresseur avaient décoloré ses chevilles.

— Mes chances de récupérer le talisman sont très réduites... Et il y a en revanche de fortes chances pour que les Aliansas essaient à nouveau de me tuer.

— Il n'empêche, dit Lummomu-Ko. Mes frères wyvilos et moi-même resterons à vos côtés.

Kadiya avait les yeux brillants de larmes. Elle vacilla un peu lorsqu'elle se mit debout. Le grand aborigène et son congénère la prirent chacun par la main et elle se dirigea vers une petite table devant le hublot. Elle s'assit.

— Merci, mes chers amis. Ma sœur l'Archimage apprendra bientôt ce qui est arrivé, bien que je ne puisse plus l'appeler. Elle trouvera sûrement le moyen de nous aider. En attendant, faisons poliment appel aux lumières du capitaine Kyvee Omin et de son équipage. Je vais commencer par faire des copies des cartes de la région que possède le capitaine. Cela, je peux le faire, même si je suis encore trop mal assurée sur mes jambes pour me déplacer.

Elle leva les yeux vers le chef wyvilo.

— Lummomu, toi et tes guerriers, allez interroger les marins sur les moyens de survivre dans les Iles Sans Vents — ce qui pousse là-bas, ce qu'on peut pêcher, ce qui est empoisonné ou dangereux, bref tout ce qu'ils peuvent savoir sur les îles ou leurs habitants. Nous récompenserons les marins qui coopéreront.

— Et moi, Extralucide ? demanda Jagun.

Elle eut un sourire désabusé.

— Apprends ce que tu peux sur l'art de naviguer, mon vieil ami. Je vais faire de même. Car je crains que nous ne soyons obligés de retourner aux Iles Sans Vents par nos propres moyens.

4

La galère royale doubla le cap et pénétra dans la Baie des Perles. Aussitôt les trois enfants grimpèrent aux cordages avec agilité. Immu, leur gouvernante nyssomu, les regardait du pont avec appréhension, et les exhortait en vain à redescendre.

— Encore des bateaux ! La baie est pleine de grands bateaux ! (Le prince de la Couronne, Nikalon, âgé de onze ans, qui était tout en haut du grand mât, avait la garde du petit télescope.) Il y en a deux d'Imlit, un de Sobranie, trois qui battent le pavillon de Galanar..., et puis, regardez ! Quatre du Raktum ! Vous voyez cette trirème noire, pleine de dorures et ornée de cent drapeaux ? Ce doit être le navire de la méchante reine Ganondri du Raktum en personne !

— A mon tour d'avoir le télescope ! geignit le Prince Tolivar. Niki l'a eu toute la matinée ! Je veux voir la méchante Reine ! (Il avait huit ans, mais paraissait beaucoup plus jeune à cause de son apparence chétive. Devant le refus de Nikalon, il se mit à pleurer.) Jan, Jan, dis-lui de me le donner !

— Descendez immédiatement, les enfants ! leur cria Immu. Vous savez que votre mère vous a interdit de prendre des risques !

Mais les jeunes enfants ne prêtèrent pas plus attention à la gouvernante qu'ils ne prêtaient attention à la reine Anigel lorsque celle-ci voulait qu'ils se tiennent bien, acceptant sans rechigner la punition qui s'ensuivait.

La princesse Janeel, qui avait dix ans et était très mûre pour son âge, dit à Tolo : « Ne pleure pas, Tolo. Je vais m'occuper de Niki, le petit égoïste ! » Elle grimpa jusqu'à son frère aîné et lui chatouilla les côtes. Tous deux se balancèrent dans les cordages à dix aunes au-dessus du pont, et la pauvre vieille Immu poussa des cris d'épouvante. Mais il ne fallut qu'un instant à l'agile princesse pour arracher le télescope à Nikalon qui gloussait sans se défendre. Puis elle redescendit prestement vers Tolivar, et tous deux se partagèrent l'instrument, cependant que le prince Niki riait de bon cœur et grimpait jusqu'à la hune de vigie.

Ce télescope, cadeau de leur père pour le voyage, n'était pas une simple lunette de marin. C'était un objet magique ayant appartenu aux Disparus. Son tube était fait d'une matière noire qui n'était ni du métal ni du bois. Il y avait sur le côté trois boutons colorés qui servaient à rapprocher progressivement la scène observée. Un plus gros bouton argenté permettait d'utiliser le télescope la nuit, bien que les images fussent alors floues, laissant seulement apparaître des silhouettes verdâtres. Cet instrument s'assimilait plus à un être vivant qu'à un objet inanimé. Il fallait en effet l'exposer au soleil comme une plante pour qu'il fonctionnât. Une fois, au cours du voyage, le prince Tolivar l'avait caché dans sa malle une journée entière, prétendant qu'il était perdu et espérant jouer tout seul avec. Mais quand il avait essayé de regarder à travers, il n'avait rien vu et avait couru chez son père en pleurnichant. Après lui avoir reproché son égoïsme, son père lui avait expliqué que le télescope vivait de soleil, comme bien d'autres mystérieux appareils ayant appartenu aux Disparus.

Tolo observa l'imposant navire de la reine régente du Raktum. Il arborait trois rangées de rameurs — pas seulement deux comme le vaisseau amiral du Laboruwenda — et il était au moins deux fois plus long, avec un énorme museau à la proue pour éperonner les vaisseaux ennemis. Sa grand-voile et sa misaine affichaient l'emblème de l'Etat pirate, une flamme dorée stylisée. Tolo fut déçu de ne pas apercevoir les redoutables machines de guerre qui projetaient du soufre fondu ou des pierres chauffées au rouge contre les navires des ennemis du Raktum. Il vit en revanche des chevaliers portant des armures étincelantes et des dames vêtues de robes resplendissantes, qui se promenaient sur la dunette royale, où un auvent doré abritait un fauteuil de la même couleur.

— La méchante reine doit être encore au lit, dit Tolo à sa sœur. Je vois son trône à l'arrière du navire, mais il est vide. Regarde, Jan.

La princesse Janeel regarda dans le tube magique.

— Quel beau bateau ! Les Raktumiens doivent être très riches.

— C'est des pirates, observa Tolo. Les pirates sont toujours riches. J'aimerais être pirate.

— Ce que tu es bête ! Les pirates volent et tuent. Tout le monde les déteste.

Elle braqua le télescope vers le navire exotique des Sobraniens, lequel venait du fin fond de l'Extrême-Occident.

— Ralabun, le Maître des Animaux, dit que tu devras épouser le petit-fils bossu de la méchante reine, le lutin, quand tu seras grande. (Tolo sourit d'un air mauvais.) Lorsque tu seras reine des pirates, tu pourras faire de moi un pirate.

La princesse Janeel baissa l'instrument et regarda son frère, furieuse.

— Je n'épouserai jamais personne ! En tout cas, je n'épouserai certainement pas une créature aussi horrible que Ledavardis. Tante Kadiya dit que je pourrai aller vivre dans son manoir secret du Bourbier Vert quand je serai plus grande, si j'en ai envie. Et j'en ai envie !

— Oh non ! Les princes et les princesses ne font pas ce qu'ils veulent comme les gens ordinaires. Niki va être roi du Laboruwenda, et il sera obligé d'épouser une princesse de sang royal. Mais moi, je suis de trop. Je peux être pirate si j'en ai envie... Maintenant, redonne-moi le télescope. Je veux voir si les Sobraniens ont vraiment des plumes comme le dit Ralabun.

Janeel lui lança l'instrument avec colère et commença de redescendre. Les garçons ! Qu'est-ce qu'ils savent ? Cependant, une fois sur le pont, elle entraîna derrière des caisses la gouvernante, qui voulait la réprimander et lui faire boire une boisson fraîche au salon. Là, près du bastingage, la vieille Nyssomu et la princesse pouvaient parler tranquillement.

— Est-il vrai, s'enquit Janeel, que je serai obligée d'épouser Ledavardis du Raktum quand je serai grande ?

La gouvernante aborigène éclata de rire.

— Bien sûr que non ! Qui t'a fourré en tête de pareilles sornettes, ma chérie ?

— Tolo, grogna Janeel. Il tient ça de Ralabun.

La face inhumaine d'Immu se rida d'indignation et ses oreilles pointues tremblèrent comme des feuilles.

— Ralabun, Ralabun, Ralabun ! Je vais lui donner une telle calotte que les yeux vont lui en jaillir des orbites ! Cet imbécile ferait mieux de nettoyer les écuries royales et de laisser les affaires d'Etat à ceux qui savent !

— Alors ce n'est pas vrai ?

Immu saisit doucement le visage de la Princesse

entre ses mains à trois doigts. Toutes deux avaient presque la même taille. Les énormes yeux jaunes de la gouvernante fixèrent les yeux noisette de sa jeune protégée.

— Je te jure par les Seigneurs de l'Air que tes chers parents préféreraient mourir plutôt que te voir épouser le Roitelet Lutin du Raktum. La rumeur dont ce sot de Ralabun s'est fait l'écho est de celles que répandent les ennemis des Deux Trônes — lord Osorkon et ses semblables. C'est un mensonge.

Là-dessus elle embrassa Janeel, puis arrangea les tresses de la jeune fille, que ses acrobaties dans les cordages avaient quelque peu dépeignée. Jan n'était pas une beauté exceptionnelle comme sa mère, mais elle avait un visage avenant, constellé de taches de rousseur. Quant à ses yeux, ils respiraient l'intelligence. Elle avait des cheveux merveilleusement lustrés, d'un brun doré, lesquels lui tombaient presque jusqu'à la taille lorsqu'ils n'étaient pas tressés.

— Est-il vrai que les princesses ne peuvent pas choisir leur mari ? insista Janeel.

— Cela dépend, répondit vivement Immu. Lorsque ta tante Haramis était princesse de la couronne du Ruwenda, avant qu'elle ne devienne la Dame Blanche et que les Deux Trônes ne soient unis, sa main fut demandée par le méchant roi Voltrik du Labornok. Le roi Kreyn et la reine Kalanthe refusèrent cette alliance, car cela aurait provoqué la disparition du Ruwenda au profit du Labornok — ce qui aurait été bien différent de l'Union des Deux Trônes. La princesse Haramis a accepté d'épouser un prince du Var, bien qu'elle ne fût pas amoureuse de lui, parce que le prince était disposé à devenir comonarque du Ruwenda. Ainsi donc, ta tante a fait passer l'intérêt de son pays avant son propre bonheur, comme il était de son devoir.

— Mais tante Haramis a renoncé au trône !

— Oui. Et la couronne est passée à ta tante Kadiya, qui y a également renoncé, puis elle est échue à ta chère mère. Ta mère était beaucoup plus apte à devenir reine que ses sœurs. A cette époque-là, le brutal Voltrik était mort et Antar, ton père, était roi du Labornok. Ta mère et ton père s'aimaient beaucoup et se sont mariés. A présent ils dirigent les deux royaumes. Ils passent la Saison Sèche à la Citadelle de la Cour du Ruwenda et la Saison des Pluies au palais de Derorguila au Labornok.

— Mais Niki pourra-t-il aimer une princesse de son choix et en faire sa reine ? Et moi, aurai-je le droit de choisir mon prince ?

Immu hésita.

— J'espère qu'il en sera ainsi, ma petite chérie. Je l'espère de tout mon cœur. Mais seuls la Divinité Trine et les Seigneurs de l'Air, qui sont ses serviteurs, connaissent l'avenir, et il vaut mieux que les petites filles ne se soucient pas de telles questions. Tu te marieras dans très, très longtemps... En attendant, allons à la garde-robe ! Nous allons arriver au port de Taloazin dans seulement quelques heures. Nous allons te choisir une belle robe et te coiffer d'un diadème de joyaux. Nous devons montrer aux citoyens arrogants du Zinora que la maison royale du Laboruwenda est autrement splendide que leur petit royaume bouffi d'orgueil.

Le prince de la Couronne Nikalon partageait son poste tout en haut du mât de misaine avec un jeune marin du nom de Korik qui était devenu son ami au cours des deux semaines de traversée depuis Derorguila. Contrairement au reste de l'équipage labornoki, lequel rampait devant lui et lui donnait du Messire — tout en le traitant derrière son dos d'empoisonneur et en lui refusant accès aux parties intéressantes du navire que la Reine Anigel avait interdites aux enfants —, Korik avait eu pitié du jeune garçon qui s'ennuyait et lui avait tout montré, du puits à chaînes de l'avant-bec jusqu'au femelot de l'étambot. En cachette, il avait appris au Prince à grimper au gréement — Nikki avait ensuite montré à sa sœur et à son petit frère —, et l'avait invité à partager ses quarts dans la hune. Il lui avait appris à repérer les rochers, les bancs de poissons et les autres vaisseaux, cependant que la flottille passait les Iles d'Engi, longeait la côte du Var, et cinglait vers le Zinora. Korik avait expliqué comment fonctionnaient les cordages et les voiles, pourquoi le bateau tirait des bordées lorsque le vent soufflait dans telle ou telle direction, pourquoi ils amenaient les voiles au cours des orages, pourquoi les hommes libres faisaient de meilleurs galériens que les esclaves, et répondait de son mieux à une myriade d'autres questions.

En témoignage de reconnaissance, Niki avait dit à Korik qu'il le ferait amiral quand il deviendrait roi. Le jeune homme s'était mis à rire, rétorquant que les amiraux devaient passer trop de temps à la Cour, se rendre à de fastidieux conseils et rédiger des documents ennuyeux. Lui tenait seulement à devenir capitaine de son propre bateau.

— Et alors, avait-il confié à Niki, je serai le premier à gagner les régions extrêmes du monde connu. Je dépasserai la Sobranie, et même la Terre des Barbares à Plumes. Je ferai carrément le tour du monde, je franchirai les îles glacées de la terrible Mer de l'Aurore Boréale, je longerai la Calotte Eternelle et j'atteindrai les déserts froids au-dessus du Tuzamen. Et puis je passerai par les Iles Cernées de Flammes, je défierai les pirates du Raktum, et je retournerai sain et sauf à Derorguila.

Niki l'avait regardé, ébahi.

— Personne n'a jamais fait ça ?

— Personne, avait fièrement répondu Korik. Tout le monde a peur de la Mer de l'Aurore Boréale prise par les glaces ainsi que des monstres marins. Mais moi, je n'ai pas peur. (Il avait alors braqué les yeux sur Niki.) Un voyage d'exploration comme celui-ci coûterait beaucoup d'argent, mais le roi qui le financerait laisserait un souvenir éternel. Et je lui rapporterais des plantes, des animaux rares, de belles choses... Peut-être même découvrirais-je une nouvelle cité en ruine, quelque ville secrète des Disparus, pleine de trésors fabuleux.

— C'est moi qui financerai le voyage ! avait déclaré le prince Niki. Mais le marin s'était contenté de rire, faisant remarquer que le garçon ne serait pas roi avant de nombreuses années, vu que le roi Antar était un jeune homme robuste en bonne santé, et qu'à la mort de ce dernier Nikalon aurait sûrement oublié sa promesse.

— Je n'oublierai pas ! avait assuré le Prince de la Couronne.

Pour le moment, Niki avait les yeux tournés vers la côte, là où se trouvait la capitale du Zinora, tentant d'imaginer ce que l'on devait éprouver lorsqu'on était un jeune roi comme Yondrimel du Zinora, qui pouvait commander des explorations et accomplir d'autres grandes choses. Que devait ressentir le roi du Zinora à la veille d'être honoré pour son couronnement par tous les monarques du monde ? Bien sûr, à dix-huit ans, Yondrimel gouvernait déjà sa nation et la couronne lui était échue par héritage. Mais la cérémonie était destinée à consacrer son règne aux yeux des autres nations et à leur montrer qu'il était un vrai souverain — pas un malheureux pantin comme l'enfant-roi Ledavardis du Raktum, qui avait presque le même âge que Yondrimel, mais que sa puissante grand-mère privait de son trône. Le roi Antar avait expliqué que, lors de son couronnement, le roi du Zinora espérait conclure des alliances qui renforceraient sa souveraineté.

Bien qu'il n'eût que onze ans, le prince Nikalon comprenait déjà à quel point les alliances sont importantes. Le Laboruwenda avait conclu des alliances avec le Var et la Principauté Ilienne d'Engi sur la Péninsule. Ils faisaient du commerce librement, unissaient leurs forces pour combattre les pirates qui menaçaient leurs bateaux, et refusaient le droit d'asile aux criminels qui passaient les frontières. Le roi Antar et la reine Anigel espéraient conclure une alliance semblable avec le roi Yondrimel du Zinora. Mais c'était aussi le cas du Raktum, le plus grand ennemi du Laboruwenda, lequel avait déjà envoyé des milliers de livres de platine ainsi que nombre de cassettes de bijoux comme cadeaux de couronnement. Niki se demanda si le jeune monarque du

Zinora succomberait aux séductions pécuniaires de la Reine pirate. Elle était si riche !

Ils voguaient à proximité de la flottille raktumienne à présent. Les flancs en bois doré de l'immense trirème brillaient au soleil. C'était un magnifique spectacle que celui des centaines de bannières colorées flottant au gréement. Les trois autres vaisseaux noirs étaient presque aussi splendidement décorés. Oh oui, le Raktum était riche ! Après le couronnement, il devait y avoir un merveilleux banquet ainsi que de somptueux divertissements, et la rumeur courait que la plupart des dépenses seraient assurées par le méchant Raktum.

Niki avait demandé à son père et à sa mère pourquoi les autres souverains ne frappaient pas d'ostracisme la nation pirate. Mais ses parents s'étaient bornés à soupirer et lui avaient répondu que les grandes affaires d'Etat n'étaient pas aussi simples que les affaires de tous les jours et qu'il comprendrait mieux quand il serait plus âgé.

Niki n'en était pas si sûr.

Le prince Tolivar finit par se lasser de regarder dans le télescope magique, accroché aux cordages rugueux dans une position inconfortable, et il eut une excellente idée : il allait proposer à sa mère d'emprunter ce merveilleux jouet. Pour Dieu sait quelle raison, la reine avait paru très triste au petit déjeuner, et cela lui ferait peut-être plaisir. Tenant avec précaution le tube étroit entre les dents, le petit garçon se laissa glisser le long des cordages en forme d'échelle, sauta sur le pont, et gagna la poupe en sautillant. Au moment où il contournait le salon central, il faillit heurter de front lord Penapat et son père le Roi, qui étaient en train de pêcher. Oncle Peni le prit dans ses grands bras alors qu'il tentait de s'échapper.

— Avez-vous vu Maman ? demanda le petit Prince à son père en gigotant comme une puce. Je me suis dit que cela lui ferait plaisir d'observer le Zinora et les autres bateaux à l'aide de mon télescope.

— Elle est sur l'arrière-bec avec Lady Ellinis, et

elle compulse des papiers officiels, comme d'habitude. Tu peux lui prêter ton télescope, mais ne reste pas longtemps et ne la dérange pas par tes babillages.

— Entendu, Sire.

L'enfant s'éloigna, ses cheveux blonds flottant au vent, et le bourru Penapat secoua sa grosse tête avec tendresse.

— Quel garçon plein d'entrain ! Lui, son frère et la petite princesse en ont fait voir de toutes les couleurs à l'équipage durant la traversée, Sire.

Le roi acquiesça en riant. Il regarnit son hameçon et jeta de nouveau sa ligne. Puis son visage s'assombrit.

— J'espère que nous n'avons pas fait d'erreur en les emmenant au couronnement. Je n'y tenais pas, mais Anigel a insisté, disant qu'il était de leur devoir de rencontrer les autres monarques et d'apprendre à fréquenter des étrangers... Mais il y a toujours un certain danger dans les entreprises auxquelles le Raktum est associé. Et nous savons qu'il est partie prenante dans cette célébration.

Penapat hocha la tête.

— Grâce à Zoto, la reine Ganondri n'a qu'un petit-fils peu gâté par la nature. Heureusement qu'elle n'a pas une petite-fille qu'elle pourrait marier à Yondrimel, sinon leur alliance aurait été prédestinée !

— Le Raktum est loin du Zinora, la question n'a donc guère d'importance pour les Deux Trônes, même si Ganondri se rit de nous. Mais j'appréhende malgré tout de débarquer ici avec les enfants.

Penapat posa les coudes sur le bastingage et observa les navires raktumiens, qui se trouvaient maintenant à moins de deux encablures. On distinguait nettement les petites silhouettes des marins et des passagers sur le navire amiral de la Reine Régente. Tous regardaient bouche bée la flottille du Laboruwenda.

— Même la reine Ganondri n'oserait pas nous attaquer en présence des souverains et des nobles de sept autres nations, car ils seraient alors témoins de l'outrage, énonça lentement Penapat. Elle ne risquerait pas non plus d'offenser le roi Yondrimel en provoquant un incident à son propre couronnement.

— Tu as sans doute raison, Peni. Nous devrions plutôt nous soucier de la présence du Maître du Tuzamen.

Le chambellan, étonné, lâcha un juron.

— Du Tuzamen ? Le Tuzamen envoie donc une délégation après tout ?

Le roi hocha la tête.

— J'ai parlé à notre capitaine avant le petit déjeuner. Ce petit cotre d'Engi qui nous a dépassés tôt ce matin a signalé qu'une galère du Tuzamen nous suivait sans se presser. Le fameux Maître du Tuzamen est probablement à son bord. Son drapeau étoilé flottait à la mâture. Nous pouvons sans nul doute en conclure qu'un invité inattendu a l'intention d'honorer de sa présence le roi Yondrimel lors de son couronnement.

— Par les Pierres de Zoto ! Cela explique pourquoi la reine Anigel paraissait si abattue.

— Effectivement. Ma chère femme a toutes les appréhensions depuis qu'elle a eu vent de cette nouvelle et qu'elle a en outre appris que sa sœur Kadiya avait perdu son talisman. Et j'avoue que je ne le lui reproche pas. Elle n'a pas hésité à détacher son propre talisman de la Couronne Royale, et à le cacher parmi ses vêtements. Elle dit qu'elle veut le garder sur elle jour et nuit tant que nous serons au Zinora.

— Serait-il possible, Sire — malgré les assurances contraires que nous fournissent nos espions — que ce Portolanus du Tuzamen soit le sorcier Orogastus revenu d'entre les morts ?

— Que Dieu nous prenne tous en pitié s'il en est ainsi ! Te rappelles-tu que ce vil magicien a perverti la nature de mon père ? Ce dernier était un homme dur mais honnête, et c'est devenu un fou animé de la plus méprisable ambition... Le sorcier a obtenu par ses ruses le titre de ministre d'Etat, mais je pense qu'il avait en fait l'intention de se proclamer successeur de Voltrik après m'avoir tué. Et même aujourd'hui, l'effet de ses traîtrises et de ses menées subversives se fait sentir dans les intrigues et les soulèvements fomentés secrètement par lord Osorkon et ses amis le long des marches septentrionales aux frontières du Raktum. Si le sorcier Orogastus est toujours en vie, en ce cas il ne faut plus tenir le Tuzamen pour une contrée arriérée. Orogastus ne manquera pas d'utiliser sa magie noire pour en faire une puissante nation...

— ... et la reine Ganondri s'alliera à lui contre nous, conclut Penapat sombrement.

— Peut-être. (Antar, les yeux plissés, observa la grande galère raktumienne.) Mais la Reine Régente n'est pas née de la dernière pluie. Et c'est elle qui impose les règles du jeu. (Le Roi se redressa, sourit, et donna à son vieil ami une claque sur l' épaule.) Ne te laisse pas démonter, Peni. Une semaine de festins et de fêtes, de manœuvres délicates et de basses manigances, nous attend à Taloazin. Cessons de perdre notre temps à pêcher, et allons arracher nos braves seigneurs à leurs jeux d'argent et à leurs beuveries. J'aimerais bien que leurs armures soient astiquées et leurs épées bien affûtées.

La reine Anigel remercia chaleureusement son fils cadet de lui avoir prêté le télescope, l'embrassa, puis lui ordonna d'aller prendre un bain et changer de vêtements avec Immu. Une fois que le garçon fut parti la mine sombre, elle soupira et posa l'instrument, sans s'en être servi.

— Tolo oublie que je n'ai pas besoin de semblables instruments pour voir à distance.

Lady Ellinis, ministre de l'Intérieur des Deux Trônes, leva les yeux du document qu'elle examinait.

— Votre talisman remplit cette fonction entre autres, bien entendu.

C'était une dame vénérable, douée d'un solide bon sens. Elle était veuve de lord Manoparo, l'un des Compagnons Sous Serment, lequel avait en vain donné sa vie pour défendre la mère d'Anigel. Ellinis et ses trois fils à l'esprit délié étaient les courtisans les plus proches d'Anigel, comme l'étaient lord Penapat, le chancelier Lampiar et le lord maréchal Owanon pour Antar.

La reine tira son talisman, le Monstre aux Trois Têtes, de sous sa robe bleue toute simple, et le posa sur sa tête couverte d'une coiffe. Malgré son nom terrifiant, le talisman était une tiare de métal argenté, ornée de six petites cornes et trois grandes, arborant des motifs de fleurs, de coquilles, ainsi que trois figures grotesques : l'une représentait un Skritek hurlant, l'autre un humain, la bouche grande ouverte sous l'effet d'une douleur atroce, et la troisième, au centre, un être grimaçant à l'air féroce, dont les cheveux étaient les rayons stylisés d'une étoile. En dessous se trouvait enchâssée la goutte d'ambre luisante qui contenait un minuscule Trillium Noir fossilisé. C'était là l'amulette qui avait protégé Anigel depuis sa naissance jusqu'au jour où elle avait parachevé sa quête et trouvé le talisman.

— Veux-tu que nous observions ensemble la Reine des Pirates ? proposa Anigel à Ellinis. Le talisman partagera la vision si je le lui demande. La seule chose est que celle-ci durera peu de temps, car il faut une profonde concentration pour regarder à deux.

L'intérêt éveillé fit étinceler les yeux foncés de Lady Ellinis.

— Je serais ravie d'avoir l'occasion de voir Ganondri, ma Reine. La dernière fois que je l'ai vue en chair et en os remonte à quatre ans avant votre naissance, à l'époque où feu son fils le roi Ledamot avait épousé la malheureuse Mashriya d'Engi. Ganondri était alors une splendide créature, fière mais effacée. Je sais que cela peut paraître incroyable, vu sa réputation aujourd'hui.

— Prends ma main, ordonna la reine Anigel. Puis elle ferma les yeux et invoqua le pouvoir du talisman.

Elles virent la salle d'apparat d'un navire, tendue de coûteuses tapisseries de plumes de la Sobranie, meublée de chaises élégantes et de coffres sculptés incrustés de nacre, de corail poli, de pierres fines. Plusieurs coffres étaient ouverts, débordant de vêtements de prix qui traînaient sur le sol couvert d'épais tapis. La Reine Régente était assise devant une coiffeuse laquée surmontée d'un miroir doré. Elle fronçait les sourcils d'un air impatient tout en essayant des colliers que lui tendait une dame d'honneur tremblotante. Anigel et Ellinis n'entendaient pas ce que disaient la reine et sa compagne, car la vision n'était perçue qu'en esprit.

En dépit de son âge, Ganondri était toujours une belle femme, bien que son visage émacié fût parcouru d'un réseau de minuscules rides et fût excessivement fardé. Ses lèvres étaient contractées en une moue de mauvaise humeur. Ses yeux verts bordés de longs cils étincelaient de méchanceté. Ses cheveux, encore abondants et coiffés dans le style trop recherché qu'affectionnaient les femmes du Raktum à demi barbare, étaient de la couleur du cuivre clair, striés de mèches d'un blanc éclatant. Elle portait une robe de velours vert d'eau, brodée de fils de métaux précieux et bordée de fourrure dorée.

Après avoir éliminé une demi-douzaine de bijoux splendides en jetant apparemment quelques jurons d'impatience, Ganondri parut se décider pour un lourd collier de feuilles dorées de gonda, incrustées de centaines d'émeraudes et parsemées ici et là de diamants imitant des gouttes de rosée. La dame d'honneur tremblante lui proposa alors de grands pendants d'oreille assortis, mais la Reine les repoussa avec brusquerie et choisit à la place de petites boucles d'or ornées chacune d'un diamant.

A cet instant Anigel lâcha la main d'Ellinis et la vision qu'elles partageaient s'évanouit.

— Le goût de Ganondri en matière de bijoux est toujours aussi exquis, observa Ellinis d'une voix narquoise, mais je n'aimerais guère la rencontrer seule et sans arme dans quelque recoin obscur du Château de Taloazin. Elle aurait dévoré sa pauvre camériste, si jamais celle-ci lui avait proposé un autre collier qui ne lui eût point convenu.

Anigel remuait de sombres pensées.

— C'est une ennemie redoutable de notre nation, quel que soit son tempérament, et elle est à l'origine de l'agitation qui règne le long de nos frontières septentrionales. Je me demande si le jeune Yondrimel sera assez sot pour lui faire confiance...

— Si c'est le cas, Madame, cela lui servira peut-être à retenir la leçon du simplet qui pensait pouvoir griller sans danger des saucisses au-dessus du volcan !

Anigel soupira et rassembla les papiers qu'elle avait terminé de compulser.

— Je te prie de porter de ma part ces documents à lord Lampiar, Elli. Rappelle-lui qu'Antar et moi-même devons encore signer un message de félicitations qui sera joint à nos présents pour Yondrimel. Si le scribe n'a pas fini de le rédiger, il faut lui dire de se hâter. Ces cadeaux doivent nous devancer aussitôt que nous débarquerons à Taloazin.

Ellinis se leva, rassembla ses papiers ainsi que ceux de la Reine. Il ne faisait guère de doute pour elle que la Reine était inquiète et profondément abattue à l'idée de la visite qui s'annonçait. Elle posa doucement la main sur l'épaule de la jeune femme.

— Voulez-vous que j'envoie quérir Sharice pour qu'elle vous apporte du vin doux et quelques biscuits ?

— Non merci. Je dois réfléchir à certaines affaires la tête claire.

La vieille dame sourit avec compassion.

— Pardonnez mon insistance, Madame, mais je vous implore de prendre le temps de vous rafraîchir et de passer de beaux atours avant que nous ne débarquions.

— Oui, oui, fit Anigel avec impatience. Je ne ferai pas honte à notre nation en apparaissant vêtue comme une souillon.

— Votre beauté serait tout aussi radieuse si vous apparaissiez vêtue d'une robe en haillons, repartit Ellinis sans se laisser démonter. Mais notre peuple serait désappointé, et nos ennemis se réjouiraient.

Elle fit la révérence et s'en fut, laissant la Reine seule, assise à la petite table sous le dais rayé.

Cette partie du navire était déserte. Le vent était presque entièrement tombé depuis qu'ils avaient doublé le promontoire, et à présent la galère du Laboruwenda traversait la calme Baie des Perles à la seule force de ses deux rangées de rameurs. Les autres navires naviguaient également à la rame. La trirème raktumienne et les trois vaisseaux qui l'accompagnaicnt étaient très loin devant.

« Et si je voyais un peu ce que font les Tuzaméniens ? » se dit Anigel. Elle ferma de nouveau les yeux et donna l'ordre nécessaire à son talisman. Cette fois-ci le champ de vision était bien plus large et tous les sons naturels étaient perceptibles. Anigel avait l'impression d'être un oiseau volant au ras des vagues tandis qu'elle approchait d'un quatre-mâts solitaire peint en blanc. Ses grand-voiles blanches comme neige étaient sans emblème, mais en haut du grand mât flottait une bannière noire arborant une étoile argentée d'où dardaient une foultitude de rayons.

« Montre-moi Portolanus ! » enjoignit Anigel à son talisman. La vision se concentra sur le gaillard d'arrière du vaisseau du Tuzamen. Le capitaine et plusieurs officiers étaient réunis derrière le timonier.

Au milieu des officiers se tenait une silhouette indistincte qui semblait être celle d'un homme.

« Montre-moi Orogastus ! »

L'image du navire s'estompa. Mais elle ne fut remplacée que par un tourbillon où virevoltaient diverses teintes de gris. Anigel lâcha un cri de frustration. La vision commença à s'éclaircir et à s'étrécir. Seule demeura visible une étincelle éblouissante de lumière blanche, qui clignota puis s'éteignit.

« Montre-moi Kadiya. »

Autre bateau. Celui-ci était un navire marchand battant pavillon du Var. Il approchait à vive allure du misérable port zinorien de Kurzwe, situé à quelque quatre cents lieues à l'ouest de la capitale, Taloazin. Kadiya était allongée sur le balestron de proue, tenant une corde d'une seule main. La mer battait la coque. Vue de plus près, Kadiya ressemblait davantage à une pauvre exclue qu'à l'indomptable Dame des Yeux. Elle portait une tunique en cuir tachée de sel. Elle avait les cheveux dépeignés et raidis par les embruns. Mais ce n'étaient pas les embruns qui avaient gonflé ses yeux et mouillé ses joues. Anigel éprouva une telle compassion pour sa sœur infortunée que son cœur en fut meurtri.

Pauvre Kadi ! C'était la plus fougueuse et la plus courageuse d'elles trois. Elle ne faiblissait jamais, ne doutait jamais de ses propres capacités comme Haramis, ne s'embarrassait jamais de travail, n'était pas terne comme Anigel elle-même. Certes, Kadiya proposait souvent des solutions simplistes pour résoudre des problèmes compliqués, et elle se laissait parfois emporter par son tempérament. Mais aucun être humain n'aimait les aborigènes autant qu'elle, nul comme elle n'était prêt à donner sa vie pour eux si nécessaire.

Et voilà qu'elle était humiliée par la perte de son talisman, désespérée à l'idée de retourner dans ces îles dangereuses avec des compagnons qui étaient braves, mais ne connaissaient rien à l'art de la navigation ni à celui de la survie en climat maritime. Dans l'incapacité de communiquer avec ses sœurs et néanmoins certaine qu'elles avaient appris la terrible perte, elle ignorait qu'Anigel et Haramis avaient déjà mis au point un plan pour retrouver le talisman perdu une fois que le couronnement serait terminé.

Courage, chère Kadi ! Hara et moi t'aiderons à récupérer ton Œil Incandescent Trilobé.

La silhouette abattue ne relevait-elle pas la tête ? Son visage ne s'éclairait-il pas ? Etait-il possible qu'elle entendît ? Anigel en forma le vœu. Kadiya s'essuya les yeux et se souleva. Elle se mit à cheval sur le balestron au lieu de rester étendue à ses risques et périls. Ses larmes cessèrent de couler et elle arbora une expression pensive.

Oui, Kadi, oui ! Rappelle-toi que nous sommes Trois et que nous sommes Une !

Puis Anigel donna un ultime ordre à son talisman.

« Montre-moi Haramis. »

L'Archimage leva les yeux d'une grande carte

marine qu'elle était en train d'étudier dans sa bibliothèque et regarda sa sœur cadette en souriant.

— Tu es triste, Ani ?

— Je t'avoue que je viens d'avoir une vision de Kadiya et que l'amertume de ses remords m'a fendu le cœur. J'espère que tu as raison et que, si je me rends sur le lieu où son talisman a sombré, mon propre talisman ordonnera à l'Œil Incandescent Trilobé de retourner entre les mains de sa maîtresse.

— Tout ira bien, assura l'Archimage. Notre sœur n'a pas perdu son talisman par négligence, mais seulement par malchance. Elle n'est coupable de rien. Quant au pouvoir magique de son talisman, il demeure intact.

— Il n'empêche que j'ai scrupule à ne pas partir à sa recherche sur-le-champ, repartit Anigel.

— Nous avons déjà évoqué et réglé cette question. L'honneur de ton pays réclame ta présence au couronnement. Le talisman de Kadiya est en sûreté dans les profondeurs marines. Quiconque tenterait de le toucher sans sa permission ne manquerait pas de trépasser, et Portolanus avec son coffre magique ne s'en est point approché. Il y a toutes les chances pour qu'il ne sache même pas que Kadi l'a perdu.

— Oui. Tu as certainement raison.

— Il faudra du temps à Kadiya pour retourner aux îles, même si elle est en mesure de louer un bateau zinorien. Au cas où elle et ses compagnons s'y rendraient par leurs propres moyens, il leur faudra faire très attention et rester en vue des côtes jusqu'à ce qu'ils atteignent la plus septentrionale des Iles Sans Vents, avant de gagner l'Ile du Conseil. Celle-ci se trouve à plus de huit cents lieues de Kurzwe par la route la plus courte. Tu pourras sans nul doute les dépasser grâce à tes bateaux rapides, même si tu restes jusqu'à la fin des cérémonies du couronnement.

— Oui, je suis d'accord. Il sera relativement aisé de suivre sa course grâce au Monstre à Trois Têtes... Je présume que tu n'as toujours pas réussi à parler à Kadi.

— Malheureusement non, reconnut Haramis. J'ai

essayé à maintes reprises sans résultat. Celle qui m'a précédée, Binah, était certainement capable de parler aux humains et aux Peuples malgré la distance, mais elle avait derrière elle beaucoup plus d'années de pratique que moi. Lorsque Kadiya n'a pas son talisman, je suis incapable de lui adresser la parole, bien que je la voie et l'entende distinctement.

— Lorsque je l'ai vue tout à l'heure, dit Anigel avec hésitation, je n'ai pas pu m'empêcher de ressentir son infortune et je lui ai souhaité bon courage. Elle... il m'a semblé qu'elle lisait plus ou moins dans mes pensées.

— Vraiment ! Peut-être est-ce ton profond amour et ton sens de la compassion qui accompagnent ton discours mental. Je dois avouer que Kadi m'a contrariée ces derniers temps, et cela affecte sans nul doute ma concentration. Je désespère parfois de devenir un authentique Archimage. J'étudie sans cesse, mais dès qu'il s'agit d'utiliser mes pouvoirs magiques, j'échoue trop souvent.

— Balivernes ! L'ancienne Dame Blanche t'a choisie.

— Elle s'est peut-être contentée de choisir le fruit le moins gâté dans un panier de fruits bien peu prometteurs... Mais je ne vais pas t'ennuyer avec les doutes qui me tourmentent. Je surveillerai de près tous les acteurs du drame qui se noue, et je t'informerai si je devine quelque stratagème diabolique. Reçois ma bénédiction, petite Sœur, et porte-toi bien.

A l'instant où disparaissait la vision d'Haramis, s'évanouirent la bonne humeur et l'espoir d'Anigel. Fort préoccupée, elle porta ses regards par-delà la poupe du navire, par-delà les trois autres vaisseaux du Laboruwenda. Ses yeux se fixèrent sur l'horizon et le haut promontoire qu'ils venaient de doubler.

Un autre navire pénétrait au même moment dans la vaste Baie des Perles. Un navire si blanc qu'on le distinguait nettement bien qu'il fût à quelque cinq lieues de distance. Anigel le suivit des yeux, comme hypnotisée, jusqu'à l'arrivée du prince Antar un quart d'heure plus tard. Il l'embrassa pour dissiper son malaise et l'emmena déjeuner.

5

Le petit prince Tolivar, peu en train après avoir dû supporter la longue cérémonie du couronnement au Temple de la Mer, entra dans une rage folle et refusa de laisser Immu l'habiller quand il apprit que son frère aîné, Nikalon, porterait une épée miniature pour le bal du couronnement, alors que lui n'en porterait pas.

— Niki a toujours ce qu'il y a de mieux... Uniquement parce qu'il est Prince de la Couronne ! gémissait l'enfant âgé de huit ans. Ce n'est pas juste ! Si je n'ai pas d'épée, je n'y vais pas !

Là-dessus il s'échappa, et les domestiques durent le poursuivre à travers les innombrables salles de l'ambassade du Laboruwenda à Taloazin, cependant que le carrosse attendait dehors. Le Roi et la Reine étaient furieux de ce retard. Deux vaillants valets de pied finirent par dénicher le garçonnet, caché dans la cave à vin. Il hurlait toujours et ils furent contraints de le tenir tandis qu'Immu le forçait à endosser son costume de brocart pourpre. Le roi Antar était tellement en colère contre son fils rebelle qu'il déclara qu'en guise de punition Tolo n'aurait pas le droit de se servir du télescope magique lors du voyage de retour.

— Vous me détestez ! lança à son père le garçon courroucé qui pleurait à chaudes larmes. Vous traitez toujours Niki mieux que moi. Je vais m'enfuir au Raktum et me faire pirate. Comme ça, vous regretterez de ne pas m'avoir laissé porter une épée !

Les parents désemparés firent monter les trois enfants en toute hâte dans le carrosse et ordonnèrent au cocher de fouetter les froniaux. Le Roi et la Reine furent à vrai dire les derniers souverains à arriver au nouveau palais au bord de la rivière, où le bal devait avoir lieu. Dans l'antichambre noire de monde de la salle de bal, ils confièrent provisoirement les enfants à Lord Penapat et à son épouse Lady Sharice. Puis, accompagnés d'un huissier zinorien dans tous ses états, ils se dépêchèrent de gagner leurs places dans la Procession des Félicitations.

— Pourquoi est-ce qu'on ne peut pas entrer avec Papa et Maman ? demanda Tolo avec irritation.

— Parce que ce n'est pas encore notre tour, rétorqua le prince Nikalon. Cesse de te conduire comme un enfant gâté.

— Vous trois entrerez après les rois, les reines et les autres souverains, annonça gaiement Lady Sharice. Venez maintenant avec moi et oncle Peni. On nous a réservé un endroit d'où nous pourrons regarder le nouveau roi du Zinora recevoir ses invités de marque.

— Cela ne me paraît pas très amusant, maugréa Tolo.

— Ce n'est pas fait pour être amusant, repartit la princesse Janeel. C'est ton devoir. Lorsque la procession sera terminée, nous pourrons manger, danser et nous divertir. Mais il faut d'abord que tu te tiennes correctement un petit moment.

La Princesse prit Tolo par une main, Lady Sharice le prit par l'autre, et toutes deux, traînant le petit garçon, pénétrèrent dans une enceinte délimitée par des cordelettes de satin bleu. Là, une foule de rejetons de sang royal ou de haute noblesse en tenue d'apparat étaient réunis. Il y avait des enfants et des adultes, bavardant ou gloussant pour la plupart. Tolo, le visage renfrogné, se laissa choir sur le sol de marbre poli au milieu de la foule indifférente.

— Je vais rester assis ici, déclara-t-il sans prêter attention aux adjurations scandalisées de Lady Sharice.

Lord Penapat se pencha et commença à gourmander le garçon, mais il s'interrompit presque aussitôt et se redressa, oubliant Tolo et ses caprices, car quelqu'un venait d'émettre un sifflement strident.

— Le sorcier ! Regardez... C'est Portolanus du Tuzamen qui fait son entrée !

Tolo fut instantanément debout.

— Oncle Peni, prenez-moi dans vos bras ! Je veux voir le sorcier !

— Certainement, mon garçon. (Penapat prit l'enfant sur l'épaule.) Le voilà justement en train de passer la porte. Par les tripes de Zoto ! Quel spectacle !

— Oooh ! (Tolo écarquillait les yeux d'épouvante.) Va-t-il faire des tours de magie ce soir ?

— J'en suis sûre, assura Lady Sharice en lâchant un petit gloussement. Oh oui, j'en suis absolument certaine !

— Cela doit être merveilleux d'être sorcier. (Tolo soupira.) Personne ne peut forcer un sorcier à faire quelque chose qu'il n'a pas envie de faire... Je serai peut-être sorcier quand je serai grand. Pas pirate.

Lord Penapat reposa par terre le garçon en riant.

— Quelle idée saugrenue !

— Attendez un peu, dit Tolo.

Mais au même instant toute son attention fut captée par le début du bal, et il oublia ce qu'il venait de dire.

Portolanus s'était délibérément abstenu d'assister à toutes les festivités qui avaient précédé le couronnement. Il était de même resté ostensiblement en retrait durant la cérémonie, entouré de ses serviteurs et de ses courtisans, si bien que la plupart des gens n'avaient fait que l'entrevoir. Ce n'était qu'à ce bal somptueux, où les souverains des diverses nations allaient défiler solennellement afin de présenter leurs hommages au roi Yondrimel nouvellement couronné, que le Maître autoproclamé du Tuzamen ferait finalement son apparition.

Tout seul, portant des vêtements inappropriés de la plus haute fantaisie, il se mit tout au bout de la magnifique procession, faisant mine de ne pas entendre les chuchotements, ni de remarquer que les yeux des dignitaires et des nobles étaient presque tous braqués sur lui, et non sur le roi Yondrimel.

Un orchestre d'une centaine de musiciens était en train de jouer. Les murs de l'immense salle de bal étaient tendus de soie damassée rouge bordeaux. Il y avait des pilastres dorés et d'énormes miroirs encadrés de rubis, de jaspe et d'onyx. Le spectacle était illuminé par de grands lustres dorés où brillaient des milliers de chandelles. De grandes fenêtres de chaque côté de la salle étaient ouvertes, laissant entrer des brises parfumées en provenance des jardins.

C'était le début de la soirée. Près d'un millier d'invités s'étaient rendus dans le palais des plaisirs situé sur la rive du Zin, lequel avait été spécialement construit pour l'occasion. La plupart des personnes présentes étaient des nobles zinoriens, arborant des perles coûteuses, orgueil de la nation. Parmi les visiteurs, les Raktumiens étaient fort nombreux. Beaucoup de pirates, hommes et femmes, portaient des casques et des cuirasses décorés de bijoux, et non de grandes robes d'apparat.

La reine Anigel et le roi Antar furent parmi les derniers à prendre la place qui leur était assignée dans la procession.

— Je ne vois pas de ressemblance entre Orogastus et ce Portolanus, murmura Antar à sa femme en observant l'allure bizarre du Maître du Tuzamen. Le sorcier que j'ai connu voici douze ans avait un visage bien fait et un corps robuste. Cet individu est gauche, voûté, et il a des traits si irréguliers que c'en est presque comique. Il n'y a chez lui absolument rien d'imposant ni de menaçant. Il ressemble davantage à un saltimbanque qu'à un sorcier. Tu l'as vu coiffé de ce petit chapeau pointu ridicule, avec cette étoile en diamant sur le dessus ? Il l'a tellement enfoncé sur la tête que ses oreilles rebiquent !

De fait, le monarque du Tuzamen ne payait pas de mine. Sa barbe hirsute ainsi que ses moustaches jaune vif ridiculement longues étaient excessivement bouclées et pommadées. Il était vêtu d'une robe de cérémonie voyante, verte avec des raies orange, si ample qu'on eût cru qu'il portait une tente ! La moitié de l'assistance ricanait en le regardant, mais il affectait une indifférence suprême, souriant et distribuant des clins d'œil de pitre à droite et à gauche, agitant ses doigts noueux en un geste de salutation narquoise.

— Portolanus n'a pas conquis le Tuzamen par un tour de passe-passc, chuchota la reine Anigel avec une certaine rudesse. Je suis d'accord qu'à cette distance il ne paraît pas ressembler au vieil Orogastus, et qu'il ne semble pas entouré de cette aura de magie noire contre laquelle Haramis m'a mise en garde. Mais bien des années se sont écoulées et il a dû souffrir de grandes privations sur la calotte glaciaire. Son aspect physique a sans doute fortement changé. Il faut que je l'observe de plus près une fois que nous aurons parlé au roi Yondrimel. Jusqu'ici, Portolanus a été aussi insaisissable qu'une anguille.

Une puissante fanfare se fit entendre.

— Ah voilà, cela débute, soupira Anigel. Ma couronne est-elle droite ? Elle est si lourde que je suis impatiente de l'ôter.

— Tu es la Reine la plus rayonnante de l'assistance, l'assura Antar.

Il avait refusé de porter l'armure de parade ouvragée et le casque à tête de monstre incrusté de bijoux, qui étaient les insignes royaux traditionnels du Labornok. Son diadème de platine et de diamant était de petite taille, presque modeste en comparaison de l'imposante Couronne de la Reine du Ruwenda, brillante d'émeraudes et de rubis, surmontée d'un soleil de diamant cerné d'un large nodule d'ambre. Au cœur de l'ambre se nichait un Trillium Noir fossilisé, emblème du petit pays marécageux qui avait remporté une victoire si inattendue sur son puissant voisin. D'où était née l'Union des Deux Trônes. Anigel et Antar étaient tous deux vêtus de bleu. La robe de cérémonie d'Antar était bleu nuit, et son ceinturon était incrusté de saphirs. Anigel portait une robe azur, rappelant le beau ciel de la Saison Sèche, avec des smocks ajourés, des broderies sur les manches, le corsage et les panneaux de la traîne. Elle portait un collier de petits morceaux d'ambre de trillium, orné de cabochons de saphirs qui étaient exactement de la même couleur que ses yeux.

Les monarques avançaient à présent vers le jeune roi du Zinora selon un strict ordre de préséance. La nation la plus ancienne était en tête, tandis que la plus jeune, le Tuzamen, était en dernier. Les premiers à rendre hommage au roi furent le Prince Eternel Widd et la Princesse Eternelle Raviya de la minuscule Principauté Ilienne d'Engi, nation si dépourvue de tout et si peu peuplée que même les pirates du Raktum dédaignaient de la razzier. Engi se targuait néanmoins d'être la maison royale la plus vénérable du monde connu. Ses marins étaient également les plus habiles, et le Prince Eternel, malgré ses airs excentriques, était un vieux malin qui avait servi de médiateur dans de nombreux conflits de la Péninsule.

Anigel sourit en constatant que cette chère vieille Raviya portait la même robe de brocart bordeaux légèrement élimée qu'elle avait déjà mise lors de la prise de nom du prince Tolo huit ans plus tôt. La couronne de Widd était posée de guingois et celui-ci gratta calmement son fondement princier tout en donnant à Yondrimel quelques conseils lapidaires.

Venaient ensuite le roi Fiomadek et la reine Ila du Var. Lui était un individu rondelet d'allure guindée, elle était d'une douceur toute maternelle. Ils étaient, l'un comme l'autre, couverts de tant de bijoux qu'Anigel s'émerveilla qu'ils pussent tenir droit. Le Var prospère, qui était le voisin oriental le plus proche du Zinora, avait considéré avec une certaine appréhension le flirt du jeune roi avec le Raktum et le Tuzamen. Fiomadek se montra d'une cordialité nerveuse et pérora trop longtemps, tandis qu'Ila amena un sourire figé sur le visage de Yondrimel lorsqu'elle l'engagea à ne plus tarder à se choisir une épouse.

Puis ce fut au tour d'Anigel et d'Antar. Attendu que le Ruwenda était la nation la plus ancienne, Anigel parla la première. Elle s'en tint à de brefs souhaits de prospérité. Antar formula des vœux plus précis :

— Nous vous souhaitons un règne long et prospère, Frère, et nous aurons à cœur d'entretenir les bonnes relations qui ont existé entre le Zinora et le Laboruwenda durant le règne de votre père. Les Deux Trônes, ainsi que les monarques d'Engi et du Var seraient heureux que vous deveniez membre de la Concorde Péninsulaire si tel était votre désir.

Yondrimel était grand pour ses dix-huit ans. Il avait des yeux bleu clair qui dardaient des regards à droite et à gauche comme s'il eût attendu l'arrivée imminente d'un personnage plus important. Il avait l'habitude irritante de se passer continuellement le bout de la langue sur ses lèvres fines. Il avait déplu à Antar et Anigel dès les premiers instants. Il les avait accueillis fraîchement six jours plus tôt, manifestement déçu qu'ils n'eussent point offert de présents plus onéreux. Pour son couronnement il portait une tenue de cuir blanc et de drap d'or. Son diadème était également en or, incrusté d'innombrables perles de couleurs différentes. Des perles ornaient de même son baudrier, le fourreau de son épée et la gaine de son poignard. Il portait accrochée à une chaîne autour du cou une magnifique perle rose irisé, qui avait presque la taille d'un œuf de griss.

— Je vous remercie de vos aimables paroles, répondit Yondrimel mielleusement. Quoique le Roi mon père — paix à son âme — ait refusé de faire partie de votre alliance pour des raisons qui lui semblaient valables, j'examinerai avec le plus grand soin votre estimable proposition, et lui porterai la même attention scrupuleuse qu'aux autres propositions des nations de bonne volonté.

Antar et Anigel hochèrent la tête, souriant toujours, et commencèrent à se retirer vers une petite alcôve où les monarques pouvaient se restaurer. Derrière eux le chef barbare Denombo, qui se donnait le titre d'Empereur de Sobranie, s'avança à grandes enjambées, vêtu d'une étonnante robe de cérémonie de plumes multicolores, et entreprit de haranguer le jeune roi. L'orchestre jouait si fort que les spectateurs se trouvant à plus de trois ou quatre aunes ne pouvaient entendre les propos échangés entre le roi et les monarques qui lui rendaient hommage.

— Yondrimel ne m'a pas paru accueillir ta proposition très favorablement, chuchota Anigel à son mari. Je crains que le prince Widd et le roi Fiomadek n'aient eu raison quand ils ont laissé entendre qu'il nourrissait de dangereuses ambitions.

Antar arbora une expression sinistre.

— Si des aborigènes hostiles interdisent au Zinora tout commerce avec les Iles Sans Vents, cela risque de lui porter préjudice. Le Var deviendrait alors un prix de consolation bien tentant.

— Yondrimel serait-il assez stupide pour défier la Péninsule tout entière et envahir le Var ?

— Sûrement pas seul. Il n'a pas suffisamment de navires, et passer par terre est impossible. Mais si le Raktum se joignait à lui...

— En ce cas, nous, membres de la Concorde Péninsulaire, serions obligés de combattre aux côtés de notre allié. (Les doigts d'Anigel agrippèrent le bras de son mari.) Oh, Antar ! Nous jouissons de la paix depuis si longtemps... Je crains que le peuple du Ruwenda ne soit guère enclin à faire la guerre pour défendre le Var qui est un pays riche.

— Et si nous envoyons nos loyaux chevaliers et soldats labornokis, abandonnant à Osorkon et aux autres lords à l'honnêteté douteuse le soin de nous défendre contre une éventuelle invasion de la part du Raktum, notre frontière septentrionale sera alors une vraie passoire. Les forces terrestres de la reine Ganondri sont insignifiantes par rapport à son imposante flotte de navires de guerre, mais qui peut dire combien d'armées équipées d'armes magiques le Maître du Tuzamen serait capable de mettre à sa disposition ?

— Mon ami, nous allons devoir nous occuper d'Osorkon et de sa faction hypocrite dès que nous serons de retour à Derorguila, décréta Anigel. Nous devrons retarder l'installation de la Cour à la Citadelle du Ruwenda jusqu'à ce que les affaires soient réglées au Labornok.

Ils étaient parvenus à l'alcôve, mais au lieu de se servir à l'élégant buffet, ils se joignirent aux monarques d'Engi et du Var, qui ne se faisaient pas scrupule de contempler le défilé ininterrompu, chuchotant entre eux.

Le vulgaire Empereur de Sobranie avait terminé son compliment et s'éloignait d'un pas lourd, arborant un air fat sur sa figure à barbe rousse. Derrière lui, Yondrimel se passait frénétiquement la langue sur les lèvres. Il donna l'impression de disparaître dans sa robe de cérémonie au moment où il accueillit une femme corpulente entre deux âges, au sourire bienveillant. La reine Jiri, de la nation prospère de Galanar, avait encore six filles à marier, outre les trois qu'elle avait déjà mariées aux souverains d'Imlit et d'Okamis.

— Il ne va pas y couper, siffla le Prince Eternel Widd avec une joie non dissimulée. Le roi et la reine du Var firent chorus, commentant avec force sarcasmes les chances qu'avait Yondrimel de rester longtemps célibataire devant la redoutable offensive matrimoniale de Jiri. La reine du Galanar parla un long moment au jeune roi. Lorsqu'elle prit enfin congé après l'avoir embrassé sur la joue, on le vit essuyer ses paumes et son front royaux à l'aide d'un mouchoir de soie.

Puis vinrent les deux Duumvirs de la République d'Imlit, sobrement habillés, et le Président d'Okamis (accompagnés de leurs splendides épouses du Galanar), dont les compliments furent heureusement fort brefs. Ils furent suivis de la reine régente du Raktum et de son petit-fils le roi Ledavardis, qui faisait sa première apparition à une cérémonie zinorienne, ayant été « indisposé » précédemment.

— Dites donc, il n'est pas gâté par la nature, n'est-ce pas ? chuchota la reine Jiri à Anigel. Je n'ai pas pu me résoudre à honorer le Raktum d'une proposition de fiançailles... Ce sont des pirates après tout, et il faut savoir garder son rang. Mais en voyant le Roitelet Lutin en chair et en os, je bénis mon indécision.

Ledavardis était désolant à voir, et le contraste était accusé par sa présence aux côtés de sa magnifique grand-mère, vêtue de velours cramoisi incrusté d'or, de diamants, de rubis, arborant une couronne deux fois plus massive que celle du Ruwenda. A seize ans, le roi du Raktum était robuste, mais courtaud. Il avait de larges épaules et la colonne vertébrale déformée. Sa tête, cerclée d'une simple couronne dorée, était trop grande pour le cou étroit qui la soutenait, et ses traits étaient grossiers. Seuls ses tristes yeux bruns étaient aussi grands et lumineux que ceux d'un troubadour. Il était vêtu de soie noire brodée d'or, laquelle ne réussissait qu'à faire ressortir ses difformités. Il ne souffla mot lorsque la reine Ganondri et Yondrimel se saluèrent avec effusion. Quand Yondrimel tenta de faire parler Ledavardis, ce dernier se borna à murmurer quelques mots, fit un geste gauche de salutation, et gagna l'alcôve avec une agilité surprenante. Ganondri, de toute évidence irritée contre lui, fut contrainte d'abréger sa conversation et de le suivre.

Elle entra majestueusement dans la salle du buffet, le menton relevé, sans prêter attention à la petite grappe de souverains qui s'effaçaient prestement devant elle, se dirigea droit vers les carafes à vin en cristal, et se remplit un grand gobelet. Le grossier Empereur de Sobranie, le seul qui jusque-là se fût servi au buffet, cessa d'enfourner de la volaille grillée et examina un instant le visage plein de mépris de Ganondri. Puis il parut perdre l'appétit et rejoignit tous ceux qui regardaient le Maître du Tuzamen.

Portolanus prit son temps pour approcher de Yondrimel. Les diamants au sommet de son chapeau pointu étincelaient à la lumière des chandelles. Voûté, il avançait d'une démarche mal assurée, avec une lenteur exaspérante, continuant de gratifier les spectateurs de salutations moqueuses et de grimaces grotesques. Ceux-ci ricanaient maintenant ouvertement, manifestement satisfaits que la première partie des festivités fût achevée pour laisser enfin place au clou du spectacle.

Le roi Yondrimel fronça les sourcils, puis reprit aussitôt son impassibilité, s'humectant les lèvres sans répit, comme pour les empêcher de se fendiller. Souriant à la silhouette qui approchait, il leva les deux mains en un geste de chaleureuse amitié, qu'il n'avait jusqu'ici réservée qu'à Ganondri et Ledavardis.

Portolanus leva soudain le bras droit.

La musique cessa mystérieusement, interrompue en plein milieu.

La foule eut un hoquet de surprise et retint son souffle.

Le sorcier tenait à la main une baguette dorée dotée à son extrémité d'un diamant taillé qui jetait des éclairs prismatiques. Sourire aux lèvres, il se fendit en la pointant contre le roi à la manière d'un escrimeur. Yondrimel, saisi, recula avec appréhension.

— Ah, ah ! coassa le Maître du Tuzamen. Aurait-on peur ?

Il poussa une nouvelle botte. Il y eut un éclair et un nuage de fumée. Un tas de petites pièces brillantes de platine, jusqu'à la hauteur du genou, apparut en tintant devant le jeune monarque surpris. La foule des souverains, des nobles et des courtisans stupéfaits poussa des acclamations.

Yondrimel ravala les paroles d'indignation qu'il avait d'abord failli prononcer. S'humectant les lèvres, il commença à remercier Portolanus de ce monceau d'argent. Mais il s'interrompit quand le Maître à l'esprit dérangé se mit à tourner sur lui-même comme une toupie, faisant bouffer son ample robe vert et orange. Le sorcier en vrille se transforma en une boule indistincte. Seul son chapeau conique surmonté de l'étoile de diamant demeurait immobile. Puis la boule ne fut plus qu'un bout de tissu à plat sur le sol, le chapeau se dressant au centre, ridicule.

Portolanus avait disparu.

— Par les dents de Zoto, murmura Antar. Ce n'est qu'un illusionniste de carnaval !

Quelque chose se produisait sous le tissu rayé. Le

chapeau pointu trembla. Le tissu fut parcouru de vagues concentriques, puis secoué de grands sursauts irréguliers, et se gonfla à nouveau comme un ballon, tandis que le chapeau branlait follement sur le dessus. La sphère rayée prit la taille du double d'un homme et la foule ravie se mit à crier, attendant la suite avec une certaine appréhension. A l'intérieur du ballon une lumière croissait puis décroissait en intensité. Le sens du chapeau s'inversa soudain, de telle sorte que le diamant étincelant se trouva posé en équilibre sur le tissu.

L'étoile s'enfonça, transperçant le ballon lumineux. Il y eut un éclair éblouissant et une forte explosion. Tout le monde se mit à hurler. L'instant d'après, tous revirent Portolanus, habillé comme au début. Il se donnait des claques sur les genoux et riait aux éclats. Après un moment d'ébahissement, le roi Yondrimel se mit à sourire et à applaudir. Les nobles et les courtisans s'empressèrent de l'imiter.

— Méprisable ruse de charlatan, confia Antar à Anigel avant de se détourner pour se servir un verre de vin.

Mais le sorcier s'écria :

— Arrêtez !

Et il pointa vers Antar sa baguette en cristal.

Tous les yeux dans la salle se braquèrent dans cette direction. Le silence se fit soudain. Antar se retourna lentement et regarda Portolanus, le visage aussi impassible que celui d'une statue. L'une de ses mains était posée sur le pommeau de son épée.

— Est-ce à moi que vous avez adressé la parole, magicien ?

— Effectivement, grand Roi du Laboruwenda, répondit-il d'un ton enjôleur. Si vous condescendiez à approcher, le Maître du Tuzamen aurait le plaisir d'accomplir des merveilles qui sauraient peut-être en imposer même à votre scepticisme royal.

Anigel saisit le bras de son mari.

— Non, mon amour ! N'y va pas !

Mais Antar se dégagea et regagna à grandes enjambées le centre de la salle de bal, là où Yondrimel se tenait devant son trésor éparpillé, bouche bée, le regard fixe et attentif pour une fois. Un coup de vent soudain gonfla les rideaux de gaze, et un roulement de tonnerre se fit entendre dans le lointain. Il y eut aussitôt un autre coup de tonnerre bien plus fort, puis un fantastique éclair illumina les jardins au bord du fleuve. Un formidable troisième coup de tonnerre fit trembler le palais tout entier.

Le sorcier sourit.

— Après les petits amusements que je viens de vous offrir, je vais vous faire une démonstration plus étendue de mes pouvoirs. Que diriez-vous d'un orage, inhabituel pour la saison ?

Une nouvelle série d'éclairs éclairèrent le jardin comme en plein jour. Les chemins bien tracés furent parcourus de boules de feu bleu de la taille de melons. D'autres boules de feu tournoyaient autour des mâts des grands navires amarrés le long du quai. Avant que la foule stupéfaite n'eût pu réagir, l'une de ces boules pénétra en sifflant par une fenêtre, et se posa sur la baguette tendue de Portolanus.

— Par la Fleur ! souffla Anigel. Il se fait obéir de la tempête !

La face aux traits distordus du sorcier se tourna vers elle avec une expression rayonnante. La lumière bleue de la boule de feu rendait la figure de Portolanus encore plus hideuse.

— Oh oui. Et mes pouvoirs ne s'arrêtent pas là, fière Reine. Je commande des récompenses pour mes amis, et tout le contraire pour mes ennemis et détracteurs. Je vous somme tous de vous en souvenir.

Puis, l'air de rien, il lança la boule de feu contre Antar.

Jurant, le roi dégaina son épée et assena un formidable coup à l'inquiétant projectile. A l'instant où la lame touchait la flamme bleue, Antar et Portolanus furent enveloppés de deux légers nuages de fumée.

Anigel hurla et se précipita en avant. Elle tira sa couronne talisman de sous sa robe et la brandit devant elle à deux mains.

— Reste, Portolanus ! Je t'ordonne de rester et de me rendre mon mari !

Le palais fut assailli par un autre terrible coup de tonnerre accompagné d'un éclair, et tous se mirent à hurler. Le vent qui se levait s'engouffra dans les lustres et commença de souffler les bougies. Anigel réprima un sanglot quand elle comprit que le talisman ne ferait revenir ni Antar ni le sorcier. Hors d'elle, elle se tourna vers le roi Yondrimel. Celui-ci était devenu pâle de terreur. Ses courtisans et ses gardes se précipitèrent à ses côtés.

Anigel se planta devant lui en brandissant son talisman. L'ambre de trillium enchâssé dedans brillait tel un minuscule soleil. L'ambre au sommet de sa grande Couronne Royale et l'ambre de son collier brillaient pareillement.

— Ordonnez à Portolanus de faire revenir le roi Antar ! cria-t-elle à Yondrimel d'une voix terrible. Misérable traître ! Je vous l'ordonne !

— Je ne peux pas le faire revenir ! gémit le jeune roi. Ne me faites pas mal ! Je ne savais pas... Je n'imaginais pas... Ils ne m'ont jamais dit que...

— Regardez ! hurla l'Empereur de Sobranie. Là-bas sur la rivière ! Les bateaux pirates du Raktum ont appareillé ! Ainsi que le navire du sorcier ! Je vous parie un sac de couronnes de platine qu'ils ont enlevé Antar !

Tous se ruèrent aux fenêtres pour regarder. A la lumière des éclairs incessants ils aperçurent cinq galères qui gagnaient le milieu du fleuve et se dirigeaient vers l'estuaire, leurs voiles gonflées par le vent de la tempête. Quatre des navires étaient noirs, l'un était blanc. Il ne fallut que quelques secondes à la foule pour comprendre que les invités du Raktum et du Tuzamen s'étaient tous éclipsés au cours du spectacle de magie.

— Sus aux pendards ! s'écria la redoutable reine Jiri du Galanar.

Les nobles et les chevaliers du Laboruwenda, du Var et d'Engi, reprirent son cri, aussitôt imités par les dignitaires indignés d'Imlit et d'Okamis. Ce fut le tohu-bohu. L'empereur Denombo et ses Sobraniens couverts de plumes exhibèrent leurs épées à deux lames, sautèrent par les fenêtres de la salle de bal en poussant leur cri de guerre, et piétinèrent les parterres de fleurs pour se rendre sur les quais. D'autres les suivirent en empruntant des itinéraires plus conventionnels, sans se soucier de la pluie torrentielle qui s'était mise à tomber, trempant leurs beaux habits.

Lady Ellinis, la Princesse Eternelle Raviya et la reine Ila du Var, tentaient de réconforter Anigel, toujours clouée sur place au beau milieu de la salle de bal. Le roi Yondrimel avait disparu, ainsi que la plupart de ses compatriotes. Plusieurs des jeunes enfants de sang royal s'étaient mis à pleurnicher. Les invités d'un certain âge, de même que les femmes qui n'avaient pas accompagné les guerriers, entourèrent la reine du Laboruwenda pour lui témoigner leur sympathie.

Anigel brandissait toujours son talisman.

— Je veux voir mon mari Antar ! ordonna-t-elle.

Ceux qui l'entouraient poussèrent des cris d'épouvante quand ils virent la couronne entre ses mains se transformer en un miroir où tourbillonnait un maelström lumineux. Puis apparut l'image d'un homme vêtu de bleu foncé. Il était étendu inanimé sur une petite couchette. Trois solides pirates, encore vêtus de leur tenue de cérémonie, le gardaient sabre au clair.

— Je veux voir quel navire transporte Antar ! s'exclama Anigel.

Le talisman montra l'énorme trirème de la reine régente du Raktum.

— Je veux voir Portolanus !

La nouvelle scène représenta le pont arrière du vaisseau amiral de la reine Ganondri. Celle-ci s'y trouvait, sa robe rouge flottant au vent, entourée de plusieurs officiers. Anigel discerna également le halo maintenant familier qui nimbait la forme indistincte d'un homme.

— Montre-moi dans quel ordre font route les navires du Raktum et du Tuzamen, ordonna Anigel.

Le miroir fit apparaître les cinq vaisseaux descendant le fleuve à la queue leu leu. La grande trirème noire était en dernier. Ses trois rangs de rames étincelaient sous les éclairs. La vision s'évanouit un instant plus tard.

— Courage, jeune fille, dit à Anigel la vénérable princesse Raviya en lui donnant une petite tape d'encouragement sur l'épaule. Avec ce vent, nos petits cotres rapides rattraperont bien vite ces canailles, et les empêcheront d'utiliser leurs rames et leurs gouvernails.

— Et le bon vieil empereur Denombo ainsi que ses barbares les suivront de près, ajouta la reine Ila. Son bateau est presque aussi gros que le navire amiral des pirates, et mieux équipé pour l'éperonner.

— Les Raktumiens ne pourront pas se servir de leurs catapultes à soufre, précisa Lady Ellinis. Avec un peu de chance, nous rattraperons ces scélérats avant qu'ils n'atteignent la haute mer.

— Non, dit Anigel sombrement. Regardez mon talisman.

Tous tentèrent d'entrevoir le nouveau spectacle magique par-dessus son épaule. Le premier des cotres d'Engi venait d'entrer dans le champ de vision derrière la grande trirème et se rapprochait vivement de celle-ci. Tout d'un coup un gigantesque éclair illumina le fleuve, et l'on vit une étrange colonne noire comme l'encre surgir de la mer devant les Engiens, deux fois plus haute que les trois grands mâts de la trirème. Le minuscule vaisseau engien, qui filait vent debout, essaya de virer de bord. Mais la colonne lui barra le chemin et le heurta de plein fouet. Le cotre disparut comme s'il n'eût jamais existé.

Les spectateurs se récrièrent d'horreur.

— Qu'est-ce que c'est ? demanda l'une des filles de la reine Jiri. Un serpent de mer aux ordres du sorcier ?

— Non, répondit Raviya d'Engi, les larmes coulant sur ses joues ridées. C'est une trombe marine..., une sorte de tornade qui se forme en mer. Nous en voyons parfois autour de nos îles durant les moussons d'été, mais jamais au cours de la Saison Sèche. Malheur ! En voici une autre ! Nos valeureux marins vont bientôt renoncer à toute poursuite, ainsi que les autres. Aucun vaisseau, aussi solide soit-il, ne peut résister au choc d'un pareil monstre.

A l'autre bout de la salle de bal, un nouveau tumulte s'éleva parmi les gardes zinoriens de l'entrée principale.

— Madame ! Oh, Madame, quelle calamité ! s'exclama quelqu'un.

Un homme vêtu d'un habit de cérémonie labornoki courut vers Anigel.

Elle abaissa son talisman. La vision disparut et la lueur de l'ambre s'évanouit, ainsi que le rayonnement de ses bijoux. Son visage avait pris une expression hagarde, mais elle attendit sans souffler mot que Lord Penapat arrivât jusqu'à elle. Il avait une mine égarée et sa large face était si rouge qu'il donnait l'impression d'être sur le point de défaillir.

— Oh, Madame ! (Il tomba à genoux devant la Reine.) Comment oserais-je vous dire ? Quelle honte !... Quelle traîtrise !... Comment a-t-elle pu faire une chose pareille ?

— Calmez-vous, Peni. Allons, mon vieil ami ! Nous savons déjà que le Roi a été enlevé par cet infâme sorcier...

— Mais ce n'est pas tout ! (Le gaillard agita les bras de désespoir.) Mon épouse ! Ma propre femme, Sharice ! Elle a trouvé un prétexte pour me faire quitter la salle de bal durant la Procession des Félicitations. Elle m'a donné un mot, extrêmement urgent d'après elle, que je devais remettre au maréchal Owanon. Le message m'a toutefois semblé incompréhensible, et quand j'ai voulu retrouver ma femme, on m'a dit qu'elle était partie, qu'elle les avait emmenés avec elle, et je n'ai pas compris, et... Oh, mon Dieu ! J'ai couru à leur poursuite, mais il était déjà trop tard !

Anigel crut que son cœur allait cesser de battre.

— Mes enfants, gémit-elle d'un voix blanche. Mes enfants...

— Sharice les a enlevés, dit le chambellan en pleurant. Tous trois, ainsi que ma femme, ont été vus à bord de la galère de la Reine Pirate.

— Ce message pour Lord Owanon, questionna Lady Ellinis d'un ton impérieux. Que disait-il ?

— Il y avait seulement deux mots, répondit Penapat. « *Votre talisman* ».

6

Sur les Iles Cernées de Flammes et les Iles Enfumées, les volcans marins étaient en éruption. Des cratères en sommeil sur la côte avaient également commencé à fumer de manière alarmante, et les terres qui les entouraient étaient parcourues de secousses. Des tempêtes de neige anormales pour la saison se mirent à souffler sur les Montagnes Ohogan et les autres chaînes non volcaniques qui longeaient la Calotte Glaciaire Eternelle au sud de la Péninsule. Dans les plaines et sur le haut plateau marécageux du Ruwenda, de formidables orages avaient éclaté. Quant aux mers méridionale et orientale, elles étaient agitées de tempêtes hurlantes.

Dès les prémices de ce temps calamiteux, dès les premiers frémissements des entrailles brûlantes du monde, Haramis s'était aussitôt douté de quelque chose. La sensibilité particulière qu'elle avait acquise au cours des années — cette faculté mystique de percevoir les choses qui alertait l'Archimage lorsque quelque chose allait de travers dans son pays ou parmi son peuple — suscita en elle un profond sentiment de malaise. Et ce malaise n'était pas entièrement dû au choc des événements du couronnement dont Anigel lui avait fait part.

Dans les heures qui suivirent, après s'être assurée

qu'elle ne pouvait rien faire dans l'immédiat pour aider Antar ou les enfants enlevés, Haramis se servit de son talisman pour passer en revue les pays de la Péninsule, puis les nations au-delà. Elle étudia les tempêtes, les tremblements de terre, les glissements de terrain anormaux, les volcans en éruption, l'affolement des animaux sauvages, et elle comprit que tout cela n'était pas uniquement un effet secondaire de la tempête magique déchaînée par Portolanus pour favoriser sa fuite du Zinora. Il y avait autre chose, quelque chose de bien pis.

Elle exigea que le Cercle aux Trois Ailes lui donnât une explication.

Le talisman lui fit voir une fois encore un trillium couleur de sang. Puis il parla :

« Aujourd'hui l'équilibre du monde est assurément compromis, car l'héritier réincarné des Hommes de l'Etoile a deux éléments du grand Sceptre du Pouvoir en sa possession. Gare, Archimage de la Terre ! Prenez conseil d'autres de votre espèce et corrigez vos imperfections. Agissez, et abstenez-vous de vos vaines études et de vos recherches inappropriées. Sinon les Hommes de l'Etoile finiront par triompher, et les progrès des douze mille dernières années seront réduits à néant. »

La voix se tut. Haramis, paralysée, incrédule, gardait les yeux rivés sur la vision du Trillium de Sang. Puis celle-ci s'évanouit. L'indignation succéda alors à la crainte. Furieuse, elle se leva de sa table et se mit à faire les cent pas devant la cheminée.

Prendre conseil de qui ? De ses deux sottes de sœurs ?

Corriger ses imperfections ?

Sa vie qu'elle avait consacrée à l'étude et au service : vaine ?

Les soins attentionnés avec lesquels elle veillait sur le Laboruwenda et les contrées en rapport avec lui : inappropriés ?

Comment le talisman osait-il l'insulter ainsi ? Elle faisait de son mieux depuis douze ans qu'elle était Archimage. Le Ruwenda et le Labornok étaient unis et connaissaient la paix, les humains prospéraient et les aborigènes..., eh bien, la plupart d'entre eux jouissaient d'un sort meilleur que jamais. Si l'équilibre du monde était menacé, c'était l'infâme sorcier Portolanus qui en était certainement la cause, pas elle !

Et pourquoi, au lieu de lui ordonner de consulter ses sœurs, le talisman n'avait-il pas attiré l'attention sur leurs imperfections autant que sur les siennes, alors que leurs défauts étaient autrement patents ?

Kadiya par exemple ! Toujours à se démener comme une folle, toujours à proposer des solutions simplistes aux problèmes complexes qui affectaient les relations entre humains et Peuples. Arrogante dans son pharisaïsme, toujours prête à lever des lièvres qu'il eût mieux valu laisser dormir. Elle avait perdu son précieux talisman du fait de sa négligence et de sa stupidité. Et maintenant c'était Portolanus qui s'en était emparé...

Et puis il y avait Anigel, cette charmante et digne reine. Qui gouvernait avec une telle prudence, un tel optimisme, que cela frôlait l'aveuglement, car elle dédaignait de prêter attention aux doléances du Labornok et aux injustices manifestes au Ruwenda, estimant avec une confiance béate que les difficultés se régleraient d'elles-mêmes. Son mari, plus sensé, avait essayé de l'avertir de ce qui se passait, mais à maintes reprises elle avait balayé ses arguments, prétendant qu'ils n'étaient pas fondés. Et lui, qui l'aimait déraisonnablement et qui ne voulait pas risquer de pomme de discorde entre eux deux, s'était convaincu qu'elle avait raison. Pauvre roi Antar, aveuglé à ce point par son profond attachement !

Et les trois enfants de sang royal à qui l'on apprenait que la vie était une délicieuse tapisserie de paix et de joie, choyés, surprotégés, sauf le jour où il l'aurait vraiment fallu ! Et maintenant le Roi et les enfants tous les quatre enlevés et mis à rançon, risquant de périr si Anigel ne livrait pas son talisman magique à Portolanus.

Et elle le ferait ! Elle était suffisamment faible et sentimentale pour le faire !

Seigneurs de l'Air, quelles sottes que ses deux sœurs ! Comment diable l'Archimage Binah avait-elle pu les juger dignes de posséder des instruments magiques d'un tel pouvoir ? Pourquoi les trois talismans n'avaient-ils pas tous été confiés à ses soins ?

Haramis savait qu'elle aurait été fort capable de les garder en toute sécurité. Et si elle avait eu les trois talismans, elle aurait pu reconstituer le Sceptre du Pouvoir afin d'affronter Portolanus sur-le-champ, qui que fût ce magicien. Mais vu la situation inextricable dans laquelle elles se trouvaient à présent..., autant abandonner que d'attendre en tremblant ici que le Maître du Tuzamen vienne l'attaquer, armé des deux autres talismans.

« Grands Dieux, Seigneurs de l'Air, venez à mon aide, chuchota-t-elle, les yeux brûlants. Le monde va de travers en effet — pas seulement cette petite Péninsule dont je suis la gardienne — et je me conduis comme une pauvre idiote, accusant mes sœurs de ce désastre, prête à céder à Portolanus sans même livrer combat ! »

Agis.

Anigel se figea. Elle fut saisie d'une vaine fureur, et les larmes lui vinrent aux yeux.

« Agir ? Mais comment agir ? Dois-je gagner le Sud à dos de voor et m'attaquer au sorcier sur le navire de la Reine Pirate ? Bien avant que je ne parvienne jusqu'à lui, il brandira sûrement le talisman de Kadiya, que cet infernal coffre étoilé a dû unir à lui ! Pourquoi l'avoir laissé s'emparer de cet objet ? Pourquoi l'avoir laissé atteindre le Kimilon ? *Pourquoi avoir laissé vivre Orogastus ?*

Un grand coup de vent souffla dans la cheminée, projetant sur elle une gerbe d'étincelles, véritable admonition divine. Une étincelle lui brûla la main, et elle poussa un hurlement, lâchant le talisman accroché à son cou. La brûlure était sans gravité. Maugréant, elle écrasa les braises qui rougeoyaient sur la carpette, tentant en même temps de recouvrer son calme. Puis elle régla le registre de la cheminée et se laissa choir sur la carpette, fixant sur les flammes ses yeux embués de larmes.

Le vent mugissait entre les créneaux de la Tour. Un vrai cantique funèbre. L'idée de musique la fit penser à ce brave Uzun, le harpiste et joueur de flûte nyssomu qui avait été le cher ami de ses jeunes années. Chaque fois qu'elle avait eu un moment de découragement, il s'était inlassablement efforcé de la réconforter. Ce sage Uzun, si divertissant avec son inépuisable stock d'histoires invraisemblables, qui l'avait fidèlement accompagnée lors de la quête de son talisman, jusqu'à ce qu'il n'eût plus la force de poursuivre. Uzun qui était passé dans un monde meilleur voici cinq ans. Elle n'avait à présent plus personne à qui se confier, plus personne pour l'accepter et l'aimer malgré toutes ses imperfections. Elle n'avait pas un seul véritable ami. Ses seuls compagnons étaient ses serviteurs vispis qui l'appelaient Dame Blanche avec une crainte respectueuse et croyaient qu'elle avait les pouvoirs ainsi que la sagesse de Binah parce qu'elle portait le manteau du vieil Archimage.

C'était risible... En dépit de toutes ses études, elle n'avait toujours qu'une bien faible idée des pouvoirs de son talisman. Apparemment il lui faudrait encore tâtonner un temps infini, apprendre peu à peu à l'utiliser. L'Archimage Binah avait vécu jusqu'à un âge incroyable et avait exercé ses grands pouvoirs magiques même sans talisman, mais elle n'avait point laissé de manuel de magie à son successeur. Haramis avait fait de son mieux. Mais maintenant, à l'heure la plus critique, elle était impuissante, et ses efforts étaient nargués par l'objet énigmatique qu'elle portait autour du cou.

D'autres. Prenez conseil d'autres de votre espèce.

D'autres ?

Elle fronça les sourcils, puis ses traits se détendirent. Pour la première fois, les mots qu'avait prononcés le talisman pénétrèrent sa conscience et devinrent clairs. D'autres ? Pas ses sœurs, alors, mais..., mais... Ce n'était pas possible ! Binah le lui aurait dit !

Et si Binah n'avait pas su ?

Haramis se détourna du feu, essuya ses larmes, éleva de nouveau son talisman entre ses mains tremblantes.

— Suis-je le seul Archimage au monde ?

Non.

Elle eut un hoquet de surprise.

— Vite ! Je veux en voir un autre ! Un autre !

Le cercle se voila d'une brume nacrée. Mais encore une fois elle distingua ces volutes bien particulières qu'elle avait déjà vues quand Portolanus s'était rendu invisible. « Bien sûr, grommela-t-elle. Ils sont également protégés, tout comme moi-même. » Elle s'adressa derechef à son talisman :

— Combien d'Archimages y a-t-il ?

Un Archimage de la terre, un Archimage de la mer, et un Archimage du firmament.

Voilà donc ce qu'il en était ! Elle-même devait être l'Archimage de la terre. Il en restait donc deux autres.

— Seraient-ils... Seraient-ils prêts à me parler ? A m'aider ?

Seulement si vous alliez les voir.

— Comment puis-je les rencontrer ?

Il y a deux façons. La première est que vous y soyez invitée par eux. Pour connaître la seconde façon, il faut vous rendre à l'Inaccessible Kimilon.

Haramis poussa un cri de joie.

— Grâces soient rendues à la Divinité Trine ! Je vais m'y rendre sur-le-champ !

La porte de la bibliothèque s'ouvrit et Magira jeta à l'intérieur un coup d'œil inquiet. Plusieurs autres grands Vispis se tenaient derrière elle.

— Dame Blanche ? Avez-vous appelé ? Il nous a semblé entendre un cri de douleur...

Le visage à présent radieux, l'esprit en émoi, Haramis secoua la tête.

— Ce n'était qu'une étincelle qui m'a brûlé la main. Vétille... Mais je suis heureuse que vous soyez là. Prévenez les gardiens des voors ! Demain dès l'aube je vais partir pour le Kimilon. Envoyez-moi immédiatement Shiki, notre hôte. Je veux lui demander s'il est prêt à m'accompagner. Préparez des musettes, des abris portatifs, tout ce qui sera nécessaire pour le voyage et pour un séjour d'au moins dix jours dans le désert de glace.

— Mais, Dame Blanche... ! s'exclama Magira, consternée. Cette tempête magique ! Et si les volcans de la côte sont en éruption, ne pourrait-il en être de même pour ceux du Kimilon ?

— Je peux résister à n'importe quel orage déchaîné par Portolanus, répliqua Haramis. J'ai au moins appris cela lorsque j'ai étudié mon talisman. Quant aux éruptions volcaniques et autres perturbations, je ne doute pas de pouvoir les calmer si elles nous menacent, moi ou les miens. Ce voyage est d'une importance primordiale si je veux faire face au danger que représente Portolanus pour le monde. Va maintenant, et fais ce que je t'ai dit.

Elle se rassit à la table et brandit son talisman. Avant de partir à l'aventure, il lui fallait à nouveau examiner la situation chaotique qui régnait dans le sud et conseiller Anigel sur la marche à suivre. Si celle-ci était laissée à elle-même, la Reine serait fort capable de tout gâcher ! Mais d'abord : son autre sœur.

« Je veux voir Kadiya », ordonna l'Archimage.

Elle vit une rue étroite balayée par la pluie dans une ville misérable — zinorienne par le style des habitations —, ainsi qu'un port de mer. Il y avait un nombre extraordinaire de tavernes, dont moult enseignes étaient agrémentées de motifs nautiques. Kadiya, Jagun et une bande de plus d'une douzaine de grands Wyvilos à l'air farouche parcouraient la rue pavée, sac sur l'épaule, arborant des expressions sinistres. Il était évident qu'ils n'avaient toujours pas trouvé de bateau pour les ramener aux Iles Sans Vents.

Haramis posa deux doigts sur l'ambre de trillium enchâssé dans son talisman et ferma les yeux. La vision de sa sœur et de ses amis pénétra sa conscience. Elle vit la pluie battante à Kurzwe, entendit les carillons des tavernes, les croassements mélancoliques des pothis retenus au sol, sentit le vent marin et la puanteur des venelles sordides.

« Kadiya ! Kadiya ! C'est Haramis qui appelle. M'entends-tu ? »

L'expression du visage de sa sœur demeurait inchangée. Manifestement Kadiya avait l'esprit totalement occupé par ses propres problèmes et n'était nullement réceptive aux sollicitations mentales d'Haramis.

L'Archimage soupira, rouvrit les yeux, et bannit la vision. « Peut-être pourrais-je tenter de parler à Kadiya dans ses rêves. Il doit bien y avoir un moyen de communiquer avec elle malgré la distance, même si elle n'est plus en possession de son talisman. »

Il s'agissait maintenant de visionner à nouveau les pirates ainsi qu'Anigel. Haramis prit près d'elle un parchemin. C'était une carte de la côte du Zinora. Elle la déroula, et la maintint bien à plat en posant à ses quatre coins un livre, le candélabre, un cube noir des Disparus, qui chantait de mystérieuses chansons si l'on appuyait sur son bouton, et un gobelet à thé. Puis elle ordonna au talisman :

« Montre-moi distinctement le navire de la reine Ganondri. Je désire une vue plongeante qui m'indiquera également quelles terres et îles se trouvent à proximité. Je désire que le sud soit orienté vers moi. »

De nouveau elle ferma les yeux. La vision qui surgit dans son esprit n'était pas aussi facile à interpréter que les cartes élégantes du miroir de glace, à présent inopérant, d'Orogastus. Elle avait tenté en vain d'apprendre au talisman à lui indiquer l'échelle et à caractériser les formes des terres, des fleuves, ou à lui donner d'autres informations topographiques. Mais elle avait appris depuis des années à interpréter les vues d'ensemble anonymes que consentait à montrer le talisman. Et elle avait recours au trésor de cartes que recelait la bibliothèque pour déterminer la région exacte qui était montrée.

C'était la deuxième fois ce soir-là qu'elle étudiait la position de la trirème de la Reine Pirate. Comme c'était la nuit et que la tempête soufflait, elle perçut une vision à laquelle manquaient les vives couleurs du grand jour, une vision en gris et noir. Le navire raktumien était un point entre deux petits îlots, à peine visible et maintenant loin devant les quatre autres vaisseaux qui avaient navigué de conserve avec lui plus tôt dans la soirée. Une grande étendue de terre était partiellement visible sur la gauche. Haramis dut bien enregistrer mentalement la configuration du terrain, puis étudier la carte avant de pouvoir déterminer la position du navire.

« Ah ! Je t'ai repéré ! » Le vaisseau se trouvait à plus de cent lieues au sud-ouest par sud de Taloazin. Comme elle l'avait craint, il ne rentrait pas au port, mais avait mis le cap droit sur les Iles Sans Vents. Portolanus et les captifs étaient à bord. Haramis marqua la position du navire amiral raktumien sur la carte, puis donna l'ordre au talisman de lui montrer les autres vaisseaux raktumiens, le navire du Tuzamen appartenant à Portolanus, ainsi que la flottille de quatre bateaux d'Anigel, qui les poursuivait. Les redoutables trombes marines avaient dissuadé les autres nations de se joindre à la poursuite.

Les navires raktumiens plus lents et le bateau solitaire du Tuzamen étaient à vingt lieues environ derrière la trirème. La distance se creusait car le vaisseau de la Reine Pirate filait rapidement, emporté par le vent de la tempête. Le vaisseau amiral d'Anigel était à quinze ou seize lieues derrière les pirates. Les trois vaisseaux qui l'escortaient étaient à la traîne.

« Montre-moi maintenant le roi Antar », ordonna Haramis au talisman.

La vision qu'elle eut de lui ne différait guère de ce qu'elle avait vu trois heures auparavant. Il était toujours allongé inanimé sur une couchette inconfortable dans quelque endroit dégoûtant de la cale, pieds et poings liés, gardé par deux brutes. Secouant la tête de compassion, Haramis demanda à voir les trois enfants.

Ils n'étaient plus dans la cabine assignée à la perfide Lady Sharice, mais avaient été enfermés dans un local sombre de petites dimensions, doté d'une porte à barreaux. L'image qu'Haramis avait d'eux était agitée de violents soubresauts, suivant le rythme des mouvements du bateau pris dans la tempête. On entendait un grondement périodique ainsi que le craquement permanent de poutres. De grandes piles de chaînes mouillées et rouillées, aux énormes maillons, s'apercevaient derrière les fines paillasses sur lesquelles dormaient Nikalon, Janeel et Tolivar. Leurs habits de cérémonie étaient tachés de saleté et de rouille.

« Le puits à chaînes à la proue du navire : voilà où ils sont enfermés. Les pauvres petits ! Ani doit être bouleversée quand elle les voit grâce à son talisman. Toutefois, ils ont l'air d'être indemnes. »

Elle demanda à visionner sa sœur. La Reine faisait peine à voir. Enveloppée dans un manteau de marin en cuir, elle se tenait au bastingage sur le gaillard d'arrière du navire amiral du Laboruwenda, face tournée vers la tempête. Elle portait sur la tête son talisman, le Monstre aux Trois Têtes, et il était évident qu'Anigel était elle-même en train de visionner sa chère famille quand Haramis l'interrompit.

— Hara ! Sommes-nous loin d'eux ? s'enquit la Reine. Je ne comprends rien à ce que m'indique mon talisman.

— Il faut que tu indiques à ton capitaine de changer légèrement de cap, répondit l'Archimage, qui lui communiqua la position et le cap exacts de la flottille raktumienne. Le sorcier et les pirates filent à toute allure vers les Iles Sans Vents, et ne rentrent pas au port comme nous le pensions au début. Ils sont partis à la recherche du talisman perdu de Kadi, et le vent diabolique qu'a déclenché Portolanus risque de les amener à l'Ile du Conseil en moins de trois jours s'il tient.

— Nous ne les rattraperons jamais. (Le regard d'Anigel trahissait son désespoir.)

— Il y a une possibilité. Une fois que la trirème atteindra la haute mer, entre la terre et les îles, elle sera prise dans les calmes. Ces îles ne s'appellent pas pour rien Iles Sans Vents ! Je doute que même Portolanus puisse faire lever une brise suffisante dans ce labyrinthe d'îles, de rochers et de récifs. Ton navire est moins massif que celui des Raktumiens, tes rameurs sont libres et pleins de bonne volonté. Tu pourrais les dépasser à la rame.

— Kadi a-t-elle déjà quitté Kurzwe ?

— Malheureusement, non. Apparemment elle essaie toujours d'affréter un navire. J'ai encore essayé de lui parler, mais sans succès. Ani, il faut que tu essaies. Tu es plus proche de son cœur que moi...

— Ne dis pas ça ! Elle t'aime autant que moi, et je sais que ton amour est aussi fort.

Haramis soupira.

— Quoi qu'il en soit, fais tout ton possible. Si elle quittait sur-le-champ Kurzwe à bord d'un bateau rapide, elle pourrait atteindre l'endroit où elle a perdu son talisman avant Portolanus.

— Mais nous avions originellement prévu d'avoir recours à mon propre talisman pour récupérer celui de Kadiya au fond de la mer. Comment pourrait-elle faire sans mon aide ?

— Je ne sais pas. Il suffirait qu'elle trouve le moyen d'empêcher Portolanus de s'en servir jusqu'à ce que toi et tes bateaux arriviez sur place. Tâche de parler à Kadiya dans son sommeil. Il se peut qu'elle soit plus réceptive dans ces moments-là. Il faut absolument qu'elle parvienne au talisman avant le sorcier !

— Très bien. Je ferai tout mon possible. Mais continue à veiller sur nous et à nous guider, Hara.

L'Archimage hésita.

— J'ai un nouveau plan pour confondre Portolanus, mais je ne veux pas encore en parler. Ne t'affole pas si dorénavant je ne te parle plus très souvent.

Toutefois, si tu as vraiment besoin de moi, fais appel à moi tout de suite.

Le visage d'Anigel s'éclaira.

— Un nouveau plan ? oh, Hara, dis-le-moi.

L'Archimage secoua la tête.

— Il pourrait s'avérer vain si Portolanus s'emparait du talisman de Kadi ou du tien. Tu te rappelles sans doute que le sorcier est retourné une seconde fois au Kimilon et en a seulement rapporté un mystérieux coffre. J'ai demandé à mon talisman ce que pouvait bien être ce coffre, et il m'a répondu que cet objet était capable de rompre le lien unissant les talismans à leurs détentrices. Il suffit de les placer à l'intérieur de ce coffre magique et de jeter le sort approprié.

— Veux-tu dire que le sorcier pourrait toucher nos talismans sans qu'il lui arrive quoi que ce soit ?

— C'est peut-être encore pis : il pourrait s'en rendre maître et les utiliser, une fois que serait rompu le lien les unissant à nous.

— Par la Fleur !

— Ani, ma chérie. Je sais que tu t'inquiètes follement du sort de ton cher mari et de tes chers enfants. Mais tu dois résister à la tentation de payer la rançon qu'exige Portolanus. Il ment sûrement quand il prétend rendre Antar et les enfants sains et saufs en échange de ton talisman. Notre seul espoir est de délivrer les captifs. Jure-moi que tu ne céderas pas au sorcier !

— Je... je tiendrai bon. Lord Owanon et ses courageux chevaliers m'aideront à tirer Antar et les enfants des griffes des pirates. Nous trouverons bien un moyen. Ah ! Si seulement je pouvais m'approcher assez près de ce damné sorcier pour qu'il soit frappé du Monstre à Trois Têtes ! Il n'aurait jamais pu s'emparer de mes êtres chers si je m'étais avisé de ce qu'il manigançait.

Haramis adressa encore à sa sœur quelques mots de réconfort, puis la vision s'évanouit. Elle se leva et se dirigea vers une série de casiers qui contenaient de nombreuses cartes enroulées. Puis elle ordonna à son talisman d'en trouver une représentant la calotte glaciaire à l'ouest du Tuzamen. Mais manifestement une telle carte n'existait pas. En fouillant, Haramis découvrit des cartes du Tuzamen (toutefois sans beaucoup de détails), ainsi qu'une carte unique de la chaîne de montagnes où vivait le peuple des Doroks. Aucun document ne représentait l'Inaccessible Kimilon.

Certes, Haramis avait visionné ce lieu grâce à son talisman, et elle avait reculé d'effroi devant le spectacle de la petite enclave cernée de glaciers et couverte de volcans fumants. Mais elle avait été absolument incapable d'apprendre où ce lieu se situait exactement, et aucun livre de la vaste bibliothèque ne pouvait lui apporter la moindre information. Il était maintenant évident qu'en définitive l'Archimage Binah n'avait nullement utilisé le Kimilon comme dépôt. Peut-être avait-il servi avant que Binah n'entrât en fonction et remontait-il à la nuit des temps. Ou peut-être cet endroit appartenait-il à l'un des deux autres, l'Archimage de la Mer ou l'Archimage du Firmament...

Elle entendit un léger grattement à la porte de la bibliothèque.

— Entrez, dit Haramis.

Elle laissa là les cartes et alla accueillir Shiki.

Le robuste petit aborigène s'était presque entièrement remis depuis son épreuve, qui remontait à voici une semaine. Ses énormes yeux n'étaient plus injectés de sang et brillaient d'un éclat doré. Son visage aux traits quasi humains et ses mains ne souffraient presque plus d'engelures. En raison du froid il avait perdu le bout de ses deux oreilles pointues, et celles-ci étaient bandées. Les suivantes vispis de la Tour lui avaient confectionné de nouveaux vêtements, et il arborait fièrement un médaillon avec l'emblème de Trillium Noir accroché à une chaîne autour du cou, s'étant consacré au service de l'Archimage.

— Magira dit que vous désirez vous rendre au Kimilon, Dame Blanche.

— A condition que tu sois disposé à me guider, Shiki. Malgré mes cartes et mon art de la magie, je ne parviens pas à savoir où le Kimilon se trouve exactement. Il est protégé par les glaces, mais aussi sans doute par quelque enchantement.

Le petit homme hocha la tête avec une expression solennelle.

— Je vous y emmènerai volontiers et je serai prêt à donner ma vie pour vous si les Seigneurs de l'Air l'exigent. Aucune tâche ne saurait me donner plus de bonheur que de vous aider à causer la perte de l'infâme sorcier qui a assassiné ma famille et mes amis. Y a-t-il d'autres membres du Peuple de la Montagne qui nous accompagneront à dos de voor ?

— Non. Seuls toi et moi nous y rendrons. Et il se peut que nous ayons à... aller encore plus loin que le Kimilon avant la fin de notre voyage. Dans des endroits où nul membre des Peuples ni nul être humain n'est jamais allé. Des endroits terrifiants.

Shiki tendit sa main à trois doigts en souriant.

— Je suis prêt, Dame Blanche. Nous sommes tous les deux forts. Nous irons où nous devons aller et nous reviendrons sains et saufs. Je le sais.

Haramis serra la main de Shiki dans les siennes, et lui rendit son sourire.

— Tu dois savoir précisément de quelles fournitures nous aurons besoin. Veux-tu aller trouver les gardiens des voors afin que tout soit prêt pour notre départ demain matin de bonne heure ?

— Entendu.

Il adressa à Haramis un joyeux signe de tête et s'en fut.

Agis.

Tel était l'ordre que lui avait donné le talisman. Le temps de l'étude, de l'observation, de la réflexion, était passé. Ses forces physiques avaient autrefois été mises à rude épreuve, car elle avait traversé de dangereuses montagnes grâce aux graines de Trillium Noir qui l'avaient guidée vers son talisman. Cependant cette fois-ci elle ne pouvait pas compter sur des graines magiques, mais seulement sur un petit homme vulnérable qui était parvenu par accident à la Tour.

Accident ? Oh, Haramis...

« Silence », dit-elle fermement. Elle glissa le talisman sous sa robe, éteignit le candélabre, s'apprêta à quitter la bibliothèque.

Mais soudain une pensée lui traversa l'esprit. Comment parler à Kadiya ? Bien sûr ! « Haramis, nigaude ! » s'exclama-t-elle.

Elle éleva alors son talisman et lui donna des ordres.

7

Kadiya, Jagun et les quinze grands Wyvilos de la Forêt de Tassaleyo se trouvaient devant l'avant-dernière taverne dans laquelle ils n'étaient pas entrés. Le tonnerre grondait, le carillon de bambou accroché à l'enseigne de l'estaminet tintait sous la bourrasque, annonçant même au voyageur le plus obtus qu'il pouvait se restaurer à l'intérieur.

— Peut-être notre chance va-t-elle tourner dans ce bouge, déclara Kadiya. Nous devons trouver un bateau au plus vite, car un noir pressentiment m'incite à partir rapidement à la recherche de mon talisman. Jagun, tu fermeras la marche comme toujours et tu prendras garde au guet. Il se peut que notre réputation nous ait précédés. Lummomu-Ko, ordonne, je t'en prie, à tes guerriers de garder leur flegme cette fois-ci si d'aventure la racaille nous provoque ou nous insulte dans la taverne. Demande-leur au moins de ne pas causer de rixe avant que je n'aie pu interroger tous les capitaines à l'intérieur.

Le plus massif des Wyvilos, dont la tenue naguère élégante était à présent salie par la tempête qui se déchaînait dans le port de Kurzwe, répondit :

— Si ces misérables Zinoriens refusent toujours de nous affréter un bateau, il faudra que nous en revenions à notre plan de repli et que nous mettions à la voile par nous-mêmes.

— C'est vraiment la dernière chose que je tienne à faire, répliqua Kadiya. Avec cette tempête surnaturelle, nous n'avons que des chances minimes de parvenir vivants aux Iles Sans Vents sans avoir à notre bord des marins expérimentés.

Le jeune Wyvilo du nom de Lam-Sa, qui avait aidé Lummomu-Ko à sauver Kadiya de la noyade, intervint :

— Eux aussi pourraient se laisser convaincre.

Ses défenses acérées luirent sous les éclairs intermittents, et ses compagnons se mirent à ricaner d'un air menaçant.

— Non, les admonesta Kadiya. Affréter un vaisseau contre une somme d'argent, c'est une chose, mais enlever un équipage tout entier en est une autre. Je préfère perdre à jamais mon talisman plutôt que le récupérer par des moyens indignes. J'ai prié les Seigneurs de l'Air pour qu'ils nous viennent en aide. Nous arriverons bien à trouver un navire.

Tout à coup, Jagun le Nyssomu émit un cri strident. Il se raidit, les pupilles de ses yeux jaunes dilatées, et fixa le ciel. La pluie cinglait sa large figure aplatie.

— Vieil ami, qu'est-ce qui ne va pas ? s'écria Kadiya.

Mais le petit homme se tenait là paralysé, l'œil rivé sur quelque chose que personne d'autre ne voyait. Enfin, au bout de plusieurs minutes, il revint lentement à lui, ses yeux perdirent leur aspect vitreux, et son corps se détendit. Il considéra Kadiya l'air ahuri et chuchota :

— La Dame Blanche ! Elle s'est adressée à moi !

— Quoi ? s'écria Kadiya, médusée.

Jagun se saisit la tête à deux mains, comme pour empêcher son cerveau de s'échapper.

— Extralucide, elle a parlé ! Vous savez que nous autres du Peuple du Bourbier savons parler à nos congénères grâce à notre langue sans mots, bien que nous n'y soyons point passés maîtres comme nos cousins les Uisgus et les Vispis. Et vous-même m'avez parlé à distance maintes fois grâce à votre talisman. Mais je n'avais encore jamais entendu la Dame Blanche.

— Qu'a-t-elle dit ? demanda Kadiya, qui ne se possédait presque plus.

— Elle... elle s'est accusée d'être une sotte. Il lui fallait absolument vous parler, mais cela lui était impossible, maintenant que vous avez perdu votre talisman. Elle vient seulement d'avoir l'idée de s'adresser à moi pour que je puisse vous transmettre son message. Elle avait oublié que j'étais avec vous, et elle pensait que vous étiez seulement en compagnie des Wyvilos, qui ont plus de mal à recevoir la langue sans mots quand elle vient de loin.

— Oui, oui..., mais le message ?

— Hélas, Extralucide ! L'abominable sorcier Portolanus est à bord d'un bateau rapide et il cingle plein sud pour récupérer votre talisman.

— Divinité Trine !

— La Dame Blanche dit que si nous appareillons immédiatement, nous aurons peut-être encore une chance de parvenir au talisman avant lui.

— A-t-elle dit comment je pourrais le récupérer ? demanda Kadiya avec empressement.

— Votre sœur la reine Anigel est elle aussi à la poursuite du sorcier. Si vous pouviez toutes deux parvenir ensemble à l'endroit où vous avez perdu le talisman, la Dame Blanche pense que vous pourriez récupérer votre talisman grâce à celui de la Reine...

— Jagun, si cela pouvait être...

Mais au même instant la porte de la taverne d'en face s'ouvrit brusquement. En surgirent des torrents de lumière, de cris, de musique discordante, de rires d'ivrognes. Juste après, apparurent deux humains bien bâtis, vêtus de tabliers sales. Ils tenaient solidement un client qui se débattait en hurlant. Cet homme portait une tenue exotique : un pantalon en soie noire fourré dans de grandes bottes rouges, un gilet constitué de pièces de cuir multicolores, un beau manteau rouge, ainsi qu'un chapeau à large bord et à plumes noires. Ce chapeau, attaché derrière la nuque à l'aide de rubans écarlates, était enfoncé sur le front du bonhomme de telle sorte qu'il l'aveuglait et dissimulait ses traits.

— Au secours ! Au voleur ! hurla-t-il. Es... Escrocs ! Lâchez-moi ! Les dés sont pipés, j'vous dis.

Les deux garçons de cabaret le soulevèrent et le jetèrent dehors, puis claquèrent la porte. Le malheureux atterrit face contre terre au beau milieu de la grand-rue boueuse. Le chapeau qui dissimulait ses traits l'empêcha d'avaler de la boue. Il demeura étendu là piteusement. La pluie diluvienne trempait sa cape, plaquait les plumes de son chapeau...

Kadiya s'agenouilla à côté de lui, le retourna et lui ôta son couvre-chef. Son haleine empestait l'alcool et il avait les yeux chassieux.

— Salut, mignonne. Qu'est-ce que fait dehors une jolie fille comme toi par une nuit pareille ? (Mais soudain il entrevit le groupe menaçant des Wyvilos derrière Kadiya, et se mit à crier :) Gare ! A l'aide ! Bandits ! Monstres ! Sales Singuliers de la Mer ! Envahisseurs ! Au secours !

Kadiya lui fourra un pli de sa cape dans la bouche. Il crachota, s'étrangla et resta coi.

— Du calme. Nous n'avons pas l'intention de vous faire de mal. Nous ne sommes que des voyageurs venus du Ruwenda, et mes amis ne sont pas de sauvages Singuliers de la Mer : ce sont des Wyvilos, peuple civilisé. Etes-vous blessé ?

L'homme poussa un grognement. Il cessa de ribouler des yeux et secoua la tête.

Kadiya adressa un signe à Lummomu-Ko. Ensemble ils remirent l'homme sur ses pieds. Il perdit son bâillon improvisé. Il resta planté là, chancelant et marmottant. Jagun repêcha dans un caniveau le chapeau trempé qui s'éloignait et le lui tendit.

— Je suis Kadiya et l'on m'appelle la Dame des Yeux. Voici Jagun du Peuple du Bourbier, et voici le Porte-Parole Lummomu-Ko du Peuple de la Forêt de Tassaleyo, accompagné de ses guerriers, mes amis. Nous nous apprêtions à entrer dans cette taverne quand vous en êtes brusquement sorti.

L'homme poussa un grognement d'amertume et remit d'un geste son chapeau sur la tête. Il prit un grand mouchoir dans sa manche et commença de s'éponger le visage. Il avait la voix tellement empâtée par l'alcool qu'ils eurent du mal à le comprendre.

— Quand... ces damnés scélérats m'ont j'té dehors, voulez dire ? M'ont tondu comme un mouton... Jouaient avec des dés pipés... Ils m'ont volé ma noga, après m'avoir soutiré l'prix d'ma cargaison ! Oh, j'vais être malade...

Lummomu et un autre guerrier tinrent la tête du bonhomme le temps qu'il vomisse. Le vent hurlait, la pluie tombait à verse et le carillon de la taverne tintait joyeusement. Lorsque le malheureux eut l'air d'être à peu près remis, Kadiya lui demanda :

— Qui êtes-vous, et quelle est cette noga qu'on vous a volée, dites-vous ?

— J'm'appelle Ly Woonly... Honnête marin d'Okamis. (Il braqua sur elle un regard soupçonneux.) V'connaissez l'Okamis ? La plus grande nation du monde connu. République... Pas un royaume pourri comme le Zinora. Maudit soit le jour où j'ai posé le pied au Zinora. J'aurais dû aller en Imlit, même s'ils paient pas autant la marchandise.

Les yeux de Kadiya brillèrent.

— Ainsi vous êtes marin !

Ly Woonly se redressa et fit fièrement virevolter sa cape trempée.

— Capitaine marchand ! Capitaine du bon bateau *Lyath*, jolie petite noga. Elle porte le nom de ma chère, chère femme. (Il eut le hoquet et se mit à pleurnicher d'émotion.) Elle va me tuer, Lyath ! Elle va faire mariner mes couilles dans la saumure et me vendre aux marchands d'esclaves sobraniens.

Les yeux de Kadiya croisèrent ceux de Lummomu-Ko. Il hocha lentement la tête, puis jeta un regard circulaire aux autres guerriers aborigènes, qui eurent un grand sourire, se réjouissant d'avance.

— Notre nouvel ami Ly Woonly a été roulé au cours d'une partie de dés pipés, déclara Kadiya solennellement. Il est bien triste que de pareilles choses puissent se produire. Et ici, dans un endroit aussi peu civilisé que Kurzwe, les autorités préféreraient sans doute prendre fait et cause pour le tavernier plutôt que de rendre justice à un étranger.

— C'est très probable, assura Lummomu d'une voix tonnante. C'est une honte, et ce forfait exige réparation.

Ses compagnons acquiescèrent en poussant moult grognements. Leurs yeux, dont les pupilles verticales trahissaient le croisement de leur race avec du sang skritek, luisaient comme braises dans la nuit orageuse.

Kadiya saisit les deux mains sales du capitaine dans les siennes.

— Capitaine Ly Woonly, dit-elle avec conviction. Nous aimerions vous aider. Mais nous aimerions aussi que vous nous aidiez. Nous cherchons à affréter un bateau pour un voyage de quelque.... huit cents lieues. Ces couards de capitaines zinoriens ont peur de mettre à la voile vu ce temps détraqué. Si nous vous aidons à récupérer votre noga et votre argent, serez-vous disposé à nous affréter votre bateau ? Nous vous paierons mille couronnes de platine du Laboruwenda.

L'Okamisi roula les yeux.

— *Mille* ? Vous donneriez une leçon à ces ca... canailles et en plus j'récupérerais mon argent ?

— Oui, confirma Kadiya.

Ly Woonly tituba, puis tomba à genoux dans une flaque aux pieds de Kadiya.

— Dame des Yeux, si vous faites ça, j'vous emmènerai jusqu'à la Mer glacée de l'Aurore Boréale ou jusqu'au seuil de l'enfer, enfin où vous voudrez !

— Très bien. Voulez-vous nous accompagner dans la taverne pour récupérer votre dû ?

Ly Woonly se releva en chancelant et rattacha les rubans de son couvre-chef.

— J'manquerais ça pour rien au monde.

Au grand dam des guerriers wyvilos et au grand soulagement de Jagun, il n'y eut pas de rixe. La seule vision des effrayants aborigènes de la Forêt, avec leurs museaux pourvus de défenses et leurs serres au ras des armes, suffit à amener aussitôt les tricheurs à résipiscence. Faisant sauter les dés pipés d'une main à l'autre, Kadiya secoua tristement la tête, les yeux fixés sur les trois joueurs terrifiés assis à une table du fond. Ils avaient été interrompus alors qu'ils partageaient ce qu'ils avaient soutiré à Ly Woonly.

— Braves gens, leur dit-elle. Il m'apparaît évident — mais peut-être la chose vous a-t-elle échappé — qu'un coquin a substitué des dés subtilement lestés de plomb aux dés réglementaires qui sont certainement de rigueur dans un établissement comme celui-ci.

— C'est... c'est possible, Madame, grommela le mieux habillé des coquins, homme décharné au regard dur comme le fer. Ça aurait pu se produire sans que l'on s'en rende compte.

Les deux autres joueurs hochèrent la tête avec empressement, le sourire figé sur les lèvres, tandis que les Wyvilos tripotaient le pommeau de leurs épées et le manche des haches de guerre qu'ils portaient dans le dos.

Kadiya gratifia le trio d'un sourire confiant, puis jeta les dés parmi les piles de petites pièces d'or.

— Comme je suis soulagée d'apprendre cela. J'étais certaine que d'honnêtes joueurs tels que vous ne duperaient pas un pauvre étranger okamisi pris de boisson. Mes compagnons wyvilos et moi-même serions fort marris, voyez-vous, si le capitaine Ly Woonly était dans l'incapacité d'appareiller ce soir, car nous avons affrété son bateau.

— Tenez ! Voici le titre de propriété de la noga ! lança le premier joueur, se hâtant d'extraire un papier de sa bougette et le plaquant sur la table. Prenez-le, recevez tous nos vœux et bon vent à vous tous.

— Et l'argent de la cargaison ! intervint Ly Woonly d'un air têtu. Six cents marks d'or zinoriens.

Devant l'hésitation du joueur, Lummomu-Ko saisit doucement l'épaule de l'homme de sa serre à trois doigts et se mit à serrer.

— L'argent de la cargaison, tonna-t-il.

Lâchant un cri étranglé, le joueur fit glisser les piles de pièces vers le capitaine.

— Emportez-le et allez au diable ! lança-t-il.

Ly Woonly, ricanant, commença à enfourner l'argent dans sa propre bourse.

A cet instant-là le patron de la taverne survint l'air affairé, et pria avec obséquiosité le capitaine de lui pardonner la façon dont il avait été traité. Les garçons de cabaret qui l'avaient jeté dehors seraient, assura-t-il, sévèrement punis.

— Nous serions encore mieux convaincus de votre bonne volonté, dit Kadiya d'une voix douce en le regardant droit dans les yeux, si vous nous serviez à tous un bon dîner. Nous ne garderons alors qu'un excellent souvenir du beau port de Kurzwe. Dans les autres tavernes où nous sommes entrés ce soir, les aubergistes nous ont bien mal reçus. Mes compagnons aborigènes ont été insultés... et je crains qu'ils ne se soient vengés selon leur coutume.

Tous les Wyvilos se mirent à grogner et grimacer, tout en recommençant à tripoter leurs armes.

— Quelle honte ! s'écria le patron, dont le crâne chauve transpirait. L'hospitalité de Kurzwe est renommée d'un bout à l'autre de la Mer du Sud ! Prenez tous place, et je vais vous servir un festin.

— Aux frais de la maison, précisa Lummomu.

— Il va sans dire, confirma le tenancier.

Ce devait être leur dernier repas convenable avant bien longtemps.

Ly Woonly sombra dans un sommeil bienheureux tandis que se restauraient Kadiya et ses compagnons. Ils eurent du mal à le réveiller et durent le porter à demi jusqu'au quai où la *Lyath* était amarrée. Là, sous la pluie battante, ils découvrirent un petit vaisseau à la ligne élancée, à la proue et à la poupe agressives, dotée de deux mâts. Il se balançait sur l'eau houleuse, ses défenses en filin claquant contre le quai. L'accès à sa planche d'embarquement oscillante était défendue par deux hommes à la mine patibulaire, armés jusqu'aux dents.

— Gardiens du quai de Kurzwe, Madame, dit l'un d'eux à Kadiya. Personne ne monte ni ne descend, tant que les droits portuaires et la facture de l'armateur ne seront pas payés.

Kadiya examina la note sous un réverbère faiblard.

— Cela me paraît correct.

Elle prit la bourse regarnie à la ceinture du capitaine qui ronflait et compta cent cinquante-trois pièces d'or.

Les gardiens du quai saluèrent et s'éloignèrent rapidement pour se mettre à l'abri. Lummomu-Ko chargea Ly Woonly sur son épaule et monta à bord le premier.

La *Lyath* était en piètre état et aurait eu besoin d'un coup de peinture. Elle était deux fois plus petite que le vaisseau varonien qui avait amené les négociateurs jusqu'aux Iles Sans Vents. Ses ferrures n'étaient pas astiquées, son pont était raboteux et plein d'échardes. Mais elle était bien équipée et son gréement était neuf. Neuves aussi étaient ses voiles ferlées, resplendissantes de blancheur dans l'obscurité, bien fixées aux bouts-dehors. Il n'y avait pas un chat alentour. On discernait une unique cabine par le travers, plongée dans l'obscurité, et un escalier menant en bas. La lueur d'une lanterne filtrait par son sabord vitré.

Kadiya ouvrit la porte de la descente.

— Il y a quelqu'un ? lança-t-elle.

Après qu'elle eut crié une seconde fois, un jeune homme, seulement vêtu d'un pantalon déchiré, apparut au pied de l'échelle, se frottant les yeux.

— Cap'taine Ly ? C'est vous ? On pensait plus vous voir... Oh !

Saisi, il ouvrit de grands yeux lorsqu'un éclair illumina Kadiya et le terrible Lummomu à côté d'elle, portant le capitaine inconscient.

— Sacrebleu ! Qui êtes-vous ? Qu'est-il arrivé au capitaine ?

— Votre capitaine se porte bien, mon brave, dit

Kadiya. Il a bamboché ce soir et nous le ramenons à bord. Je suis Kadiya, la Dame des Yeux, et voici Lummomu-Ko, Porte-parole des Wyvilos. Nous avons affrété ce bateau, et Ly Woonly a accepté d'appareiller sur-le-champ.

— Non, non, fit le marin en secouant sa tête échevelée. (Il devait avoir entre vingt et vingt-cinq ans. Il avait des cheveux bruns bouclés et un visage avenant.) On n'ira nulle part sans équipage, M'dame. Il reste plus que moi à bord, avec Ban et l'vieux Lindoon, vu qu'les autres ont filé sur ce gros navire marchand qui est entré au port cet après-midi.

Kadiya et Lummomu se regardèrent.

— Le bateau de Kyvee Omin, qui nous a amenés ici, observa-t-elle.

Le jeune homme monta sur le pont, sans se soucier de la pluie. Il fit signe à Kadiya et au Porte-parole wyvilo de le suivre jusqu'à la cabine du capitaine dans le rouf.

— Le capitaine Ly, voyez-vous, est un peu grippesou dès qu'un marin lui est pas apparenté, comme moi, Ban et l'vieux Lindoon, nous on l'est. Il manquait des hommes d'équipage sur le bateau varonien et nos dix gars ont filé dessus. Ils étaient pas mécontents, vu c'qu'on peut ramasser dans les ports de l'Est. Le capitaine a roulé des yeux gros comme ça quand ils sont partis. Il a dit qu'il tâcherait d'en trouver d'autres demain, mais qu'ce soir il allait se piquer le nez.

Lummomu laissa choir sur sa couchette Ly Woonly, qui ronflait toujours. Le jeune homme ôta les bottes dégoulinantes du capitaine, ses vêtements couverts de boue, le délesta de sa lourde bourse, puis fit redescendre Kadiya et les Wyvilos.

Il sortit une bouteille d'ilisso, trois verres, et se présenta. Il s'appelait Ly Tyry. C'était le neveu du capitaine et le second par la même occasion.

— Alors comme ça, vous avez affrété la *Lyath* ?

— Nous tenons vraiment à appareiller ce soir, annonça Kadiya. (Elle but une gorgée de l'alcool de feu, ainsi que Tyry et Jagun, puis la bande des Wyvilos se partagea la bouteille.) Quelles sont nos chances de pouvoir embaucher d'autres marins ?

— Quasi nulles, reconnut Tyry. C'est pourquoi le capitaine était si furieux. Y a que des bons à rien dans ce trou. Y en a aucun qui ait envie d'aller dans notre cher vieux pays d'Okamis. Je sais pas pourquoi.

— Mes quinze compagnons et moi-même ne manquons pas totalement d'expérience, expliqua Kadiya. Les forestiers wyvilos ont l'habitude d'utiliser des radeaux géants sur le lac Wum par temps venteux en hiver, et nous avons tous appris à connaître un peu la mer depuis que nous sommes venus par ici. Nous sommes tout prêts à vous aider à manœuvrer la *Lyath*. Et bien entendu nous vous verserons les mille couronnes de platine dont nous sommes convenus avec votre oncle pour l'affrètement du bateau.

— Et vous voulez aller où ?

— A l'Ile du Conseil dans les Iles Sans Vents.

Le jeune second jura et se leva d'un bond.

— Vous avez perdu l'esprit, m'dame ? Vouloir appareiller par une tempête pareille, c'est déjà pas piqué des vers ! Mais aller là-bas...

— Les indigènes aliansas ne manifesteront aucune hostilité envers vous, dit Kadiya. Je reviens des îles, où j'ai eu un entretien avec le grand chef Har-Chissa. Il a rompu tout commerce avec le Zinora, prétendant qu'il avait été roulé par eux. Il a déclaré qu'il ne commercerait désormais qu'avec l'Okamis ou l'Imlit.

Les yeux du jeune homme brillèrent.

— Vous dites la vérité ?

— Je le jure par le Trillium Noir sacré, l'emblème de mon peuple, répondit Kadiya. Alors, êtes-vous prêt à nous emmener ?

Tyry réfléchit.

— Le capitaine n'ouvrira un œil que demain. Mais Ban peut nous servir de timonier et Lindoon de commandant en second. Quant à ces Singu..., euh, vos grands gaillards, ils me paraissent costauds et pleins de bonne volonté. Et puis le petit bonhomme pourra se rendre utile. Ventrebleu... J'crois qu'on peut y arriver ! (Mais soudain il s'interrompit, et dévisagea Kadiya d'un air gêné.) Sauf que...

— Quoi donc, mon brave ?

— Madame, ne vous formalisez pas. Mais savez-vous faire la cuisine ?

— Oui. Et Jagun lui aussi.

— Voilà qui me retire un poids de l'esprit, assura Tyry. Ou plutôt de l'estomac, corrigea-t-il en souriant. Le vieux Lindoon est le seul d'entre nous qui reconnaisse une casserole d'un hublot. Mais les plats qu'il concocte feraient dégobiller un Skritek. Si vous nous faites à manger, vous et votre petit compagnon, tout ira bien pour nous.

Kadiya soupira.

Le jeune second éclusa le reste de son ilisso, reposa brutalement le verre sur la table du carré des officiers, puis parut s'apercevoir pour la première fois qu'il était à demi nu. Il rougit.

— J'vais passer quelques vêtements, puis j'irai réveiller Ban et Lindoon. Si vous et votre équipage suivez mes instructions, m'dame, nous aurons levé l'ancre dans l'heure.

8

Les trois enfants du roi Antar et de la reine Anigel avaient été d'abord enfermés dans une somptueuse cabine du vaisseau amiral raktumien, surveillés par Lady Sharice, deux guerriers tuzameniens et la Voix Noire du sorcier. Dès que Sharice avait admis qu'ils étaient bien prisonniers ainsi que le roi Antar, le prince de la couronne Nikalon et la princesse Janeel avaient exigé de voir leur père. Devant le rejet réitéré de cette requête, ils refusèrent de manger et s'employèrent à rendre impossible la vie de la perfide Sharice, lui adressant des reproches continuels. Et pendant ce temps-là, la trirème cinglait plein sud sur la mer battue des vents.

Sharice résolut enfin de se rendre à la grande cabine de luxe qui était réservée à Portolanus et y fit irruption sans cérémonie.

— Grands Dieux ! Je dois vous parler. Oh...

Tout affligée qu'elle fût, Sharice vit aussitôt que l'homme assis à la table de travail et habillé comme Portolanus était fort différent du barbon qu'elle avait connu jusque-là. C'était Portolanus... et ce n'était pas lui. Elle cligna des yeux, au bord des larmes, et se demanda si elle n'était pas en train de perdre la tête.

Il tripotait un étrange appareil, qu'il avait démonté. Il en polissait les minuscules pièces métalliques ternies à l'aide de rouge à polir. Ses doigts étaient si rouges qu'on eût cru qu'ils avaient trempé dans du sang.

— Est-ce... est-ce vous, Maître du Tuzamen ? balbutia Sharice.

Il leva les yeux. Ceux-ci brillaient d'un éclat bleu argent inhumain. Les pupilles en étaient dilatées et tout au fond y luisaient deux minuscules points dorés. Une malignité tangible semblait en émaner, fouaillant l'âme de Sharice, qui sentit un mépris glacial pour la honte et l'affliction qui l'accablaient. Elle savait qu'elle aurait dû fuir. Mais Sharice trouva quelque part en elle le courage de chuchoter :

— Maître... Le prince Nikalon et la princesse Janeel refusent de manger. Et... ils m'accablent de reproches, me témoignent le plus profond mépris... Je ne peux plus supporter de rester avec eux.

— S'ils ne veulent pas manger, répliqua sèchement Portolanus, qu'ils jeûnent ! Ils cesseront de se montrer obstinés quand leur estomac criera famine.

— Non, Seigneur. (Sharice tordait entre les mains son fin mouchoir de dentelle. Son visage aux yeux caves était ravagé.) Le prince de la Couronne est un garçon volontaire et sa sœur est tout aussi résolue. Ils préféreront mourir de faim plutôt que de céder. Et... ils me traitent de tous les noms ! Ils me reprochent sans cesse ma traîtrise, et depuis deux jours, chaque fois que je veux dormir, l'un ou l'autre me réveille en me pinçant sournoisement. Le manque de sommeil, ajouté au mal de mer, m'a épuisée ! Je n'en peux plus, Seigneur !

— Pauvre idiote ! Nous vons donnerons tout simplement une cabine séparée pour la nuit. Mais dans la journée vous surveillerez les enfants et subviendrez à leurs besoins. Maintenant sortez d'ici et laissez-moi travailler.

— Je ne peux plus rester avec eux ! s'écria Sharice, hystérique. Ils ont raison de me taxer de vilenie et d'infamie. Leurs visages accusateurs me transpercent le cœur ! Oh, quelle sotte j'ai été d'écouter les propos trompeurs de votre Voix Noire et de participer à l'enlèvement des enfants ! Vous aurez beau nous offrir, à mon frère Osorkon et à moi, toutes les richesses possibles, rien ne pourra faire oublier le forfait dont je me suis rendue coupable.

Portolanus se leva de la table et pointa un doigt taché de rouge vers la femme échevelée.

— Dehors ! tonna-t-il. Ou je vous fais administrer une correction par les pirates de la Reine Régente pour vous ramener à la raison !

Sharice s'éclipsa en gémissant.

Au cours de l'heure suivante le sorcier travailla en paix à réparer un appareil magique rétif, qui devait permettre de regarder sous l'eau afin de localiser l'emplacement exact du talisman perdu. Puis on frappa à la porte et l'acolyte du sorcier qui portait le nom de Voix Noire entra dans la cabine. C'était un individu maigre et de petite taille. La colère empourprait son visage.

— Maître, la malheureuse Sharice a sauté par-dessus bord. Elle a été aperçue par une vigie, mais il n'était pas question de se mettre en panne avec cette tempête. Elle a dû se noyer presque immédiatement.

Portolanus jura.

— En ce cas affectez l'une des femmes pirates à la surveillance des marmots.

— Il y a une nouvelle encore plus grave. Durant l'absence de Sharice, le prince de la Couronne Nikalon a mis le feu à un coussin à l'aide d'une lampe à huile : lorsque les gardes et moi sommes venus voir ce qui se passait, alertés par la fumée, lui et la princesse Janeel nous ont fait un croc-en jambe, puis se sont échappés. Naturellement ils ont été ausssitôt rattrapés. Mais nous allons devoir les surveiller de plus près.

— En effet, acquiesça le sorcier d'un ton menaçant. (Il commença de s'essuyer les mains avec un chiffon.) Et vu que vous, ma Voix principale, semblez incapable de vous montrer à la hauteur dans cette affaire, je vais m'employer à régler moi-même la question avant mon entretien avec la Reine Régente.

A l'instant où Portolanus quittait ses appartements privés en compagnie de la Voix Noire, son aspect physique subit une totale métamorphose. Son corps, qui jusque-là avait été apparemment celui d'un homme robuste, se recroquevilla et se déforma sous l'effet du grand âge. Ses doigts vigoureux, qui avaient manié avec une grande sûreté la machine des Disparus, devinrent noueux, et ses ongles prirent un aspect ébréché. Ses yeux devinrent chassieux, son visage perdit sa fermeté et se rida, maintenant aussi répugnant qu'un champignon des marais. Portolanus boitait légèrement dans le corridor menant à la cabine où les enfants étaient emprisonnés, et il se retenait aux murs quand le bateau roulait.

Il entra dans la cabine, qui empestait les plumes roussies, et trouva Nikalon ainsi que Janeel attachés à des chaises. Les gardes tuzaméniens surveillaient un garçon de bord apeuré qui changeait les draps de lit trempés et pleins de suie. Le petit prince Tolivar, qui lui n'était pas attaché, était assis sur un sofa, en train de manger des fruits. Lorsque le sorcier fit son apparition, Tolivar le dévisagea, bouche bée.

— Eh bien, en voilà du remue-ménage ! s'exclama Portolanus d'un ton bougon. On met le feu ? On refuse de manger ? Il n'est pas question de tolérer cela, vous le savez. Je veux pouvoir vous rendre à Madame votre mère heureux de votre sort et en bonne santé une fois que la rançon sera payée.

— Nous exigeons de voir notre père, déclara le prince Nikalon.

Portolanus leva les bras au ciel en roulant les yeux.

— Hélas, jeune Seigneur, cela est impossible. Il n'est plus à bord, mais sur un autre bateau qui cingle vers le Raktum. Toutefois, dès que la rançon sera payée, il retournera sain et sauf dans son pays, et il en sera de même pour vous trois.

— Je crois, dit le prince de la Couronne d'une voix calme, que vous mentez. La perfide Sharice nous a confié que le Roi avait été fait prisonnier par vous pendant qu'elle nous éloignait du bal et nous entraînait à bord de ce bateau. Elle dit qu'il est enchaîné dans la cale avec les galériens et qu'il n'est guère mieux traité qu'eux. Si vous acceptez de traiter notre père avec les égards dus à un prisonnier de sang royal, ma sœur et moi-même mettrons fin à notre jeûne et vous donnerons notre parole d'honneur de ne plus tenter d'évasion.

Portolanus se récria, niant farouchement. Il cita en exemple le raisonnable prince Tolivar qui continuait de manger. Aussitôt ce dernier eut la pudeur de poser son fruit et de prendre un air honteux.

— Il est trop jeune pour comprendre, intervint la princesse Janeel.

» Mais nous comprenons clairement que vous avez pour but de vous emparer du talisman magique de notre mère et de vous en servir pour faire le mal.

Le sorcier partit d'un rire joyeux.

— Lady Sharice vous a décidément fourré dans le crâne tout un tas de fariboles ! Il est vrai que le talisman est la rançon, mais il est faux de dire que je m'en servirai pour faire le mal. Je vous assure qu'il n'en est rien, jeune demoiselle ! Je m'en servirai pour rétablir l'équilibre compromis du monde, ce que votre mère s'avère incapable de faire. Elle n'a jamais vraiment maîtrisé son talisman, pas plus que ses deux sœurs. Voilà pourquoi notre monde est au bord d'une grande catastrophe : les humains complotent pour se battre entre eux, les Peuples sont lamentablement maintenus en esclavage, des sortilèges maléfiques menacent de ravager les terres et de déloger du ciel les Trois Lunes !

— Et vous pourriez arranger ça ? s'enquit le petit prince Tolivar, impressionné.

Le sorcier hocha la tête et croisa les bras, prenant la pose.

— Mes connaissances sont vastes et mes pouvoirs beaucoup plus étendus que ceux de votre tante Haramis, l'Archimage. Elle-même cherche à rétablir l'équilibre, mais elle ne peut le faire sans aide. Et moi seul suis en mesure de l'aider.

Le prince Nikalon paraissait sceptique.

— Je n'ai pas entendu parler de guerres. Et les seuls Singuliers qui soient opprimés sont des rebelles ou des trublions.

— Quant à l'équilibre du monde, il a été rétabli, ajouta la princesse Janeel, lorsque notre mère et ses sœurs ont vaincu l'infâme magicien Orogastus. Elles sont les Trois Pétales du Trillium Vivant. Les trois talismans magiques qui leur ont été confiés assureront la paix du monde à jamais.

— Mais votre tante Kadiya a perdu son talisman ! siffla Portolanus, dont les yeux injectés de sang lui jaillissaient de la tête. Vous ne le saviez pas ?

— Non, reconnut Nikalon. (Pour la première fois il sembla perdre confiance.)

— Est-ce pour cela qu'il y a une telle tempête ? s'enquit timidement Tolo.

Portolanus tourna vers le petit garçon un visage rayonnant.

— Comme tu es intelligent ! Quel cerveau ! Bien sûr que cette tempête est le signe que le monde va de travers, et tu l'as deviné alors que ton frère et ta sœur aînés ne l'ont pas compris.

Tolo eut un pâle sourire.

Mais le sorcier fit alors volte-face, dardant sur Niki et Jan des regards furieux.

— Je ne vais pas perdre davantage de temps avec vous. Si vous ne me donnez pas votre parole d'honneur de cesser ce jeûne ridicule et de vous conduire comme il faut, je serai alors dans l'obligation de vous enfermer dans un local tout noir infesté de vermine.

Tolo était atterré.

— Moi aussi ?

Portolanus tapota tristement le garçonnet sur le crâne.

— Hélas ! Oui, toi aussi, mon garçon... Si ton frère et ta sœur entêtés persistent à faire les vilains.

— Mais j'ai peur des petites bêtes ! gémit le garçonnet. Ça mord ! Niki... Jan... Dites-lui que vous ferez ce qu'il demande.

Le prince de la Couronne tenta de se redresser en dépit de ses liens.

— Tolo, tais-toi ! Rappelle-toi que tu es un prince du Laboruwenda. (Puis, à Portolanus :) Si notre père souffre, ce sera pour nous un honneur de partager ses souffrances.

— Je suis du même avis.

Le visage de la princesse Janeel était blême. Mais elle serra les dents et releva le menton, même lorsque Tolo, terrorisé, se mit à pleurer.

— Emmenez-les dans le puits à chaînes, ordonna Portolanus à la Voix Noire. Interdiction d'emporter autre chose que les vêtements qu'ils ont sur le dos. Et mettez-les au pain sec et à l'eau jusqu'à ce qu'ils deviennent raisonnables. Qu'ils mangent ou qu'ils jeûnent, à leur gré.

Les deux chevaliers à la figure verdâtre qui gardaient la porte surmontée du croissant royal du Raktum tirèrent leurs épées à contrecœur quand Portolanus apparut, titubant, dans le corridor du gaillard d'arrière. Il avançait, courbé en deux, se tenant aux murs pour garder son équilibre.

— Elle ne veut pas vous voir, magicien, annonça l'un des hommes d'une voix forcée. Sa dame d'honneur ne vous a-t-elle pas transmis le message ?

— Mon Dieu, mon Dieu, bêla Portolanus. Mais il faut absolument que je parle à la Reine Régente. Mon affaire est des plus pressantes.

Il portait une robe de cérémonie à capuchon,

pourpre et à rayures roses, constellée d'étoiles argentées. Cette fois-ci il n'était pas coiffé de son chapeau pointu.

— Revenez quand la tempête sera calmée, ordonna le second pirate-chevalier, qui avait les yeux caves et des lèvres bleues livides. La reine Ganondri est couchée, car son estomac est encore plus délicat que le nôtre, et son médecin personnel est auprès d'elle. On nous couperait la tête si nous laissions entrer qui que ce soit.

— La tempête nous a déjà coupé l'appétit, dit le premier chevalier en désignant un seau à leurs pieds.

— Mon Dieu, mon Dieu ! Vous avez le mal de mer, c'est ça ? (Le sorcier se mit à fouiller dans une grande bourse pourpre accrochée à la ceinture de sa robe aux couleurs criardes.) J'ai là un remède efficace pour soigner ce dont vous souffrez, et il guérirait rapidement la reine Ganondri elle aussi...

Le premier chevalier lui jeta un regard mauvais.

— Nous ne voulons pas de vos infâmes potions, Maître du Tuzamen, et la Reine non plus. Allez-vous en !

Portolanus tira de sa bourse une courte baguette métallique de couleur foncée, gravée de motifs très ornés et incrustée de pierres fines. Souriant avec chaleur, il s'approcha des deux chevaliers, en brandissant sa baguette.

— Pas de potions ! Vous voyez ? Rien qu'un petit coup de cette baguette curative, et c'en sera fini de toutes vos misères.

Les pirates rejetèrent son offre, mais continuèrent à lui barrer le passage de leurs épées. Portolanus, gémissant, courba le dos et se détourna, semblant renoncer, si bien que les gardes furent complètement pris au dépourvu quand le vieil invalide fit volte-face et se jeta sur eux avec l'agilité d'un fédok. Il toucha de sa baguette chacun des deux hommes à la joue. Les épées tombèrent sur le tapis avec un bruit sourd et les chevaliers roulèrent les yeux. Ils s'affaissèrent lentement de chaque côté de la porte, puis se retrouvèrent assis par terre les jambes écartées, la tête sur la poitrine, totalement inconscients.

Le sorcier agita un doigt réprobateur à leur intention.

— Je vous avais dit que mon affaire était pressante.

Il sortit alors de sa bourse un autre objet ressemblant à une clef dorée sans panneton, et s'en servit pour ouvrir la porte.

Il entra dans l'élégant salon. Celui-ci était éclairé d'une lumière tamisée, et les sabords en étaient fermés pour masquer l'effrayant spectacle des gigantesques vagues. Il était vide. Avec une étonnante facilité, Portolanus tira à l'intérieur les deux lourds corps revêtus de leur armure et referma la porte à clef. Une femme de haute stature, habillée de noir, fit soudain son apparition par une porte intérieure menant aux appartements de la Reine.

— Qu'est-ce que c'est ? s'écria-t-elle sèchement. Que faites-vous là ?

— Oh mon Dieu, mon Dieu ! fit-il d'une voix flûtée. Catastrophe, Madame le docteur ! Venez voir ! J'ai trouvé ces braves gens endormis à leur poste, et je n'ai pu les tirer de leur sommeil.

Il dansa autour d'elle en battant des mains, tandis que la femme s'agenouillait pour examiner l'homme le plus proche d'elle. Mais à peine eut-elle soulevé la paupière du chevalier que Portolanus lui toucha la tête de sa baguette. Elle tomba de tout son long en travers du corps des deux victimes.

— Koriandra ? Qu'y a-t-il ? lança une voix inquiète.

Le sorcier franchit précipitamment la porte et pénétra dans la chambre royale. Il esquissa une révérence.

— Vous ! s'écria la Reine Régente. Qu'avez-vous fait à mes gens ?

— Nous devons avoir un entretien, grande Reine. Vos gens dorment paisiblement. Je ne leur ai point fait de mal. Je les ai seulement endormis de ma baguette magique. Il suffit que je les touche à nouveau pour qu'ils se réveillent... Après notre petite conversation.

Ganondri était allongée dans un grand lit rond, soutenue par des coussins bordés de dentelle et couverte d'une belle courtepointe de soie matelassée. Ses tresses rousses étaient en désordre et son visage avait la pâleur de la mort, mais malgré son indisposition, ses yeux émeraude jetaient des regards furieux. Elle tendit la main vers le cordon de sa sonnette.

Portolanus l'écarta de sa baguette, secouant la tête et faisant claquer la langue.

— Nous devons avoir notre entretien sans être dérangés.

— Vil coquin ! croassa la Reine Pirate. Comment osez-vous vous introduire de force dans mes appartements ?

Il y eut un coup de roulis fantastique et le mal de mer la contraignit à se rallonger. Elle porta la main au front.

Calmement, Portolanus trancha le cordon de la sonnette de son petit poignard. Puis il approcha une chaise du lit et rejeta son capuchon. Ses cheveux et sa barbe étaient échevelés, ses traits étaient déformés de manière grotesque, son nez était tordu comme une racine, ses lèvres étaient pendantes et plissées comme une vieille bourse en cuir dénouée.

— Gracieuse Dame, il nous faut poursuivre la conversation entamée il y a deux jours lorsque nous avons quitté Taloazin et que votre indisposition a malheureusement interrompue. J'ai réfléchi aux propos que nous avons tenus et vous avez laissé entendre certaines choses qui m'ont donné à réfléchir. Je veux que vous m'expliquiez plusieurs remarques troublantes. Et il va falloir vous exécuter sur-le-champ.

Ganondri détourna la tête.

— Je suis à deux doigts de rendre l'âme à cause de l'affreuse tempête que vous avez déclenchée, sorcier. Faites-la cesser et je vous parlerai alors.

— Non. C'est cette tempête qui nous amènera jusqu'aux Iles Sans Vents avant la reine Anigel, afin que je m'approprie le talisman magique de sa sœur Kadiya. Vous le savez bien, Grande Reine.

Ganondri grogna.

— Je le sais... A vrai dire, je le sais *maintenant*, fourbe ! Mais cela n'avait point été convenu au départ. J'ai entendu parler pour la première fois de ce maudit voyage quand nous sommes montés à bord avec les captifs. J'y ai longuement réfléchi depuis. Notre accord initial ne concernait que l'enlèvement du roi Antar et de ses enfants, ce qui devait vous permettre de vous approprier le talisman de la reine Anigel. Nous avons conclu cet accord sur un pied d'égalité, bien que votre petite nation misérable n'offre que peu de ressources commerciales, ne soit ni riche ni puissante militairement. Le grand Raktum vous a pris sous son aile parce que vous m'avez assuré que nous allions conquérir le monde ensemble une fois que le talisman vous serait remis à titre de rançon. Et je vous ai cru... Quelle sotte !

— Vous pouvez toujours me croire. Rien n'a changé.

— Menteur ! Il n'était nullement question dans notre accord de vous aider à vous emparer d'un *deuxième* talisman !

Portolanus haussa les épaules et eut un sourire désarmant.

— La première fois que vous m'avez proposé cette entreprise, poursuivit la Reine, j'ai demandé à nos sages à Frangine de déterminer la nature exacte dc l'instrument magique que vous convoitiez. Ils m'ont dit que le talisman d'Anigel appartenait à un ensemble de trois talismans qui, réunis, constituent un invincible Sceptre du Pouvoir. Une fois le talisman d'Anigel entre vos mains, vous rendiez du même coup sa nation impuissante, et le Raktum, allié au Tuzamen, devait alors pouvoir la conquérir. Cela était acceptable. Mais si vous possédez deux talismans, vous allez inévitablement les utiliser pour en obtenir un troisième.

— Non...

— Ne le niez pas ! Vous convoitez ce Sceptre

omnipotent. Et une fois qu'il sera en votre possession, le grand Raktum deviendra vite un état vassal du Tuzamen, et sa reine ne sera plus que votre esclave.

D'émoi, le sorcier se mit à gesticuler.

— Vous vous méprenez...

La malade se dressa sur son séant, ayant retrouvé des forces sous l'emprise de la fureur.

— Silence, misérable ! Ne me prenez pas pour une enfant. Si je n'avais pas été terrassée par le mal de mer, j'aurais percé plus tôt à jour votre machination. Maintenant que j'y vois clair, j'ai pris des mesures pour m'assurer que le Raktum ne soit pas victime d'un de vos sortilèges diaboliques.

Portolanus se tordit les mains.

— Non, non ! Nous sommes alliés ! Jamais je n'envisagerais une telle perfidie ! Vous vous trompez sur mon compte !

— Je ne me trompe pas et je vous juge infâme. (La Reine chuchotait avec hargne. Ses yeux verts lançaient des éclairs.) Si vous et vos répugnants partisans êtes encore en vie, cela n'est imputable qu'à ma clémence. Mes chevaliers avaient l'ordre de vous tuer dans votre sommeil la nuit dernière, mais je me suis ravisée. J'ai décidé de respecter notre accord initial et de vous aider à obtenir un talisman.

Elle retomba sur sa couche, une fois de plus terrassée par le mal de mer, mais au bout d'un instant elle se remit à parler :

— Et ne croyez pas que vous pourrez l'emporter en me tuant ou en me paralysant par vos tours de magie. J'ai pris mes dispositions pour éviter cette éventualité avant même que nous ne partions pour le couronnement au Zinora. La grande flotte pirate du Raktum a reçu des ordres. S'il arrive quoi que ce soit à la Reine Régente par vos maléfices, nos navires de guerre interdiront l'accès à tous les ports du Tuzamen. Vous ne pourrez jamais retourner dans votre pays par la mer. Et si vous retournez par la terre, notre armada vous empêchera d'en sortir, ce qui réduira à néant vos rêves de conquête du monde.

Portolanus baissa la tête.

— La Reine Régente est un brillant stratège.

— Moquez-vous de moi si cela vous chante, rétorqua-t-elle. Mais rappelez-vous ceci : si chaque matin je ne donne pas l'ordre à mon amiral de poursuivre sa route vers le sud, ce vaisseau mettra aussitôt le cap vers le Raktum, ramenant mon corps inanimé ou mon cadavre. Vous perdrez le talisman de Kadiya. La reine Anigel nous suit de près et elle sait ce que vous cherchez. Elle doit également connaître un moyen, grâce à son talisman, de vous empêcher d'utiliser celui de sa sœur.

— Etes-vous si certaine que je ne puisse forcer l'équipage de ce bateau à m'obéir, une fois que vous serez morte ou inconsciente ? dit Portolanus d'une voix différente. Mes pouvoirs magiques peuvent contraindre quiconque à obéir à mes ordres !

Il avait perdu son allure chétive, et son visage, même s'il avait toujours son aspect grotesque, s'était métamorphosé. Il émanait maintenant du sorcier un halo d'enchantement si menaçant que la Reine Régente crut défaillir de peur. Mais elle réussit à répliquer d'une voix résolue :

— Si vous n'aviez pas eu besoin du grand Raktum, vous n'auriez jamais conclu de pacte avec nous pour commencer. D'autre part, vous croyez pouvoir vous faire obéir pour commander à bord... Mais je vous rappelle que trois autres vaisseaux raktumiens armés nous suivent, ainsi que votre propre bateau. Avant que nous ne quittions Taloazin, je n'avais pas totalement compris votre plan, mais j'en avais deviné assez pour ne pas vous laisser les mains libres. Les trois capitaines de mon escorte ne vous permettront pas de retourner sur votre bateau si je n'en donne l'ordre. Si vous montez à bord clandestinement et tentez de vous enfuir, ils rattraperont votre vaisseau plus lent et le bombarderont de leurs catapultes.

Le sorcier garda le silence.

Un éclair de triomphe brilla dans les yeux de Ganondri.

— Vous avez des pouvoirs, magicien, mais ces

pouvoirs ne sont pas invincibles. Seul détiendrait des pouvoirs invincibles celui qui réunirait les trois talismans des sœurs du Ruwenda pour former le Sceptre... Je vous laisse le talisman de Kadiya. Mes sujets et moi-même vous aiderons à l'obtenir. Mais lorsqu'il sera entre vos mains, lié à vous grâce à votre coffre magique, vous serez débarqué sur l'une des Iles Sans Vents et vous y attendrez d'être recueilli par votre propre navire. C'est moi qui garderai le coffre étoilé. Le roi Antar et ses enfants resteront également sous ma garde, et je réclamerai leur rançon à Anigel. Son talisman sera pour moi !

— Vous semblez avoir pensé à tout.

La Reine eut un petit ricanement.

— Cela fait longtemps que je sais me défendre seule, magicien. Sinon, comment imaginez-vous qu'une pauvre vieille douairière ait pu devenir souveraine du Royaume des Pirates ? Maintenant, sortez. Et réveillez mes serviteurs en partant.

Les yeux étincelants se fermèrent lentement. Durant un long moment, Portolanus demeura près du lit, les yeux baissés vers la reine malade, serrant sa baguette d'une main et tripotant de l'autre un pendentif cabossé en forme d'étoile qu'il dissimulait sous sa grande robe. Il secoua alors la tête, exaspéré. Ce sur quoi il sortit, après avoir touché le médecin inconscient, puis les chevaliers, qui commencèrent à gémir et à revenir lentement à eux.

Il y avait moyen de sortir de cette impasse. Cela ne dépendait pas de la reine Ganondri, mais d'une autre personne, qu'il s'empressa d'aller trouver.

Il ne pleuvait plus. Sous le ciel gris, Portolanus avançait tant bien que mal sur le pont oscillant, s'accrochant d'une main ferme aux mains courantes pour éviter de perdre l'équilibre et d'être précipité pardessus bord. Il était éclaboussé par les vagues qui aspergeaient le pont. L'énorme trirème des Raktumiens semblait se tortiller comme un animal au supplice bien qu'elle filât vent debout à une vitesse incroyable, avec une voilure fort réduite. Il n'était évidemment pas question de faire appel aux galériens, car avec un vent pareil les rames auraient ralenti le navire. La plupart d'entre eux étaient de toute façon terrassés par le mal de mer, comme la majorité des passagers, ainsi que la Voix Jaune et la Voix Pourpre.

L'indisposition de ces derniers avait fort contrarié Portolanus. Deux de ses acolytes — au moins — lui étaient indispensables pour seconder son énergie mentale s'il voulait être en mesure de scruter la mer sur de longues distances et voir les vaisseaux qui les poursuivaient. Sans l'aide des deux Voix, voire de davantage, le sorcier pouvait seulement inspecter les eaux à l'aide d'un autre petit ustensile des Disparus. Celui-ci indiquait la position des autres bateaux et faisait apparaître les contours des terres jusqu'à l'horizon. L'appareil fonctionnait de jour comme de nuit. Mais il ne pouvait rien voir sous la ligne d'horizon, comme en était capable la Double Vue du sorcier.

Portolanus n'envisagea pas un seul instant d'adoucir la violence de la tempête qu'il avait provoquée. Il avait largement le temps d'observer Anigel quand ils atteindraient la zone des calmes entre les îles.

Portolanus arriva enfin à la timonerie. Il ouvrit violemment la porte et entra d'un pas chancelant, proférant des insanités sur les terribles conditions atmosphériques. L'amiral Jorot, debout derrière le timonier, ne gratifia le sorcier que d'un coup d'œil dégoûté. Mais deux autres officiers s'empressèrent d'aider le passager de marque à s'asseoir devant la table des cartes, et lui présentèrent des serviettes afin qu'il pût essuyer les embruns ruisselant sur son visage et ses cheveux, ainsi qu'un chaud manteau. Bizarrement, le jeune roi Ledavardis était également présent dans la timonerie, se tenant à l'écart. Le spectacle ridicule du sorcier trempé semblait à la fois le fasciner et l'inquiéter.

— Vous n'auriez pas dû prendre le risque de sortir sur le pont, Seigneur ! s'exclama un officier.

Portolanus balaya l'objection d'un geste affecté.

— Il est absolument nécessaire que je transmette

à l'Amiral un message urgent que vient de me confier la reine Ganondri. Je vous prie de bien vouloir nous laisser seuls un moment. (Il tourna la tête, adressant un sourire obséquieux à l'enfant-roi.) Vous aussi, jeune Sire.

— Pas mon timonier ! fit sèchement Jorot.

Il avait une barbe et des cheveux de neige, un visage buriné, aussi brun qu'une vieille botte. Il était grand et efflanqué. On disait qu'il souffrait secrètement d'une maladie mortelle. Mais il dirigeait ses hommes d'une poigne de fer et même la reine Ganondri lui parlait respectueusement, sans sa morgue coutumière.

Le sorcier répliqua d'une voix mélodieuse, mais néanmoins impérieuse :

— Si, le timonier doit également sortir. A moins que vous ne sachiez pas manœuvrer votre propre bateau, noble Amiral.

— J'en suis capable, Maître du Tuzamen, répondit Jorot, les dents serrées. (Il ordonna aux autres de sortir et prit la roue de gouvernail, tournant le dos au sorcier.) Alors, quel est donc ce message de la part de la Grande Reine ? D'ordinaire elle ne se confie pas aux étrangers peu recommandables.

Portolanus eut un petit rire.

— Et pourtant, vous semblez fort intéressé par ce que cet étranger peu recommandable peut avoir à vous communiquer en privé.

— Dites-le alors, et allez-vous en.

— Ne soyez pas aussi brutal, Amiral. Je vous observe depuis quelque temps. Vous êtes un homme de caractère, intelligent, et de surcroît vous avez la tournure d'esprit d'un grand pirate. Voilà des qualités très estimables. J'aimerais vous faire part de plusieurs de mes idées, voire discuter d'affaires qui pourraient s'avérer importantes pour nous deux.

— Gardez vos âneries pour les crédules Laboruwendiens. Vous perdez votre temps.

— Je ne pense pas. Afin de vous prouver ma bonne volonté, je vais vous révéler ma vraie nature

— comme je ne l'ai encore révélée à personne à bord sinon à mes trois fidèles assistants.

Portolanus avait ôté le manteau ainsi que son ample robe de magicien. Il se redressa alors, et son apparence de sénilité s'évanouit aussitôt.

Jorot jeta un coup d'œil ahuri au sorcier métamorphosé et grommela un juron, car Portolanus était maintenant bien plus grand que lui. Il était vêtu d'un haut-de-chausses ajusté et d'une simple chemise. Une étoile cabossée à multiples pointes, de couleur argentée, était accrochée à son cou. Il avait la carrure d'un athlète. Même sa figure, encadrée de cheveux jaunes emmêlés et enlaidie par une moustache broussailleuse, n'était pas celle d'un vieillard hideux, mais d'un homme d'âge mûr. Ce visage était même assez harmonieux maintenant que les traits n'en étaient plus déformés.

— Ma foi ! s'exclama Jorot. Vous avez dans votre manche plus de dérisoires tours de passe-passe que nous ne le soupçonnions.

— Pensez cela si le cœur vous en dit, Amiral. (La voix de Portolanus, elle aussi, avait changé. Elle était à présent puissante et virile.) Mais ne doutez pas de mes pouvoirs magiques, car ils sont encore plus redoutables que vous ne l'imaginez. C'est moi qui ai déclenché cette formidable tempête et, si je le voulais, je pourrais la faire cesser d'une minute à l'autre, ou la porter à un tel paroxysme qu'elle engloutirait votre navire.

— Et vous par la même occasion ! ricana Jorot.

— Je ne mourrais pas, pas plus que mes trois Voix ni les captifs de sang royal. Les seuls à périr, ce seraient vous, votre équipage, les passagers, dont la reine Ganondri et le Roitelet Lutin... Si je le voulais.

— Et le voulez-vous ?

Le sorcier contourna la roue de gouvernail afin que Jorot pût mieux le voir.

— Cela, Amiral, dépend entièrement de vous. Etes-vous si dévoué à la Reine Régente que vous donneriez votre vie pour elle ?

Le vieux pirate partit d'un grand éclat de rire.

— Cette vieille harpie orgueilleuse ? Cela fait sept ans qu'elle importune notre nation, et il n'y a pas un homme de mon équipage qui s'affligerait de la voir respirer de l'eau de mer. Ici, seuls les chevaliers de sa garde personnelle lui sont fidèles, ainsi que sa clique familiale au Raktum. (Il jeta un coup d'œil de côté au sorcier, fronçant les sourcils.) Mais si vous osez toucher à un seul cheveu du jeune roi Ledo, prestidigitateur, les marins de la Mer Septentrionale vous chasseront jusqu'au bout du monde connu, et donneront en pâture votre corps torturé à Heldo, le monstre marin.

Portolanus gloussa.

— Eh bien, dites donc ! Ainsi, le garçon a vos faveurs ? Je me demandais pourquoi l'on voyait si rarement ce vilain gnôme dans les appartements royaux.

— Son visage et son corps sont contrefaits, dit doucement Jorot. Mais son caractère est celui d'un grand prince. Un jour le monde s'abstiendra de le mépriser... s'il parvient à sa majorité.

L'intérêt de Portolanus s'éveilla soudain.

— Et pourquoi n'y parviendrait-il pas ?

— Sa royale grand-mère est âgée de soixante-deux ans et elle jouit d'une excellente santé. Elle ne tient guère à abandonner les rênes du pouvoir dans deux ans, comme elle y est tenue selon nos lois. Car elle se verrait bien encore régner vingt ans de plus... si le Roi était déclaré incompétent ou s'il lui arrivait malheur.

— Vous ne vous méprenez pas sur les ambitions de Ganondri, Amiral. C'est un adversaire intelligent et courageux. Elle m'a aussi lamentablement sous-estimé. Et c'est pour cette raison que je suis venu converser avec vous ce soir.

Les yeux de Jorot brillèrent tout d'un coup.

— Je comprends ! La Reine n'a pas peur de vous ! Elle vous a fait baisser pavillon et maintenant elle menace de compromettre d'une manière ou d'une autre vos plans tordus.

— Effectivement, reconnut Portolanus. Bien que

je sois passé maître dans l'art de la magie, je ne dispose pas encore d'une multitude de partisans, et ma petite nation du Tuzamen n'est pas dotée d'une puissante armée ou d'une flotte de navires de guerre pouvant se comparer à celles du Raktum. Ganondri et moi-même avons conclu un pacte avant de partir pour le couronnement au Zinora, mais je me suis récemment aperçu que je ne pouvais pas lui faire confiance. Permettez-moi d'être tout à fait franc. A Taloazin j'ai embarqué avec mes prisonniers royaux à bord de ce bateau, et non à bord du mien, parce que la Reine m'avait convaincu à la dernière minute que c'était le navire le plus rapide et qu'il était suffisamment armé pour repousser les poursuivants du Laboruwenda. Cela est incontestable. Mais je ne pensais pas qu'elle serait assez stupide pour résilier les termes de notre pacte initial et tenter de m'imposer des concessions supplémentaires.

— Nous autres pirates avons un sens de l'honneur un peu particulier, il est vrai. Mais aucun d'entre nous ne navigue si près du vent dans ses rapports avec la Reine Régente ! Si elle vous menace, pourquoi ne pas tout simplement la faire périr d'un coup de baguette magique ?

— Et si je le faisais, vous et les capitaines des autres navires raktumiens seraient-ils prêts à m'obéir ?

Jorot s'esclaffa.

— Pas un seul instant, espèce de filou. La magie noire a ses limites. Elle ne saurait susciter la loyauté, l'amour, ni même le respect. Faites-nous tous couler si vous l'osez. Quant à votre coque de noix, elle aurait toutes les chances de sombrer elle aussi, car elle n'est pas faite pour affronter le gros temps. Vous et vos précieux prisonniers vous retrouveriez à dériver au beau milieu de l'océan, à plus de six mille lieues de chez vous. Vous péririez rapidement, même par calme plat... à moins que vous ne sachiez vous envoler.

— Hélas, de cela je suis incapable, admit le sorcier avec aigreur. Si c'était le cas, je ne serais pas en ce moment à bord de votre rafiot ballotté par la tempête.

La figure de Jorot devenait grisâtre et l'effort qu'il déployait pour maintenir le cap de l'énorme trirème faisait saillir les tendons de son cou. Les articulations de ses mains agrippant la roue du gouvernail étaient toutes blanches.

— Sorcier, je suis las de discuter avec vous, et je suis en outre épuisé. Je ne suis ni un jeune homme ni en bonne santé. Mon métier, c'est de commander les manœuvres, pas de me battre avec un gouvernail rétif en pleine tempête. Je vais bientôt être obligé de rappeler rapidement le timonier ou sinon je risque de ne plus pouvoir maîtriser mon navire. Avec ce terrible vent, nous pourrions fort bien démâter. Vous deviez avoir une raison pour être venu ici. Dites-moi ça tout de suite, ou retournez jouer à vos petits jeux avec la Reine Régente.

Le sorcier commença à remettre sa robe de magicien.

— Très bien. Si la reine Ganondri venait à mourir et que le roi Ledavardis prenne les rênes du pouvoir, seriez-vous prêts, vous et toute la flotte des pirates, à accepter sa souveraineté ? Obéiriez-vous à ses ordres ?

— De tout cœur, répondit l'amiral Jorot. Mais si vous pensez pouvoir imposer votre volonté au garçon, vous vous trompez. Il feint seulement d'être un benêt pour ne pas provoquer sa grand-mère.

— Je m'en doutais. Tant mieux s'il est intelligent. Il évitera peut-être ainsi de commettre les erreurs fatales de Ganondri.

— Fatales ?

— J'ai l'intention de faire connaître un monde meilleur à la Reine Régente dès qu'elle ne me sera plus utile.

— Je pourrais l'avertir de vos noirs desseins.

Portolanus se mit à rire.

— Vous le pourriez, mais je crois que vous vous en abstiendrez. En revanche, parlez-en au jeune roi. S'il coopère avec moi quand il portera la couronne du Raktum, il possèdera bientôt des richesses aussi abondantes que mille ans de rapines et plus de galériens qu'il ne pourra en compter. Quant à vous, amiral Jorot, vous pourrez avoir tout ce que vous désirerez. Entre autres, le poste de vice-roi du Laboruwenda.

— Mais, lorsque la rançon sera payée...

— Le roi Antar et ses enfants ne retourneront jamais vivants dans leur pays, rançon ou pas rançon. Et la reine Anigel, privée de son talisman et de sa famille, verra bientôt son pays conquis par mes pouvoirs magiques, conjugués aux forces alliées du Tuzamen et du Raktum. Oh, oui. Cela se produira très vite, une fois que son cœur et sa volonté seront brisés...

A présent vêtu de sa volumineuse robe de magicien, Portolanus parut se rapetisser, et son corps se déforma sous le poids des ans. Sa figure reprit sa physionomie repoussante. Il ouvrit la porte intérieure de la timonerie et rappela les autres d'une voix chevrotante. Le timonier et les deux officiers s'empressèrent de rentrer, mais le roi Ledavardis n'était plus là, étant sorti par une autre porte.

— Transmettez au cher enfant mon meilleur souvenir la prochaine fois que vous le verrez, dit le sorcier à l'amiral. Et dites-lui que j'attends avec impatience d'avoir une petite conversation avec lui très prochainement.

Il mit son capuchon et sortit. Toutefois, cette fois-ci, il ne fit pas semblant d'être assailli par la bourrasque, mais s'éloigna d'un pas lent, gardant sans difficulté son équilibre, comme si le bateau eût été au mouillage dans un port calme et qu'il fût allé se balader sur le pont.

— Vous voyez quelque chose ? cria le prince Tolivar d'en dessous.

— De grosses vagues et un coucher de soleil avec plein de nuages qui filent à toute vitesse, répondit le prince Nikalon. Tantôt l'un, tantôt l'autre, à cause du tangage.

— Pas de terre, ajouta Janeel. Rien que l'océan.

— C'est drôle, observa Tolo. De votre côté, on devrait voir la côte si nous revenons bien vers la Péninsule. Peut-être que les pirates ne nous emmènent pas au Raktum après tout.

La seule source de lumière dans leur nouvelle prison provenait de deux ouvertures à huit aunes au-dessus du plancher visqueux du puits à chaînes. Il n'y avait dans ce réduit que trois paillasses agrémentées de vieilles couvertures moisies, un seau de toilette recouvert, une cruche d'eau tiède, et un panier de petits pains rassis. Niki et Jan avaient décidé que le jeûne ne servirait plus leur cause, et ils avaient déjà mangé la moitié du pain.

Une fois qu'ils avaient été certains que leurs ravisseurs n'allaient pas revenir, les deux aînés étaient montés sur les deux grandes piles de chaînes qui occupaient presque entièrement le haut local. Ils avaient escaladé les gigantesques maillons pendants, avaient dépassé l'énorme treuil, dont les pignons de fer servaient à descendre et remonter les ancres, et avaient atteint les manchons d'écubiers à travers lesquels passaient les chaînes jusqu'à la proue du navire. Ils avaient interdit au petit Tolo de les suivre. Chaque fois que la trirème plongeait dans une très grosse vague, on entendait un grondement, et l'eau qui s'engouffrait à travers les deux ouvertures aspergeait Niki et Jan. Mais l'eau, tout comme l'air, était tiède, et ils ne prenaient même plus la peine de hurler quand ils recevaient un paquet d'eau de mer.

— Les ancres à l'extérieur sont si monstrueuses qu'elles bouchent presque toute la vue, observa Niki.

— Est-ce que tu crois que les trous sont assez grands pour que l'on puisse passer à travers et nous échapper ? s'enquit Jan.

— On aurait du mal à passer avec ces ancres, répondit Niki. Et même si nous réussissions, nous tomberions directement dans l'eau et nous serions happés sous le bateau.

— Descendez, implora Tolo. J'ai l'impression que

j'entends encore ces sales petites bêtes qui grattent dans un coin obscur.

— Peureux ! fit Niki avec plus de gentillesse que de mépris. Elles ne peuvent pas te faire de mal.

— Mais je les déteste. C'est si laid et si sale. Descends et chasse-les, Niki. S'il te plaît !

Le prince de la Couronne commença de redescendre et, après quelques instants d'hésitation, sa sœur l'imita. Les chaînes étaient enduites d'une boue nauséabonde et entourées d'algues, ce qui les rendait très glissantes.

— Dès que le bateau mouillera dans un port et qu'ils jetteront les ancres, dit Niki à Jan, je m'enfuirai ! Je passerai par un de ces trous et je descendrai le long de la chaîne jusqu'à l'eau.

— Les pirates ne sont pas idiots, observa Jan. Ils nous auront retirés de cet endroit d'ici là.

Ecarquillant les yeux dans l'obscurité, elle agrippait, impavide, un énorme maillon de fer, comme le bateau piquait du nez, puis pointait la proue vers le ciel. Les lourdes chaînes, chacune d'elles enroulée une seule fois autour de son touret, n'oscillaient guère.

— Niki, dit Jan en chuchotant pour que le petit garçon n'entende pas, crois-tu qu'ils vont nous tuer ?

— Pas si Mère paie la rançon.

— Et Père ?

Niki détourna la tête. Sa sœur était une jeune fille courageuse et sensée. D'ordinaire il se confiait à elle sans réserve, mais cette fois-ci il ne put se résoudre à lui révéler ce qu'il soupçonnait être la vérité sur l'enlèvement du Roi. Si Antar n'était plus sur le trône, le Raktum pouvait fort bien se croire capable d'attaquer son puissant voisin méridional en toute impunité. Il pouvait ainsi essayer de le conquérir entièrement au lieu de se contenter d'attaquer ses bateaux en haute mer. Niki avait souvent entendu son père et sa mère parler du danger que représentait l'ambitieuse Reine Pirate.

— Les pirates exigeront certainement une autre rançon pour libérer Père, se borna-t-il à répondre. Ils demanderont sans doute un bateau chargé de platine et de diamants en plus du talisman de Mère... Mais seulement quelques coffres d'or pour nous libérer.

Jan sourit.

— Et peut-être rien qu'un pot de chambre d'argent pour Tolo.

En dessous, le jeune prince poussa un cri strident.

— J'entends encore quelque chose, mais ce n'est pas les petites bêtes ! Il y a quelqu'un qui vient. Oh, descendez vite !

Niki et Jan se laissèrent glisser le long des chaînes, s'arrachant la peau des mains et accrochant leurs vêtements dans leur hâte. Ils venaient tout juste de dégringoler des tas de chaînes et de s'allonger sur les maigres paillasses quand une succession de coups sourds leur indiqua que l'on ôtait la barre de la porte. Laquelle s'ouvrit. Il y avait de l'autre côté une cale sombre, encombrée de bouts de cordages, de métal, de tissus usés, de bois de charpente, de tonneaux de goudron. Un homme se trouvait là, tenant bien haut une lanterne d'une main et une courte épée dénudée de l'autre. Ce n'était pas l'un des pirates renfrognés qui les avaient emprisonnés, mais un autre pirate ayant l'allure d'un marin.

— Recule, ordonna-t-il au prince Nikalon qui s'était levé d'un bond et précipité en avant. Ecarte-toi de la porte, petit morveux. (Il avança sa lanterne et regarda à l'intérieur d'un air dégoûté.) Quel épouvantable endroit pour y enfermer trois enfants, même si c'est des vauriens du Labornok.

— Des vauriens du Laboruwenda, corrigea Niki froidement. Qui êtes-vous et que voulez-vous ?

— Je suis Boblen, le maître de manœuvre, et je vous ai amené un visiteur.

Il ressortit, tenant toujours bien haut sa lanterne. Une silhouette plus petite, toute de noir vêtue, apparut dans l'obscurité et entra dans le puits à chaînes.

— Le Roitelet Lutin ! hurla Tolo. Il est venu nous torturer !

Jan donna aussitôt un coup de coude à son petit frère.

Le jeune roi Ledavardis avait rougi en entendant l'insulte irréfléchie de Tolo, mais il garda le silence. Il les regarda tous trois, l'un après l'autre, comme s'ils avaient été des créatures inconnues de lui.

— Ma foi, vous les avez vus, jeune Sire, dit le maître de manœuvre avec humeur. Maintenant venez avant qu'on nous découvre. Vous allez vous faire vertement réprimander et être privé de dîner par la Reine Régente si elle apprend que vous êtes descendu ici. Quant à moi, elle va me hacher menu et me jeter aux poissons.

— Très bien ! s'écria Tolo. J'espère qu'elle vous tuera tous les deux !

Et il leur tira la langue.

— Tais-toi, lui ordonna Niki. (Puis il s'adressa à Ledavardis :) Mon frère est un enfant impoli et je vous prie d'excuser sa grossièreté. Néanmoins, il n'est pas habitué à être traité comme un animal du zoo royal. Ma sœur et moi-même non plus, du reste. Ou bien les passagers royaux sont-ils d'ordinaire logés ainsi à bord des navires du Raktum ?

— Certes non, répondit Ledavardis, parlant bas. (D'une main hésitante il tendit un sac à la princesse Janeel.) Boblen m'a dit qu'on vous avait mis au pain sec et à l'eau. J'en suis navré. Voici une poule rôtie et des gâteaux aux noix que j'ai pu trouver.

Jan saisit le sac sans un mot.

— Merci, Roi, dit Niki.

— Eh bien, marmonna Ledavardis en se détournant. Il vaut mieux que je parte à présent.

— Une chose, dit Niki. Pouvez-vous nous donner des nouvelles de notre père, le roi Antar ? Est-il... Est-il vivant ?

— Oui. Je ne l'ai pas vu, mais je sais qu'il est enchaîné avec les galériens.

— Nous avions appris cela de la bouche de Lady Sharice.

— Le Roi n'est certainement pas contraint de ramer, s'empressa d'ajouter Ledavardis. On ne se sert pas des avirons avec un vent pareil.

— Serons-nous tous retenus prisonniers au Raktum ? demanda Niki.

— Je ne sais pas. Nous devons d'abord nous rendre aux Iles Sans Vents, au sud. Le sorcier semble y avoir à faire quelque chose de mystérieux.

— Au sud ! s'exclama Niki.

— Venez et n'en dites pas plus ! lança le maître de manœuvre depuis la cale. Imaginez que ce sapajou de Voix Noire nous découvre et aille nous dénoncer au sorcier !

— Tais-toi, Boblen. Rien ne nous arrivera.

Et l'enfant-roi ne fit plus attention aux jérémiades du bonhomme. Il commença à poser de nombreuses questions sur la vie que menaient les trois captifs au Laboruwenda. Il voulait savoir comment les courtisans les traitaient, s'ils avaient le droit de quitter le palais et de voyager dans leur pays, comment ils étaient instruits, s'ils avaient des amis de leur âge, et s'il leur arrivait d'envier des enfants qui ne fussent pas de sang royal.

La méfiance qu'entretenaient Nikalon et Janeel à l'endroit de Ledavardis disparut rapidement. Ils le traitèrent avec courtoisie et même sympathie, ne se contentant pas de répondre à ses questions, mais lui en posant également beaucoup. Seul le petit Tolivar ne pouvait surmonter sa répulsion devant l'aspect disgracieux du jeune Raktumien. Il garda un silence obstiné, sauf pour lui demander une fois si cela lui plaisait d'être Roi des Pirates.

Ledavardis ne paraissait pas remarquer l'hostilité du garçon. Il répondit qu'il avait été très heureux quand son terrible père, le roi Ledarnot, était encore en vie. La flotte du monarque raktumien était alors le fléau de la Mer Septentrionale, et lui-même était impitoyable pour tous ceux qui le menaçaient. Il avait tendrement aimé son fils et s'en était sauvagement pris aux nobles raktumiens qui avaient osé laisser entendre que Ledavardis ne serait peut-être pas apte à lui succéder.

Mais le roi Ledarnot avait péri prématurément au cours d'un naufrage et la Reine Mère Ganondri avait vite laissé voir qu'elle ne supporterait aucun rival comme régente de son petit-fils. Plusieurs grands capitaines, qui s'étaient opposés à elle, étaient morts de mystérieuses maladies, expliqua Ledavardis, et elle en avait ouvertement vaincu d'autres par de subtils stratagèmes politiques, les privant de leur fortune et de leur pouvoir. Quant à la mère du roi, la reine Mashriya, ce n'était plus qu'une pauvre invalide qui ne quittait jamais son lit.

Ledavardis parlait tout simplement de la façon dont sa vie avait basculé au cours des sept années de la régence de sa grand-mère. L'enfant-roi avait beau tenter de ne point faire cas de ses malheurs, il était évident qu'il était seul et méprisé à la cour raktumienne. Ce n'était que quand il prenait la mer qu'il trouvait un peu de joie auprès des quelques vieux capitaines qui avaient échappé aux purges de la Reine Régente et étaient toujours ses amis. En mer son corps déformé était devenu fort, et il se sentait vraiment roi, et non plus un enfant désemparé.

Une fois Ledavardis parti, Niki et Jan reconnurent qu'ils regrettaient de l'avoir pris jusque-là pour un lutin. Mais le jeune Tolo imita la démarche singulière du bossu, fit des grimaces pour se moquer de sa laideur, le traita de pleurnicheur, de couard, lui reprocha de ne pas être finalement un vrai pirate.

Jan ouvrit le sac de victuailles.

— Peu importe. C'est aimable de sa part de nous avoir apporté cela.

— C'est probablement du poison, dit Tolo en faisant une grimace. Je me méfie de ce sale Roitelet Lutin.

Niki sortit la petite volaille, ôta la serviette dont elle était enveloppée, et renifla.

— Non, elle me paraît tout à fait mangeable. (Il étala la serviette comme une nappe sur le plancher dégoûtant.) Mais c'est étrange que Ledavardis nous ait rendu visite, et encore plus étrange qu'il nous ait ouvert son cœur. (Il regarda sa sœur, qui tenait toujours le sac vide à la main.) Qu'en penses-tu, Jan ?

— Je... je crois que le roi du Raktum est très malheureux, répondit-elle. Je ne peux pas en dire plus.

Niki dépeça la volaille, la partagea, et tous trois se mirent à manger.

9

La reine Anigel était dans sa cabine, seule avec son chagrin et ses pressentiments. Le capitaine du vaisseau amiral laboruwendien, ainsi qu'Owanon, Ellinis, Lampiar, Penapat et les autres grands dignitaires de la Cour, l'avaient convaincue de ne pas utiliser son talisman sur le pont, bien qu'elle se sentît plus proche de sa chère famille sous la voûte céleste. Elle risquait trop d'être emportée par une forte vague durant ses transes.

Cela faisait maintenant quatre jours qu'elle n'avait rien mangé et que son sommeil était perturbé. Seule Immu veillait sur elle. Elle consacrait le plus clair de son temps à observer, grâce à sa couronne magique, ses enfants et son mari enlevés, cherchant à s'assurer qu'on ne leur faisait pas de mal. De temps en temps elle visionnait aussi le sorcier Portolanus, mais elle n'avait pas réussi à assister à ses entretiens cruciaux avec la Reine Régente et l'amiral Jorot. Elle ne savait donc rien du projet qu'avait Portolanus de tuer les captifs une fois la rançon payée.

Anigel assista en revanche à la première visite du roi Ledavardis à ses enfants, et elle fut surprise et touchée par la gentillesse inattendue du jeune homme. Elle le vit aussi revenir, cette fois-ci seul, le quatrième jour de la traversée. Il apporta encore aux enfants des victuailles et resta plus d'une heure, interrogeant Niki et Jan sur la façon dont ils avaient été attirés hors de la salle de bal. Il leur demanda également ce qu'ils pensaient de Portolanus. Ledavardis était un garçon plutôt naïf malgré ses seize ans. Il apparut clairement à Anigel qu'il se montrait fort suspicieux à l'égard de l'allié tuzaménien de sa grand-mère, et qu'il craignait ce que pouvait lui réserver l'avenir.

En outre, Ledavardis parla négligemment de la façon dont le sorcier avait plongé dans l'inconscience les gardes et le médecin de la Reine Régente à l'aide de sa baguette magique, avant de leur faire reprendre connaissance plus tard en les touchant à nouveau du même instrument. Anigel ne put contenir son émoi en entendant cela, car il lui sembla maintenant certain qu'Antar avait dû lui aussi être touché de cette baguette. Il n'était donc pas dans le coma — comme elle l'avait craint en le voyant inconscient pendant plusieurs jours —, mais était seulement victime de quelque enchantement que saurait dissiper le sorcier.

Le roi Ledavardis semblait désireux de parler à d'autres jeunes gens de son rang. La vie d'un enfant de sang royal est déjà bien factice dans le meilleur des cas, mais ce garçon avec sa colonne vertébrale déformée et ses traits repoussants connaissait un sort particulièrement malheureux.

Anigel fut fort contrariée des moqueries continuelles du petit Tolivar, qui traitait sans cesse Ledavardis de Roitelet Lutin. Mais Tolo n'était après tout qu'un bébé, chétif, peu sûr de lui. Bien que Tolo n'eût jamais été cruellement rejeté comme le jeune Raktumien, Anigel savait qu'il enviait son frère aîné, de robuste constitution et à la physionomie avenante. Le fait de mépriser Ledavardis aidait Tolo à supporter ses propres imperfections.

Lorsque je retrouverai le petit Tolo, se dit la Reine, il faudra que je reste davantage avec lui, que je lui dise que je l'aime, que je le rassure, que je lui donne confiance. Et j'inciterai Antar à faire de même...

Antar...

L'amour pour son mari et l'anxiété à son endroit chassèrent de son esprit toute pensée du prince Tolivar. Elle ordonna au talisman de lui montrer le Roi, et elle le vit toujours en train de dormir sur un lit de planches dans l'ignoble quartier des galériens.

Comme les autres fois, elle supplia de le retrouver en bonne santé. Maintenant qu'elle était certaine qu'il n'était pas dans un état de prostration mortelle, elle fut soulagée de l'ignorance d'Antar quant à sa situation désespérée et celle de ses enfants. Antar était un homme fier et impétueux, et il aurait été torturé par la rage et l'humiliation s'il avait été conscient. Les pirates étaient capables de tout s'il s'opposait à eux ou tentait de s'enfuir.

Ou si elle refusait de payer la rançon.

Que ferai-je, se demanda-t-elle, si Portolanus menace Antar de terribles sévices, voire de la mort ?

Elle avait maintes fois remâché cette atroce éventualité, comme on agace une dent cariée sans pouvoir s'en empêcher, alors que l'on sait que cela est douloureux. Ses larmes se mirent à couler malgré qu'elle en eût, et une fois encore elle se trouva devant le dilemme qui la torturait depuis l'instant où elle avait lu les deux mots conditionnant la liberté d'Antar.

Votre talisman.

Saurait-elle se montrer ferme, comme elle l'avait promis à Haramis, si, pour conserver le Monstre aux Trois têtes, il lui fallait supporter les hurlements de douleur d'Antar mis à la torture, puis sa mort ignominieuse ? Si elle cédait à Portolanus, c'était une reine traîtresse, laissant le sorcier conquérir le Laboruwenda par ses pouvoirs magiques. Mais si Antar lui était arraché, elle savait qu'elle en mourrait, et au diable le Laboruwenda !

Elle examina longuement le seul visage de son mari et s'abandonna à la détresse. Puis la vision d'Antar s'estompa malgré ses efforts, et elle entendit en esprit la voix impatiente d'Haramis :

« Ani ! Ecoute-moi ! Regarde dans le sillage de ta flottille, et réjouis-toi ! »

Elle saisit son manteau de cuir et se rua dehors aussitôt, sans même prendre la peine de répondre à sa sœur.

La pluie avait cessé mais un vent violent soufflait toujours du nord. Les gigantesques vagues semblaient être sur le point de déferler sur les quatre navires pour les engloutir. Mais par miracle elles ne se brisaient pas... Les bateaux se cabraient et plongeaient au gré de leurs mouvements vertigineux. Au début, cela avait donné la nausée à Anigel. A présent elle y était presque habituée. Elle s'accrocha fermement au bastingage du gaillard d'arrière et ordonna à son talisman de lui faire voir la mer loin derrière les navires laboruwendiens.

La Double Vue fit apparaître un autre vaisseau qui était en train de les dépasser.

Le souffle coupé, elle ordonna à son talisman de lui montrer de plus près ce nouveau bateau. Celui-ci était beaucoup plus petit que le vaisseau amiral d'Anigel. Il avait deux mâts joliment inclinés vers l'arrière et quatre toutes petites voiles déployées. Il fendait les flots déchaînés et il était presque déjà par le travers du dernier vaisseau laboruwendien. Plusieurs des silhouettes minuscules qui travaillaient sur le pont avaient une allure étrange. Lorsque Anigel regarda de plus près, elle vit qu'il s'agissait d'aborigènes wyvilos. Parmi les humains se trouvait une femme mince aux cheveux châtain roux. Son justaucorps arborait l'image d'un Trèfle aux Yeux.

— Kadi ! s'exlama la Reine. Tu es venue ! Je rends grâce aux Seigneurs de l'Air !

La vision de Kadiya disparut, et Anigel vit en esprit son autre sœur, Haramis, la tête enveloppée d'un capuchon bordé de fourrure, se détachant sur un ciel de tempête.

— Ecoute-moi, Ani ! A présent toi et Kadiya devez coopérer étroitement. Vos deux bateaux et ceux de l'ennemi ont presque atteint la latitude de l'Ile du Conseil. Vers midi demain, la trirème des pirates mettra cap à l'ouest en direction des Iles Sans Vents, afin d'atteindre l'endroit où Kadiya a perdu son talisman. Portolanus a tellement d'avance sur vous que ton navire amiral ne le rattrapera jamais, je le crains. Il va falloir que tu montes à bord du bateau de Kadi, qui est plus petit. Il est très rapide et a toutes les chances de dépasser le bateau raktumien avant que le vent ne tombe dans la région des îles.

— Mais dans les calmes, repartit Anigel, la trirème des pirates pourra filer bien plus vite grâce à ses bancs de rameurs...

— La plupart des galériens de la reine Ganondri sont terrassés par le mal de mer. Les pirates du Raktum ont surtout l'habitude de longer les côtes, et la Mer Septentrionale est protégée par la Péninsule des pires ravages des moussons. Je soupçonne qu'ils n'ont jamais essuyé quelque chose d'aussi terrible que la tempête magique de Portolanus.

— Notre courageux capitaine Velinikar dit qu'il n'a jamais vu pareil déchaînement des éléments. Malgré ces épouvantables vagues, les bateaux filent à toute allure sans que les mâts et les voiles soient arrachés.

— Là n'est pas la question, dit Haramis avec impatience. L'important, c'est que les rameurs de la trirème raktumienne ne sont pas près de se remettre du mal de mer. Il leur faudra du temps avant d'être en état de souquer ferme. En attendant, toi et Kadiya pourrez les devancer à bord de votre embarcation plus légère. Avec les vents légers et irréguliers qui soufflent parmi les Iles Sans Vents, vous aurez l'avantage — un certain temps.

— Alors, il n'est pas certain que nous parvenions au talisman les premières ?

— Non, dit Haramis. Supplie donc ton talisman de vous aider, et adresse tes prières aux Seigneurs de l'Air pour qu'ils fassent filer votre bateau.

Anigel, exaspérée, leva les bras au ciel.

— Je n'arrive pas à donner des ordres à mon talisman comme tu sais le faire avec ton propre talisman ! Parfois il m'obéit quand je le sollicite pour autre chose que la Vue, mais la plupart du temps ce n'est pas le cas. Je ne suis pas Archimage !

Haramis soupira.

— Je sais que le fonctionnement des talismans est encore un épais mystère pour toi et Kadi. Je ne suis guère plus expérimentée dans l'usage de mon Cercle aux Trois Ailes. Mais j'effectue en ce moment un voyage qui pourra peut-être nous aider...

— Hara, dis-moi ce que tu manigances ! Je t'ai observée en train de survoler les hautes montagnes à dos de gypaète...

— Petite Sœur, je n'aurai le temps de rien faire pour t'aider à récupérer le talisman de Kadi. Oublie-moi. Mets tout en œuvre pour remonter l'Œil Incandescent Trilobé du fond des mers. Plus tu attendras, plus le monde ira de travers. Adieu maintenant. Que Dieu et les Seigneurs de l'Air te protègent de Portolanus.

Le navire amiral laboruwendien prit la panne et tenta de mettre à la mer une chaloupe pour transporter Anigel jusqu'à la *Lyath*. Mais la mer et le vent étaient si forts que l'embarcation fut renversée avant même que les cordages des bômes ne fussent entièrement détachés. Elle coula presque aussitôt, et l'un des hommes d'équipage qui s'étaient portés volontaires pour monter à bord y perdit la vie.

— Ce sera impossible de cette manière-là, Madame, dit le capitaine Velinikar à Anigel lorsque les marins rescapés eurent été récupérés.

La *Lyath* se trouvait à un quart de lieue du navire amiral, invisible la moitié du temps derrière les vagues colossales. Anigel avait fait part de ses intentions à Jagun, puis celui-ci avait transmis l'information à Kadiya et au capitaine Ly Woonly.

— En ce cas nous devons trouver un autre moyen pour que je monte à bord du bateau de Kadiya, répliqua Anigel.

Elle avait enfilé un ciré de marin et elle portait son talisman fixé en permanence aux tresses blondes qu'elle s'était attachées autour du crâne.

Le capitaine labornoki secoua la tête.

— Madame, je n'en connais pas.

— Eh bien, demandons à Jagun de consulter le capitaine de la *Lyath*, dit Anigel.

Elle ferma les yeux et se servit derechef de son talisman. Elle les rouvrit et déclara :

— Le capitaine okamisi propose que l'on utilise une bouée culotte, mais j'ignore de quoi il s'agit.

Les marins autour d'elle poussèrent des exclamations horrifiées, manifestant leur désapprobation. Velinikar lui-même jura, puis pria maladroitement la Reine de l'excuser.

— Madame, j'ai entendu parler d'un tel système, mais c'est de la folie pure que d'envisager de s'en servir.

— Expliquez-moi de quoi il s'agit.

— Il faudrait que nous appareillions de nouveau, par vent debout et à sec de toiles. Le bateau okamisi serait obligé de balancer les voiles avec le plus grand soin afin de calquer exactement son allure sur la nôtre, puis de s'approcher de nous le plus possible, bord à bord. Nous leur enverrions alors un cordage à l'aide d'une catapulte. Ce cordage servirait à faire passer sur leur bateau une solide aussière dotée d'un palan. Nos deux bateaux ainsi bien amarrés l'un à l'autre, il faudrait que vous montiez dans une sorte de bouée fixée au palan. L'équipage de la *Lyath* vous ferait alors franchir l'espace séparant les deux vaisseaux en tirant sur la première corde.

Anigel avait blêmi durant le récit du capitaine, mais elle parvint à sourire.

— Je suis prête à essayer.

— Non, ma Reine, il n'en est pas question ! s'écria Velinikar. Si d'aventure les deux vaisseaux s'écartaient brusquement l'un de l'autre, ou si l'un d'eux était propulsé en avant par une bourrasque, les cordes se rompraient et vous tomberiez à l'eau. Et si soudain les deux bateaux étaient projetés l'un vers l'autre, vous tomberiez également dans l'eau, et vous risqueriez d'être écrasée entre les deux coques.

— Je dois le faire, dit-elle simplement. C'est notre seule chance de sauver le Roi et les enfants. Préparez tout, capitaine, pendant que j'avertis Jagun pour que la *Lyath* se prépare aussi à la manœuvre.

D'abord le charpentier du vaisseau amiral dut construire la bouée culotte. Il ne s'agissait que d'un anneau d'écorce de liège, qui faisait moins d'une aune de diamètre, auquel était fermement attachée une culotte de toile coupée, et muni de cordes pour qu'on puisse le suspendre à un palan. Puis il fallut une heure aux bateaux pour se mettre en position, et quand ce fut fait, la nuit était presque tombée. Velinikar prit lui-même la barre de la birème royale afin qu'elle ne dévie pas d'un pouce de son cap. La *Lyath* eut un peu plus de mal à se mettre en place. A quelque vingt aunes du navire amiral, elle tanguait follement, sans jamais réussir à régler précisément son allure sur l'autre bateau.

A présent les officiers criaient de part et d'autre des deux bateaux à travers des porte-voix, mais leurs cris se perdaient presque dans la tempête. On commença à installer la bouée culotte. Kadiya s'approcha du bastingage de la noga en compagnie de Jagun et d'un grand Wyvilo. Elle et Anigel se crièrent seulement quelques mots d'encouragement. Il n'était pas question de tenir une conversation par le truchement de la langue sans mots.

Anigel, entourée d'Immu, d'Ellinis et d'Owanon, observa le lancer du premier cordage. Puis le reste du matériel fut soigneusement mis en place : un treuil, l'aussière sur laquelle devait coulisser le palan, enfin le palan qui devait faire passer la Reine à bord de l'autre bateau. Le second assura à Anigel que le système pourrait s'accommoder de petites variations dans la distance séparant les deux vaisseaux. Seuls les mouvements soudains et violents pouvaient présenter un danger pour elle. Trois robustes marins s'approchèrent d'Anigel et s'agenouillèrent un court instant devant elle pour qu'elle les bénisse. Puis ils allèrent se poster à côté du treuil, élément essentiel du dispositif, qui pourrait tendre ou détendre l'aussière s'il se produisait des mouvements excessifs.

Sur la *Lyath*, dont le pont se trouvait à quelque dix aunes plus bas que celui de la birème, l'autre bout de l'aussière fut attaché au grand mât. Le palan fut fixé en dessous, et Lummomu-Ko se prépara à saisir aussitôt Anigel à bras-le-corps. Les cordages gémissaient et les hommes qui actionnaient le treuil s'efforçaient de tendre l'aussière. Le vent paraissait avoir fléchi un peu, et finalement le second décréta que la bouée culotte était prête. Anigel embrassa Immu, Ellinis, et Owanon. Puis elle monta dans la bouée, s'accrochant de toutes ses forces à l'anneau qui lui entourait la taille. Elle fut alors emportée dans les airs et passa par-dessus le bastingage.

La birème plongea en avant et la *Lyath* pointa sa proue vers le ciel. L'espace d'un instant, l'aussière à laquelle la bouée était suspendue fut presque droite. En dessous bouillonnait une montagne d'eau grise écumeuse. Anigel avançait au-dessus des vagues, éclaboussée par les embruns, ballottée d'un côté, puis de l'autre, telle une poupée accrochée à une corde à linge. Puis la birème piqua du nez et plongea dans un creux. La tension fit vibrer l'aussière au-dessus de la tête d'Anigel, puis l'aussière se relâcha. Anigel s'immobilisa brusquement, et reprit ensuite sa progression. Par miracle, les bateaux maintenaient à présent une allure et un cap identiques malgré le mouvement des vagues, tels deux danseurs étrangement assortis, mais maîtrisant parfaitement leur art.

La bouée glissait de nouveau rapidement, et Anigel avait dépassé la moitié de la distance entre les deux bateaux. Elle parvint à adresser des gestes à ceux qui se tenaient au bastingage de la noga. La mer s'aplanit soudain sous les deux coques lorsque les embarcations se trouvèrent au fond d'un grand creux. Anigel glissa aisément sur l'aussière inclinée, tirée non seulement par les muscles puissants de Lummomu, mais entraînée également par la gravité. Côte à côte, les bateaux semblèrent escalader une gigantesque vague par la poupe.

Et puis le vent changea brusquement de direction. Il sembla à Anigel que la *Lyath* se précipitait vers elle. Mais l'aussière qui soutenait la bouée était devenue dangereusement lâche, et Anigel commença à chuter vers l'eau, sensation nauséeuse. Elle entendit des cris à bord de la *Lyath* et le hurlement strident d'une aborigène en provenance de son propre navire amiral. Les deux vaisseaux se rapprochaient. Dans un instant, elle allait se retrouver à l'eau.

« Talisman, sauve-moi ! » implora-t-elle.

Le vent mugit, changeant une nouvelle fois de direction. Il y eut un énorme *clac !* quand l'aussière se tendit derechef. Lummomu avait lâché prise et s'était affalé sur le pont. Anigel était projetée vers le petit bateau comme par une catapulte. Elle savait qu'elle allait se fracasser dessus. Dans quelques secondes...

Elle s'immobilisa dans les airs.

Le vent était tombé.

Plus de mer démontée, plus de petit bateau ballotté. La *Lyath* et la mer étaient figées, comme pétrifiées.

Anigel était suspendue en l'air. Les cordages étaient enchevêtrés au-dessus de sa tête. Plus rien ne bougeait. Elle n'osait plus respirer. La vie avait cessé.

Puis, elle fut la seule à se remettre à bouger. Elle repartit en glissant vers la *Lyath*, passa par-dessus le bastingage et descendit doucement, toujours agrippée à la bouée. Ses pieds touchèrent le pont. Elle était entourée de Wyvilos pétrifiés, de Jagun transformé en petite statue aux yeux jaunes, bouche bée, et de Kadiya.

Mais presque aussitôt, cette expérience surnaturelle cessa. Anigel tomba lourdement sur les genoux, empêtrée dans les cordages et embarrassée par la bouée. Kadiya et les autres poussaient des cris de soulagement. Ils entendirent de faibles acclamations en provenance du navire amiral.

Une fois qu'Anigel se fut dépêtrée de tout l'attirail, elle s'effondra dans les bras de sa sœur en pleurant de joie.

— C'est mon talisman ! Il m'a sauvée ! Kadi... Kadi...

— Oui, acquiesça Kadiya. Cela ne fait pas l'ombre d'un doute. A un moment te voilà piquant vers l'eau, et l'instant d'après, tu te retrouves ici.

Derrière les deux femmes, Ly Tyry, le second, donnait à l'équipage l'ordre de couper prestement les cordages qui reliaient la noga au navire laboruwendien. Aussitôt les deux navires commencèrent à s'éloigner rapidement l'un de l'autre. La *Lyath* déploya une troisième voile, elle se mit à filer plus vite que la birème. Elle prit encore plus de vitesse quand fut hissée une quatrième voile, minuscule bout de toile.

— Descendons, dit Kadiya, menant sa sœur par la main comme une enfant.

La Reine tremblait violemment à présent, trempée malgré son ciré. Son visage et ses mains étaient exsangues. Mais elle avait toujours le sourire aux lèvres, et elle tenta d'adresser des signes aux passagers du navire amiral.

— Le talisman, répéta-t-elle. Le talisman m'a vraiment sauvé la vie !

Kadiya ouvrit la porte de l'escalier.

— Espérons, dit-elle d'une voix blanche, qu'il me sauvera également.

10

L'Archimage et Shiki le Dorok survolaient les contreforts des Montagnes Ohogan en direction de l'ouest. C'était leur premier jour de voyage vers le Kimilon. Chacun était monté sur un énorme gypaète noir et blanc. Deux autres volatiles transportaient leurs fournitures. L'Archimage calmait la tempête qui faisait rage autour d'eux encore plus efficacement que Portolanus. Shiki était émerveillé d'avoir aussi chaud et de se sentir aussi bien dans la bulle magique de quiétude dont la grande enchanteresse les avait enveloppés par le pouvoir de son talisman. Et comme les voors volaient vite !

Au début, Shiki était si intimidé par l'Archimage qu'il osait à peine lui parler. Il garda un silence respectueux lorsqu'ils furent dans les airs afin de ne pas troubler sa contemplation mystique. Et quand ils descendirent se reposer à terre, il demeura humblement en retrait. Grâce à un dispositif magique elle servit des aliments chauds. Et par la suite, une fois que les oiseaux géants se furent lovés autour des deux minuscules tentes, le talisman continua de les protéger des éléments.

Shiki se réveilla à demi au milieu de la nuit, croyant entendre des bruits étranges comme ceux d'un humain plongé dans l'affliction. Mais lorsqu'il appela, le faible bruit cessa, et il se dit qu'il était le jouet de son imagination, qu'il s'agissait seulement du mugissement du vent. Au matin il avait tout oublié, et son sommeil ne fut point troublé au cours des autres nuits où ils dormirent dans la montagne.

Une fois qu'ils eurent dépassé les Montagnes Latoosh du Raktum et atteint la lisière de la Calotte Glaciaire Eternelle, la tempête surnaturelle déclenchée par Portolanus cessa enfin et le ciel se dégagea. Les oiseaux poursuivaient leur voyage sans faiblir, survolant des champs de neige éblouissants entrecoupés ici et là de quelques crêtes montagneuses.

L'Archimage guidait son propre voor d'une main aussi experte que Shiki, et sans réfléchir il prit la liberté de la féliciter de sa maîtrise. Elle ne se formalisa nullement de cette familiarité, mais parut au contraire fort encline à converser. Elle lui dit qu'elle avait l'habitude de voyager à dos de voor lors des rares occasions où elle quittait sa Tour pour aller rendre visite à ses sœurs ou pour parler avec les humains et les Peuples qui lui demandaient de l'aide. Elle avait appris à mener les voors voici bien longtemps, avant de devenir Archimage, et son professeur avait été Magira, la Vispi qui servait actuellement de gouvernante de la Tour.

Voilà qui fut une autre surprise pour Shiki, lequel avait présumé que la Dame Blanche était une déesse omnisciente. Elle se mit à rire et lui raconta en partie sa vie. Elle lui confia qu'elle n'était Archimage que depuis douze ans et qu'elle commençait tout juste à être à la hauteur de sa fonction. Timidement, Shiki lui demanda quel genre de services elle rendait. Elle répondit de façon directe et lui expliqua qu'elle arbitrait les conflits, aidait à retrouver des personnes disparues, conseillait les chefs qui ne savaient plus quel parti prendre, avertissait des catastrophes naturelles imminentes, guidait et protégeait de mille autres manières ceux qui faisaient appel à elle et lui accordaient leur confiance.

Shiki fut stupéfait lorsqu'elle admit qu'il y avait des problèmes auxquels elle ne trouvait pas de solution. (Il avait été presque aussi éberlué quand il avait découvert qu'elle mangeait et buvait comme tout le monde, qu'elle ne négligeait point les besoins de son corps, que même parfois elle dormait trop.) Et une nouvelle surprise l'attendait quand elle lui avoua qu'elle ne savait pas exactement ce qu'elle comptait trouver à l'Inaccessible Kimilon. Elle savait seulement que c'était important. En outre, elle redoutait de se rendre là-bas et était fort heureuse qu'il l'accompagnât.

Peu à peu le petit Dorok se rendit compte qu'il s'était mépris sur la Dame Blanche. C'était une magicienne, certes, mais ce n'était pas une déesse qui en imposait, ni même l'une de ces légendaires sindonas, trop hautaines pour connaître la peur comme les mortels ordinaires. Bien au contraire, cet Archimage était un être en chair et en os, qui éprouvait des émotions semblables aux siennes, qui doutait d'elle-même, qui avait besoin de réconfort et d'amitié. Aussi osa-t-il de plus en plus converser avec elle de manière anodine, voire se permettre de petites plaisanteries. A son tour elle lui demanda des détails sur sa vie dans les montagnes du Tuzamen, et il lui raconta que sa femme et lui avaient cultivé quelques parcelles éparses de férols, qui poussaient abondamment dans la vallée réchauffée par des geysers, là où se situait son village. Ces plantes donnaient des tubercules et des fruits avec lesquels on pouvait préparer un breuvage reconstituant. Durant la saison des neiges, il avait pris au piège des worrams et d'autres animaux à fourrure, tandis que sa femme avait filé et tissé de la laine de zuch pour en faire de belles écharpes qu'ils pouvaient vendre, de même que ses fourrures, aux êtres humains des basses terres. Non sans tristesse, Shiki parla de l'amitié qui existait depuis des temps immémoriaux entre son peuple et les gypaètes géants, avec lesquels ils communiquaient grâce à la langue sans mots et sur lesquels ils montaient quand ils voulaient se rendre dans d'autres villages des montagnes du Tuzamen.

« Mais maintenant, comme je vous l'ai déjà dit, ajouta-t-il, les Doroks et les voors ne peuvent plus être amis à cause de cet ignoble sorcier. » Et il attendit que l'Archimage le rassure, lui dise qu'elle allait remédier à cette situation en causant la perte de Portolanus.

Mais elle ne souffla mot, se contentant de manier son talisman et de contempler la calotte glaciaire désolée que survolaient les gypaètes. Son visage impénétrable arborait une expression lugubre. Cette nuit-là, Shiki entendit de nouveau les faibles bruits qu'il prenait pour des pleurs, bien que ce fût impossible.

Sept jours après qu'ils eurent quitté la tour de l'Archimage, les deux voyageurs aperçurent ce qui semblait être une haute colline sombre, d'une forme ronde singulière, s'élevant à l'horizon par-delà l'étendue informe de neige et de glace. A mesure qu'ils approchaient, la masse les fit davantage penser à des nuages orageux, gris ou noirs comme de l'encre. Ceux-ci tourbillonnaient, mais paraissaient toutefois bien plus épais que de simples nuages gorgés de pluie ou de neige. Quelques éclairs cramoisis les illuminaient de l'intérieur.

— Voici le Kimilon, dit Shiki à l'Archimage, que nous autres Doroks connaissons sous le nom de Terre de Feu et de Glace. Généralement le grand nuage qui enveloppe le plateau est avant tout constitué de vapeur, ainsi que d'un peu de fumée et de cendre, mais je crains qu'en ce moment de nombreux volcans ne soient en éruption. Prions, Dame Blanche, pour que la lave en fusion ne se soit pas engouffrée dans la cuvette intérieure. C'est là que nous trouverons l'étrange bâtisse que vous cherchez, et dans laquelle vivait le sorcier Portolanus. Votre talisman peut-il vous dire s'il y a danger à pénétrer dans la cuvette ?

Haramis sortit sa baguette de sous son manteau et lui ordonna une vision nette de l'Inacessible Kimilon. Quand elle avait essayé de le visionner depuis la Tour, les détails précis de l'intérieur en étaient toujours masqués par d'épais nuages, et elle n'avait pas pu examiner de près ce qui se trouvait sur le sol. Encore une fois l'image qu'elle obtint au centre du Cercle aux Trois Ailes était obscure. Haramis n'en discerna guère plus que si elle eût tenté de percer à l'œil nu les tourbillons de fumée à l'aplomb de la cuvette.

— Il va falloir attendre d'être sur place, je le crains, pour voir ce qu'est devenu cet antique lieu d'entreposage, dit Haramis. Le Kimilon est un endroit où règne la magie. Je suis très étonnée que ton peuple ait eu vent de son existence.

Le petit bonhomme haussa les épaules.

— On parle de la Terre de Feu et de Glace dans nos plus anciennes légendes comme d'un lieu sacré pour les Disparus. De temps en temps l'un de nos héros doroks était poussé par une force impérieuse à s'y rendre à dos de voor, mais il savait qu'il ne devait toucher à rien sous peine de ne jamais revoir sa maison. Ceux qui résistaient à la tentation rentraient chez eux sains et saufs. Plusieurs héros ne revinrent jamais. On disait qu'ils avaient succombé à l'attrait de la magie interdite de l'endroit et qu'ils étaient restés sur place, transformés en statues de glace. Les vieilles légendes se sont ainsi transmises de génération en génération, ainsi que le chemin pour accéder au Kimilon.

— Je me demande, dit Haramis pensivement, si les Doroks n'auraient pas été jadis les serviteurs d'un Archimage oublié depuis longtemps et si vous n'auriez pas transporté à sa demande d'anciens objets dangereux jusqu'au Kimilon. Vous êtes proches parents des Vispis des Montagnes Ohogan, et les Vispis ont servi de tout temps celle qui m'a précédée, l'Archimage Binah.

— Dame Blanche, je n'ai jamais entendu parler de cela. Nous autres Doroks pensions que l'Archimage vivait loin de notre terre et n'avait que peu de rapports avec nous. C'est Nunusio, mon regretté voor, qui m'a rappelé que vous étiez la gardienne et la protectrice de tous les Peuples, et qui m'a incité à venir vous trouver.

Haramis sentit un étrange picotement à la racine des cheveux. Les gypaètes ! Elle n'avait jamais pensé à les consulter.

Hiluro !

J'entends, Dame Blanche, et suis prêt à vous répondre.

Parle-moi de façon que Shiki et les autres oiseaux ne puissent entendre.

Très bien.

Hiluro, sais-tu s'il existe d'autres Archimages vivants à part moi ?

Oui. Il y a la Dame de la Mer, qui vit dans la forteresse des aurores boréales, ainsi que le Seigneur du Firmament, qui vit dans le ciel. Ces deux Archimages et vous-même êtes les trois seuls qui subsistent du Collège d'Archimages constitué par les Disparus afin de combattre les méchants Hommes de l'Etoile. Je ne peux vous en dire plus sur ces deux Archimages en dehors de leur titre, de l'endroit où ils vivent, et du fait qu'ils vivront et poursuivront leur mission aussi longtemps que l'Etoile menacera l'équilibre du monde.

Merci, Hiluro.

Voilà qui était un peu plus que ce que le talisman lui avait déjà appris. Haramis réfléchit à ce qu'elle venait d'entendre tandis qu'ils se rapprochaient du Kimilon. Lorsqu'ils arrivèrent enfin, le soleil déclinant nimbait la Calotte Glaciaire Eternelle d'un halo rosé et illuminait par-derrière les nuages de cendres. Le spectacle était saisissant.

L'Inaccessible Kimilon était un petit plateau de quelque trois lieues de diamètre, entouré d'une douzaine de hauts volcans. Cinq d'entre eux, côte à côte à l'ouest, crachaient une fumée noire, accompagnée de temps en temps par quelques jets sinistres de lave écarlate. De petits ruisseaux de roche fondue coulaient le long de leurs flancs. Deux autres montagnes fumaient seulement, leurs vapeurs blanches se mêlant aux volutes sombres de leurs voisins. Les autres volcans n'étaient pas en éruption. Ceux qui étaient en éruption offraient une vision terrifiante et grondaient en permanence. Shiki fut surpris de constater que la main de l'Archimage tenant le talisman tremblait.

— Le vent chasse la fumée et les cendres de l'intérieur du Kimilon, dit Haramis à Shiki. C'est déjà bon signe.

Les quatre gypaètes traversèrent une crevasse abrupte du côté oriental du plateau, là où les volcans éteints étaient couverts de glaciers massifs, striés de cendres et de suie. Le sol de la vallée était fait de lave solidifiée. Il y avait par endroits des blocs troués ressemblant à des briques à four, ailleurs le sol était plus lisse : on aurait dit d'énormes cordes noires, des coussins empilés ou bien encore de la pâte à frire transformée en roche noire. Un grand lac, dans lequel se reflétait le ciel courroucé, occupait le centre de la dépression, alimenté par les torrents d'eau provenant des étendues glacées des cratères éteints. Des bouches crachaient en sifflant au-delà de la rive ouest du lac, endroit où le sol était craquelé et fumant. Des marmites de boue brûlante bouillonnaient, tels des chaudrons de peinture multicolore. Sur la rive orientale du lac le sol paraissait compact, bien qu'il fût couvert de monticules de cendre blanche, et des lichens poussaient sur les rochers. Il y avait aussi quelques arbustes rabougris, ainsi que des plantes dont les feuilles vertes étaient flétries et décolorées par les exhalaisons délétères des volcans.

Au pied d'une grande falaise noire se trouvait la bâtisse.

Les quatre voors firent une fois le tour du lac, puis allèrent se poser près du bâtiment. L'air, humide et très chaud, était imprégné d'une âcre odeur de soufre, nauséabonde mais supportable. Une légère pluie de cendres tombait en permanence, que des brises fantasques faisaient tourbillonner au ras du sol. De petits rognons de pierre ponce craquèrent sous les pas de l'Archimage et de son compagnon quand ils posèrent le pied par terre. Le sol semblait vibrer, et un faible grondement, presque musical, se mêlait au sifflement des bouches de sortie ainsi qu'au bruit des torrents.

— Nous ne pourrons pas rester ici longtemps, Shiki, déclara Haramis. Je vais tâcher de mener promptement mes investigations.

— Voudriez-vous... Voudriez-vous que je vous accompagne ? proposa-t-il. S'il y a des démons qui gardent l'endroit, comme l'assurent nos légendes, je suis prêt à donner ma vie pour vous défendre.

Il dégaina son long couteau et le brandit à deux mains. La lame avait des reflets rouges.

Haramis le regarda, profondément émue. Il la connaissait à peine, et il avait sûrement plus peur qu'elle. Et pourtant elle était certaine qu'il lui avait fait cette proposition par amitié, pas seulement par acquit de conscience.

Elle lui posa la main sur l'épaule.

— Cher Shiki, au fond de ton cœur généreux, tu as deviné que j'avais peur de ce que je risquais de trouver dans cet endroit. Il faut que tu comprennes toutefois que je ne crains ni les monstres ni une quelconque forme de danger extérieur. Ce bâtiment a été construit par un Archimage comme moi, après tout. Il est normal que j'y pénètre et que je l'explore. La chose inconnue que je recherche — et que je reconnaîtrai quand je la verrai — est redoutable pour moi parce qu'elle touche à l'intimité de mon cœur et de mon âme. Et dans ce domaine intérieur, personne ne peut m'accompagner. Cependant, je serais heureuse que tu viennes avec moi aussi loin que possible. Mais range ton arme, mon ami.

Il glissa son couteau dans son fourreau.

— Il y a un dicton dorok qui dit : « Le monstre combattu en compagnie d'un bon compagnon est plus petit que celui que l'on affronte seul. »

Haramis se contenta de sourire, et s'approcha du mystérieux édifice, accompagnée de Shiki.

Le bâtiment était en roche volcanique noire, de

même que la colline dans laquelle il se fondait. Il avait à peu près la taille d'une grange. Sur son toit fortement pentu en pierres plates devaient glisser la neige et les cendres. Il n'y avait des fenêtres que sur le devant, de chaque côté de la porte étroite. Celles-ci étaient enfoncées dans des murs de près d'une aune d'épaisseur, garnies d'une multitude de petits carreaux entourés de plomb. La porte était métallique, sans loquet ni poignée. Elle refusa de s'ouvrir quand Haramis la poussa.

Elle sortit son talisman et tapa légèrement sur la porte.

— Talisman, protège-nous tous deux et laisse-nous entrer ici.

Aussitôt la porte s'ouvrit. L'intérieur était plongé dans une obscurité totale. Haramis entra et ordonna que la lumière fût. Immédiatement une série d'appliques murales s'allumèrent. Elles brillaient de la même lumière cristalline sans flamme qui éclairait la Tour. Shiki suivait Haramis d'un pas traînant. Il était évident que Portolanus avait élu domicile dans cette pièce lors de son exil. Une robe de cérémonie tissée d'une fibre raide et une paire de sandales étaient abandonnées par terre. Une cape et un large chapeau conique du même tissu avaient été jetés dans un coin. Contrastant avec ces vêtements grossiers, les meubles de la pièce étaient d'un extraordinaire raffinement esthétique. Une table, deux chaises, un lit, plusieurs meubles de rangement et caisses, constitués d'une matière inconnue, luisante et de couleur fauve, étaient conçus de façon singulière. Ils arboraient des courbes gracieuses et l'on ne distinguait pas trace de la moindre jointure, comme si ces meubles avaient littéralement *grandi* pour atteindre leurs formes actuelles, et n'eussent pas été fabriqués par un artisan. Sur le lit étaient posés deux coussins qui ressemblaient à d'énormes bulles de savon. Les couvertures étaient faites d'une matière très résistante, extrêmement fine, transparente, étrangement douce au toucher, et elles étaient attachées au lit de sorte qu'elles ne pouvaient en être ôtées. Le lit était flanqué d'un meuble étroit assez particulier, fait d'un matériau lisse comme de l'os poli, mais dur comme du métal. Sur le dessus, légèrement incliné, se trouvait un grand carré gris et nombre de plus petits carrés de différentes couleurs, chacun d'eux décoré d'étranges symboles sculptés en bas-relief. De l'autre côté de la pièce, près de la table et des chaises, se dressait un objet massif, à la hauteur de la taille. Nombre de rectangles de différentes grandeurs étaient apparemment dessinés dessus. Dix cercles plus petits qu'une couronne de platine étaient groupés dans un cadre sur le devant, arborant également de mystérieux glyphes.

— Ces objets merveilleux ont certainement été fabriqués par les Disparus ! chuchota Shiki.

— Tu as sans doute raison. Nous allons à présent découvrir à quoi servent ces mystérieux appareils.

Elle toucha de son talisman le drôle de meuble à côté du lit. Elle formula simultanément une requête mentale, comme elle l'avait appris en faisant des recherches sur d'autres antiques objets dans la Caverne de Glace Noire. Le talisman parla :

Ceci est une bibliothèque. On la consulte de la façon suivante...

— Arrête, je te prie, dit Haramis. Puis elle toucha l'objet massif près de la table.

Ceci est un meuble de cuisine. Il comprend tout un assortiment de récipients et d'appareils qui cuisent les aliments, les réchauffent, les refroidissent, et les conservent en l'état indéfiniment. On ouvre le compartiment contenant les ustensiles...

— Arrête, je te prie, dit Haramis. Elle toucha un objet de la taille d'un grand coffre. Le dessus s'ouvrit aussitôt, révélant des polygones et des cercles étincelants groupés en motifs incompréhensibles.

Ceci est un créateur musical qui peut reproduire les sons de n'importe quel instrument, et les orchestrer selon la volonté du compositeur...

— Arrête, je te prie, dit Haramis.

Elle gagna une porte intérieure, qui s'ouvrit facilement. Des lumières s'allumèrent lorsqu'elle entra dans une immense pièce, qui occupait apparemment presque tout l'espace à l'intérieur du bâtiment. Des rayonnages non vitrés, montant jusqu'au plafond élevé, étaient séparés par d'étroites travées. Ces rayonnages étaient surchargés de mécanismes aux formes bizarres et de boîtes de toutes tailles. Les rayonnages et leur contenu étaient couverts d'une couche de poussière de près d'un demi-doigt d'épaisseur. Ici et là se voyaient des espaces vides, indiquant que quelque objet avait été retiré.

Haramis et Shiki parcoururent les travées, admirant les appareils. De temps en temps, l'Archimage touchait une machine de son talisman et identifiait toutes sortes d'objets stupéfiants — tous les outils imaginables, d'horribles armes, d'étranges appareils scientifiques, des outils (mais bien entendu il manquait les matières premières qui les auraient rendus utiles au sorcier), des machines qui enseignaient, distrayaient, voire guérissaient.

— C'est merveilleux ! s'exclama Shiki. Portolanus a dû vraiment regretter de ne pas pouvoir emporter tous ces objets.

— Remercions les Seigneurs de l'Air qu'il n'ait pu le faire, observa Haramis sombrement. Dieu seul sait comment ces gros appareils ont été apportés ici à l'origine.

Tandis qu'ils se dirigeaient vers le mur côté colline, elle consulta de nouveau son talisman.

— Est-ce vraiment le lieu secret d'entreposage d'un Archimage ?

Oui.

— Qui l'a construit ?

L'Archimage de la Terre Drianro l'avait fait construire après que le lieu originel utilisé par les Archimages précédents eut été submergé par une coulée de lave et fut devenu inutilisable.

— Dis-moi quand vivait Drianro, et pourquoi cet endroit ne fut pas utilisé par l'Archimage Binah.

Drianro était né il y a deux mille trois cent six ans. Il est mort soudainement, ayant négligé d'informer son successeur, l'Archimage Binah, de l'endroit où étaient cachés ces antiques objets au sein de l'Inacessible Kimilon.

Haramis retint son souffle. Le talisman, lisant ses pensées comme cela semblait être souvent le cas, répondit à la question suivante avant qu'elle ne la formulât.

L'Archimage Binah vécut mille quatre cent quatre-vingt six ans et occupa ses fonctions sacrées mille quatre cent soixante-quatre ans.

— Par la Fleur ! Suis-je destinée à vivre si long-temps ?

La question est hors de propos.

Haramis serra les dents. Combien de fois le talisman l'avait-il réprimandée en se servant de cette maudite phrase quand elle posait une question à laquelle il ne pouvait pas répondre ! Mais l'instant d'après, elle oublia sa frustration. L'étonnement reprit ses droits quand elle considéra autour d'elle les milliers d'appareils mystérieux, et elle questionna de nouveau le talisman.

— Tous ces objets... Etaient-ils considérés comme potentiellement nuisibles, pour avoir été relégués ici ?

L'Archimage Drianro en considérait certains comme étrangers à la culture indigène, et d'autres comme dangereux.

— Ces machines sont-elles magiques ?

Elles ressortissent à une ancienne science que certains pourraient tenir pour magique.

— Mais s'agit-il de magie authentique ? insista Haramis.

La question est hors de propos.

- Bah ! s'écria Haramis. Quand cesseras-tu de te moquer de moi quand je cherche à aller au fond des choses ? A l'essence même de mes fonctions d'Archimage ?

Les questions sont...

— Arrête, je t'en prie, coupa-t-elle, exaspérée, lâchant la baguette accrochée à sa chaîne.

Shiki avait écouté, bouche bée et le regard incrédule, le dialogue d'Haramis avec son talisman.

— Ne te scandalise pas, mon ami, observa-t-elle, acerbe. La magie peut être impressionnante..., mais elle peut également être ennuyeuse et décevante, surtout pour ceux qui sont forcés d'apprendre ses arcanes sans professeur. Je suis venue ici en espérant pallier ce manque.

Shiki sourit timidement.

— Espériez-vous trouver un livre ou une machine magique pour vous instruire ?

— Non. Je cherche quelque chose de plus particulier. Et vu que ce quelque chose n'a pas condescendu à se révéler à moi, je vais être contrainte de l'y forcer. (Elle leva de nouveau son talisman et lui parla d'une voix forte.) S'il y a un appareil en ce lieu qui puisse me permettre de communiquer avec d'autres Archimages vivant en ce monde, révèle-le-moi !

Ils entendirent un petit bruit.

On eût dit la vibration sonore, pure, d'un verre de cristal heurté par un ongle. Haramis jeta des regards égarés sur les rayonnages surchargés d'objets énigmatiques. D'où provenait ce son ? Mais il commença à s'estomper au moment même où elle tentait d'en déterminer la source.

Shiki avait arraché sa casquette de cuir afin de pouvoir prêter une oreille plus attentive.

— Par ici ! s'écria-t-il, avant de s'éloigner précipitamment, suivi de près par l'Archimage.

Ils longeaient la partie du mur qui était la plus écartée de l'entrée. Ce mur était fait de roche volcanique brute et faisait manifestement partie intégrante de la falaise. Shiki parvint finalement à un endroit qui n'avait rien de particulier. Il tendit le doigt vers le sol :

— Ici !

Haramis tapa de son talisman la paroi rocheuse. La même note se fit entendre... Et une partie du sol devint aussi translucide qu'une légère fumée, puis disparut, laissant la place à un trou de plus d'une aune de diamètre. Les profondeurs en étaient d'un noir d'encre. Une bouffée d'air vicié en émana, soulevant la poussière de la pièce. Haramis et Shiki se mirent à éternuer.

Elle ordonna que l'intérieur du trou soit éclairé, mais rien ne se produisit. Celui-ci resta complètement noir. Plus aucun souffle de vent n'en sortait. Seule la note musicale tintait toujours faiblement à leurs oreilles.

Haramis s'adressa à son talisman.

— Quelle est cette ouverture ? Où mène-t-elle ?

Ceci est un viaduc, et il mène là où l'on est appelé.

— Suis-je appelée à y pénétrer ?

Oui. L'Archimage de la Terre est appelé auprès de l'Archimage de la Mer, pour un séjour d'instruction de trois fois dix jours et de trois fois dix nuits.

Haramis poussa un long soupir. Son visage rayonnait.

— Voilà ce que j'attendais, ce que j'espérais trouver ! Grâces soient rendues à la Divinité Trine !

Elle était prête à pénétrer sur-le-champ dans le viaduc, mais Shiki fit entendre une voix pitoyable :

— Et moi, Dame Blanche ? Dois-je attendre ici votre retour ?

Haramis eut honte de sa légèreté. Elle s'adressa à son talisman d'un ton sévère :

— Je ne peux pas laisser seul pendant trente jours mon brave serviteur Shiki dans cet horrible Kimilon. Et il faut penser aussi à nos fidèles gypaètes.

Shiki le Dorok est appelé ailleurs, là où sa présence est requise, et il pénétrera dans le viaduc avant l'Archimage de la Terre. Les quatre voors qui vous ont conduits ici sont déjà repartis chez eux.

— Oh, s'exclama Shiki. Nous sommes abandonnés... Comme l'infâme sorcier !

— Chut, le tança Haramis. Nous ne sommes nullement abandonnés... Talisman, où envoies-tu Shiki ?

Là où il doit aller.

— Oh, tu es horripilant ! lança Haramis. (Après s'être calmée, elle dit à Shiki :) Essaie de ne pas avoir peur. Je suis certaine que le talisman ne nous veut aucun mal. Je... Je présume seulement qu'il y a un endroit où tu seras utile pendant que je me livrerai à mes études, et ta place n'est pas auprès de moi. Voilà pourquoi il faut nous séparer. Es-tu prêt à pénétrer bravement dans le viaduc et à obéir scupuleusement au talisman ?

Le petit homme inclina la tête.

— C'est votre talisman, et je suis votre serviteur, Dame Blanche.

Il prit l'une de ses mains et la baisa. Puis il enfonça fermement sa casquette de cuir sur les oreilles et entra dans le passage obscur.

Il y eut un son de cloche assourdissant, et Shiki le Dorok disparut. Haramis l'appela, mais elle n'entendit même pas l'écho de sa propre voix, seul le son réverbéré de la cloche.

C'est maintenant mon tour, se dit-elle. Une terrible pensée lui vint alors à l'esprit. Portolanus avait-il aussi été appelé ?

Avait-il été appelé deux fois ?

Le Sceptre Triple, et chacun des talismans qui le constituaient, recelait-il quelque dessein dépassant de loin ce qu'elle n'avait jamais pu imaginer ? En entrant dans l'inconnu, elle ressentit le désir impérieux de prendre conseil auprès de ses sœurs, de leur parler de ce mystère, de leur demander de lui prêter leur force, leur résolution. Vaillante Kadiya ! Tendre, fidèle Anigel !

Et je suis celle qui hésite... moi qui devrais être celle qui entraîne.

Non, décida-t-elle. Je ne vais pas ajouter à leurs fardeaux pour alléger le mien. Je vais cesser ces maudits atermoiements et suivre l'exemple du brave Shiki.

Elle saisit son talisman à deux mains et pénétra dans ce qui était appelé le viaduc. L'espace d'un instant elle fut plongée dans une obscurité étouffante, comme suspendue dans le vide. Elle eut l'impression que son cerveau explosait sans douleur et se mettait à palpiter en musique.

Aussitôt, elle sentit quelque chose sous les pieds. Des galets qui roulaient. Il faisait toujours noir autour d'elle, mais elle comprit que c'était seulement la nuit, qu'il ne s'agissait plus d'une suppression magique de la lumière. A mesure que ses yeux s'habituaient lentement à l'obscurité, elle s'aperçut qu'il y avait même des étoiles, que l'on distinguait à peine dans un ciel éclairé d'une lueur rougeâtre. Et puis un bruit, le doux ressac de petites vagues sur les galets. Une brise très fraîche lui cingla le visage.

Un bord de mer.

Là-bas dans l'eau, d'énormes choses flottaient, luisant comme des vaisseaux fantômes, mais plus gigantesques que tout ce qu'aurait pu fabriquer la main de l'homme. Elles étaient aussi grandes que des îles, que de petites montagnes, et de chacune émanait une lueur phosphorescente verdâtre ou bleu électrique. Les crêtes des petites vagues étaient également lumineuses.

Et puis le ciel changea de couleur. Du lointain horizon darda un rayon opalescent, puis un autre, et encore un autre. Il y en eut bientôt cinq en tout, tremblant comme des doigts de spectre. Ils s'évasèrent, formèrent un brillant éventail de lumières rose, blanche, verte, lequel se transforma en un rideau lumineux. La lumière illumina les gigantesques icebergs ainsi que l'étrange paysage derrière Haramis, étendue désolée de collines pelées, parsemées de quelques plaques de neige. Le vent se levait.

— Où suis-je ? chuchota Haramis.

Sur la rive de la Mer de l'Aurore Boréale.

Voilà qui expliquait l'étonnante lumière du ciel ! C'était l'aurore boréale, rare phénomène naturel dont elle avait entendu parler dans les livres mais qu'elle n'avait jamais escompté voir. Il ne se manifestait que dans les parties septentrionales reculées. Les couleurs en perpétuel changement étaient si merveilleuses qu'Haramis faillit oublier pourquoi elle était venue...

Mais tu ne dois pas faire cela, Haramis. Tu as tant à apprendre.

Elle poussa un cri aigu. La voix qui parlait sans mots n'était pas celle de son talisman.

— Est-ce l'Archimage de la Mer ? cria-t-elle. Où êtes-vous ?

Suis le Chemin de Lumière.

La splendeur de l'aurore boréale se reflétait à présent dans la mer. Non loin de l'endroit où elle se tenait, l'eau parut se solidifier. Une surface ferme se forma, étincelant comme de la glace constellée d'une myriade de minuscules diamants. Ce parterre de glace s'allongea en direction du plus élevé des icebergs luisants.

Résistera-t-il à mon poids ? se demanda Haramis. Le vent cinglant la fit frissonner. Elle avança le pied. La glace émit un léger craquement, mais ne se brisa point. Elle fit un autre pas. De part et d'autre de l'étroit chemin scintillant clapotaient les eaux noires. Mais le Chemin de Lumière était aussi dur que du fer.

S'enveloppant dans son manteau d'Archimage, Haramis continua à marcher vers le large.

11

— Si la carte que vous avez griffonnée est exacte, Dame des Yeux, dit le capitaine Ly Woonly à Kadiya, nous ne devons être qu'à quelques lieues de l'endroit où vous avez perdu votre talisman.

Kadiya et Anigel venaient de s'éveiller et étaient montées en toute hâte sur le pont de la *Lyath* lorsque le capitaine les avait appelées. Elles constatèrent que le vaisseau, cap au sud, suivait lentement la côte déchiquetée de l'Ile du Conseil, tout en demeurant à bonne distance de la terre.

Au cours des trois derniers jours, depuis que la *Lyath* avait commencé à serpenter entre les Iles Sans Vents, une vigie avait été chargée de surveiller l'éventuelle apparition de pirates raktumiens ou d'indigènes hostiles. Mais jusqu'ici aucune autre embarcation n'avait été signalée dans les parages. Pourtant, on voyait des fumées s'élever des nombreux villages aliansas et l'on aperçut un petit groupe d'aborigènes qui prenaient au filet des poissons dans les hauts-fonds.

Le talisman d'Anigel s'était avéré de peu d'utilité pour suivre la trirème des pirates dans le labyrinthe des îles. La Reine parvenait certes à voir parfaitement le grand vaisseau, mais elle était dans l'impossibilité de déterminer sa position sur la carte par simple observation. Tant d'îles lui paraissaient identiques ! Et la carte n'était manifestement guère précise. Les pirates étaient-ils devant eux ou derrière eux ? Mystère.

Le talisman confirma en revanche que de nombreux indigènes aliansas, cachés, observaient le passage de la *Lyath*. Vu que les aborigènes du Peuple de la Mer disséminés sur les diverses îles communiquaient entre eux grâce à la langue sans mots, ils devaient savoir exactement où se trouvait le bateau des pirates. Mais les Aliansas refusaient de répondre quand les compagnons wyvilos d'Anigel leur parlaient. Et lorsque Anigel put écouter leurs conversations par l'entremise de son talisman, elle apprit à sa grande consternation que le Peuple de la Mer utilisait sa propre langue incompréhensible, non le dialecte commercial universel, inspiré du langage humain, dont ils s'étaient servis au cours de la conférence infructueuse avec Kadiya.

Ignorant donc la position de l'ennemi, les deux sœurs ne purent qu'exhorter le capitaine Ly Woonly à filer le plus vite possible malgré le vent capricieux, afin qu'elles pussent parvenir avant Portolanus sur le lieu où avait été perdu le talisman.

— Bravo d'avoir atteint l'Ile du Conseil aussi rapidement, capitaine, lui dit Anigel d'un ton chaleureux. Je suis sidérée que vous ayez pu naviguer de nuit dans ce labyrinthe de récifs et de rochers.

Jetant un coup d'œil par-dessus son épaule sur l'un des Wyvilos, qui était en train d'orienter une voile, Ly Woonly chuchota :

— Nous le devons à ces Singuliers de la Forêt, grande Reine. Ces grands gaillards ont comme un sixième sens qui les aide à contourner les obstacles dans l'eau. La nuit et le jour, c'est du pareil au même pour eux, et naviguer dans une mer peu profonde, c'est comme s'ils naviguaient sur les fleuves de chez eux.

— La baie où se trouve le village du grand chef Har-Chissa me paraît être située juste derrière ce promontoire, déclara Kadiya, penchée sur la carte froissée. Je ne comprends pas pourquoi les aborigènes ne sont pas venus à notre rencontre à bord de leurs bateaux. Lors de notre dernière visite, une multitude de canots, chargés d'au moins une vingtaine de pagayeurs, nous avaient escortés jusqu'au mouillage, alors que nous étions beaucoup plus éloignés de la côte.

— Les Singuliers de la Mer ont peut-être une bonne raison de rester à terre, observa Ly Woonly, arborant pour une fois une sombre expression sur son visage d'ordinaire jovial. Grande Reine, regardez encore à l'aide de votre couronne extralucide pour voir ce qui se passe de l'autre côté de ce point là-bas.

— Entendu. (Anigel ferma les yeux et toucha la couronne argentée fixée sur sa tête par une natte.) Oh ! La trirème des pirates est là, et ses voiles sont amenées !... Je vois aussi qu'elle a jeté l'ancre.

— Tonnerre de Dieu ! s'exclama Ly Woonly. Tout le monde sur le pont ! Timonier ! Paré à prendre la panne !

Il partit en courant donner d'autres ordres. Quelques minutes plus tard, le petit bateau ralentit, puis s'immobilisa.

— Vite ! dit Kadiya à sa sœur. Regarde de plus près le bateau des pirates. Mettent-ils à la mer des bateaux munis de grappins ? Donnent-ils l'impression de rechercher mon talisman ?

Anigel garda le silence un instant, les yeux dans le vague.

— Non, je ne vois rien de la sorte. Des matelots sont en train d'enrouler des cordages et d'attacher les voiles ferlées. Quant à l'amiral raktumien, il parle à l'un de ses officiers... Il dit qu'ils viennent d'arriver dans la Baie du Conseil. Ils n'ont pas pu naviguer de nuit de crainte de s'échouer. Apparemment Portolanus possède un engin magique qui est censé sonder les profondeurs marines, mais il n'a pas bien fonctionné et cela a forcé la trirème à jeter l'ancre chaque soir... Par la Fleur ! Portolanus en personne et ses acolytes doivent monter sur le pont incessamment.

— Montre-moi ! exigea Kadiya.

Anigel demanda à son talisman de partager la vision. La scène perdit en intensité lumineuse et les sons naturels disparurent. Néanmoins, Kadiya distingua nettement trois silhouettes qui débouchaient de l'escalier des cabines à la poupe du navire : un homme de taille moyenne vêtu d'une grande robe pourpre à capuchon, un individu plus trapu portant une robe jaune, et un troisième, tout petit, entièrement vêtu de noir. Ils étaient suivis de Portolanus, dont la présence était signalée par le halo maintenant si familier. Derrière venaient la reine régente Ganondri, portant une robe en soie vert d'eau, manifestement remise après les trois jours de temps calme, ainsi que le jeune roi bossu du Raktum, pâle et le visage renfrogné.

Les assistants de l'enchanteur se rangèrent tous trois le long d'un des bastingages ornementaux de la dunette royale. Ils avaient l'air de regarder directement Anigel et Kadiya. Le sorcier dissimulé qui suivait ses trois acolytes devint soudain visible. Sa robe était d'un blanc immaculé et il ne portait pas de chapeau. Ses cheveux et sa barbe blond filasse flottaient au vent. Les deux sœurs eurent un hoquet de surprise, et le sorcier leur adressa un geste ironique de bienvenue, sachant de toute évidence qu'elles le voyaient. La Reine Régente et son petit-fils se placèrent le plus loin possible du quatuor de magiciens, mais sans les quitter des yeux.

Le sourire clownesque de Portolanus s'effaça. Il parut se redresser, grandit, gagna en carrure, et son visage perdit un peu de sa physionomie grotesque. Il jeta un ordre bref et les trois acolytes tombèrent à genoux. Avec une force surprenante, le sorcier leur arracha leur capuchon. Il serra l'une contre l'autre leurs têtes rasées, comme un marchand de fruit l'aurait fait avec des melons. Puis il écarta ses mains décharnées tout en continuant à toucher les trois têtes et ferma les yeux.

— Grands Dieux, chuchota Kadiya. Les acolytes ! Tu vois, Sœur ?

Anigel, éberluée, se contenta de hocher la tête. Les orbites des trois hommes à genoux, aussi immobiles que des statues, n'étaient plus que des puits sombres. Derrière eux, Portolanus rouvrit lentement les yeux, laissant retomber les mains. Sous ses sourcils jaunâtres broussailleux, deux minuscules étoiles argentées brillaient d'un éclat éblouissant.

— Bienvenue, Reine Anigel, Dame Kadiya ! lança-t-il.

Elles l'entendirent aussi distinctement que s'il se fût trouvé à côté d'elles.

— Il nous voit ! dit Anigel.

— Bien entendu, repartit Portolanus en souriant. Grâce à mes trois puissantes Voix, je peux porter mes regards jusqu'au bout du monde, je peux pratiquement voir qui que ce soit ou quoi que ce soit, et je peux parler à qui je veux !... Quelle matinée splendide, n'est-ce pas ? J'avoue que je préfère quant à moi le temps calme, et ç'a été pour moi un grand soulagement — ainsi que pour mes serviteurs — lorsque j'ai mis fin à la tempête. Je vous félicite, vous et votre capitaine, d'avoir filé aussi vite à bord de votre petit vaisseau. Nos galériens sont épuisés après avoir souqué ferme depuis l'aube pour pouvoir vous devancer en prenant un raccourci.

— Vous auriez dû laisser souffler votre tempête magique, rétorqua Kadiya.

— Hélas, fit Portolanus en haussant les épaules. Je ne maîtrise pas suffisamment les tempêtes magiques pour pouvoir me faire obéir des brises capricieuses qui soufflent sur les Iles Sans Vents. Nous l'avons toutefois emporté par des moyens naturels, comme vous le constatez. Maintenant je vous mets en garde : restez où vous êtes. Ne tentez pas d'entrer dans cette baie ni d'approcher du talisman. Sinon les conséquences seraient très graves.

Portolanus claqua des doigts, et deux pirates armés émergèrent de l'escalier des cabines, soutenant un corps flasque. Une troisième brute les suivait, brandissant une épée dégainée.

— Antar ! s'écria Anigel.

Le sorcier aux yeux étoilés partit d'un éclat de rire.

— Quelle prestance, n'est-ce pas ? Et puis voyez un peu ce paresseux, qui dort à longueur de journée depuis que nous avons quitté Taloazin. Mais à présent, il est temps qu'il se réveille. Grâce à mes pouvoirs magiques, vous pourrez lui parler.

Il toucha le Roi du Laboruwenda d'une petite baguette. Aussitôt l'homme inconscient remua entre les bras de ses ravisseurs et leva la tête. Quand il se rappela qu'il était prisonnier, il se débattit violemment et agonit d'injures Portolanus.

Le sorcier secoua la tête d'un air railleur.

— Tss, tss. Notre hôte royal nous récompense de notre charmante hospitalité par des mots durs. Il faut lui apprendre les bonnes manières.

Un doigt décharné se tendit brusquement vers le visage d'Antar, et une flamme orange en jaillit. Portolanus parla bas au pirate raktumien armé de l'épée. Anigel et son mari poussèrent un cri à l'unisson lorsque l'homme se saisit d'Antar par les cheveux et lui tira la tête en arrière. La barbe blonde du Roi toucha le feu enchanté. Il y eut un grésillement, accompagné d'un petit nuage de fumée, et Anigel versa des larmes horrifiées. Mais, une fois que le sorcier eut retiré son doigt, elle vit que seule la barbe d'Antar avait été brûlée, pas sa peau.

— Infâme porc ! cria Kadiya, prenant dans ses bras Anigel en pleurs.

Portolanus eut un geste désinvolte.

— Il se pourrait fort bien que je le sois, car je n'ai jamais connu ni mon père ni ma mère... Et puis il n'y a pas de baignoires à bord des navires raktumiens, malgré tous leurs falbalas. Mais je vous conseille de tenir votre langue, Dame des Yeux, si vous ne voulez pas que ma prochaine démonstration de magie soit moins bien supportée par votre beau-frère.

— Ne lui faites pas de mal ! implora Anigel.

Les deux étoiles qu'avait Portolanus en guise d'yeux jetèrent des éclairs et sa voix tonna dans l'esprit de la Reine.

— Je suis prêt à le libérer incontinent, ainsi que vos trois enfants, si vous me donnez le talisman qu'on surnomme le Monstre aux Trois Têtes.

— Non ! Vous êtes un sale menteur ! Je... Je ne crois pas que vous les libérerez ! Vous ne souhaitez que notre mort à tous !

Portolanus soupira.

— Sotte ! Qui vous a dit cela ? Votre sœur Haramis ? Ce n'est qu'une ignorante, qui se mêle de mystères qu'elle n'éclaircira jamais. Elle ne sait rien de mes projets. Payez la rançon ! Votre couronne ne vous est guère utile... Elle ne vous sert qu'à espionner et symbolise pour vous... Dieu sait quoi.

— Ne l'écoute pas, mon aimée ! s'écria Antar. Ordonne à ton talisman de le tuer !

L'épée fut pointée contre sa gorge pour lui imposer silence, mais sur un geste impérieux du sorcier le pirate abaissa son arme à contrecœur.

— Réfléchissez, Reine Anigel, insista Portolanus. A quoi le Monstre aux Trois Têtes vous a-t-il vraiment servi au cours des douze dernières années ? Oui... Il vous a servi à communiquer à distance avec vos deux sœurs. Mais je vous donnerai trois petits engins des Disparus qui vous rendront les mêmes services.

— Et que me donnerez-vous, filou, lança Kadiya avec colère, pour remplacer mon Œil Incandescent Trilobé ? Et l'Archimage Haramis devra-t-elle aussi vous donner son talisman en échange d'un quelconque brimborion magique ?

L'expression aimable de Portolanus disparut.

— Je m'adresse à la Reine, rétorqua-t-il en fronçant les sourcils, je ne vous parle pas, Dame des

Yeux !... Anigel, si vous ne payez pas la rançon, votre mari et vos enfants mourront à coup sûr. Voici comment vous pouvez les sauver : placez votre couronne dans un petit bateau et laissez-le dériver ; de mon côté je ferai monter Antar et les enfants dans un autre bateau. Le Roi pourra contourner le promontoire et vous rejoindre en moins de deux heures par cette mer calme. J'attirerai jusqu'à moi le bateau contenant le talisman grâce à mes pouvoirs magiques. Puis, si vous repartez chez vous immédiatement à bord de la *Lyath*, je jure par les Puissances des Ténèbres que je ne vous poursuivrai pas et ne chercherai nullement à vous nuire.

Anigel hésita. Les larmes aux yeux, elle vit Antar secouer la tête pour l'inciter à refuser. Le Roi offrait un spectacle pitoyable. Il avait les yeux enfoncés dans la tête et le visage émacié après être resté sept jours sans manger. Le talisman semblait n'être qu'un faible prix à payer en échange de sa vie et de la vie de ses enfants. Pourtant, Antar avait enjoint à Anigel de ne pas céder..., l'avait poussée à utiliser le talisman pour tuer. Mais elle n'en avait encore jamais donné l'ordre formel à cet engin magique. Et même aujourd'hui, bien que la vie de son mari fût en jeu, elle hésitait.

Kadiya sembla deviner le dilemme dans lequel se débattait sa sœur.

— Agis selon ta conscience, lui dit-elle d'un ton lourd de sous-entendus.

Anigel ferma les yeux.

Talisman ! Au nom des Seigneurs de l'Air je t'ordonne de mettre à mort cet être abject qui retient prisonniers mon mari et mes enfants ! Je l'ordonne ! Je l'ordonne !

La Reine rouvrit les yeux pour contempler la vision magique. Portolanus était indemne. Il ne s'était rien passé.

Elle croisa le regard de Kadiya, et secoua la tête imperceptiblement. Kadiya serra les dents, réprimant une exclamation d'exaspération, mettant cet échec autant sur le compte d'Anigel que du talisman.

D'une voix à peine audible, s'efforçant de dissimuler sa détresse et son désappointement, la Reine dit à Portolanus :

— Je ne peux pas vous donner mon talisman.

Le sorcier ne parut pas déçu outre mesure.

— Décision malheureuse, ma Reine. Mais vous changerez peut-être d'avis avec le temps. Pour le moment, afin de vous prouver ma bonne foi, je m'abstiendrai de tourmenter le Roi si vous acceptez de rester à distance. Etes-vous prête à jurer sur le Trillium Noir que vous et votre sœur Kadiya allez cesser de vous rapprocher ?

— Ne jure pas ! cria le Roi, se débattant de plus belle, mais sans résultat, retenu qu'il était par les robustes pirates.

— Oui ! s'empressa de crier Anigel. Je le jure !

Kadiya répondit de plus mauvaise grâce.

— Oui, finit-elle par grommeler. Nous jurons par la Fleur que nous ne bougerons pas d'ici. Mais si vous faites le moindre mal au roi Antar, cela nous déliera de ce serment. Et nous le surveillerons sans interruption.

— Ne vous gênez pas, dit le sorcier en riant. (Puis s'adressant aux chevaliers raktumiens :) Enchaînez-le de nouveau avec les galériens, et donnez-lui un petit bol de leur soupe. Mais faites attention car il ne pourra pas en avaler beaucoup après son long jeûne.

Une fois qu'Antar eut été emmené, Portolanus bâilla à s'en décrocher la mâchoire et s'étira. Anigel et Kadiya virent alors que ses yeux avaient repris leur aspect humain. Au même moment les trois favoris du sorcier gémirent et furent pris de brèves convulsions. Ils retrouvèrent également leur expression habituelle, un regard normal, et s'effondrèrent sur le pont.

Portolanus se tourna, fit une grande révérence à Ganondri et au roi Ledavardis, et quitta la dunette royale. La Reine Régente s'adressa sèchement à son petit-fils, qui avait écouté, médusé, la conversation du sorcier avec les sœurs invisibles. Tous deux quittèrent également les lieux, puis quelques matelots montèrent et emmenèrent les acolytes inconscients.

Anigel mit fin à la vision.

« Qu'allons-nous faire à présent ? » se demanda-t-elle. Elle essuya son visage baigné de larmes et alla s'asseoir sur un baril à eau, toujours bouleversée.

Kadiya resta au bastingage quelques minutes, silencieuse, le regard tourné vers le rivage de la grande île. Celle-ci était couverte d'épaisses forêts. Ses plages resplendissaient de sable blanc. Affleuraient ici et là des rochers d'un noir rougeâtre. La mer était d'un bleu d'azur, tournant au vert pâle plus près de la terre. Des rouleaux crémeux dessinaient des motifs complexes en fonçant vers la côte entre les récifs dissimulés. De ce côté du haut promontoire étaient visibles des signes d'habitation.

— L'idée initiale d'Haramis, c'était que tu récupères mon talisman grâce au tien, dit Kadiya, se tournant enfin vers sa sœur. Fais une tentative malgré la distance !

— Ma foi, je n'y avais pas pensé, reconnut Anigel. Bien sûr, je vais essayer.

Mais son expression trahissait davantage le scepticisme que l'espoir lorsqu'elle ferma les yeux et appuya des deux mains sur l'ambre de trillium.

— Talisman, chuchota-t-elle. Je t'ordonne de me rapporter l'Œil Incandescent Trilobé.

Durant une douzaine de battements de cœur, rien ne se passa. Puis le talisman répondit à Anigel :

J'en suis incapable, à moins d'être à l'aplomb de l'endroit où se trouve l'Œil.

— Oh, s'exclama la Reine. Tu as entendu, Kadi ?

— Oui. (La Dame des Yeux arbora une expression à la fois déterminée et impitoyable.) Tu pourrais y parvenir en te rendant invisible et en allant jusqu'au bateau pirate. Il faut violer ton serment, tu n'as pas le choix...

— Tu n'y penses pas ! lança Anigel d'un ton réprobateur. (Même vêtue d'un grossier habit de marin et le visage barbouillé, elle avait toujours l'air d'une reine.) Je ne violerai pas mon serment, et je ne te permettrai pas de violer le tien.

— Ne sois pas idiote, Ani ! (Les yeux de Kadiya brillaient d'un éclat belliqueux.) Si nous ne reprenons pas mon talisman avant que Portolanus ne s'en empare, nous perdons toute chance de sauver Antar et les enfants ! Crois-tu qu'il se contentera de les libérer une fois qu'il aura lié à lui le talisman ?

— Je ne...

— Ou bien as-tu finalement l'intention de lui donner bien gentiment ton talisman comme rançon ?

— Bien sûr que non ! Mais il doit bien y avoir un moyen honorable de les sauver.

— L'honneur ! Tu es aussi simplette que l'agneau qui vient de naître. Comment peux-tu parler d'honneur quand la vie de ta famille est en jeu ? Et mon talisman ?

Anigel bondit de son baril.

— Ton talisman ! C'est la seule chose qui t'importe, hein ? Sans ce talisman, tu n'as plus de pouvoir. Le Peuple du Marais et les autres aborigènes ne te vénéreront plus, ne t'écouteront plus, ne te tiendront plus pour leur Grande Avocate, si tu n'en disposes plus, n'est-ce pas, Dame des Yeux ? Parfait ! Comme ça tu ne pourras plus semer la dissension parmi eux...

— Il n'y aurait pas de dissensions si les souverains humains comme toi ne fermaient pas les yeux sur les injustices dont les Peuples sont victimes ! Toi et Antar avez constamment refusé de leur accorder droit de citoyenneté comme je le réclamais.

— Et à juste titre ! répliqua la Reine, furieuse. Cela ruinerait notre économie si les Singuliers étaient autorisés à commercer directement avec les autres nations plutôt que par notre intermédiaire. Tu le sais fort bien, et pourtant tu n'as eu de cesse d'encourager des projets séditieux chez les Wyvilos et les Glismaks. Tu as également poussé les Nyssomus et les Uisgus à ne pas écouler leurs produits afin de faire monter artificiellement les prix.

— Et pourquoi n'auraient-ils pas droit à des prix plus élevés ? Ils travaillent dur et gagnent des sommes dérisoires. Tu les appelles Singuliers. Pour moi ce sont des êtres aussi dignes d'estime que les humains. Tu n'as nullement le droit imprescriptible de les exploiter !

— Qui t'a dit qu'ils étaient exploités ? rétorqua la Reine. Qui a semé en eux la graine de l'insatisfaction ? Toi ! Leur soi-disant avocate ! Oh, je ne voulais pas croire ce qu'Owanon, Ellinis et les autres disaient de toi... : qu'au fond de ton cœur tu regrettais d'avoir renoncé à la couronne, que tu m'enviais mes pouvoirs de reine, et que tu soulevais les aborigènes afin de te donner de l'importance. Mais ils avaient raison !

— Quelle idée monstrueuse ! s'écria Kadiya. C'est toi qui es devenue arrogante et imbue de toi-même, qui as oublié que les Peuples nous avaient aidées à vaincre le roi Voltrik et Orogastus ! Tu ne penses qu'au bien-être de tes sujets humains, et les pauvres aborigènes qui eux aussi attendent de toi la justice, tu *t'en sers*, un point c'est tout ! Tu t'inclines devant ton mari labornoki, qui a été élevé dans l'idée que les Peuples étaient des animaux ! Il t'a empoisonné l'esprit...

— Comment oses-tu ainsi parler de mon cher Antar ! Tu es une femme sans cœur, tu ne comprends rien au véritable amour ! Tu n'as toujours eu droit qu'à la vaine adulation de ta bande de sauvages pitoyables. Ce sont des enfants, et toi aussi tu as l'esprit d'une enfant ! Tu es toute pleine de cette rage irréfléchie qui poussent les sales gosses à être insupportables. Tu ne vois toujours que la solution simpliste des problèmes ! Que sais-tu du gouvernement et de la protection d'une nation ?

— Je sais ce qui est juste et ce qui est injuste, dit Kadiya d'une voix soudain calme et dangereuse. Et je sais la différence entre un authentique serment et un serment sans valeur obtenu de force. Libre à toi d'agir à ta guise, Sœur, et de ne pas te servir de ton talisman pour m'aider, s'il le faut. Mais si tu essaies de m'empêcher de récupérer mon talisman à ma façon, eh bien, que les Seigneurs de l'Air aient pitié de toi... Car moi je n'aurai aucune pitié.

Elle s'éloigna à grands pas et appela Jagun et Lummomu-Ko auprès d'elle. Elle refusa de répondre quand Anigel lui cria de pardonner sa colère et la pria de revenir.

Trop abattue pour pleurer, Anigel gagna la proue de la *Lyath* d'un pas chancelant et s'assit entre des glènes. Durant le reste de la journée, elle observa le roi Antar et ses enfants par l'entremise de son talisman, et espionna aussi le sorcier, bien que son corps fût de nouveau indistinct. Apathique, Anigel vit Portolanus et ses trois acolytes dans leur cabine. Ils étaient en train de psalmodier, de prononcer des incantations et de se livrer à d'étranges rituels auxquels elle ne comprenait rien. A part cela, ils ne firent nulle tentative pour récupérer le talisman de Kadiya.

Quant à Kadiya, elle ne tenta rien non plus. Après son entretien avec ses amis aborigènes (qu'Anigel ne daigna pas écouter), la Dame des Yeux descendit à sa cabine et dormit toute la journée.

Vers la fin de l'après-midi, accablée d'ennui vu qu'il ne se passait rien à bord de la trirème des pirates, bercée par la chaleur du soleil et le doux balancement de la noga, Anigel cessa ses investigations. Jagun lui apporta un verre rafraîchissant de jus de ladu, et elle s'assoupit. Elle ne s'éveilla que longtemps après la tombée de la nuit, trop tard pour prévenir la catastrophe.

12

— Il se passe quelque chose de bizarre sur le pont, cria le prince Nikalon à son frère et à sa sœur. (Il faisait nuit noire et le puits à chaînes était plongé dans l'obscurité. Seuls quelques rayons de lune filtraient à travers les écubiers. Niki était penché par l'une des grandes ouvertures, le corps à moitié sorti.) J'entends psalmodier dans une langue que je ne comprends pas.

— Ce doit être le sorcier, dit le prince Tolivar avec

une joie inconvenante, qui jette un sort à nos poursuivants. Comme j'aimerais le voir déclencher des coups de foudre ou faire apparaître des monstres !

— Nigaud ! lui lança la princesse Janeel. (Puis à Niki :) Tu vois quelque chose sur le rivage ?

— Simplement un feu qui brûle parmi les arbres. Je n'aperçois aucun bateau sur l'eau. Mais deux des Trois Lunes brillent très fort, et nous risquerions d'être vus si nous tentions de nous évader maintenant.

— Si nous attendons, le bateau pourrait lever l'ancre, observa Jan. Enfuyons-nous tant que c'est possible.

— C'est vrai, observa Niki pensivement, que la trirème n'a jamais jeté l'ancre aussi près de la côte. Nous n'aurions qu'à faire une demi-lieue à la nage environ.

— Ça fait loin ? demanda Tolo avec appréhension.

— Mille aunes, lui répondit Jan. Mais ne t'inquiète pas, petit frère. Niki et moi, nous pourrons te remorquer si tu es fatigué.

— Je ne veux pas y aller, pleurnicha Tolo. Je déteste nager. J'ai toujours de l'eau qui me rentre dans le nez.

— Tu détesterais encore plus que les pirates t'attachent à un mât pour s'entraîner à lancer le couteau, lui répliqua Niki sans pitié.

Tolo éclata en sanglots et Jan s'empressa de le réconforter, tout en jetant des regards furieux à son frère aîné.

— Voilà le beau résultat, Niki... Allez, mon chou, Niki plaisantait, c'est tout. Personne ne te fera de mal.

— Je déteste cet endroit, dit en sanglotant le petit prince. Pourquoi personne ne vient-il nous délivrer ?

— Je suis sûre que Maman essaie de..., commença-t-elle. (Mais au même moment il y eut du bruit derrière la porte, et elle siffla entre ses dents à Nikalon :) Descends vite ! Quelqu'un vient !

A peine le prince de la Couronne était-il parvenu à se laisser glisser jusque sur le dessus des tas de chaînes que la porte s'ouvrit. Boblen, le maître de manœuvre, fit son apparition, tenant à la main une lanterne, et derrière lui le Roitelet Lutin en tenait une autre.

Ledavardis passa sans ménagements devant le marin et entra dans le puits à chaînes. Il portait un grand sac étrangement renflé.

— Attends dehors et ferme la porte, Boblen. Je voudrais parler en particulier à ces malheureux enfants.

— Ecoutez, jeune Sire ! Vous profitez déjà de ma bonne nature pour venir jusqu'ici...

— Silence, mon brave ! Crois-tu vraiment que ces enfants pourraient me faire du mal ? Attends dehors, je te dis !

Boblen se retira en maugréant. Lorsque la porte fut refermée, Ledavardis accrocha sa lanterne à un clou, puis vida prestement le contenu du sac sur le grossier plancher. Il y avait une bouée de sauvetage en liège, un couteau dans un fourreau, une hachette, un paquet plat enveloppé de toile, un sac en toile cirée à demi rempli de quelque chose de bosselé, une gourde, ainsi qu'un petit pot de terre recouvert d'un bout de tissu.

— Par la Fleur ! s'exclama doucement le prince Niki. Qu'est-ce que c'est ?

— Il faut que vous tentiez de vous évader cette nuit, déclara Ledavardis sans préambule. Le sorcier a passé toute la journée à mettre au point un prodigieux sortilège grâce auquel il espère récupérer une épée magique au fond de l'eau. Tout le monde sur le bateau regardera le magicien et ses acolytes lorsqu'ils pratiqueront les dernières incantations dans environ une demi-heure, au lever de la Troisième Lune. C'est à ce moment-là qu'il faudra que vous vous échappiez. Une fois l'épée récupérée, nous lèverons l'ancre et partirons incontinent pour le Raktum.

— Je ne veux pas m'évader ! (Tolo pleurnichait derechef.) Je sais à peine nager.

— La bouée de sauvetage vous aidera, dit le roi Ledavardis. Vous pourrez vous y accrocher tous les trois si besoin est, et en donnant des coups de pied sous l'eau, vous gagnerez le rivage sans faire de bruit. Le sac étanche contient des vivres. Il vous servira aussi à transporter certains de vos effets, pour que vous ayez des vêtements secs quand vous sortirez de l'eau. Dans ce paquet il y a une ligne de pêche, des hameçons et ce qu'il faut pour cuire. Grâce à cela, au couteau et à la hachette, vous pourrez vous nourrir et vous mettre à l'abri jusqu'à ce que les vôtres viennent vous délivrer.

— Maman nous trouverait sans doute rapidement à l'aide de son talisman, s'empressa de dire Jan.

— Mais n'y a-t-il aucun moyen de sauver notre père le roi ? s'enquit Niki.

— C'est sans espoir, dit Ledavardis. Il est enchaîné à un banc de galériens, surveillé par les esclaves et les hommes d'équipage. Il faut que vous songiez à votre propre survie. J'ai surpris une discussion entre ma grand-mère et Portolanus. Elle a réussi à dicter ses conditions au sorcier : s'il récupère le talisman perdu, c'est *elle* qui exigera d'Anigel son talisman à titre de rançon.

— Maman n'abandonnera jamais son talisman ! lança Niki avec fermeté. Elle doit nous suivre de près et nous délivrera tous bientôt avec ses chevaliers.

— C'est possible, observa le Roi. Ce que je sais de manière certaine, c'est que Ganondri a l'intention de contraindre votre mère à céder son talisman. Portolanus a essayé en vain d'y forcer Anigel en torturant quelque peu votre père...

— Oh ! s'écria Jan, horrifiée.

— ... mais ma grand-mère, poursuivit Ledavardis, est d'une autre trempe. Elle a l'intention d'obtenir promptement le deuxième talisman... en vous torturant, vous Nikalon et vous Janeel, sous les yeux de votre père et de votre mère.

— Pas moi ? questionna Tolivar, le visage rayonnant de soulagement.

— Tolo ! lança sa sœur, indignée. Tu devrais avoir honte !

— Il suffit, Jan, intervint le Prince de la Couronne.

Nous n'avons pas de temps à perdre à ces enfantillages. (Puis, s'adressant à Ledavardis :) Nous vous serons éternellement reconnaissants, Roi, si nous parvenons à nous échapper. Nous direz-vous pourquoi vous agissez ainsi ?

— Je ne le sais pas moi-même, admit Ledavardis d'un ton pitoyable. Je sais seulement que je le dois. J'ai peur que votre père ne soit perdu, et je ne peux rien faire pour lui venir en aide. Mais je peux vous aider, vous. (Il saisit la lanterne accrochée au clou.) Il me faut à présent partir avant qu'on ne s'aperçoive de mon absence. On compte sur ma présence lorsque le sorcier se livrera à ses incantations. Partez au lever de la Troisième Lune. Dans ce petit pot il y a du cirage. Vous l'étalerez sur les parties exposées du corps afin de ne pas être trahis par votre peau blanche. Et maintenant, adieu.

Ledavardis sortit et referma doucement la porte. L'instant d'après, les enfants entendirent la barre qui était remise en place. Niki tomba à genoux et examina le contenu du sac étanche.

— Il y a là des biscuits, des confiseries et des saucisses. Si nous pouvons prendre du poisson et cueillir des fruits, cela devrait suffire. Nous mettrons également dans ce sac nos chaussures et nos manteaux. Il devrait pouvoir flotter un peu, et nous le tirerons derrière nous par les cordons. J'attacherai le couteau sous ma chemise, et toi, Jan, tu attacheras la petite hache à la ceinture de ta robe. Hâtons-nous à présent afin d'être prêts le moment venu.

Tolo recula jusqu'à la paroi humide de la coque.

— Je ne veux pas partir !

— Tu partiras ! cria Nikalon, furieux. Je suis à la fois ton frère et le Prince de la Couronne, et je te l'ordonne !

— Je te dis zut ! Et zut à tes ordres idiots, Niki ! Il y a des choses dans l'eau. Des choses dangereuses ! Ralabun dit que...

Niki et Jan soupirèrent de concert.

— Ralabun ! Il ne raconte que des histoires à dormir debout et se fait l'écho des superstitions des Singuliers, railla Niki.

— Ralabun dit qu'il y a de grands poissons trois fois plus grands qu'un homme, insista le petit garçon. Ils ouvrent des bouches immenses, avec trois rangées de dents comme des couteaux de boucher. Et puis il y a d'énormes méduses qui peuvent te piquer à mort. Et le monstre marin Heldo vit ici dans le Sud, et il a des yeux aussi gros que des assiettes. Il a des bras aussi puissants que des câbles, avec des griffes au bout. Ils s'enroulent autour de toi et ils serrent jusqu'à ce que le sang te sorte par les oreilles et la bouche...

— Non, non ! dit Jan en s'approchant de Tolo et en lui prenant les mains. Il n'existe rien de semblable ! Le grand danger est ici sur ce bateau. Le danger, c'est la reine Ganondri et le méchant sorcier.

— Le Roitelet Lutin a dit que la reine Ganondri ne torturerait que toi et Niki. Pas moi.

Il arborait une expression à la fois renfrognée et calculatrice.

— C'est vilain de parler ainsi, le réprimanda Jan. Maintenant cesse de discuter et enlève tes chaussures.

— Non ! Je n'irai pas ! Les monstres marins vont me manger !

— Maudit soit ce Ralabun, marmonna Niki. (Il ouvrit le pot de cirage et commença de se l'étaler sur le visage.) Regarde, Tolo. N'ai-je pas l'air effrayant ? Ça ne te plairait pas de te noircir la figure, toi aussi ? Nous aurons tous un air si épouvantable que le sorcier s'enfuira en nous voyant !

— Non ! hurla le petit de huit ans. Non, non, non !

Jan pencha la tête, l'oreille aux aguets.

— Écoute ! Les psalmodies sur le pont... N'est-ce pas plus fort ?

— Effectivement, acquiesça Niki en croisant son regard. Viens, Jan, Prépare-toi. Si ce petit entêté continue de faire l'idiot, nous serons tout simplement obligés de le laisser ici.

— Très bien, dit-elle, feignant d'acquiescer.

Les deux enfants ôtèrent leurs chaussures et les fourrèrent dans le sac. Jan fit passer sa robe entre les jambes et l'attacha à sa ceinture, ainsi que la hachette. Puis ils se noircirent le visage, les mains et les pieds. Par chance aucun des beaux atours, déchirés et salis, qu'ils avaient portés lors du couronnement zinorien n'était de couleur claire. Niki escalada alors une chaîne d'ancre, tirant le sac et la bouée qu'il posa sur le mécanisme du treuil. Cependant que Jan tentait de convaincre Tolo... Mais celui-ci lui échappa et alla se cacher derrière les deux tas de chaînes.

— La Troisième Lune est sur le point de se lever ! lança doucement Niki. Dépêche-toi !

— Je ne peux pas l'attraper !

Jan devenait folle.

— Je n'irai pas avec vous ! cria Tolo. Ecarte-toi de moi !

— Je vais descendre et nous allons le forcer à venir avec nous, décida Niki.

— Si vous faites ça, menaça Tolo, je vous donnerai des coups de pied et je vous mordrai en hurlant ! Comme ça les pirates vous captureront et vous tortureront !

— Petite peste ! (Niki avait déjà très peur, malgré tous ses efforts pour le dissimuler. La résistance de son petit frère lui ôtait rapidement le peu de courage qui lui restait.) Tu mériterais vraiment que nous te laissions ici !

— Oui ! Laissez-moi ! Les pirates ne me feront pas de mal. Le Roitelet Lutin l'a dit. Evadez-vous tous les deux. Ne vous inquiétez pas pour moi. Je ne suis que le prince cadet. Vous avez dit qu'on ne demandait pas une rançon très élevée pour moi.

— Nous ne pouvons pas l'abandonner, gémit Jan.

— Et il refuse de venir avec nous, observa Niki sombrement. Allons-nous donc rester et nous sacrifier pour lui ? Ledavardis a précisé que la Reine Régente l'épargnerait, pour Dieu sait quel motif. Autant te le dire, Jan : depuis un certain temps je pense qu'aucun de nous ne quittera ce bateau vivant, que Maman paie la rançon ou pas. Ce serait une aubaine pour le Raktum si Papa et les véritables héritiers des Deux Trônes du Laboruwenda disparaissaient en même temps.

— Alors, tu... tu crois que c'est notre devoir d'essayer de nous évader ?

La Princesse tremblait à présent. Le blanc de ses yeux écarquillés contrastait avec son visage noirci.

— Oui, répondit Niki.

— Moi aussi ! piaula Tolo. Allez-y !

Jan tendit les mains vers son petit frère.

— Alors fais-moi un baiser avant que je ne parte, mon chou.

— Non, dit-il. Tu en profiterais pour m'attraper !

Les yeux de Jan s'emplirent de larmes.

— Eh bien, adieu, fit-elle et elle commença de grimper à la chaîne.

Tolo les regarda tous deux passer par l'écubier. Puis il grimpa lui-même tant bien que mal et jeta un coup d'œil dehors. La Troisième Lune s'élevait tout juste au-dessus de l'horizon. On entendait beaucoup de bruit en provenance du pont arrière : une puissante psalmodie, un son étrange qui rappelait un feu d'artifice, le grincement d'un treuil ou d'un autre appareil. Le garçon regarda du côté de la chaîne d'ancre à droite et vit deux masses indistinctes qui glissaient le long des énormes maillons métalliques. Elles finirent par atteindre le niveau de l'eau. Le clair de lune scintillait sur l'eau agitée de légères vagues et Tolo avait du mal à distinguer les taches que formaient les têtes de Niki et de Jan. Ils s'éloignèrent en direction du rivage et disparurent bientôt.

« Parfait, se dit le prince Tolivar, fort satisfait. Bon débarras ! Je sais ce qu'ils pensent de moi... Que je ne suis qu'un gosse, une peste, et que je suis inutile. Mais un jour je vais leur montrer ! »

Il redescendit prudemment. Une fois en bas, il empila les trois paillasses pour se faire un lit mieux rembourré, plus confortable. Jan lui avait laissé quelques vivres. Il s'allongea et mâchonna une saucisse, tout en écoutant la musique singulière qui résonnait à travers la coque.

« Je pensais être pirate, se dit-il. Mais j'ai changé d'avis. Les pirates sont riches et puissants, mais ils doivent être en mer à longueur de temps et ils vomissent leur dîner quand il y a des tempêtes et qu'ils attaquent d'autres bateaux. J'aimerais être encore mieux que pirate quand je serai plus grand. »

Il sourit dans l'obscurité. « Lorsque le garde viendra, je lui dirai de transmettre un message au sorcier. Portolanus sera certainement ravi d'avoir un vrai prince comme apprenti. »

Agrippés à la bouée, Jan et Niki donnaient des coups de pied incessants, mais le rivage ne se rapprochait nullement, bien que la trirème rapetissât derrière eux. Au bout d'un moment, ils furent épuisés et restèrent accrochés à la bouée, écoutant le rituel dont l'écho leur parvenait. Les psalmodies monotones se poursuivaient sans relâche. Il était impossible de voir ce qui se passait sur le bateau des pirates, mais de temps à autre des gerbes d'étincelles bleues ou rouges fusaient vers le ciel, puis retombaient dans l'eau.

— T'es-tu assez reposée ? demanda Niki à sa sœur.

— Oui, répondit-elle. Repartons.

Ils recommencèrent à faire jouer leurs jambes sous l'eau, veillant à éviter les éclaboussures. Peu à peu les muscles de leurs cuisses les brûlèrent et leurs doigts s'engourdirent à force de serrer les cordes nouées autour de la bouée. Ils continuaient néanmoins, de plus en plus lentement. Un coup de pied... puis un autre... encore un autre. Ils entendaient leurs halètements rauques et les battements de leurs cœurs surmenés.

Ils ne prenaient même plus la peine de regarder où ils allaient. Ils posèrent la joue contre la toile rêche de la bouée. Ils ne remuaient maintenant les jambes qu'avec la plus grande difficulté. Jan lâcha prise, but la tasse, et commença à suffoquer. Elle ne put s'empêcher de faire des mouvements désordonnés pour retrouver sa respiration, projetant des éclaboussures.

Une fois qu'elle eut repris son souffle, Niki la réconforta en lui disant qu'ils étaient à présent trop loin du navire des pirates pour qu'on ait pu les entendre. Mais elle sanglotait d'épuisement.

— Je ne peux plus nager. Je vais mourir, Niki. Continue sans moi.

Prudemment il se redressa, s'accrocha fermement d'une main à la bouée, et la gifla de l'autre.

— Aaah, charogne ! hurla-t-elle.

— Pousse avec les jambes ! lui cria-t-il. Pousse, Jan ! Et accroche-toi bien à la bouée ! Sinon, je te redonne une gifle !

Sanglotant toujours, elle obtempéra.

Et soudain, la mer cessa d'être agitée de vaguelettes, mais commença d'onduler. Ils s'élevèrent, plongèrent, puis furent emportés vers le sommet d'une grande vague. Jan se remit à hurler, mais Niki cria :

— Accroche-toi à la bouée ! Accroche-toi !

Le rouleau se ruait vers le rivage et ils furent entraînés sur la crête de la vague. Ils entendaient devant eux un grondement périodique et, autour d'eux, un sifflement qui devenait assourdissant à mesure qu'ils prenaient de la hauteur et de la vitesse. Jan sentit ses doigts arrachés de la bouée. Elle essaya de crier, mais fut submergée. Sa bouche s'emplit d'eau salée et elle fut roulée en tous sens dans l'obscurité. Elle parvint à retenir son souffle, à battre des bras et des jambes, bien qu'elle en eût été encore incapable l'instant d'avant.

En haut ! A la surface ! Elle ramena vigoureusement les bras le long du corps et poussa avec les jambes. Des bulles phosphorescentes. Sa tête crevant la surface. De l'écume autour d'elle. Le ressac régulier des vagues sur le rivage...

Ses pieds touchèrent le fond.

Une grande vague la submergea de nouveau, la projetant en même temps en avant. Ses genoux raclèrent le sable. Elle se força à relever la tête et respira profondément, puis elle se traîna à quatre pattes. La mer était très chaude. A présent seules de petites vagues clapotaient autour d'elle. Reprenant courage, elle sortit enfin de l'eau et s'effondra sur le sable.

Elle ne repensa à Niki qu'un long moment après. La culpabilité lui donna alors un coup de fouet. Il lui avait sauvé la vie en la giflant. Elle s'était montrée lâche, prête à abandonner, et il l'avait forcée à survivre. Jan se dressa sur son séant, les pieds toujours dans l'eau. Elle scruta le rivage, d'abord d'un côté, puis de l'autre. Le clair de lune était trompeur : il y avait des rochers sombres ainsi que des amas d'algues sur la plage qu'elle prit pour le corps de son frère. Mais elle aperçut finalement la forme blanche caractéristique de la bouée une douzaine d'aunes plus loin, et elle se traîna jusque-là. Niki était étendu juste derrière. Il respirait, mais n'ouvrit pas les yeux quand elle le secoua par l'épaule. Le sac en toile cirée était toujours attaché à la bouée, et Jan passa la main sous la chemise de Niki pour prendre son couteau. Elle ouvrit le sac d'un coup de couteau et en sortit un manteau sec. Puis elle s'allongea à côté de Niki, les couvrit tous deux, et elle s'abandonna aux ténèbres.

Jusqu'à ce que la douleur la réveillât.

— Cessez de faire mal à ma sœur !

C'était la voix de Niki. Jan poussa un gémissement, puis un cri plus aigu lorsqu'un deuxième coup frappa ses côtes endolories. Niki hurlait d'une voix furieuse et elle entendit des rires rauques. Engourdie, elle ouvrit les yeux. Et les referma aussitôt sur l'épouvantable spectacle.

Un cauchemar ! Elle devait rêver... Mais quand elle reçut le troisième coup, elle comprit que ce qu'elle voyait était la terrible réalité.

Une torche éclairait trois êtres de grande taille, aux yeux jaunes luisants, au hideux visage à museau et aux défenses décolorées. Ils souriaient en la regardant. Des aborigènes. Ils ressemblaient un peu aux sauvages Glismaks, mais ils étaient encore plus laids et avaient un air plus féroce. Deux d'entre eux portaient des kilts courts ornés de perles cousues, et arboraient moult colliers de coquillages. Ils tenaient à la main de solides gourdins, incrustés de dents d'animal triangulaires, et l'un d'eux brandissait une torche. Le troisième, qui était beaucoup plus grand et habillé avec plus de recherche, portait au côté une élégante épée ressemblant à une épée d'humain, ainsi qu'une énorme perle accrochée au cou. Bras croisés, il regardait les deux enfants dépenaillés.

Le guerrier qui avait donné des coups à Jan de son pied palmé et griffu pointa le doigt vers eux deux, manifestant sa satisfaction dans sa langue natale. Puis il désigna la mer, où la trirème raktumienne était illuminée comme un char de carnaval. Des fusées en montaient vers le ciel.

L'imposant aborigène, jetant des regards mauvais, aboya une question.

— Je ne vous comprends pas, dit Niki, calmement à présent. Parlez-vous la langue des humains ?

— Oui, croassa la créature. Je suis Har-Chissa, le Grand Chef des Aliansas. Qui êtes-vous et que faites-vous ici ? Il a été interdit aux humains de venir dans ces îles. Et pourtant deux de vos bateaux ont osé jeter l'ancre juste en face de l'Ile du Conseil, et il y a plein d'autres navires qui approchent lentement. Venez-vous de ce bateau ?

— Oui. (Niki ôta le sable de son visage et s'efforça de parler de manière appropriée à son rang.) Je suis le prince de la Couronne Nikalon du Laboruwenda, et voici ma sœur, la princesse Janeel. Nous avons été retenus prisonniers par nos ennemis, et nous nous sommes évadés.

— A qui est ce grand bateau ? questionna Har-Chissa sans aménité.

— C'est le bateau des pirates du Raktum. Il est bien armé, et il y a un puissant sorcier à son bord.

Le Chef lança quelque chose aux guerriers dans sa langue, puis se tourna de nouveau vers Niki.

— Et le deuxième bateau ? Celui qui est ancré au-delà de ce promontoire ? A qui appartient-il ?

Jan sentit un frisson lui parcourir le cuir chevelu. A qui donc, en effet ? Pouvait-il s'agir des secours tant attendus ? Pouvait-il s'agir de leur mère ?

— Je ne sais pas quel est ce bateau, répondit Niki.

Il appartient peut-être à nos gens, venus nous arracher aux griffes des pirates. En ce cas, vous aurez droit à une belle récompense si vous nous y emmenez, ma sœur et moi.

Le Grand Chef s'esclaffa, parla à ses compagnons, et tous l'imitèrent. Là-dessus, Har-Chissa tendit une monstrueuse patte à trois griffes, saisit le prince par ses cheveux mouillés, et le força à se mettre debout. Les dents des Singuliers bavant luisaient au clair de lune.

— Vous emmener au bateau ? Petit insolent ! Ces deux navires seront coulés par nos guerriers avant l'aube et leurs équipages serviront de pâture aux poissons. C'est ainsi que nous autres Aliansas traitons les envahisseurs impudents ! Quant à vous, nous vous réservons un traitement de faveur.

— Et de quoi s'agit-il ? s'enquit Niki, essayant toujours de garder sa dignité.

— Nous avons une coutume, expliqua Har-Chissa. Ceux qui osent poser le pied sur nos îles sans y être invités doivent rejoindre les tambours.

— Les... les tambours ? bredouilla Jan.

Har-Chissa lâcha Niki, lequel faillit s'effondrer sur Jan. Puis le Chef lança un ordre, et les deux guerriers commencèrent à attacher le Prince et la Princesse à l'aide de cordes rugueuses.

— Rejoindre les tambours ? Que voulez-vous dire ? s'écria Niki. Que comptez-vous faire de nous ?

— Vous dépecer, répondit le chef des Aliansas. Vous ne ferez pas de gros tambours, mais ils rendront peut-être un joli son.

13

La reine Anigel se réveilla tard dans la soirée. Elle avait un mal de tête lancinant. Les Trois Lunes étaient levées et le silence régnait à bord de la *Lyath*.

Elle descendit chercher quelque chose à manger et voir sa sœur. Mais Kadi n'était pas dans le minuscule salon de la noga, et elle ne répondit pas quand Anigel l'appela.

Une boule à l'estomac, Anigel gagna le gaillard d'avant et questionna Jagun. Ses pires soupçons se confirmèrent quand le petit Nyssomu reconnut à contrecœur que Kadiya avait quitté le navire plus d'une heure auparavant, en compagnie de Lummomu-Ko et de deux autres Wyvilos, Mok-La et Huri-Kamo.

Anigel monta sur le pont en toute hâte et cria comme une folle à son talisman : « Montre-moi Kadiya ! »

Son esprit vit les Trois Lunes se reflétant à la surface de la mer maintenant calmée. L'un des radeaux de sauvetage de la *Lyath* flottait sur l'eau. Ce n'était rien d'autre qu'une épaisse planche de bambou de deux aunes carrées, chargée de tas d'algues. On eût dit une vulgaire épave flottante. Au début Anigel ne remarqua aucune trace de vie sur le radeau. Mais elle distingua alors des yeux jaunes luisant entre les algues. Elle comprit que les trois Wyvilos étaient accrochés au bord du radeau et que seules leurs têtes dépassaient de l'eau, dissimulées par les algues qui flottaient. Le radeau semblait dériver à bonne allure malgré l'absence de vent. Les Wyvilos devaient sans doute le propulser à l'aide de leurs pieds à demi palmés.

Bien qu'elle fût invisible, Kadiya se trouvait sûrement parmi eux.

— Mais qu'espère-t-elle pouvoir faire ? s'exclama Anigel, furieuse.

— Grande Reine, la Dame Extralucide espère couler le navire amiral des pirates, expliqua Jagun, et, en abandonnant Portolanus sur ce rivage inhospitalier, gagner du temps pour récupérer son talisman.

La voix du Nyssomu détourna l'attention d'Anigel. La vision se dissipa dans son esprit.

— Seigneurs de l'Air ! Kadi ne comprend-elle pas que le sorcier se protège sans doute à l'aide de ses maudits engins magiques ? Ils vont tous être découverts et tués !

— La Dame Extralucide et ses guerriers ont l'intention de s'approcher du navire raktumien grâce au radeau camouflé, puis de nager sous l'eau. Je l'ai suppliée de ne pas partir, mais elle s'est montrée inflexible.

— Si seulement je m'étais réveillée à temps...

Jagun baissa la tête.

— Grande Reine, cela me peine de vous dire ceci, mais le jus de fruit que je vous ai porté cet après-midi contenait quelques gouttes d'extrait de tylo, ce qui suffit à provoquer un sommeil profond et de peu de durée. La Dame des Yeux m'en avait donné l'ordre, et sachant que cela ne vous ferait pas de mal, j'ai obéi.

— Il se peut que tu sois ainsi responsable de la mort de Kadiya, dit la Reine avec emportement.

— Oui, admit le petit homme d'une voix brisée. Mais elle m'a ordonné de le faire au nom de mon affection pour elle. Elle m'a expliqué que c'était sa seule chance de retrouver son talisman, sans lequel elle préférait mourir...

— La sotte ! s'exclama Anigel. Si elle coule le navire des pirates, qu'arrivera-t-il à Antar et aux enfants qui sont prisonniers à fond de cale ? Ils pourraient être oubliés dans la panique !

Jagun roula des yeux affolés.

— Je crains que la Dame Extralucide n'ait pas pensé...

— Non, dit la Reine sombrement. Sans doute pas. Son talisman est la seule chose qui compte pour elle. (Anigel réfléchit un instant.) Jagun, dis aux compagnons wyvilos de ma sœur d'avertir Kadiya du danger que court ma famille. Dis aussi que si elle ne renonce pas à cette folle entreprise, je serai forcée de prévenir Portolanus de ce qu'elle prépare.

— Oh, Grande Reine... Vous ne feriez pas ça !

— Je ne sais pas si j'en serais capable ou pas ! Prions pour que la simple menace suffise à ramener cette idiote de Kadi à la raison ! Maintenant parle-lui, pendant que je regarde ce qui se passe à bord du navire raktumien.

Anigel demanda à son talisman de lui faire voir le puits à chaînes où les enfants étaient retenus prisonniers. Elle n'obtint qu'une vision très indistincte et vit le petit Tolivar accroché à une chaîne, regardant par l'écubier grand ouvert. Sur le plancher elle avisa un vague tas de draps et de couvertures. Elle en conclut que Niki et Jan avaient dû s'endormir. Elle demanda ensuite à voir Antar. Il se trouvait à l'étroit dans une petite pièce sous le pont, éclairée par une unique lanterne à la lueur vacillante. Antar devisait aimablement avec les galériens, se demandant si on allait le forcer à ramer avec eux. L'une des chevilles du Roi était enchaînée et on lui avait retiré ses atours royaux, si bien qu'il avait l'air d'un galérien — à cette exception près que son corps était propre et ne portait pas de traces de fouet.

Rassurée de savoir sa famille en vie, Anigel demanda à voir Portolanus.

Il était à la poupe de la trirème, dans la partie surélevée appelée dunette royale, et Anigel n'eut aucun mal à le voir. Soit il ne lui importait guère d'être observé, soit les incantations qu'il pratiquait lui ôtaient l'énergie occulte nécessaire pour se camoufler. Les yeux de nouveau étoilés et étincelants, il psalmodiait dans une langue étrange. Les trois acolytes, agenouillés côte à côte sans bouger, telles des poupées jaune, pourpre et noire, étaient perdus dans leurs ignobles transes. Posé sur un coussin brodé de platine aux pieds du sorcier se trouvait le coffre étoilé.

Deux matelots, qui semblaient fous de terreur, se tenaient à côté d'une petite grue, vision saugrenue sur le pont royal doré et décoré. Le long bras de la grue dépassait de la poupe. Une corde munie d'un crochet y était attachée. Au crochet, à seulement une ou deux aunes au-dessus de l'eau, était suspendu un objet encore plus prosaïque : une large pelle. La plupart des membres de l'équipage et des officiers, la reine Ganondri, l'enfant-roi Ledavardis et leurs courtisans, tous étaient réunis sur le pont principal en dessous, observant de leur mieux les agissements du magicien.

Timidement Jagun tapota le bras d'Anigel.

Elle émergea de sa contemplation et lui demanda :

— Ma sœur accepte-t-elle de renoncer ?

— Grande Reine, elle a été rongée de remords quand je lui ai fait part du grand danger que couraient le Roi et les enfants. Elle jure maintenant par la Fleur qu'elle ne fera rien pour les mettre en péril. Elle a abandonné son projet de couler le bateau pirate.

— Dieu merci ! Et revient-elle ici, alors ?

Jagun hésita, puis secoua la tête.

— Elle dit qu'elle va rester aux aguets, et que s'il y a quelque moyen d'empêcher le sorcier de s'emparer du talisman sans causer de tort à votre famille, eh bien elle le mettra en œuvre. J'ai demandé aux Wyvilos de lui faire entendre raison, mais elle reste intraitable.

Anigel se mordit la lèvre. Elle ne pouvait exiger plus. Mais maudit soit l'entêtement de Kadi !

Jagun tressaillit en décelant la colère dans les yeux d'Anigel. Celle-ci le prit en pitié, car il était déchiré entre la loyauté envers sa maîtresse et la certitude que l'entreprise de Kadiya était non seulement vaine mais peut-être même catastrophique. Ce n'était pas sa faute à lui, pauvre diable, si Kadiya était une impulsive égocentrique.

— Jagun... Serais-tu heureux de partager ma vision du bateau des pirates ?

— Oh, oui, Grande Reine !

— Eh bien, prends ma main, dit Anigel, et nous allons observer ce qui se passe.

La trirème ancrée en eaux profondes se profila sur le ciel nocturne tel un château flottant décoré pour un bal de gala. De la lumière brillait aux hublots, et il y avait d'innombrables illuminations sur les ponts à tous les différents niveaux. Il y en avait même dans le gréement des trois mâts. La feuille d'or et les peintures vives couvrant les bois travaillés du navire amiral, tout cela resplendissait magnifiquement. Le petit groupe dissimulé dans l'eau apercevait fort distinctement les Raktumiens, habillés de vêtements voyants, qui étaient réunis sur le pont.

— Ils seront éblouis par toute cette lumière, chuchota Lummomu-Ko à Kadiya, et ne nous verront pas si nous nous approchons en faisant attention.

Lentement les trois grands aborigènes et Kadiya, accrochés au radeau, pagayaient à l'aide de leurs pieds. Seules leurs mains et leurs têtes, bien camouflées par des algues, dépassaient de l'eau. Ils approchaient de la trirème par la proue, alors que ceux qui étaient à bord concentraient leur attention sur la poupe. Les psalmodies de Portolanus avaient atteint un niveau frénétique. Il hurlait inlassablement le même mot, mais sa voix était à présent si cassée et si rauque que les intrus ne pouvaient distinguer ce qu'il disait.

— Les enfants sont à l'avant-bec, dans le puits à chaînes, expliqua doucement Kadiya. Avec tout ce vacarme à la poupe, il ne devrait pas être difficile de grimper aux chaînes de l'ancre et de les délivrer. Le roi Antar pose un problème plus délicat. Si les pirates ne l'ont pas déplacé, alors il est toujours emprisonné dans le local inférieur des galériens, côté rivage. Mais je ne vois pas comment parvenir jusqu'à lui. Les trous pour les rames sont trop petits pour que nous puissions passer par là.

— Il doit y avoir des portes de coupée pour charger les vivres et décharger les ordures, dit Lummomu. Il est probable qu'on ne transporte pas tout cela d'un bout à l'autre d'un grand navire pareil.

— Les portes dans la coque doivent être hermétiquement fermées et trop élevées pour que nous puissions les atteindre, observa Mok-La. (C'était un bûcheron wyvilo fort avisé, et presque aussi fort que Lummomu.) Mais nous pourrions sans doute accéder aux quartiers des galériens en passant par les écubiers et le puits à chaînes, puis en faisant irruption dans les cales à l'avant.

— Les haches de guerre que nous avons emportées nous permettront probablement de pratiquer ainsi, pourvu que nous soyons prudents, dit Huri-Kamo, le troisième Wyvilo, qui était connu pour son ingéniosité et son sens pratique.

C'était lui que Kadiya avait consulté pour savoir s'il était possible de couler le bateau des pirates, et il avait promptement mis au point un plan — qu'ils avaient maintenant été contraints d'abandonner.

— La plupart des membres de l'équipage seront sur le pont, dit Mok-La, occupés à regarder le sorcier en train de remonter le talisman. Avec un peu de chance, nous pourrons investir le local où le Roi est retenu prisonnier sans faire trop de bruit, nous rendre maîtres des gardes, et le délivrer.

— Cela pourrait marcher, commenta Lummomu. En prenons-nous le risque, Dame des Yeux ?

Kadiya répondit de manière presque inaudible.

— J'ai fait preuve d'un égoïsme impardonnable de ne pas songer au danger encouru par la famille d'Anigel quand nous nous sommes lancés dans cette entreprise. La seule façon dont je puisse me racheter, c'est de tenter de délivrer les siens. Si j'y réussis avec votre aide, mes amis, cela apaisera ma sœur et sauvera son talisman. Dans le cas contraire... nous risquons d'y laisser la vie, mais Anigel ne se trouvera pas dans une situation pire que maintenant.

— Nous sommes à votre service, Dame des Yeux, même au prix de notre vie, déclara le chef de la tribu wyvilo.

Les deux autres guerriers acquiescèrent en grommelant.

— Très bien, dit-elle. Voici comment nous allons procéder. Nous allons démonter le radeau. Les cordes serviront à ceux qui doivent fuir avec le Roi, et nous pourrons tous gagner le rivage à la nage. Après avoir escaladé la chaîne, Lummomu et Huri prendront les cordes et tenteront de trouver, puis de délivrer le roi Antar. Espérons qu'ils pourront quitter le bateau à l'aide d'une corde par l'une des portes de coupée. Pendant ce temps-là, je descendrai avec le petit Tolo par une chaîne d'ancre tandis que Mok descendra avec Niki et Jan par l'autre chaîne. Nous gagnerons à la nage le rivage de l'Ile du Conseil le plus vite possible avec les enfants. Si Lummomu et Huri réussissent à délivrer Antar, ils gagneront le rivage avec lui. Si le Roi demeure introuvable, ou bien en cas de malheur, ceux d'entre nous qui seront sur l'île se cacheront jusqu'à l'aube, puis tenteront de traverser la forêt jusqu'au lieu de mouillage de la *Lyath*. Une fois là, nous pourrons attirer l'attention d'Anigel. Avec un peu de chance, nous serons partis avant que la trirème raktumienne ne puisse nous rattraper. Est-ce entendu ?

Les Wyvilos grognèrent.

Ainsi donc, ils amenèrent prudemment le radeau sous la proue du gigantesque navire. Le radeau de bambou était là invisible d'en haut. Les attaches furent soigneusement défaites, et les nombreuses petites cordes furent nouées en une longue corde. Cela fait, les libérateurs nagèrent jusqu'aux chaînes et commencèrent à escalader discrètement les énormes maillons.

Du pont au-dessus parvint un formidable cri. Kadiya et les Wyvilos craignirent un instant d'avoir été découverts. Mais il y eut un grand plouf à la poupe, d'autres hurlements, et ils comprirent que ce tumulte était dû aux opérations magiques de Portolanus. Les libérateurs abandonnèrent alors toute prudence, et grimpèrent aussi vite que possible. Quelques minutes plus tard, Kadiya atteignit l'écubier de son côté et se retrouva nez à nez avec le petit prince Tolivar.

— Tante Kadiya ! piaula l'enfant.

Mais son visage arborait davantage une expression de consternation que de satisfaction.

— Nous sommes venus vous délivrer, expliqua Kadiya. Ce sera plus facile si tu retournes à l'intérieur et si tu attends avec Niki et Jan. Dépêche-toi !

— Mais je ne veux pas partir...

— Ne sois pas ridicule ! lança sèchement Kadiya. Dépêche-toi maintenant ! Il n'y a pas de temps à perdre. Il faut que mes amis wyvilos trouvent le roi Antar et le délivrent avant que le sorcier ne s'aperçoive de ce que nous manigançons.

L'air paniqué, Tolo disparut de l'ouverture. Kadiya passa facilement à l'intérieur et Mok-La la suivit de près, jurant entre ses dents tant le trou était étroit pour sa robuste carrure. Lummomu et Huri avaient déjà franchi l'autre écubier et descendaient le long de la chaîne.

— Par les Saintes Lunes ! s'exclama d'en bas Lummomu d'une voix tonitruante. Les deux autres enfants sont partis.

Kadiya dégringola sur le plancher, puis se précipita pour s'emparer de Tolo, qui essayait de se cacher derrière un gros amas de chaînes.

— Où sont ta sœur et ton frère ? le questionna-t-elle avec sévérité.

Tolo se mit à pousser des gémissements de terreur.

— Ils... ils se sont évadés et ont nagé jusqu'au rivage... Moi, je suis resté... parce... parce que je voulais être l'apprenti du sorcier, pas un prince cadet au rabais.

L'espace d'un moment, Kadiya demeura sans voix. Puis elle s'adressa aux Wyvilos :

— Vous trois, allez à la recherche du Roi. Moi, je me charge de ce petit sot. Que les Seigneurs de l'Air vous accompagnent. (Puis à Tolivar :) Finies les bêtises ! Monte sur mon dos et accroche-toi à mon cou. Nous allons nager jusqu'au rivage.

— Je ne veux pas ! s'écria le petit Prince en pleurant.

Huri-Kamo avait déjà abattu la porte du puits à chaînes à l'aide de sa hache de guerre, l'arme traditionnelle des Wyvilos. La cale qui se trouvait derrière était déserte et plongée dans l'obscurité. Les deux autres aborigènes, l'œil luisant, tirèrent leur hache de leur fourreau dorsal et s'éloignèrent sans bruit.

Kadiya dénoua le cache-col de marin trempé qu'elle avait sur elle et le brandit en direction de l'enfant rétif.

— S'il le faut, je te fourrai ceci dans la bouche et

je t'attacherai sur mon dos avec ma ceinture. Mais pour commencer, je te flanquerai une telle fessée que tu mangeras tes repas debout pendant un mois ! Maintenant... es-tu prêt à m'accompagner sans histoires ?

— Oui, répondit Tolo tristement, se frottant les yeux de ses poings sales. (Puis il esquissa un petit sourire maléfique.) Mais ce sera ta faute si les Singuliers de la Mer nous capturent avec les autres.

— Les.. *quoi* ?

— Les Singuliers de la Mer. J'ai vu leurs torches sur la plage.

Kadiya s'était déjà bien éloignée de la trirème quand elle comprit comment Portolanus comptait récupérer le talisman dans les profondeurs de la mer. Elle avait nagé une centaine d'aunes en direction du rivage avec le prince Tolivar, et à présent elle distinguait sans peine l'espace autour de la poupe. Elle vit que l'eau à l'arrière du bateau était agitée d'un épouvantable bouillonnement de vagues écumeuses. Le sorcier était penché par-dessus le bastingage, brandissant le poing avec force cris. Ses yeux brillaient tels deux fanaux blancs, et la pelle suspendue au crochet de la grue se balançait follement dans leurs faisceaux. Tous ceux qui se trouvaient sur le pont principal s'étaient réfugiés le plus loin possible vers l'avant, hurlant et jurant.

Tandis que Kadiya et l'enfant accroché à son cou regardaient médusés, la grande trirème se mit à tanguer et à rouler. Portolanus atteignit un paroxysme de rage. Il sortit un petit objet de sous sa robe et l'envoya en l'air. Il y eut une fantastique explosion, accompagnée d'un éclair blanc éblouissant. Aussitôt la mer se calma et le navire se stabilisa. La foule apeurée en eut le souffle coupé, si bien que Kadiya put entendre ce que disait le sorcier.

« Heldo ! Maudit sois-tu, Heldo ! Montre-toi, te dis-je ! Cesse de t'agiter ! Tu es en mon pouvoir en vertu du sort que je t'ai jeté et tu dois m'obéir. Je ne te relâcherai que lorsque tu auras accompli ce que je vais t'ordonner. Heldo, seigneur des abysses, obéis-moi ! »

A environ une douzaine d'aunes de la poupe, les flots sombres parurent se soulever. Puis une gigantesque masse informe brisa la surface de la mer, luisant au clair de lune. Celle-ci s'éleva de plus en plus, prit une forme élancée dont l'extrémité était ronde. Elle surplombait la dunette, parvenant presque à mi-hauteur du mât d'artimon, et elle faisait plus de sept aunes de large. Au début, Kadiya crut qu'il s'agissait de quelque éruption sous-marine de roche volcanique, mais elle aperçut alors au ras de l'eau deux globes jetant une lueur écarlate, et elle comprit que c'étaient des yeux.

— C'est le monstre marin, souffla Tolo avec une méchante satisfaction, comme Ralabun l'avait dit. Il va probablement dévorer tout le monde sur le bateau des pirates, puis il va venir nous manger.

— Tais-toi, petit idiot, lui dit Kadiya. Le sorcier a fait apparaître cette créature pour récupérer mon talisman ! Que les Seigneurs de l'Air l'en empêchent !

« Grand Heldo, psalmodiait Portolanus. Prends cet instrument. » Il tendit le doigt vers la pelle accrochée à la grue. « Et prépare-toi à obéir à mes ordres. »

La créature du nom d'Heldo bascula en arrière, et quatre énormes tentacules émergèrent de l'eau, puis se déroulèrent. Des appendices ressemblant à des défenses scintillaient à leurs extrémités. Le dessous des tentacules était étrangement effiloché, et il en dégoulinait une myriade de gouttes étincelantes. Heldo émit alors une espèce de barrissement surnaturel, tel que Kadiya n'en avait jamais entendu. Le son atroce parut la paralyser, et elle cessa même de nager, jusqu'à ce que Tolo lui crie qu'ils étaient en train de couler.

« Prends cet instrument ! » répéta Portolanus.

Enfin, avec une grande délicatesse, l'un des tentacules se saisit de la large pelle et la décrocha. Un autre tentacule rôdait au-dessus de Portolanus, tandis qu'un troisième menaçait les deux pirates postés à la grue. Ces derniers hurlèrent en le voyant et dégringolèrent l'escalier pour rejoindre le pont principal, abandonnant le sorcier et ses trois Voix figées sur place.

« Maintenant écoute-moi, Heldo ! Je romprai le sort qui te lie une fois que tu m'auras rendu un petit service. Juste sous ce bateau se trouve un objet magique qui ressemble à une épée épointée de couleur sombre, dotée d'un pommeau trilobé. Elle jette une lueur verte au fond de l'eau. Trouve cet objet et remonte-le à la surface avec précaution, à l'aide de l'instrument que je t'ai confié. Ne touche pas de ta chair cette épée magique, sinon elle te tuera ! Est-ce que tu comprends ? »

Heldo émit un barrissement.

Là-dessus, Portolanus s'agenouilla et ouvrit le coffre étoilé.

« Lorsque tu auras récupéré l'épée, place-la dans ce coffre. Une fois que tu auras fait cela, je te rendrai la liberté. A présent, va ! »

Il y eut un énorme plouf, lequel fit tanguer la trirème, et le monstre disparut.

« Oh, mon Dieu, gémit Kadiya, empêchez cela ! Haramis ! Anigel ! Ecoutez-moi et aidez-moi ! Suppliez la Divinité Trine de me rendre mon Œil Incandescent Trilobé ! Qu'il ne tombe pas entre les mains du sorcier... »

La mer s'enfla de nouveau et des gerbes d'écume phosphorescente jaillirent de tous côtés lorsque Heldo refit surface. A l'extrémité d'un tentacule dressé, en équilibre sur la large pelle, quelque chose brillait, ressemblant à une longue émeraude lumineuse. Le tentacule fondit vers le navire.

« Non ! Non ! Viens à moi, talisman ! Tu m'appartiens ! »

Le sorcier aux yeux étoilés était cloué sur place, dans l'expectative. Soudain ce fut le calme plat. Les vagues s'apaisèrent, le cri angoissé de Kadiya s'estompa. Le talisman vert se détacha de l'extrémité du tentacule et parut tomber lentement comme une plume au vent.

« Viens à moi » , chuchota Kadiya, le visage ruisselant de larmes. Elle tendit une main hors de l'eau en un geste de supplication.

A la proue du bateau pirate jaillit une étincelle dorée. Kadiya entendit Portolanus lâcher un juron de surprise. Puis, avec un claquement métallique, l'Œil Incandescent Trilobé tomba dans le coffre des Disparus. Portolanus poussa alors un rugissement triomphal.

Mais Kadiya tenait dans sa main un morceau d'ambre rougeoyant, et en esprit il lui sembla entendre une voix familière, souvenir presque oublié d'un passé lointain :

Les années vont et viennent sans repos. Ce qui est en haut peut tomber, ce qui est chéri peut être perdu, ce qui est caché doit, avec le temps, être révélé. Et pourtant je te dis que tout ira bien... Mais à présent tu dois fuir, Pétale du Trillium Vivant, et gagner le rivage avant que le sorcier ne s'avise de ce qui s'est passé et n'assouvisse sa vengeance sur toi. Hâte-toi ! Nage si tu tiens à la vie et implore l'aide de ton amulette !

Son amulette... Elle l'avait portée toute sa vie jusqu'au jour où celle-ci lui avait échappé pour aller se loger dans son talisman. Et maintenant elle lui était revenue. Mais ses pouvoirs magiques étaient bien piètres par rapport à ceux de l'Œil Incandescent Trilobé...

Nage !

L'ordre la ramena brusquement à la réalité du danger immédiat. Serrant très fort le morceau d'ambre chaud, Kadiya repartit vers le rivage. « Accroche-toi bien, Tolo ! » cria-t-elle.

Kadiya aperçut une masse élancée qui oscillait derrière la trirème. Au début elle crut qu'il s'agissait d'Heldo, mais elle se rendit compte ensuite que le monstre marin avait replongé, et cette chose était beaucoup plus grande, beaucoup plus fine. C'était une silhouette noire qui se détachait sur le ciel, tel un gigantesque serpent se tortillant. Des nuages apparurent tout d'un coup, voilant les Lunes et les étoiles. Il y eut un bref éclair cramoisi, puis un sourd grondement. Portolanus appelait de nouveau la tempête, afin sans doute de chasser Heldo. La trirème fut ballottée comme un jouet sur les eaux soudainement agitées. Il y eut une forte bourrasque. Tolo se mit à pleurer. Kadiya perçut aussi un bourdonnement aigu qui gagna rapidement en intensité, et elle finit par comprendre ce qu'avait fait le sorcier.

Il avait déclenché une autre trombe marine, qui, par hasard, fondait directement sur eux...

« Trillium Noir, viens à ma rescousse ! » s'écria Kadiya en fermant les yeux. Elle serra d'une main l'un des poignets grêles de Tolo et l'amulette de l'autre. En un instant elle et l'enfant furent emportés dans un tourbillon, mais sans être mouillés ni asphyxiés. Ils furent roulés en tous sens, aussi impuissants que feuilles charriées par un torrent. Puis ils s'immobilisèrent brusquement. Les bras de Tolo se détachèrent du cou de Kadiya, et il s'affaissa tout en gémissant doucement.

Ils se retrouvèrent assis sur le sable mouillé, sous un déluge.

Sur l'Ile du Conseil.

De la pluie mélangée à de l'eau salée se déversait sur eux, comme si les vannes du ciel eussent été ouvertes. Quelques malheureux poissons tombèrent également du ciel dans le sillage de la tornade. Il était impossible de voir quoi que ce fût en mer. Des vagues géantes bondissaient vers le ciel et déferlaient sur la grève. C'était une succession ininterrompue d'éclairs et de coups de tonnerre. Kadiya avait gardé suffisamment de raison pour tenir fermement le petit garçon qui tremblait, et tous deux restèrent blottis sous le déluge assourdissant.

Une silhouette trapue quitta un bosquet d'arbres ployant follement sous la bourrasque et s'approcha d'eux à vivre allure. Au début Kadiya pensa que, par quelque miracle de la Fleur, Jagun avait été envoyé à leur rescousse. Mais lorsque l'aborigène fut plus près, elle constata qu'il appartenait à une race inconnue d'elle. Il possédait des traits humanoïdes plus prononcés que les Nyssomus au large visage et à la grande bouche, ainsi qu'un corps plus robuste. Et il portait les épais vêtements d'un nordiste.

— Venez vite avec moi ! cria le petit bonhomme cherchant à couvrir le vacarme de la tempête. Il y a de cruels indigènes dans les parages, qui vous captureront certainement si vous restez sur la plage.

Kadiya se mit péniblement debout, luttant contre la fatigue et la confusion qui lui embrumaient l'esprit. L'aborigène saisit Tolo dans ses bras puissants et ils coururent se mettre à l'abri sous le bosquet. Puis tous trois plongèrent dans l'épais sous-bois, et s'effondrèrent, à bout de souffle, sous d'immenses feuilles luxuriantes.

— Il y a près d'ici deux autres enfants humains en danger de mort, dit l'aborigène quand il eut repris son souffle. Je les ai vus tout à l'heure attachés par terre à des pieux, sur le point de subir d'atroces tortures. Vu que j'étais seul et que les indigènes étaient en grand nombre, je ne savais pas comment sauver ces pauvres enfants. Je me suis caché par ici. Mais maintenant que vous êtes là, nous pourrons peut-être trouver un moyen à nous deux.

— Niki et Jan ! s'exclama Kadiya. Aux mains des Aliansas ! Dieu de miséricorde, que pouvons-nous faire ? (Et pendant quelques instants, elle demeura immobile, tâchant de rassembler ses forces déclinantes. Puis elle poursuivit :) Mon ami, les captifs sont ma nièce et mon neveu, et ils appartiennent à la famille royale du Laboruwenda. Je te bénis de proposer d'aider à les sauver... Mais comment se fait-il que tu sois là ? Je vois à tes vêtements que tu n'es pas originaire des Iles Sans Vents.

Les yeux du petit bonhomme brillaient d'un faible éclat, et l'amulette d'ambre de Kadiya jetait aussi une lueur dorée. Le prince Tolivar gardait le silence, la tête posée sur la poitrine de Kadiya, les yeux grands ouverts.

— Ainsi, ces îles sont les Iles Sans Vents ? (L'aborigène secoua la tête.) Mais où se trouvent-elles donc ?

— Dans la lointaine Mer Méridionale, au sud du Zinora, répondit Kadiya.

— Ah... Cela ne me dit pas grand-chose, car je n'ai entendu parler ni de cette Mer, ni de ce Zinora. Je me suis retrouvé ici en un clin d'œil, après être passé par un viaduc magique. Une voix étrange m'a dit que j'irais où l'on avait besoin de moi... Et c'est ainsi que je suis venu ici !

— Qui es-tu ? Et à quel Peuple appartiens-tu ?

— Je m'appelle Shiki. J'étais naguère un simple guide de montagne et un chasseur de la tribu des Doroks du Tuzamen. Mais je viens de me mettre au service de l'Archimage Haramis.

— C'est ma sœur ! Je suis Kadiya. Certains m'appellent parfois la Dame des Yeux. L'Archimage t'a effectivement envoyé là où ta présence était requise, Shiki... !

Elle regarda le petit Tolivar, dont le corps frêle tremblait d'effroi et de froid. Sans un mot, Shiki ôta sa lourde veste bordée de fourrure et en enveloppa le garçon. La pluie tombait toujours à verse, mais les feuilles au-dessus de leurs têtes constituaient un abri quasi hermétique.

— Tolo, vas-tu accepter de rester ici et de te tenir tranquille pendant que nous allons à la recherche de ta sœur et de ton frère ? demanda Kadiya d'un ton sévère. Plus de bêtises, sinon tu risques de mettre nos vies en danger. Tu comprends ?

— Oui, ma tante, chuchota humblement le garçon.

— Bien.

Kadiya sentit ses forces revenir. Il n'y avait pas de temps à perdre. Elle cassa une tige, la débarrassa de ses feuilles, enfila dessus l'amulette, puis s'attacha la tige autour du cou. Elle dégaina son petit poignard, l'aiguisa rapidement sur le dos de son fourreau, et utilisa son foulard pour nouer ses cheveux dégoulinants derrière la tête.

— Me voici prête, dit-elle à Shiki. Mène-moi là où les enfants sont retenus prisonniers, et nous ferons de notre mieux pour les délivrer.

L'aborigène hocha la tête, et tous deux s'éloignèrent sous la pluie.

14

Après la disparition des trombes marines, la trirème poursuivit tranquillement sa route, bien que la tempête ne fût point calmée. Les tempêtes magiques de Portolanus se levaient d'une minute à l'autre, mais elles mettaient plus de temps à se dissiper. Le sorcier jubilant ranima ses trois Voix et les conduisit dans ses appartements, emportant le coffre étoilé où reposait en sûreté l'Œil Incandescent Trilobé.

Après avoir prononcé l'incantation idoine, le sorcier ouvrit le coffre et permit à ses acolytes glacés d'effroi de contempler le grand trésor, scintillant de gouttes d'eau salée et recouvert d'une algue.

— Peut-on le toucher sans crainte, Maître ? s'enquit la voix Jaune.

— Pas encore. Je dois effectuer un certain rituel, en utilisant ces objets colorés dans l'angle du coffre. Cela fait, le talisman sera lié à moi et je pourrai m'en servir sans danger.

Tandis qu'il parlait, ses doigts dansaient au-dessus des objets qui ressemblaient à des joyaux. Une série de notes musicales mélodieuses se firent entendre, et les bijoux étincelèrent. Puis tous les petits joyaux prirent une coloration foncée. Enfin, Portolanus éleva le talisman.

— Ah ! firent les Voix.

— A présent, me voici maître de l'Œil Incandescent Trilobé par l'âme et le corps, proclama le sorcier. Aucun autre être humain n'a le droit de le toucher sans ma permission, sous peine de périr dans les flammes !

— De quels exploits magiques le talisman est-il

capable, Maître ? s'enquit la Voix Pourpre avec empressement.

— Il frappera mes ennemis, me rendra extralucide sans que j'aie besoin de mettre à contribution vos malheureuses cervelles, et partagera avec moi les arcanes qui me permettront de devenir maître du monde... une fois que j'aurai parfaitement compris son fonctionnement secret.

Les trois Voix poussèrent derechef des exclamations de surprise.

— Je vous accorde à tous trois la permisssion de toucher au talisman sans qu'il vous en coûte, poursuivit Portolanus. Cette permission est valable jusqu'à ce que je vous la retire... ou jusqu'à ce que vous trahissiez votre loyauté envers moi.

— Jamais nous ne ferons cela ! assura la Voix Noire, et les autres acquiescèrent aussitôt.

— Comprenez, mes Voix, que, seuls, vous ne pourrez pas vous faire obéir du talisman. Mais moi, par votre truchement, pourrai m'en faire obéir, tout comme je peux parler et entendre de loin grâce à vous.

La Voix Noire, qui, penchée, examinait le talisman de plus près, tendit le doigt vers un creux à l'intersection des trois lobes sombres du pommeau.

— Maître, on dirait qu'un objet était logé ici. Un joyau, peut-être !

Portolanus poussa un cri comme s'il eût été poignardé.

— L'amulette de trillium ! Elle a disparu ! Maintenant je comprends pourquoi a jailli cette étincelle dorée lorsque Heldo tenait encore le talisman ! L'amulette est retournée entre les mains de sa propriétaire !

Et il maudit Kadiya d'abominable façon, ainsi que les Puissances des Ténèbres. Les trois acolytes reculèrent, décontenancés. Puis, se reprenant quelque peu, il murmura :

— Peut-être la perte de l'ambre de trillium n'aura-t-elle aucune répercussion sur le fonctionnement du talisman. Ou *peut-être...* (Son visage changea brusquement d'expression, trahissant un grand émoi. Il sortit de sous ses robes l'étoile cabossée et noircie qui était toujours accrochée à son cou au bout d'une chaîne de platine.) Peut-être..., répéta-t-il doucement, et il rapprocha le pendentif et le pommeau.

Chacun des trois lobes sombres s'ouvrit brusquement, révélant de grands yeux brillants. L'un était l'œil doré des Peuples, le deuxième était brun et d'apparence humaine, le troisième était d'un bleu argent très particulier, et tout au fond s'y décelait une étincelle dorée, semblable à celle qui se voyait dans les yeux de Portolanus.

Le talisman sembla considérer d'un œil mauvais la pitoyable étoile. Puis il y eut un grand éclair, et l'instant d'après le pendentif se retrouva logé entre les trois lobes du pommeau. Le talisman jetait maintenant un éclat aussi pur que lorsqu'il avait jadis été confié à sa propriétaire par un sorcier âgé du nom de Bondanus du Tuzamen.

— Gloire aux Puissances des Ténèbres ! exulta Portolanus. A présent, talisman, tu m'appartiens vraiment !

Je t'appartiens vraiment.

Le sorcier riait à gorge déployée, brandissant le talisman par la garde. Portolanus n'avait plus du tout l'air âgé ni décrépit. Il se dressait de toute sa robuste stature. Son visage semblait marqué par les épreuves, mais c'était malgré tout un visage avenant. Ses cheveux et sa barbe étaient d'un blanc éclatant.

— Vous avez entendu ? Vous avez entendu parler le talisman ?

— Non, Maître, avouèrent les Voix.

— Il dit qu'il m'appartient ! Qu'il est à moi !... Talisman ! Fais-moi voir Kadiya, cette chienne arrogante.

Docilement une vision se forma dans son esprit, et la Dame des Yeux lui apparut. Sous la pluie battante, elle traversait furtivement une forêt, accompagnée d'un aborigène inconnu.

— Ha ! Elle est allée à terre, et maintenant cherche sans doute à monter les sauvages contre nous... Voix

Jaune ! Va vite voir l'amiral Jorot : ordonne-lui en mon nom de lever l'ancre et de réveiller les galériens. Nous devons quitter cette île inhospitalière sur-le-champ. Je lui ferai savoir ultérieurement comment retrouver nos autres vaisseaux.

Une fois que la Voix jaune fut partie, Portolanus s'adressa de nouveau au talisman :

« A présent montre-moi exactement où se trouve Kadiya sur l'île. »

Il obtint une vue d'ensemble de l'Ile du Conseil, puis discerna un point brillant près du principal village des Aliansas.

« C'est bien ce que je pensais. Maintenant montre-moi où se trouve la reine Anigel, puis laisse-moi la visionner. »

Il vit de nouveau l'île, et cette fois-ci le point brillant se distinguait dans la petite anse juste au nord de la baie où était ancrée la trirème raktumienne. Puis il vit Anigel, qui se tenait tranquillement à la proue de son petit vaisseau, son propre talisman sur la tête, le regardant apparemment droit dans les yeux.

— Oui, je sais que vous m'épiez, Portolanus, dit-elle, bien que vous vous protégiez contre ma Double Vue. J'ai vu comment vous aviez volé le talisman de Kadiya avec l'aide du monstre marin, et comment vous aviez lié à vous l'Œil Incandescent Trilobé. Et pourtant, malgré tous vos efforts, vous ne l'emporterez pas.

— Oh, oh ! Nous verrons si vous parlerez de façon aussi téméraire quand votre mari et vos enfants seront mis à la torture sous vos yeux. Je vous confisque à présent votre propre talisman, fière Reine, et si vous ne le faites pas dériver dans un petit bateau immédiatement, je vais ordonner aux pirates d'entamer leur délicate besogne sur vos êtres chers.

Anigel arbora un singulier sourire.

— Vraiment ?

Ce sur quoi elle disparut.

Déconcerté par son apparente insensibilité, Portolanus tenta d'obtenir une nouvelle vision d'elle. Mais la proue de son navire était maintenant déserte. Elle était sans doute protégée par son talisman, tout comme lui était invisible pour elle. Eh bien, libre à elle de s'amuser.

— Voix Pourpre ! Va trouver le Maître de Manœuvre et demande-lui d'amener sous bonne escorte les enfants au grand salon. Nous allons voir si la Reine fera preuve de la même résolution lorsque les doigts de son fils seront sectionnés un à un, et que les tendres orteils de sa fille seront plongés dans un brasier de charbons ardents.

Mais avant que la Voix Pourpre n'eût réussi à atteindre la porte, on y tambourina violemment. La Voix ouvrit la porte à la volée. Le Second était planté derrière. C'était un grand pirate taciturne du nom de Kalardis.

— Vos prisonniers se sont évadés, annonça-t-il avec brusquerie. Pendant que vous vous amusiez avec le monstre marin, trois aborigènes wyvilos ont fait irruption dans les quartiers des galériens, ont libéré le roi Antar, et l'ont fait sortir par l'une des portes de coupée. Près de cinquante rameurs de la troisième rangée se sont également échappés, et ils ont dû se noyer avec la maudite tempête que vous avez déclenchée !

— Les enfants sont partis aussi ? glapit Portolanus, qui avait aussitôt repris son air de vieillard dès que le second était apparu.

— Oui, répondit Kalardis. Mes hommes ont immédiatement inspecté le puits à chaînes. Les portes étaient enfoncées de l'intérieur, ainsi que celles des cales juste à côté et celles des couloirs menant aux quartiers des esclaves. Ces canailles ont dû escalader les chaînes des ancres.

Le sorcier se mit à parler bas, mais d'un ton impérieux dicté par l'anxiété :

— Nous reste-t-il assez de rameurs pour faire avancer le bateau ? Nous devons partir d'ici avant que les Singuliers de la Mer ne nous attaquent. Je ne pense pas que ma tempête les retiendra bien longtemps. La reine Anigel risque aussi de nous créer de gros ennuis avec son talisman, maintenant que sa famille s'est évadée.

— J'ai rencontré votre acolyte en venant ici et il m'a transmis votre ordre d'appareiller. Les rameurs des deux autres rangées sont toujours là. Nous avancerons, mais pas aussi vite qu'avant. De toute façon nous ne pourrions guère filer à vive allure. Votre tempête et l'obscurité vont gêner les vigies, et nous allons être obligés de faire constamment des sondages pour éviter de nous échouer sur la côte ou sur un récif.

— La tempête va bientôt cesser, et nous n'aurons rien à craindre grâce à mon talisman..., commença d'expliquer Portolanus.

— Mais d'abord, coupa le second, il faut vous rendre auprès de la Reine Régente, car tel est son bon plaisir. (Kalardis sourit, exposant des dents tachées et ébréchées.) Pour essuyer son... *déplaisir*. Elle vous attend en ce moment même au salon royal, et je n'aimerais pas être à votre place pour tout le butin de Taloazin.

La reine Ganondri, entourée de six chevaliers pirates armés jusqu'aux dents, était assise à une table dorée, où était déployée une carte des îles. A peine Portolanus était-il entré dans le salon que deux des robustes pirates le saisirent par les bras et le tinrent solidement. Il n'avait pas eu le temps de tirer l'Œil Incandescent Trilobé de sa ceinture.

— Donnez-moi une raison, dit Ganondri avec une douceur venimeuse, qui me retienne d'ordonner à mes hommes de vous trancher la gorge, puisque vous avez laissé s'évader les prisonniers de sang royal.

Le sorcier inspira profondément.

— Talisman ! Je t'ordonne de faire périr ceux qui me retiennent captifs.

Les deux pirates émirent un juron. Ils relâchèrent aussitôt Portolanus et dégainèrent leurs épées. La Reine Régente se leva d'un bond, livide.

Rien ne se passa.

Affolé, le sorcier se saisit du talisman et en balaya le salon d'un large geste.

— Talisman, frappe ces ennemis de ton feu vengeur !

Une nouvelle fois rien ne se passa.

Ganondri se laissa aller en arrière, riant de soulagement. Les six chevaliers furieux se ruèrent sur Portolanus. L'un d'eux arracha le talisman de la main du sorcier, le saisissant par la lame émoussée.

Aussitôt les trois orbes du pommeau s'ouvrirent, et les yeux dévisagèrent un instant le malheureux Raktumien. Puis de l'œil humain jaillit un rayon doré, de celui des Peuples un rayon vert, et de l'étrange œil bleu argent un rayon d'un blanc éblouissant.

Le pirate en armure fut immédiatement nimbé d'un halo lumineux, du casque aux talons. Ses doigts gainés d'un gantelet laissèrent tomber le talisman, mais les flammes magiques redoublèrent d'intensité, l'enveloppant d'un linceul de lumière tricolore. Il n'émit pas le moindre son, mais ceux qui l'entouraient se récrièrent d'horreur, car sa figure était noire et carbonisée sous sa visière relevée, et une épaisse fumée s'échappait des jointures de son armure. On entendit un épouvantable craquement, puis un grondement sourd comme dans un conduit de cheminée. Le chevalier en feu s'effondra sur le tapis. Deux pirates s'emparèrent d'une tapisserie et la jetèrent sur leur camarade condamné, mais aucun d'eux n'osa le toucher. Portolanus, qui avait reculé jusqu'à un mur, considérait la scène avec autant de crainte et de stupéfaction que la Reine et ses hommes.

Soudain les atroces sons étouffés qui provenaient de sous la tapisserie cessèrent. La fumée et la puanteur disparurent. L'air du salon redevint limpide. Portolanus redressa les épaules, afficha une expression solennelle, et s'avança pour soulever la lourde étoffe.

Les lanières de cuir qui servaient à attacher l'armure de la victime avaient été consumées par le feu et les plaques de cuirasse calcinées étaient entassées pêle-mêle. Il n'y avait plus la moindre trace de corps, ni même d'os. Parmi les pièces d'armure gauchies par la chaleur se trouvait le talisman, intact. Ce n'était plus qu'une Epée de Miséricorde de métal foncé, épointée, émoussée.

Portolanus s'en saisit, la passa prestement sous sa ceinture, puis laissa retomber la tapisserie.

— Sortez, vous autres, enjoignit-il aux chevaliers.

— Non ! s'exclama Ganondri. Sorcier, prenez garde ! Avez-vous oublié ma mise en garde ? Même si tout le monde sur ce navire devait périr, vos ambitions seraient malgré tout contrariées sans l'aide du grand Raktum. Ce n'est qu'avec mon aide que vous pourrez parvenir à vos fins !

Le sorcier s'avança et posa les deux paumes à plat sur la table. Il avait les traits tirés et parla d'une voix rauque :

— Vous avez parfaitement raison. J'ai plus que jamais besoin de votre aide maintenant que le talisman d'Anigel est hors de ma portée. Mais congédiez ces lourdauds, à moins que vous ne teniez à ce qu'ils entendent une conversation d'ordre strictement privé. (Il approcha de la table un fauteuil doré et se laissa choir dedans.) Vous ne craignez rien avec moi, grande Reine. Vous avez constaté que je ne maîtrise pas parfaitement le talisman. Il ne tue que la personne qui essaie de me le prendre... Tant pis ! Je jure par les Puissances des Ténèbres et par le talisman lui-même que je ne vous ferai pas de mal.

D'une main tremblante, la Reine finit par ordonner aux chevaliers d'enlever l'armure noircie de leur compagnon calciné et de sortir. Elle prit alors une carafe, se versa de l'eau-de-vie dans un grand gobelet, et le porta à ses lèvres à grand-peine. Après l'avoir bu d'un trait, elle parut calmée. Mais ses yeux étaient toujours brillants de haine, et trahissaient une terreur que parvenait tout juste à dominer sa remarquable force de caractère.

— Cette situation est inacceptable, sorcier. Il nous faut renégocier les termes de notre alliance. Vous avez votre talisman, mais *le mien* est hors d'atteinte.

— Pas forcément ! Voyons si cette épée magique

récalcitrante saura faire autre chose que griller les chapardeurs imprudents. (Avant que la reine ne pût protester, il tira l'épée et la tint dressée par la lame.) Talisman ! Montre-nous le roi Antar.

Ganondri poussa un cri de surprise quand la vision se forma. Elle vit une mer sombre et clapoteuse mouchetée de quelques gouttes de pluie. Apparaissaient et disparaissaient les silhouettes de trois têtes grotesques à museau entourant une tête humaine. Antar et les Wyvilos pagayaient lentement en direction des brisants lumineux du rivage.

— Ah, fit Portolanus. Ainsi ils se sont évadés malgré Heldo et la tempête. Il ne devrait pas être trop difficile de capturer de nouveau notre hôte royal !... A présent, talisman, montre-nous le prince Nikalon, la princesse Janeel, et le prince Tolivar.

Le sorcier et la Reine virent Niki et Jan étendus sur le dos dans la boue d'un enclos de village. Leurs membres étaient attachés à des pieux et les enfants avaient l'air d'être inconscients. Il ne pleuvait plus que par intermittence. Quelques Aliansas regardaient et se hélaient par la porte de leurs huttes.

— Ma foi ! Il semblerait que ces deux pauvres enfants aient droit à quelque manifestation d'hospitalité locale. M'est avis que nous ne devrions pas nous soucier de leur sort. Et que devient le troisième enfant de sang royal ?

Docilement, le talisman leur fit voir Tolivar. Marmonnant, il avançait d'un pas décidé à travers les sous-bois. Portolanus et la Reine ne purent distinguer que quelques phrases.

« ... Tante Kadiya ne peut me forcer... Peu importe que les pirates me trouvent... J'aime mieux être sorcier qu'un prince de second ordre... Ralabun me manquera, mais aucun d'*eux*... »

Portolanus bannit la vision et resta assis à réfléchir, les sourcils froncés. Puis il ordonna : « Talisman, indique-moi la position précise du roi Antar et de ses trois enfants..., ainsi que celle de Kadiya.

Dans son esprit se matérialisa une vision de l'Ile du Conseil, constellée de taches de lumière blanche.

Il comprit immédiatement ce que chaque point lumineux représentait. Le roi Antar était toujours à près d'une demi-lieue du rivage, emporté vers le sud par le vent de la tempête. Le petit Tolivar était à la lisière de la forêt et s'approchait de la plage, en face de l'endroit où le navire amiral raktumien était ancré. Les deux enfants prisonniers se trouvaient dans le grand village aliansa, à environ une lieue à l'intérieur des terres et plus au nord. Kadiya était à proximité, et n'avait apparemment pas bougé de sa position précédente.

« Maintenant montre-moi une fois encore le prince Tolivar » , commanda Portolanus.

Par les sabords ouverts du salon parvinrent des ordres criés et le bruit d'hommes qui couraient. La trirème se mit à vibrer alors que les deux cabestans de proue étaient armés et que les deux grandes ancres étaient levées.

La Reine se mit debout d'un bond.

— Qui a donné l'ordre d'appareiller ? Il faut envoyer à terre des hommes armés sur-le-champ ! Si nous reprenons ne serait-ce qu'un seul des prisonniers évadés, nous aurons suffisamment prise sur Anigel pour la forcer à me céder son talisman.

Elle se précipita vers la porte, l'ouvrit à la volée et appela l'amiral Jorot.

Portolanus était toujours occupé à observer le prince Tolivar, et parlait tout seul. « Le petit diable ! Il a osé ! Quelle audace !... Et pourtant il avait l'air de bien m'aimer, non ? Et j'avais l'impression de discerner chez lui certaine aptitude à la magie ! Je présume que c'est la raison pour laquelle je n'ai pas eu le cœur de songer à le torturer. On pourrait peut-être pouvoir en faire un sorcier... Je me demande s'il est assez âgé pour comprendre les affaires d'Etat. Pourrait-il nous aider à renverser les Deux Trônes ? »

Ganondri rentra dans le salon.

— J'ai donné l'ordre que le bateau reste en panne ancres levées et que six bateaux avec des hommes armés aillent à la recherche du roi Antar et du petit Prince. Oublions les deux enfants retenus prisonniers par les Singuliers de la Mer. La reine Anigel les a sûrement déjà repérés. Elle ne fera guère attention à nous alors que ses chers petits sont menacés par des sauvages. Maintenant vous devez...

— Je n'irai pas à terre ! annonça le sorcier.

— Les Singuliers de la Mer ne s'attaqueraient certainement pas à un puissant enchanteur tel que vous, observa la Reine avec ironie. (Puis d'un ton plus dur :) Il faut que vous meniez les hommes jusqu'à Antar et jusqu'au prince Tolivar à l'aide de votre talisman. Il n'y a pas de temps à perdre !

— Ma Voix Noire accompagnera les hommes à la recherche du Roi et ma Voix Pourpre guidera ceux qui recherchent le prince Tolivar. Je communiquerai à mes Voix la position exacte du Roi et du petit Prince. Je n'ai aucune raison de quitter le navire.

— Vous irez parce que je l'ordonne !

— Non ! C'est inutile.

L'espace d'un instant, Portolanus et la Reine Régente se lancèrent des regards meurtriers sans dire un mot.

— Non, vous ne m'abandonnerez pas sur cette île des Singuliers, Reine Pirate, reprit doucement Portolanus. Chassez cette idée de votre esprit. Nous resterons alliés, pour le meilleur et pour le pire. Je m'assurerai qu'au moins un des otages soit repris, ce qui vous donnera prise sur Anigel afin que vous puissiez lui réclamer son talisman. Toutefois je vous conseille fortement de ne pas procéder à l'échange ici. Anigel ne saura entendre raison une fois que les Aliansas auront torturé et tué deux de ses enfants. Quant à nous, nous devrons mettre à la voile dès que nous aurons récupéré soit Antar, soit le petit Prince.

— Et après ? demanda-t-elle avec brusquerie.

— Vous nous amènerez, moi et mes hommes, jusqu'à mon propre vaisseau. Grâce à mon talisman, je pourrai convenir promptement d'un rendez-vous entre mon bateau et les trois autres navires de votre flottille. Ils ne sont certainement pas à plus de quelques jours de voyage. Ensuite, si vous désirez que nous restions alliés, nous pourrons entreprendre notre voyage de retour de conserve. Vous pourrez garder les prisonniers comme avant...

— Et je prendrai le coffre étoilé, coupa Ganondri d'un ton impérieux. Vous allez me le remettre incontinent, ou c'en est fini de votre alliance avec le grand Raktum. Et vous pourrez de même dire adieu à vos visées sur le Laboruwenda !

Portolanus tira le talisman de sa ceinture et tendit lentement la lame épointée vers la gorge de la Reine. Celle-ci se raidit, mais sans broncher ni crier lorsque le métal la toucha. Elle demeura indemne. Le sorcier avait peut-être ordonné la mort de Ganondri, mais assurément le talisman avait refusé de lui obéir.

Elle esquissa un petit sourire glacial.

— Le coffre étoilé, répéta-t-elle. Tout de suite. Et vous allez me montrer comment il faut s'en servir.

Portolanus écarta le talisman, se leva de table, et s'inclina.

— Apparemment nous sommes dans une impasse, Grande Reine. Efforçons-nous tous deux de dissiper la rancœur que nous éprouvons l'un envers l'autre. Essayons au contraire de songer aux motifs initiaux de notre alliance. Nul besoin de nous apprécier pour tendre vers un but commun. Vous savez très bien que mon ambition ne saurait se borner à la simple conquête du Laboruwenda. Cette fière Terre des Deux Trônes vous appartiendra.

— Ainsi que le talisman de la reine Anigel. (Le sourire de la Reine se mua en une grimace féroce. Elle tapota la table, et ses multiples bagues étincelèrent sous la lumière.) Laissez-moi vous dire quels sont dorénavant les nouveaux termes de notre accord, magicien. Le Grand Raktum sera votre loyal allié tant que vous vous abstiendrez de toute traîtrise envers ce pays ou sa Reine Régente. Mais je garderai le talisman d'Anigel jusqu'à ma mort, et vous m'apprendrez à m'en servir.

Portolanus leva les bras au ciel.

— Je ne sais même pas me servir correctement de mon propre talisman !

— Je suis certaine que vous apprendrez.

Le sorcier soupira.

— Très bien... Je jure par les Puissances des Ténèbres et par ce talisman — qu'il m'anéantisse si je viole ce serment — que je respecterai scrupuleusement les conditions que vous avez édictées. Je vais vous faire porter le coffre étoilé par ma Voix Jaune séance tenante, puis je m'occuperai de la capture des prisonniers évadés.

Ganondri hocha la tête d'un air autoritaire. Portolanus sortit du salon royal et referma doucement la porte derrière lui. Une fois qu'il fut parti, la Reine Régente se mit à rire. Elle débordait d'une telle gaieté exubérante et triomphale qu'elle dut boire un autre gobelet d'eau-de-vie pour se calmer.

Lorsque, peu après, la Voix Jaune apporta le coffre étoilé, elle le lui arracha des mains grossièrement et poussa le sbire hors de la pièce. Puis elle se remit à rire.

15

Haramis suivait sans se presser le Chemin de Lumière. Elle marchait lentement sur la mer glacée aux eaux profondes, comme si l'élément aquatique miroitant sous ses pieds eût été un pavement de pierre. La brise arctique était pleine de l'odeur singulière de la glace marine. L'aurore boréale resplendissait partout dans le ciel, voilant les étoiles et les Trois Lunes. Elle illuminait de pâles rayons bleus et rouges les gigantesques icebergs qui dérivaient.

La plus grande de ces montagnes de glace, vers laquelle menait le Chemin de Lumière, luisait d'une incandescence interne. Cela n'était pas apparu clairement à Haramis quand elle avait quitté le rivage. Mais plus elle s'approchait, plus l'iceberg devenait lumineux. Il finit par prendre l'aspect d'un titanesque béryl, nuancé d'une myriade de bleus et de verts, enchâssé dans le verre noir de l'océan septentrional. Il luisait également sous l'eau, de plus en plus faiblement à mesure qu'il s'enfonçait. Haramis se rendit compte que le gros bloc de glace se dressant au-dessus de l'eau n'était qu'une petite partie de l'incroyable masse qui se cachait en dessous.

Elle parcourut environ deux aunes avant de l'atteindre. Le Chemin de Lumière la conduisit dans une grotte voûtée, dont l'un des flancs de l'iceberg était percé. Elle enfila un couloir au sol aquatique. L'eau n'était plus noire mais bleu nuit, et toujours parsemée de cette poussière d'étoile qui la rendait ferme sous les pas. La surface des murs était luisante et pleine d'aspérités. Ceux-ci étaient facettés et ciselés de telle façon que la lumière semblait briller à travers de pâles émeraudes et des aigues-marines, nuancées de saphir, aux formes fantastiques.

Sans réfléchir, Haramis tendit la main et toucha le mur le plus proche.

« Par la Fleur ! Mais ce n'est pas du tout de la glace ! »

La surface en était lisse et humide, mais n'était pas très froide au toucher et assurément plus chaude que la mer. Cela pouvait-il être du verre ? Elle fit glisser dessus ses ongles. Cela paraissait moins ferme que du cristal et ne ressemblait à aucune substance connue. Il s'agissait d'une matière magique, fabriquée sans nul doute par l'Archimage de la Mer. Un simulacre d'iceberg.

Puis Haramis s'aperçut que, derrière les murs transparents, des poissons ainsi que d'autres animaux marins nageaient dans sa direction. Ils pullulaient des deux côtés de la crevasse et Haramis en voyait aussi loin que ses regards pouvaient percer la pénombre bleutée. L'iceberg artificiel était creux et habité d'une multitude d'êtres vivants.

Haramis écarquillait les yeux et les créatures l'observaient pareillement, avec des yeux tout ronds d'ébahissement. Elles étaient pour la plupart argentées, bleu gris, ou blanches, et certaines étaient transparentes, à l'exception de leurs organes palpitants.

Haramis ne put s'empêcher de pousser un cri de ravissement.

Je suis contente que tu apprécies mes chers petits amis.

Saisie, elle regarda autour d'elle. Mais aucun autre être humain n'était visible dans la crevasse formant aquarium.

— Est-ce l'Archimage de la Mer ? chuchota-t-elle.

Bien sûr ! Dépêche-toi, mon enfant. Je suis si impatiente de faire ta connaissance. Tu pourras étudier les habitants de mon royaume plus tard si tu le souhaites. Mais notre souper refroidit et j'ai grand-faim !

Haramis réprima un sourire. Manifestement cet Archimage n'était guère protocolaire, et sa voix mentale n'était ni pompeuse, ni condescendante. Haramis avait renoncé à imaginer quel genre de personnage elle allait rencontrer. Officiellement, elles étaient égales ! En réalité, elles seraient étudiante et professeur. Elle forma seulement le souhait que cet Archimage soit explicite, ne soit pas aussi vague ni énigmatique que Binah l'avait été. Haramis avait besoin d'aide pratique, il n'était pas question que le mystère s'épaissît davantage ! Le talisman de Kadiya était sûrement perdu, et celui d'Anigel risquait aussi de tomber sous peu entre les mains du sorcier à titre de rançon. Si elle-même n'apprenait pas à se servir rapidement de son talisman, elle avait toutes les craintes que Portolanus ne se rendît maître du monde, comme telle était son intention.

Denby pense que c'est inéluctable. Mais toi et moi lui en remontrerons ! Et pour ce qui est d'être pratique... Cela, ma chère, est entièrement ton affaire. Moi, je ne vais assurément pas me laisser séduire par un charmant enchanteur... Mais je suis beaucoup moins sûre en ce qui te concerne.

Haramis poussa tout bas un cri d'indignation, se redressa et repartit d'un air résolu vers le cœur du pseudo-iceberg. Puis s'adressant à l'air ambiant :

— Il est évident, Dame de la Mer, dit-elle, que vous lisez dans mes pensées. Mais je doute fort que vous lisiez dans ma conscience. Je viens quémander votre aide, certes, et si ma diginité doit en souffrir, eh bien qu'il en soit ainsi. Mais j'avais espéré des relations plus chaleureuses et plus amicales. Je sais que je suis jeune par rapport à vous, mais je ne suis ni une enfant, ni une imbécile. J'ai toujours accompli ma tâche en donnant le meilleur de moi-même, sans me laisser détourner par qui ou quoi que ce soit...

... Pas encore ! Mais tu te laisseras détourner, présomptueuse ! Tout comme tu t'es laissé détourner il y a douze ans, avant de prendre tes fonctions d'Archimage. Non seulement tu t'es laissé détourner de ton devoir, mais tu t'es laissé entraîner sur la pente du mal. Avoue-le... !

Haramis s'arrêta brusquement.

— Je n'essaierai pas de me justifier. Il est vrai qu'autrefois j'ai aimé le sorcier Orogastus et que je me suis laissé détourner du droit chemin par sa soif de pouvoir. Mais je l'ai repoussé. S'il est toujours vivant, comme je le soupçonne, je m'efforcerai de tout mon cœur et de toute mon âme de le repousser à nouveau et de contrecarrer ses projets malfaisants... Mais j'ai cruellement besoin de votre aide. Me l'accorderez-vous ?

Je ne t'aurais pas fait venir par le viaduc dans le cas contraire. Mais tu as montré ce dont tu étais capable en te rendant au Kimilon, aussi ai-je décidé que tu étais digne d'un traitement de faveur... Peu importe ce que pense Denby. Ce n'est pas seulement l'équilibre du monde, mais son existence même qui sont mis en péril par la réapparition de l'abominable Etoile ! Les situations désespérées nécessitent des mesures draconiennes. Denby pensait que Binah avait pris un risque insensé en libérant le Triple Sceptre du Pouvoir pour faire face à cette menace, et il était dans tous ses états quand elle s'est arrangée pour que vous naissiez. Toutefois, même lui a reconnu que l'Homme de l'Etoile se serait emparé du Sceptre tôt ou tard, malgré les erreurs que toutes les trois, vous les Pétales du Trillium, avez commises. Binah estimait qu'avec le temps vous seriez capables de faire disparaître cette menace une fois pour toutes en dépit de vos sottes maladresses. De jeunes femmes impétueuses s'attaquant à l'antique problème... Vous comprenez ?

— Non ! Je ne comprends rien à ce que vous me racontez. (Haramis se sentit soudain glacée, bien qu'il fît chaud à l'intérieur de l'iceberg artificiel. Elle s'emmitoufla soigneusement dans ses fourrures blanches et reprit la parole d'un ton sec.) Expliquez-vous, Archimage ! Dites-moi seulement quel danger exactement menace le monde et quel rôle mes sœurs et moi sommes appelées à jouer pour l'affronter. Je vous préviens que je n'ai plus l'intention de me laisser abuser par des billevesées mystiques ni par des faux-fuyants.

Ha, ha, ha ! Quel caractère ! J'aime cela. Viens donc, Haramis, toi qui ne veux pas t'en laisser compter ! Nous allons nous entendre merveilleusement.

Le Chemin de Lumière se terminait là où finissait le minuscule bras de mer. Haramis déboucha du couloir de plus en plus étroit sur un palier rougeoyant. Trois tunnels en partaient, mais seul l'un d'eux était illuminé. Elle l'emprunta et marcha encore longtemps. L'illusion d'être suspendue dans l'eau limpide cernée par la glace lui faisait tourner la tête. Les bancs de poissons l'avaient quittée, en ayant manifestement assez vu. De temps à autre une forme indistincte nageait derrière les murs transparents. La lumière déclina peu à peu, comme si Haramis se fût progressivement éloignée de sa source. Les couleurs aqueuses prirent des teintes plus sombres, virèrent au bleu marine et au vert de jade relevés de violet.

Puis elle se trouva devant une porte d'un blanc opaque, munie d'un grand anneau qui résista quand elle le tira. Elle le toucha de son talisman et le carillon qui avait signalé le mystérieux viaduc se fit entendre une nouvelle fois. La porte s'ouvrit brusquement sur l'obscurité.

Haramis entra d'un pas résolu. Elle se figea sur place quand la porte se referma. Seul l'ambre de trillium enchâssé dans son talisman jetait sa lueur jaune, prouvant à Haramis qu'elle n'était pas devenue aveugle...

Elle entendit un gloussement.

— Attends que tes yeux se fassent à la lumière. Et puis tu verras bien. Mes vieux yeux ne sont plus ce qu'ils étaient, et je supporte mieux cette faible luminosité. Donne-moi la main...

Haramis leva le bras timidement. Elle sentit sa main saisie par des doigts dont le contact était humide mais pas déplaisant. Elle fit une douzaine de pas, tirée vers l'avant. L'air était imprégné d'une odeur salée. L'écho du carillon s'entendait encore et semblait éveiller d'autres sons musicaux qui sortaient des ténèbres, étouffés.

— Nous y voici. Sens-tu la chaise ? Assieds-toi pendant que je vais chercher notre souper.

A tâtons, Haramis parvint à se glisser sur un large tabouret de forme étrange. Les pieds et les côtés paraissaient être parsemés de boutons lisses et irréguliers. Quant au siège, il était chaud et mou, sans doute rempli d'un élément liquide. C'était très confortable.

Attendant assise dans l'obscurité, Haramis s'aperçut que la vue lui revenait. Elle se trouvait dans une grande chambre toute pleine de meubles luminescents. La table et ses deux chaises étaient faites de coquillages cimentés, dont chacun était piqué d'une spirale de minuscules points verts. Sur la table étaient posés des plats et des gobelets, fabriqués également à partir de coquillages, qui brillaient doucement d'une lueur rose et topaze. Des taches lumineuses azur et cramoisies formaient des motifs ondulants sur le sol. Ici et là Haramis aperçut de grandes urnes, faites pareillement de coquillages constellés de points verts. Celles-ci abritaient des plantes duveteuses ressemblant à des fougères géantes. Le dessous de leurs feuilles luisait d'une douce lumière orangée.

Des placards étaient alignés le long d'un mur. Des étincelles bleues servaient à en délimiter les contours, et leurs boutons rougeoyaient. Sur un autre mur s'étalait une énorme peinture murale représentant la vie des profondeurs marines. Des créatures abyssales aux nageoires et aux yeux lumineux, aux rayures de feu, semblaient suspendues dans l'eau ténébreuse ou se reposer sur des bancs de corail saupoudrés de minuscules étoiles blanches.

L'une des créatures harmonieusement suspendues se mit à bouger, et Haramis comprit que ce panneau mural était vivant, que ce n'était nullement une peinture, mais une énorme fenêtre donnant sur les profondeurs de la mer nocturne.

Tout autour d'elle, à mesure que ses yeux s'habituaient à la pénombre, Haramis vit se matérialiser des objets luisant délicatement. Dans un angle de la pièce elle remarqua un large établi, sur lequel étaient posés d'étranges objets métalliques que faisait rayonner le reflet de la surface en coquillages de l'établi. Dans un autre angle il y avait un globe presque aussi grand qu'Haramis. Elle s'aperçut avec saisissement que c'était une maquette du monde. Les mers jetaient une belle lueur indigo et les terres brillaient d'un léger éclat vert-or ou blanc.

Des rayonnages contenaient des livres à reliure de toile ou de cuir, dont les dos arboraient des caractères lumineux. Il y avait d'autres livres empilés pêle-mêle ici et là par terre. L'un de ces livres était ouvert sur un lutrin de coquillages à côté d'un fauteuil rembourré. Haramis constata sans surprise que les lettres étaient lumineuses également. Un petit tabouret garni de glands se trouvait devant le fauteuil. Haramis avisa une créature blanchâtre, formée de plusieurs segments, pleine de pattes, aux yeux rougeoyants et malfaisants, couchée près du fauteuil. Lorsqu'elle sentit qu'Haramis l'examinait, la créature ouvrit la gueule, dont l'intérieur d'un jaune luminescent révéla plusieurs rangées de crocs, puis émit un sifflement.

— Allons, Grigri ! Sois poli avec notre invitée !

Deux tentures d'un pourpre éteint, qu'Haramis n'avait pas encore remarquées, s'écartèrent brusquement. L'Archimage de la Mer entra, portant un plateau avec une grande soupière fumante et plusieurs plats couverts. Il le déposa sur la table et sourit à Haramis.

— Tu vois bien, maintenant ?

— Oui, merci.

— Je m'appelle Iriane. Certains me surnomment la Dame Bleue. Bienvenue chez moi, Archimage de la Terre.

Elle avait une forme humaine, et non de poisson, ce qui fut un soulagement pour Haramis. Elle était de taille moyenne, mais extrêmement robuste. Son visage, aussi rond qu'un melon, jetait une faible lueur bleue. Elle avait des traits extraordinairement fins. Ses yeux magnifiques étaient énormes, noirs, et frangés d'épais cils. Ses cheveux étaient noirs également, ou peut-être d'un bleu très foncé. Les rouleaux en étaient retenus par des peignes d'écaille et des épingles avec de très grosses perles. Elle portait une robe bleu indigo sans manches, qui tombait sans entraves jusqu'au sol. De minuscules paillettes formaient des motifs stylisés évoquant la végétation sous-marine. Deux broches avec des perles étaient fixées à ses épaules, retenant un manteau vaporeux et luminescent bleu nuit, flottant derrière elle.

Iriane tendit la main à Haramis, qui se leva et la prit dans les siennes en inclinant doucement la tête. Après quoi, avec une grâce surprenante, la robuste Dame Bleue s'assit. Elle adressa une courte prière à la Divinité Trine et aux Seigneurs de l'Air, puis se servit abondamment dans la soupière.

— Mange, mon enfant, mange. Tu dois mourir de faim après ton voyage depuis le Kimilon. Cela fait trois heures que tu voyages, sais-tu.

— Cela ne m'a pas paru si long... Dites-moi : quelle est la distance du Kimilon jusqu'à la Mer de l'Aurore Boréale, là où le viaduc m'a conduite ?

— Plus de trois mille de vos lieues.

— Stupéfiant ! Et j'ai été transportée en un clin d'œil. Vos pouvoirs magiques sont impressionnants, Dame Bleue.

— Oui, acquiesça Iriane. Mais le viaduc n'a rien

de magique. Tu as voyagé grâce à une antique machine sans véritable rapport avec la magie.

— Ah... Il s'agit d'un appareil ayant appartenu aux Disparus ?

— En effet. Il y avait autrefois des viaducs éparpillés dans le monde entier. Jadis, ils étaient communément utilisés pour transporter ici ou là des membres profanes de la population. Seuls quelques-uns restent utilisables.

Haramis se servit modérément. La nature des aliments était totalement déroutante, mais cela sentait bon. Un pot doré contenait un breuvage qui avait une odeur douce et épicée. Haramis remplit sa coupe et but abondamment avant de reprendre la parole.

— Dame Iriane, vous n'ignorez point pourquoi je suis ici. J'ai besoin de savoir comment utiliser correctement mon talisman, le Cercle aux Trois Ailes. Il faut aussi que vous me disiez comment vaincre le sorcier Portolanus, qui a déjà volé un talisman à ma sœur Kadiya, et qui menace d'arracher le deuxième à ma sœur Anigel. J'aimerais également que vous me fassiez part de tout ce que vous savez des Disparus, ainsi que du Sceptre du Pouvoir constitué des trois talismans. J'espère aussi que vous m'expliquerez la différence entre la vraie magie et la haute science qui fait fonctionner certains de ces anciens appareils merveilleux, enfin quelle est la part de la magie et quelle est celle de la science dans le conflit qui oppose Portolanus aux Trois Pétales du Trillium Vivant.

Iriane soupira et posa sa cuillère. Elle but quelques gorgées à sa coupe.

— Je ne peux répondre à certaines de tes questions, Haramis, dit-elle. Quant aux autres, elles exigent de longues réponses, qu'il faudra remettre à plus tard. Je vais d'abord répondre à ta question la plus facile... en te contant l'histoire des Disparus.

« Il y a douze mille ans, le Monde des Trois Lunes abritait une vaste population d'êtres humains. Ils venaient d'ailleurs, de bien au-delà du firmament, et utilisèrent leurs grandes connaissances pour transformer certains aspects du monde, afin que celui-ci soit mieux adapté à leurs besoins vitaux.

« Avec le temps, une faction d'égoïstes assoiffés de pouvoir vit le jour, appelée la Guilde de l'Etoile. Ils maîtrisaient les sciences, ainsi que les arts magiques, qui trouvent leur source dans l'esprit humain et dans la nature profonde de l'univers. Les Hommes de l'Etoile et leurs suppôts provoquèrent une guerre dévastatrice qui dura plus de deux cents ans. Au cours de cette guerre leurs armes et leur magie malfaisantes non seulement tuèrent près de la moitié de la population, mais modifièrent aussi le climat même du monde. Ce fut l'Age de la Glace Victorieuse.

« Comme tu le sais, encore aujourd'hui le continent est couvert d'une vaste Calotte Glaciaire Eternelle. C'est uniquement sur ses bords et au sud que les terres ne sont pas prises par les glaces. Mais avant cet Age de Glace, seules les plus hautes montagnes étaient couvertes de glaciers. Le continent jouissait alors partout d'un climat doux, et il y avait une multitude d'énormes lacs parsemés de belles îles, où étaient construites les villes les plus raffinées. Lorsque débutèrent les interminables tempêtes de neige, toutes ces cités furent abandonnées par nécessité, et seules celles le long de la côte, sous la mer ou dans les régions inférieures du firmament, demeurèrent habitées.

« La Guilde de l'Etoile se battit plus farouchement que jamais quand elle cessa d'être soutenue par le petit peuple, et même ses membres les plus optimistes se rendirent compte que la cause était perdue. Lorsqu'il devint évident que les Hommes de l'Etoile préféraient détruire le monde de fond en comble plutôt que capituler, l'appareil magique appelé Sceptre du Pouvoir fut créé par le Collège des Archimages afin de retourner contre eux les pouvoirs maléfiques des Hommes de l'Etoile. Mais l'utilisation du Sceptre était si épouvantablement dangereuse que ceux qui l'avaient créé finirent par craindre de l'utiliser.

« Le siège de la Guilde de l'Etoile fut finalement détruit par l'un des plus grands héros du monde, l'Archimage Varcour, et les gredins qui restèrent vivants s'éparpillèrent aux quatre vents, ce qui mit un terme à la guerre. Mais le Monde des Trois Lunes était ruiné. Les Archimages eurent beau exercer leur science et leurs pouvoirs magiques bienfaisants, ils ne purent rétablir le climat tempéré d'un pays autrefois beau et heureux. Le continent ne pouvait plus accueillir une multitude d'êtres humains, pas plus que la mer couverte de glaciers ni les habitations plus précaires du firmament intérieur.

« La plupart des survivants s'apprêtèrent à partir pour élire domicile bien au-delà du firmament extérieur. Mais un groupe de trente âmes intelligentes et altruistes, issues du Collège des Archimages — dont le valeureux Varcour —, décidèrent de rester et de faire leur possible pour réparer les épouvantables dégâts qu'avait causés l'humanité. L'une de leurs principales œuvres de bienfaisance, ce fut d'engendrer une nouvelle race, plus robuste que le genre humain, qui pourrait se multiplier et repeupler le Monde des Trois Lunes dévasté après des milliers d'années, dès la première fonte des glaces.

« Lorsque les êtres humains étaient apparus en ce monde, les aborigènes les plus évolués qu'ils avaient trouvés étaient les primitifs Skriteks, à l'état sauvage permanent. Ces monstres à écailles, au sang chaud, étaient dotés de capacités intellectuelles limitées, mais ils possédaient le pouvoir de communiquer à la fois par la parole et sans paroles. Ils ne savaient rien de l'amour, de l'art ni de la culture, et vivaient de rapines. Leur système de reproduction était si abominable que la mère était souvent dévorée à la naissance par ses petits affamés.

« Les savants du Collège des Archimages utilisèrent la science et la magie pour mélanger le sang de ces créatures peu gâtées par la nature avec celui du genre humain. C'est ainsi que virent le jour ces êtres beaux et intelligents que sont les Vispis. En même temps, une race sociable d'oiseaux géants doués de télépathie, les gypaètes, fut également créée afin d'aider à la survie des Vispis. Des colonies de Vispis et de gypaètes peuplèrent la surface amputée du continent, avant le départ du gros de l'humanité, que l'on surnomma alors les Disparus.

« A la dernière minute avant le départ, quelques milliers d'êtres ordinaires choisirent également de rester, pour aider les Archimages, et vécurent tant bien que mal malgré la Glace Victorieuse. Ils formèrent le noyau de la population humaine qui vit aujourd'hui dans le Monde des Trois Lunes.

« Au cours des siècles suivants, les tempêtes de neige qui sévissaient cessèrent et le climat se réchauffa lentement, faisant fondre la calotte glaciaire à l'intérieur des terres et libérant ainsi des terres où l'on put reconstruire des habitations. Sous la houlette avisée des Archimages, les Vispis se multiplièrent. Mais il en fut de même des Skriteks. Des croisements s'opéraient de temps en temps, et nombre d'autres races d'aborigènes, d'aspect plus ou moins humain, virent le jour. Les humains s'accouplaient aussi parfois avec les Vispis, si bien que nous avons pratiquement tous des gouttes de sang aborigène dans les veines.

« Vu que les humains sont par nature plus féconds que les aborigènes, notre race se multiplia plus rapidement. Après des milliers d'années, les terres les plus fertiles et salubres furent entièrement occupées par le genre humain, tandis que les aborigènes étaient relégués dans les régions reculées : les hautes montagnes, les marais, les profondes forêts, et les îles lointaines. Les membres du Collège des Archimages quittèrent le secret Lieu du Savoir construit par Varcour et s'installèrent chacun de leur côté. Nous avons ainsi continué à prospérer et à guider à la fois les humains et les aborigènes. Grâce à notre antique science, nous pouvons vivre jusqu'à un âge très avancé. Souvent, un Archimage sur le point de mourir est en mesure de former un remplaçant, mais cela ne fut pas toujours possible, si bien qu'au cours des siècles notre nombre a lentement diminué, d'autant plus que les humains ont eu de moins en moins besoin de nos services.

« A présent, ma chère, nous ne sommes plus que trois Archimages : toi, moi-même, et Denby. C'est toi, l'Archimage de la Terre, qui as la tâche la plus pressante et la plus ardue. La mienne est beaucoup plus légère, et Denby est celui qui a le moins à faire. C'est pourquoi il est devenu grincheux, peu sociable et exclusivement occupé de lui-même, dédaignant à la fois l'humanité et les Peuples, consacrant son temps à l'étude des arcanes célestes les plus insignifiants. Grand bien lui fasse !

« L'Archimage Binah, qui t'a précédée, choisit de vivre dans la Péninsule, car c'est là que se concentre maintenant le plus grand nombre d'aborigènes intelligents. Quant aux autres colonies d'aborigènes éparpillées sur le continent, soit elles se sont débrouillées sans la tutelle d'un Archimage, soit elles se trouvaient sous ma surveillance. La plupart de mes « clients » vivent sur la myriade d'îles au nord-ouest du monde, là où peu d'humains se rendent.

« Depuis peu, les Archimages se sont avant tout attachés à protéger les aborigènes qui étaient menacés d'être exterminés par des humains hostiles, d'autre part à rassembler les objets des Disparus, dangereux ou inadaptés, retrouvés dans les anciennes cités en ruine, et à s'en débarrasser. Ce n'est que tout dernièrement qu'un problème entièrement nouveau est apparu — mettant une nouvelle fois en péril l'équilibre du Monde des Trois Lunes.

« Je veux parler de la réapparition des Hommes de l'Etoile.

« A l'insu du Collège des Archimages, la malfaisante Guilde ne disparut point quand ses derniers membres s'enfuirent. Ils réussirent à survivre Dieu sait comment et à transmettre leur connaissance des Puissances des Ténèbres de génération en génération. Ils n'ont jamais été très nombreux, car ils sont jaloux et secrets. Ils eurent tendance à établir leurs repaires là où le sang des humains était le moins mélangé à celui des Peuples, et nombre d'entre eux possédaient le physique robuste, les cheveux de platine et les yeux bleu argent de la première faction criminelle remontant aux Disparus.

« Ah ! Je vois que cela t'évoque quelque chose. Oui, mon enfant, la lointaine terre inhospitalière du Tuzamen était l'un des postes reculés des Hommes de l'Etoile. Et le sorcier que tu connais sous le nom d'Orogastus et de Portolanus est le premier de son espèce à revendiquer l'ancien héritage de la Guilde : la domination du monde.

« Oui... Orogastus est vivant. C'est Denby, l'Archimage du Ciel, qui a prédit sa venue voici bien longtemps. Mais il a choisi de se croiser les bras. Il s'est contenté de nous prévenir, Binah et moi, de ce qui se tramait. Elle et moi avons œuvré ensemble pendant près de neuf cents ans pour éduquer la descendance humaine qui a culminé chez toi et tes deux sœurs, les Trois Pétales du Trillium Vivant, en espérant que vous auriez la force nécessaire pour affronter ce représentant si dangereux des Hommes de l'Etoile.

« L'emblème de la fleur, qui symbolise la Divinité Trine ainsi que la nature physique, mentale et magique de l'univers, remonte aux Disparus — de même que l'étoile rayonnante de leurs malfaisants adversaires. Le Trillium Noir, cependant, est une entité vivante — bien qu'il ait failli disparaître —, alors que l'Etoile est aussi inerte et destructrice que la mort, malgré toute sa beauté.

« C'est ainsi que vous trois, rendues fortes par les amulettes magiques que Binah vous avait confectionnées, avez eu le droit de posséder les talismans qui constituent l'ancien Triple Sceptre redouté. Une fois encore, c'est l'ineffable Denby qui s'avisa que cet instrument magique était le seul moyen de mettre le monde à l'abri de l'Etoile, même si son utilisation comportait un grand danger. Puis, contredisant sa propre découverte, Denby conseilla de ne pas vous laisser réunir les trois talismans. Il estimait qu'il valait mieux laisser la malfaisante Guilde régir le monde que risquer de le voir détruit par le Triple Sceptre du Pouvoir.

« Binah et moi n'étions pas d'accord.

« Et c'est ainsi que vous trois êtes parties en quête et avez réussi à trouver les trois talismans. Et à l'instant suprême de l'épreuve, les Seigneurs de l'Air vous ont guidées dans l'utilisation légitime du Sceptre du Pouvoir.

« Orogastus fut banni dans un endroit où un certain engin occulte appelé la Cynosure de la Guilde de l'Etoile avait été déposé en sûreté par un Archimage oublié depuis longtemps. C'est le pendentif étoilé accroché au cou du sorcier qui lui sauva la vie — car sans ce pendentif il aurait été consumé comme une plume lorsque le Sceptre tourna contre lui son propre pouvoir magique. De fait, la Cynosure protectrice attira Orogastus à elle ainsi que le pendentif, ce qui lui sauva la vie. Ce fut pour moi une terrible surprise, car je n'avais jamais soupçonné que les Hommes de l'Etoile avaient trouvé le moyen de contrecarrer le pouvoir du Sceptre.

« Pendant qu'Orogastus était toujours inconscient, je me hâtai de gagner le Kimilon par le viaduc et emportai la Cynosure. Je craignais qu'elle ne fût dotée d'autres fonctions inconnues qui auraient pu permettre au sorcier exilé de s'enfuir. La Cynosure se trouve sur mon établi dans l'angle. Cela fait des années que je l'étudie, mais je ne lui ai pas trouvé d'autre fonction que sa fonction initiale.

« Orogastus ne comprit pas comment ni pourquoi il avait survécu. Il n'a toujours pas compris. Durant les douze années de son exil à l'Inaccessible Kimilon, il examina tous les objets de connaissance secrète qui y avaient été cachés, cherchant le moyen de s'échapper de la Terre de Feu et de Glace et de reprendre ses menées de conquête interrompues.

« Par mes pouvoirs magiques, je pus lui cacher l'existence du viaduc. Mais je ne pus l'empêcher de se servir d'un autre engin, un appareil de communication utilisant la langue sans mots, pour appeler ses sbires à la rescousse. Cet appareil usé ne fonctionna qu'une seule fois. Mais cela suffit à faire venir les acolytes du sorcier jusqu'à la terre des Doroks. Là, le Dorok du nom de Shiki fut contraint d'aider Orogastus à s'enfuir. Le sorcier emporta du Kimilon nombre d'armes anciennes et d'autres engins qui l'aidèrent à soumettre le Tuzamen. Après d'autres études, il s'appropria aussi le coffre étoilé, autre dispositif des Hommes de l'Etoile, dont Binah et moi n'avions jamais soupçonné l'existence. Denby en avait peut-être entendu parler, mais il ne nous en avait jamais soufflé mot.

« Aurions-nous tous deux osé faire revivre le Sceptre, si nous avions su que ses éléments pouvaient être subtilisés aux Trois Pétales et asservis à Orogastus ? Je n'en sais rien. Mais ce qui est fait est fait.

« A présent le sorcier s'est déjà approprié un élément du Sceptre du Pouvoir. Il ne sait pas encore comment l'utiliser, mais il l'apprendra, que ce soit par hasard, par l'expérimentation ou par l'enseignement subtil du talisman, tout comme vous trois l'avez appris.

« L'entière maîtrise de l'usage du Triple Sceptre, ainsi que le fonctionnement des talismans qui le constituent, ne peut provenir que du Sceptre complet. Aucun être vivant ne connaît toute l'étendue de ses potentialités. Vous trois ne fûtes pas autorisées à obtenir cette dangereuse connaissance. Denby et moi-même vous avons poussées à séparer les éléments du Sceptre, immédiatement après qu'Orogastus eut été banni, afin d'atténuer le péril encouru par le monde. Vous manquiez alors de maturité et vous vous êtes laissées convaincre. Ce n'est plus le cas. Pour le meilleur et pour le pire, vous êtes à présent maîtresses de vos destins, et le sort du monde est entre vos mains.

« Si Orogastus s'emparait des trois talismans — voire seulement de deux —, toi et moi serions sans doute incapables de l'empêcher de découvrir la plupart de leurs secrets. C'est un magicien expérimenté, aguerri par de longues années de privations, et il a une grande force de caractère. Même les pouvoirs magiques réunis des trois Archimages auraient bien du mal à briser la volonté de l'Homme de l'Etoile, telle est l'opiniâtreté avec laquelle il tend vers son abominable but. L'Archimage du Ciel a une peur bleue d'Orogastus. Je crains que Denby n'ait pas le courage de lui tenir tête. Peu importe finalement à l'Homme Ténébreux du Ciel que le monde aille de travers et que ses habitants, humains comme Peuples, soient asservis à la férule malfaisante de l'Etoile. Cela affecterait fort peu son petit confort...

« Mais ne nous attardons pas sur ces pénibles contingences. Tu es enfin là. Et bien que je ne puisse t'éclairer sur le fonctionnement du Sceptre lui-même, je peux te conseiller quant à l'utilisation de ton talisman et je n'y manquerai pas. Après tout, c'est toi qui possèdes le talisman clé. Avec l'aide de la Divinité Trine, tu en useras pour vaincre Orogastus une fois pour toutes. Ta formation durera trois fois dix nuits. Les leçons seront difficiles car elles exigent de l'autodiscipline encore plus qu'une accumulation de connaissances. Mais j'ai confiance en toi, Haramis la sérieuse. Tu l'emporteras...

« Maintenant je vais te servir le dessert spécial que j'ai préparé en ton honneur : une délicieuse custard d'œufs de poisson ! »

16

Kadiya et Shiki se cachèrent dans un fourré qui longeait une rivière à la périphérie du village des Aliansas. Le ciel orageux commençait à s'éclaircir et les petites créatures de la forêt semblaient s'accorder pour reprendre leurs chants nocturnes interrompus. Grossi par la pluie, le cours d'eau cascadait dans l'obscurité. Kadiya et Shiki venaient de le passer à gué avec les plus grandes précautions. Dans le village, où des dizaines de torches cernaient l'enclos, plus de trois cents Singuliers se livraient à une danse rituelle autour des deux enfants attachés par terre dans la boue et chantaient de leurs voix graves en jouant sur des instruments rudimentaires.

Au sein de cet orchestre primitif dominaient, en grand nombre, les tambours.

La musique sauvage, le fracas de la rivière et les cris des animaux étouffaient le bruit que faisaient Kadiya et Shiki en rampant à couvert, se préparant à attaquer. Il était armé de la solide catapulte traditionnelle chez les Doroks et d'une large lame presque aussi longue que celle d'une épée. La seule arme de Kadiya était un petit couteau.

— Je vais m'avancer fièrement au milieu d'eux lorsque le sacrifice va commencer, dit-elle. Les Aliansas se souviendront de moi et croiront que j'ai toujours sur moi l'Œil Incandescent Trilobé pour me défendre. Si mon stratagème marche, je libérerai les enfants, les prendrai dans mes bras et te retrouverai ici. Il faudra que tu nous défendes contre d'éventuels poursuivants quand nous fuirons... Si ma ruse échoue, je tâcherai de tuer suffisamment de ces sauvages pour que tu puisses profiter de la confusion et sauver les enfants toi-même pendant que les Aliansas seront occupés avec moi.

— Mais vous risquez d'y laisser la vie ! souffla Shiki.

Kadiya eut un geste d'impatience.

— En ce cas, il faudra que tu emmènes les enfants et que tu te caches avec eux. Ma sœur Anigel te trouvera grâce à son talisman et finira par te venir en aide... Regarde ! Il se passe quelque chose dans la grande maison du conseil. Nous n'allons pas avoir à attendre bien longtemps.

— Dame des Yeux, prenez au moins mon couteau, implora Shiki en tendant la large lame.

— Non, il est trop grand pour que je puisse le cacher sous mes vêtements. Je dois m'avancer au milieu d'eux sans hésiter. (Sa main serra la chaude amulette accrochée autour de son cou, une goutte d'ambre dans laquelle était logé le bouton fossilisé d'une petite fleur. Kadiya esquissa un sourire d'une ironie désabusée.) Peut-être ce porte-bonheur me protégera-t-il. J'ai l'impression que c'est lui qui nous a déposés sur le rivage sans encombre.

— Croyez-vous que cette amulette pourrait repousser vos assaillants, voire les tuer ?

Le visage de Shiki avait maintenant perdu son expression d'abattement. Le plan de la Dame des Yeux lui avait paru hasardeux, mais il n'avait pas osé lui faire part de ses doutes. Toutefois, si son amulette était vraiment magique...

Soupirant, Kadiya laissa retomber le morceau d'ambre sur sa poitrine.

— Elle ne tuera certainement pas. Pour ce qui est du reste, son pouvoir magique a toujours été des plus capricieux. Il a toujours fallu croire fermement en elle pour qu'elle l'exerce. En vérité, je ne sais pas si j'en suis capable à présent..., maintenant que je dois agir de sang-froid, comme une adulte et non sous l'emprise de la panique ou comme une enfant crédule. Jadis, quand je n'étais qu'une petite fille simplette, cet ambre de trillium m'a protégée de la Double Vue de l'ignoble sorcier, m'a transportée à travers les airs en toute sécurité alors que j'avais sauté de très haut, et m'a aidée à franchir un effrayant marais. Ce soir, apparemment il m'a transportée à travers les airs, m'éloignant de la trombe marine. Mais j'étais hors de moi quand j'ai imploré son aide..., je ne lui ai pas délibérément donné d'ordre. Et... Et j'ai peut-être imaginé qu'un miracle avait eu lieu. Tolo et moi avons fort bien pu être jetés sur le rivage par une grande vague, non par magie.

— Les éléments étaient tellement déchaînés que je ne saurais dire comment vous êtes arrivés sur la plage, reconnut Shiki.

— Lorsque nous étions en mer, il m'a semblé également entendre la voix d'une femme morte depuis longtemps — celle qui m'a donné l'amulette et m'a enjointe de partir en quête de ma vérité. Mais cela aussi était peut-être le fruit de mon imagination.

— Je sais peu de choses de la magie, énonça lentement Shiki. Mais dans la plupart des entreprises difficiles, il faut avoir confiance pour réussir. Puis-je vous suggérer de puiser suffisamment confiance en votre amulette pour qu'elle nous octroie le succès dans notre tentative ?

— Ton conseil est avisé, répondit Kadiya. Mais je ne sais pas si je pourrais le suivre. Je suis habituée à compter sur moi-même, et sur un objet précieux qui m'a récemment été volé. Sans cet objet — mon talisman — je ne suis plus la même femme.

Elle lui raconta brièvement comment elle avait perdu son talisman, et comment Portolanus avait récupéré l'Œil Incandescent Trilobé au fond de la mer. Elle expliqua ce que représentait la perte d'un seul élément du grand Sceptre du Pouvoir pour elle et ses sœurs, voire pour le monde tout entier.

— Tu vois, ami Shiki, conclut-elle, que cette goutte d'ambre n'est qu'un piètre substitut en comparaison de ce que j'ai perdu.

Shiki posa doucement sa main à trois doigts sur son épaule.

— L'ambre a certainement conservé son pouvoir magique. L'amulette ne s'est-elle pas empressée de voler vers sa maîtresse quand le sorcier a voulu s'en emparer ?

— C'est vrai... Depuis ma naissance, depuis que l'Archimage Binah me l'a donnée, je n'ai jamais été séparée de cette amulette. Elle s'est logée dans le talisman lorsque l'Œil Incandescent Trilobé est entré en ma possession. Et quand j'ai perdu ce talisman, c'est comme si le cœur m'avait été arraché !

— Et pourtant c'est l'ambre, non le talisman, qui vous appartient vraiment depuis votre naissance. Vous êtes-vous déjà dit, Dame des Yeux, qu'il aurait peut-être été encore plus grave de perdre l'ambre ?

Kadiya le dévisagea, muette.

Shiki sourit avec optimisme.

— Et maintenant, vous l'avez récupéré. Il n'y a pas vraiment de raison de ne pas croire en son pouvoir magique. Et de ne pas croire en vous.

— Si tu pouvais avoir raison...

Son cerveau était en ébullition. Elle avait les yeux fixés sur les Aliansas qui bondissaient dans la clairière illuminée par les torches. Leur danse devenait de plus en plus frénétique et les roulements de tambour étaient si rapprochés que le vacarme était ininterrompu, couvrant les chants et le son des autres instruments.

— Dame Kadiya, c'est une bonne chose de se remettre en question, de ne pas trop compter sur son aptitude à reconnaître la vérité. Cela conduit à l'arrogance. Ce qui est mal, c'est de céder au doute, et de s'en servir comme prétexte pour commettre de mauvaises actions ou pour ne pas agir du tout. C'est là une forme d'orgueil. Vous comprenez ? Certains dons nous sont accordés à tous à la naissance et nous devons les utiliser de notre mieux. Si vous êtes née pour commander, eh bien faites-le. Si ce rôle vous est ensuite dénié, acceptez-le. Si vous êtes appelée à recevoir des pouvoirs magiques, acceptez-le également — mais sans fierté, sans que cela paraisse un dû. Connaissez vos limites, Dame des Yeux, mais osez les dépasser quand un bienfait plus grand que vous-même vous incite à agir. Oui, il se peut que vous échouiez. Mais cela n'a rien de honteux, c'est au contraire un signe de transcendance.

Les roulements de tambours cessèrent.

Kadiya serra Shiki dans ses bras et l'embrassa sur le front.

— Je rends grâce aux dieux de ta présence à mes côtés. (Elle inspira profondément.) Une fois ma sœur Anigel a échappé à ses ravisseurs, sans qu'ils la voient, grâce à son amulette d'ambre. Une autre fois, elle a pu neutraliser des sentinelles ennemies en s'approchant d'elles, invisible. Je n'ai jamais été capable d'un tel stratagème, car ma façon de faire a toujours été directe et franche plutôt que subtile. Mais à présent je vais accepter tes conseils..., je vais m'ouvrir. Si je peux réellement servir de véhicule à la magie, alors j'implore les Seigneurs de l'Air de se servir de moi comme ils l'entendent. Mes propres doutes et mon impatience ne comptent pas. La seule chose qui compte, c'est de sauver Nikalon et Janeel, les pauvres petits. Shiki... Es-tu prêt ?

— Oui.

— Oublie mon plan initial. (Ses yeux étincelèrent à la lueur du feu.) Contente-toi d'être sur le qui-vive, et lorsque le moment te paraîtra opportun, fuis avec les enfants.

Elle disparut.

Il y avait à présent une cinquantaine de guerriers aliansas armés entourant les deux petites formes maculées de boue qui étaient attachées par terre au milieu de l'enclos. Les autres indigènes étaient massés derrière, entre les torches plantées dans le sol. Nikalon et Janeel étaient étendus immobiles, comme inconscients. Mais lorsque la musique barbare cessa, ils remuèrent.

Le Prince de la Couronne tourna la tête vers sa sœur et lui adressa la parole. Elle réussit à le gratifier d'un timide sourire. Puis les deux enfants restèrent totalement figés, les yeux fixés sur le ciel étoilé. Janeel ne portait qu'une chemise tachée ; le Prince était seulement vêtu de son pagne.

De la plus grande hutte sortit le chef aliansa Har-Chissa, suivi de près par un autre indigène chargé d'un grand paquet. Le corps inhumain du Grand Chef était magnifiquement habillé d'un kilt de drap d'or parsemé de perles, d'une tunique au col relevé, faite d'un maillage d'or incrusté de perles et de corail. Des colliers de perles s'enroulaient autour de ses membres poilus. Toutes les écailles de son dos, de sa poitrine, du haut de ses bras, et de ses cuisses étaient décorées d'un motif peint en or et rouge vif. Ses yeux jaunes protubérants étaient cernés d'écarlate, et il portait fixé sur la tête un diadème incrusté de pierres précieuses, arborant une grande corne en perle sur un socle doré.

Har-Chissa psalmodia une phrase interrogative dans la langue des Aliansas. La foule du Peuple de la Mer psalmodia une réponse enthousiaste. Puis les tambours se remirent à battre sur un rythme lent et complexe. Des notes caverneuses et de fracassants roulements provenaient des plus grands tambours, des coups secs et menaçants des tambours de taille moyenne, un bourdonnement strident des plus petits tambours.

Har-Chissa s'avança d'un pas majestueux au centre de l'espace dégagé. Il se pencha vers la princesse Janeel, et d'un large geste de sa grande main lui arracha sa fine chemise. Elle ne put réprimer un cri outragé, puis retomba dans le silence. Le prince Nikalon gardait lui aussi le silence, ses yeux embués de larmes toujours rivés sur la voûte céleste.

Tandis que les roulements de tambours accéléraient quelque peu et gagnaient en volume, Har-Chissa fit un signe à l'assistante qui se tenait en retrait. C'était une femme d'un certain âge, habillée presque aussi magnifiquement que le Chef. Elle s'agenouilla devant lui et déroula le paquet qu'elle avait apporté.

Il était plein de couteaux.

La foule poussa des cris d'encouragement.

Har-Chissa leur fit signe de se taire. Puis, les roulements de tambours dramatisant ses gestes lents, il examina les rangées bien nettes de lames brillantes, classées par taille. Il finit par retirer un tout petit scalpel à poignée de perle qui étincelait à la lumière des torches. Se réglant sur le rythme complexe des tambours, il commença à brandir le couteau au-dessus de la petite Princesse, mimant les gestes qui allaient l'écorcher vive. A chaque geste rituel, le Peuple de la Mer beuglait son approbation.

Puis les roulements de tambours cessèrent.

Har-Chissa leva l'un des bras fluets de Janeel et se pencha en brandissant le scalpel.

Shiki leva sa catapulte et se prépara à lancer l'une des billes de plomb qui servaient de projectiles aux Doroks. Malheureusement la tête couverte d'écailles du chef des Aliansas avec son diadème à corne était une cible lointaine et incertaine.

Mais...

Soudain, le long cou d'Har-Chissa se tendit et sa tête fut brutalement rejetée en arrière. Son museau béa, sa langue noire darda entre ses défenses, et il poussa un hurlement de surprise. Le couteau à dépecer lui échappa de la main, décrivit un étrange arc de cercle dans les airs, reflétant les torches, si bien qu'on eût dit une petite flamme. Le scalpel ralentit, puis s'immobilisa de façon surnaturelle, juste derrière le Chef. Har-Chissa tenta frénétiquement d'arracher le grand couvre-chef de son front. Aux yeux des spectateurs stupéfiés, le diadème de cérémonie semblait être animé d'une autonomie hostile. La tête du Chef était de plus en plus tirée vers l'arrière, et sa gorge couverte d'une toison fauve était totalement exposée. Le petit scalpel de feu étincela tel un météore, puis partit comme une flèche.

En travers de la gorge du Grand Chef aliansa une ligne cramoisie se dessina. Celle-ci s'évasa. Un jet sombre s'en échappa. Le hurlement désespéré de Har-Chissa s'étrangla et se transforma en un horrible sifflement. Har-Chissa bascula en arrière. Du sang chaud jaillit sur le corps nu de la princesse Janeel. Elle ferma les yeux sans dire un mot.

Har-Chissa était tombé au milieu d'une mare de sang qui allait s'élargissant. Des pas sanglants apparurent autour des deux enfants étendus. Au même instant Shiki se faufila à travers les sous-bois pour s'approcher d'encore plus près, certain qu'aucun des sauvages horrifiés ne regarderait du côté des arbres.

La foule restait figée sur place tandis que la lame fendant les airs coupait les liens de la petite Princesse. Mais l'assistante d'Har-Chissa eut plus de présence d'esprit que les autres. Elle se saisit d'une arme terrible, sorte de hachoir denté, et se rua résolument sur le prince Nikalon.

Shiki visa avec sa catapulte, prenant pour cible l'un des yeux jaunes furieux du monstre. La bille de plomb atteignit son but et la sauvage tomba, tuée sur le coup par le projectile qui s'était logé dans sa cervelle. L'instant d'après, les deux enfants étaient libres.

Puis les pas sanglants s'éloignèrent vivement des deux enfants, franchirent le cercle des guerriers armés qui étaient toujours muets de stupeur, parvinrent aux torches. Deux des grands brandons furent arrachés du sol boueux et se mirent à tournoyer, frappant les guerriers, les empêchant d'approcher des enfants. Les Aliansas s'effondraient en hurlant, et beaucoup de ceux qui tardaient à fuir étaient brûlés. Plusieurs guerriers donnaient des coups d'épée impuissants contre le démon invisible ou jetaient des lances dans toutes les directions. Mais ils ne parvenaient qu'à se blesser mutuellement. Finalement les deux torches tournoyantes se ruèrent droit sur les Aliansas les plus téméraires. Le démon arracha d'autres torches et les lança une à une contre les aborigènes armés. A la lisière de la clairière, Shiki tirait moult billes sur la foule, y provoquant un carnage.

La plupart des Aliansas désarmés et nombre de guerriers firent demi-tour, puis se mirent à fuir, dépassant la limite des huttes et s'enfonçant dans la forêt sombre. Ceux qui restaient et tentaient de se battre tombaient sous les projectiles de la catapulte de Shiki, ou bien étaient la proie des torches du démon, qui mettaient le feu à leurs toisons et à leurs vêtements. Hurlant de douleur, désorientés par la fureur, ils trébuchaient et battaient l'air comme des créatures devenues folles. Aucun ne fit attention à une petite silhouette qui surgit des bois, saisit le Prince et la Princesse dans des bras puissants, puis s'échappa avec eux.

Toutes les torches finirent par être arrachées et lancées. Leurs flammes s'éteignaient peu à peu. La seule lumière provenait maintenant du seuil des huttes désertées et des Trois Lunes brillant faiblement tout là-haut dans le ciel. Les traces de pas sanglants avaient disparu. Les gémissements des sauvages blessés offraient un mélancolique contrepoint au chœur des créatures de la forêt, qui avait repris de plus belle.

Lorsqu'il fut évident que le démon invisible était parti, emmenant les jeunes prisonniers, les guerriers aliansas survivants gagnèrent en chancelant la maison du conseil. Ils se lamentèrent sur les horreurs dont ils venaient d'être les témoins et pleurèrent le meurtre de leur Grand Chef. Ceux dont les esprits n'étaient pas désespérément troublés envoyèrent des messages par la langue sans mots, afin d'avertir les autres villages aliansas de l'Ile du Conseil ainsi que des îles voisines de la présence des étrangers haïs et de leur démon invisible. Il était malgré tout réconfortant de savoir que des guerriers amis se mettaient en route sur-le-champ, à la fois par terre et par mer, pour attaquer les deux navires appartenant aux envahisseurs.

Mais ce fut alors qu'un autre affreux forfait fut découvert par les villageois revenant apeurés de la forêt, un sacrilège si épouvantable qu'il redonna du courage aux indigènes vaincus et les incita à reprendre les armes. Tous les guerriers en état de se déplacer descendirent au pas de charge la piste menant au rivage, toute terreur oubliée, jurant qu'aucun être humain ne s'échapperait vivant des Iles Sans Vents.

Car la peau de tous les précieux tambours de cérémonie de la nation aliansa avait été tailladée par le démon invisible des humains. Ils ne résonneraient plus jamais.

17

La reine Anigel, Jagun le Nyssomu, et les treize guerriers wyvilos qui étaient restés sur la *Lyath* partirent pour la côte à bord de deux petits bateaux, dès que la Reine eut mis fin à son bref entretien à distance avec le sorcier Portolanus. Le triste sort de Niki et de Jan exigeait une intervention immédiate, et Anigel était convaincue que Kadiya aurait besoin d'aide pour délivrer les enfants. Une fois la tempête retombée, la troupe bien armée de la Reine débarqua sur la grève d'une petite crique contiguë à la Baie du Conseil et se dirigea rapidement vers le village d'Har-Chissa.

— Ce n'est qu'à deux lieues, dit Jagun. Prenez ma

main, Grande Reine, et je vais vous conduire pendant que vous observerez les petits prisonniers grâce à votre talisman.

Anigel avançait en trébuchant, de plus en plus inquiète en voyant les Aliansas reprendre leur cérémonie de mort.

— Ils ont rallumé les torches et se sont mis à danser ! Nous n'arriverons jamais à temps... Ah, si ma sœur pouvait faire quelque chose !

Lorsque Har-Chissa parut sur le point de dépecer la pauvre Janeel, que Kadiya devint enfin visible et le tua, la Reine fut si bouleversée qu'elle s'arrêta net, le regard fixe, quasi paralysée, incapable de dire un mot.

Jagun et les Wyvilos l'entourèrent et furent eux aussi affolés. Car jusque-là Anigel n'avait cessé de leur rapporter ce qui se passait dans le village. A présent nul n'osait parler, craignant que la petite Princesse n'eût été tuée, ou qu'un sort encore pire ne lui eût été réservé. Jagun, tenant toujours Anigel par la main, s'agenouilla à côté d'elle, tête baissée. Les grands Wyvilos levèrent les bras vers les Trois Lunes en signe de supplication, priant silencieusement à la manière du Peuple de la Forêt.

Enfin, le corps de la Reine Anigel frémit. Elle poussa un grand soupir.

— Mes amis, chuchota-t-elle, Kadiya a sauvé les enfants.

Jagun et les Wyvilos manifestèrent bruyamment leur soulagement. Anigel leur ordonna de se réunir autour d'elle pour leur permettre de voir le spectacle stupéfiant transmis par la couronne magique. Ils virent Har-Chissa étendu par terre, mort, et les Aliansas terrorisés assaillis par une présence invisible armée d'une torche. Ils virent aussi un petit bonhomme inconnu qui soulevait les enfants maculés de sang et les emportait à couvert.

— Grâces soient rendues aux Seigneurs de l'Air et à ma Dame Extralucide ! s'exclama Jagun. Mais quel était cet inconnu qui lui prêtait main-forte ?

— Kadiya l'a appelé Shiki, répondit Anigel. Mais

il n'est plus temps d'utiliser la Double Vue. Il faut nous hâter de retrouver Kadi et les autres avant que les sauvages ne reprennent leurs esprits.

Ils s'enfoncèrent dans la forêt ténébreuse. Toutes sortes de créatures sifflaient et hululaient de toutes parts. De temps à autre ils entendaient des craquements sonores dans les buissons, mais les Wyvilos dont les yeux perçaient la nuit virent que seuls des animaux hantaient cette partie de l'île, et qu'il ne s'agissait pas d'indigènes hostiles. Puis, à l'aide de son talisman, Anigel s'aperçut que Shiki et les enfants suivaient une piste quasi parallèle à la leur. Les Wyvilos sortirent leurs haches et se frayèrent un chemin à travers les broussailles en direction de cette piste. Jagun émit une sorte de gazouillis que sa maîtresse reconnaîtrait, expliqua-t-il, et lorsqu'ils parvinrent enfin à la piste parallèle, les autres les attendaient.

La Reine serra Nikalon et Janeel sur sa poitrine, pleurant de joie. Les deux enfants paraissaient hébétés, et n'avaient aucun souvenir de ce qui s'était passé. Janeel portait la blouse brodée de Shiki, et le prince Nikalon était vêtu du maillot en laine du Dorok. Quant au petit aborigène, il n'avait que son lourd pantalon de cuir et ses bottes. Essuyant ses larmes, Anigel serra aussi sa sœur dans ses bras et l'embrassa.

— Que la Divinité Trine te bénisse, chère Kadi, dit-elle, ainsi que ton courageux ami Shiki, d'avoir sauvé mes deux petits. Mais nous ne pouvons nous attarder ici. En ce moment même, Antar gagne le rivage à la nage dans la Baie du Conseil, accompagné de Lummomu et de deux autres Wyvilos. Tolo se cache aussi dans les arbres par là-bas. Il faut que nous allions les chercher. Une partie de notre groupe devra ramener Niki et Jan à la *Lyath* tandis que les autres poursuivront jusqu'à la Baie du Conseil.

— Jagun, Shiki et deux guerriers wyvilos emmèneront les enfants jusqu'au bateau, déclara Kadiya. Moi, j'irai avec vous au secours d'Antar et de Tolo. (Elle brandit l'ambre de trillium et sourit, son visage taché de sang arborant une expression triomphale et menaçante.) Mon talisman est peut-être tombé entre les mains du sorcier, mais j'ai toujours mon amulette magique, et elle a été suffisamment redoutable pour régler le sort de ces scélérats d'Aliansas. Sœur, toutes les deux nous pouvons encore tenir tête à Portolanus !

— Peut-être, répondit doucement Anigel.

Mais ses yeux trahissaient le doute et l'appréhension. Elle tenta de rassurer Niki et Jan avant de les embrasser. L'instant d'après, les enfants se dirigeaient vers la *Lyath* avec leur escorte. Puis la Reine toucha sa couronne, lui ordonnant de lui montrer la Baie du Conseil.

Une fois qu'elle eut obtenu satisfaction, elle s'écria consternée :

— Le sorcier envoie des bateaux à la poursuite d'Antar et de Tolo !

— Vite, mes amis, cria Kadiya aux Wyvilos, menez-nous à la grève de la Baie du Conseil le plus vite possible !

Ils partirent tous en courant, le bruit de leurs pas lourds couvrant les lointains cris inhumains qui provenaient maintenant du village d'Har-Chissa.

— Les voici ! lança la Voix Noire.

Elle était debout à la proue du premier bateau. Quatre autres bateaux suivaient de près. De ses yeux dardaient deux rayons blancs, et elle parlait avec la langue de Portolanus, qui avait repéré la position des fugitifs à l'aide de son talisman et guidait les poursuivants. Souquant ferme, les pirates avaient réussi à dépasser le roi Antar et ses compagnons wyvilos alors que ceux-ci se trouvaient à moins de cinquante aunes du rivage.

Soudain les quatre têtes qui fendaient l'eau calme disparurent.

— Ils ont plongé, Monseigneur ! s'écria l'un des Raktumiens.

— Le roi est trop faible pour rester sous l'eau bien longtemps... Vite, vous et vous ! (La Voix désigna deux des bateaux :) Gagnez le rivage le plus vite possible pour éviter qu'ils ne s'échappent par la terre. Quant à vous autres, préparez les petites lignes avec les grappins, et ouvrez l'œil !

Un certain nombre de pirates à bord des trois bateaux qui restaient prirent des rouleaux de cordes, au bout desquelles étaient attachés de petits crochets à trois pointes, affreusement acérées. Pendant quelques minutes on entendit seulement le claquement des avirons des deux bateaux qui avaient reçu l'ordre de gagner le rivage. La mer était d'huile, et les Trois Lunes s'y reflétaient. A un quart d'aune vers le nord, le sixième bateau commandé par la Voix Pourpre approcha de la grève, et ses occupants s'apprêtèrent à partir à la recherche du prince Tolivar.

Soudain il y eut un plouf, suivi d'un halètement rauque.

— Là ! Le Roi !

Les rayons oculaires de la Voix Noire repérèrent les cheveux blonds trempés et le visage à demi submergé du roi Antar à tout juste six aunes. L'un des pirates à bord du bateau de la Voix fit tournoyer son grappin avant de le lancer. Le Roi hurla quand les crochets, manquant de près sa tête, se plantèrent dans son épaule nue. Trois autres grappins lui mordirent la chair. Les contorsions désespérées d'Antar ne servirent qu'à l'emmêler dans les cordages, et il faillit se noyer. Il cessa bien vite de se débattre, puis flotta, sans bouger, la tête sous l'eau. La Voix Noire ordonna aussitôt que le Roi soit vivement ramené au bateau, de peur qu'il ne périsse.

Mais à peine Antar était-il à bord que le bateau se mit à osciller violemment. Les pirates beuglèrent des imprécations et l'un d'eux hurla :

— Des Singuliers dans l'eau ! Ils vont nous faire couler !

Lummomu-Ko, chef des Wyvilos, se dressa au-dessus du rebord du bateau de la Voix, dégoulinant d'eau. Il avait les yeux étincelants et les mâchoires grandes ouvertes. Il saisit un pirate hurlant dans chaque main et fit basculer les deux hommes pardessus bord, les déchiquetant de ses dents au moment où ils tombaient à l'eau. Les deux autres Wyvilos, Huri-Kamo et Mok-La, essayaient toujours de faire chavirer la chaloupe, tandis que les pirates leur donnaient des coups d'avirons.

— Les épées, imbéciles ! s'écria la Voix Noire. Servez-vous de vos épées !

Il s'agenouilla à côté du Roi pour le protéger de son corps.

Derechef Lummomu surgit dans un bouillonnement d'écume et entraîna dans l'eau deux autres pirates tête la première. Mok-La en saisit un autre. Un quatrième homme perdit l'équilibre dans l'embarcation oscillante et tomba à l'eau en tentant de donner un coup d'épée. La Voix, Antar, et les deux Raktumiens qui restaient à bord, se bousculaient, impuissants. Les armes s'entrechoquaient de toutes parts. Les Wyvilos poussèrent des cris de triomphe.

Mais les deux autres bateaux approchaient maintenant, ainsi que les deux qui étaient partis vers le rivage, puis avaient fait demi-tour dès le début de l'échauffourée. Les renforts raktumiens n'y allèrent pas de main morte, utilisant à la fois lances et épées contre les Wyvilos dans l'eau. Il y eut un hurlement de douleur quand une lame sectionna l'une des mains griffues de Huri-Kamo, qui disparut sous l'eau. Lummomu-Ko et Mok-La reçurent coup sur coup sans répit avant de disparaître eux aussi. Six hommes du bateau de la Voix avaient été tirés par-dessus bord avant de périr, et l'un des deux qui restaient gémissait après avoir été blessé par ses propres compagnons.

— Remorquez-nous jusqu'au vaisseau amiral, glapit la Voix Noire. Dépêchez-vous !

L'unique pirate indemne à bord de la chaloupe de la Voix Noire lança un cordage vers le bateau le plus proche, puis reprit place prudemment.

— V'croyez qu'ces diables à écailles sont noyés, Messire ?

Le sbire du sorcier garda le silence. Sa tête pivota de part et d'autre, les rayons de ses yeux balayant la mer.

— En tout cas, ils sont partis. (Et aux hommes des

autres chaloupes :) Ramez plus vite ! Il faut que je transporte le Roi à bord du navire amiral pour soigner ses blessures. S'il meurt, vous êtes perdus.

Dans les autres bateaux, les hommes murmuraient entre eux, courbés sur les rames. L'un d'eux s'adressa anxieusement à la Voix.

— Messire, Yokil croit distinguer des lumières en mer. Juste au-delà de ce promontoire au sud.

— Yokil a la vue perçante, repartit la Voix Noire d'une voix mesurée. Ce sont les Aliansas, les Singuliers de la Mer des îles avoisinantes, qui viennent nous attaquer. Ils seront sur nous dans moins d'une demi-heure. Maintenant taisez-vous, et ramez.

Là-dessus, Portolanus se retira de sa Voix Noire. Les yeux vifs de cette dernière se ternirent tout d'un coup. Il fallait maintenant capturer le prince Tolivar.

— Mon talisman m'indique que l'enfant se cache dans ce bosquet, dit la Voix Pourpre aux huit pirates qui le suivaient. Déployez-vous et ouvrez les oreilles.

Les Raktumiens surpris lâchèrent quelques obscénités lorsqu'ils virent deux étoiles briller soudain sous le capuchon du sbire et percer l'obscurité du sous-bois. Lui-même se mit à parler avec les intonations caractéristiques du sorcier en personne.

— Vous n'avez aucune raison de vous alarmer. C'est moi, Portolanus, qui agis par l'intermédiaire de ma Voix Pourpre. Tenez-vous prêts à utiliser vos filets quand nous allons pénétrer sous les arbres. Il ne faut pas faire le moindre mal au petit Prince...

Mais avant que la Voix n'ait pu achever, ils entendirent une lointaine psalmodie portée par la chaude brise nocturne, et une myriade de minuscules points lumineux tressautant apparurent soudain sur la grève au sud. Les Aliansas sortaient des bois en foule, venus des campements de l'intérieur des terres.

— Les Singuliers de la Mer ! cria l'un des pirates en tendant le doigt. Ils viennent droit sur nous.

— Et r'gardez là-bas ! lança un autre homme en désignant la mer. En v'là encore, de ces sales cochons ! Messire Pourpre, faut qu'on retourne au bateau ! C'est pas le moment de chercher le p'tit gosse. L'Amiral va lever l'ancre avant qu'ces sauvages transforment la trirème en passoire !

Les autres Raktumiens marmottèrent en signe d'assentiment.

— Il nous reste le temps de trouver l'enfant, répliqua la Voix Pourpre de Portolanus. Je vais provoquer une autre tempête pour retarder les canoës de ces bougres.

— Au diable les canoës, grogna un des gredins. Vous avez pas vu la bande qui arrive par la plage ? Ils sont à moins d'une lieue ! Moi, j'suis d'avis qu'on décampe !

Les autres manifestèrent bruyamment leur approbation. Avant que la Voix Pourpre n'ait pu les arrêter, ils firent tous demi-tour et repartirent en courant vers le bateau. L'acolyte furieux les suivit, essayant vainement de les faire revenir.

Tout à coup un cri strident se fit entendre derrière lui parmi les arbres. Les Raktumiens fuyaient toujours mais la Voix Pourpre s'arrêta et fit volte-face. Les faisceaux de ses yeux illuminèrent une petite silhouette qui avait surgi de l'enchevêtrement de broussailles et courait sur le sable éclairé par la lune, pleurnichant pitoyablement.

— Ils viennent aussi du village ! Je les entends ! Empêchez les Singuliers de la Mer de m'attraper ! Emmenez-moi avec vous !

— Par les Os de Bondanus, mais c'est le Prince ! s'exclama la Voix Pourpre. Hâte-toi alors, mon garçon !

— Tolo... non ! cria une voix lointaine. Non !

Le Prince ralentit et jeta un coup d'œil derrière lui vers la forêt ténébreuse.

— Vite, ou je serai forcé de t'abandonner, avertit la Voix Pourpre.

Tolivar pressa le pas et se jeta dans les bras du sbire. Il s'accrocha au cou de l'homme qui courait vers le bateau.

— Tiens bon, mon garçon !

— Vous parlez comme le sorcier, observa Tolo.

— Mais je suis le sorcier, souffla Pourpre. Pour le moment.

Il enjamba les fargues, presque étranglé par l'enfant. Le canot s'éloigna aussitôt.

— Vous voulez dire que vous vous cachez dans le corps de cet homme ?

Le Prince était fasciné.

— D'une certaine façon, oui... Mais je dois le quitter à présent pour m'occuper d'autre chose.

— Avez-vous repris le Roi mon père ? s'enquit Tolivar.

— Oui. Et cette fois-ci aucun de vous ne s'échappera avant que votre rançon ne soit payée. Mais ne crains rien, Tolo. J'ai l'impression que toi et moi allons devenir bons amis.

— Sorcier ?... Faudra-t-il que je rentre chez moi même si je n'en ai pas envie ? demanda doucement le Prince.

Mais les yeux étoilés de la Voix se ternirent, et au même instant le sbire poussa un profond soupir.

— Asseyez-vous là-bas à la proue, Prince, et ne gênez pas les rameurs.

Le timbre de la voix avait changé du tout au tout.

— Vous n'êtes plus le sorcier, n'est-ce pas ?

— Taisez-vous, enjoignit la Voix Pourpre froidement. Vous allez bientôt être en présence de mon Maître.

Les pirates souquaient à perdre haleine, et le bateau paraissait voler sur la surface vitreuse de la mer. Les sauvages approchaient rapidement, et il y avait à présent tant de pirogues avec des torches autour du promontoire sud qu'il était impossible de les compter. Couvrant la mélopée des indigènes, une voix humaine criait :

— Tolo ! Tolo !

Le prince Tolivar se mit debout, tâchant de voir à l'intérieur des terres. La Voix Pourpre le saisit en jurant.

— On dirait ma mère, observa calmement le garçonnet. Regardez... Je crois que c'est elle qui débouche de la forêt. Elle me voit grâce à son talisman magique.

— Tolo ! lança la voix désespérée.

Le garçon fit un geste de la main.

— Elle m'entend aussi, dit-il à la Voix Pourpre... Au revoir, Mère !

Sur ce, il se rassit, et regarda les voiles que l'on hissait à bord de la grande trirème raktumienne. Des nuages orageux se formaient de nouveau, dissimulant les Trois Lunes.

— Tolo ! Mon pauvre fils, qu'as-tu fait ?... Oh, mon Dieu, non, non ! Voilà que Portolanus les a repris tous deux ! Talisman ! Je t'ordonne de me ramener mon mari et mon fils ! Frappe leurs ravisseurs ! Tue-les tous, te dis-je ! Obéis, talisman ! Obéis...

Les hurlements désespérés d'Anigel ne produisirent pas le moindre effet. Elle fut prise d'une rage folle, et aurait couru jusqu'au bord de l'eau si Kadiya ne l'avait retenue. Les deux sœurs et leur escorte de guerriers wyvilos restèrent en lisière du bosquet, regardant impuissants les chaloupes des pirates filer vers la trirème. Le vent se levait, agitant les longues feuilles raides, et la meute des Aliansas brandissant leurs torches était maintenant si proche que l'on distinguait les traits de chaque guerrier. Manifestement, les deux femmes et les Wyvilos avaient été repérés.

Kadiya tenta de rassurer sa sœur effondrée.

— Ani, tu n'arriveras à rien de cette façon-là. Calme-toi. Pense à un... un ordre positif à donner à ton talisman.

Défigurée par le chagrin, la Reine se cabra.

— Un ordre positif ? hurla-t-elle. Tu parles comme une idiote ! Comment veux-tu que je pense à autre chose quand mes petits sont entre les griffes de ce démon ? Il va les torturer à mort ! Et ce talisman inutile est incapable de les sauver. Incapable...

Kadiya la gifla.

Anigel ouvrit une bouche toute ronde sous l'affront. Puis, tout d'un coup, elle arbora une expression résolue.

— Non, c'est moi l'idiote ! Merci de m'avoir giflée, Kadi. Cela m'a remis les idées en place. Le talisman peut les sauver, bien sûr !

La Reine leva le visage vers le ciel et cria :

— Portolanus ! Ecoutez-moi !

Je vous entends, reine Anigel.

— Mon talisman est à vous ! (Elle arracha le Monstre aux Trois Têtes et le brandit à bout de bras.) Rendez-moi seulement Antar et Tolo, et je ferai tout ce que vous me direz.

— Ani... non ! hurla Kadiya, qui la saisit de nouveau par la main.

Mais les yeux d'Anigel, rougis par les larmes, brillaient fiévreusement.

— Prends garde, Sœur ! Rappelle-toi que si tu touches à ce talisman sans mon autorisation, tu mourras aussi sûrement que le plus vil des pirates raktumiens !... M'écoutez-vous, Portolanus ? Je suis prête à vous remettre le talisman sur-le-champ !

Hélas, Reine, je ne peux accepter votre rançon.

— Vous... vous ne pouvez pas l'accepter ? fit Anigel, décontenancée.

Non.

— Mais pourquoi ?

La réponse de Portolanus se teinta d'une certaine ironie :

L'heure n'est pas propice. Non, vraiment pas. Si vous tenez à votre propre vie et à celle de vos compagnons, hâtez-vous de regagner votre navire avant de fournir aux artisans aliansas de quoi fabriquer une belle batterie de tambours rituels. Il n'y a pas que la meute de sauvages sur la plage, j'en vois d'autres qui arrivent du village.

— Nous pouvons procéder à l'échange en mer, implora Anigel. N'importe où, n'importe quand. Portolanus, rendez-moi mon mari et mon enfant !

Non. Le roi Antar et le prince Tolivar doivent maintenant rester mes hôtes un certain temps avant que nous ne rouvrions les négociations en vue de leur libération. Je les emmène à Frangine, la capitale des Raktumiens. Ne craignez pas pour eux. Ils seront bien traités si vous vous abstenez de toute entreprise inconsidérée.

— Non ! Non ! Prenez le talisman tout de suite, je vous en supplie !

Je vous reparlerai du paiement de la rançon en temps utile. En attendant, je ne m'entretiendrai plus avec vous. Adieu, Reine.

Hébétée, Anigel chuchota à sa sœur :

— Tu as entendu ?

— Oui, répondit Kadiya, glaciale. Je t'ai entendue tenter de procéder à un échange dicté par la lâcheté ! Ani, tu es une faible et une sotte invétérée. Dieu merci, le sorcier n'a pas accepté ton offre ! S'il entre en possession de deux talismans, qui sait de quels méfaits il serait capable ?

— Dame des Yeux, il nous faut fuir d'ici, dit l'un des Wyvilos d'un ton pressant. Venez ! Il n'y a pas un instant à perdre. Il se pourrait même que les Aliansas aient atteint la *Lyath* avant nous et qu'ils aient détruit le bateau.

Kadiya tourna le dos à sa sœur.

— Tu as raison, Wummika. Partons.

Et à la tête des Wyvilos, elle s'enfonça dans le bois.

Après un bref instant d'hésitation, Anigel les suivit. Elle n'éprouvait plus rien. Sa couronne était toute froide dans sa main.

Ce ne fut que bien plus tard qu'elle s'aperçut que la Fleur de son talisman n'était plus noire. Elle était devenue rouge sang.

18

Le travail était ardu et décourageant. Et plus Haramis apprenait, plus elle se rendait compte à quel point elle avait été incompétente. Et plus elle désespérait de pouvoir jamais devenir maîtresse d'elle et de son talisman.

Elle connaissait à présent l'état d'esprit neutre, totalement objectif, qui est nécessaire à la pratique de la magie sous sa forme la plus élevée. Mais le connaître et le vivre étaient deux choses fort différentes. Les exercices mentaux que lui inculquait Iriane — lesquels avaient pour but de donner force et discipline à ses processus mentaux manquant de maturité — étaient épuisants et lassants. Pis, ils ne lui semblaient pas appropriés. Elle ne comprenait pas pourquoi elle devait passer des heures interminables à se livrer à la méditation au lieu de pratiquer la magie à l'aide de son talisman. Quant à l'insistance sans complaisance de la Dame Bleue, qui répétait que la formation mentale devait précéder la pratique même de la magie, elle contraria Haramis au début, puis la mena au bord du découragement, enfin fit naître en elle une lueur d'espoir : peut-être allait-elle y parvenir !

Après avoir étudié une quinzaine de jours, elle avait posé les bases qui devaient lui permettre de pratiquer la magie sous sa forme la plus haute. Tel un joueur de flûte débutant qui a enfin appris à lire la musique et à émettre des notes pures, mais ne sait pas encore jouer un morceau sans fautes, elle connaissait les impulsions mentales nécessaires à l'exercice de la magie, mais elle n'était pas encore assez compétente pour savoir avec certitude si sa technique produirait le résultat escompté. Iriane lui interdisait toujours formellement d'utiliser la magie transcendante, la mettant bien en garde : elle risquait de se blesser, voire de se tuer, si ses nouvelles connaissances étaient appliquées de travers.

Haramis avait parfois le sentiment qu'elle ne pourrait jamais contraindre sa frêle cervelle à fonctionner sans relâche de la manière harmonieuse et précise sur laquelle insistait Iriane. Ses efforts pour atteindre une concentration absolue et une objectivité complète étaient toujours réduits à néant par des soucis taraudants, de soudaines bouffées de révolte ou par le découragement. Haramis était également fort préoccupée du sort de ses deux sœurs, car la Dame Bleue lui avait interdit d'utiliser sa Double Vue durant la première partie de son instruction. Mais ce qui la tourmentait le plus, c'était le souvenir insidieux d'Orogastus. Maintenant qu'elle avait l'assurance qu'il était bien vivant, des réminiscences de son visage et de sa voix s'imposaient à elle en permanence, et elle rêvait presque exclusivement de lui au cours des brèves heures de sommeil que lui accordait Iriane.

A un certain moment, au plus profond de son abîme de découragement, Haramis supplia l'Archimage de la Mer de lui dire si le sorcier lui-même n'était pas, d'une façon ou d'une autre, responsable de ses tourments et de son incompétence. La Dame Bleue lui déclara froidement qu'aucune présence mentale ne pouvait pénétrer dans son sanctuaire à moins d'y avoir été invitée. Cette assurance ne servit qu'à l'abattre un peu plus. Si Orogastus n'était pas cause de son trouble d'esprit, cela signifiait alors que la faute en incombait à elle seule.

Haramis passait la quasi-totalité de ses heures de veille en exercices mentaux. Au début, elle travaillait sous la férule impitoyable d'Iriane. Puis elle se trouva de plus en plus souvent isolée dans une « chambre de méditation », aux murs et au sol noirs et impersonnels, les yeux rivés sur l'ambre rougeoyant du Cercle aux Trois Ailes, tandis que son esprit surmené s'efforçait de ne pas céder à la fatigue ni à la confusion, mais de faire un avec son talisman.

Je dois le maîtriser, se répétait-elle inlassablement. Seul un Pétale du Trillium peut être l'élément clé qui servira à rétablir l'équilibre, à sauver le monde. Et c'est moi qui le sauverai !

C'est moi l'instigatrice. Kadiya confère force et endurance. Quant à Anigel, elle possède l'intuition et dispense l'amour altruiste qui sont nécessaires à l'accomplissement de la mission...

L'antique chant du Peuple Uisgu du Marais Doré soulignait les rôles des trois talismans et de leurs détentrices légitimes.

Un, deux, trois : trois en un.
Un la Couronne des Illégitimes, don de sagesse, magnifiant la pensée.
Deux l'Epée des Yeux, rendant justice et offrant pitié.
Trois la Baguette des Ailes, clé et gage d'unité.
Trois, deux, un : un en trois.
Viens, Trillium. Viens, Tout-puissant.

Je peux remettre tout en ordre ! se dit Haramis. Si je parviens seulement à utiliser comme il faut mon talisman, qui est la clé et le gage d'unité des deux autres. Seigneurs de l'Air, aidez-moi ! Aidez-moi !

« Ils t'aideront, dit la voix d'Iriane. Ils t'aideront, n'en doute pas. »

La chambre de méditation prit une magnifique teinte bleue, et la silhouette imposante de l'Archimage de la Mer se matérialisa. Souriant, elle portait à un bras un panier tressé de plumes de mer et de l'autre la créature du nom de Grigri.

« Il est temps de souffler un peu, mon enfant. Tu séjournes dans mon univers depuis trop longtemps, et un petit changement d'air te fera du bien. Suis mon petit ami, et il te conduira au sommet de ma demeure. Repose-toi à l'air libre, sous le ciel ensoleillé. Mange et bois de ce qui se trouve dans ce panier. Sers-toi de ton talisman pour voir tes sœurs et ton beau-frère prisonnier, et assure-les à nouveau de ta tendre sollicitude. Tu ne craindras rien à utiliser une magie si anodine. Tu pourras le visionner, *lui* aussi, si tu y tiens vraiment... Et puis, reviens me voir. Je sais que tu es démoralisée, mais j'ai comme l'impression que tu es maintenant tout près d'ouvrir la dernière porte mentale qui te résiste encore. Dorénavant, nous allons en faire le siège ensemble, toi et moi. Et nous l'emporterons. »

Péniblement, Haramis se mit debout, quittant la position agenouillée qui lui était recommandée pour ses exercices mentaux.

Elle prit le panier sans mot dire. Grigri, qui avec ses nombreuses pattes et son corps segmenté ressemblait à un worram si l'on faisait abstraction de sa maigre fourrure blanche et de ses yeux rouges, fit entendre un bref sifflement et s'éloigna en se tortillant. Il jeta un coup d'œil derrière lui pour voir si Haramis le suivait.

Ils sortirent des appartements de la Dame Bleue et pénétrèrent dans la partie transparente de l'iceberg artificiel. Des poissons et d'autres créatures approchèrent encore une fois des parois de verre irrégulières pour regarder Haramis par curiosité. Un couloir avec de petites marches montait en colimaçon, et la lumière gagnait peu à peu en intensité. Haramis se rendit compte finalement que l'aquarium magique était de fait éclairé par la lumière du soleil, qu'il ne s'agissait nullement de quelque enchantement, et cela lui redonna courage. Elle se mit presque à courir derrière Grigri, qui lui aussi semblait ravigoté par la lumière du jour. Au moment où ils émergèrent en pleine lumière, l'animal ronronna triomphalement et se dressa sur ses pattes de derrière, exposant le ventre et fermant les yeux de plaisir.

« Pauvre Grigri ! Alors comme ça, toi aussi, le soleil te manque. »

Haramis eut l'impression que l'animal poussait un soupir de contentement. Son corps s'assombrit, sa fourrure devint d'un vert magnifique et ses douze pattes perdirent leur teinte blanche sépulcrale pour virer au noir. Lorsqu'il rouvrit les yeux, ceux-ci n'étaient plus rouges, mais bleu foncé, comme ceux des simples worrams du Marécage Brumeux.

« Ainsi donc, la vie dans cet iceberg enchanté ne t'est pas naturelle non plus, dit pensivement Haramis en caressant le dos de Grigri. Je me demande pourquoi ta maîtresse n'a pas pitié de toi et ne t'accorde pas la liberté. »

L'animal se tourna vers elle et émit un sifflement indigné. Il se contorsionna pour échapper à sa caresse, et s'éloigna, offusqué, ce qui ne manqua pas d'amuser Haramis. Puis il reprit son bain de soleil un peu plus loin.

« Je te demande pardon, Grigri. J'aurais dû savoir que ton amour pour l'Archimage était plus fort que les exigences de la nature. »

L'animal ne lui prêtait pas attention, mais recommença à ronronner.

La vue du sommet du gigantesque iceberg artificiel était absolument splendide. Si l'équilibre du monde était véritablement perturbé, en tout cas cela n'affectait nullement ces tranquilles eaux septentrionales.

Haramis s'assit sur la surface sèche et irrégulière. Sa transparence était fort troublante, de même que la troublaient les quelques poissons qui nageaient sous elle sans lui prêter attention. Elle ouvrit le panier, et fut touchée de constater que l'Archimage l'avait rempli de denrées qu'elle connaissait depuis l'enfance au Ruwenda, et non de ces douceurs marines qu'Haramis avait courageusement mangées par politesse depuis le début de sa visite. Souriant, elle saisit un ladu rosé et mordit sa peau craquante.

Mais où ai-je la tête ?

Honteuse, elle remit le fruit dans le panier, avala le morceau, et porta la main au talisman accroché à son cou.

« Anigel ! Sœur, réponds-moi ! »

La vision se forma... Et Haramis, saisie, poussa une exclamation.

Elle ne perçut pas seulement une simple image au centre du cercle argenté du talisman. La vision n'occultait pas non plus les événements autour d'elle, et son esprit ne se contentait pas d'enregistrer une scène lointaine. Non. Cette fois-ci elle *se tenait* vraiment à côté d'Anigel à la poupe du navire amiral laboruwendien. Celui-ci venait de quitter la côte et cinglait cap à l'est, toutes voiles dehors. Elle sentait l'air salé, le vent, les planches du pont sous ses pieds. Lady Ellinis, les lords Penapat, Owanon, Lampiar, étaient assis avec la Reine à une table jonchée de cartes et de documents. Et, non loin de là, sur le pont couvert d'un tapis, le prince Nikalon et la princesse Janeel jouaient devant un grand damier.

— Hara ! s'écria Anigel, se levant d'un bond, livide. Tu es là ?

Les autres furent pareillement stupéfaits de l'apparition, et Haramis s'empressa de leur expliquer que son apparition n'était qu'un ectoplasme.

— Je ne l'ai même pas fait intentionnellement, ajouta-t-elle avec un petit rire embarrassé. Apparemment les leçons que je prends aux pieds de l'Archimage de la Mer sont plus efficaces que je ne le pensais.

Poussant moult exclamations, la Reine et ses suivants prièrent Haramis de s'asseoir. La jeune princesse Janeel s'approcha doucement et voulut toucher sa robe, mais manifesta sa déception lorsque sa main ne rencontra que le vide.

— Tante Hara, vous n'êtes pas vraiment là ? s'exclama la petite fille. Est-ce votre fantôme que nous voyons ?

— Quelque chose d'approchant, ma chérie, répondit Haramis. Et tu m'en vois navrée. Mais je vais vous embrasser et vous prendre dans les bras, toi, Niki et votre mère. Vous ne pouvez pas me sentir, mais moi, je peux vous toucher ! Mes chéris, je suis vraiment soulagée de vous savoir en sûreté.

Et soulagée de voir le talisman, le Monstre aux Trois Têtes, posé sur la table, à demi recouvert par les papiers de la Reine.

— Nous ne sommes pas tous en sûreté, repartit la Reine en détournant le regard et en pinçant les lèvres après avoir reçu l'accolade spectrale d'Haramis. (Elle inspira profondément et s'adressa aux courtisans.) Je dois parler à ma sœur seule à seule. Voudriez-vous avoir l'obligeance de vous retirer avec les enfants, et revenir quand je vous rappellerai ?

Tous quatre se levèrent, s'inclinèrent, et se retirèrent, Lady Ellinis escortant le Prince de la Couronne et la Princesse.

Lorsqu'elles se retrouvèrent seules, Anigel se rassit à la table en compagnie de la présence fantomatique de sa sœur. Le visage de la Reine arborait une expression de reproche.

— J'ai essayé tant de fois de te parler de ce qui était arrivé, Hara... J'ai imploré tes conseils et ton réconfort, mais tu ne m'as jamais répondu !

— Il m'était impossible de communiquer avec toi. Je vais tout t'expliquer. Mais d'abord, raconte-moi ce qui s'est passé depuis qu'Orogastus s'est emparé du talisman de Kadi.

— Orogastus ! (Anigel, atterrée, ouvrit de grands yeux.) Ainsi donc, ce charlatan de Portolanus, c'était Orogastus déguisé ?

— Oui. Dans quel dessein, je n'en sais rien. Il ne fut pas tué par le Sceptre il y a douze ans, mais exilé au fin fond de la Calotte Glaciaire Eternelle. Il s'en est échappé et s'est rendu maître du Tuzamen. Je suis infiniment soulagée de savoir que tu n'as pas été contrainte de lui remettre ton talisman à titre de rançon...

— Je l'aurais fait. Je le lui ai offert ! Mais il a refusé de le prendre. Il retient toujours prisonniers Antar et le petit Tolo à bord du vaisseau amiral de la Reine Régente du Raktum. A l'heure qu'il est, ils doivent approcher de Frangine, la capitale du Raktum, poussés par des vents magiques.

— Il a refusé d'*accepter* le talisman comme rançon ? Mais pourquoi ?

— Je ne sais pas, répondit la Reine d'une voix sourde, évitant le regard de sa sœur. Il m'a dit que le moment ne s'y prêtait pas, et qu'il me reparlerait plus tard. Je suis décidée à lui remettre librement ma couronne à ce moment-là. Toi et Kadi pourrez dire ce que vous voudrez, rien ne m'en dissuadera.

L'Archimage ravala la protestation indignée qui lui monta aux lèvres. Si Antar et le garçon étaient toujours prisonniers, il était inutile d'en appeler à un intérêt supérieur tant qu'Anigel ne se rendrait pas vraiment compte de la situation.

— Raconte-moi exactement ce qui s'est passé, dit Haramis.

Anigel s'exécuta, et raconta comment Kadiya avait délivré le Prince de la Couronne et Janeel, comment Antar avait été repris, comment Tolo était parti de son plein gré avec l'acolyte du sorcier. A peine la Reine, Kadiya et leurs amis avaient-ils atteint la *Lyath* que des canoës remplis d'Aliansas enragés s'étaient lancés à leur poursuite. Seule une autre grande tempête, sans nul doute déchaînée par le sorcier pour faciliter sa fuite, les avait sauvés. Le guerrier wyvilo Huri-Kamo avait perdu la vie lors de la tentative pour délivrer le roi Antar ; mais le Porte-parole Lummomu-Ko et son compagnon Mok-La avaient réussi à regagner la *Lyath* à la nage, quoiqu'ils fussent blessés.

« Nous avons retrouvé notre propre flottille, poursuivit Anigel, une fois que la tempête se fut calmée. Nous avons remis au valeureux capitaine du petit bateau okamisi une belle récompense pour le remercier de nous avoir aidés, puis il est reparti de son côté. Nos quatre navires du Laboruwenda ont alors mis cap au nord à la poursuite des cinq navires ennemis. Nous avons rattrapé la galère de Portolanus, qui était bien plus lente que les navires des pirates. Nous l'avons attaquée et l'avons coulée corps et biens. Le sorcier se trouvait malheureusement toujours à bord du vaisseau amiral raktumien, et il est donc indemne. Il n'a pas levé le petit doigt pour venir en aide à ses compatriotes. Nous l'avons pourchassé vers le nord, mais l'écart s'est sans cesse creusé entre les bateaux du Raktum et les nôtres. Ils se sont ravitaillés au Zinora et étaient repartis depuis deux jours quand nous sommes arrivés.

« Le roi Yondrimel a refusé de me donner satisfaction lorsque je l'ai prié d'envoyer des cotres rapides à la poursuite des pirates. Le prétexte invoqué était peu banal : toute sa flotte était prétendument partie en mission spéciale pour Galanar, car elle escortait un envoyé royal qui devait demander la main de l'une des filles de la reine Jiri de la part de Yondrimel. Mais lorsque nous sommes arrivés à Mutavari six jours plus tard, nous avons découvert qu'en réalité la flotte du Zinora était sur le pied de guerre et se préparait à envahir le Var. La capitale du Var était en effervescence. Le pauvre roi Fiomadek et la reine Ila étaient atterrés par les épouvantables rumeurs : le Zinora serait devenu l'allié des pirates raktumiens.

« Bien sûr, nous savons que notre Concorde Péninsulaire nous oblige à venir en aide au Var. Kadiya, Jagun, et le contingent de Wyvilos sont aussitôt partis vers le nord en remontant le Grand Mutar afin d'alerter les garnisons du Ruwenda. Avec un peu de chance, nos chevaliers et nos soldats arriveront à temps pour défendre Mutavari et empêcher l'invasion. Mais le maréchal Owanon et mes autres chefs militaires craignent qu'envoyer au sud les forces ruwendiennes n'expose le Labornok à une attaque massive au nord. Il se peut que l'invasion du Var ne soit qu'une ruse, masquant les véritables visées de la reine Ganondri et de Portolanus : une attaque contre *nous*. Le Raktum a tant de navires qu'il peut facilement attaquer le Var avec une petite flotte et disposer encore de suffisamment de bateaux pour attaquer Triola, Lakana, et nos autres ports septentrionaux, voire Derorguila. Le plan du Raktum pourrait fort bien réussir, surtout si Lord Osorkon nous a trahis — ce qui paraît probable, vu le rôle qu'a joué sa sœur dans l'enlèvement des enfants. Et si le Labornok tombe, le Ruwenda tombera également.

« Il faut que tu comprennes, Hara, que, sans Antar, l'union des Deux Trônes sera fortement compromise. Je ne peux pas espérer rallier à moi seule les nobles loyalistes du Labornok contre les forces alliées de la faction d'Osorkon, du Raktum et du Tuzamen. Voilà encore une raison qui me décidera à céder mon talisman, si je peux par là même obtenir la libération de mon mari et assurer la défense de notre nation.

Haramis avait écouté ce récit avec une inquiétude croissante.

— Qu'est-ce que Kadiya a l'intention de faire ? Prendre la tête des troupes pour défendre le Var ?

— Non. Elle... elle et moi avons eu une épouvantable altercation au sujet de la rançon. Je crois qu'elle m'aurait tuée si elle avait osé, pour éviter que je ne donne le talisman au sorcier. Elle m'a dit qu'elle allait battre le rappel des Ruwendiens et les expédier vers le sud. Mais ensuite elle a l'intention de se rendre au Lieu du Savoir pour que son Professeur lui révèle un moyen de m'empêcher d'échanger mon talisman contre Antar. Elle n'y parviendra pas. Aussi longtemps que je vivrai.

Les yeux bleus de la Reine étaient brillants de larmes, mais elle serrait les mâchoires. Haramis comprit que ce n'était pas le moment de faire des reproches à sa sœur. Au contraire, avec une grande douceur, elle fit part à Anigel de ses propres aventures au Kimilon et lui parla de l'étrange demeure de l'Archimage de la Mer. Elle fut ravie d'apprendre que Shiki avait aidé à libérer Niki et Jan, et elle exhorta Anigel à prendre le fidèle Dorok à son service jusqu'à ce qu'il puisse rejoindre Haramis.

— Et bientôt, ajouta Haramis, si Dieu et les Seigneurs de l'Air le veulent bien, j'achèverai mes études auprès de l'Archimage de la Mer. Si seulement tu peux attendre que je maîtrise parfaitement mon talisman avant de donner le tien...

Lentement, Anigel prit le Monstre aux Trois Têtes parmi les papiers. Elle le tint au-dessus de la table, entre elle et la présence fantomatique d'Haramis, et parla d'une voix aussi dure que la pierre :

— Je remettrai ce talisman au sorcier lorsqu'il lui plaira de me le demander, s'il promet de me rendre mon Antar sain et sauf. J'en prends à témoin la Divinité Trine.

Haramis demeura pétrifiée, incrédule, les yeux fixés sur le talisman de sa sœur. La minuscule fleur de trillium fossilisée dans l'ambre sur le devant de la couronne n'était plus noire, mais rouge sang. Sans dire un mot, Haramis la désigna à l'attention d'Anigel.

— Oui, fit la Reine sans se laisser démonter. Et celle de Kadi est rouge aussi. Les fleurs ont changé de couleur après notre dispute. Mais peu importe. Rien n'a d'importance, à part le retour de mon mari sain et sauf auprès de moi, dans son pays.

— Kadiya ! C'est moi, Haramis !

— Grands Dieux ! s'écria la Dame des Yeux, car sa sœur semblait se tenir debout sur les eaux agitées du Mutar, juste devant la proue de l'énorme canoë wyvilo à bord duquel elle se trouvait. Deux autres embarcations remontaient le fleuve à vive allure. Des gerbes de pluie cinglaient leurs occupants, quoique la Saison Sèche fût bien avancée.

Les Wyvilos stupéfaits relâchèrent leurs efforts sur les avirons, et les deux bateaux transportant Kadiya et son escorte se mirent à peiner contre le violent courant.

— Hara, as-tu appris à marcher sur l'eau ?

— Je sais seulement mieux me servir de mon talisman, répondit l'Archimage. C'est une image de moi que tu vois, qui n'a aucune substance. Tu remarqueras que je peux à présent m'adresser à toi directement, bien que tu n'aies pas ton talisman. Je peux maintenant entrer en communication à distance avec qui je veux.

— Parfait, fit Kadiya aigrement. Parle donc à cette sotte d'Ani et tâche de la raisonner pour qu'elle ne donne pas son talisman au sorcier !

— J'ai essayé et je vais encore essayer. Mais ce qui me préoccupe pour le moment, c'est la mésentente qui s'est installée entre vous deux. Je constate qu'elle avait raison de dire que le trillium de ton amulette avait viré au rouge sang. Mais dis-moi qu'elle avait tort de croire que tu l'aurais tuée pour l'empêcher de verser la rançon d'Antar.

Le front de Kadiya devint aussi orageux que le ciel de la Forêt de Tassaleyo.

— Toi et moi savons ce qu'il adviendrait si Portolanus était en possession de deux talismans. (Elle désigna d'un geste la tempête anormale pour la saison.) C'est à cause de lui que l'équilibre du monde est rompu ! Sais-tu qu'il y a eu des tremblements de terre au nord du Tassaleyo ? C'est Lummomu qui a appris la nouvelle par les siens. D'autre part, le Peuple de Jagun dit qu'une terrible agitation règne parmi les abominables Skriteks, et qu'ils ravagent le

Marais Noir, violant ma trêve. Au nord il y a une épidémie de la maladie de faiblesse parmi les Uisgus. Partout les désastres se multiplient... Et tout cela est entièrement la faute de Portolanus ! Si Anigel lui donne son talisman, les choses iront de mal en pis. Seul un caprice du sorcier a évité à notre sœur de lui remettre bien docilement sa couronne magique, comme un agneau tend le cou au couteau du boucher ! Ani fait passer son amour pour son mari et son devoir envers ses Deux Trônes avant la bonne marche du monde. Sa sottise est criminelle...

— Mais tes menaces à son encontre le sont encore davantage... Kadiya, réfléchis ! La teinte rouge sang de ta fleur de trillium ne te donne pas à penser ? Nous sommes censées être Trois, afin d'œuvrer ensemble dans l'amour partagé. C'est la Fleur sacrée qui nous unit, ce n'est pas le Sceptre du Pouvoir.

L'espace d'un instant, le doute adoucit les traits inflexibles de Kadiya.

— Shiki le Dorok, que tu m'as envoyé pour m'aider à délivrer Niki et Jan, m'a tenu le même langage... Néanmoins, si Portolanus est en possession de deux talismans, il n'aura de cesse qu'il n'obtienne le troisième. Et même avec deux, il peut se rendre maître de toute la Péninsule, si ce n'est du monde connu.

— Peut-être, repartit Haramis, en soutenant le regard de sa sœur. Mais je m'efforce de l'en empêcher, et mon propre talisman est l'élément clé quant au fonctionnement parfait des deux autres. Cela, je l'ai appris, ainsi que bien d'autres secrets capitaux, auprès d'un mentor bienveillant qui m'instruit dans les arts magiques.

Haramis fit part à Kadiya de sa découverte : elle n'était pas le seul Archimage. Et elle lui raconta brièvement comment se déroulaient ses études avec Iriane, la Dame Bleue.

— Jusqu'ici l'Archimage de la Mer ne s'est pas mêlé de nos affaires, mais Iriane a l'intention d'intervenir à présent. Elle sera pour nous une puissante alliée dans notre combat contre Orogastus.

— Orogastus !

Haramis hocha lentement la tête.

— Il vit, et se fait appeler Portolanus. Nous ne l'avons pas tué avec le Sceptre, en fin de compte. C'est un Homme de l'Etoile, et il descend d'une puissante société qui s'est battue contre les Disparus il y a très longtemps.

— Et un homme que tu aimes encore, déclara sèchement Kadiya. Seigneurs de l'Air, venez à notre rescousse ! A présent, je ne sais même pas si le Professeur du Lieu du Savoir pourra m'aider à sauver le monde !

Haramis tendit une main spectrale sous la pluie battante.

— Cela ne dépend pas uniquement de toi, Sœur. Certes, tu as intérêt à consulter la sindona. Mais ne nous condamne pas hâtivement, Anigel et moi. Je sais que le Professeur te conseillera de faire preuve de plus de compréhension...

— Je ne veux pas voir mes chers Peuples devenir les esclaves d'un sorcier malfaisant ! s'écria Kadiya. Pas plus pour Anigel et Antar que pour toi. Trouve un moyen de détruire Orogastus une fois pour toutes ! Trouve-le avant qu'Anigel ne paie la rançon ! C'est seulement alors que tu pourras me parler d'amour et de compréhension.

Haramis inclina la tête.

— J'essaierai. Et je te reparlerai une fois que mes études seront achevées. Adieu.

Au moment où le visage têtu de Kadiya s'évanouissait, Haramis sentit de nouveau le découragement la gagner et l'engloutir comme des sables mouvants. Le pis était que sa fougueuse sœur avait énoncé une impitoyable vérité : il fallait coûte que coûte empêcher Anigel de céder son talisman.

Si Anigel refusait d'entendre raison, y avait-il un autre moyen de la persuader ? La Reine avait refusé d'écouter ses sœurs, mais écouterait-elle son mari ?

« Talisman, je désire voir le roi Antar, et lui parler en secret en restant invisible. »

Aussitôt elle vit le Roi. Et la vision était affligeante, car il était emprisonné dans une espèce de cage à roulettes, tirée par une poignée de volumniaux dans une rue pavée. Une foule déguenillée lui lançait des injures, et quatre chevaliers raktumiens, sourire aux lèvres et épée au vent, empêchaient les plus hardis de s'approcher de trop près du monarque captif.

Il était évident que la flottille raktumienne avait fini par arriver à Frangine, la capitale du royaume des pirates, et qu'une procession triomphale improvisée se dirigeait depuis les quais jusqu'au palais, sous les acclamations de la canaille. Des colonnes d'hommes armés jusqu'aux dents se trouvaient en tête de la procession. D'autres chevaliers escortaient la reine Ganondri, qui portait une amazone vert et or parsemée de bijoux. Elle était montée sur un fougueux fronial aux bois dorés et aux caparaçons de soie vert émeraude.

Derrière elle, l'enfant-roi Ledavardis montait un beau destrier noir. Aujourd'hui qu'il était en selle, ses difformités se remarquaient moins. Il paraissait plus âgé et son allure était plus majestueuse. Il portait une armure de cérémonie resplendissante et un casque à plume dont la visière était relevée. Ledavardis ne tournait pas la tête et gardait une expression impassible tandis qu'on l'acclamait, mais c'était bien au jeune monarque sans couronne que le peuple témoignait manifestement toute sa sympathie. Quelques voix s'élevaient pour saluer la Reine Régente. Celle-ci était imperturbable, un sourire fier et figé sur les lèvres.

Tous deux étaient suivis de l'amiral Jorot et des capitaines des trois autres galères. Puis venait la cage du roi du Laboruwenda, accompagnée d'une foule pittoresque de nobles et de chevaliers en selle. Tout à l'arrière de la procession, flanqué de soldats défilant au pas, roulait un char découvert bringuebalant qui transportait le singulier Maître du Tuzamen, Portolanus. Il paraissait ne pas voir que la foule se gaussait de lui discrètement. Il adressait à tout le monde des signes de la main, distribuait moult clins d'œil, gloussait. De temps en temps il faisait apparaître un bouquet de fleurs pour quelque accorte jouvencelle ou une poignée de dragées à lancer aux enfants. Les trois Voix du sorcier montaient de pitoyables haridelles derrière sa carriole, mais le prince Tolivar était assis à côté de Portolanus sur le char, vêtu d'une belle tenue de brocart, un sourire de satisfaction aux lèvres.

— Antar, m'entendez-vous ? dit Haramis à voix basse. C'est moi, Haramis.

Le roi releva la tête et entrouvrit la bouche, surpris. Il avait rendossé les riches habits avec lesquels il avait été enlevé, mais, de façon incongrue, il était assis sur de la paille.

— Ne parlez pas à haute voix et ne faites aucun signe, cher beau-frère, mais répondez-moi seulement en pensée. Mes pouvoirs magiques sont magnifiés depuis ces dernières semaines. Ainsi, je vous entends et vous vois sans difficulté. Tout d'abord : êtes-vous en bonne santé ?

Oui... Mais mon cœur est assombri par la mélancolie. Des crochets pointus m'ont écorché quand ces canailles m'ont repris, mais Portolanus s'est servi d'onguents magiques sur mes plaies, qui se sont refermées proprement et sans laisser de cicatrices. Je n'ai pas été enfermé avec les esclaves lors du voyage de retour, mais traité fort convenablement. J'ai été bien nourri et j'ai eu droit à un lit confortable dans un salon gardé... Tolo, comme vous le voyez, est non seulement en bonne santé, mais s'entend à merveille avec ce satané sorcier ! Je n'arrive pas à comprendre ce qui est passé par la tête de ce petit nigaud. Il a peut-être été ensorcelé...

— Je suis absolument certaine que non, rassurez-vous. Savez-vous quel sort la Reine Régente vous réserve à tous deux ?

Non, sinon que je dois rester détenu ici au palais... Haramis, il se passe quelque chose de très étrange entre Ganondri et Portolanus. Il se pourrait qu'il y ait un désaccord entre ces deux canailles ! La Reine Régente est venue me voir de temps à autre lorsque je reprenais des forces à bord du bateau, et a fait preuve d'une sollicitude inhabituelle quant à ma santé et à mon confort. Apparemment elle voulait savoir avec certitude si le traitement du sorcier m'aidait vraiment à recouvrer la santé, et ne me nuisait pas. Elle s'est montrée pleine d'attentions, et vous pouvez imaginer à quel point j'ai été stupéfié par son changement d'attitude. Je lui ai déclaré que la Reine mon épouse ne se laisserait pas plus persuader de payer la rançon par les attentions dont j'étais l'objet que par les tortures qu'on m'infligerait. Cela a fait rire Ganondri. Ensuite, je l'ai entendue ordonner aux gardes de rester près de moi chaque fois que Portolanus entrait dans ma cabine. Ils connaîtraient des morts atroces, leur a-t-elle dit, si le sorcier me faisait le moindre mal.

— Comme c'est étrange ! Antar, vous savez qu'Anigel a proposé de céder son talisman contre votre liberté, n'est-ce pas ? Mais Portolanus a refusé de l'accepter.

Par la Fleur ! Non, je ne savais pas... Haramis, il faut que vous empêchiez Ani de céder la couronne. Suppliez-la de penser aux calamités qui s'abattraient sur le monde si elle agissait ainsi. Dites-lui que je le lui interdis..., que je préférerais mourir plutôt que de la voir abandonner son talisman pour moi.

— Je le lui dirai. Mais vous devez le lui dire également.

Comment ? Je ne peux pas lui parler, et elle n'a pas non plus la capacité de communiquer avec moi par la langue sans mots, comme vous le faites maintenant.

— Formulez le message dans votre cœur, et transmettez-le-moi comme si j'étais Anigel elle-même. J'imprégnerai ses rêves de votre image et de vos paroles afin que chaque nuit elle vous voie et vous entende parler.

Grands Dieux... Vous pouvez faire une chose pareille ?

— Un autre Archimage m'enseigne actuellement la magie sous sa forme la plus haute. J'ai découvert que je n'étais pas la seule à occuper cette charge. Il y en a deux autres à part moi qui servent au monde de gardiens et de guides grâce à leur magie bienfaisante. L'Archimage qui m'apprend à utiliser mon talisman se nomme Iriane, et elle vit dans le Grand Nord, sur la Mer de l'Aurore Boréale. Dans environ deux semaines, si je parviens à conclure mes études de manière satisfaisante, je tenterai de vous délivrer, ainsi que le petit Tolo. J'espère aussi trouver le moyen de contrecarrer les projets du sorcier et de la reine Ganondri.

Plaise à Dieu ! D'après les rumeurs que j'ai entendues à bord du navire, le Raktum et le Tuzamen ont l'intention d'attaquer les Deux Trônes — peut-être avec la connivence de lord Osorkon et de sa faction de mécontents.

— Anigel le croit aussi. Je ferai de mon mieux pour défendre votre nation, dès que je me serai rendue maîtresse de mon talisman.

Mais maintenant que Portolanus a volé à Kadi son Œil Incandescent, ne risque-t-il pas d'être un adversaire invincible ?

— Je ne sais pas. Mon seul espoir est qu'il ne sache pas encore utiliser le talisman correctement, et que je puisse le lui arracher par quelque stratagème. Priez pour moi ! Et maintenant, Antar, donnez-moi votre message pour Anigel. Exhortez-la à refuser coûte que coûte d'acquitter la rançon, car si le sorcier s'empare d'un deuxième talisman, il serait bien capable de dominer le monde tout entier.

Lorsque Haramis eut celé dans son cœur le message d'amour d'Antar et qu'eut disparu l'image du Roi en cage, elle se retrouva sur le sommet de l'iceberg artificiel. Elle envoya d'abord le rêve vers l'esprit d'Anigel, puis elle poussa un profond soupir et laissa retomber son talisman au bout de sa chaîne. Elle avait certes assuré aux autres qu'elle maîtriserait le Cercle aux Trois Ailes ! Mais si son espoir n'était que folle présomption ?

Grigri s'approcha d'Haramis en se tortillant, lui ayant pardonné son manque de tact de tout à l'heure. Il lui caressa la main, puis se mit à fouiller dans le panier à pique-nique.

— Ah, petit, comme tu es heureux d'avoir des problèmes si simples. (Elle prit un morceau de volaille rôtie, la rompit et la donna à la créature.) Je ne pouvais pas laisser deviner à Ani, Kadi et Antar mes doutes sur l'utilisation de mon talisman, même après mes études avec Iriane. Il est vrai que mes capacités de communiquer à distance se sont grandement améliorées, mais c'est le plus modeste des pouvoirs du Cercle aux Trois Ailes. Pourrai-je vraiment venir à bout d'Orogastus et des pirates du Raktum grâce à la magie ? Et si un seul élément du Sceptre était absolument incapable de se battre contre un autre élément ? Alors en ce cas, Orogastus et moi nous affronterons presque désarmés, comme la première fois que nous nous sommes rencontrés, rien qu'homme et femme, adversaires mortels autant qu'amoureux, avec pour seule ressource notre force d'âme... Oh, Grigri, serai-je capable de lui faire du mal, même pour sauver le monde ?

L'animal avala la viande avec volupté, sans s'occuper d'elle.

Haramis éleva son talisman.

— Je sais que je ne devrais pas le regarder, car cela risquerait de me faire fléchir dans ma résolution de le repousser. Et pourtant j'aspire à le revoir une fois ! Je sais qu'il ne pourrait plus se dissimuler à ma vue à présent. Je ne verrais plus cette fois-ci une forme indistincte, mais son vrai visage. Son visage...

Le talisman était chaud dans sa main, attendant qu'Haramis lui donne un ordre. La goutte d'ambre logée entre les trois ailes argentées contenait une minuscule fleur noire fossilisée.

Au moment même où elle la regardait, la fleur devint cramoisie.

— Oh, mon Dieu, chuchota-t-elle en fermant les yeux pour ne plus voir la fleur. Est-ce le prix que je dois payer ? Le voir avec tendresse mettrait-il mon âme en péril ? Certainement pas !... Ou bien Iriane mettrait-elle encore ma résolution à l'épreuve ? En me permettant de le contempler, puis en me montrant la conséquence de la tentation à laquelle je suis soumise ?... Très bien ! Je renonce à le regarder cette fois-ci, puisque mon désir n'est qu'un caprice ! Je ne vais pas nourrir mon amour, mais au contraire l'affamer ! Talisman... es-tu satisfait ? Redonne-moi mon Trillium Noir ! Et toi, ô Fleur, donne-moi la force, à moi qui fais mon devoir, cherchant toujours à accomplir le bien, et non à assouvir mes désirs égoïstes.

Elle rouvrit les yeux.

La fleur était noire.

Haramis se leva. Elle ramassa les miettes qu'avait laissées Grigri et les enveloppa soigneusement dans une serviette.

— Viens, mon petit ami. Tu as bien mangé, et je me contenterai d'un ladu sur le chemin du retour. Il me faut à présent retourner à mon travail.

L'animal repartit le premier, et ils s'enfoncèrent dans les profondeurs de l'iceberg. Au loin, d'épais nuages s'amoncelaient au-dessus de la terre et un vent frisquet se mit à souffler.

19

Tous les deux jours, le prince Tolivar avait la permission d'aller rendre visite au Roi son père, dans une cellule confortable à mi-hauteur de la Tour Occidentale du Palais de Frangine. L'ami de Tolo, le sorcier, donnait toujours au garçonnet quelque friandise à apporter au Roi, et parfois un livre de contes pour l'aider à passer le temps.

Aujourd'hui le petit Prince apportait un plat appétissant de fruits confits ainsi qu'un livre d'aventures de pirates. Le bienveillant gardien de prison, Edruk, alla chercher le trousseau de clés lorsque Tolo se présenta dans la salle des gardes.

— Comment se porte le roi mon père ? s'enquit poliment le garçon.

Lui et Edruk suivirent le couloir éclairé par des

torches en direction de la chambre où le Roi était emprisonné. Il y avait des portes en fer des deux côtés. Derrière ces portes se trouvaient certains ennemis de la Reine Régente, qu'elle n'osait pas mettre à mort.

— Le Roi semble de plus en plus gai à mesure que les jours passent. (Edruk ouvrit la porte de la cellule d'Antar.) Voilà qui est bien différent de ce que j'ai remarqué chez la plupart de mes prisonniers... Entrez. Je reviendrai vous chercher dans une demi-heure.

Tolo remercia gravement le garde et entra. La porte claqua dans son dos et il entendit le cliquetis de la serrure bien huilée. Antar, qui était en train d'écrire une lettre, leva les yeux et sourit à son fils cadet. Il était vêtu simplement ; ses cheveux avaient été rafraîchis et sa barbe avait été taillée depuis la dernière fois que Tolo l'avait vu. Il avait l'air fort satisfait. Par la meurtrière vitrée de la cellule, le jeune garçon vit la neige qui tombait, mais il faisait bien chaud dans la chambre confortable.

Une fois que Tolo eut salué son père et déposé ses cadeaux sur la table, Antar serra son fils contre sa poitrine et l'embrassa.

— Alors, tu travailles toujours d'arrache-pied pour devenir l'apprenti du sorcier ?

Le garçonnet se dégagea.

— J'aimerais bien que tu ne te moques pas de moi, Papa. Maître Portolanus ne se moque jamais. Il dit que je possède l'aura naturelle d'un thou... thaumaturge-né.

— Excuse-moi, dit Antar, l'œil pétillant. Et pourtant, je suppose que tu ne tiens pas aux distractions de ce charlatan au point de... ne plus vouloir rentrer à la maison.

La consternation se lut sur le visage de Tolo.

— A la maison ? Ainsi, Maman cède en fin de compte son talisman contre notre liberté ? Le sorcier m'a dit qu'elle avait refusé ! Je croyais que tu resterais emprisonné ici un certain temps. Portolanus a envoyé chercher au Tuzamen sa collection d'engins magiques, et il dit qu'ils vont arriver bientôt. Mais si nous sommes libérés maintenant, je ne pourrai pas les voir !

Le Roi quitta brusquement sa mine enjouée, laquelle fit place à une expression d'amer désappointement. Il saisit Tolo par les épaules.

— Mon fils, te rends-tu compte de ce que tu es en train de dire ? Non..., bien sûr que non. Je sais que tu t'es entiché de ce sorcier. Mais ce n'est pas le gentil magicien que tu imagines. C'est un homme méchant qui a pour ambition de renverser les Deux Trônes.

Le Prince se détourna, fronçant les sourcils d'un air obstiné.

— C'est ce que dit la Reine des Pirates. Mais ce n'est pas vrai. C'est *elle* qui veut conquérir notre pays, pas Portolanus.

— C'est peut-être ce qu'il t'a dit, repartit Antar d'une voix douce. Mais c'est Portolanus qui t'a menti, Tolo. S'il s'emparait du talisman de ta mère, il serait en mesure de conquérir le monde. Lui et ses alliés raktumiens envahiraient le Labornok et le Ruwenda, tueraient les nôtres, voleraient nos richesses. Peu à peu, toutes les autres nations tomberaient également devant lui.

— Mais il ne veut pas le talisman de Maman ! s'écria le garçon. Il a celui de Kadi, et il dit que cela lui suffit. Elle ne savait pas comment l'utiliser pour accomplir de grandes choses. Mais Portolanus est en train d'en découvrir les secrets ! Il me l'a dit ! Il va l'utiliser pour transformer son pauvre petit pays en une grande nation. Le talisman fera briller le soleil sur le Tuzamen, rendra le sol fertile, multipliera et engraissera les animaux de ferme, fera jaillir des montagnes joyaux, or et platine !

— Grands Dieux ! C'est ce qu'il t'a dit ?

Mais le Prince enchaîna précipitamment.

— Portolanus n'a pas besoin de conquérir d'autres pays. Le talisman lui donnera tout ce qu'il veut ! Voilà pourquoi il a dit à Maman qu'il ne voulait plus de son talisman même si elle le lui offrait. C'est vrai, il nous avait tous enlevés pour obtenir son talisman.

Mais quand il a obtenu celui de Kadi à la place, il n'a plus eu vraiment besoin de celui de Maman.

— Il ment, Tolo. Je sais qu'il a refusé de prendre le talisman de ta mère dans les Iles Sans Vents, quand elle le lui a proposé à titre de rançon. La raison en reste un mystère. Mais réfléchis un instant, mon enfant ! Si Portolanus ne convoite plus le talisman, pourquoi toi et moi sommes-nous toujours retenus prisonniers ?

— C'est la faute de la Reine Pirate, chuchota Tolo. Portolanus m'a promis qu'il ferait en sorte de t'arracher à ses griffes.

— Mensonges..., mensonges, dit Antar en secouant la tête. Tu es si jeune. Mais tu es assez âgé pour savoir que les adultes ont des opinions très différentes de celles des enfants, et qu'ils ne disent pas toujours ce qu'ils pensent. Portolanus ne veut pas de richesses, mon fils... Il veut le pouvoir. Il veut commander aux rois, aux reines, à des nations entières. Il ne veut pas vivre tranquillement au Château de Ténébreuse, en jouant avec toi à des jeux magiques ou bien en distribuant or et diamants à son peuple.

— Il dit que je pourrai être un jour Maître du Tuzamen.

— *Quoi ?*

— Il dit qu'il fera de moi son héritier, déclara le garçon. Il m'a pris en amitié. Je ne serai plus un prince de second ordre sans la moindre utilité. J'apprendrai à être sorcier comme lui, et lorsqu'il se retirera pour se consacrer exclusivement à l'étude de l'ancienne magie, je gouvernerai le pays ! Il n'a pas d'enfants. Il dit que les sorciers vraiment grands ne peuvent pas en avoir. Ils doivent adopter un héritier... Et il veut m'adopter !

— Tu renoncerais à ta propre famille en faveur de ce filou ? s'écria le Roi en serrant les bras de Tolo. (Mais Tolo se tortilla comme un animal rendu fou, se dégagea et courut vers la porte de la cellule d'un air de défi.) Tu ne sais pas ce que tu fais ! Tu n'es qu'un bébé ! Un petit nigaud !

La porte de la cellule s'ouvrit.

— Il est temps que le Prince s'en aille, dit Edruk. Son visage d'ordinaire aimable arborait une expression sévère.

— Mais je veux partir ! hurla Tolo, se ruant dans le couloir. (Des larmes s'étaient mises à couler le long de ses joues.) Papa, je ne veux plus te voir !

— Mon fils, reviens ! Je n'aurais pas dû te parler si méchamment.

Le Roi se dirigea vivement vers la porte, mais Edruk lui barra le chemin, et l'instant d'après, la clé tournait dans la serrure.

— Tolo ! (La voix d'Antar était étouffée par la porte en fer et les murs de pierre.) Tolo, ne pars pas !

Le garçon s'essuya le visage sur sa manche, puis suivit le gardien de prison jusqu'à l'antichambre. Deux hommes à la figure patibulaire, vêtus de la livrée de la garde personnelle de la Reine, attendaient là.

— Le voici, dit Edruk en soupirant. Zillak et moi avons surpris sa conversation avec son père. Cela confirme les soupçons de la Grande Reine.

Des mains puissantes saisirent Tolivar par les bras.

— Tu vas venir avec nous, gronda l'un des serviteurs. (Tolo émit un cri d'effroi, ce qui fit ricaner l'homme.) Et dépêche-toi. Sa Majesté n'aime pas qu'on la fasse attendre.

Des éclats de voix s'entendaient derrière la porte close du salon privé de Ganondri. Deux nobles en armure se tenaient devant, l'épée croisée, et empêchèrent l'escorte de Tolo de frapper.

— Mais la Reine Régente veut que cet enfant lui soit amené immédiatement ! protesta l'un des serviteurs. Il a des informations de la plus haute importance !

— Elle s'entretient avec notre gracieux Seigneur, le roi Ledavardis, répondit avec brusquerie l'un des pirates. (Lui et son compagnon portaient tous deux l'écusson du Roi.) Et vous attendrez.

Les deux paires d'acolytes se lancèrent des regards meurtriers. Les cris s'entendaient toujours à l'intérieur, et la peur de Tolo se transforma en fascination. Manifestement la Reine des Pirates et son petit-fils, le Roi Lutin, se disputaient comme des chiffonniers. Il était impossible de comprendre ce qu'ils disaient.

Au bout de quelques minutes, la porte s'ouvrit violemment et Ledavardis, livide, sortit d'un air furieux.

— Non... Tu ne me tourneras pas le dos ! hurla Ganondri. Reviens, arrogant ! Ingrat !

Sans lui prêter la moindre attention, le jeune et robuste bossu fit signe à ses deux hommes de le suivre et s'éloigna dans le couloir.

Ganondri s'approcha alors de la porte, les traits déformés par la rage, ses cheveux auburn en désordre. Elle portait une robe pourpre et un léger manteau assorti, bordé de dentelles d'or. A la vue de Tolo et des serviteurs, elle reprit sa dignité avec quelque effort, puis fit signe à ses hommes de faire entrer le garçon. Sur une table, un encrier renversé avait inondé une liasse de papiers officiels et le liquide noir dégoulinait lentement sur le tapis inestimable qui se trouvait en dessous. Un autre document, déchiré en mille morceaux, traînait par terre, à côté d'une plume d'oie qui avait été cassée en deux.

Sans se soucier de ce désordre, la Reine Régente se dirigea vers une desserte et se servit un verre d'une carafe d'eau-de-vie en cristal. Une fois qu'elle eut bu, elle fit volte-face et riva ses yeux verts étincelants sur le prince Tolivar.

— Est-il vrai, questionna-t-elle d'une voix tranquille et acérée, que ta mère, la reine Anigel, a proposé son talisman à Portolanus lorsque nous étions dans les Iles Sans Vents ?

— Oui, marmonna le garçon, le regard fixé sur ses souliers. Je crois.

— Parle plus fort !

— Mon... mon père le Roi l'a dit. Il ne ment jamais.

— Et Portolanus t'a dit, à *toi*, qu'il ne voulait pas le talisman d'Anigel. C'est bien ça ?

— Il... Non. Il n'a jamais dit ça.

Elle se rua soudain en avant, le prit par l'oreille et la lui tordit si violemment qu'il hurla de douleur.

— Dis la vérité !

Le Prince se mit sangloter.

— Mais c'est la vérité ! Aïe... Ça me fait mal !

— Est-ce que Portolanus a dit qu'il n'avait pas besoin du talisman de ta mère ? Dis-le-moi, sale petite vermine. Ou mes hommes vont te trancher le nez avant de te jeter dans un cul de basse-fosse !

Pleurant et tremblant, Tolo glissa à terre.

— Ne me faites plus mal ! Oui ! Il a dit ça ! Oui.

Ganondri le lâcha et le considéra d'un œil méprisant.

— Voilà qui est mieux... Tu es un être lâche et méprisable ! Tu n'as pas plus de loyauté envers cet intrigant de sorcier, ton bienfaiteur, qu'envers ton propre père. Pouah ! Tu me dégoûtes. Même mon petit-fils difforme est d'une autre trempe que toi.

— Ne me faites pas mal.

Le Prince renifla, se protégeant la tête de ses bras. Les deux serviteurs le remirent sur ses pieds.

— Emmenez-moi ce petit vaurien, ordonna Ganondri. Enfermez-le dans sa chambre, et montez bonne garde.

Les hommes s'inclinèrent et traînèrent Tolivar hors de la pièce. Il pleurait de nouveau.

Une fois qu'ils furent sortis, Ganondri pensa : « La situation est pire que je ne pensais. Mais je peux encore la sauver en agissant hardiment... à condition que Portolanus n'ait pas tout d'un coup acquis la maîtrise de ce satané Œil Incandescent.

Elle tira un cordon et demanda à sa dame d'honneur de faire venir le capitaine de la garde ainsi qu'une vingtaine d'hommes. Puis elle prit la direction de l'appartement qu'elle avait assigné à Portolanus.

— Grande Reine, quel honneur inattendu !

Frottant nerveusement ses mains noueuses, le sorcier décrépit se leva d'une table chargée de piles de livres pour accueillir la reine Ganondri et la petite armée qui l'accompagnait. Les Voix Noire, Jaune et

Pourpre apparurent dans l'embrasure d'une porte intérieure, dissimulant mal leur inquiétude.

— Saisissez-vous de ses acolytes, ordonna Ganondri.

Le capitaine de la garde fit un geste, et six hommes armés jusqu'aux dents s'emparèrent des acolytes tandis que Portolanus lâchait un piaulement. Là-dessus, faisant claquer ses pantoufles, il se précipita vers un grand coffre sculpté de bois poli, à l'autre bout de la pièce.

— Arrêtez-le ! cria la Reine. Il veut prendre son talisman !

Le capitaine et quatre hommes, l'épée au clair, bondirent derrière Portolanus et le saisirent par sa robe élimée. Il hurla, perdit sa robe, et plongea vers le coffre, seulement vêtu d'un pagne autour de ses reins décharnés. Mais l'un des gardes donna un grand coup de son pied maillé dans le coffre et l'envoya glisser hors d'atteinte.

— Bravo ! s'exclama Ganondri, un léger sourire aux lèvres.

Trois des gardes retinrent le vieil homme qui se tortillait. Il s'affaissa soudain, respirant avec difficulté.

— Grande Reine, il s'agit d'un malentendu des plus regrettables. Je serais heureux...

— Silence, magicien !

Elle s'assit sur un banc garni d'un coussin. Portolanus fut remis de force sur ses pieds devant elle.

— Commençons par Ledavardis, reprit-elle. Vous m'aviez assuré que vous jetteriez un sort à mon petit-fils rebelle afin qu'il se montre docile. Et pourtant, quand je lui ai présenté ce matin certains documents importants à signer, non seulement il a refusé tout net, mais il m'a également insultée et a déclaré que mon règne touchait à son terme.

— Je ne comprends pas ! gémit le sorcier. Mes Voix administrent chaque jour la potion idoine au jeune Roi depuis notre retour à Frangine. Il devrait maintenant être aussi doux que l'agneau qui vient de naître !

Ganondri lâcha un grognement de dédain. Puis son expression devint pensive et menaçante.

— Incompétent !... Ou bien avez-vous décidé de désavouer notre alliance malgré ma mise en garde ? Est-ce cela ? Pensez-vous que maintenant que nous avons regagné la terre ferme, vous allez pouvoir mettre en branle une nouvelle machination contre moi ? Etes-vous assez sot pour croire que vous pourrez faire votre jouet de mon petit-fils demeuré ?

— Jamais de la vie ! Vous vous trompez, Grande Reine !

— Et Anigel du Laboruwenda ne vous a-t-elle pas offert son talisman à titre de rançon il y a plusieurs semaines, lorsque nous étions encore dans les Iles Sans Vents ? Et ne l'avez-vous pas refusé ? Je me trompe, là aussi ?

— Cela, je ne le nie pas. Je craignais que, si je vous faisais part de la proposition d'Anigel, vous ne relâchiez aussitôt le Roi, vu votre impatience d'obtenir ce brimborion presque sans valeur. Et cela aurait porté un coup fatal à nos visées de conquête. Nous avons besoin du roi Antar captif, si nous voulons voir réussir notre plan pour soumettre le Laboruwenda ! Il n'y a que lui qui soit en mesure de rallier les nobles divisés du Labornok. Ses compatriotes ne se battront jamais sans réticence sous la bannière des Deux Trônes si Antar en personne n'est pas à leur tête. Mais si Antar reste prisonnier, l'invasion permettra à Osorkon, notre créature, de s'emparer du Labornok. La conquête du Ruwenda suivra la capitulation du Labornok aussi sûrement que le jour suit la nuit, étant donné que la masse des forces ruwendiennes se sera déplacée vers le sud, afin de défendre le Var.

— Voilà qui est plausible, observa Ganondri avec ironie. Et c'est donc la vraie raison pour laquelle vous avez refusé *mon talisman* ?

Elle avait hurlé les deux derniers mots, en proie à une folle rage.

— Je le jure ! A quoi vous servirait-il, ma bonne ? Etes-vous magicienne ? Le réclamer ne présente aucun intérêt.

— C'est à moi d'en décider, pas à vous ! s'exclama-t-elle. Et pourtant vous avez osé m'en priver ! Vous avez peur de ce qui se passerait si nous devions être à égalité de pouvoirs magiques !

— Sornettes ! Vous êtes totalement ridicule.

— Comment osez-vous ! hurla Ganondri. Vous... Vous...

Hors d'elle, la Reine se leva brusquement. Tirant le poignard incrusté de bijoux du fourreau à sa ceinture, elle se jeta sur Portolanus.

— Cessez ces simagrées, dit le sorcier.

La Reine Régente marqua un temps d'arrêt, n'en croyant pas ses yeux : Portolanus reprenait son aspect normal. Son corps à demi nu gagna en taille et en robustesse, sa barbe et ses cheveux blancs se mirent à briller, ses yeux bleu argent devinrent incandescents. Il brandissait dans la main droite l'Œil Incandescent Trilobé.

La reine Ganondri se transforma en statue, en équilibre sur un pied, le poignard levé, prête à frapper.

Les hommes de la garde du Palais se figèrent pareillement, roulant des yeux affolés.

Les trois acolytes échappèrent aux mains des gardes pétrifiés et se hâtèrent d'apporter à leur maître une nouvelle robe blanche. La Voix Noire ouvrit le coffre en bois, en sortit avec vénération la ceinture et le fourreau de cuir argenté qui venaient d'être faits pour l'Œil Incandescent Trilobé, et les attacha à la taille mince du sorcier. La Voix Jaune et la Voix Pourpre se précipitèrent pour désarmer les gardes et retirer à Ganondri son petit poignard meurtrier. Puis ils reculèrent. Portolanus glissa son talisman dans son fourreau et, d'un geste dégagé, rendit à Ganondri sa liberté de mouvements.

— Bien entendu vous avez vu juste : je vous ai trompée, dit-il à la Reine d'un ton mielleux. Il ne fallait pas qu'Anigel vous remette son talisman ! Tant que nous étions à bord du bateau, votre prudence m'a retenu. Mais à présent, il n'est plus temps de feindre. Ledo ! Montre-toi !

Le jeune roi Ledavardis sortit d'une chambre adjacente, s'approcha de sa grand-mère, et la dévisagea d'un air impassible. Il tenait avec précaution un petit objet à deux mains.

— Vous avez été très maligne, Reine Régente, poursuivit le sorcier, et vous avez cru avoir manœuvré de manière à me faire tomber dans un piège dont je ne pouvais sortir sans perdre l'alliance du Raktum. Vous vous êtes crue à l'abri de toute machination de ma part parce que vous gouvernez le Raktum, et que toute tentative contre vous venant d'un étranger de douteuse réputation serait interprétée par votre peuple comme une menace à l'encontre du Raktum. Comme vous l'avez souligné à juste titre, j'ai besoin de la bonne volonté du Raktum. Mais, Madame, je n'ai pas besoin de la vôtre... seulement de *la sienne.* (Portolanus désigna Ledavardis.) Et il vous hait, pour des raisons suffisantes et justifiées.

Les yeux verts de la Reine allaient du visage impitoyable de son petit-fils à celui du sorcier souriant, et vice versa.

— Vous n'oseriez pas me tuer !

Portolanus hocha la tête.

— C'est vrai. Et je n'ose pas non plus vous exiler ni vous emprisonner. Heureusement, les coutumes de votre royaume de pirates me fournissent une solution au dilemme. Ces témoins — (le sorcier désigna les gardes paralysés) — disposent de tous leurs esprits. Je leur ordonne d'observer et de se rappeler ce qui va se passer.

Le sorcier fit un signe de tête à l'enfant-roi, qui s'approcha de sa grand-mère et lui montra une petite boîte dorée. Avec le plus grand soin, il en ôta le couvercle bien ajusté. L'ouverture de la boîte était couverte d'un filet d'or fin à larges mailles. Ganondri regarda l'intérieur de la boîte, et poussa un petit miaulement. Son visage vira au gris. Le Roi se détourna d'elle et exposa le contenu de la boîte à tous les gardes cloués sur place.

A l'intérieur, quelque chose de petit, de foncé, et de gluant, se dressa. Un minuscule appendice passa un instant à travers le filet, une sorte de tentacule doté à son extrémité de deux dards comme des épingles. Deux gouttes de venin brillaient au bout, telles deux perles de cristal.

— Vous savez ce que c'est, déclara le jeune monarque bossu. Jadis, quand un corsaire de notre nation était accusé de trahir ses camarades, il avait le choix entre plaider coupable puis mettre fin à ses jours ou subir l'épreuve du shareek. Parfois, le shareek jugeait l'accusé innocent.

— Non ! chuchota Ganondri. Tu... Tu ne peux pas faire ça à quelqu'un de ton propre sang !

— Reine Régente, dit le Roi, je vous accuse de m'avoir privé du trône qui me revenait de droit. Je vous accuse d'avoir conspiré pour me déclarer incompétent et gouverner à ma place. Je vous accuse d'avoir assassiné, torturé et emprisonné plus de trois cents de mes loyaux partisans.... Et maintenant vous allez être jugée.

Il saisit le poignet droit de la Reine et renversa la boîte, plaçant l'ouverture maillée contre le dos de sa main.

— Que le shareek décide de votre sort selon l'antique loi du Raktum. Je compte jusqu'à trois. Un...

Silence.

— Deux...

Ganondri était livide. Ses pupilles étaient tellement dilatées que ses iris émeraude étaient obscurcis. Elle ne tenta même pas de se débattre.

— Trois...

Ganondri émit un cri atroce, inhumain, un cri de bête brûlée vive. Ledavardis retira la boîte dorée et les assistants virent deux minuscules piqûres sur le dos de la main de Ganondri. Aussitôt, la peau autour des blessures devint pourpre, puis noire. La contusion gagna ses doigts, remonta ensuite le long de son poignet. Elle commença à trembler, à s'affaisser. Au moment où elle s'effondrait par terre, les plis de sa robe et de son manteau de soie s'évasant autour d'elle, ses yeux se révulsèrent, ses paupières ridées frémirent et se fermèrent. La main qui n'avait pas été piquée prit le même aspect noirâtre et meurtri que l'autre membre. La hideuse décoloration gagna son cou et finit par envahir son visage tout entier. Mais à ce moment-là, la reine Ganondri ne respirait plus.

Plusieurs des gardes du palais poussèrent des exclamations étranglées. Le roi Ledavardis referma soigneusement la boîte dorée et glissa le tout dans sa bougette. Il adressa un signe de tête à Portolanus.

— Hommes du Raktum, psalmodia le sorcier. Je romps le charme qui vous retient prisonniers.

Le capitaine et ses vingt hommes grognèrent et s'étirèrent en titubant.

— Rappelez-vous ce que vous avez vu ! dit Ledavardis. À présent, capitaine, faites apporter une civière, et prévenez les femmes de feue la Reine pour qu'elles apprêtent son corps. Il y aura de très modestes funérailles, suivies d'un couronnement encore plus modeste.

— Oui, Grand Roi.

Le capitaine et ses hommes sortirent à la queue leu leu.

Ledavardis considéra encore quelques instants la chose affreuse qui avait été sa grand-mère, puis tourna un regard pensif vers le sorcier transfiguré.

— Votre apparence, peu engageante jusqu'ici, est devenue plus avenante, Portolanus. Oserais-je espérer que vous pourriez également transformer mon misérable corps ?

— Ceci est mon apparence naturelle, répondit le sorcier. L'autre n'était qu'une illusion, destinée à duper mes ennemis afin qu'ils me sous-estiment. J'ai le regret de dire que ma connaissance des arts magiques n'est pas encore assez approfondie pour que je puisse vous transformer, Grand Roi. Mais vous êtes de constitution robuste et, si vous le désirez, je peux vous doter d'une apparence de beauté virile.

Ledavardis écarta d'un geste cette suggestion.

— Non, je ne veux pas porter de masque. Mon peuple continuera de m'accepter comme je suis.

— Et vous honorerez le pacte initial conclu entre le Tuzamen et le Raktum ? s'enquit doucement le sorcier. Ganondri a tenté de renier cette alliance, que j'avais conclue en toute bonne foi. Je vous la propose aujourd'hui : vous gouvernerez toutes les nations de la Péninsule et des Mers du Sud, à la seule condition que vous me laissiez la primauté pour tout ce qui relève de la magie.

— Cela incluant le talisman de la reine Anigel ?

— Oui. Et, par la suite, le talisman de l'Archimage Haramis également. En retour, je jure par les Puissances des Ténèbres, dont je suis le serviteur, que je n'userai jamais de mes pouvoirs magiques contre vous, mais au contraire que je vous aiderai et seconderai vos ambitions, pourvu que je les juge légitimes.

— Mais vous aurez le pouvoir suprême, déclara calmement l'enfant-roi.

— Oui. Toutefois seuls moi et mes trois loyales Voix le sauront. C'est un petit prix à payer. Mes préoccupations vont à des choses aussi éloignées de l'exercice du pouvoir royal et du commerce que les Trois Lunes sont éloignées de la surface de la terre. Je serai pour vous un guide et un bienfaiteur. Pas un oppresseur.

Ledavardis hocha la tête.

— Très bien. J'accepte votre pacte.

Le sorcier tira l'Œil Incandescent Trilobé de sa ceinture et le brandit.

— Et qu'il soit scellé par ce talisman... Je vous donne permission de le toucher, cette seule fois, afin que vous confirmiez votre serment.

La sueur perla sur le vilain front du jeune Roi. Mais il tendit la main et la posa brièvement sur les lobes froids de couleur foncée.

— Voilà qui est fait, dit-il avec un sourire de soulagement. Je suppose que si je vous trahissais, je serais foudroyé par le talisman.

Le beau sorcier se mit à rire.

— Disons que le shareek serait inutile ! Mais occupons-nous à présent d'affaires plus agréables. D'après vous, où Ganondri a-t-elle bien pu cacher la couronne de feu votre père ? Il faudra que vous la portiez lors de votre première entrevue officielle avec un monarque régnant.

— Et qui cela pourrait-il être ? demanda Ledavardis.

— Anigel du Laboruwenda, répondit le sorcier. Si je déchaîne mes vents magiques, sa paresseuse flottille atteindra la rade de Frangine en moins de trois jours. Vous pourrez condescendre à la recevoir et à lui rendre son mari en échange de son talisman... Ensuite, vous et moi nous préparerons à leur ravir leur pays.

20

Le premier à débarquer du navire amiral laboruwendien fut Shiki le Dorok, qui portait la bannière bleu, or et rouge, des Deux Trônes. La reine Anigel descendit à sa suite la passerelle recouverte d'un tapis, sans se soucier de la neige qui tombait doucement. Aussi la capitale raktumienne offrait-elle un splendide spectacle exotique. Anigel portait la tenue royale qu'elle avait revêtue lors du couronnement, ainsi que sa magnifique couronne du Ruwenda. Elle était suivie de près par Owanon le lord-maréchal, Penapat le lord-chambellan, puis la garde royale en armure, tenant d'imposantes épées à deux poignées devant le visage. Lampiar le lord-chancelier et Lady Ellinis le ministre de l'Intérieur venaient ensuite, entièrement vêtus de noir. Tous les autres nobles et chevaliers qui avaient accompagné la Reine au cours de l'infortuné voyage pour le couronnement au Zinora défilait en une lugubre procession. Ils arboraient des plumes de martre sur leurs casques et portaient des manteaux noirs.

La journée elle-même était également des plus lugubres : il y avait des nuages de plomb et une bise glacée soufflait du port, faisant tourbillonner les flocons de neige. Les saisons étaient décidément perturbées, mais les citoyens de Frangine ne semblaient nullement s'en soucier. Ils grouillaient dans toutes les ruelles et venelles, regardant en silence la sombre procession.

Le roi Ledavardis et ses courtisans attendaient sur une place pavée en surplomb des quais. Anigel avait refusé de se rendre au palais de Frangine. Ce qui devait être accompli serait accompli en plein air. Une estrade recouverte d'un dais avait été dressée pour le trône du jeune roi. Ce dernier attendait, entouré d'une garde de chevaliers pirates souriants, l'épée au clair, et de soldats armés de lances et de hallebardes pointées vers le ciel. Ledavardis portait une robe somptueuse, bien chaude, et une couronne incrustée de centaines de gros diamants. A l'extrémité de son sceptre était fixé le Cœur de Zoto, diamant de la taille du poing, lequel avait été volé à la Maison Royale du Labornok quelque cinq cents ans auparavant.

Le Maître du Tuzamen, vêtu d'un manteau blanc bordé de fourrure, dont le capuchon tiré vers l'avant lui dissimulait entièrement le visage, se tenait à la droite du monarque. L'amiral Jorot, portant aujourd'hui l'écharpe et l'emblème de Premier ministre, se trouvait à sa gauche. La place, grouillant de Raktumiens débraillés, était tendue de bannières voyantes qui claquaient au vent. Le silence se fit lorsque les Laboruwendiens gravirent la rue glissante et pentue, puis se disposèrent devant l'estrade.

On entendit une fanfare quand Shiki s'effaça avec la bannière et qu'Anigel s'approcha du trône. Ledavardis se leva et lui adressa un signe de tête courtois. Anigel s'inclina.

— Je suis venue chercher mon mari et mon enfant contre paiement de la rançon, déclara-t-elle simplement.

— Votre talisman ! exigea le sorcier encapuchonné.

Elle ne daigna pas le regarder, mais garda les yeux

tournés vers le pâle visage de Ledavardis, couvert de sueur malgré le vent glacé.

— La rançon vous sera remise, royal frère, quand je verrai ici les miens sains et saufs.

— Certainement.

Le Roi fit un geste bref et les hommes armés à droite de l'estrade s'écartèrent. Anigel ne put retenir un cri pitoyable en voyant une élégante cage dorée et peinte. Le capitaine de la garde du palais l'ouvrit et s'inclina respectueusement au moment où Antar en sortit, suivi par le petit Tolivar. Tous deux étaient somptueusement vêtus de manteaux de fourrure de worram doré. D'étincelantes menottes et chaînes de platine massif emprisonnaient leurs poignets gantés.

Antar arborait une expression de résignation attristée. Tolo fronçait les sourcils. Le père et le fils furent escortés par le capitaine jusqu'au pied du trône, et une clef de platine fut remise à Ledavardis.

Il la tendit à Anigel.

— Madame, je vous autorise à libérer les prisonniers.

— Le talisman ! aboya le sorcier.

Ledavardis parut ne pas entendre. Comme Anigel restait sans bouger, les yeux fixés sur son mari, son expression trahissant à la fois le défi et le chagrin, ce fut le jeune roi lui-même qui défit les menottes d'Antar, puis celles du garçon.

— Allez. Vous êtes libres.

Le roi du Laboruwenda porta à ses lèvres la main cireuse de sa femme et la baisa tendrement, puis alla se placer à côté de son vieil ami, le lord-maréchal.

Anigel prit un réticule de brocart d'or accroché à sa taille et l'ouvrit. Elle en sortit une fine couronne argentée — le Monstre aux Trois Têtes — et la tendit d'une main tremblante. Avant que Ledavardis n'eût pu la toucher, le sorcier fit trois grands pas en avant.

— Ledo ! Attention ! Il se peut qu'elle lui ait donné l'ordre de vous tuer.

Anigel secoua la tête d'un air las.

— Le talisman ne lui ferait aucun mal.

La Voix Noire apparut soudain de derrière le

trône. Elle portait le coffre étoilé. Avec un petit sourire suffisant, elle le posa aux pieds d'Anigel et l'ouvrit.

— Madame, placez le talisman à l'intérieur, dit le sorcier.

Anigel s'accroupit dans la neige piétinée et s'exécuta. Il y eut un éclair éblouissant. Le jeune monarque tressaillit, ses gardes poussèrent des cris et brandirent leurs armes, tandis que la racaille raktumienne hurlait et proférait d'abominables jurons. Anigel se contenta de reculer, l'air indifférent à présent.

— Ne craignez rien !

Le sorcier glissa prestement les mains dans le coffre et fit quelques passes. Un instant plus tard, il se releva, rejeta son capuchon, posa la couronne sur sa tête, et tira l'Œil Incandescent Trilobé de sa ceinture. Il n'avait plus de barbe à présent et ses longs cheveux blancs flottaient au vent. Son visage, bien que marqué par les épreuves, était très beau. Couronné du talisman d'Anigel et brandissant celui de Kadiya sous la neige, il s'enveloppa de son aura de pouvoir. La Reine finit alors par reconnaître le vieil adversaire qui avait failli les vaincre, elle et ses deux sœurs, dans leur jeunesse.

— Orogastus ! s'écria-t-elle. Ainsi, c'est donc vous. Oh, vile canaille... Que les Seigneurs de l'Air vous punissent comme vous le méritez d'avoir volé les deux talismans !

Il sourit avec condescendance à la Reine atterrée. La couronne était à présent ornée sur le devant d'une étoile à multiples rayons, à la place de l'ambre de trillium.

— Volé ? Non, vous êtes injuste avec moi, Madame. L'un des talismans m'appartient vu que j'en suis le légitime inventeur, et l'autre m'a été librement donné à titre de rançon, en vertu des lois du grand Raktum. Et dans ce dernier cas, vous avez été largement récompensée. Ouvrez la main ! Il n'y a pas que votre mari qui vous ait été rendu.

Anigel fixa les yeux sans mot dire sur l'amulette

rougeoyante au creux de sa main. Une minuscule fleur écarlate brillait dans le cœur de l'ambre.

— Dites à votre sœur Haramis que je l'attends, dit Orogastus, souriant toujours. Et maintenant, il vaudrait mieux que vous repartiez pour Derorguila avec votre suite. Cette tempête de neige va promptement se transformer en un blizzard de norois qui vous ramènera facilement chez vous... Viens, Tolo.

Il se retourna. Le visage du petit prince Tolivar, qui jusqu'ici avait gardé une mine renfrognée, s'éclaira alors.

— Puis-je venir, maître ? Vous voulez bien que je reste avec vous ?

— Si tu le souhaites, dit le sorcier, regardant pardessus son épaule.

— Oui, je le souhaite.

— Tolo, non ! s'exclama la Reine.

— Veux-tu me porter le coffre étoilé ? demanda Orogastus au garçon, sans se préoccuper de l'expression consternée que prit aussitôt la Voix Noire.

— Oh, oui !

Le petit Prince arracha le coffre des mains de l'acolyte, qui lui jeta un regard furieux, et le brandit comme un trophée afin de le faire voir à tout le monde.

— Tolo ! (Anigel pleurait ouvertement à présent.) Tu n'as pas le droit de partir avec cet homme épouvantable ! Comment peux-tu songer à faire une chose pareille ? Viens avec moi, mon pauvre garçon !

Le prince Tolivar, debout à côté du grand sorcier, se borna à la dévisager à travers le rideau de flocons de plus en plus épais.

— L'enfant peut faire comme il l'entend, déclara le roi Ledavardis. C'est à lui de décider.

— Antar ! s'écria la Reine, impuissante. Parle à ton fils !

— Je l'ai déjà fait.

Le visage du Roi ne laissait point paraître la moindre lueur d'espoir. Il prit sa femme par un bras, et elle comprit la vérité, découragée. Owanon la prit par l'autre bras.

— Viens, ma chérie. Nous ne pouvons rien faire de plus pour le moment.

La reine Anigel garda le silence et ils se dirigèrent vers le navire. Elle était hébétée, le visage ruisselant de larmes. Leur suite affligée leur emboîta le pas.

Moins d'une demi-heure plus tard, les amarres furent larguées et les galériens libres du Laboruwenda se mirent à souquer ferme. Les quatre navires gagnèrent alors la haute mer.

21

Un motif prismatique de rayons lumineux emplit le cerveau d'Haramis, telle une tapisserie automnale. Cela faisait des jours et des jours, lui sembla-t-il, qu'elle donnait l'ordre à ces rayons de former des images concrètes, comme le lui avait suggéré l'Archimage de la Mer. Elle demanda à voir un minuscule palais de cristal et celui-ci apparut, lui donnant ensuite l'impression de prendre consistance et réalité sous ses yeux. Elle le fit disparaître, puis ordonna aux rayons de faire apparaître un coursier sellé. Un fronial se matérialisa devant elle. La créature étincelait de toutes ses facettes d'arc-en-ciel. Il s'enveloppa de chair vivante et sembla considérer Haramis d'un air d'étonnement comique, agitant sa ramure, jusqu'à ce qu'elle le renvoie au néant d'où il venait. Haramis suscitait apparition sur apparition. Une multitude de lieux se succédaient également. Car, lorsqu'elle lui donnait l'ordre approprié, le Cercle aux Trois Ailes devenait lui-même un viaduc magique qui pouvait l'emmener n'importe où en un clin d'œil. Mais Iriane permettait à son élève de n'aller que dans des parties du monde désolées et désertes, qu'elle même désignait. C'étaient là choses difficiles à apprendre, et il ne fallait pas qu'Haramis fût distraite par la vue de gens, voire d'endroits, connus.

Au début de cette partie de sa formation, les visions étincelantes qu'elle « créait » et les lieux où elle désirait se rendre apparaissaient souvent inopinément, et les visions de cristal ne se transformaient pas en réalité. Mais, guidée par Iriane, Haramis apprit enfin à maîtriser la plupart du temps son pouvoir de création. A présent elle se débrouillait fort bien : si seulement elle parvenait à éviter les pièges tendus par une confiance en soi excessive, elle pouvait encore réussir à se rendre maîtresse de son talisman !

— Tu es loin de le maîtriser, observa Iriane d'une voix ironique. Mais tu n'es plus la quasi-ignorante qui s'est présentée chez moi ! Si tu prends bien garde à ne pas pécher par arrogance ou témérité, il sera encore temps pour toi d'accomplir ton devoir honorablement.

— Je prie pour qu'il en soit ainsi, dit Haramis avec autant d'humilité que possible.

La magnifique palette miroitante de lumière multicolore commença à se ternir, puis à s'évanouir progressivement. Haramis se retrouva à genoux dans la chambre de méditation, ce qui était fort pénible. L'Archimage de la Mer se leva du tabouret sur lequel elle était assise, s'étira, bâilla.

— Ah, comme je suis lasse, mon enfant... Et je meurs de faim. Viens. Allons dîner. J'ai préparé un bon ragoût de sucbri pour ce soir, qui vient directement du Bourbier Vert de ton pays natal, ainsi que de délicieuses tartes de baies de brouillard, qui te sont également familières.

Haramis se mit debout avec effort, et rajusta son manteau blanc d'Archimage.

— Malheureusement je n'ai pas très faim. Je suis trop fatiguée. Je n'ai qu'une envie, c'est de dormir. Si seulement vous n'étiez pas un professeur aussi exigeant et si vous me laissiez rester au lit plus longtemps...

— Tu pourras dormir aussi longtemps que tu voudras cette nuit. Ton instruction est terminée.

Haramis poussa une exclamation alarmée.

— Mais je n'ai pas vraiment appris à me servir de la magie transcendante.

Iriane balaya l'argument d'un geste de la main et conduisit son élève dans un des corridors de l'aquarium.

— Te voilà au terme des trois décades de ton séjour. Je ne peux plus rien t'enseigner de plus. Tes pouvoirs magiques dépassent déjà les miens, avec ou sans ton talisman. Le reste viendra tout seul avec le temps.

— Mais comment est-ce possible ?

— Crois-le.

Le visage rond et bienveillant d'Iriane, à la pâleur légèrement bleutée, esquissa un doux sourire énigmatique. Les deux femmes enfilèrent le couloir luisant et transparent, puis atteignirent la pièce à la peinture murale vivante. Celle-ci était plongée dans une agréable pénombre.

— Depuis l'époque des Disparus, poursuivit Iriane, aucun autre Archimage à part toi n'a jamais possédé un élément du Sceptre du Pouvoir, ou su tant de choses sur son utilisation. Les Disparus craignaient de l'utiliser, mais tu ne peux pas te permettre d'avoir cette crainte. Tu as une lourde responsabilité à présent, celle de te servir de tes pouvoirs magiques pour rétablir l'équilibre compromis du monde, et de faire en sorte que les deux autres éléments du Sceptre ne soient pas utilisés au service du mal.

Haramis tenta de dissimuler son profond malaise. Elle s'assit à table tandis qu'Iriane allait chercher les plats. Ceux-ci étaient préparés d'une mystérieuse façon, qu'Haramis n'avait jamais songé à contester. Une fois que l'Archimage de la Mer eut posé sur la table les plats appétissants, Haramis n'y toucha que du bout des lèvres.

— Ce n'est pas seulement que je sois fatiguée, dit-elle quand Iriane l'admonesta. C'est aussi que j'ai un noir pressentiment... Me permettez-vous de parler à mes sœurs ?

— Vous n'avez plus besoin de ma permission pour quoi que ce soit à présent, Archimage de la Terre, dit Iriane solennellement. Mais je vais répondre à la question qui te taraude. Oui, le talisman qui s'appelle le Monstre aux Trois Têtes a été donné à titre de rançon pour racheter le roi Antar. Il appartient à présent au sorcier Orogastus, qui l'a asservi à lui-même.

— Mon Dieu... C'est ce que je craignais ! Pourquoi ne m'avez-vous pas dit ce qui se passait ? J'aurais pu en empêcher Anigel !

— Tu n'aurais pas pu l'en empêcher, répondit Iriane sereinement tout en grignotant une tarte. Et t'interrompre à un moment critique de ta formation aurait irrémédiablement compromis ta concentration, alors que tu commençais à t'y mettre sérieusement.

Haramis se leva, le visage en feu.

— Si Orogastus a deux talismans alors que je n'ai que le mien, n'aura-t-il pas l'avantage sur moi ?

— Seulement s'il apprend à connaître ses talismans comme toi tu connais le tien. Et même s'il y parvient, le tien est l'élément clé du Sceptre, ainsi que je te l'ai dit.

— Mes deux sœurs ont été capables d'utiliser leurs talismans pour tuer, mais je crois que c'est arrivé par accident, sans qu'elles le veuillent vraiment. Je suppose qu'Orogastus pourrait lui aussi causer la mort par inadvertance. Mais pourrait-il me tuer intentionnellement ?

Iriane secoua la tête.

— Jusqu'ici il ne possède pas les connaissances occultes qui lui permettraient de t'infliger la mort avec ses talismans.

— Mais... ai-je le pouvoir de le tuer, lui ?

— Aucun Archimage ne peut délibérément causer la mort d'une autre créature vivante. Je ne sais pas si tu pourrais le tuer par des moyens indirects. Je n'ai rien trouvé sur le sujet dans mes livres. Les Disparus devaient certainement faire preuve de circonspection quant à ces questions-là. Denby prétend ne pas savoir, mais il se peut qu'il mente. Il n'y a probablement qu'un seul endroit où tu pourrais en apprendre davantage : l'ancien Lieu du Savoir, là où les Disparus avaient leur plus grande université. Les Hommes de l'Etoile ont tenté de le détruire avec une arme terrible peu de temps avant que le héros Varcour ne parvienne à les vaincre et à les disperser. Les bâtiments ont été rasés, mais il existe encore un labyrinthe de structures souterraines, gardées par des êtres n'appartenant pas à la race des humains, qu'on appelle des sindonas.

— J'en ai entendu parler, ainsi que du Lieu du Savoir. C'est là que ma sœur Kadiya a reçu son talisman... Et elle retournait là-bas la dernière fois que je lui ai parlé. Il y a en cet endroit une certaine sindona qu'on appelle le Professeur...

Iriane hocha la tête.

— Va la voir. Elle pourra peut-être t'en dire plus sur le Sceptre. Ce sont les sindonas qui furent chargées d'en séparer les éléments constitutifs et de les cacher il y a douze fois dix siècles. Vu que les sindonas ne sont pas de chair et de sang, on savait qu'elles ne seraient pas tentées de garder les talismans pour leur propre usage, ni d'en révéler l'existence à ceux qui n'en étaient pas dignes.

Haramis faillit frissonner, et rajusta son manteau blanc.

— Iriane, verriez-vous un inconvénient à ce que je parte pour le Lieu du Savoir sur-le-champ ?

L'Archimage de la Mer toucha ses lèvres d'une serviette bleue et se leva.

— Bien sûr que non. Mais il y a quelque chose que tu ferais bien d'emporter. (Elle se dirigea vers son établi dans l'angle de la pièce.) Te rappelles-tu si je t'ai dit comment Orogastus avait échappé à la mort et avait été envoyé à l'Inaccessible Kimilon ?

— Grâce à un appareil que vous avez appelé une Cynosure.

— Exactement ! Et la voici.

Après avoir fouillé dans un amoncellement d'étranges objets sur l'établi, l'Archimage tendit un hexagone de moins d'une demi-aune de largeur, en métal noir foncé. Au centre se trouvait une petite étoile aux multiples rayons.

— Je l'ai récupérée en secret au Kimilon juste

après qu'Orogastus y fut arrivé inconscient. Il ne sait même pas que cet objet existe. J'ai la Cynosure en ma possession depuis lors. Je m'assure ainsi qu'elle n'est pas utilisée à des fins malfaisantes.

Haramis fixa sur elle un regard d'incompréhension.

— Vous voulez dire, afin d'éviter qu'Orogastus ne s'en serve pour s'enfuir du Kimilon ?

— Non, non... Peu importe ! s'exclama Iriane, étrangement troublée. Rappelle-toi à quoi elle sert : si un Homme de l'Etoile risque de voir la magie de son âme retournée contre lui par le Sceptre du Pouvoir — car c'est ainsi que tue le Sceptre —, cette Cynosure attire à elle la victime désignée pour la soustraire au feu magique, lui sauvant par là même la vie.

L'Archimage de la Mer tendit à Haramis le fin hexagone.

— Mais que dois-je faire de ça ? s'enquit Haramis, perplexe.

— Le garder hors de *sa* portée, pour commencer, répondit Iriane d'une façon péremptoire. S'il s'en empare et apprend quelle est sa fonction, il deviendra presque invulnérable ! Peut-être le Professeur connaîtra-t-il une cachette sûre. De toute façon, la Cynosure est entièrement sous ta responsabilité à présent, et tu dois t'en charger.

— Mais la solution la plus simple ne serait-elle pas de la détruire ?

— Essaie, repartit la Dame Bleue. J'ai moi-même essayé, mais en vain ! Peut-être auras-tu plus de chance grâce à tes pouvoirs talismaniques.

Haramis ordonna à la Cynosure de rester suspendue dans les airs devant elle. Celle-ci obtempéra. Puis Haramis lui enjoignit de se dissoudre, visualisant son simulacre de cristal en train de se transformer en poussière resplendissante.

La Cynosure continua à flotter dans le crépuscule bleuté. Aucune transformation ne s'était opérée. Haramis tenta une nouvelle fois de la démolir, mais l'objet resta obstinément inchangé, cependant que l'étoile clignotait en son centre.

— Tu vois ? dit Iriane en haussant les épaules. C'est son emblème étoilé qui lui confère cette résistance magique. Il faudra que tu trouves un autre moyen pour t'en débarrasser définitivement.

Haramis reprit l'hexagone.

— Peut-être le Professeur du Lieu du Savoir aura-t-il une suggestion... Mais à présent je dois partir.

Les deux femmes — la grande aux cheveux noirs, toute vêtue de blanc, et la rondelette, enveloppée dans des étoffes bleu azur chatoyantes —, se regardèrent en silence. Puis Iriane prit les mains d'Haramis dans les siennes, l'attira à elle et lui déposa un baiser mouillé sur le front.

— Ne m'oublie pas, chère Haramis, Archimage de la Terre. Je serai à jamais ta fidèle amie et consœur. Si par hasard tu te trouves dans une situation délicate, fais appel à moi et je ferai tout mon possible.

— Merci pour ce que vous avez déjà fait, dit Haramis en l'embrassant à son tour. J'espère que nous nous reverrons en des circonstances plus heureuses.

Elle s'éloigna, tenant la Cynosure sous le bras gauche. Elle serrait le talisman dans la main droite. Après un dernier signe de tête, elle disparut.

Iriane soupira et secoua la tête. Puis elle appela Grigri, retourna à la table, et partagea avec lui le reste des tartes.

La note musicale accompagnant les déplacements dans l'espace retentit dans l'esprit d'Haramis. L'espace d'un court instant elle vit une scène qui lui parut taillée dans du diamant scintillant. Puis la scène devint réelle. Haramis se trouvait dans une grande chambre brillamment éclairée. Le silence était impressionnant. Elle se tourna et aperçut une profonde piscine entourée d'un muret de marbre blanc. Le pavement sous ses pieds était constitué d'une mosaïque de dalles d'un bleu métallique. En face de la piscine se trouvait un escalier de marbre qui menait vers la source de lumière. De chaque côté de l'escalier, sur chaque large marche, se tenaient deux rangées de ce qui semblait être des statues.

Les sindonas.

Haramis s'approcha des deux plus proches. Elles la dépassaient d'une tête, mais avaient l'apparence d'hommes et de femmes, façonnés par quelque maître sculpteur. Leurs corps ne portaient pas trace de cheveux, de pores, de plis de chair, du moindre défaut. Elles étaient parfaitement lisses, toutes d'une teinte ivoirine, ressemblant à de l'os poli. Les yeux sombres des sindonas étaient commes des pierres incrustées, et à l'intérieur des pupilles brillait cette lueur dorée qu'Haramis associait maintenant aux Disparus. Leurs pâles visages sereins étaient quelque peu dissimulés par des casques-couronnes ouvragés, dont la visière était relevée. Elles ne portaient que ces casques, ainsi que trois ceintures — deux croisées sur la poitrine et une autour de la taille. Les ceintures et les casques étaient incrustés de petites écailles brillantes aux multiples teintes de bleu et de vert. Des écailles d'or bordaient ces accessoires, formant d'élégants motifs.

Haramis toucha de son talisman l'une des statues. Aussitôt les lèvres sculptées s'entrouvrirent. La statue parla d'une voix qui évoquait davantage un instrument de musique que la voix humaine.

— Bienvenue au Lieu du Savoir, Archimage. Que désirez-vous ?

— Consulter le Professeur, répondit Haramis.

La sindona hocha la tête et leva la main pour désigner l'escalier. Bien qu'elle bougeât, elle paraissait malgré tout rester aussi immobile qu'une pierre, et Haramis s'émerveilla de l'ingéniosité de ceux qui l'avaient créée.

— Le Professeur vous attend dans le jardin là-haut, Archimage. Veuillez monter.

— Merci.

Haramis gravit lentement les grandes marches, examinant au passage les êtres inhumains. Chacun avait des traits subtilement différents des autres. Ce n'étaient pas de simples machines, ce n'étaient pas non plus des créatures de chair et de sang, c'était quelque chose de totalement différent.

— Pourquoi avez-vous été créées ? s'enquit Haramis.

— Pour servir, répondirent des dizaines de douces voix, aussi stupéfiantes qu'un harmonieux accord joué par un grand orchestre. Nous sommes les sentinelles, les messagères, et les porteuses. Certaines d'entre nous enseignent également, d'autres consolent, d'autres encore ôtent la vie en vertu de l'Arrêt de Mort.

— Vous *tuez* ?

— Certaines sentinelles ont cette capacité.

— Grands Dieux ! murmura Haramis, montant l'escalier avec un regain d'énergie.

Une foule d'idées nouvelles assaillirent son esprit. Ces étranges sindonas pouvaient-elles se révéler des alliées contre Orogastus ?

— Nous avons été créées pour combattre l'Etoile. (La sindona semblait avoir lu dans ses pensées.) La plupart d'entre nous ont péri la première fois que nous avons provoqué sa chute jadis. Les sindonas qui restent défendent le Lieu du Savoir.

Haramis demeura figée sur place. Une fantastique idée germait en elle.

— Et seriez-vous prêtes à me suivre si je vous ordonnais de défendre à nouveau le monde menacé par un descendant des Hommes de l'Etoile ?

— Seul le Collège des Archimages tout entier peut nous confier une nouvelle mission, soupirèrent les sentinelles immobiles.

L'idée d'Haramis était donc mort-née, de même que l'espoir qu'elle avait engendré. Le Collège tout entier ? Mais ses membres étaient morts depuis bien longtemps !... Bref, l'idée lui avait effleuré l'esprit, voilà tout.

Elle déboucha sur un espace découvert, inondé de lumière, où des chemins blancs serpentaient entre de luxuriants massifs de fleurs, des arbustes en fleurs, et de gracieux arbres ornementaux. Ici et là elle vit des bassins enchâssés comme des joyaux au milieu de belles étendues d'herbe. Ceux-ci étaient reliés par de petits cours d'eau traversés par d'exquis ponts de marbre. Le paysage était parsemé de bancs, également en pierre blanche, de grottes fleuries, de maisons de jardinier, de treilles chargées de fruits. Un chemin en particulier sembla inviter Haramis, qui le suivit jusqu'à un charmant belvédère au dôme soutenu par des colonnes élancées. Tout autour poussaient des massifs de fleurs pourpres, blanches, rose vif, embaumant l'air.

Mais il n'y avait aucun insecte butinant du nectar, pas d'oiseaux chantant dans les arbres, pas de petites bêtes folâtrant et emportant des fruits. Il régnait partout un silence surnaturel, qui n'était troublé que par le murmure des ruisseaux et le bruissement des feuilles agitées par la brise. Haramis leva les yeux vers le ciel éblouissant et ne vit ni nuages ni soleil. Elle se rappela soudain ce que lui avait dit Iriane : le Lieu du Savoir se situait sous la terre.

— Est-ce possible ? se demanda-t-elle.

Elle s'agenouilla pour examiner un parterre de fleurs diverses et variées aux couleurs éclatantes. Elle n'en reconnut pas une seule. L'allure des arbres non plus ne lui était pas familière et le gazon même était constitué d'une herbe qui lui parut exotique, anormalement fine, aussi dense et élastique qu'un tapis. Chaque brin d'herbe avait un bord émoussé et n'était pas dentelé, comme l'étaient toutes les herbes qu'elle connaissait...

— Bienvenue, Fille de la Trinité.

Haramis sursauta en entendant la voix aux intonations humaines. Elle leva les yeux et aperçut une femme qui se dirigeait vers elle depuis la maison du jardinier.

Une femme ? Non, pas vraiment, bien qu'elle fût de taille normale et fût vêtue d'une robe de gaze vaporeuse pastel. Ses bras nus et son visage étaient d'une teinte ivoirine inhumaine, et sur sa tête était posé un bonnet d'or ajusté, imitant des cheveux courts et bouclés. C'était aussi une sindona, comme les nobles sentinelles.

— Je suis le Professeur, dit-elle. (Elle souriait, et pourtant, incroyable, ses traits demeuraient aussi figés que la pierre !) Je suis à votre service, Archimage Haramis. Si vous le voulez bien, accompagnez-moi jusqu'au belvédère là-bas, où nous pourrons nous asseoir à l'ombre et où vous pourrez m'interroger tout à loisir.

Haramis la suivit. A l'intérieur de la petite bâtisse surmontée d'un dôme se trouvaient une table en marbre et deux chaises en osier, garnies de coussins de velours roux. Une carafe en cristal pleine d'un breuvage rosé ainsi qu'un gobelet à demi rempli de glaçons les attendaient. Le Professeur fit signe à son invitée de prendre place, versa le breuvage sur les glaçons, et tendit le verre tintant à Haramis.

— Vous trouvez peut-être étrange le fait de servir ainsi du jus de fruits, mais ceux qui nous gouvernaient jadis, les Disparus, appréciaient beaucoup cela.

— Merci de votre courtoisie, Professeur.

Haramis but une gorgée. Le contact inhabituel de la glace sur ses lèvres en même temps que la boisson frappée lui procurèrent une sensation merveilleusement rafraîchissante. Une pensée folle lui traversa l'esprit : quand elle reviendrait au Mont Brom, il lui faudrait chercher une sorbetière parmi les antiques machines entreposées dans la Caverne de Glace Noire...

Se rappelant le sérieux de la situation, Haramis scruta le visage calme du Professeur, et posa sa première question :

— Est-il vrai que vous et les vôtres avez été créées par les Disparus, et que vous n'êtes pas réellement vivantes ?

— Nous avons été créées par les membres d'origine du Collège des Archimages. Nous sommes vivantes, mais notre vie n'est pas de même nature que celle d'êtres dotés d'une âme comme les humains ou les Peuples. Nous ne donnons pas la vie, et quand nous mourons, notre esprit se fond dans l'esprit de celles d'entre nous qui restent en vie. Je suis actuellement le seul Professeur en vie, mais en moi vivent les esprits de deux cents Professeurs qui n'ont pas joui d'une telle longévité. Lorsque je mourrai, je deviendrai nécessairement sentinelle, porteuse, messagère, ou consolatrice, et j'en partagerai les fonctions. Il en sera ainsi jusqu'à ce qu'il ne reste plus qu'une seule sindona, et à la mort de celle-ci, notre lignée sera enfin éteinte, comme la dernière braise d'un grand feu qui meurt.

— Combien... combien reste-t-il de sentinelles ? s'enquit Haramis.

— Trois cent vingt et une. Et il y a dix-sept servantes, douze porteuses, cinq messagères, et deux consolatrices. Mais ces dernières séjournent auprès de l'Archimage du Ciel et ne peuvent pas servir les Archimages de la Terre ou de la Mer sans sa permission.

— Cet Archimage du Ciel ! s'exclama Haramis dont l'intérêt était soudain éveillé. Que pouvez-vous me dire de lui ? Mon amie l'Archimage de la Mer m'a appris qu'il s'appelait Denby, et m'a seulement confié que c'était un personnage distant, qui ne cherchait guère à s'occuper des affaires du monde. Pourtant, il me semble que si c'est un authentique Archimage, il est de son devoir de protéger et de conseiller l'humanité. Si je l'en suppliais, consentirait-il à m'aider ?

— Je ne sais pas. Je ne peux rien vous dire de plus sur lui sans son autorisation expresse... qu'il n'accorde pas. Et il n'est pas non plus disposé, pour le moment, à se mêler des affaires de la terre ou de la mer. Du moins c'est ce qu'il dit.

Haramis jeta au professeur un coup d'œil pénétrant.

— Vous venez de le consulter sur le sujet ?

— Oui.

Haramis ragea intérieurement. Nouvel espoir anéanti ! N'y avait-il donc personne qui pût l'aider à s'opposer efficacement à Orogastus ?

— Si, répondit le Professeur inopinément. Les humains et les Peuples, les sindonas et les Archimages, les plantes et les animaux du monde, l'air, l'eau, les rochers, les météores... Tous peuvent accéder à votre requête si elle est formulée comme il convient, et à un moment opportun.

— Pouvez-vous m'enseigner à solliciter cette aide ?

— Je suis désolée. C'est une aptitude que vous seule pouvez acquérir. Votre talisman devra vous éclairer là-dessus.

— Je vois. (Haramis sentait l'exaspération monter en elle, mais elle n'en continua pas moins à poser ses questions.) Dites-moi, je vous prie : Orogastus a-t-il l'avantage sur moi, vu qu'il possède deux talismans du Sceptre du Pouvoir, alors que je n'en ai qu'un ?

— Orogastus n'a pas l'avantage, sinon par ses dons naturels.

— Voulez-vous dire qu'il est plus habile que moi ? s'exclama Haramis, déconcertée.

— Pas plus habile. Il est plus avisé, plus expérimenté, et il a un raisonnement plus froid, plus logique, vu qu'il s'est voué aux Puissances des Ténèbres. Mais vous, O Archimage de la Terre, êtes dotée d'un plus grand potentiel en ceci que vous êtes une Fille de la Trinité.

— Mes sœurs... Mais leurs fleurs ont viré au rouge vif.

— Lorsque leurs amulettes renfermeront de nouveau le Trillium Noir en leur cœur, elles seront une nouvelle fois capables de hauts faits désintéressés. Et vous serez toutes trois de nouveau Filles de la Trinité, Pétales du Trillium Vivant. Pour le moment elles sont reléguées au rang des profanes.

Haramis hocha la tête.

— Ainsi Orogastus et moi sommes essentiellement égaux en magie ?

— Ce n'est pas tout à fait exact. Mais vu que deux éléments du Triple Sceptre appartiennent à l'Etoile et que la Fleur n'en possède qu'un seul, l'équilibre du monde restera toujours dangereusement compromis... jusqu'à ce que les talismans détenus frauduleusement par Orogastus lui soient repris, et que les Trois Pétales du Trillium Vivant s'unissent pour retourner contre lui ses Puissances des Ténèbres.

— Mais comment obtenir cela ?

— Je suis incapable de vous donner un conseil à ce sujet. La chose dépend trop du hasard. Je soupçonne, toutefois, que pour atteindre ce but il ne s'agira pas de faire intervenir la magie transcendante, mais que cela nécessitera plutôt quelque intervention plus humaine.

— Ne pouvez-vous pas m'aider à découvrir le meilleur moyen de vaincre Orogastus ? implora Haramis. Ne puis-je pas d'une certaine façon le détourner des Puissances des Ténèbres, le... convertir ?

— L'amour est acceptable, déclara mystérieusement le Professeur. La dévotion ne l'est pas. Quant à la conversion, je ne sais pas. Orogastus est un Homme de l'Etoile, et ses prédécesseurs s'en sont tenus à leurs croyances malfaisantes jusqu'à la mort. Le cœur d'Orogastus m'est inconnu.

— A moi aussi, murmura Haramis. Mais mon propre cœur m'est inconnu, Dieu me garde ! (Elle cessa soudain de s'apitoyer sur elle-même, ce qui menaçait de la faire dévier de son but. Elle reprit son calme et ses esprits.) Professeur, quand je vais partir d'ici, je n'ignore pas que ma sœur Anigel va me demander de l'aider à défendre son pays contre d'odieux envahisseurs. Je sais déjà qu'une grande flotte de navires de guerre va sous peu appareiller du Raktum. Orogastus et le roi Ledavardis ont l'intention d'assiéger la capitale septentrionale du Laboruwenda. J'ai averti du danger ma sœur, la reine Anigel, et elle m'a suppliée de l'aider de mes pouvoirs magiques. Est-il sage que je parte l'aider tout de suite, ou dois-je me consacrer uniquement au problème posé par Orogastus et les talismans ?

— Ce qui doit en priorité retenir votre attention, répondit la sindona, ce n'est pas Anigel, mais votre autre sœur, Kadiya. Elle est venue me consulter il y a quelques jours en quête d'un moyen d'empêcher la reine Anigel de céder son talisman. Lorsque j'ai répondu à Kadiya que la rançon pour le roi Antar était certainement destinée à être acquittée, elle est entrée dans une rage folle. Je lui ai conseillé de se réconcilier avec Anigel et de se mettre à votre service. Ce qu'elle a rejeté aussitôt. Elle se dirige en ce moment vers un village aborigène en amont du Mutar. Lorsqu'elle arrivera, elle tentera de rallier les vaillants petits Uisgus de l'Enfer d'Epines et du Bourbier Doré. Elle veut aussi demander aux Uisgus de lancer un Appel aux Nyssomus, aux Wyvilos et aux Glismaks. Et elle espère même amener les abominables Skriteks à embrasser sa cause. Quand elle aura rassemblé une horde imposante de Peuples, Kadiya, la Dame des Yeux, espère alors s'emparer du Ruwenda tout entier afin d'en faire une terre inviolée pour les aborigènes.

— Elle ferait la guerre aux humains qui habitent là ? (Haramis était atterrée.) Oh, non ! Alors que les Deux Trônes doivent d'un côté secourir le Var, de l'autre se défendre contre le Raktum et le Tuzamen...

— Kadiya compte que cette situation instable améliore ses chances de succès.

— Oh, la tête brûlée ! L'imbécile !... Il va falloir que j'essaie de la raisonner, je le crains. Il faudra que je voie ensuite comment aider Anigel et Antar. Après, j'aurai le temps de m'occuper d'Orogastus...

— Archimage, vous ne comprenez toujours pas ! Vous ne pourrez absolument rien faire pour vaincre l'Homme de l'Etoile si Kadiya et Anigel ne sont pas de tout cœur à vos côtés.

— Par la Fleur, j'aurais dû m'en douter !

Haramis serra les poings et baissa la tête afin de dissimuler sous son capuchon sa frustration et son angoisse.

Elles étaient Trois, indissociables. Elles étaient à jamais Une. Ni son talisman ni ses pouvoirs tout neufs d'Archimage ne vaincraient l'Etoile... Seul le Trillum Noir Vivant en serait capable.

Elle refoula ses émotions et croisa de nouveau le patient regard inhumain du Professeur.

— Merci. Je sais maintenant ce qu'il faut faire. Je vais aller voir Kadiya sur-le-champ.

Elle se leva. Au même instant la Cynosure tomba

avec grand bruit sur le sol en marbre du belvédère. Haramis l'avait complètement oubliée.

— Vous savez sûrement ce dont il s'agit, dit-elle en la ramassant. Pensez-vous qu'il soit possible de détruire cet objet ?

— Vous seule en seriez incapable. Les sindonas aussi en seraient incapables. Seul le Conseil de l'Etoile pourrait le faire, ou bien le Collège des Archimages au complet.

Encore un dessein contrarié ! Haramis eut une moue de dépit.

— Alors dites-moi quel est le meilleur moyen pour me débarrasser de cette Cynosure, ce qui empêcherait Orogastus de s'en servir une nouvelle fois et d'échapper ainsi au châtiment de ses crimes.

Pour la première fois le Professeur hésita avant de répondre.

— Si vous la déposiez au fond de la mer, ou la jetiez dans un volcan en activité, ou bien encore dans une crevasse de glacier, alors celui qui serait attiré à elle par le souffle magique périrait très certainement.

Haramis sentit sa gorge se serrer.

— J'avais espéré... que vous connaîtriez un endroit où je pourrais déposer cette Cynosure afin d'emprisonner Orogastus vivant. Peut-être ici, dans ce bastion de la magie, là où les sentinelles pourraient le surveiller et éviter qu'il ne soit délivré par ses acolytes.

Une fois encore le Professeur hésita.

— Seul un endroit pourrait convenir, déclara-t-il enfin. Suivez-moi.

La sindona s'engagea d'un pas rapide dans l'un des chemins. Haramis la suivit, presque en courant, serrant la Cynosure sous le bras. Elles parvinrent à un bosquet de saules pleureurs aux pâles feuilles vertes. Il y avait là un grand jardin de rocaille orné de plantes exotiques aimant l'ombre. Leurs fleurs, aux formes bizarres et aux couleurs anormalement vives, étaient presque lumineuses dans la pénombre du crépuscule.

De l'autre côté du jardin de rocaille Haramis avisa

un trou sombre dans le sol, entouré d'un cercle de grandes pierres blanches.

Le Professeur en désigna l'intérieur.

— Voici le Gouffre de Captivité. On ne peut y entrer que par un puits souterrain aux parois abruptes aussi lisses que du verre. Cet endroit est défendu par la magie la plus redoutable de notre Lieu du Savoir. Au cours des guerres entre les Hommes de l'Etoile et nos souverains disparus, certains captifs étaient incarcérés par le Collège des Archimages dans une caverne au fond de ce puits. Ils y attendaient d'être jugés. Puis, soit ils bénéficiaient d'une mesure de clémence, soit ils étaient mis à mort par les Sentinelles de l'Arrêt de Mort.

— Cela me paraît l'endroit idéal ! souffla Haramis. Orogastus pourrait-il y demeurer prisonnier ?

— S'il n'était plus en possession de ses puissants talismans, oui. Il pourrait survivre indéfiniment dans le Gouffre de Captivité sous notre garde.

— Je vais inspecter cet endroit. Et s'il convient, comme vous me l'affirmez, j'y déposerai la Cynosure.

Le Professeur hocha la tête.

— Avez-vous d'autres questions à me poser, Archimage ?

Haramis sourit tristement.

— Une seule. Et je commence à désespérer d'en trouver la réponse. Est-ce la magie authentique ou quelque science secrète qui donne tout son pouvoir au Trillium Noir et au Triple Sceptre ?

— C'est la magie.

— Ah !... Et qu'est donc la magie ?

— La magie confère vérité et beauté à la réalité, fait fusionner en un seul l'univers physique et l'univers mental.

— Je... je vais méditer cela, dit Haramis. (Elle posa la main sur sa poitrine et toucha le Cercle aux Trois Ailes qui était accroché à la chaîne de platine autour de son cou. Parmi les minuscules ailes argentées, l'amulette d'ambre, abritant sa Fleur noire en son cœur, jetait une vive lueur.) Je n'ai pas d'autres questions à vous poser pour le moment, Professeur. Merci de votre aide.

La sindona s'inclina cérémonieusement, fit demi-tour et s'éloigna entre les arbres sans ajouter un mot.

Haramis s'adressa à son talisman : *Conduis-moi au fond du Gouffre de Captivité.*

Le carillon retentit. L'image de cristal à présent familière apparut un instant, puis se transmua en réalité. Haramis se trouvait dans un lieu aussi vaste qu'une grotte, excessivement chaud et humide. Le toit était partiellement formé de roche compacte, d'où pendaient des stalactites ressemblant à des glaçons et à des piliers de pierre. Le reste de l'espace supérieur était un vide obscur, au centre duquel une minuscule étoile semblait scintiller faiblement. Haramis comprit tout de suite qu'il s'agissait du puits abrupt qui menait à la surface, et le point lumineux marquait la lointaine ouverture extérieure du Gouffre.

L'endroit était éclairé par une lueur rougeâtre vacillante, qui émanait de coins et recoins obscurs. Haramis se dirigea vers une crevasse rayonnante et regarda à l'intérieur. Elle aperçut une caverne adjacente, beaucoup plus petite et plus profonde. Le sol en était une rivière de magma incandescent. Elle se retira, et poursuivit rapidement son exploration du Gouffre même. Elle découvrit des mares sombres et nombre de curieuses formations rocheuses. Elle avisa également des vestiges de vie humaine : des rondelles de pierre noircies qui avaient servi à cuire des aliments, des pots d'argile brisés, des assiettes, des lampes à graisse, des grabats qui s'effritaient, et un livre qui tomba en poussière quand elle se hasarda à le toucher.

Et sur un mur nettement plus lisse que les autres, elle vit dessinée au charbon de bois en un geste de défi, une Etoile aux multiples rayons.

Il ne restait aucune autre trace de ces prisonniers d'il y a douze mille ans. Certains avaient-ils terminé leur vie ici ? Haramis explora au loin la caverne à l'aide de sa Double Vue. Elle constata que la prison était immense. Une foule d'alcôves individuelles avaient été manifestement occupées. Mais il n'y avait ni ossements ni sépultures. Néanmoins, Haramis dédia une prière à ceux qui avaient vécu et souffert dans ce terrible pénitencier, même s'ils avaient mérité leur sort. Et tout en évoquant leur triste destinée, elle ne put s'empêcher de se remémorer ses propres ennuis. Debout seule dans ce sinistre Gouffre, elle pria aussi pour elle-même.

« Mon Dieu, donnez-moi la force et les facultés qui me seront nécessaires pour vaincre Orogastus ! J'ai déjà failli me laisser séduire par cet homme autrefois. Faites en sorte que je puisse lui tenir tête aujourd'hui ! Je ne peux m'empêcher de l'aimer, et pourtant il me faut trouver le moyen de contrecarrer ses ambitions malfaisantes. Aidez-moi ! »

Mais la prière lui sembla vaine, et ne lui apporta aucun réconfort. Au fond de son cœur, elle savait qu'il n'y avait que deux façons de venir à bout du sorcier : la mort ou l'exil définitif hors de ce monde. Haramis comprenait qu'en tant qu'Archimage elle ne pouvait pas le tuer.

Pouvait-elle alors l'exiler dans ce lieu horrible, à côté duquel l'Inaccessible Kimilon était un paradis ?...

Elle évoqua deux scènes remontant à sa jeunesse : sa mère, la reine Kalanthe, transpercée d'une épée, répandant son sang aux pieds du sorcier ; et son père, le roi Kreyn, taillé en pièces dans la salle du trône sur l'ordre de ce même sorcier.

Pourrais-je exiler ici Orogastus ?

« Oui », dit-elle à voix haute. Elle se baissa et déposa la Cynosure sur le sol de la caverne.

Puis elle serra son talisman et lui ordonna de la conduire auprès de Kadiya.

22

La Guerre Magique des Noix avait atteint son paroxysme. L'armée du prince Tolivar, constituée de noix peintes en rouge, avaient subi de lourdes pertes lors de la dernière bataille, mais il les exhorta témérairement à tenter une dernière offensive pour conquérir le trésor. Les bataillons de noix bleues accoururent à la rescousse de toute la force de leurs minuscules pattes, leurs lances pointées en avant et leurs petites figures grimaçantes hurlant en silence. Tolo disposa ses troupes rouges en triangle et en dirigea la pointe vers le trésor. Une manœuvre désespérée s'imposait pour éviter que les noix rouges ne soient une nouvelle fois vaincues.

« En avant, mes braves ! » lança le Prince en frappant du poing le tapis. Il était allongé sur le ventre pour que ses yeux soient à la hauteur de l'échauffourée.

« Maintenant ! » cria le Prince.

Ses troupes décimées avancèrent en masse, leurs jambes scintillant. Elles dispersèrent l'ennemi, tuant ceux qui se hasardaient à traîner. Les pauvres casaques rouges à l'arrière-garde perdirent la vie, mais le petit triangle de combattants, dont le nombre s'amenuisait, poursuivit courageusement sa percée en avant. Il ne restait plus maintenant que cinq vaillantes noix bleues sur une centaine au départ. Le trésor était à moins de quarante centimètres.

« Vous y êtes presque ! s'écria Tolo. Allez ! Allez ! »

Deux autres noix rouges s'écroulèrent. Les trois survivantes maniaient leurs lances comme des forcenées et Tolo fut ébloui par les éclairs de mort jetés par l'ennemi. Puis... oh, non ! D'abord une noix rouge s'écroula, puis une deuxième. La dernière héroïne continua d'avancer...

... et sa lance toucha le trésor.

Aussitôt toutes les noix bleues rendirent l'âme

dans des gerbes d'étincelles, et roulèrent sur le tapis, privées de pattes, impuissantes. La gagnante se mit à rougeoyer comme un charbon ardent l'espace d'un instant lorsqu'elle se frotta contre le trésor constitué d'une noix de rusa. La grosse noix dorée fut aussitôt grillée, sa rude coquille éclata, et les bonbons s'en déversèrent. Le minuscule visage de la dernière noix rouge vivante sourit à son chef humain, puis expira elle aussi.

— Nous avons gagné ! triompha Tolo en ramassant le trésor comestible. Nous avons fini par gagner ! (Il fourra les bonbons dans la bouche et les mâchonna avec empressement.) Qu'en pensez-vous, Voix Jaune ? Vous qui disiez que je n'y parviendrais jamais !

La Voix Jaune garda le silence. Elle réparait l'une des grosses bottes blanches d'Orogastus et gardait également le Prince, de mauvaise grâce. Le Maître avait ordonné que Tolivar ne fût jamais laissé seul, au cas où les perfides Raktumiens auraient eu l'idée de filer avec le jeune garçon et de l'utiliser en vue de quelque stratagème. Il avait également recommandé aux trois Voix de veiller sur leur propre sécurité, d'être armées et de s'assurer que ce qu'on leur donnait à manger ne fût point empoisonné, et cela durant tout leur séjour au palais de Frangine. La traîtrise était certes improbable, mais aucun d'eux, pas même le Maître en personne, n'était entièrement en sûreté tant que l'armée du Tuzamen et le lot d'armes magiques n'étaient pas arrivés, tant que la guerre contre le Laboruwenda n'avait pas débuté.

Le jeune roi Ledavardis s'était révélé moins malléable que le Maître l'avait espéré. Il n'était en aucun cas le nigaud muet qu'il avait paru être sous l'influence néfaste de sa grand-mère. Au contraire, il était devenu de plus en plus difficile, et avait insisté ces derniers temps pour commander à lui seul les forces armées des pirates au cours du conflit imminent. Il avait refusé de les placer sous le commandement du général tuzaménien Zokumonus comme le Maître l'avait souhaité. Il faudrait mettre au point quelque nouvelle ruse pour que Ledavardis reste à sa place.

Quel soulagement ce serait quand ils seraient tous débarrassés de cette bande dégénérée de coupe-jarrets surexcités...

— C'était vraiment une belle partie, n'est-ce pas, Voix Jaune ? questionna le prince Tolivar d'une voix impérieuse.

— Si ç'avait été une vraie guerre, pas une bataille entre des noix stupides, dit la Voix en faisant la moue, l'issue aurait été un désastre total. Tous vos hommes sauf le vainqueur sont morts.

Le Prince glissa les noix magiques rouges et bleues dans leur bourse, puis jeta au feu les coquilles.

— Bah ! Qu'est-ce que vous y connaissez ? C'est le Maître qui a fabriqué pour moi le jeu de la Guerre des Noix. Gagner des batailles, c'est une affaire de prince, pas de...

Prudemment, Tolo s'interrompit, jetant un regard mauvais à l'acolyte trapu au crâne rasé, vêtu de sa robe safran chiffonnée.

— Si vous appelez cette triste prestation gagner..., rétorqua la Voix, sarcastique, tout en passant une grande aiguille muni d'un fil à travers l'empeigne de la botte.

Tolo considéra le sbire avec un petit sourire narquois.

— Vous êtes jaloux. Voilà pourquoi vous et les autres vous moquez toujours de moi.

— Ne soyez pas ridicule.

La Voix Jaune pinça les lèvres et examina son ouvrage en fronçant les sourcils.

— Si, vous l'êtes ! Vous êtes jaloux tous les trois ! Vous ne pouvez pas supporter que le Maître veuille faire de moi son héritier à votre place ! (Le garçon se mit debout, épousseta son pantalon, et rajusta sa tunique.) Conduisez-moi chez Portolanus sur-le-champ.

— Il est occupé dans la bibliothèque. Il n'a aucune envie d'être dérangé par un enfant gâté geignard.

— Emmenez-moi, dit Tolo d'une voix très calme.

Poussant un soupir de martyr, la Voix Jaune posa son ouvrage. Il prit le petit Prince par la main et sortit avec lui de la pièce spacieuse qu'ils partageaient tous deux. La bibliothèque était à l'autre bout du vaste palais de Frangine. Le petit garçon et le sbire durent parcourir près d'une demi-lieue de couloirs décorés et de salles sonores. Ils croisèrent partout des pirates hautains, accompagnés de leurs femmes aux voix haut perchées, lesquelles étaient vêtues de fastueuses robes de cérémonie. Les uns traînaient, ou échangeaient des potins, les autres attendaient avec nervosité une audience avec quelque personnage officiel, quelques-uns vaquaient à de vraies occupations. Des laquais pleins de morgue époussetaient les meubles dorés et les cadres des tableaux, balayaient de somptueux tapis volés dans les Iles d'Engi, tisonnaient les cheminées, remplissaient d'huile parfumée les vasques murales en argent en prévision du soir qui tombait, couraient de-ci, de-là, pour faire quelque commission. De robustes gardes surveillaient les autres occupants du palais. Ils froncèrent les sourcils et serrèrent leurs hallebardes lorsque passèrent la Voix Jaune et Tolo.

Enfin, après avoir traversé un salon désert, rempli de sculptures varoniennes et de tapisseries constellées de perles du Zinora, ils empruntèrent un couloir aux murs de pierre apparente, qui aboutissait à deux grandes portes en bois de gonda aux traverses de fer. Un soldat raktumien se tenait devant. A côté de lui était assis sur un tabouret pliant un petit nabot lisant un volume tombant en poussière, la Voix Noire.

La Noire leva un sourcil inquisiteur.

— Le prince Tolivar désirerait s'entretenir avec le Maître, déclara la Voix Jaune cérémonieusement.

— Lord Osorkon a rendez-vous ici avec lui dans très peu de temps, répondit la Noire. Il faudra que le garçon fasse vite.

Tolo regarda l'homme droit dans les yeux.

— L'affaire qui m'amène ne prendra pas longtemps. (Il se tourna vers la Voix Jaune :) Vous pouvez attendre ici.

La Jaune fit une génuflexion ironique et ouvrit toutes grandes les lourdes portes.

La bibliothèque était une salle voûtée, froide et sinistre, dont le plafond était percé de lucarnes crasseuses cerclées de plomb. Des escaliers branlants couverts de toiles d'araignées poussiéreuses menaient à trois galeries circulaires. Des rayonnages surchargés occupaient l'espace à cette hauteur. D'autres rayonnages occupaient la partie centrale du niveau inférieur. Tout autour de la salle se trouvaient de solides tables et bancs. Toutes les tables sauf une étaient grises de poussière. Sur l'unique table propre était posée l'une des lampes magiques du sorcier, laquelle brillait de toute son intensité, car la bibliothèque était plongée dans la pénombre. Seuls quelques faibles rayons de soleil, dans lesquels voletaient des moucherons, filtraient à travers d'étroites fenêtres du côté ouest. La grande tempête de neige avait enfin cessé.

Orogastus était en train de porter vers les rayonnages trois grands tomes aux reliures de cuir poudreuses. Il sourit lorsque Tolo fit son apparition, et remit en place les livres.

— Eh bien mon parçon ! Es-tu venu m'aider à glaner quelques secrets d'art magique ? La crasse et l'abandon indiquent assez que les pirates se soucient fort peu d'érudition. Cependant, ils pourraient avoir volé quelque chose d'utile quand ils pensaient encore à emporter des livres. C'est pourquoi je me suis fait un devoir d'examiner la bibliothèque du palais pendant que nous étions à Frangine. Jusqu'ici je n'ai découvert que sept volumes qui vaillent d'être rapportés au Château de Ténébreuse, et aucun d'entre eux n'a de grande valeur. Aimerais-tu voir comment je cherche ? J'utilise l'Œil Incandescent Trilobé comme une baguette de sourcier. Tu sais à quoi ça sert ?

— A trouver de l'eau ou des minéraux rares grâce à la magie, répondit Tolo poliment.

— Exact... (La robe du sorcier naguère blanche était noire de crasse ; ses cheveux de platine étaient constellés de toiles d'araignées et de moisissures. Il fit signe au garçon de le suivre jusqu'au rayonnage d'à côté, puis sortit le talisman de son fourreau et le pointa vers la rangée de livres défraîchis.) J'ai donné l'ordre à l'Œil Incandescent Trilobé de m'indiquer tout livre susceptible de contenir des écrits sur la magie... Ainsi !

Il fit passer l'épée émoussée le long du rayonnage. Un tout petit livre recouvert de cuir écarlate en lambeaux ainsi qu'un énorme volume relié à l'aide de bandes de cuivre ternies jetèrent une lueur verte dans l'obscurité.

— Ah ! Tu vois ? (Il rangea le talisman et se chargea du volumineux ouvrage.) Porte ce petit livre rouge jusqu'à la table, et moi je vais prendre celui-ci. Nous allons bien voir ce que vont nous apprendre les Puissances des Ténèbres.

Docilement, Tolo suivit Orogastus en portant le petit livre. Le sorcier essuya les deux volumes à l'aide d'un chiffon crasseux, puis ressortit le talisman. Il ouvrit le grand livre, toucha de l'épée la première page, et ferma les yeux.

— O talisman, révèle-moi en peu de mots le contenu de ce livre.

Tolo ne put s'empêcher de sursauter quand il entendit une étrange voix psalmodier :

« Dans ce livre sont renfermées les incantations de la sorcière sobranienne Acha Tulume. Il appartient au butin volé sur un navire de cette nation voici quatre-vingt sept ans. Cet ouvrage, écrit dans la langue sobranienne, traite de notions de chamanisme sans grand intérêt. Les sorts les plus remarquables servent à empêcher la prolifération de zachs dans les manteaux de plumes, à soigner les démangeaisons d'aisselles, à rendre fructueuse la chasse aux oiseaux, à dissuader les amants délaissés et les épouses abandonnées de causer du tort à leurs anciens compagnons. »

Orogastus grogna et referma le volume sans ménagements.

— Sans valeur... A moins d'avoir l'intention d'ouvrir boutique dans le Pays des Barbares à Plumes !

Maintenant essayons ton livre, Tolo. Ce sera peut-être une bonne surprise, malgré sa petite taille... Connais-tu le dicton « Petit paquet recèle souvent cadeau précieux » ?

— Oui, Maître.

Orogastus ouvrit le livre abîmé sur la couverture duquel se déchiffraient des caractères dorés à demi effacés.

— La langue est celle que parlent la plupart des humains, mais l'orthographe est archaïque. Cela veut dire que le livre est décidément fort ancien... Mmm ! *Histoire de la Guerre* ! Quelle guerre ? Je me demande...

Il posa doucement le talisman sur la page de titre et demanda à connaître le contenu du livre comme précédemment.

« Ce livre contient une histoire du grand conflit magique entre les Disparus et les Hommes de l'Etoile, écrite quelque neuf cents ans après les faits par un descendant d'une famille de chroniqueurs qui survécurent à la Glace Victorieuse et qui vivaient dans les Iles Enfumées... »

— Il suffit ! s'écria le sorcier. (Les yeux écarquillés, il s'empara du petit livre et tourna les pages fragiles avec le plus grand soin.) Oui ! Oh, oui ! C'est une vraie rareté, car c'est un livre qui a été écrit au Raktum même..., avant que ses malheureux habitants n'embrassent leur carrière de pirates. C'est un véritable trésor, Tolo. Il va falloir que je l'étudie très attentivement.

Le petit Prince, qui s'était efforcé de dissimuler son ennui, prit la parole avec empressement.

— Moi aussi, j'ai gagné un trésor aujourd'hui, Maître ! Au jeu de la Guerre des Noix que vous avez fait pour moi. Un grand triomphe !

Orogastus se mit à rire avec indulgence tout en examinant la table des matières à demi effacée.

— Avant, vu que mes pouvoirs étaient encore limités, je n'aurais pas su fabriquer un jeu pareil. Mais grâce aux deux talismans, j'ai pu le fabriquer en un clin d'œil !... Bien sûr, c'est un jouet d'enfant.

— La Voix Jaune s'est moquée de ma victoire, reprit Tolo d'une voix geignarde. Maître, elle et les autres Voix sont jalouses de moi. Quand vous n'êtes pas là, elles me parlent grossièrement, comme si j'étais un manant, au lieu de me traiter comme un prince. Elles acceptent mal que vous ayez fait de moi votre héritier. Je suis certain qu'elles croyaient que l'une d'entre elles serait le futur Maître du Tuzamen.

Orogastus éclata de rire et referma son *Histoire*.

— Tiens donc ! Et t'ont-elles vraiment causé du tort, mon garçon ? En dehors du fait qu'elles t'ont refusé la déférence qui est due à une personne de sang royal ?

Tolo détourna les yeux, sa vexation feinte se transformant en mauvaise humeur.

— Non, mais...

— Et comment traites-tu mes Voix ? questionna le sorcier d'une voix qui avait repris son sérieux. Es-tu gracieux, comme un vrai prince doit toujours l'être avec ses inférieurs, ou te montres-tu hautain et rustaud ? Te rends-tu compte que mes trois Voix sont mes amis les plus loyaux ? Elles m'ont secouru quand j'étais en exil sur la Calotte Glaciaire Eternelle parce que leurs esprits sont suffisamment sensibles pour entendre mon appel magique, et elles me servent depuis avec désintéressement. Sans leur aide, je n'aurais pas réussi comme j'ai réussi.

Le Prince leva vers le sorcier des yeux bleus pleins d'innocence.

— Mais maintenant que vous avez les deux talismans, vous aurez moins besoin de leur aide. Je les ai entendues à leur insu en parler entre elles.

Orogastus fronça les sourcils l'espace d'un instant. Puis son visage s'éclaira de nouveau et il se remit à rire.

— Tu ne comprends pas les façons d'agir des grandes personnes. Si tu veux me faire plaisir, traite les Voix comme des frères aînés affectueux. Sois poli et aimable avec eux, agis avec modestie, et tu verras que leurs manières se bonifieront.

— Si vous le dites, Maître, soupira Tolo. Mais je pense quand même...

— Obéis-moi ! (Le sorcier avait rejeté son affabilité comme on se débarrasse d'un manteau.) Et maintenant il faut que tu partes. Je veux que tu joues à un nouveau jeu. Demande à ma Voix Jaune une bonne carte du Monde de l'Ouest, puis étudie-la durant le restant de l'après-midi et dans la soirée. Examine tout particulièrement le Raktum et la côte voisine du Labornok. Puis décide comment tu envahirais le pays des Deux Trônes si tu étais à la tête d'une armada de pirates. Travaille bien. Je te convoquerai demain, et nous jouerons au jeu ensemble.

Le visage du Prince s'illumina.

— Une invasion ! Cela me paraît follement amusant !

Orogastus congédia Tolo d'un geste. Le garçon inclina la tête et s'éloigna docilement en trottinant. Le sorcier lui ouvrit la porte par un tour de magie. Une fois seul, il demeura assis à méditer.

Accorder au petit Prince la permission de rester avec lui avait été de sa part une décision irraisonnée. Orogastus se rendit compte qu'elle avait été certainement imprudente, peut-être dangereuse. Mais Tolivar lui avait paru si désemparé à bord du navire, frêle de corps, vif d'esprit, si rebelle avec son frère aîné et sa sœur, apparemment indifférent à la séparation d'avec ses parents. Orogastus avait également décelé certaines dispositions pour la magie chez le garçon qui, par ailleurs, l'idolâtrait sincèrement, même lorsqu'il était déguisé en vieillard repoussant. Tout cela avait éveillé chez le sorcier une étrange vulnérabilité. Jamais depuis sa rencontre avec Haramis il ne s'était senti aussi touché, en proie à la... déraison.

Le petit Prince solitaire et insatisfait évoquait chez Orogastus le souvenir d'un autre enfant infortuné, un enfant trouvé, tout nu, qui avait été recueilli de mauvaise grâce chez le vénérable Bondanus, le plus grand sorcier du monde connu, le Maître de l'Etoile du Château de Ténébreuse, dans la cité maritime de Merika. Ce malheureux bébé, élevé par une ivrognesse et couvert de haillons, était néanmoins devenu un grand gaillard qui subvenait à son entretien comme berger et garçon de cuisine. Il était maltraité en permanence et mourait à demi de faim, jusqu'au jour inoubliable où son intelligence et sa puissante aura psychique, bien que demeurée en friche, avaient retenu l'attention du Maître de l'Etoile du Tuzamen.

Orogastus avait lui aussi huit ans lorsqu'il fut nommé apprenti du sorcier.

Bondanus était un mentor sévère, mais juste. Il n'avait jamais fait preuve d'amour, ni même de tendresse, envers son jeune protégé. Toutefois, il avait fait comprendre à Orogastus que celui-ci hériterait de tous ses secrets magiques et lui succéderait comme Maître de cette petite nation septentrionale désolée. Orogastus devint à la fois l'élève et le serviteur personnel du sorcier. Il peina et étudia avec un enthousiasme naïf. Il ne se rendit nullement compte que le Maître se préoccupait de moins en moins des affaires du pays, en confiant la charge à une bande de chefs militaires rapaces et sanguinaires qui partagèrent le Tuzamen en une mosaïque de minuscules fiefs hostiles, unis exclusivement par leur antagonisme mutuel.

Alors que les paysans du Tuzamen vivaient dans la misère, privés de tout espoir, et que ses marchands fuyaient vers des terres plus prospères, le Maître passa ses dernières années à méditer sur l'antique philosophie de l'Etoile, dont il était un tenant isolé. Lorsque Bondanus se trouva sur son lit de mort, il légua à son apprenti le Château de Ténébreuse (qui était à cette époque une ruine presque inhabitée), un petit trésor d'antiques appareils magiques auquel le vieux sorcier attachait une importance secondaire, et le bien le plus précieux qu'il possédait : un médaillon de platine en forme d'étoile à multiples rayons. Cet emblème, qui fut accroché au cou d'Orogastus au terme d'une effrayante cérémonie d'initiation, avait fait du jeune homme un membre à part entière de l'ancienne Société de l'Etoile.

En ces temps-là, Orogastus avait vingt-huit ans.

L'épreuve de l'initiation avait totalement blanchi ses cheveux.

Orogastus découvrit bien vite que les chefs militaires scélérats du Tuzamen ne l'accepteraient pas pour souverain. Feu Bondanus les avait négligés trop longtemps. Orogastus tenta d'impressionner le peuple par ses pouvoirs magiques, tout particulièrement par son aptitude à déclencher les tempêtes, sa spécialité. Mais les barons têtus se bornèrent à se barricader dans leurs forteresses rustiques quand il voulut les contraindre à le servir. Quant aux gens du peuple, ils étaient trop obtus, trop accablés d'épreuves, et trop pauvres, pour être d'une quelconque utilité à un sorcier ambitieux.

Pendant trois ans il étudia la collection d'engins antiques que Bondanus avaient jugés sans intérêt. Orogastus décréta qu'il n'en était rien, et il en vint à se consacrer de moins en moins à la magie ésotérique, dérangeante (et souvent capricieuse), de la Société de l'Etoile, pour se vouer aux Puissances des Ténèbres, plus pragmatiques, portant les noms d'Aysee Lyne, d'Inturnal Bataree et de Bahkup. Ces trois divinités commandaient aux engins miraculeux des Disparus. Et si elles étaient invoquées dans les règles, elles permettaient à leur adorateur d'accomplir des merveilles d'une utilité plus immédiate que les secrets de l'Etoile.

La plus importante de ces machines recelait des informations qui amenèrent Orogastus à découvrir une autre cachette des Disparus dans une lointaine cité en ruine, près de la source du Fleuve Blanc, très à l'ouest en pays dorok. Là il trouva des armes magiques, ainsi que d'autres appareils censés impressionner et intimider les simples d'esprit. Il rapporta ce butin au Château de Ténébreuse et entama une nouvelle campagne pour se rendre véritablement maître du Tuzamen. Il aurait pu réussir si le prince de la Couronne Voltrik du Labornok ne lui avait pas rendu visite à cette époque-là, ce qui changea le cours de la vie d'Orogastus.

Voltrik était aussi un être insatisfait, un homme

frustré d'attendre trop longtemps la mort de son oncle sénile pour pouvoir monter sur le trône. Le prince de la Couronne suggéra à Orogastus de ne pas limiter ses visées au Tuzamen désertique et de s'intéresser à la riche Péninsule qui s'étendait au sud. A eux deux ils pourraient fonder un empire par leurs conquêtes.

Et d'autre part, les savants du Labornok connaissaient nombre d'autres cités en ruine, où le sorcier pourrait trouver de ces engins magiques qu'il convoitait tant.

Ainsi Orogastus abandonna le pays de sa naissance. Dix-sept ans plus tard, alors qu'il était devenu le grand ministre d'État du roi Voltrik nouvellement couronné, il prit part à l'invasion et à la conquête du Ruwenda. Mais tous ses merveilleux projets furent réduits à néant à la suite de l'intervention des trois jeunes princesses du Ruwenda. Protégées par un Trillium Noir magique qui était encore plus ancien que l'Etoile, les trois jeunes filles partirent chacune pour une quête qui les amena à découvrir trois mystérieux talismans. Les talismans une fois réunis en un terrible Sceptre du Pouvoir avaient retourné les pouvoirs magiques d'Orogastus contre lui. Pour une raison incompréhensible il s'était retrouvé exilé sur la Terre de Feu et de Glace, au lieu d'être tué par le Sceptre.

« Comment ? » se demandait-il, tout en tournant négligemment les pages friables du petit livre rouge. « Comment cela s'est-il produit ? Les Princesses voulaient me détruire. Je sais que c'était leur intention ! Et pourtant je ne suis pas mort... »

Distraitement, il tripota la couronne argentée qui ceignait son front, le talisman orné de trois têtes grotesques : le Monstre aux Trois Têtes.

« Quel dieu inconnu m'a pris en pitié et m'a épargné, si bien que j'ai pu retrouver le chemin du monde et assouvir ma soif d'ambition frustrée pendant si longtemps ? Maître du Tuzamen ! Je le suis à présent, et la nation barbare qui était la risée de tous jouit maintenant d'une relative prospérité et d'un certain prestige. Je suis au seuil de mon projet le plus ambitieux, qui culminera par la conquête du monde. J'ai deux talismans magiques en ma possession, et il se peut qu'un jour j'en aie trois, ce qui me laisse espérer de posséder des pouvoirs illimités... Mais comment s'explique le mystère de ma survie au Kimilon ?

Regarde dans le livre.

Orogastus sursauta et plaqua la main sur le pommeau de l'Œil Incandescent Trilobé qu'il portait autour de la taille. Mais ce n'était pas ce talisman qui avait parlé. La voix mentale était une voix nouvelle, qui émanait sans doute de la couronne de la reine Anigel.

Il feuilleta les pages du parchemin de ses doigts tremblants et aperçut bientôt un passage qui rougeoyait, malgré la vive clarté de la lampe.

« Cynosure ?... »

Le mot étrange le frappa, et il se mit à lire pendant de longues minutes, captivé. Lorsqu'il eut compris, il leva les yeux et toucha la petite couronne.

« Talisman ! Montre-moi cette merveilleuse Cynosure qui m'a sauvé la vie et m'a entraîné jusqu'au Kimilon ! »

Il vit en esprit un hexagone noir.

Voici la Grande Cynosure, créée par les Hommes de l'Etoile il y a douze fois cent ans pour faire pièce au Triple Sceptre du Pouvoir.

Dans son émoi, il poussa un cri.

« Ah ! Je me rappelle ! Je me rappelle maintenant ! J'eus l'impression que le monde explosait et que je mourais quand le Sceptre du Pouvoir m'a frappé. Mais avant de perdre connaissance, j'ai aperçu cet objet ! Et il m'a sauvé la vie, n'est-ce pas ? Je ne l'ai plus revu quand je me suis réveillé. Où a-t-il été caché ?... M'emmènerait-il une nouvelle fois à l'abri sur la Terre de Feu et de Glace si l'Archimage Haramis utilisait contre moi le pouvoir de son talisman ? »

Non. La grande Cynosure a été emportée du Kimilon par l'Archimage Iriane, qui l'a remise à l'Archimage Haramis. Celle-ci l'a placée dans le Gouffre de

Captivité sur le conseil de la sindona qu'on appelle le Professeur.

Orogastus était abasourdi. Qui était-ce ? Un autre Archimage ? Et la sindona... D'après tous les livres savants qu'il avait consultés, ces prodigieuses statues vivantes remontant aux Disparus avaient été détruites pendant la guerre de la Glace Victorieuse.

Continue de lire, soupira la voix qu'il entendait dans sa tête.

Il baissa les yeux vers les pages rougeoyantes du petit livre... et il y trouva tout : le fait que certains membres du Collège des Archimages avaient survécu, le Lieu du Savoir, sous la terre, gardé par les sindonas, situé dans le lointain pays de Lamarilu, au nord de l'Enfer d'Epines du Ruwenda..., et même le Gouffre.

Il fut glacé d'épouvante en lisant la description de ce terrible lieu où avaient jadis été emprisonnés les Hommes de l'Etoile. Et Haramis y avait déposé la Cynosure.

« Puis-je m'en emparer ? demanda-t-il au talisman. Puis-je l'arracher au Gouffre de Captivité et la cacher en lieu sûr ? »

Seul un Archimage a le droit d'entrer dans le Lieu du Savoir sans y être invité. La magie y est souveraine et il se peut fort bien que le pouvoir de deux talismans soit impuissant contre elle.

Orogastus jura grossièrement, blasphémant les Puissances des Ténèbres.

« La Cynosure peut-elle être détruite d'une autre façon ? »

Le Collège des Archimages peut la détruire, si ses membres agissent de concert. Le Conseil de l'Etoile, qui l'a faite, peut également la détruire. Mais le Conseil de l'Etoile n'existe plus. Vous êtes le seul Homme de l'Etoile, et vu que vous êtes unique, vous n'en possédez pas le pouvoir.

« Si... si je parvenais à en initier d'autres afin qu'ils entrent dans la Société de l'Etoile, combien devrions-nous être pour détruire la Cynosure ? »

Au moins trois.

« Trois... » Orogastus inspira profondément. Il s'affaissa comme une bête qui vient d'être poursuivie et essuya son front ruisselant de la manche de sa robe sale. « Trois », répéta-t-il doucement.

Le livre rouge ne rougeoyait plus. Pendant un long moment il garda les yeux rivés dessus, tandis que les souvenirs s'entrechoquaient dans son cerveau. Même aujourd'hui, Orogastus ne pouvait repenser sans frémir à son initiation à l'Etoile. Mais les vieux livres et les insignes pour la cérémonie existaient toujours. Orogastus n'avait pas pris la peine de les emporter quand il avait abandonné le Château de Ténébreuse et accompagné Voltrik. Ils étaient restés cachés durant vingt-sept ans dans un vieux cagibi secret du château, et lorsque Orogastus était revenu du Kimilon, il les avait trouvés en lieu sûr.

Il pouvait créer d'autres Hommes de l'Etoile ! Initier les Voix ! Cela demanderait une intense préparation, car la cérémonie était si épouvantable que des novices non préparés pouvaient devenir fous, voire en perdre la vie de frayeur. Mais ces Voix étaient fortes et intelligentes, bien plus dignes que son premier trio d'acolytes, lesquels avaient péri des mains des Princesses. Combien de temps cela pourrait-il prendre pour préparer les Voix ? Dix jours ? Vingt ? Mais cette satanée guerre réclamait auparavant toute son attention ! Il n'avait pas le temps de retourner au Château de Ténébreuse...

Il s'avisa que quelqu'un était en train de frapper aux portes de la bibliothèque à coups redoublés. Puissant Bahkup ! Il avait oublié l'entrevue avec ce noble du Labornok, le traître Osorkon.

Orogastus fit un geste et les grands portails s'ouvrirent. Un homme entra, portant une armure couverte d'émail noir et une lourde cape de peau de bête. Son heaume à la visière relevée était surmonté de l'effigie d'un féroce looru aux ailes déployées, et le même motif, brodé d'or et d'écarlate, ornait son surcot de soie noire. Il tenait dans son poing maillé une épée presque aussi haute que lui.

— Etes-vous si mal à l'aise en ma présence, lord

Osorkon ? lui fit remarquer le sorcier en souriant. Certes, nous ne nous sommes pas revus depuis douze ans, et nous n'avons jamais été des compagnons très proches. Mais les temps ont changé. Aujourd'hui nous avons tous les deux vraiment besoin l'un de l'autre.

Il referma le petit livre rouge et fit signe au Labornoki de prendre place.

Osorkon rengaina son épée, puis ôta son casque et le posa sur la table.

— C'est de ces pirates que je me méfie, sorcier ! Des quais jusqu'au palais, mes hommes et moi avons été harcelés par des hordes de manants grossiers qui se sont moqués de nous et nous ont envoyé des boules de neige — voire pire —, sans avoir été une seule fois retenus par notre soi-disant escorte de chevaliers pirates ! Ne sommes-nous pas venus ici à votre demande expresse ? Et pourtant, lorsque nous sommes arrivés dans ce repaire de brigands, nous avons été reçus sans la moindre courtoisie, contraints de poireauter dans une antichambre glaciale pendant des heures, et on ne nous a offert ni à boire ni à manger, pas même proposé d'utiliser la garde-robe !

Orogastus hocha la tête avec compassion et tendit le doigt :

— La petite porte, juste entre les deux piliers.

— Peu importe ! Ce porc de Jorot a finalement condescendu à recevoir notre délégation. Mes compagnons, Soratik, Vitar, Pomizel et Nunkaleyn de Wum, s'entretiennent à l'heure qu'il est avec Jorot et ses amiraux. Ils veulent s'assurer d'une bonne coordination entre notre assaut par terre et l'invasion par mer. Quant à moi, me voici, comme vous me l'avez demandé.

Le sorcier claqua des doigts et une cruche d'alcool d'ilisso apparut sur la table, accompagnée de deux grands gobelets. Il y avait aussi une miche de pain chaud, un plat de saucisses grillées fumantes, un tonnelet de pickles, et un plateau de gâteaux aux noix en tranches, tartinés de fromage à la crème.

— Permettez-moi de pallier les déficiences de

l'hospitalité raktumienne, dit Orogastus. Je crains que les pirates ne soient que des amateurs en matière de diplomatie. La notion même d'alliance est étrangère à leur culture.

— C'est un ramassis de sales bandits, vous voulez dire. (Osorkon ôta ses gantelets et les laissa tomber sur le sol dallé, puis souffla dans ses mains. Elles étaient bleues de froid. Il avala d'un trait un gobelet d'alcool pour se réchauffer et se servit au buffet.) De toute façon, je ne comprends pas pourquoi nous avons fait participer le Raktum à cette entreprise. Avec mes trois mille hommes et votre armée — sans oublier un beau petit feu d'artifice surnaturel, du genre de celui que vous avez tiré quand on a envahi le Ruwenda —, nous pouvons facilement vaincre les loyalistes des Deux Trônes à Derorguila. Ce n'était pas la peine de faire appel à ces boucaniers d'opérette.

Orogastus renifla un pickle et le croqua entre ses dents blanches et robustes. Pas question d'admettre que son « armée » du Tuzamen consistait en tout et pour tout d'environ seize cents hommes, avec à leur tête neuf chefs, dont les compétences ne dépassaient pas la prise en embuscade de colporteurs imprudents, le vol de bétail et les razzias mutuelles des villages.

— Nous avons besoin de la flotte des pirates pour transporter rapidement mes hommes et mes armes magiques, expliqua sérieusement le sorcier. Les navires de guerre raktumiens empêcheront d'éventuels renforts d'atteindre Derorguila par la mer. Les catapultes à feu des Raktumiens neutraliseront les forts à l'entrée du port ennemi, et les huit mille pirates forceront promptement les Deux Trônes à capituler. Il est vital que Derorguila tombe aussi vite que possible. Si les combats se prolongent, l'Archimage Haramis risque de trouver le moyen de venir en aide à sa sœur.

Osorkon plissa les yeux.

— Vous voulez dire que l'Archimage pourrait contrecarrer les pouvoirs magiques de vos deux talismans ?

— Mes pouvoirs dépassent maintenant largement les siens, répliqua le sorcier avec hauteur. Mais elle pourrait compromettre gravement nos plans en subtilisant par magie la famille royale ou par quelque autre action inattendue. Nous devons porter un coup terrible tant qu'Antar et Anigel ont encore l'espoir de repousser notre invasion, avant que l'Archimage ne puisse convaincre sa sœur de fuir.

— Cela tient debout, admit Osorkon à contrecœur.

— Maintenant que les forces du Ruwenda sont parties défendre le Var, les Deux Trônes ne disposent plus que d'environ quatre mille combattants loyaux... plus votre armée provinciale de trois mille. Tout cela suffira à leur faire croire qu'ils ont une chance contre nous.

Osorkon éclata d'un rire rauque.

— Jusqu'à ce qu'ils s'aperçoivent que mes partisans se sont retournés contre eux ! Cette diversion au Var a été une brillante trouvaille, sorcier... Dans la mesure où les réjouissances là-bas ne finissent pas trop tôt. (Il fronça les sourcils.) En fait, il nous faudra sans doute à nouveau envahir le Ruwenda pour faire le ménage.

Orogastus sourit par-dessus le bord de sa coupe.

— Quand ils reviendront, les loyalistes ruwendiens découvriront un autre problème dans le Bourbier Brumeux. La redoutable Dame des Yeux s'est mis dans la tête d'inciter à la rébellion les Singuliers du Ruwenda. Tous ! Ils auront pour objectif d'expulser les humains du pays afin de pouvoir le gouverner eux-mêmes.

Le vieux soldat siffla.

— Eh bien, dites donc ! Vous avez bien su mettre le feu aux poudres, hein ? Je suppose que vous avez l'intention de laisser les Singuliers et les loyalistes du Ruwenda se massacrer.

— Le sort des humains sera vite réglé si ce temps anormal se maintient. Les aborigènes auront un avantage écrasant dans le Bourbier Brumeux durant les Pluies.

Osorkon fit un clin d'œil au sorcier.

— Je suppose que c'est à vous que nous devons les tempêtes, les tremblements de terre et le reste, hein ?

Orogastus eut un geste de fausse modestie et remplit de nouveau le gobelet d'Osorkon.

— Tout cela fait partie de mon grand plan.

— Comment allons-nous reprendre le Ruwenda après la victoire des Singuliers ? demanda Osorkon. Nous avons toujours besoin de leurs ressources naturelles. Du bois de charpente et des minéraux en particulier.

— C'est tout simple. Nous n'aurons qu'à tuer le chef des Singuliers : la Dame des Yeux. Sans elle, la horde des aborigènes se désintégrera d'elle-même.

— Ah ! C'est exact ! Vous avez pensé à tout, sorcier ! (Osorkon marqua une pause afin de dévorer quelques saucisses.) Vous savez, votre proposition d'alliance est tombée fort à propos. Nous autres lords des provinces occidentales du Labornok avons rongé notre frein trop longtemps sous la férule insipide des Deux Trônes. Une crise était inévitable. Tous mes vieux compagnons sont d'accord là-dessus : votre plan pour enlever Antar et les enfants lors du couronnement était une idée brillante.

— Je suis désolé pour la mort de votre sœur, Sharice.

Osorkon haussa les épaules.

— Elle avait volontiers accepté de jouer son rôle. Elle ne pouvait plus supporter ce gros lard de Penapat, mais elle craignait de divorcer de peur de perdre la faveur du Roi et de la Reine. Mon premier devoir en assumant la charge de roi du Laboruwenda devait être de couper la grosse tête de mon cher beau-frère.

Le sorcier se mit à rire.

— Vous en aurez l'occasion dans une semaine, si tout va bien. Les navires du Tuzamen devraient arriver demain à Frangine avec mon équipement magique et mon armée. Nous coordonnerons les forces d'invasion, puis nous partirons pour le sud à bord des bateaux des pirates, plus rapides et mieux armés. Ma tempête magique facilitera notre voyage.

Nous vous déposerons secrètement au port de Lakana, vous et vos quatre amis, puis nous nous cacherons jusqu'au jour arrêté à l'aide d'un banc de brume ensorcelé. Vous et vos forces attaquerez Derorguila par terre et nous envahirons simultanément le pays par mer...

— Et nous écraserons Antar comme un ver entre deux briques !

Le sorcier leva son gobelet d'ilisso fumant, saluant ironiquement.

— Je prédis une victoire rapide et décisive.

— Ce doit être merveilleux de pouvoir lire dans l'avenir, fit observer Osorkon, sardonique. (Puis l'ombre d'un regret vint assombrir ses traits taillés à coups de serpe.) Mais c'est bien dommage qu'Anigel ait cédé si vite et payé la rançon. Avec Antar à la tête des troupes loyalistes, nous aurons plus de mal que s'il n'y avait pas été. Même si ses partisans sont en nombre inférieur, ils se battront avec acharnement pour peu qu'Antar les entraîne.

— J'ai essayé de retarder sa libération, mais il y a eu des difficultés. J'ai eu un entretien désagréable avec la reine régente Ganondri, et après son décès opportun, le Roitelet Lutin a tout à coup fait preuve d'entêtement au sujet de l'emprisonnement d'Antar. Ledo est un bon ami, mais c'est un jeune homme très généreux, et je n'ai pas pu le dissuader d'accepter la rançon immédiatement lorsque Anigel la lui a proposée la seconde fois. Cependant, le fait d'avoir son talisman de même que celui de Kadiya devrait plus que faire pencher la balance en notre faveur. Nous affronterons les partisans d'Antar autant par la magie que par la force armée. Nous serons au moins trois fois plus nombreux quand nous attaquerons Derorguila. Avec un peu de chance, nous emporterons la partie en un seul jour.

Lord Osorkon, qui léchait le fromage sur une tranche de gâteau aux noix, était perdu dans ses pensées.

— La reine Ganondri... cette diablesse ! Heureusement nous n'aurons plus affaire à elle. Au port, quand nous sommes arrivés, on ne parlait que de son jugement par le fatal shareek. A part ça, je présume que vous manipulez le Roitelet Lutin comme un pantin, n'est-ce pas ?

— Je fais mon affaire de Ledo, assura Orogastus.

— Je l'espère bien. (Le Labornoki nettoya ses doigts collants à coups de langue.) Ce serait une calamité s'il ne pouvait plus retenir ses pirates après la victoire et que ceux-ci se mettent à ravager les autres ports où vivent mes partisans. Que les Raktumiens pillent Derorguila puis retournent chez eux, mes amis n'y trouveront rien à dire. Mais rappelez-vous, sorcier : l'accord que nous avons conclu n'implique pas de transformer mon futur royaume en un pays mis à feu et à sang !

— Cela n'arrivera en aucun cas, déclara le sorcier. Je le jure par les Puissances des Ténèbres et par l'Etoile sacrée qui donnent leurs pouvoirs à mes deux talismans.

Orogastus se leva alors, agita la main, et fit disparaître le buffet. Puis épousseta sa robe blanche, et fourra son précieux petit livre rouge dans sa poche.

— J'ai terminé mon travail ici, reprit-il. Je vois grâce à mes pouvoirs magiques que le Premier ministre Jorot, ses amiraux et vos valeureux amis, se disputent âprement pour savoir qui va obtenir le droit de pillage du palais de Derorguila. Reprenez vos armes et allons ensemble négocier un cessez-le-feu. Nous pourrons peut-être alors commencer notre véritable conseil de guerre.

23

Haramis retrouva sa sœur Kadiya pagayant en amont du Mutar, gonflé par les inondations. Elle était accompagnée de ses fidèles Jagun et Lummomu-Ko, ainsi que d'un second canoë plein de Wyvilos. Lorsque l'Archimage se matérialisa à bord de l'embarcation entre la Dame des Yeux et Jagun, puis ouvrit calmement un parapluie magique pour se protéger de la pluie battante, Kadiya fixa sur sa sœur un regard dépité sans dire un mot.

— Je sais ce que tu as l'intention de faire, dit Haramis, et je suis venue t'en dissuader.

— Que veux-tu dire ?

Le regard de Kadiya se troubla.

— Le Professeur du Lieu du Savoir m'a parlé de ton nouveau projet. C'est d'une incroyable sottise... C'est en outre faire preuve d'une vile déloyauté envers notre sœur Anigel. Il faut que tu y renonces.

— Mon projet n'est pas une sottise, s'écria Kadiya. Que sais-tu des relations entre les humains et les Peuples ? Tu es restée à l'écart à étudier la sorcellerie pendant que les désastres s'abattaient sur notre pauvre Péninsule ! Tu n'as rien fait pour m'aider à arracher mon talisman des griffes d'Orogastus. Tu n'as rien fait pour empêcher cette idiote d'Anigel de lui payer sa rançon ! Et maintenant tu oses te mêler de mes affaires !

— C'est la sollicitude qui m'amène vers toi...

— Va-t'en ! Rien de ce que tu pourras dire ne m'empêchera de faire ce que je dois. La seule façon de m'arrêter, c'est de me tuer !

Le petit Jagun, qui ne savait rien du plan de Kadiya, lui cria :

— Extralucide, ne parlez pas ainsi à la Dame Blanche !

Elle se retourna contre lui comme une hyène à qui l'on vient de retirer sa proie.

— Tais-toi ! C'est une affaire entre ma sœur et moi !

— Mais non, dit l'Archimage, qui arbora une expression d'une grande tristesse. Elle concerne le peuple de Jagun, celui de Lummomu, et tous les autres Peuples. Je suis leur protectrice et leur gardienne...

— C'est moi qu'ils ont élue pour chef, pas toi ! répliqua Kadiya. N'ai-je pas le droit de leur soumettre ma proposition afin qu'ils puissent en juger — me juger — et décider librement ?

Déconcertée, Haramis garda le silence.

— Tu sais que j'ai raison ! s'écria Kadiya, triomphale. Et tu ne peux nullement imposer ta volonté aux Peuples, car ce sont des âmes libres, pas ta propriété. Alors laisse-nous !

— Laisse-moi seulement t'expliquer...

— Archimage, va-t'en, dit Kadiya à voix basse, sur un ton menaçant, à moins que tu ne sois disposée à user de violence pour me forcer à écouter.

Haramis baissa la tête.

— Très bien. Je vois qu'il est impossible de raisonner avec toi maintenant. Mais je reviendrai.

Elle disparut. La pluie tombait à verse sur les deux canoës encore plus violemment qu'avant.

— Extralucide, qu'avez-vous fait ? gémit Jagun. Tu aurais dû au moins écouter ce que la Dame Blanche avait à dire.

— Oui, renchérit Lummomu.

Et ses compagnons wyvilos consternés murmurèrent leur assentiment.

— Je sais ce qu'elle dirait, rétorqua Kadiya. Seulement cela ne l'avancerait à rien. Il était inutile que je l'écoute.

— Mais c'est la Dame Blanche..., protesta Jagun.

— Et moi je suis la Dame des Yeux ! (Kadiya frappa le trèfle sur sa poitrine. Juste au-dessus était accrochée son amulette d'ambre avec son trillium rouge sang.) Ne me contrariez pas davantage, à moins que vous ne vouliez m'abandonner et partir de votre côté ! Pagayez, car il faut que nous arrivions avant la tombée de la nuit, c'est tout ce que je vous demande.

Le moment était enfin arrivé.

L'Archimage était assise seule dans son bureau de la Tour du Mont Brom, autrefois son domicile à lui et maintenant le sien. Une tempête de neige d'une incroyable violence faisait rage dehors, mais elle n'y prêtait pas la moindre attention. Elle se dirigea vers sa chaise préférée près de la cheminée (cet âtre où tous deux, assis ensemble, avaient appris à se connaître) et elle éleva son talisman, l'œil rivé sur le cercle vide. La goutte d'ambre du trillium au centre des trois ailes brillait d'une lueur dorée, et la minuscule Fleur à trois pétales à l'intérieur était noire... Noire.

Maintenant, se dit-elle, j'ai vraiment besoin de le voir et de l'écouter. Je dois savoir quels sont ses projets, quel danger il représente pour le Royaume des Deux Trônes de ma sœur Anigel et pour le reste du monde. Talisman, me permettras-tu de le regarder sans que j'y perde mon âme ? Mon amour pour lui subsiste. Je n'y peux rien. Je sais qu'il peut être dangereux de le voir, mais je faillirais à mon devoir si je m'abstenais de le regarder. Et je vais le faire.

« Fais-moi voir Orogastus », ordonna-t-elle.

Et il apparut, arpentant avec une assurance téméraire le pont remuant d'un grand navire de guerre raktumien qui fendait les vagues hautes comme des montagnes. Ses cheveux blancs flottaient au vent, et sa robe mouillée était plaquée contre son corps élancé, magnifiquement musclé. Son visage avait peu changé, sauf qu'il était encore plus sillonné de profondes rides que dans le souvenir d'Haramis. Il avait les lèvres fines mais bien dessinées, les pommettes hautes, et ses yeux étaient d'un bleu glacial sous ses sourcils neigeux. Il était rasé de près et arborait une expression exultante, comme s'il avait tiré force de la tempête. Il n'avait sur lui aucun des deux talismans dérobés.

Il s'arrêta devant l'entrée de l'imposant gaillard d'arrière de la trirème, s'accrocha au bastingage et contempla les flots houleux. Il sourit...

Haramis retint son souffle. D'une certaine façon — et qui n'avait rien à voir avec le Trillium Noir ni le Cercle aux Trois Ailes — elle savait à quoi il pensait. Pas à la conquête du monde ni au triomphe de la Société de l'Etoile. Pas aux Puissances des Ténèbres ni même au Sceptre du Pouvoir qu'il convoitait.

Il pensait à elle.

Elle sentit son cœur battre plus fort et l'envie

presque irrésistible de fondre en larmes. Puis de l'appeler malgré les lieues qui les séparaient, de dire son nom et de tressaillir à sa réponse, de le toucher...

Entre les ailes de son talisman, la minuscule Fleur parut palpiter comme un cœur. Celle-ci était toujours de la couleur d'une nuit de velours, mais dans un instant elle allait changer de teinte...

« Non ! Non, non, non ! »

Elle sanglota tout haut et écarta d'elle le talisman. Il se balança au bout de sa chaîne et la vision disparut.

Elle demeura assise un long moment à prier. Puis, prise d'une nouvelle résolution, elle inspira profondément et ordonna derechef :

« Montre-moi Orogastus. »

Il se trouvait dans un salon somptueux. Ses vêtements étaient entièrement secs et ses cheveux bien peignés. Il était en grande conversation avec ses trois sbires. Le mignon vêtu de noir tenait la couronne curieusement ouvragée qui s'appelait le Monstre aux Trois Têtes. L'acolyte en jaune tenait l'épée de couleur foncée, aux bords et à la pointe émoussés, baptisée l'Œil Incandescent Trilobé.

« ...devez surveiller de très près le Roi et la Reine nuit et jour, disait le sorcier. Toi, ma Voix Jaune, il faut que tu surveilles ce que manigance la Dame des Yeux. Quant à toi, ma Voix Pourpre... Calmement, Haramis se mit en devoir d'écouter.

Kadiya avait choisi la colonie uisgue de Dezaras, au fin fond de l'Enfer d'Epines, pour révéler son projet de faire de l'ensemble du Ruwenda une nation aborigène. Sa vieille amie Nessak, dont elle avait sauvé la vie jadis lorsqu'elle était partie en quête de son talisman, était toujours Première de la Maison et Porte-parole de la Loi. Et c'était de Dezaras qu'avait émané l'Appel initial douze ans auparavant, ralliant les Uisgus et les Nyssomus aux côtés de Kadiya pour la grande bataille contre le roi Voltrik, bataille qui avait amené la libération du Ruwenda.

Au cours de la descente du fleuve depuis le Lieu

du Savoir, Kadiya avait gardé le silence presque tout le temps. Perdue dans ses pensées, elle n'avait soufflé mot à Jagun et aux autres de sa conversation avec le Professeur ni de la terrible nouvelle quant au talisman d'Anigel. Malgré la visite perturbante de l'Archimage, quand Kadiya fit part de ses intentions radicales une fois à Dezaras, ce fut autant une surprise pour son escorte que pour les villageois nessaks et uisgus.

Kadiya exposa son plan de guerre avec une éloquence fervente, rappelant les nombreuses injustices du passé, soulignant qu'étaient réunies toutes les conditions pour une victoire facile, notamment si les Skriteks embrassaient leur cause. Sa stratégie n'impliquait des attaques que contre les forces armées humaines. Il n'était pas question de toucher aux civils humains. Les troupes laboruwendiennes revenant du Var seraient arrêtées par la barrière naturelle des Chutes du Tass, et ils les repousseraient en aval du fleuve. Au Ruwenda même, la Citadelle et les autres centres d'habitation des humains seraient cernés et assiégés. Coupés de tout approvisionnement, isolés par les Pluies anormales, les humains pris au piège n'auraient plus qu'à se rendre sans effusion de sang. Une fois qu'ils auraient tous été expulsés du Ruwenda, le Chemin Bourbeux de la Reine menant de la Citadelle à la frontière du Labornok serait détruit entièrement, et le plateau isolé du Bourbier Brumeux deviendrait un havre de paix pour les seuls Peuples, une nation qu'ils gouverneraient eux-mêmes.

Elle, Dame des Yeux, jurait de négocier un traité en ce sens. Et si telle était la volonté des aborigènes, elle représenterait également les intérêts des Peuples dans tous leurs rapports à venir avec les humains.

Pour couronner le tout, Kadiya leur parla de l'incroyable déclaration que lui avait faite Orogastus en secret. Il avait promis avec force serments que le Bourbier Brumeux appartiendrait aux Peuples pour toujours une fois que les colons humains auraient été expulsés.

Les aborigènes ne réagirent pas au plan de Kadiya avec l'enthousiasme qu'elle avait escompté. Ils l'écoutèrent au contraire en affichant des expressions soit abasourdies soit franchement horrifiées. L'appel aux armes de la Dame des Yeux les choquait profondément, car la paix régnait presque partout dans le Bourbier Brumeux depuis l'accession au trône d'Antar et d'Anigel, depuis leur Union des Deux Trônes. Seuls les Glismaks hargneux de la Forêt de Tassaleyo et les Skriteks, dont même l'Archimage ou Kadiya ne pouvaient refréner la soif de sang, avaient rompu la paix au cours des douze dernières années. Mais voilà que la Dame des yeux appelait à présent à la guerre contre l'humanité !

Nessak de Dezaras avait écouté le long discours passionné de Kadiya d'un visage impassible. Lorsqu'il fut terminé, le Porte-parole de la Loi accepta de faire parvenir la proposition à tous les Uisgus par le biais d'un Appel télépathique. Et vu que ses congénères étaient des orateurs bien plus éloquents que Jagun ou Lummomu-Ko, Nessak accepta également que certains anciens du village appellent les chefs des Nyssomus et des Wyvilos afin de connaître leur décision. Elle promit de se mettre aussi en rapport avec les Glismaks. Toutefois, malgré tous les efforts de Kadiya pour la convaincre, Nessak refusa de transmettre aux Skriteks la proposition de guerre. Si la Dame des Yeux souhaitait faire participer les sauvages à son plan, il lui faudrait traiter directement avec eux ultérieurement.

Kadiya se soumit à la décision du chef aborigène, puis Nessak, Jagun, Lummomu et les autres se retirèrent. Kadiya resta seule dans l'austère hutte d'accueil où avait eu lieu la réunion.

Elle attendit cinq jours.

La pluie battante tombait sans trêve. La hutte était un endroit humide et bien triste pour un humain. Comme le Mutar était sorti de son lit dans l'Enfer d'Epines en raison du temps anormal, il n'y avait plus une seule parcelle de terre à sec dans le village de Dezaras. Ses quelque cinquante petites maisons en herbe sur pilotis étaient devenues des îles entourées d'un lac brun aux eaux gonflées. Des canoës d'osier dotés de harnais pour les rameurs étaient amarrés devant chaque habitation uisgue, sauf devant la hutte où attendait Kadiya. Les deux grosses pirogues appartenant à son escorte wyvilo étaient attachées devant la maison de Nessak et de sa famille.

De temps en temps on apportait à manger à Kadiya, mais la personne qui la servait ne donnait aucune nouvelle de ce qu'avaient décidé les Peuples. Finalement la nuit tomba à l'issue du cinquième jour, et une épaisse brume accompagna le crépuscule. Comme elle l'avait fait lors des nuits précédentes, Kadiya se dirigeait de temps à autre vers la porte ouverte pour voir s'il venait quelqu'un. Mais elle ne distinguait que de vagues lumières marquant l'emplacement des huttes les plus proches, et n'entendait que le crépitement incessant de la pluie, ainsi que les bruits étouffés des animaux et des insectes.

« Ils ne peuvent qu'accepter de se battre pour avoir une terre à eux ! se dit Kadiya. Ils le doivent ! » Elle ferma les yeux et fit une prière désespérée en silence... Mais à la fin elle s'aperçut que sa main droite s'était glissée malgré elle vers le fourreau accroché à sa ceinture, quêtant l'assentiment magique du talisman qui se trouvait là naguère.

Seulement, il n'était plus là. Son fourreau ne contenait plus qu'une épée ordinaire.

— Ils doivent se battre à mes côtés, grommela-t-elle, ou tout est perdu !

— Mais non, fit une douce voix.

Kadiya ouvrit tout grands les yeux, et poussa une exclamation irritée quand elle vit Haramis, qui venait de se matérialiser sur la véranda sans toit de la hutte.

— Encore toi ! s'écria Kadiya. Sa sœur la considérait d'un œil sombre. Son manteau blanc d'Archimage était totalement sec en dépit du déluge.

— Je ne te permettrai pas d'intervenir ! Tu n'as

pas le droit d'empêcher mes Peuples de choisir librement.

— Je ne suis pas là pour me mêler de ce qui ne me regarde pas, et je n'ai pas encore parlé à tes Peuples. Je souhaite seulement avoir une brève conversation avec toi. Puis-je entrer ?

Sans répondre, Kadiya regarda Haramis d'un œil hostile. L'Archimage entra et s'approcha du maigre petit feu au centre de la hutte, qui brûlait à l'intérieur d'un plateau de céramique rempli de sable. Paresseusement la fumée s'élevait dans l'air humide, s'échappant à travers les crevasses du chaume fuligineux ou tourbillonnant autour des poutres, ce qui chassait les insectes assoiffés de sang de l'Enfer d'Epines, mais incommodait les humains.

La soirée était déjà fraîche, mais Kadiya transpirait avec son corset de cérémonie fait d'écailles de poisson dorées. Son amulette était accrochée à une cordelette autour de son cou, et ses tresses auburn étaient ramenées sur sa tête. Elle s'assit avec raideur sur l'un des tabourets d'osier à côté de la cheminée. Lorsque Haramis la rejoignit calmement, Kadiya s'empressa de prendre dans un panier des tiges de fougères sèches, de les casser et de les jeter dans le petit feu, sur lequel elle souffla pour l'empêcher de s'éteindre.

Haramis attendit.

Kadiya garda un silence obstiné pendant quelque temps, puis finit par demander :

— C'est le Professeur qui t'a envoyée une nouvelle fois ? Ou est-ce Anigel cette fois-ci ?

— Le Professeur m'a seulement expliqué ce que tu avais l'intention de faire. Je n'ai pas parlé à Ani de ton redoutable projet, mais je lui ai révélé qu'Orogastus et les pirates faisaient voile vers Derorguila.

— Je savais que cela se produirait. Je suis désolée pour Ani et Antar, mais les Peuples et moi agirons comme nous le devons. Maintenant qu'Orogastus s'est emparé de deux talismans, l'humanité est condamnée à tomber entre ses griffes, malgré tous tes efforts. Mais les Peuples ne l'intéressent pas. Si nous vivons en paix, eux et moi, dans le Bourbier

Brumeux, Orogastus nous laissera tranquilles, quand bien même il se livrerait aux pires exactions contre les nations des humains.

— Comment sais-tu cela ? demanda Haramis, dubitative.

— Orogastus m'est apparu mentalement et me l'a dit.

— Et tu l'as cru ? As-tu perdu l'esprit ?

Les lèvres de Kadiya esquissèrent l'ombre d'un triste sourire tandis qu'elle alimentait le feu. Les flammes illuminèrent ses traits d'un éclat cramoisi et la Fleur Rouge brilla sur son sein.

— Notre vieil ennemi est aussi beau et doucereux que jamais ! Lui aussi sait parler à n'importe qui en ce monde par l'entremise de ses talismans. Mais sans doute avez-vous tous deux eu bon nombre de charmants entretiens afin de régler entre vous le sort du monde...

— Non. Je ne lui ai pas dit un mot, répliqua Haramis sèchement. Et je lui parlerai seulement quand je serai prête à me venger de lui comme il le mérite. J'ai donné l'ordre à mon talisman de me protéger de sa Double Vue inquisitrice et de sa voix importune.

— Tu l'aimes toujours. Nie-le si tu en es capable !

— Je ne le nie pas. Mais je ferai tout mon possible pour éviter de me laisser dominer par mes émotions.

— Je croirai ça quand tu réclameras la justice pour les Peuples avec autant de zèle que tu en mets pour régler les affaires des humains !

— Mon devoir est d'être la gardienne et le guide de tous ceux qui habitent cette terre, qu'il s'agisse des Skriteks, des humains ou des Peuples. Voilà pourquoi je suis venue te supplier de ne pas commettre cette terrible erreur...

Kadiya releva le menton en un mouvement de défi.

— C'est moi, pas toi, que les Peuples tiennent pour leur chef ! Cela fait douze ans que je vis, travaille avec eux, et que je cherche à faire prévaloir la justice dans leurs rapports avec notre race. Pendant ce temps-là tu es restée cloîtrée dans ta Tour. Tu dis que tu les aimes... Mais qu'as-tu fait pour le prouver ?

Haramis garda son calme.

— Les Peuples ont été créés par le Collège des Archimages. Bien avant qu'il n'existe une Dame des Yeux, il y avait un Archimage de la Terre qui veillait sur les aborigènes y vivant. Il est malheureusement vrai que jusqu'ici je n'ai pas été aussi efficace que j'aurais pu l'être. (Elle toucha le Cercle aux Trois Ailes, et son ambre de trillium brilla soudain d'un éclat doré.) Mais les choses vont changer à présent.

— Tu as l'intention de me supplanter... C'est ça ? s'exclama Kadiya.

— Non. Seulement de te persuader.

— Eh bien fais tout ce que tu pourras. (Kadiya se mit debout d'un bond.) Montre-moi comment tu me frapperas si je te mets au défi !

Haramis se borna à secouer la tête d'un air de pitié.

— Tu ne te laisserais certainement pas détourner de ton devoir par un sentiment tel que l'affection entre sœurs ? reprit Kadiya avec un sourire moqueur. Ou bien est-ce autre chose qui te force à agir avec tant de calme ? Dis-moi, puissant Archimage, es-tu vraiment là cette fois-ci, ou suis-je encore en face d'un simple fantôme ?

— Je suis vraiment là. Je peux voyager n'importe où maintenant à l'aide de mon talisman, et je peux t'emmener avec moi...

Kadiya brandit soudain son épée.

— Ose seulement me toucher, Hara. Si tu tentes de m'enlever de force, par tous les Seigneurs de l'Air et par les Trois Lunes, je te tuerai.

— Kadi, Kadi ! (Haramis demeura assise, les mains croisées sur ses genoux, et inclina la tête pour que sa sœur ne voie pas ses yeux embués de larmes.) Jamais il ne me viendrait à l'idée de te faire du mal, jamais je ne te forcerais. Oh, ma chère Sœur ! Pourquoi ne comprends-tu pas ? Nous sommes Trois et nous sommes Une ! Nous ne viendrons à bout d'Orogastus et de ses visées diaboliques que si les Pétales du Trillium Vivant se donnent la main. Le Professeur a tenté de t'expliquer ça. J'ai vu la sindona et je lui ai parlé, et elle m'a donné des conseils précieux qui peuvent nous aider à trouver une solution à toutes nos difficultés... Rengaine ton arme et écoute-moi.

— Pars d'ici ! C'est seulement ainsi que tu me convaincras qu'en venant ici ton vrai but n'est pas de me calomnier auprès de mes Peuples. Je ne te permettrai pas de peser sur leur décision...

— Kadi, il est trop tard. (L'Archimage leva la tête et tendit le doigt vers la porte ouverte.) Regarde.

Kadiya se dirigea vivement vers la véranda, sans se soucier de la pluie battante. Une myriade de petits halos lumineux approchaient à travers la brume : quatre canoës avec des porteurs de torches à leur bord.

— Ils arrivent. (Kadiya jeta derrière elle un coup d'œil amer à sa sœur.) Vas-tu rester pour les haranguer ? Ou leur jeter quelque sortilège s'ils refusent de t'obéir ?

— Je ne ferai rien de semblable... Mais tu peux être certaine que je vais observer et écouter.

Là-dessus, l'Archimage disparut.

Toujours tremblante de rage, la Dame rengaina son épée et descendit l'échelle menant jusqu'à l'embarcadère. Elle saisit les cordages qu'on lui tendait et arrima les bateaux. Le Porte-parole Nessak et son conseil d'anciens du village occupaient les trois premières embarcations ; à bord de la dernière se trouvaient Jagun, Lummomu et plusieurs autres anciens de la tribu des Wyvilos.

Aucun des Uisgus n'était plus grand qu'un enfant humain de huit ans. Ils ressemblaient un peu à Jagun le Nyssomu, mais ils étaient plus petits et plus fragiles d'aspect. Ils avaient des oreilles plus larges et plus proéminentes, de plus grands yeux dorés, des dents plus pointues, une large bouche. La fourrure qui couvrait leur visage et leur corps était huileuse, leurs paumes étaient visqueuses, recouvertes d'une humeur protectrice. Tous, à l'exception de Nessak, portaient de simples pagnes d'herbe et arboraient des cercles de diverses couleurs autour des yeux. Nessak était vêtue plus élégamment d'une jupe bleue et d'un petit col doré constellé de bijoux. Elle portait deux fins bracelets en or, et arborait trois cercles de peinture blanche autour des yeux.

Nessak leva ses deux serres pour répondre au salut de Kadiya et prit la parole en dialecte uisgu.

— Dame des Yeux, celle qui vous parle s'est longuement entretenu avec nos frères du Bourbier. Honebb, ici présent, s'est entretenu avec Frolotu, Chef des Nyssomus. Kramassak s'est entretenu avec Sasstu-Cha des Wyvilos, et Gurebb a fait de son mieux auprès des Glismaks. A tous ces Peuples nous avons lancé votre Appel. Ecoutons à présent leurs réponses... Gurebb !

Un vénérable petit Uisgu s'approcha de Kadiya et la salua.

— Celui qui vous parle a mis longtemps à comprendre les élucubrations des habitants de la forêt. Mais apparemment, Dame des Yeux, ils sont tout à fait disposés à prendre part à la guerre contre les humains.

Les yeux de Kadiya brillèrent. Elle se redressa.

— Merci, Gurebb.

— Kramassak ! enjoignit le Porte-parole.

Une Uisgue prit la parole d'une voix claire.

— Sasstu-Cha l'Ancien, après avoir consulté son peuple en l'absence du Porte-parole Attitré Lummomu-Ko, déclare que les Wyvilos suivront la Dame des Yeux à la guerre... à condition qu'un autre Peuple en dehors des Glismaks fasse de même.

Kadiya adressa un sourire rayonnant à Lummomu et à ses guerriers. Mais le chef des Wyvilos ne lui rendit pas son sourire, et fixa un regard impassible sur l'âtre.

— Honebb... C'est à ton tour, dit Nessak. Et les Nyssomus ?

— Le chef Frolotu, déclara Honebb, après avoir consulté ses semblables, fait savoir que les Nyssomus resteront en paix avec les humains.

Le visage de Kadiya se figea. Elle se tourna vers Nessak.

— Et les Uisgus, ma vieille amie ? Qu'a décidé le Peuple qui a été le premier à me soutenir dans ma lutte contre les vils envahisseurs du Labornok ? Toi qui la première m'a reconnue comme Dame des Yeux, Porteuse de Lumière et d'Espoir ?

— Celle qui vous parle doit dire la vérité, répondit Nessak d'un ton bienveillant mais ferme. Nous savons que les Glismaks se sont querellés avec les humains, et nous savons aussi que certains Nyssomus ont de temps en temps été traités injustement par les marchands humains. Nous savons que les Wyvilos préféreraient vendre plusieurs de leurs précieux produits de la forêt au peuple méridional du Var, qui promettent des prix plus élevés, plutôt qu'en vendre la totalité aux Deux Trônes, comme ils sont aujourd'hui contraints de le faire. Mais il est possible de mettre fin à ces abus de manière pacifique... Et c'est pourquoi nous ne voulons pas faire la guerre. Les Uisgus, quant à eux, n'ont pas de griefs contre la race humaine. Nos habitations se trouvent dans les parties les plus reculées du Bourbier Brumeux et nos seuls ennemis sont les abominables Skriteks... Et même ces monstres ne nous harcèlent que rarement ces temps-ci.

Les autres Uisgus présents hochèrent la tête en murmurant.

— Mais ces gredins d'humains viendront ! s'écria Kadiya. Les Deux Trônes sont condamnés à tomber entre les mains des armées du Raktum et du Tuzamen. Il y aura un nouveau roi au Labornok. Et il s'agira d'Osorkon, un de ces scélérats qui ont brûlé vos villages et tué vos enfants il y a douze ans. Il fera des esclaves de tous ceux qui vivent au Ruwenda, sauf si vous me suivez et vous battez pour faire de cette terre une nation d'aborigènes. Le sorcier Orogastus m'a donné sa parole solennelle : il nous laissera vivre en paix...

— Nous ne croyons pas Orogastus, fit doucement observer Nessak. Et nous ne vous croyons pas non plus quand vous dites que cette guerre est la seule voie qui nous soit offerte.

— Ma solution est la meilleure ! lança Kadiya d'un

ton désespéré. Jamais je ne vous mentirais ! Je vous ai consacré ma vie ! Je vous aime...

Nessak s'approcha de la Dame des Yeux et leva vers elle des yeux chagrinés.

— Je ne pense pas que vous nous mentiriez délibérément, et nous vous aimerons toujours. Mais nous ne pouvons plus vous laisser diriger nos affaires. Puisse la Fleur vous donner la sagesse ! (Elle tendit le doigt vers le trillium qui rougeoyait au cœur de l'amulette de Kadiya.) Je ne parle pas de cette fleur de sang, mais de l'autre, celle que vous avez reniée.

Elle se détourna et ressortit sous la tempête, suivie de tous les autres Uisgus.

Kadiya jeta autour d'elle des regards éperdus vers ceux qui restaient.

— Et toi, Lummomu-Ko ?

Le grand chef wyvilo s'approcha et s'agenouilla.

— Dame des Yeux, les Trois Lunes ont cru et décru trois fois et nous vous avons suivie fidèlement. Maintenant nous vous demandons de nous libérer, car les autres Peuples ont pris leur décision et ne nous ont donc pas laissé le choix.

— Je... Je... (La voix de Kadiya s'étrangla. Mais elle s'abstint de pleurer ou de se laisser gagner par l'émotion.) Va-t'en, réussit-elle à articuler.

Lummomu-Ko se leva et s'inclina, puis sortit avec ses guerriers.

Kadiya les regarda partir, toujours incrédule. Puis elle secoua la tête et s'effondra sur l'un des tabourets d'osier. Elle recommença à jeter au feu des tiges de fougère.

— Et toi, Jagun ? Vas-tu aussi m'abandonner ? demanda-t-elle d'une voix lasse à présent.

Le petit chasseur nyssomu sortit de l'ombre où il était resté durant toute la scène et grimpa sur un tabouret à côté d'elle. Il ouvrit la bourse qu'il portait à la ceinture et fouilla dedans pendant qu'elle attendait sa réponse.

— Il ne reste rien à manger que des racines d'adop séchées, gémit-il. Quelle journée !

Il se servit de son couteau pour couper un morceau dans une des racines noueuses et l'offrit à Kadiya.

Elle le prit et le mâchonna pensivement.

— Lorsque j'étais toute petite et que tu m'as emmenée dans le marais pour la première fois, tu m'as appris à manger ces racines. Et combien de fois nous en sommes-nous nourris frugalement quand nous avons fui devant les soldats du roi Voltrik ?

Jagun hocha la tête.

— Cela fait de longues années que nous sommes amis, Extralucide. Comment pourrais-je vous abandonner maintenant ?

Il sourit et lui tendit un autre morceau de racine.

Kadiya le saisit, puis se détourna vivement car les larmes coulaient enfin.

— Merci, Jagun.

Ils mangèrent en silence pendant un moment. Jagun partagea aussi avec elle sa cruche d'eau.

— Avais-je tort alors, reprit-elle, comme le prétend ma sœur Haramis ? Dis-moi la vérité, vieil ami.

Jagun réfléchit un instant, puis répondit :

— Oui, vous aviez tort. Cette guerre, ce projet, n'était pas une bonne idée. Si vous plongez en vous-même, vous vous apercevrez que vous avez agi pour une obscure raison que vous avez refusé d'admettre.

— Que dis-tu ? Dis-moi clairement quelle est cette raison, d'après toi ?

— Extralucide, je ne peux pas. Vous y croirez seulement quand vous la découvrirez vous-même... Mais je pense que les ennuis ont débuté le jour où vous avez perdu votre talisman.

Elle acquiesça d'un signe de tête.

— Oui. Sans mon talisman, je ne suis plus le chef que j'étais.

— Balivernes ! s'exclama le Nyssomu avec dureté.

Kadiya blêmit sous l'affront. Il n'avait jamais osé lui parler en manquant de respect.

— Mais tu as dit toi-même que la perte du talisman était la source de mes ennuis.

— Vous ne comprenez pas ce que je veux dire. Votre talisman recelait un grand pouvoir, un pouvoir magique ! Mais cela ne faisait pas partie de *vous*. Ce n'est pas en lui que résidait votre vraie force, ni votre vie, ni ce qui donne sens à la vie. Shiki le Dorok a essayé de vous expliquer cela, et moi aussi je le dis.

— Vous avez tous les deux tort !

Il secoua la tête, coupa un autre morceau de racine et le fourra dans sa bouche. Il garda le silence plusieurs minutes.

— Le pouvoir est accordé par la Divinité Trine à peu d'entre nous. Il n'est ni bon ni mauvais en soi, mais il peut devenir bon ou mauvais selon la façon dont on en use. On peut avoir une raison valable d'y renoncer et rester pourtant entièrement soi. En revanche, la *perte* du pouvoir est plus difficile à supporter et peut être source d'humiliation, mais cela ne déshonore pas nécessairement.

— Anigel a fait preuve d'une lâcheté méprisable en donnant son talisman au sorcier !

— Non, repartit le vieux chasseur. Elle a fait ça par amour, et il n'y a pas de plus belle raison. La Reine n'est ni humiliée ni rabaissée par cette seule renonciation.

— Mais moi, je suis l'un et l'autre ! Et cet échec, le fait que les Peuples aient rejeté mon autorité, le prouve. (Elle brandit son amulette empourprée.) *Ceci* le prouve !

— Non. Je pense que ce n'est pas cette perte mais la façon dont vous vous êtes révoltée contre cette perte qui a assombri votre âme. Le talisman n'était pas vraiment une partie essentielle de vous. C'est vous qui en avez fait un élément essentiel.

— Je ne comprends pas ce que tu essaies de me dire. Tout ce que je sais, c'est que l'œuvre de ma vie m'échappe, que je suis coupée de mes racines, inutile, et mon cœur s'en afflige. Que dois-je faire, Jagun ? J'ignore ce que je vais devenir maintenant...

— La reine Anigel a désespérément besoin de votre aide, répondit Jagun. Elle est menacée par la rébellion à l'intérieur et par les envahisseurs à l'extérieur... Quant à son trillium, il est rouge sang parce que son amour pour vous s'est transformé en haine.

Ne pouvez-vous oublier votre querelle et lui venir en aide ?

— Ani accepterait-elle mon aide après les choses horribles que je lui ai dites ?... Mais tu as raison, Jagun. J'ai jugé ma sœur avec trop de dureté... Peut-être parce que je sais si peu de choses de l'amour entre hommes et femmes. Elle croyait sincèrement que racheter Antar était la meilleure chose pour son pays et que cela apaiserait son cœur, vu qu'ainsi le Roi retrouvait son peuple à l'heure où il en avait grand besoin. Mais elle n'a absolument pas compris que les trois talismans étaient plus importants pour la survie du monde que sa famille et sa nation. Sa décision était sotte et sentimentale, mais j'ai eu tort de la réprimander si cruellement.

Jagun hocha la tête.

— Et cette guerre que vous voudriez fomenter parmi les Peuples. Ne voyez-vous pas à quel point elle est injustifiée ?

Elle le dévisagea, et au bout d'un long moment, reprit d'une voix hésitante et incrédule :

— Ai-je... ai-je souhaité la guerre afin de réaffirmer mon pouvoir perdu ? Oh, Jagun ! Ai-je pu être si mesquine ?

— Vous seule pouvez dire si vous avez fait délibérément une chose pareille.

— Non ! s'écria-t-elle, désespérée. Je le jure du fond du cœur. Ce n'est pas ce qui m'a fait agir... consciemment. (Elle détourna les yeux, arborant une expression d'horreur incrédule.) Mais on ne reconnaît pas toujours les impulsions secrètes du cœur. Et il est possible... Dieu, il est possible que je l'aie fait sans m'en rendre compte, emportée par la violence de mes émotions. Tu sais à quel point j'ai toujours été impétueuse, à quel point je m'enflamme comme de l'amadou. Seigneurs de l'Air, ayez pitié de moi ! Je vois à présent... Mais que dois-je faire ?

— Vous pouvez faire amende honorable. C'est toujours possible, pour peu que vous soyez disposée à oublier votre orgueil blessé et à continuer d'aimer.

D'aimer les Peuples qui se sont détournés de vous ! D'aimer vos sœurs !

— J'aime les Peuples sans réserve ! Tu le sais bien. (Kadiya était quasi folle de désespoir.) Et... Oui ! Je serais maintenant prête à me rendre auprès d'Anigel pour l'aider si je le pouvais, à réparer mon erreur et à expier mon manque d'amour. Mais il m'est impossible de la rejoindre. Il me faudrait près d'une vingtaine de jours pour atteindre Derorguila par terre avec ce temps épouvantable.

— Non, dit l'Archimage, réapparaissant soudain.

— Hara ! Tu avais dit que tu écouterais... (Kadiya hésitait entre son ressentiment et le sentiment de contrition qui venait de naître en elle.) Alors tu sais tout. Dis-moi : est-ce que je me suis jugée équitablement ?

— Réponds toi-même à ta question, chère Sœur.

Kadiya serra bien fort son amulette.

— J'ai fait du tort à la fois à Anigel et aux Peuples... Et à toi aussi j'ai fait du tort. J'en suis navrée, et si la Divinité Trine y consent, je ferai de mon mieux pour me rattraper auprès de vous tous.

Un grand calme s'empara d'elle et elle lâcha son amulette.

— Extralucide ! s'écria Jagun en tendant le doigt. Regardez !

Kadiya baissa les yeux vers sa poitrine. Elle ne put articuler un mot. Au cœur du pendentif à la lueur dorée, elle avisa une minuscule Fleur à trois pétales de la couleur de la nuit.

Haramis leva son manteau. Elle fit signe à Kadiya et à Jagun de s'approcher, puis les enveloppa des ailes de son manteau blanc.

— Deux Pétales du Trillium Vivant sont réunis, déclara l'Archimage. Il est à présent temps de partir à la recherche du troisième.

Elle ordonna à son talisman de les emmener à Derorguila, et le monde autour d'eux se transforma en cristal irisé.

24

La Voix Noire sortit de sa transe, le visage blême. Dès que l'Archimage avait fait sa réapparition à Dezaras, la Voix avait cessé de voir Kadiya. Mais elle en avait vu et entendu assez.

Elle ôta avec précaution le Monstre à Trois Têtes de son front, le rangea dans une poche intérieure de sa robe tachée de sel, et quitta sa cabine. Il fallait avertir immédiatement le Maître de l'effondrement de ses espoirs... Il n'y aurait pas de guerre menée par la Dame des Yeux et les Singuliers du Ruwenda.

Orogastus était dans le salon d'apparat du vaisseau amiral raktumien, et jouait à son nouveau jeu de l'Invasion avec le petit prince Tolivar sur une grand table au centre de la pièce. La table était montée sur des balanciers, si bien qu'elle restait plane même lorsque la grosse galère gîtait sous les puissantes rafales qui emportaient la flotte en direction du sud. Orogastus et Tolo donnaient l'impression de flotter en l'air et demeuraient bien en place malgré les mouvements du navire. Lorsque la Voix fit son entrée en titubant, accompagnée d'une gerbe d'écume, le sorcier lut dans ses pensées comme si elle eût hurlé. Il empêcha alors le mignon d'annoncer sa mauvaise nouvelle devant le garçon.

— Je sais ce qui s'est passé, dit Orogastus, en recevant le talisman que lui tendit le chef des Voix. C'est un revers, mais en aucune façon il n'est fatal. N'en souffle pas un mot à nos nobles alliés. Va relever de ses fonctions la Voix Jaune, qui surveille notre port de destination, et charge-toi de mon Œil Incandescent Trilobé. Regarde attentivement si tu vois entrer en scène tout nouveau personnage... dans la mesure où il te sera possible de l'observer. Veille à ne pas te séparer un seul instant de l'Œil Incandescent. Dis à la Voix Jaune de rejoindre la Pourpre, et d'apprendre à nos hommes à se servir des engins magiques.

— A vos ordres, Maître.

La Voix s'inclina et se retira.

Orogastus posa le talisman sur la table à côté de la carte, et le prince Tolivar fixa les yeux sur la petite couronne, soudain intéressé.

— Ma mère ne laissait jamais personne toucher à ça. Elle nous expliquait à tous que le talisman était asservi à elle seule et que, si quelqu'un d'autre y touchait, il mourrait à coup sûr.

— J'ai donné à mes Voix la permission d'utiliser les talismans pour observer et entendre certains événements ayant lieu dans le monde. Je n'ai ni le temps ni l'envie de passer tout mon temps aux aguets.

Le garçon tendit une main hésitante vers le talisman.

— Me donneriez-vous une telle permission, Maître ? Ce serait un grand honneur.

— Peut-être un jour. (Orogastus mit la couronne hors de portée de Tolo.) Mais pas maintenant. Ne touche en aucun cas à ces talismans. Ils sont très puissants et très dangereux. Ta mère, la Reine, n'a jamais su à quel point ! Un souhait vaguement formulé par le truchement d'un talisman peut avoir de terribles conséquences. La magie peut même se retourner contre l'utilisateur d'un talisman si on lui donne des ordres de travers.

— On... On ne peut pas tout bonnement lui ordonner de faire quelque chose de magique ?

— Non. L'ordre doit être donné de manière très précise, dans les règles. Faire autrement, c'est risquer la catastrophe. Je permets seulement à mes Voix de se servir des talismans pour des choses simples, comme par exemple la Double Vue. Elles savent très bien respecter scrupuleusement mes ordres.

— Elles ne respectent pas *toujours* vos ordres, dit le garçon avec un détachement affecté. La Voix Noire a lu le petit livre rouge, alors que vous aviez interdit à quiconque de l'ouvrir.

Orogastus fronça les sourcils.

— Vraiment ?

— Elle le prend pendant votre sommeil. Je l'ai vue faire plus d'une fois lorsque nous étions à bord du bateau. Elle l'emporte dans la cabine qu'elle partage avec la Voix Pourpre. Elles le lisent peut-être ensemble.

— C'est très mal de leur part, observa le sorcier d'un ton léger. Il faudra peut-être que je protège les secrets de ce livre par quelque enchantement. C'est un livre très spécial, comme je te l'ai dit.

Le Prince afficha une expression vertueuse.

— Moi, jamais je ne le lirais sans votre autorisation.

— Parfait. (Le sorcier désigna d'un geste bref la carte étalée devant eux.) Finissons cette partie. D'autres occupations m'appellent.

En cinq coups, Tolo vit ses envahisseurs raktumiens vaincus. La capitale de Derorguila, qu'Orogastus avait défendue, était saine et sauve.

— La prochaine fois je gagnerai ! prédit Tolo, quand ce sera mon tour de défendre Derorguila. Après tout, c'est ma ville. Enfin, je veux dire..., c'est ma ville jusqu'à ce que je m'installe au Tuzamen.

Orogastus se mit à rire.

— Et tu ferais beaucoup plus d'efforts si tu défendais ton pays... Oui. C'est l'une des choses imprévisibles dans une guerre. La bravoure et l'esprit combatif des deux côtés. Même une armée en sous-effectif et mal équipée peut l'emporter si elle y met plus de cœur que ses ennemis.

Tolo jeta au sorcier un regard matois.

— Si vous vouliez vraiment gagner — plus que tout au monde —, comment vous y prendriez-vous ?

— Ce n'est pas une question à laquelle il est facile de répondre, mon garçon. Je ne suis pas général. Mais si tu veux seulement mon opinion, je te répondrais que l'arme la plus efficace de la guerre, c'est la surprise. Si j'étais décidé à gagner une vraie guerre à tout prix, je choisirais d'agir de façon inattendue.

— Voulez-vous dire que vous tricheriez ? demanda Tolo en hésitant.

— Absolument pas. Dans une vraie guerre, les règles ne sont pas aussi restrictives que dans un jeu. Parfois, il n'y a pas de règles du tout. (Orogastus fit glisser les dés ainsi que les pions rouges et bleus dans une boîte d'ivoire sculpté. La carte qui avait servi de tapis de jeu demeura en place.) A présent il faut me laisser. Va un moment dans le salon du gaillard d'arrière. Lis plusieurs des livres que je t'ai donnés. Je dois m'occuper d'affaires importantes. Nous sommes presque au terme de notre voyage, et tu vas bientôt découvrir la grande surprise que je t'ai promise.

— Oh, dites-moi où nous allons, s'il vous plaît ! implora le Prince. Seul le navigateur sait où nous allons..., et il ne veut rien me dire. Allons-nous au Château de Ténébreuse au Tuzamen ? Je l'espère tant ! Je veux voir tous les engins magiques ! Ou bien retournons-nous aux Iles Sans Vents pour punir les méchants indigènes et leur prendre leur trésor ?

— Patience ! Tu le découvriras en temps utile. Maintenant file.

Le garçon sauta sur le tapis, franchit la porte et se dirigea précautionneusement vers la petite cabine-salon à la poupe, qui avait été transformée en bibliothèque et salle de travail temporaire par le sorcier.

Orogastus ferma la porte à clef d'un claquement de doigts et resta assis un moment en silence. Puis il posa le Monstre à Trois Têtes sur son front.

« Je veux voir Haramis », chuchota-t-il.

Il perçut mentalement un maelström multicolore, qui masqua sa vision du salon. Comme toujours, il fit un suprême effort de volonté, ordonnant au talisman de convoquer l'Archimage. Il tendit son esprit vers elle, implorant un entretien mental avec elle. Mais lorsque le talisman lui répondit, celui-ci se servit de la même formule décourageante déjà utilisée :

L'Archimage ne vous permet pas de le voir ni de lui parler.

« Que ce soit elle qui m'adresse la parole alors ! exigea le sorcier. Dis-lui qu'il est encore temps d'empêcher la terrible effusion de sang qui va se produire après-demain à Derorguila. Elle peut être un instrument de paix si elle accepte seulement d'écouter ce que j'ai à dire... »

Elle sait ce que vous diriez et rejette toute concorde entre vous.

« Que le diable l'emporte !... Elle ne peut pas lire dans mon esprit ! Ce que j'ai à proposer est inédit ! Talisman, supplie-la au moins d'entendre ce que j'ai à dire. Et si alors elle doit rejeter ma proposition, qu'elle le fasse en tête-à-tête ! »

Haramis ne vous permet pas de la voir. Elle refuse également de vous parler ou de vous rencontrer en tête-à-tête. C'est elle qui choisira l'heure qui lui conviendra. »

Orogastus grogna et jura, arrachant le talisman de son front. Les couleurs virevoltantes s'évanouirent, puis il revit les boiseries dorées et peintes du salon. Il soupira.

Le portrait de la Reine Régente, précédemment accroché au-dessus du buffet à la place d'honneur, avait été remplacé par une simple marine. Le roi Ledavardis ne voulait pas que son visage disgracieux ornât les lieux publics. Orogastus fronça les sourcils en se rappelant que le jeune homme avait refusé de laisser au chef militaire tuzaménien Zokumonus le soin de commander ses pirates. Il avait l'intention d'être lui-même à la tête de ses huit brigades lors de l'attaque de Derorguila.

Il faudrait surveiller de près le Roitelet Lutin durant tout l'assaut. Non pas seulement pour déceler chez lui d'éventuels signes de faiblesse ou de traîtrise. S'il venait à mourir ou à être gravement blessé, on risquait de perdre toute prise sur les Raktumiens. Entre ces boucaniers imprévisibles et les renégats matois, cette invasion n'allait pas être de tout repos. Orogastus savait qu'il était encore incapable d'accomplir des prodiges de magie avec ses deux talismans. Il pouvait les utiliser pour défendre ses troupes et étudier les mouvements de l'ennemi. Mais il était moins sûr de leur potentiel offensif. Il ne gagnerait pas cette guerre à l'aide du Monstre aux Trois Têtes ni de l'Œil Incandescent Trilobé.

Néanmoins le sorcier ne doutait pas de l'issue finale. Les défenseurs étaient trop surpassés en nombre pour pouvoir l'emporter. Et il avait pour lui les armes magiques des Disparus, alors que les Deux Trônes n'avaient qu'Haramis.

Que le diable l'emporte ! Pourquoi ne pouvait-il la chasser de son esprit une fois pour toutes ? Il n'avait nullement besoin d'elle pour accomplir son grand dessein !

« Si elle refuse de se joindre à moi, eh bien elle devra mourir avec les autres », se dit-il à voix haute.

Il resta assis quelques minutes à reprendre ses esprits. Puis il demanda à la couronne de lui montrer la position des forces ruwendiennes qui s'étaient portées au secours du Var pour aider ce dernier à repousser le Zinora et ses alliés pirates. Ce conflit était à présent terminé, et les guerriers ruwendiens victorieux retournaient chez eux.

Sur la carte étalée devant lui, une série de points lumineux apparut le long du Grand Mutar vers le sud, dans la vaste Forêt de Tassaleyo qui formait la frontière imprécise entre le Ruwenda et le Var.

Parfait. Ils ne risquaient pas de se porter au secours de Derorguila.

Ensuite il vit lord Osorkon et ses rebelles. Il eut la satisfaction de les trouver cachés dans de maigres bois à quelque seize lieues à l'ouest de la capitale du Labornok. Ils avaient réussi à garder leur présence secrète en assassinant les pauvres charbonniers qui habitaient là, ainsi que les malheureux voyageurs qui avaient traversé la forêt par hasard. Mais ils ne passeraient pas inaperçus bien longtemps. Même si Haramis ne les découvrait pas, le roi Antar finirait par s'apercevoir de l'absence d'Osorkon et de ses lords provinciaux lorsqu'il verrait affluer les hordes de soldats et de chevaliers venus défendre Derorguila.

Eh bien, tout cela se présentait de manière aussi satisfaisante que possible. Il faudrait prévenir les Raktumiens d'une éventuelle attaque de navires loyalistes sur leur flanc depuis Lakana, mais cela ne présentait pas de difficulté. Orogastus se mit à rire tout haut. Autre information utile glanée auprès de l'innocent Tolo ! Le garçon avait également laissé échapper de précieux détails quant aux fortifications autour du palais. Haramis tenterait sans nul doute de défendre sa sœur à l'aide de ses pouvoirs magiques, mais en fin de compte la reine Anigel, le prince de la Couronne Nikalon et la princesse Janeel seraient soit capturés soit tués, et le même sort attendait Kadiya si elle décidait de se ranger aux côtés de sa sœur.

Une fois qu'ils auraient tous été exécutés, qu'Antar aurait été tué au combat et que le répugnant lord Osorkon aurait été traité comme il le méritait (toujours impossible de laisser vivre un renégat), le petit prince Tolivar serait le seul héritier vivant du Laboruwenda. Lequel deviendrait un état vassal docile du Raktum... Aussi longtemps qu'il plairait à Orogastus de ménager le Roitelet Lutin.

Tout allait se dérouler pour le mieux. Et ce serait même légal.

Orogastus hocha la tête avec satisfaction tandis que ces pensées traversaient son esprit. Le monde n'avait jamais été aussi mûr pour qu'il le dominât. Des enfants-rois au Raktum et au Zinora, et bientôt également au Laboruwenda. Des monarques séniles dans les Iles d'Engi, et un benêt irrésolu sur le trône du Var. L'Imlit et l'Okamis étaient des républiques gouvernées par des marchands incapables, tandis que la riche nation méridionale de Galanar était dirigée par une femme vieillissante dont les seules héritières étaient ses sottes de filles. Il serait un peu plus ardu de soumettre la Sobranie, avec ses barbares butés, mais elle aussi tomberait avec le temps... Et le monde connu serait finalement à ses pieds.

Alors ses pouvoirs magiques ne connaîtraient plus de bornes ! Même s'il n'obtenait pas le troisième talisman immédiatement, il finirait bien par se l'approprier. La Société de l'Etoile régnerait enfin, après douze mille ans d'attente.

L'Etoile...

Il faudrait que ses nouveaux membres soient d'une loyauté sans faille envers leur maître.

Orogastus fronça les sourcils en se rappelant ce que lui avait dit Tolo sur la Voix Noire : celle-ci lisait à son insu le petit livre rouge... Bien que, devant le Prince, il eût pris la chose à la légère, le sorcier avait été profondément troublé par cette marque d'insubordination de la part de son principal sbire. La Noire, malgré son allure chétive, était la plus capable des Voix, celle qui était la plus apte à entrer dans la Société de l'Etoile. Mais sa soumission au Maître était-elle absolument sans réserves ? Et les Voix Jaune et Pourpre ? Etaient-elles loyales ?

Soucieux, Orogastus parvint à une conclusion qui ne l'enchantait guère.

Il ne pouvait plus se permettre de repousser ce qui devait être fait. Avant la confusion qu'engendrerait la guerre, il lui fallait s'assurer une fois pour toutes de la parfaite loyauté des trois Voix. Il lui fallait savoir si le mécontentement et la jalousie ne l'avaient pas emporté sur leurs convictions.

Il replaça la couronne sur la tête et appela ses sbires.

La Voix Noire, la Voix Jaune, et la Voix Pourpre accoururent au salon. Le vent était presque tombé, et le grand navire avançait sans roulis ni tangage. La Noire, qui venait d'utiliser l'Œil Incandescent Trilobé pour observer Dezaras ainsi que Derorguila, ne tarda pas à révéler à son Maître que les villageois uisgus étaient stupéfiés par la mystérieuse disparition de Kadiya et de Jagun.

— Certains craignent que tous deux aient été enlevés par vous-même, Maître, dit la Voix Noire au sorcier. Nous savons que ce n'est pas le cas et nous sommes donc obligés d'en conclure que l'Archimage les a escamotés d'une manière ou d'une autre.

Orogastus se leva et se mit à arpenter la pièce, soupesant cette fâcheuse éventualité. Haramis aurait-elle su apprendre un tour de magie aussi impressionnant ? Il ignorait entièrement ce qu'elle avait pu faire durant ces douze années. Mais si elle était capable de déplacer les êtres par ses pouvoirs magiques, pourquoi n'avait-elle pas délivré plus tôt Antar et les enfants ? Pourquoi n'avait-elle pas fait venir des soldats ruwendiens pour défendre Derorguila ? Orogastus se garda bien de demander à ses talismans les réponses à ces questions. Ils étaient résolument muets sur tout ce qui concernait l'Archimage ou ses affaires.

La Voix Noire continuait son rapport :

— Je n'ai vu aucune trace de Dame Kadiya à Derorguila. Mais, bien entendu, si elle est sous la protection magique de l'Archimage, elle est forcément aussi invisible que la Dame Blanche en personne, malgré mon talisman. Maître, ce fait pourrait avoir les plus graves conséquences. Si l'Archimage peut faire disparaître les gens, ne pourrait-elle faire disparaître la Reine et ses deux enfants durant notre attaque ? Cela contrecarrait votre projet de voir le prince Tolivar devenir héritier des Deux Trônes et vous restituer le Labornok et le Ruwenda après la mort des autres membres de la famille royale.

— Je ne pense pas, répliqua le sorcier après un instant de réflexion. Même si Anigel échappait à la mort, elle serait incapable d'empêcher notre victoire. Ce n'est pas une combattante comme sa sœur Kadiya. Nous pourrions toujours faire courir le bruit qu'elle et ses enfants auraient péri. Et le Laboruwenda aurait capitulé bien avant que la Reine n'ait pu opposer un démenti ou lever une armée pour nous combattre.

— Vous avez sans doute raison, Maître, dit la Voix Pourpre. Même l'Archimage ne pourrait repousser des forces armées de treize mille hommes.

— Si elle en était capable, repartit le sorcier avec un sourire, elle n'aurait pas attendu maintenant pour le faire. Dans moins d'une heure, cette flotte aura pris position au large de la côte du Labornok. Les hommes de lord Osorkon sont déjà prêts à attaquer. Il ne reste plus qu'à finir de former nos guerriers tuzaméniens à l'usage des armes des Disparus. Nous attaquerons, comme prévu, Derorguila aprèsdemain... Et cela nous amène à la raison pour laquelle je vous ai fait venir, mes chères Voix.

Il tendit la main pour récupérer l'Œil Incandescent Trilobé, et la Voix Noire le lui remit avec une courbette servile. Les trois sbires attendaient, bien en rang. Le sorcier brandit le talisman par sa lame émoussée de sorte que les trois lobes étaient dressés. Son front était ceint du Monstre aux Trois Têtes.

— Mes Voix, j'ai entendu récemment des rumeurs troublantes : vous seriez jalouses du petit prince Tolivar et n'approuveriez pas les projets que je nourris à son endroit ; vous craindriez que je n'aie plus besoin de vous, maintenant que je possède deux talismans qui magnifient mes pouvoirs magiques ; vous auriez désobéi à mon ordre de ne pas toucher au petite livre rouge intitulé *Histoire du monde.* Pis, j'ai cherché le coffre étoilé à deux reprises et n'ai pu le trouver avant de solliciter l'aide des talismans. Et je l'ai découvert là où quelqu'un l'avait laissé... Quelqu'un qui avait manifestement cherché à en percer les secrets.

Les trois Voix s'empressèrent de nier et d'assurer le sorcier de leur loyauté. Ce dernier leva la main pour leur imposer silence.

— Il est inutile de parler. Car ce talisman (il brandit l'épée émoussée) va me fournir un moyen infaillible de connaître la vérité.

Les trois sbires fixèrent le triple pommeau, commençant à comprendre. De la sueur perla sur le front et le crâne chauve des Voix Jaune et Pourpre. La Voix Noire devint aussi blême qu'un cadavre revêtu de sa tenue mortuaire.

— Or, il y a des péchés qui sont véniels, poursuivit Orogastus. Des péchés tels que la curiosité imprudente, la mauvaise humeur, les malveillantes récriminations qui ne viennent pas du cœur. On peut se repentir facilement de tout cela et se le voir pardonner aisément. Mais il y a d'autres péchés qui noircissent tellement l'âme qu'aucun pardon n'est envisageable, sinon dans une autre vie. Et ces péchés, le Ciel peut les pardonner, mais moi je ne saurais les pardonner ! Par exemple la malfaisante jalousie qui nuit à la personne enviée, la déloyauté envers son maître, le fait de convoiter le pouvoir du maître.

Orogastus tendit le talisman à la Voix Pourpre.

— Pose la main sur le pommeau et jure que ton âme est bien exempte de ces péchés mortels.

Pleurnichant d'effroi, la Voix toucha les trois lobes.

— Je... Je le jure, chuchota-t-elle en tremblant.

Les triples lobes s'ouvrirent et trois Yeux dévisagèrent un instant la Voix Pourpre. Puis ils se refermèrent et l'homme parut se dégonfler comme une baudruche percée.

— Ils ne m'ont pas tué ! s'écria-t-il d'une voix suraiguë, puis il éclata en sanglots, se cachant le visage entre les mains.

— Calme-toi, ma Voix Pourpre, dit Orogastus, non sans pitié. Tu as réussi l'épreuve et, un jour prochain, tu seras intronisé dans la puissante Société de l'Etoile.

La Voix Pourpre déglutit. Elle cessa soudain de pleurer, comme un robinet qu'on ferme.

— Et maintenant toi, ma Voix Jaune, dit Orogastus.

Le sbire corpulent vêtu de la robe safran fut plus courageux ou plus sûr de son innocence que son acolyte. Il ne tressaillit pas en touchant les lobes. Les yeux des Peuples, de l'humanité et des Disparus, s'ouvrirent tout grands, l'observèrent, puis se refermèrent. La Voix Jaune poussa un profond soupir.

— Toi aussi, ma Voix, tu as réussi, déclara Orogastus. Et maintenant, à la dernière d'entre vous.

Il brandit le talisman devant la Voix Noire.

L'espace d'un instant le chef des sbires hésita, plongeant son regard dans les yeux d'Orogastus. Un vague regret ombra son visage pâle comme un parchemin, puis il parla sans émotion :

— Nous vous avons sacrifié notre vie, et même notre identité, Maître. Nous vous avons servi de toutes nos forces. Et pourtant quand est venu le temps pour vous de choisir votre héritier, vous n'avez choisi aucun d'entre nous. Vous avez résolu de tout donner à ce maudit gosse... et pas à nous, qui vous aimions.

D'un geste de défi il enserra brusquement dans sa main les trois lobes, et lorsque les yeux du talisman s'ouvrirent, ils dardèrent des regards furieux. Un rayon de lumière bleutée en jaillit et frappa la Voix Noire en plein front. Sans un bruit, elle s'effondra sur le tapis. Ses vêtements noirs étaient intacts, mais son corps était réduit en cendres.

Orogastus se détourna pour que les deux autres ne voient pas son visage.

— Enlevez ce cadavre et jetez-le à la mer. Puis toi, Voix Jaune, pourras revenir ici afin de reprendre l'Œil Incandescent Trilobé. Continue à observer attentivement ce qui se passe à Derorguila tandis que la Voix Pourpre achèvera la formation des troupes.

— A vos ordres, Maître.

Hébétés, les deux sbires se penchèrent pour ramasser les restes de leur frère.

De l'autre côté de la porte intérieure du salon, le prince Tolivar s'écarta en tremblant du trou de la serrure et alla se tapir dans le coin le plus sombre de la cabine, suçant son pouce. Il était quasi mort de frayeur. N'avait-il pas lui-même convoité le pouvoir des talismans ? N'avait-il pas commis un péché encore pire ? Oh, pourquoi avait-il cédé à la tentation ?

S'il venait au Maître l'idée de le mettre à l'épreuve, *lui*, il serait pulvérisé exactement comme la Voix Noire.

Et ce jeu d'invasion, auquel lui et Orogastus s'étaient amusés à jouer, ce n'était pas du tout un jeu en fin de compte ! Le sorcier cinglait vers Derorguila, et lui ainsi que ses pirates allaient envahir la ville pour de vrai ! Et ils allaient tuer Mère, Père, Niki, Jan... Et ils feraient de lui leur marionnette, de la même façon que la Reine des Pirates avec le Lutin.

« J'ai été un petit sot, pensa Tolo. Père avait raison. »

Il se serait mis à pleurnicher, mais quelque chose lui disait que s'il faisait du bruit — ou s'il indiquait d'une façon ou d'une autre qu'il avait entendu ce qui s'était passé dans le salon — il mourrait aussi vite que la Voix Noire.

Le prince Tolivar grimpa sur un canapé, ouvrit l'un des hublots, et inspira à grandes goulées le brouillard froid et salin. Une fois qu'il eut quelque peu dominé sa peur, il s'assit et prit l'un des livres que le sorcier lui avait donnés. Il se força à le lire, remuant les lèvres pour prononcer chaque mot en silence.

Orogastus déverrouilla la porte plus d'une heure après et dit qu'il était temps d'aller dîner.

— Alors, as-tu appris beaucoup de choses ?

Tolo fit entendre un petit rire timide.

— Pas autant que j'aurais pu, Maître. Je suis désolé... Mais j'ai dormi presque tout le temps. Lire ces mots compliqués, c'est très difficile, et j'étais fatigué, tant notre jeu m'avait passionné.

— Ne t'en fais pas, dit le sorcier d'un ton bienveillant. Tu auras largement le temps de lire plus tard.

Il prit le petit garçon par la main, et ils gagnèrent tous deux le carré des officiers, où attendaient le roi Ledavardis, le général Zokumonus ainsi que les nobles du Raktum et du Tuzamen.

25

— Tiens ! L'as-tu senti cette fois-ci ?

La reine Anigel avait parlé d'une voix suraiguë, tendue, et elle porta machinalement la main à la poitrine, là où l'amulette de trillium se nichait entre les plis de sa lourde robe de laine. En compagnie du roi Antar, elle était à la fenêtre de leur salle de repos, tout en haut du grand Donjon de Zotopanion du palais de Derorguila. Ils avaient fini de souper et étaient en train de regarder les cours en contrebas, où se raréfiaient les allées et venues, quand le nouveau tremblement s'était fait sentir. Cette fois-ci la secousse tellurique avait été suffisamment forte pour faire tinter les cristaux sur la table, et les lustres dorés s'étaient mis à osciller.

Le Roi prit la main froide de sa femme. Malgré la belle flambée dans l'âtre, la pièce était glacée.

— Oui je l'ai senti. Assurément c'était un petit tremblement de terre. Seulement, cela n'a rien d'alarmant, chérie. Lorsque j'étais enfant, il y avait de petites secousses de temps à autre, mais cela n'avait aucune conséquence fâcheuse.

— C'est différent, insista la Reine, ses yeux saphir assombris par la crainte. Il y a quelque chose au fond de moi qui pressent une terrible catastrophe prête à s'abattre sur nous. Et je ne parle pas seulement d'Orogastus et de sa maudite flotte de pirates ! Quelque chose de pis ! Ces tremblements de terre sont un autre symptôme dénotant que le monde va de plus en plus de travers. Et c'est moi qui en suis responsable...

— Tais-toi, mon amour. Il n'est pas étonnant que tu sois tourmentée, vu que les Raktumiens sont sur le point d'attaquer.

Antar posa doucement le doigt sur ses lèvres exsangues et la prit dans ses bras. Il portait les sous-vêtements de cuir à l'épais rembourrage que l'on porte sous une armure, car il avait l'intention de faire le tour des fortifications ce soir-là. Il avait les traits tirés et des cernes sous les yeux par manque de sommeil. Tous deux avaient travaillé de longues heures au cours des six derniers jours, depuis que l'Archimage leur avait parlé du plan d'invasion d'Orogastus. Mais la simple fatigue ne pouvait expliquer l'état de quasi-hystérie de la Reine, et Antar était autant préoccupé par elle que par la défense de la capitale.

— Près de dix mille pirates ! chuchota Anigel, se serrant contre son mari. Ils pourraient fort bien approcher de la ville à cet instant même en profitant de la tempête !

— Mais ta sœur l'Archimage m'a assuré une nouvelle fois ce matin que leur invasion ne débuterait pas avant après-demain. Et elle a promis de nous aider à combattre la magie malfaisante d'Orogastus, afin que seuls les hommes s'affrontent dans la mesure du possible.

— Haramis a promis d'aider, mais elle ne dit pas comment ! Pourquoi est-elle restée si vague quant à la nature de ses pouvoirs ? Lorsque je l'ai suppliée de détruire la flotte pirate à l'aide de son talisman, elle m'a répondu qu'elle en était incapable ! Je lui ai expliqué que seuls quatre mille guerriers entraînés avaient répondu à notre appel aux armes, et pourtant elle prétend qu'il lui est impossible de transporter les troupes ruwendiennes jusqu'à Derorguila par magie...

— Si lord Osorkon et son armée nous restent fidèles, comme j'ai de bonnes raisons de l'espérer, nous aurons assez de renforts pour repousser l'ennemi, même si nous sommes surpassés par le nombre. Les défenses de Derorguila sont fortes. Le Raktum nous a attaqués cinq fois sans succès au cours des cent dernières années. Même si notre blocus du Détroit de Dera échoue, les catapultes sur les hauteurs fortifiées des deux côtés de l'entrée du port repousseront sûrement les envahisseurs qui tenteront de mettre pied à terre. Quant à la nature de l'aide que la Dame Blanche peut nous apporter, nous verrons bien : nous ne pouvons que nous en remettre à elle. Elle a dit qu'elle nous rejoindrait quand elle le pourrait. Entre-temps, je ne peux que prendre toutes les précautions nécessaires et implorer la protection de la Divinité Trine ainsi que des Seigneurs de l'Air. (Il saisit le visage d'Anigel entre les mains.) Et il faut que tu fasses de même, mon amour. Prie aussi pour que ne faiblissent pas ma force et mon courage.

— Je suis désolée, chuchota Anigel en se serrant contre lui. Quelle idiote je fais... Je te complique les choses avec mes appréhensions morbides.

Il l'embrassa.

— Je t'aime. Souviens-t'en.

Il pleuvait toujours à verse. De temps en temps du grésil venait heurter les vitres. Du grésil... Dans un endroit aussi méridional que Derorguila, et durant la Saison Sèche par-dessus le marché ! Le Roi réprima un frisson. L'étrange prémonition d'Anigel quant à une catastrophe universelle était peut-être finalement fondée...

Bien que le soleil ne fût pas encore couché, il faisait presque nuit, et la cité était enveloppée d'un brouillard glacial. Les torchères et les feux de bivouac le long des remparts du palais brûlaient déjà. La fumée se mélangeait à la purée de pois qui recouvrait la capitale tentaculaire. Derorguila, la plus grande et la plus riche cité de la Péninsule, se livrait aux derniers préparatifs destinés à repousser l'invasion raktumienne.

Les pourtours intérieurs du palais grouillaient de troupes de soldats fraîchement arrivées, de chevaliers montés sur des destriers, d'escouades de gardes. A l'extérieur des enceintes, quelques charrettes attardées, chargées de vivres, de bois de chauffage et de munitions pour les catapultes, gravissaient la promenade royale. Des officiers brandissant des torches faisaient avancer les charretiers et maintenaient l'ordre parmi les flots de plus en plus clairsemés de véhicules et de piétons. La plupart des civils à qui on avait donné l'ordre de quitter la ville étaient déjà partis. Non loin du palais, des domestiques condamnaient les fenêtres au rez-de-chaussée des hôtels particuliers qui n'avaient pas été abandonnés par leurs propriétaires paniqués.

Le ciel du côté du front de mer était empourpré par les feux allumés le long des quais. Les plus gros navires de la flotte laboruwendienne avaient depuis longtemps gagné la mer afin d'attaquer l'armada des pirates dès que celle-ci approcherait de la côte. Quant aux plus petits vaisseaux qui s'enchaîneraient ensemble et bloqueraient l'entrée du port, ils embarquaient hommes ainsi que provisions, et se préparaient à prendre position.

Le vent gémit brusquement et une nouvelle gerbe de grésil gifla le carreau comme une poignée de gros sable.

— Quel horrible temps ! s'exclama Anigel en ramenant son lourd châle sur les épaules. Nos guerriers ne sont pas équipés comme il faut pour se battre par un froid pareil, et les civils qui ont fui à la campagne vont souffrir terriblement si le siège de la ville se prolonge trop.

— Si Osorkon et les autres lords de province nous restent fidèles, nous pouvons espérer l'emporter. Ils peuvent réunir au moins trois mille hommes, et leurs renforts peuvent suffire à notre défense. Ce temps abominable est davantage un inconvénient pour l'ennemi que pour nous.

— Mais Osorkon viendra-t-il ? demanda la Reine, dubitative. Je sais qu'il proteste de sa loyauté et nie avoir pris part au complot de sa sœur Sharice. Mais lui et ses partisans n'ont jamais pu accepter la présence de Ruwendiens dans le gouvernement des Deux Trônes.

— Osorkon viendra, assura le Roi. Voici seulement quelques heures un messager est arrivé de Kritama, m'annonçant que ses troupes étaient en chemin. Elles se seraient mises en route plus tôt si la tempête n'avait rendu impraticables les chemins des provinces de l'Ouest.

— Si seulement j'avais mon talisman ! soupira Anigel. Je serais en mesure d'épier Osorkon et de savoir s'il s'est véritablement rangé aux côtés de nos ennemis, comme Owanon et Lampiar le soupçonnaient... Le talisman m'aiderait aussi à confirmer ou à infirmer une affreuse rumeur que Lady Ellinis a entendue aujourd'hui de la bouche d'un des charretiers.

— Et de quoi s'agit-il ?

Anigel hésita, avant de répondre d'un ton lourd d'appréhension :

— Il paraît que les Singuliers seraient descendus des vallées montagneuses à l'extrême ouest, chassés de leurs lieux d'habitation habituels par le grand froid. Ils ont dit aux paysans que la Glace Victorieuse gagnait à nouveau du terrain et qu'elle allait submerger le monde si l'on ne remédiait à ce dérèglement.

— Sottises ! railla le Roi. Les tempêtes sont sûrement l'œuvre de cet abominable sorcier. Il se sert du temps comme d'une arme. Même autrefois il se vantait de savoir se faire obéir à la tempête. Mais il n'osera pas continuer bien longtemps à tout chambouler, de peur que son propre peuple ne soit en danger... *Grand Zoto !*

Les murs de pierre massifs du donjon se mirent à trembler une fois encore. Cette fois-ci la secousse fut si forte qu'un nuage noir de suie s'échappa du conduit de la cheminée, étouffant le feu à moitié. Deux petites vitres de la fenêtre se fêlèrent, et l'armure du Roi qui attendait sur un coffre tomba avec fracas sur le sol en pierre. Anigel posa en silence la tête sur la poitrine de son mari, tandis que la bâtisse continuait à trembler.

Puis le silence régna de nouveau.

— C'est terminé, dit Antar. Nous ferions mieux de faire un rapide tour d'inspection...

On se mit à tambouriner à la porte.

— Entrez ! lança le Roi.

Lord Penapat le chambellan se tenait sur le seuil. Son visage rond était blême. Juste derrière lui se distinguaient trois silhouettes vêtues de capes et encapuchonnées.

— Mes... Messire, ces grandes dames et leurs compagnons viennent d'arriver et sollicitent une audience auprès de vous et de la Reine.

Une femme vêtue d'un manteau blanc passa devant le chambellan et pénétra dans la pièce.

— Nous ne nous attendions pas à être accueillies par un tremblement de terre, toutefois.

— Hara ! s'écria joyeusement la reine Anigel, reconnaissant sa sœur aînée et courant vers elle. Dieu merci ! Et tu es vraiment là, ce n'est pas simplement ton image ! C'est merveilleux ! (Elles tombèrent dans les bras l'une de l'autre.) Es-tu venue ici à dos de gypaète ?

— Non. Je peux maintenant voyager n'importe où à travers le monde à l'aide de mon talisman. Et je peux emmener ceux que je touche.

Kadiya et Jagun le Nyssomu entrèrent à leur tour. Ahurie, Anigel les dévisagea tous deux.

— Tu peux les transporter par magie, *eux*..., mais tu ne peux pas faire venir les renforts du Ruwenda ?

— Je ne peux pas faire venir suffisamment d'hommes à temps pour que cela vous soit utile, repartit l'Archimage. Et les guerriers ruwendiens sont exténués. Beaucoup se remettent de leurs blessures reçues dans le Var. Il vaut mieux que j'utilise mes pouvoirs magiques de manière plus efficace.

— Dis-nous comment... oh ! Dieu nous garde ! Cela recommence !

Une nouvelle petite secousse fit trembler le palais.

Haramis leva son talisman et prononça des mots que personne n'entendit, puis déclara :

— J'ai inspecté la terre sous Derorguila. Pour le moment un grave tremblement de terre n'est pas à craindre.

— Nous devons dire à notre peuple de ne pas se tourmenter, décréta le Roi. Penapat, va tout de suite faire savoir que l'Archimage est parmi nous et protégera...

— Non ! s'écria Haramis. Personne à part nous ne doit savoir que je suis ici. Et vous devrez tous veiller à ne pas me trahir. Orogastus vous épie en permanence à l'aide de ses talismans. Mon aide vous sera particulièrement utile si le sorcier ignore totalement où je suis et ce que j'ai l'intention de faire.

— Mais le peuple sera terrifié s'il y a d'autres secousses, répliqua le Roi. Ne pouvons-nous pas le rassurer ?

Haramis réfléchit, puis son visage s'illumina.

— Lord Penapat, allez trouver le savant Lampiar. Dites-lui d'annoncer que ses devins ont pronostiqué la fin des tremblements de terre et affirment que tout danger est écarté. Mais rappelez-vous ! Ne soufflez mot de ma présence ici, ni de celle de Dame Kadiya ou de Jagun.

Le chambellan s'inclina et se retira, puis referma la porte.

Kadiya s'approcha alors de la Reine, tendant les mains avec un sourire timide. Le visage d'Anigel perdit aussitôt son expression chaleureuse. Elle gratifia seulement la Dame des Yeux d'un hochement de tête, puis se détourna d'elle et adressa la parole à l'Archimage :

— Donne-nous des nouvelles d'Orogastus et des pirates. Est-ce toujours leur intention d'attaquer Derorguila dans deux jours ?

— La flotte raktumienne pourrait être ici dans moins de trois jours, répondit Haramis. Ils se sont mis en panne en haute mer, au large du Détroit de Dera, cachés par une nappe de brouillard. Ils n'attendent que l'ordre du sorcier pour attaquer. Cependant, d'après ce que j'ai entendu grâce à mon talisman, ils ont toujours l'intention d'envahir le pays après-demain. Pour le moment les guerriers sont formés à l'usage de certaines armes insolites que leur a fournies Orogastus.

— Et lord Osorkon et ses partisans ? demanda le Roi avec empressement. Sont-ils en chemin pour venir défendre Derorguila, comme ils l'ont promis, ou complotent-ils quelque félonie ?

— Je peux les localiser, répondit l'Archimage en fronçant les sourcils, mais je ne peux lire dans leur cœur. Toutefois, il se peut qu'ils trahissent leurs intentions tandis que je les observerai. Laissez-moi le temps de découvrir où ils se trouvent...

Haramis reprit son talisman. Son regard se perdit dans le vague. Antar et Anigel attendaient anxieusement. Haramis resta figée un bon moment, et comme son état de transe se prolongeait, Kadiya se hasarda à parler :

— Je comprends ton accueil réticent, Anigel. J'ai agi envers toi de manière odieuse. Je n'avais pas le droit de te reprocher d'avoir cédé ton talisman pour racheter ton mari et tes enfants. Il n'appartenait qu'à toi de prendre cette décision. Je... Je regrette mon odieuse attitude du fond du cœur, et je te demande pardon.

— Je te pardonne, dit Anigel avec froideur.

Mais elle n'alla pas vers sa sœur.

— Je suis prête à faire tout mon possible pour aider à défendre ton pays, ajouta Kadiya.

— Une combattante de plus, répliqua la Reine, ne

saurait faire beaucoup de différence alors que le Raktum nous surpasse de loin en nombre. Mais si mon mari accepte que tu te joignes à ses soldats, je ne peux guère m'y opposer.

Elle se détourna de nouveau et s'appliqua à ramasser les pièces de l'armure du Roi. Le petit Jagun s'était retiré près de l'âtre. Il balaya la suie et les cendres, puis remit du bois pour ranimer le feu vacillant.

— Je suis navrée que mes excuses soient apparemment incapables de combler le fossé entre nous, dit Kadiya d'une voix douce et insistante. Si ma présence t'offense, je peux demander à Hara de m'emmener autre part. Mais je jure que je donnerais ma vie pour vous défendre, toi et tes enfants.

— Merci, mais cela ne sera pas nécessaire. Vu que, depuis longtemps, tu as préféré lier ton sort à celui des aborigènes plutôt qu'à celui des humains, il vaudrait sans doute mieux que tu les rejoignes... A en croire certaines rumeurs, il se pourrait que les Peuples aient besoin de toute ton aide.

— Que veux-tu dire ? s'exclama Kadiya.

Anigel fit volte-face, un gantelet d'acier à la main. Elle se mit à pleurer.

— Nous sommes condamnés... Voilà ce que je veux dire ! Les aborigènes comme les humains. Je ne parle pas seulement de l'invasion de cette ville et de la chute des Deux Trônes, mais de la destruction même du monde ! Et c'est ma faute, la tienne aussi, puisque nous avons laissé nos talismans tomber entre les mains de ce diable d'Orogastus !

— Est-elle devenue folle ? demanda Kadiya à Antar, atterrée. Ce qu'elle dit ne peut être vrai ! (Elle brandit l'amulette d'ambre qu'elle portait autour du cou.) Ani, ma chère Sœur, regarde ! Ma Fleur est de nouveau noire. Il s'agit très certainement d'un bon signe. Cela n'annonce pas une catastrophe imminente.

Toujours en pleurs, la Reine posa le gantelet et saisit sa propre amulette. Son trillium faisait l'effet d'une tache de sang écarlate sur sa poitrine.

— Peut-être me suis-je trompée alors quant au sort des Singuliers. Seule l'humanité périra puisque la Glace Victorieuse s'empare de notre pauvre monde ! (Anigel fit un geste vers la fenêtre.) Entends-tu battre la pluie glacée et hurler la bise ? Un tel temps est peut-être banal dans les hautes montagnes et les étendues septentrionales du Tuzamen..., mais il est inconnu sur les côtes tempérées du Labornok. Le monde va de travers à cause de nos maudits talismans ! Toi et moi n'avons jamais su nous en rendre maîtresses, et je suis convaincue qu'Orogastus n'en est pas maître non plus. Il déchaîne les éléments contre nous. Ces tremblements de terre et ce temps épouvantable ne sont que des signes avant-coureurs du grand cataclysme à venir ! Qu'Haramis notre sœur démente le danger si elle le peut !

Antar et Kadiya se tournèrent vers l'Archimage, mais elle était toujours en transe.

— Que veut-elle dire quand elle parle de la Glace Victorieuse ? demanda Kadiya au Roi.

— Il s'agit d'une rumeur... selon laquelle les Singuliers fuiraient les vallées de l'intérieur des terres. (Il leva les bras au ciel.) Mais peut-être est-ce vrai ! Lampiar, qui est le plus grand savant parmi nous, affirme que notre pays n'a jamais connu un temps aussi calamiteux de toute son histoire. Au cours de la dernière semaine, près d'un tiers de la récolte de blé du Labornok a été détruit. Ce qui a échappé au gel a été gâté par les inondations, et les récoltes qui subsistent sont en grand danger. Qu'importe que ces catastrophes soient surnaturelles ou pas ? Même si nous n'étions pas à la veille d'une invasion, notre pays serait malgré tout au bord de la ruine.

— J'ai trouvé lord Osorkon, déclara soudain l'Archimage.

Antar et Kadiya se tournèrent vers elle avec un sursaut d'espoir. Même la Reine releva son visage affligé.

— Il est embusqué avec une armée de deux mille neuf cents hommes dans le Bosquet d'Atakum à seize lieues au sud-ouest de cette ville.

— Parfait ! s'exclama le Roi. Eh bien, ils peuvent être facilement ici demain !

— Je crains que non, répondit l'Archimage. Ils sont dans le Bosquet depuis au moins deux jours, et ils ne semblent pas prêts à le quitter. J'ai pu examiner rapidement le camp, mais j'ai été incapable de glaner le moindre renseignement pratique quant aux projets d'Osorkon. Rien sinon la certitude que son armée ne bougera pas avant que les Raktumiens ne débarquent à Derorguila et que la bataille ne soit bien engagée. C'est seulement à ce moment-là qu'Osorkon marchera sur la ville.

— Par les Dents de Zoto ! grommela le Roi. Alors, c'est assurément un traître ! Et pas seulement envers les Deux Trônes, mais très probablement envers ses abominables alliés pirates. Il ne fait pas l'ombre d'un doute que son plan est d'attendre que nos défenseurs et les Raktumiens soient décimés les uns et les autres. Il tentera alors de s'emparer lui-même de la ville.

— Le sale traître ! s'écria Kadiya.

Le roi Antar se tourna vers l'Archimage.

— Dame Blanche, il semble que vous et vos pouvoirs magiques restiez notre seul espoir. Avec nos quatre mille guerriers, nous ne pouvons en aucun cas défendre Derorguila contre des attaques venant à la fois de terre et de mer.

— Je suis seule et mon savoir est tout récent, répondit Haramis. Je ferai certes de mon mieux pour vous aider, mais Orogastus peut fort bien être capable de contrecarrer mes pouvoirs magiques à l'aide de ses propres pouvoirs... Et en aucun cas je ne peux délibérément chercher à causer la mort de ces envahisseurs. Cela serait contraire aux principes des Archimages auxquels je me conforme. Je suis chargée d'être la protectrice et la gardienne de tous ceux qui vivent dans ce pays, quelle que soit leur nation ou leur race.

— Tu... tu n'utiliserais pas tes pouvoirs magiques pour tuer ces agresseurs iniques ? s'écria la reine Anigel indignée.

— Non, répondit l'Archimage. Pas même pour sauver vos Deux Trônes.

— Mais, Hara, intervint Kadiya calmement, et si Anigel avait raison ? Si le monde même était en danger ? Tu ne tuerais pas Orogastus pour le sauver ?

Haramis baissa les yeux.

— Je ne sais pas. Si je peux rendre ses pouvoirs inopérants, il ne sera pas nécessaire de le tuer. Il y a... un endroit où il peut être emprisonné en sûreté.

— A condition qu'il ne te détruise pas d'abord ! s'exclama Anigel. A condition qu'il ne détruise pas le monde !

— Orogastus ne comprend pas le danger mortel inhérent au Sceptre du Pouvoir, et je ne le comprends pas moi-même complètement. Il va falloir que je consulte mon amie l'Archimage de la Mer afin de savoir comment lutter au mieux contre ces perturbations de l'ordre naturel.

— Tu aurais intérêt à le faire vite, lança Anigel. Avant que les pirates ne rasent Derorguila, et qu'Orogastus ne précipite sur nos têtes les Trois Lunes !

— Ani... Comment peux-tu parler ainsi ? dit Kadiya, stupéfiée par l'amertume de la Reine.

— Silence, ma femme, silence ! lui ordonna le Roi scandalisé. Tes sœurs sont venues ici pour nous aider. Ne peux-tu leur témoigner de la gratitude au lieu de les accabler de reproches injustifiés ?

Anigel jeta des regards égarés d'Haramis à Kadiya, puis éclata en sanglots. Tout son corps était parcouru de spasmes d'angoisse.

Une fois encore Haramis ouvrit les bras à la Reine. Elle la berça et lui murmura des mots réconfortants comme elle l'avait fait voici longtemps lorsque toutes trois étaient de jeunes princesses, qu'Haramis était l'aînée raisonnable, Anigel la cadette, craintive et timide. Kadiya avança une chaise et Anigel s'effondra dessus, puis reprit peu à peu ses esprits.

— Je me conduis en idiote, chuchota la Reine. Comme une enfant et non comme monarque des Deux Trônes. Depuis que mon Trillium a viré au rouge, je suis torturée par d'horribles cauchemars et de noirs pressentiments. Mon courage m'a abandonnée et je ne vois devant moi que ténèbres.

— Si tu pouvais guérir ta Fleur, dit Kadiya, ton âme se cicatriserait elle aussi.

— Je n'en doute pas, assura Anigel d'une voix éteinte. Puisque ton Trillium Noir t'a été rendu, tu devrais m'expliquer comment tu y est parvenue.

— Je sais seulement que mon Trillium de Sang est redevenu comme avant dès que je me suis repentie de ma haine et de mon mépris pour toi, et quand j'ai accepté le rejet légitime de mon appel aux armes par les Peuples.

— Je t'ai déjà dit que j'acceptais tes excuses, repartit la Reine. Comme tu l'as constaté, cela n'a rien changé à mon amulette.

— J'ai vu, dit Kadiya. Et cela m'a glacé le cœur. Mais toi seule peux dire quel peut être le remède, petite Sœur. (Là-dessus, la Dame des Yeux s'adressa au Roi :) Souhaitez-vous que je parte, Beau-frère, ou puis-je vous être d'une quelconque utilité ?

Antar avait gardé le silence, impuissant devant la douleur de sa femme. Mais il plissa soudain le front, songeur, et ses yeux arborèrent une expression résolue.

— Au lieu de vous répondre, je vais vous faire part d'une idée que je viens d'avoir. Un moyen qui nous permettrait peut-être de faire pièce à la traîtrise d'Osorkon. Le projet est audacieux et dangereux ; peut-être même est-il vain. Vous trois devrez m'aider à décider.

Haramis et Kadiya hochèrent la tête gravement. La Reine sembla se ratatiner sur sa chaise, saisie d'une nouvelle appréhension. Mais elle ne souffla mot.

— Je ne crois pas que les lords provinciaux qui ont suivi Osorkon aient irrémédiablement pris fait et cause pour lui, expliqua le Roi. Si je me rendais ce soir même au Bosquet d'Atakum avec une petite troupe de mes chevaliers les plus vaillants et si je provoquais Osorkon en duel, puis le vainquais, je suis pratiquement certain que ses partisans redeviendraient fidèles aux Deux Trônes quand je leur aurais promis l'amnistie. Ils sont près de trois mille. Si nous avions ce surplus de troupes à nos côtés, nous aurions au moins une chance de repousser les pirates... quel que soit le sort ultérieur du monde.

— Non ! s'écria Anigel. Osorkon est une canaille sans foi ni loi ! Tu serais tué avant même de pouvoir le défier.

Antar pencha la tête vers l'Archimage.

— Pas si la Dame Blanche se sert de ses pouvoirs magiques pour m'aider à pénétrer dans le camp des traîtres sans que je sois découvert. Si elle pouvait nous rendre invisibles, moi et mes hommes, ou si elle pouvait nous déguiser d'une façon ou d'une autre afin que je puisse aller défier Osorkon sans être intercepté, mon plan pourrait marcher. Il ne pourrait pas refuser sans se déshonorer devant son armée.

— C'est une excellente idée, Antar ! dit Kadiya. Laissez-moi aller avec vous.

Haramis hocha la tête d'un air judicieux.

— Votre idée me semble réalisable. Je suis à même de surveiller les hommes d'Osorkon, de vous avertir de ses faits et gestes ainsi que de ses intentions lorsque vous vous approcherez de son camp. Je pourrai également empêcher que vous ne soyez épiés par Orogastus. Il préviendrait certainement lord Osorkon s'il vous voyait vous mettre en chemin, vous et vos chevaliers.

— Il ferait bien pis ! s'écria Anigel. Il commencerait son invasion sur-le-champ ! Et toi, mon mari, tu serais capturé loin de Derorguila. Nos troupes seraient encore une fois privées de leur Roi, et que pourrais-je leur dire ? Que tu es parti chercher des renforts ?

— Mais Hara serait quand même ici pour aider à défendre la ville...

— Non, fit l'Archimage sombrement. Pour pouvoir rendre Antar invisible, il me faudrait l'accompagner. J'ai impérativement besoin de mon Cercle aux Trois Ailes pour qu'il ne soit pas épié par les talismans d'Orogastus.

Le Roi poussa un grognement.

— Tant pis pour cette idée ! Le maréchal Owanon serait sans doute capable de commander les troupes en mon absence, mais je ne peux pas laisser Anigel et les enfants risquer d'être menacés par Orogastus.

La Reine bondit de sa chaise, reprenant soudain des couleurs, les yeux brillants.

— Il y a une solution à ce dilemme. Niki, Jan et moi allons partir avec toi !

— Grands Dieux, non ! s'exclama le Roi. Je ne veux pas mettre vos vies en péril !

— Nos vies sont déjà en péril, déclara la Reine. Si nous n'avons pas davantage de troupes, nous ne pouvons espérer rester maîtres de Derorguila. Ne perds pas de temps à te tourmenter pour nous, mon chéri ! Le Bosquet n'est qu'à deux heures de la ville. Nous devons partir tout de suite et arriver au camp d'Osorkon avant que ses hommes ne se retirent pour la nuit. Tous doivent te voir défier le traître et le vaincre. Sinon, il ne nous reste qu'à attendre qu'Orogastus et les renégats nous attaquent et nous écrasent comme des noix. Nous serions alors en butte aux forces armées alliées à la magie. Les enfants et moi-même serions certainement capturés...

— Ta sœur n'a qu'à t'emmener dans un endroit sûr tandis que je défierai Osorkon ! s'écria Antar.

— Je ne quitterai cette ville, déclara Anigel, qu'à tes côtés. Nous sommes les co-monarques. Nous sommes les Deux Trônes.

— Elle a raison, intervint Kadiya d'un ton sévère. Vous n'avez pas le droit de voir en votre épouse une femme ordinaire, ni chez le Prince et la Princesse de la Couronne des enfants ordinaires.

— Non, acquiesça Antar. Mais si Osorkon sortait vainqueur de notre duel...

— Cela n'arrivera pas !

Anigel courut vers son mari et lui jeta les bras autour du cou.

— Je dois vous accompagner, vous et vos chevaliers, dit l'Archimage. Cela ne souffre pas de discussion. Si Anigel et les enfants viennent également avec nous — sans oublier Kadiya, bien entendu —, je pourrai vous protéger tous. En outre, le sorcier sera incapable de découvrir ce que nous manigançons avant qu'Osorkon ne soit tué et que son armée ne prenne le chemin de la ville. Mais ne vous faites pas d'illusions : Orogastus frappera dès que cela se produira.

— Et puis ? s'enquit le Roi.

Les yeux bleu pâle de l'Archimage de la Terre devinrent aussi froids que la Glace Victorieuse. Elle serra contre elle son manteau blanc miroitant, et les autres reculèrent devant l'aura surnaturelle qui émana d'elle momentanément. Mais l'instant d'après elle était de nouveau Haramis, et elle sourit tristement en disant :

— Je ferai tout mon possible pour m'opposer à Orogastus. Mais je ne peux faire qu'un tour de magie à la fois, et je ne suis pas stratège militaire. Nous allons tous être exposés à de grands dangers... Moi autant que vous. Si je suis frappée inopinément par une flèche perdue ou par un coup d'épée, je peux être blessée et me retrouver incapable de maîtriser mes pouvoirs magiques. Je peux même périr.

— Et ton talisman..., commença Kadiya.

— Aucun d'entre vous ne peut le prendre et s'en servir s'il n'est pas asservi à vous magiquement, expliqua l'Archimage. Il tomberait en conséquence entre les mains d'Orogastus, qui, lui, possède son coffre étoilé.

— Je ne me suis pas rendu compte de ce que je proposais, déclara le Roi, blême. Nous devons abandonner mon projet. Apportez-nous toute votre aide pour sauver Derorguila, Archimage..., mais sans aller jusqu'à mettre votre vie en péril.

— J'ai déjà décidé ce que je devais faire, dit Haramis.

— En ce cas, partons, dit vivement la reine Anigel. Nous pouvons être prêts à partir dans l'heure. Antar, il faut que tu rassembles notre escorte de chevaliers. Nous allons également emmener Shiki le Dorok, car il a l'habitude du froid, ce qui n'est pas notre cas.

— Jagun nous sera aussi fort utile, dit Kadiya à Anigel. Et je vais t'aider à préparer les enfants.

La Reine se raidit et toute son ardeur s'évanouit.

— Cela ne sera pas nécessaire.

— Comme je me réjouirais si tu te réconciliais vraiment avec ta sœur Kadiya avant que nous ne partions pour cette fatale mission..., dit Antar à sa femme.

— J'ai dit que je lui pardonnais ! rétorqua la Reine. Qu'attends-tu de plus de ma part ?

— Ani, intervint l'Archimage d'un ton péremptoire. Veux-tu me laisser voir ton ambre de trillium ?

Anigel plissa les lèvres. Elle brandit son amulette.

— Voilà ! Es-tu satisfaite ?

La Fleur était comme une minuscule flaque de sang dans la main de la Reine.

Tandis que tous la dévisageaient sans mot dire, Anigel remit en place son amulette.

— Je m'occuperai des enfants après être allée voir Shiki. Antar, il faut que tu emmènes Hara, Kadiya et Jagun. Comme cela, le sorcier et ses espions ne pourront écouter ton entretien avec les chevaliers ni surprendre les préparatifs du départ. Je te rejoindrai dans une demi-heure.

Elle quitta rapidement la pièce, sans plus manifester le moindre trouble.

— Tu devrais peut-être m'envoyer ailleurs en fin de compte, dit Kadiya. Il est clair qu'Ani continue à m'en vouloir.

Haramis se dirigea vers la fenêtre et regarda le triste spectacle à l'extérieur.

— Non. Nous devons affronter cette épreuve ensemble. J'en suis absolument certaine.

— Dame Blanche, dit le Roi avec hésitation. Les appréhensions de ma femme quant à une catastrophe universelle sont-elles fantaisistes, ou sont-elles fondées ?

— Elles sont fondées, reconnut l'Archimage.

— Je le craignais. (Le roi redressa les épaules.) Ah, ma foi, je vais m'employer à sauver mon petit pays. Je vous laisse vous charger du salut du monde !

Mesdames, Jagun, rendons-nous ensemble à la salle du conseil.

Tous quatre s'engagèrent dans le couloir. Dehors, le vent glacial soufflait encore plus fort, trouant la brume, et le grésil se transformait en gros flocons de neige.

26

Ils franchirent la poterne du palais. L'air était mordant, la nuit resplendissait de blancheur. Puis ils traversèrent la ville dont les rues pavées étaient déjà recouvertes de cinq centimètres de neige. Les arbres et les buissons ornementaux des places et des boulevards faisaient peine à voir par ce temps inhabituel. Les feuilles et les fleurs étaient toutes flétries, les branches ployaient tristement sous leur manteau étincelant. Tous les défenseurs avaient à présent pris position sur les fortifications et les convois de vivres étaient partis. Derorguila paraissait presque déserte sous la tempête de neige. Les bâtiments aux volets fermés étaient plongés dans l'obscurité. Ici ou là une fumée de cheminée indiquait qu'un habitant têtu était toujours là.

Ils cheminaient deux par deux sur des montures portant des caparaçons capitonnés. En tête se trouvaient l'Archimage et le roi Antar. Celui-ci tenait les rênes du coursier de l'Archimage afin qu'Haramis ne soit pas gênée dans l'exercice de ses pouvoirs magiques. Puis venaient les trois robustes fils de Lady Ellinis : Marin, Blordo et Kulbrandis, accompagnés de Kadiya. Ensuite venait la reine Anigel, flanquée du prince Nikalon et de sa sœur Janeel sur une seule et même monture. Tous deux étaient emmitouflés dans des fourrures jusqu'aux yeux. Juste derrière eux, juchés tant bien que mal sur leurs énormes bêtes, portant également des ballots de fournitures, venaient

Jagun et Shiki le Dorok. A la tête de l'arrière-garde, constituée de six vaillants chevaliers, chevauchaient deux nobles à la loyauté indéfectible : Gultreyn, comte de Prok au Ruwenda, et lord Balanikar de Rokmiluna, cousin chéri d'Antar.

Le Roi, Kadiya, et les onze hommes n'étaient protégés que par des casques, des cuirasses et des manches en cotte de mailles, parce qu'il leur fallait porter des vêtements chauds. Ils étaient armés à la fois d'épées et de lances. Les deux aborigènes avaient des arbalètes et des couteaux. Même les deux enfants avaient des poignards pour se défendre.

La petite troupe chevauchait le long des rues abandonnées. Les bêtes ne laissaient pas de traces de sabots et ne projetaient pas d'ombres lorsqu'elles passaient devant les torchères à la lueur vacillante. L'Archimage n'avait eu aucun mal à envelopper tout le monde de son aura protectrice. Normalement, sans le moindre effort de sa part, elle demeurait invisible à la Double Vue dans l'espace tout proche circonscrit autour d'elle. Lorsqu'ils s'étaient mis en chemin, elle avait assuré Antar et Anigel qu'elle possédait suffisamment de réserves de pouvoir magique pour surveiller Osorkon et le sorcier. Quand elle n'observerait pas, elle serait à même de temps en temps d'accomplir d'autres tâches susceptibles de les aider dans leur mission.

Malheureusement, les protéger tous du froid et de la tempête de neige était impossible vu les circonstances. Haramis avait chaud grâce à son talisman, mais elle était incapable de faire profiter les autres de ce confort. Tous se recroquevillaient stoïquement sur leurs selles sans laisser échapper une seule plainte.

Ils atteignirent la Grande Porte du Sud. Celle-ci était munie de barres et ses tours étaient bien gardées. Des feux de bivouac brûlaient au corps-de-garde et le long des murailles massives. Les flammes étaient presque à l'horizontale sous la bourrasque.

— Je vais aller en avant pour donner l'ordre qu'on ouvre la porte, dit Antar à Haramis.

Mais elle secoua la tête.

— Même cela risquerait d'être détecté par Orogastus. Si lui ou ses Voix voyaient la porte s'ouvrir sans que personne n'entre ni ne sorte, ils soupçonneraient quelque tour de magie. Non, je peux faire mieux que ça.

Tandis que les sentinelles vaquaient à leurs occupations, le petit groupe fit halte. Haramis s'avança seule vers l'énorme porte et la toucha de son talisman. Aussitôt les robustes poutres et les ferronneries parurent se transformer en verre. Antar et les autres poussèrent des cris de stupéfaction en apercevant à travers l'étrange cloison transparente la grand-route ténébreuse au-delà.

— Passez, ordonna Haramis. Elle et son fronial franchirent la porte close comme un couteau coupe une motte de beurre. Stupéfaits, les autres suivirent. Une fois qu'ils furent à l'extérieur de l'enceinte, la Grande Porte du Sud retrouva sa consistance première.

— Dame Blanche, nous savions que vous étiez une magicienne aux pouvoirs étendus, s'exclama le vénérable comte Gultreyn, mais je n'ai jamais entendu parler d'une chose pareille.

— Moi non plus, repartit calmement Haramis. Je n'étais pas certaine du résultat... J'ai acquis de nouvelles connaissances dans le domaine de la magie depuis bien peu de temps, comte Gultreyn, et m'est avis que nous allons encore avoir quelques surprises. Priez seulement pour que ce soient de bonnes surprises.

Ils poursuivirent leur chemin.

Il faisait nuit noire. Seul le ciel était légèrement grisâtre, mais ne pouvait éclairer les voyageurs en proie à la tempête. Shiki le Dorok sortit de longues cordes qu'il leur avait conseillé d'emporter, et il attacha les deux files de froniaux pour les empêcher de s'égarer. Les animaux avaient d'abord avancé à vive allure. Mais ils ralentissaient à mesure que la neige s'épaississait, et il devint évident que l'expédition prendrait plus longtemps que prévu.

Ils ne croisèrent personne sur la grand-route. Les habitants des villages à la sortie de la ville avaient apparemment fui. Au bout de trois lieues, la petite troupe s'engagea sur une route de moindre importance. Ils passèrent entre de modestes fermes éparpillées, dont les lumières étaient à peine visibles sous la bourrasque, quoiqu'elles ne fussent qu'à un jet de pierre de la route.

L'Archimage chevauchait en tête avec assurance. Même lorsqu'elle entrait en transe, sa monture continuait d'avancer à une allure régulière. Cette dernière ne semblait pas gênée par la tempête de neige, soufflant de grands jets de vapeur par les naseaux et secouant la tête pour faire tomber la neige de ses cils.

Au bout d'une heure et quelque, la princesse Janeel s'endormit malgré la tempête, derrière le Prince de la Couronne également somnolent, et faillit glisser à terre. Heureusement, Shiki vit ce qui se passait, fit avancer sa monture et réussit à la rattraper avant qu'elle ne tombe sur le sol gelé. Après cela, la reine Anigel fit attacher les deux enfants à la selle.

Une fois qu'ils furent repartis, Antar dit à Haramis :

— La tempête empire de minute en minute. Comment vais-je pouvoir me battre en duel avec Osorkon sous un tel déluge de neige ? Nous pourrons à peine nous voir !

— Le camp d'Osorkon se trouve au milieu d'arbres qui coupent le vent, répondit Haramis. N'ayez nulle crainte quant à cela.

— Ce n'est pas ce qui m'inquiète le plus, reconnut le Roi. J'ai un autre souci qui me tourmente bien davantage, et que je vais vous confier à présent qu'Anigel ne peut nous entendre. Je ne suis pas au mieux de ma forme physique. Le sommeil magique dans lequel m'a plongé Orogastus ainsi que mon emprisonnement ultérieur ne m'ont guère préparé à un duel. Si j'étais dans mon état normal, je n'aurais aucun mal à battre Osorkon. Mais en l'occurrence, ce n'est pas gagné d'avance, bien qu'il ait vingt ans de plus que moi. C'est un gaillard vigoureux, connu pour ses prouesses à l'épée.

— Je pourrais aider..., commença l'Archimage.

— Non ! Je voulais vous demander de n'en rien faire, même si ma femme vous en supplie. Je ne saurais bénéficier d'un avantage injuste par quelque intervention magique si nous voulons gagner à nous les partisans d'Osorkon. Ils doivent ignorer jusqu'à votre présence ! Je dois vaincre Osorkon honnêtement, par moi-même... ou accepter la défaite.

— Voire la mort ? demanda Haramis d'une voix tout juste audible.

— Vous devrez tout faire pour sauver Anigel et les autres si je suis vaincu, mais n'essayez pas de me sauver. Vous comprenez sûrement !

— Oui, soupira Haramis. Je ferai ce que vous me demandez.

Ils poursuivirent leur chemin en silence un long moment. Celui-ci commença à monter. La route n'était plus que deux ornières gelées balayées par la neige. Il n'y avait plus de poteaux, plus de ponts enjambant les cours d'eaux obstrués par les glaces. De petits arbres et buissons rabougris incrustés de neige apparurent de chaque côté de la piste qui se rétrécissait. Les voyageurs pénétraient enfin dans le Bosquet d'Atakum, et bientôt la forêt devint assez touffue pour atténuer la violence de la tempête.

Haramis appela la troupe à s'arrêter lorsqu'ils atteignirent une misérable petite hutte, ancien logement des charbonniers qui avaient été assassinés par les hommes d'Osorkon. Tous mirent pied à terre et les froniaux furent attachés à de jeunes arbres à proximité du four de pierres grossières. Puis tous s'abritèrent à l'intérieur de la cabane, se serrant les uns contre les autres. L'ambre de trillium du talisman de l'Archimage rougeoyait comme une lampe dorée. Jagun et Shiki défirent des sacs de vivres à demi gelés. L'Archimage toucha de son talisman les victuailles et le vin épicé, qui furent aussitôt réchauffés. Les voyageurs mangèrent et burent alors avec avidité. Ceux qui souffraient d'engelures furent soulagés en touchant la main d'Haramis. Jagun alluma un petit feu dans l'âtre de la hutte, ce qui tempéra quelque peu le terrible froid.

— Nous sommes maintenant presque arrivés au camp, déclara Haramis. J'ai observé l'armée provinciale ainsi que lord Osorkon, et ils ne soupçonnent rien. Jusqu'ici nous sommes passés inaperçus.

— Et le sorcier ? s'enquit Anigel, accroupie près du feu, serrant contre elle les deux enfants.

— La Voix Jaune d'Orogastus se sert de l'Œil Incandescent Trilobé pour surveiller Derorguila. Quant au sorcier, ils porte la couronne, et dans la soirée il s'est entretenu avec Osorkon, lui enjoignant de se tenir prêt pour l'attaque imminente de la ville. A l'heure qu'il est, Orogastus essaie sans succès de faire venir sur son bateau certains objets de son château du Tuzamen. Il paraît complètement absorbé par sa tâche, et il ne cherchera sans doute pas à nous épier pour le moment.

— Nous sommes donc prêts à avancer ? demanda le roi Antar sombrement.

— Oui, répondit l'Archimage. Nous allons laisser ici les montures et traverser les bois à pied. Le camp d'Osorkon est à moins d'un tiers de lieue. Prenez seulement vos épées. Je passerai la première.

Des murmures d'approbation se firent entendre. Une grande cruche de vin fumant passa de main en main. Bon nombre d'hommes mangèrent des petits pains chauds et des pâtés à la viande. Le prince de la Couronne Nikalon avala une bouchée de pain et prit la parole d'une voix claire :

— Et ma sœur et moi, Père ? Allons-nous vous accompagner ?

— Non, répondit l'Archimage. Vous et votre mère la Reine resterez ici. Le comte Gultreyn et les trois fils de Lady Ellinis veilleront sur vous, ainsi que Jagun et Shiki.

— Non ! s'écria Anigel désespérée. Antar... Laisse-moi aller avec toi !

Le Roi se fraya un chemin à travers la foule des

hommes en armure vêtus de leurs manteaux de fourrure, puis la saisit par les mains.

— Mon amour, tu dois rester. Toi et les enfants me troublerez par votre présence. Je sais que cela sera dur pour vous de ne pas savoir ce qui se passe, mais c'est mieux ainsi. Vous ne risquez pas grand-chose en restant ici. Et si le pire se produit, l'Archimage vous conduira, vous et les autres, en lieu sûr.

— Ma place est à tes côtés ! Nous étions d'accord !

— Et si Antar recevait un coup fatal, intervint Kadiya sans pitié, pour peu que tu détournes son attention de son adversaire ?

— Oh, le diable t'emporte, Kadi ! gémit Anigel. Jamais je ne...

— Tu ne le ferais pas intentionnellement, dit le Roi. Mais ce combat sera le plus difficile de ma vie. Ma chérie, je te supplie de rester. Je me battrai d'un cœur plus léger.

Anigel leva vers lui des yeux baignés de larmes. Son visage était encadré de fourrure dorée, saupoudrée de neige.

— Antar... oh, mon chéri ! Voilà que je te détourne encore de ton devoir pour satisfaire des exigences égoïstes. Pardonne-moi. Je vais rester, bien entendu. (Leurs lèvres s'unirent, puis elle s'échappa de ses bras, et fit signe à Niki et Jan :) Embrassez votre père, mes petits.

Les enfants s'approchèrent du Roi d'un air grave, et il se pencha pour les serrer dans ses bras.

— Nous prierons pour toi, dit Anigel. Rappelle-toi que je t'aime de toute mon âme et de tout mon cœur.

Le Roi n'ajouta mot. Il remit son casque, vérifia que son épée glissait bien hors du fourreau. Les chevaliers qui devaient l'accompagner firent de même, puis allèrent l'un après l'autre rendre hommage à la Reine et recevoir sa bénédiction avant de suivre l'Archimage.

Kadiya fut la dernière à partir.

— Sœur, dit-elle à Anigel d'une voix hésitante, souhaites-tu que je reste avec toi ?

Mais Anigel secoua la tête d'un air accablé et se

détourna sans rien dire, oubliant de donner sa bénédiction.

— Je serai donc la plus proche du Roi durant son épreuve, déclara Kadiya. Et je serai la première à le féliciter de sa victoire ou à donner ma vie pour le venger. Adieu.

— Kadi..., fit la Reine en relevant lentement la tête.

Mais la Dame des Yeux était partie.

Le petit Shiki, les yeux chagrinés, lança alors avec feu :

— Oh, Grande Reine ! Ne pouvez-vous donc pardonner à votre sœur ?

— J'ai pardonné, répliqua Anigel, l'œil rivé sur les flammes.

Mais le trillium rouge sang accroché à sa chaîne dorée démentait ses paroles.

Que cherche-t-il avec une telle impatience ? demanda Haramis à son talisman. Elle avait été jusqu'ici trop occupée pour se soucier des singulières opérations magiques du sorcier. Mais à présent qu'elle marchait à vive allure dans la nuit noire, suivie des autres, la question revêtit une importance cruciale.

Le Cercle aux Trois Ailes répondit :

Orogastus cherche à faire venir les objets nécessaires à une initiation dans la Société de l'Etoile.

Grands Dieux ! Et quelles personnes souhaite-t-il initier ?... Ses Voix ?

Oui.

Mais pourquoi ?

Le Sceau de l'Etoile m'empêche de connaître ses raisons.

Haramis laissa échapper un cri d'agacement. Mais, alors qu'elle menait les hommes et Kadiya en file indienne à travers la forêt enneigée, la réponse lui vint à l'esprit. Bien sûr ! La Cynosure ! Qu'avait dit le Professeur ? Seuls le Conseil de l'Etoile ou le Collège des Archimages au grand complet pouvaient détruire l'hexagone noir qui permettrait d'exiler Orogastus définitivement.

Connaissant déjà la réponse, elle questionna de nouveau le talisman :

Combien faut-il de personnes pour constituer un Conseil de l'Etoile effectif ?

Trois ou plus.

Ce qui expliquait tout.

Elle s'arrêta et saisit le talisman pour observer une fois encore le sorcier à bord de son bateau. Elle retint son souffle quand la Vision se forma.

Orogastus ne portait plus ses habituels vêtements blancs, mais avait endossé les effets terrifiants qu'il avait portés autrefois en l'honneur des Puissances des Ténèbres. Il était vêtu d'une longue robe de mailles argentées, parsemée de pièces de cuir noir, souple et luisant. Son manteau était également noir, bordé d'argent, avec une boucle ouvragée et une grande étoile aux multiples rayons dans le dos. Il portait des gantelets de cuir argenté. Ses traits étaient presque entièrement dissimulés par un extraordinaire masque argenté qui lui couvrait tout le visage, à l'exception de la mâchoire inférieure, et formait autour de sa tête un halo hérissé de longs rayons pointus. Sur son front brillait le Monstre aux Trois Têtes. Les yeux du sorcier étaient deux points de lumière blanche étincelante.

Agenouillées côte à côte aux pieds de leur maître se trouvaient les Voix Pourpre et Jaune. Leurs capuchons rejetés en arrière découvraient leurs crânes rasés. Leurs orbites ressemblaient à des trous noirs. L'une des mains du sorcier tournait au-dessus des sbires immobiles ; l'autre brandissait l'Œil Incandescent Trilobé.

— Ecoutez mon ordre, talismans ! psalmodia-t-il. Je vous en conjure au nom de l'Etoile ! Faites venir ici l'antique coffre portant le Sceau de l'Etoile, lequel se trouve dans mon sanctuaire du Château de Ténébreuse au Tuzamen. Transportez-le à travers les airs par le truchement de vents magiques ! Obéissez-moi !

Non ! dit Haramis. *Je t'ordonne, mon Cercle aux Trois Ailes, d'empêcher le coffre de se déplacer.*

Mais elle voyait déjà une vieille malle défoncée se

matérialiser devant Orogastus. Le coffre était entouré de sangles d'argent noirci. Et son couvercle arborait une Etoile corrodée de couleur sombre.

Haramis concentra dessus toute son énergie mentale, la vit se transformer en cristal irisé, et de toutes ses forces lui enjoignit de retourner d'où elle venait.

Et elle y réussit.

Les deux Voix furent soudain prises de violentes convulsions et s'effondrèrent sans connaissance aux pieds du sorcier. Il chancela en les regardant, atterré, puis poussa un rugissement de fureur.

— Haramis ! C'est toi qui as fait ça !

Oui, dit-elle.

Lentement, Orogastus abaissa l'Œil Incandescent, ravalant les jurons qu'il était prêt à proférer, s'efforçant désespérément de se maîtriser.

— Haramis, montre-toi, implora-t-il d'une voix brisée. Où es-tu ? Pourquoi n'as-tu pas répondu à mes appels ? Parle-moi ! Viens à moi ! Nous pouvons encore empêcher la destruction de la nation de ta sœur et la mort de milliers de gens. Mon cher amour... Ecoute seulement ce que j'ai à dire ! Laisse-moi voir ton cher visage. Il le faut !

Bouleversée, Haramis hésita. Puis, avec un cri de détresse, elle mit fin à la Vision, et resta plantée là, tremblante, sous la neige qui tombait. Elle serrait son talisman rougeoyant de ses deux mains nues, le visage horrifié. Kadiya, Antar et les chevaliers la regardaient avec stupéfaction, sachant que quelque chose d'affreux s'était produit, mais incapables de comprendre.

— J'ai failli aller le rejoindre, sans réfléchir, chuchota-t-elle.

— Sœur, qu'y a-t-il ? demanda Kadiya avec anxiété. Se passe-t-il quelque chose dans le camp de lord Osorkon ?

L'Archimage sursauta violemment, puis reprit ses esprits.

— Non. Ce n'est rien... rien qui doive nous préoccuper pour le moment. Suivez-moi.

Ils poursuivirent leur chemin.

Il neigeait moins fort, et ils finirent par apercevoir entre les arbres la lueur de feux de camp. Puis ils virent la première sentinelle qui faisait sa ronde, l'air sombre. Ils passèrent à moins de six aunes du soldat sans qu'il les voie. Ils croisèrent ensuite de nombreux autres gardes qui ne s'avisèrent pas plus de leur présence.

Ils parvinrent enfin au campement proprement dit et passèrent entre des rangées de petites tentes. Il y avait encore une multitude de chevaliers et de soldats en train de se promener ou agglutinés autour des feux, mais aucun d'eux ne prêta attention à l'Archimage ni à ses compagnons. Sans être interceptés, ils se dirigèrent vers un pavillon décoré devant lequel s'étendait un vaste espace, couvert de neige piétinée. Un feu de bivouac brûlait devant la grande tente, et des lances, aux couleurs de lord Osorkon et des quatre autres lords qui étaient ses acolytes, étaient plantées de chaque côté de l'entrée.

Le roi Antar gagna le centre de l'espace et fit halte. Il ôta son capuchon bordé de fourrure. Son casque-couronne du Labornok, dont la visière ressemblait à la gueule ouverte d'un féroce monstre skritek, étincela à la lumière du feu. Kadiya et Balanikar se tenaient de part et d'autre. Les six autres loyaux Laboruwendiens se rangèrent derrière eux.

Haramis s'était rendue invisible et s'adressa alors au Roi :

C'est à vous d'agir maintenant, cher Beau-frère. Je resterai invisible afin qu'Osorkon n'ait d'yeux que pour vous, mais je ferai bonne garde pour empêcher qui que ce soit d'intervenir dans cette affaire d'honneur.

— Merci, chuchota Antar. Quand Osorkon et les autres s'apercevront-ils de notre présence ?

Dès que vous le défierez.

Antar ôta son manteau, le tendit à Kadiya, et dégaina son épée. Les autres l'imitèrent, et se tinrent prêts.

— Général Osorkon ! cria Antar. Osorkon, sors et viens répondre à ton Roi de tes actes !

Aussitôt, les occupants du camp s'avisèrent de la

présence des intrus. Ils accoururent vers la grande tente des nobles, saisissant leurs armes au passage. Mais ils se trouvèrent mystérieusement empêchés d'aller au-delà d'une certaine limite. Bouche bée, ils poussèrent des cris de frayeur et de stupéfaction en apercevant le roi Antar et ses compagnons. L'énorme attroupement attendit alors de voir ce qui allait se passer.

— Osorkon, sors ! répéta le Roi. Je déclare que tu es un traître et que tu as outrageusement violé ton serment de fidélité. Je déclare que tu as conspiré avec la nation pirate du Raktum et le vil Maître du Tuzamen, qui se préparent à envahir Derorguila. Perfide scélérat ! Renégat ! Viens recevoir le châtiment que tu mérites.

S'ensuivit un long silence. Il ne tombait plus maintenant que quelques flocons de neige et il n'y avait plus de vent. Kadiya, le cœur battant, étouffa soudain dans son manteau de fourrure et sentit des gouttes de sueur couler le long de son cou, sous le couvre-nuque maillé de son casque doré. Elle s'enhardit à baisser les yeux, et vit le Trillium Noir qui brillait sur sa cuirasse.

« Fleur de la Trinité, pria-t-elle, donne-lui la force. Accorde-lui la victoire ! Sauve le mari de ma chère sœur. »

Le rabat de la tente s'ouvrit et Osorkon sortit à grandes enjambées. Il avait endossé la partie supérieure de son armure noire. Il portait son casque ailé sous un bras et sa gigantesque épée à deux mains se dressait nue dans son autre main. Kadiya retint son souffle en le voyant. Elle avait oublié quel colosse c'était. Il était presque chauve et sa barbe était striée de gris. Il décocha au Roi un regard foudroyant en s'avançant et s'arrêta à quatre aunes de lui. Il était suivi de ses partisans, Soratik, Vitar, Pomizel et Nunkaleyn, ainsi que d'une volée d'écuyers chargés de boucliers et d'armes diverses, aidant fébrilement leurs maîtres à ajuster leurs armures.

— Ainsi donc ! beugla Osorkon, je suis un renégat, n'est-ce pas ?

— Je le déclare solennellement, répondit Antar. Toi et feue ta sœur Sharice avez conspiré à mon enlèvement et à celui de mes enfants. Et maintenant tu as trompé ces braves gens (le Roi désigna d'un geste la foule qui les entourait) par des mensonges et des assurances fallacieuses, les empêchant par là même d'accomplir leur devoir. A eux j'offre l'amnistie à condition qu'ils te rejettent et réaffirment leur loyauté envers les Deux Trônes. Mais toi, Osorkon, tu devras mourir, à moins que tu ne tombes à genoux devant moi et renies tout ce dont tu t'es rendu coupable, puis te soumettes au juste châtiment que je te réserve.

— Jamais !

Antar leva son épée.

— Alors je te défie en combat singulier devant ces témoins, afin de défendre l'honneur des Deux Trônes.

Avec un éclat de rire de défi, Osorkon mit son casque d'un geste brusque et rabattit la visière. Kadiya et les autres reculèrent, laissant le Roi seul attendre les préliminaires rituels précédant un duel.

Mais Osorkon n'était pas d'humeur à observer les règles de la chevalerie. Faisant preuve d'une agilité qui éberlua les spectateurs, le vieux général bondit en avant, brandit sa formidable épée au-dessus de la tête, et l'abattit avec une rapidité surprenante. C'était un coup qui aurait pu fendre le corps du Roi de la couronne aux cuisses. Au lieu de quoi l'épée heurta le sol gelé avec fracas lorsque le monarque fit un pas de côté.

Antar pivota et porta un violent coup latéral à la tête de son adversaire. Celui-ci chancela, et recula hors de portée du Roi. Mais son lourd casque d'acier l'avait sauvé. L'instant d'après il se reprit et se rua en avant. Puis les deux hommes échangèrent une pluie de coups, leurs épées projetant moult étincelles. Prenant l'avantage, Osorkon força le Roi à adopter une posture défensive, fauchant l'air sans répit, poursuivant Antar le long du cercle des spectateurs pendant que Kadiya et ses compagnons regardaient, impuissants.

« Oh, mon Dieu, empêchez-le de faiblir ! » implora doucement Kadiya. Elle avait laissé glisser à terre le manteau du Roi et serrait de sa main droite le pommeau de sa propre épée tout en tenant son ambre de trillium de la main gauche.

Le pied d'Antar heurta une pierre fichée dans la boue gelée. Il bascula en arrière, et les partisans d'Osorkon poussèrent un grand cri. Mais en tombant, le Roi continua de manier son épée d'une main ferme. Il atteignit d'un coup oblique le cou d'Osorkon, à l'endroit le plus vulnérable, là où son gorgerin d'acier le protégeait mal. La pièce d'acier fut entamée et la lame du Roi s'enfonça profondément dans la clavicule gauche de son adversaire. Osorkon poussa un cri rauque. Son épée levée, qu'il s'apprêtait à abattre en un coup mortel, vacilla, puis tomba lorsque sa main gauche perdit prise sur la poignée. Au prix d'un effort surhumain, il évita de s'effondrer en avant sur le Roi à terre, et roula de côté dans la neige.

Antar se releva d'un bond. Du sang coulait de la blessure d'Osorkon et le Roi se conduisit en chevalier : il accorda à son adversaire un instant de répit, dans l'espoir qu'il se rende. Mais le colosse à terre en profita pour agripper son épée de sa main valide, et il tenta traîtreusement de porter des coups aux jambes non protégées du Roi, les manquant de peu. La foule laissa échapper un cri de désapprobation : « Quelle honte ! »

Osorkon n'y prêta nullement attention. Il se redressa, puis se ramassa sur lui-même, prêt à décocher un second coup déloyal. Mais lorsqu'il le porta, le Roi le détourna, et tous deux échangèrent moult coups, furieux, s'éloignant de nouveau quelque peu. Seulement, cette fois-ci, Antar avait l'avantage et contraignit son adversaire à reculer.

Les hommes d'Osorkon semblaient maintenant acclamer Osorkon aussi bien que le Roi. Lorsque l'épée d'Antar trancha la crête du casque de son ennemi, des rires grossiers accompagnèrent les grognements de consternation qui s'élevèrent parmi les partisans d'Osorkon. Comme les ailes pendantes du blason saccagé aveuglaient à moitié le général, il s'écarta pour arracher le casque de sa tête et le jeter. Quand Antar se découvrit pareillement la tête, les quatre lords eux-mêmes, les propres complices d'Osorkon, firent entendre des murmures appréciatifs.

Echangeant à présent des coups rapides, tels des forgerons déchaînés, les deux hommes se battaient près du grand feu de bivouac. Une fois encore, Osorkon porta un coup déloyal, blessant le Roi à la cuisse. Mais la cadence des coups d'Antar ne diminua nullement. Le vieux général arborait maintenant une expression grimaçante, faite de fureur et de peur. Il faiblissait à mesure que le sang continuait à couler de son épaule. Il roula des yeux fous à l'instant où les deux adversaires se séparèrent momentanément. Il rejeta le bras en arrière, puis le projeta en avant en un terrible mouvement de faux au niveau de l'aine du Roi. Mais Antar bondit en arrière, faisant tournoyer son épée en l'air avant de faire reculer Osorkon vers le feu. Le traître trébucha. L'un de ses pieds, non cuirassés, écrasa les braises. Il hurla, tenta d'asséner un coup à la tête d'Antar, la manqua.

L'épée d'Antar fendit l'air en un éclair sanglant. Des deux mains il porta un coup de droite à gauche, sectionnant la tête d'Osorkon.

— Antar ! hurla Kadiya, triomphante. Antar ! Antar !

Une sombre fontaine de sang jaillit du corps du général, qui s'effondra dans le brasier. Les soldats grognèrent. Balanikar et les autres chevaliers fidèles reprirent le cri de Kadiya. Puis, l'un après l'autre, les traîtres se joignirent à eux. Bientôt presque tous poussaient des vivats, scandant les deux syllabes à tue-tête.

Antar demeurait immobile, son épée baissée vers le sol piétiné et écarlate. Puis il tourna le dos au feu ravivé et s'approcha lentement des quatre amis du général mort, qui le regardaient bouche bée. Le Roi rengaina son épée et leva la main.

L'armée autour d'eux fit silence.

Antar considéra les quatre hommes d'un visage sévère, mais sans rancœur.

— Soratik, Vitar, Pomizel, Nunkaleyn... Je vous offre l'amnistie à condition que vous me suiviez fidèlement à présent et que vous vous battiez pour défendre Derorguila et les Deux Trônes.

Tous quatre tombèrent à genoux.

— Grand Roi, je m'engage à vous suivre fidèlement jusqu'à la mort, déclara Soratik, le plus âgé.

— Et moi aussi, dirent les trois autres comme un seul homme.

Une nouvelle fois les chevaliers et les soldats poussèrent des exclamations tonitruantes.

Kadiya saisit son amulette en souriant et chuchota :

— Hara ! Annonce à Anigel la bonne nouvelle !

Je l'ai déjà fait, et elle s'est mise en chemin pour venir ici avec les enfants et les autres.

Kadiya s'avança alors, suivie des chevaliers fidèles, afin de féliciter le Roi victorieux. Antar donnait déjà l'ordre de lever le camp et de partir pour Derorguila. Obéissant, les traîtres graciés s'empressèrent d'appeler leurs officiers.

Dans un petit bosquet derrière le pavillon de feu Osorkon, l'Archimage se rendit de nouveau invisible. Elle avait accompli sa tâche ici, et avait déjà expliqué à la reine Anigel qu'elle devait se rendre ailleurs pour un certain temps. Elle saisit son talisman et vit ce à quoi elle s'attendait : une armada de plus de soixante navires de guerre raktumiens, précédés de quatorze énormes trirèmes, qui descendaient le Détroit de Dera en direction de l'entrée du port de Derorguila. Ils avaient sans doute appareillé au moment où le roi Antar avait commencé à se battre en duel avec Osorkon.

« Je veux voir Orogastus », dit-elle.

Cette fois-ci, il l'attendait, et elle eut un hoquet de

surprise en comprenant qu'il la voyait en esprit aussi bien qu'elle le voyait.

— Pour je ne sais quelle raison, mes talismans sont des professeurs peu disposés à partager leurs secrets, lui dit-il en souriant. Mais je suis un étudiant extrêmement capable. Tu ne pourras plus me voir à mon insu, ma chère Haramis. Maintenant, quand tu m'épieras, je serai également en mesure de t'observer. J'espère bientôt pouvoir aussi neutraliser ton aura protectrice, afin que tu ne puisses plus jamais te soustraire à mes regards. Quel plaisir ce sera alors de m'entretenir avec toi et de revoir tes traits chéris en toute liberté.

— Vous avez lancé l'assaut sur la ville, déclara-t-elle de manière abrupte.

— J'y mettrais fin sur-le-champ si tu venais deviser tranquillement avec moi. Je sais que tu possèdes maintenant le pouvoir de voyager partout par magie.

— Quand je viendrai vous retrouver, repartit-elle lentement, ce sera pour une ultime confrontation, pour un combat aussi mortel que celui d'Antar et du traître Osorkon.

— Que nous livrerons armés de nos talismans à la place d'épées ? railla le sorcier, secouant la tête avec une tendre condescendance. Ah, Haramis, pourquoi t'embarrasses-tu des conflits mesquins des êtres inférieurs ? Toi et moi ne sommes pas comme eux ! Tu es destinée à vivre des milliers d'années et à voir une myriade de royaumes naître, prospérer l'espace d'un instant, puis céder la place à d'autres. Comprends-tu ce que cela signifie ? Peux-tu même concevoir la vie que tu mèneras en tant qu'Archimage ? Tu te sentiras épouvantablement seule, malgré les grands pouvoirs dont tu jouiras. Mais tu n'es pas condamnée à être seule. Pas plus que tu n'es condamnée à assumer seule la charge de gouverner le Monde des Trois Lunes. Viens à moi, mon aimée ! Laisse-moi te parler des choses stupéfiantes que les deux talismans m'ont révélées, des choses dont tes pauvres sœurs, si terre-à-terre, n'ont jamais eu idée. Et nous pourrons...

— Non ! (Elle l'interrompit, se rendant compte

avec effroi qu'une fois encore elle risquait de se laisser ensorceler.) Vous êtes toujours aussi menteur, toujours aussi insinuant, Orogastus. Mais vous trahissez votre propre ignorance en essayant de me tenter. Je ferai échouer votre invasion de Derorguila. Et nous verrons alors lequel de nous deux a les pouvoirs magiques les plus redoutables.

Elle fit disparaître la vision et demeura immobile, tremblante, appuyée contre le tronc d'un jeune arbre élancé. Dans le camp, on repliait les tentes et les voix stridentes des sergents donnant des ordres couvraient le tintamarre d'une armée qui s'apprête à se mettre en marche.

Alors qu'Haramis recouvrait son calme, elle leva par hasard les yeux vers les branches des arbres, qui ployaient et se fendaient sous le poids inhabituel de la neige. Les feuilles encore luxuriantes et vertes une semaine auparavant craquaient doucement sous le vent qui venait de se lever, gelées, couvertes d'une pellicule de glace.

Orogastus se rendait-il seulement compte de ce qui se passait ?

Comprenait-il que le monde allait de travers et s'acheminait vers la catastrophe ?

Non, se dit-elle. Il ne pouvait pas savoir. Il devait tenir les tremblements de terre et les éruptions volcaniques pour naturels, et devait considérer que ce temps calamiteux lui était imputable. Maître de la Tempête ! Ainsi s'était-il baptisé douze ans plus tôt, et il devait en être de même aujourd'hui.

Oh oui, certains des coups de vent qui avaient fait avancer les bateaux avaient sûrement été déclenchés par lui, ainsi que les trombes marines et les petites tempêtes qui avaient secondé ses forfaits dans le sud. Mais il ne pouvait être à l'origine du froid mortel qui s'était abattu sur le Labornok, ni de la nouvelle avancée de la Glace Victorieuse.

« Talisman, chuchota-t-elle. Puis-je y faire obstacle ? »

Le talisman mit un temps infini à répondre. Les branches des petits arbres étaient agitées à présent.

La neige dont elles étaient chargées fut vite chassée par le vent, tourbillonnant follement au niveau du sol. Haramis frissonna malgré l'effet magique qui la réchauffait. Le talisman daignerait-il même répondre ? Savait-il même s'il était possible d'enrayer la progression de la Glace Victorieuse ?

Les Trois en Un peuvent y parvenir... si elles agissent à temps. Mais le temps est chichement compté.

27

Dans son rêve, le prince Tolivar était de retour chez lui à Derorguila. Le Roi et la Reine l'avaient emmené visiter la ménagerie royale du Parc du Guila, et, pour une fois, Niki et Jan n'étaient pas là pour lui gâcher son plaisir. Il faisait un temps merveilleux en cette Saison Sèche, et de petits nuages blancs folâtraient dans le ciel bleu. Qui plus est, Tolo avait son père et sa mère pour lui tout seul.

Au début, il s'était bien amusé.

Et puis il avait décidé que ce serait encore plus amusant s'il réveillait les irascibles loorus, qui venaient du fin fond des marais du Ruwenda et qui avaient la réputation de boire le sang de leurs victimes. (Au zoo, ils se contentaient de soupe de qubar.) Tolo ramassa un bâton et tapa bruyamment sur les barreaux de leur grande cage.

Quel raffut faisait ce bâton ! Il y avait une vingtaine de vilains loorus en captivité. Les plus grands avaient une envergure de plus de deux aunes. Le bruit que provoqua Tolo fit tomber de leurs perchoirs ceux qui sommeillaient, et ils se mirent à battre des ailes en piaillant comme des fous. Les volatiles furieux se jetèrent à maintes et maintes reprises contre le devant de la cage, dans un vacarme infernal. Ils essayèrent d'attraper Tolo de leurs pattes griffues.

Il recula vivement en riant, et ramassa une pierre pour la leur lancer.

Et puis les barreaux cédèrent.

Ce fut d'abord un volatile qui s'échappa, puis un autre, et bientôt ils furent tous hors de la cage, leurs yeux rouges lançant des éclairs et leurs becs cruels aux longues dents grands ouverts, cherchant une proie. Tolo se jeta sous un buisson à proximité, se bouchant les oreilles pour ne pas entendre ces horribles sifflements, espérant que les oiseaux ne le découvriraient pas.

Les loorus ne firent nullement attention à lui. Mais ils fondirent tous sur le Roi et la Reine sans défense, les étouffant sous la masse de leurs ailes coupantes et de leurs corps couverts de fourrure. Le ciel devint aussitôt noir. Il y eut des éclairs, et d'assourdissants coups de tonnerre firent trembler le sol. Tolo entendit des hurlements — mais qui criait ? —, et soudain son buisson fut déraciné d'un coup ! Il se recroquevilla, s'attendant à ce que les loorus lui arrachent la chair des os. Lorsqu'il s'aperçut que rien ne se produisait, il osa lever les yeux.

Sa tante l'Archimage se dressait au-dessus de lui. Elle paraissait mesurer au moins dix aunes. Son visage, illuminé par les éclairs, arborait une terrible expression.

— Tes pauvres parents ont péri par ta faute ! Tu vas maintenant payer le prix de ta traîtrise !

— Non ! gémit Tolo. Je ne l'ai pas fait exprès !

— Méchant ! tonna l'Archimage. Malfaisant !

Elle tendit vers lui une énorme main.

— Je ne l'ai pas fait exprès !

Tolo s'était levé et s'enfuyait à toutes jambes.

— Arrête-toi ! lança-t-elle d'une voix tonitruante. Arrête-toi !

Tout en fuyant il jeta un coup d'œil par-dessus son épaule. Elle le suivait — plus grande que les arbres —, et chacun de ses pas faisait trembler la terre. Elle brandit son talisman magique et le dévisagea à travers le cercle argenté. Il vit un œil énorme, qui ne cessait de grossir. Il n'y avait plus que cet Œil au monde. Tolo allait tomber dedans et mourir...

— Arrête-toi ! Arrête-toi !

— Non ! Je ne l'ai pas fait exprès.

Il s'éveilla. Ses propres hurlements lui résonnaient encore aux oreilles.

Mais pas de loorus. Pas de père ni de mère dépecés. Pas de gigantesque Archimage en colère. Tolo était à l'abri dans sa petite cabine du vaisseau amiral du roi Ledavardis du Raktum. Ce n'avait été qu'un rêve.

Néanmoins les coups de tonnerre se succédaient toujours et l'on entendait toujours les cris, à vous glacer le sang, des prédateurs en grand nombre. Il perçut même le martèlement de son bâton...

Arrête-toi ! Arrête-toi !

... ainsi que la voix monstrueusement amplifiée de l'Archimage.

Le petit Prince sauta à bas de son lit, courut jusqu'au hublot, et approcha un tabouret pour pouvoir regarder dehors.

Le brouillard s'était levé. C'était toujours la nuit. Des gerbes multicolores zébraient le ciel et se reflétaient dans la mer grouillant de navires. Les galères appartenant aux pirates se servaient des armes magiques d'Orogastus. Des boules blanches, vertes, écarlates, dorées, fusaient et explosaient lorsqu'elles atteignaient l'un ou l'autre des navires des défenseurs, dont les voiles arboraient le Trillium Noir et les Trois Epées Dorées du Laboruwenda. Les défenseurs utilisaient des catapultes pour lancer contre les envahisseurs des boulets enflammés, qui décrivaient d'énormes arcs orangés en traversant les airs.

De part et d'autre, des arbalètes décochaient sans interruption des fléchettes en fer. De petits sifflets étaient attachés à ces fléchettes, qui produisaient le sifflement surnaturel que Tolo avait pris pour des cris de loorus. Bouche ouverte, il vit une volée de fléchettes atteindre la coque du navire amiral raktumien dans un fracas de grêlons.

Cessez ! Cessez cette bataille ! Marins du Raktum,

prenez garde ! Faites demi-tour, ou c'est un sort terrible qui vous attend !

La voix tonitruante de tante Haramis résonnait à la surface de la mer... Et une autre voix surnaturelle lui répondit... celle du Maître, Orogastus.

Vous lassez-vous de vos vains efforts, Archimage ? Oui, je le vois bien. L'utilisation continuelle des pouvoirs magiques vide l'âme de toute énergie, et vous avez maintenant recours à des mensonges stupides afin de faire renoncer nos braves guerriers. Mais nous ne nous laisserons pas intimider.

Le prince Tolivar crut qu'il était peut-être encore en train de rêver, tant la scène était fantastique. Pas un seul des projectiles enflammés lancés par les défenseurs n'atteignait les navires des pirates. Par quelque effet magique les boules de poix enflammées s'arrêtaient à une centaine d'aunes de leurs cibles et rebondissaient comme si elles eûssent heurté un mur invisible avant de tomber dans la mer. Pourtant, des carreaux d'arbalètes s'abattaient sur le navire amiral et les autres vaisseaux raktumiens, ainsi que les pierres lancées par les catapultes des défenseurs. Manifestement la sorcellerie qui faisait obstacle à la poix brûlante était impuissante contre le fer et la pierre. Ou peut-être le Maître ne pouvait-il se concentrer que sur un danger à la fois.

L'effet des armes des Disparus sur les bateaux laboruwendiens était beaucoup plus dévastateur. Tolo vit clairement un globe de feu vert miroitant s'élever d'un navire pirate en direction d'une cible, puis dévier de son cours, comme s'il avait été détourné au dernier moment par l'Archimage. Mais quelques instants plus tard, le même vaisseau laboruwendien fut enveloppé d'un nuage d'étincelles blanches en provenance d'une autre direction. Ces étincelles mirent partout le feu au grément du malheureux bateau, qui devint bien vite la proie des flammes, comme ses compagnons.

Tolo se rendit compte que tante Haramis essayait de protéger les Laboruwendiens, mais ce n'était pas une réussite.

Les navires laboruwendiens étaient largement surpassés en nombre et naviguaient presque uniquement à la voile. Vu que les vents étaient légers et fort capricieux — l'Archimage et Orogastus se battaient-ils pour s'en rendre maîtres ? —, la marine du Laboruwenda était à la merci des galères raktumiennes mues par les rames. L'un après l'autre, les navires des défenseurs étaient éperonnés par le travers et coulaient, ou bien étaient atteints par les météores ensorcelés des Disparus et consumés par les flammes. Certains vaisseaux parvenaient à échapper à la destruction grâce à l'intervention de l'Archimage, mais elle semblait incapable de jeter un sort assez puissant pour les protéger tous de façon continue.

Le rire titanesque d'Orogastus s'entendait malgré les détonations constantes. L'air qui passait par le hublot était glacial et Tolo serra les bras autour du corps pour ne pas frissonner trop fort. Mais il n'envisagea pas un seul instant de retourner au lit, ni même de quitter son poste pour aller chercher une couverture.

La bataille s'éternisait, sembla-t-il au petit Prince. A l'est, le ciel commençait à s'éclaircir. Puis, sans doute sur l'ordre magique d'Orogastus, les pirates changèrent brusquement de tactique. Les galères s'écartèrent de leurs adversaires pantelants et leurs rames se mirent à brasser l'écume. Les oreilles aiguisées de Tolo perçurent le rythme accéléré des tambours du navire amiral. Fouettés par leurs gardes-chiourmes, les galériens firent de tels efforts que les soixante-quatorze bateaux de l'armada s'éloignèrent à vive allure du lieu de la bataille dans les eaux côtières, et cinglèrent vers l'entrée du port de Derorguila.

Les lourdes trirèmes qui étaient en tête utilisèrent leur proue cuirassée pour forcer le blocus dérisoire des petits bateaux enchaînés qui interdisaient l'entrée du port. Les armes magiques eurent vite raison des défenses des avant-postes du port. Tolo ne vit aucune riposte magique de la part de l'Archimage Haramis. Pavillons au vent, fendant l'écume, la force d'invasion filait vers la capitale du Laboruwenda sans être arrêtée par un seul bateau ennemi.

Le soleil commençait à se lever. Le palais fortifié, dont le volumineux Donjon de Zotopanion occupait le cœur et dont les remparts étaient constellés de feux minuscules, se détachait sur un ciel pourpre. Les bassins, les rues qui y menaient et les bâtiments de la ville, étaient couverts d'un manteau de neige teintée de rose par l'aube. De minces filets de fumée s'élevaient verticalement depuis les bâtisses des quais dans l'air calme du matin. Dans le bassin intérieur, cerné de trois côtés par la terre, le contact de l'air glacial et de la mer plus chaude avait recouvert la surface de l'eau d'un épais manteau de brume. La flotte raktumienne donnait l'impression de s'enfoncer dans les nuages. Lorsque les trirèmes arrivèrent à portée des catapultes disposées le long de la côte, les armes des Disparus décochèrent un déluge de boules incandescentes jaunes, bleues et écarlates.

Mais cette fois-ci les météores mortels n'atteignirent nullement leurs cibles. Le petit Prince poussa un cri de surprise quand il vit la brume prendre la forme d'une énorme main. Légèrement éclairée par le reflet des projectiles enflammés, celle-ci écarta les boules de feu tout comme on chasse d'une main fatiguée un nuage d'insectes importuns. D'autres boules de feu furent projetées, mais la main protectrice les expédia bien haut dans le ciel, où elles finirent par s'éteindre.

Et voilà que la brume enveloppant la flotte raktumienne se mit à enfler et à tourbillonner comme si d'autres mains fantomatiques eussent été sur le point de se matérialiser. La voix de l'Archimage retentit :

Faites demi-tour, Raktumiens ! Quittez le port avant qu'il ne soit trop tard !

Orogastus répliqua avec condescendance :

Quel spectacle ridicule nous offrez-vous là, Archimage ? Croyez-vous pouvoir nous repousser par ces puérilités ? Nous venons d'être les jouets d'une illusion, nous le savons ! Nos projectiles ont atteint le rivage et y ont causé de grands dégâts.

Votre main magique n'est qu'un fantôme. Vous ne pouvez pas nous faire le moindre mal !

Et il se mit à rire.

Un certain désespoir perça à présent dans la voix d'Haramis :

Si vous ne faites pas demi-tour, sorcier, un effroyable sort vous attend tous, vous et vos partisans !

Vraiment ? rétorqua Orogastus avec une ironie relevée de scepticisme. *Dites-moi ceci, Archimage : Si vous êtes si puissante, pourquoi ne retournez-vous pas nos missiles contre nous ? Pourquoi n'incendiez-vous pas nos navires par un feu astral, ou n'envoyez-vous pas des rochers pour percer des trous dans nos coques, ou ne déclenchez-vous pas une trombe marine pour nous noyer tous ?... Je sais pourquoi ! C'est parce que vous êtes incapable d'infliger la mort délibérément ou même de blesser un être humain ! Voilà ce que m'a confié un petit livre rouge, ainsi que bien d'autres secrets.*

Une fois encore son rire retentit. Puis il reprit d'une voix plus dure :

Inutile de continuer à plaisanter avec vous ! Nos vaillantes troupes sont impatientes de débarquer...

Tolo eut le souffle coupé. Soudain tout le front de mer sembla s'embraser... Un véritable mur de flammes apparut, dépassant les plus hautes bâtisses.

Orogastus enchaîna d'un ton réprobateur :

Pauvre Archimage ! Croyez-vous que ce tour de magie pitoyable puisse faire peur aux hommes du Tuzamen et du Raktum ? Sommes-nous des Singuliers reculant devant des feux follets ? Non ! Nous savons fort bien que votre jolie démonstration ne peut nous faire de mal. Et nous ne faiblirions pas plus si vous déchaîniez des hordes bavantes de Skriteks, ou si vous érigiez des barrières de fougères épineuses, ou si vous déclenchiez des avalanches imaginaires. Nous continuerons à progresser vers le palais, et nous tuerons tous ceux qui se mettront en travers de notre chemin... Mais vous n'osez pas nous tuer ! Vous ne l'osez pas ! Reconnaissez-le.

Il n'y eut pas de réponse. Les flammes s'éteignirent. Pour le moment du moins, l'Archimage semblait abandonner la partie.

Le navire amiral raktumien se dirigeait majestueusement vers le mouillage principal, escorté par les autres trirèmes. Tolo essayait en vain de voir s'il y avait des soldats à l'affût sur le rivage quand la porte de sa cabine s'ouvrit violemment.

La robuste Voix Jaune apparut. Ses yeux brillaient comme des étoiles et elle s'adressa à Tolo du ton impérieux d'Orogastus en personne.

— Prince Tolivar ! J'ai besoin de vous. Revêtez l'habit royal que ma Voix Jaune vous apporte, puis rejoignez-moi tout de suite sur le gaillard d'arrière.

— Ou.. oui, Maître.

Défaillant presque, le garçonnet descendit du tabouret. Il n'avait pas été témoin de cette manifestation bien particulière des pouvoirs du sorcier depuis ce jour lointain dans les Iles Sans Vents — mais cela remontait-il à si loin ? — où il avait choisi de partir avec la Voix Noire et non avec sa Mère. Quel imbécile il avait été !

Mère... Père... Ils allaient se faire tuer. Et cette fois-ci ce ne serait pas un rêve.

La lumière magique des yeux de la Voix disparut. Comme Tolo n'enlevait pas sa chemise de nuit, le sbire lui dit, de son habituelle voix grincheuse.

— Eh bien, ne restez pas là comme un troubadour pris de boisson s'apprêtant à chanter la sérénade aux Trois Lunes ! Venez ici ! Dois-je vous habiller comme un nouveau-né ?

— Non, répondit Tolo.

Mais, bien qu'il frissonnât toujours, il était aussi mou qu'une poupée de chiffon. Il levait un bras après l'autre, une jambe après l'autre. Puis le sbire lui enfila en grommelant un costume doré et une riche robe de cérémonie de velours bleu ciel. Un baudrier constellé de bijoux passait par-dessus une épaule. Y était suspendu un fourreau également parsemé de bijoux, qui contenait une petite épée à la garde en rubis. Comme Tolo avait naguère convoité une épée pareille ! Mais maintenant qu'il l'avait, il aurait été prêt à la donner sur-le-champ pour être libre, pour se retrouver auprès de ses parents, de son frère et de sa sœur.

La Voix Jaune passa autour du cou du Prince une réplique miniature de la Chaîne Royale du Labornok. Les chaînons étaient en or, apparemment incrustés de gros diamants, et un pendentif d'or recouvert d'émail noir en forme de trillium y était accroché. Enfin, la Voix ouvrit un sac en cuir chamoisé et en sortit une couronne. C'était une réplique plus petite de la splendide Couronne du Ruwenda de la Reine. En la regardant de près, Tolo remarqua que la goutte d'ambre qui en constituait le fleuron ne contenait pas de Trillium Noir fossilisé, et que l'éclat des pierres précieuses était terne. Etaient-elles fausses ?

— Mettez-la, mon garçon ! enjoignit sèchement la Voix. Le Maître nous attend.

— Mais je ne peux pas me déguiser en roi !

— Vous resterez déguisé, gronda la Voix, aussi longtemps que cela plaira au Maître. Vous êtes destiné à être roi du Laboruwenda et futur Maître du Tuzamen !

— Je ne sais pas comment...

La Voix coupa court avec grossièreté aux protestations du garçon :

— Mets cette couronne, sinon tu risques d'encourir la colère d'Orogastus, petit impudent ! Es-tu assez sot pour croire que tu vas régner vraiment, ou être appelé à exercer les pouvoirs d'un souverain ? Tu n'es qu'une potiche, une marionnette, rien de plus.

La Voix colla la couronne, lourde et peu commode, sur la tête de Tolo. Puis elle lui attacha autour du cou une cape de fourrure blanche bordée de tissu doré et en releva le capuchon pour couvrir la couronne. Le garçon fut enfin prêt, et la Voix Jaune le fit sortir prestement de la cabine. Ils montèrent l'escalier presque en courant.

Au moment où le petit Prince posait le pied sur le pont de la trirème, l'ordre fut lancé de jeter les ancres. Un fantastique grondement s'entendit, suivi de deux grands ploufs. Des marins grouillaient parmi les haubans. Ils actionnèrent les treuils, amenant les voiles décorées du navire amiral. Le battement des avirons cessa. Le bateau dériva, perdit de la vitesse, puis s'immobilisa finalement au milieu du bassin tandis que les autres navires de guerre, menaçants, continuaient vers les docks. Quelques-uns avaient des mâts fendus, des boiseries brisées, ou avaient été endommagés de quelque autre façon. Mais la plupart paraissaient intacts après la bataille avec les défenseurs.

Tolo et la Voix montèrent jusqu'au gaillard d'arrière. Le roi Ledavardis, le Premier ministre Jorot, et le général Zokumonus du Tuzamen étaient là, portant de splendides armures ainsi que de lourdes fourrures. La Voix Pourpre se tenait en retrait derrière Orogastus, qui arborait son horrible tenue noire et argentée, avec son masque étoilé. Le pauvre Tolo fut pétrifié en le voyant.

Le sorcier tendit à la Voix Jaune le Monstre aux Trois Têtes. Lui-même portait l'autre talisman à la taille.

— Prends ceci, ma Voix, et accompagne le Roi, le ministre Jorot et lord Zokumonus, qui se préparent au débarquement. Epie bien l'ennemi et rapporte-moi ses intentions afin que les guerriers du Tuzamen et du Raktum s'emparent rapidement de Derorguila. Mais prends bien garde à ne pas utiliser la couronne magique à d'autres fins. Tu éviteras ainsi que ses pouvoirs ne se retournent contre toi ou contre nos braves alliés.

— J'obéirai, Maître.

Tout en s'inclinant, la Voix prit la couronne-talisman et la posa sur son crâne chauve.

— Autre chose, ajouta Orogastus. Tu sais que tu ne pourras épier l'Archimage vu qu'elle se cache derrière un écran de magie. Mais il se pourrait éventuellement que tu l'aperçoives à l'œil nu. Si cela se produit, reste calme. Rappelle-toi qu'elle ne peut te faire de mal tant que tu portes mon talisman, mais en aucun cas tu ne devras te confronter à elle ! Ordonne à la couronne de te rendre invisible, puis avertis-moi aussitôt de l'endroit où elle se trouve.

— Je comprends, dit la Voix. (Il se tourna vers le jeune Ledavardis :) Je suis prêt, Grand Roi.

Le bossu regarda Orogastus.

— Ainsi donc, vous ne nous accompagnerez point lors de l'assaut ?

— D'autres occupations m'appellent, Ledo, répondit le sorcier doucereusement. (Ses yeux derrière le masque étaient aussi argentés et opaques que son singulier couvre-chef.) Pour le moment, je pense que vous n'avez pas à craindre d'agression magique. Je crois que l'Archimage est épuisé par ses efforts. Elle sait que ses effrayantes illusions ne vous détourneront pas, et elle a sans doute renoncé à tenter de nous faire peur. Je suis protégé de sa Double Vue, et par conséquent je ne peux l'épier. Elle est probablement allée s'entretenir avec la reine Anigel, le roi Antar et leur armée provinciale retenue par la neige.

— Elle trouvera quelque autre moyen d'utiliser la magie contre nous, repartit sombrement le jeune Roi. Et lorsque cela se produira, vous auriez intérêt à être là pour en prévenir les effets.

— J'ai observé la région, et seuls les périls ordinaires de la guerre vous attendent sur le rivage pour le moment, expliqua le sorcier d'un ton rassurant. Il n'y a que des rangées de mangonneaux et de catapultes le long des bassins, ainsi que quelque deux mille défenseurs terrés dans les bâtisses des quais et aux abords du palais. Vous devriez avoir facilement raison d'eux. Profitez de l'occasion pour gagner du terrain et vous couvrir de gloire. Lorsque débutera l'assaut final contre le palais et le Donjon de Zotopanion, je serai à vos côtés.

— A quelle distance sont Antar et ses renforts à présent ? s'enquit le ministre Jorot.

— Ils sont à douze lieues d'ici et ils progressent extrêmement lentement à cause de la neige. Le palais sera à nous et le Prince installé sur le trône bien avant qu'ils n'arrivent aux portes de la ville... A condition que vos boucaniers imprévisibles fassent bien leur travail.

— Ils le feront, rétorqua le Roi. Si vous faites vous aussi le vôtre, et si vous veillez à ce que nous ne soyons pas surpris par quelque tour de magie de l'Archimage.

— Combien de fois devrai-je vous répéter qu'elle ne peut pas vous tuer, ni même vous blesser ! explosa Orogastus, exaspéré. Elle peut seulement neutraliser vos propres armes. Si vous réussissez à étendre suffisamment le champ des opérations, vous la désorienterez tellement qu'elle ne saura plus où donner de la tête ! Maintenant allez-y, car d'importantes questions de sorcellerie requièrent toute mon attention.

Là-dessus il tourna le dos au jeune Roi.

L'espace d'un instant, le Roi furieux parut sur le point de répliquer impétueusement. Mais Jorot lui posa la main sur l'épaule, et le jeune monarque se laissa fléchir en fronçant les sourcils. Il serra contre lui son manteau de fourrure et se dirigea vers sa petite chaloupe.

Une fois qu'ils furent partis, Orogastus soupira et s'adressa à la Voix Pourpre :

— Quel garçon insubordonné, notre Roitelet Lutin. Quel dommage que j'aie tant besoin de lui.

— Vous n'en aurez pas toujours besoin, Maître. Lorsque Derorguila tombera et que les pirates auront pillé tout leur soûl...

Orogastus jeta un coup d'œil au petit Prince, qui faisait des yeux ronds, et s'empressa de dire :

— Ne parlons plus du roi Ledavardis, ma Voix. Un autre roi demande à être instruit si nous voulons qu'il joue correctement son rôle dans les événements qui se préparent. Le salon royal de Ledo doit être vide à présent. Amène-moi Tolo et nous allons commencer.

28

Haramis sortit de ses transes, blême, accablée de découragement.

— La Dame Bleue ne voit pas comment nous pourrions combattre efficacement les envahisseurs sans compromettre nos principes d'Archimages. Comme à moi, il lui est refusé de faire du mal à un être vivant, et elle ne peut utiliser ses pouvoirs magiques que de manière bienfaisante ou défensive.

L'armée des anciens rebelles avait fait halte au milieu de champs de neige. Le soleil était levé depuis longtemps, mais il avait disparu derrière des nuages gris, et un vent mordant soufflait de l'ouest, là où la Calotte Glaciaire Eternelle recouvrait l'intérieur du continent. Antar, Anigel, Kadiya, et le petit groupe qui les accompagnait depuis le début, essayaient de se reposer sur la route au sol piétiné lorsque Haramis s'était matérialisée devant eux. Elle avait confié tristement à ses sœurs et au Roi qu'elle n'avait pas réussi à repousser la flotte des envahisseurs, et elle n'avait pas caché son extrême fatigue.

Puis Haramis avait eu l'idée de consulter l'Archimage de la Mer pour savoir si la Dame Bleue pouvait leur prêter assistance. Son entretien avait duré presque une demi-heure et il avait été infructueux.

Maintenant que cet espoir s'était évanoui, Haramis s'était assise d'un air las sur un rocher glacé et buvait à la flasque de vin épicé que Shiki le Dorok lui avait apportée.

— Observez de nouveau les combats dans la capitale ! la pria le Roi. (Lui et sa femme venaient de chuchoter avec le comte Gultreyn et lord Balanikar, qui se tenaient à leurs côtés, l'air inquiet.) Les pirates ont-ils déjà menacé le palais ?

Haramis leva doucement son talisman. Pendant quelques minutes de silence, elle entra de nouveau en transe.

— Il est toujours intact, finit-elle par dire. Les

armes des Disparus qui ont été débarquées n'ont toujours pas réussi à abattre les fortifications.

— Dieu soit loué ! s'écria lord Balanikar.

— Je le louerais encore davantage, marmonna le vieux comte Gultreyn, s'il voulait bien atténuer ce froid épouvantable ! Les nuages s'amoncellent une fois de plus, et il risque encore de neiger. Si les congères grossissent, ni les hommes ni les bêtes ne pourront aller plus loin. Nous périrons tous... et cela à moins d'une heure de route de la capitale par temps normal...

— Ne peux-tu rien faire pour dégager la route, Hara ? demanda Kadiya à sa sœur.

L'Archimage secoua la tête.

— Je pourrais faire fondre un peu de neige, mais sans doute pas assez pour vous être utile... surtout si elle se remet à tomber. Je suis si fatiguée...

— Nous sommes tous exténués par manque de sommeil, dit Anigel. Tous sauf les enfants, qui ont dormi sur selle.

Et elle jeta un coup d'œil sur le prince Nikalon et la princesse Janeel, qui couraient sous la surveillance de Jagun et se lançaient des boules de neige.

— L'ennemi va bientôt débarquer ses armes lourdes, dit Haramis. Il va falloir que je me repose, puis que je fasse mon possible pour défendre Derorguila. Mais je crains que les hommes utilisant les armes des Disparus n'attaquent le mur du palais en maints endroits simultanément. Si cela se produit, ils le franchiront à coup sûr malgré tous mes efforts. Je regrette de ne pas avoir les idées plus claires, et j'aimerais pouvoir vous apporter plus de réconfort. Cependant, je vous conseille pour le moment de battre en retraite.

— Non ! fit le Roi, le feu aux joues. Je ne tournerai pas casaque !

— Il y a quatre-vingts lieues jusqu'aux contreforts des montagnes Ohogan, insista Haramis. Dans l'intérieur des terres, la neige n'est pas aussi épaisse bien que le froid soit rigoureux. Les pirates ne risquent pas de vous poursuivre alors que le pillage de Derorguila les attend. Vous pourriez vous cacher jusqu'à ce que le temps s'améliore et qu'il soit possible de pénétrer au Ruwenda par le col de Vispir. Une fois là-bas, vous pourriez vous réfugier dans la Citadelle et rallier les autres troupes...

Soudain, Kadiya intervint, le visage rayonnant.

— Hara ! je viens d'avoir une idée merveilleuse. Je sais que l'Archimage de la Mer ne peut nous aider vraiment à combattre. Mais ne pourriez-vous pas toutes les deux unir vos forces pour faire disparaître cette horrible neige ? Vous ne violeriez certainement pas ainsi votre devoir sacré.

Haramis avait gardé jusqu'ici la tête baissée, accablée par la fatigue. En entendant sa sœur, elle leva les yeux, soudain en éveil, et l'espoir illumina son visage.

— Je ne sais pas... Après tout, le temps est un signe du déséquilibre du monde, et peut-être n'est-il pas en notre pouvoir de le modifier. Mais nous pourrions toujours essayer.

Elle se mit péniblement debout, saisit le Cercle aux Trois Ailes, et lança :

— Iriane ! Ecoutiez-vous ? Est-ce possible ?

Ceux qui étaient aux alentours poussèrent des exclamations de surprise, car ils furent éblouis par un éclair bleu, et une masse de bulles étincelantes apparut, laquelle enfla jusqu'à dépasser la taille d'un homme. A l'intérieur brillait une silhouette d'un bleu azur, constellée de minuscules étoiles resplendissantes.

Les bulles éclatèrent. Et ils distinguèrent une femme replète, souriante, vêtue d'une tenue vaporeuse bleue. Ses cheveux bleu foncé étaient étrangement coiffés et retenus par des peignes de nacre.

— Voyons ce que nous pouvons faire ! dit l'Archimage de la Mer à Haramis. Prends ma main. Oublie pour le moment ton talisman. Tu es un Archimage, et tu possèdes tes propres pouvoirs.

— Par Zoto ! s'exclama Antar. Elle est venue ! Elle existe vraiment.

Iriane se tourna vers le Roi en reniflant.

— Le scepticisme n'aidera pas votre cause, jeune

homme. Je vous recommande de prier de toutes vos forces pendant que votre brave belle-sœur et moi-même tenterons cet exploit ! Et vous les deux sœurs, poursuivit-elle en adressant un signe de tête à Anigel et Kadiya, prenez vos amulettes d'ambre et priez avec nous, bien que vous ne soyez pas des Pétales du Trillium Vivant très unis... Ce qu'Haramis et moi allons essayer de faire n'est pas facile. Nous aurons besoin de votre aide !

Confus, Antar tomba à genoux, inclina la tête et joignit les mains. Anigel et Kadiya suivirent son exemple, ainsi que tous les autres nobles et chevaliers réunis autour d'eux, et même les enfants, Shiki, ainsi que Jagun. Par le bouche-à-oreille, l'armée au repos apprit ce qui se passait, et tous les hommes s'agenouillèrent dans la neige pour prier sous le ciel chargé.

Au début, rien ne se produisit, sinon que les auras des deux Archimages gagnèrent en intensité. Haramis fut enveloppée d'un halo doré tandis que l'aura d'Iriane resplendissait d'une lueur bleue. Là où les deux auras s'unissaient, le halo était d'un vert éclatant. Cette lumière verte monta vers le ciel, formant une lance d'émeraude qui atteignit les nuages menaçants et les traversa comme des éclairs.

A cet instant, alors que le succès s'annonçait proche, Haramis sentit une force d'opposition néfaste. Un pouvoir malfaisant faisait tout pour contrarier l'effet magique. Orogastus ! Elle n'eut pas besoin de le voir pour savoir qu'il était là, luttant contre elles, tâchant d'empêcher le grand froid de céder devant l'assaut des deux Archimages.

Le rayonnement vert qui nimbait le ciel se mit à pâlir et à clignoter, puis les nuages reprirent leur teinte sombre. La Dame Bleue, impressionnée par la violence de la contre-attaque inattendue, recula, prête à renoncer à cette collaboration soudain devenue périlleuse.

Non, Iriane ! Attendez !

Haramis rentra en elle-même, oubliant l'engourdissement de la fatigue, et trouva quelque chose qui était à la fois Triple et Un. De toutes ses forces elle porta un formidable coup à la puissance maléfique qui était en elle. Puis la Trinité se dissipa, mais elle avait produit son effet. Le halo doré et le halo bleu s'élargirent et s'entrecroisèrent une fois encore. Le ciel fut baigné d'une lumière verte et des cloches se mirent à sonner à toute volée.

Puis le rayonnement vert disparut.

Iriane et Haramis étaient côte à côte, dépouillées de leur aura magique, mais le visage plein d'espoir. Une brise se leva... Elle n'était plus glaciale, mais chaude. Des milliers de gorges laissèrent échapper des murmures d'étonnement. Un éclair zébra le ciel gris dans toutes les directions. Le tonnerre retentit dans les champs dévastés et couverts de neige, où l'armée se reposait.

La pluie se mit à tomber.

Une pluie chaude comme du sang. Un vrai déluge, telles des cataractes célestes. D'énormes gouttes s'infiltrèrent dans les congères, s'attaquant à la glace. La pluie se répandit sur les visages gelés, tournés vers le ciel, des chevaliers et des soldats, réchauffa leurs armures glacées. Il tombait du ciel des hallebardes argentées, inondant le Roi et la Reine qui riaient. Les enfants eux aussi criaient et dansaient de joie. Les froniaux secouaient la tête, tressaillaient de plaisir et frappaient de leurs sabots les flaques qui s'élargissaient.

— A Derorguila ! lança Antar. (Il sauta en selle et brandit son épée.) A Derorguila !

Et il partit au trot parmi les hommes, qui se mettaient debout en poussant de telles acclamations qu'elles couvraient quasiment le tonnerre et le bruit du formidable déluge de pluie. Gultreyn, Balanikar et les autres nobles se hâtèrent d'enfourcher leurs montures et préparèrent les hommes au départ.

Iriane sourit à Haramis.

— Ma foi, cela a marché. J'en suis heureuse. Est-ce ton vilain amoureux qui nous a mis des bâtons dans les roues ?

Le visage d'Haramis était devenu livide au cours

de ce terrible effort. Ses vêtements étaient trempés et ses cheveux noirs pendaient comme des cordes, alors que l'Archimage de la Mer était toujours aussi élégante.

— C'était bien Orogastus. Heureusement, il ne pouvait se douter de votre présence, Iriane. Si vous essayez de l'observer, prenez garde, car il est maintenant capable de se servir de ma propre Double Vue pour m'épier... et il pourrait fort bien faire la même chose avec vous.

La Dame Bleue se mit à rire nerveusement.

— Eh bien, je crois que je refrénerai ma curiosité pour le moment.

— Merci de votre aide. Puis-je faire de nouveau appel à vous si besoin est ?

— Mmm. (Les yeux bleu pâle se plissèrent légèrement.) A proprement parler, il ne m'appartient pas de te porter assistance pour les affaires de la terre. Mais la pluie n'est pas si différente de l'eau de mer, et j'ai donc pu faire une exception... d'autant plus qu'il s'agissait d'exercer une magie bienfaisante. Je ne manquerai pas de faire tout ce qui est en mon pouvoir pour t'aider à l'avenir, mais à l'expresse condition que ce soit licite. Ah... Quel dommage que nous soyons entravées par toutes ces règles ! Elles rendent parfois la vie bien difficile.

Elle disparut dans un petit nuage de fumée indigo.

Haramis se tourna vers ses sœurs, qui rassemblaient leurs affaires avec l'aide de Shiki et de Jagun.

— Crois-tu que nous ayons maintenant des chances d'atteindre le palais ? demanda Kadiya.

— Jusqu'ici, il n'est assailli que par de petites compagnies de guerriers tuzaméniens, répondit Haramis. Les forces des pirates se sont fixé des objectifs plus faciles, et plus... fructueux, ailleurs en ville. Oui, vu que les routes se dégagent et que le grand froid est temporairement tenu en échec, je crois que vous pouvez à présent espérer atteindre le palais.

— Vas-tu rester avec nous, Hara ? s'enquit la Reine, qui était en train de faire endosser à ses deux enfants leurs manteaux mouillés. (La pluie continuait de tomber à verse.) Nous protégeras-tu lorsque nous allons marcher sur la ville ?

L'Archimage ne répondit pas tout de suite. Haramis semblait perdue dans ses pensées.

Le Roi revint vers elles.

— Pas encore en selle, Mesdames ? Shiki ! Jagun ! Amenez des montures pour la Reine, la Dame des Yeux et les enfants. Préparez-en une également pour l'Archimage.

Les deux aborigènes partirent en courant. Mais Haramis s'adressa au Roi :

— Je suis extrêmement fatiguée. Aucun danger ne vous guette sur la route menant à Derorguila. Il faut que je dorme au moins quelques heures afin de récupérer. Il me reste suffisamment de force pour me rendre au palais. Si vous ou Anigel le souhaitez, je peux vous emmener tous deux.

— Je dois rester à la tête de ces hommes, répondit Antar. Mais je vous serais reconnaissant d'emmener ma femme et mes enfants pour qu'ils soient à l'abri au Donjon de Zotopanion. Anigel pourra annoncer au maréchal Owanon que des renforts vont arriver.

— Antar, je veux rester avec toi..., s'écria la Reine.

— Il se peut que nous ayons à livrer bataille pour pénétrer dans l'enceinte du palais, la tança-t-il vertement. Je ne peux me séparer de guerriers pour qu'ils veillent sur toi. Le plan de l'Archimage est raisonnable. Je t'implore de l'accompagner.

Anigel accepta à contrecœur. Elle appela le Prince de la Couronne et la Princesse. Haramis déploya son manteau.

Mais lorsque la Reine et les enfants se furent serrés contre elle, Haramis dit tout à coup :

— Il y a encore de la place... Kadi ! Viens aussi. Les trois Pétales du Trillium Vivant ne doivent pas être séparés en cet instant critique.

Kadiya s'apprêtait à protester. Mais Haramis poursuivit :

— Nous ne pouvons compter sur l'Archimage de la Mer pour nous aider à combattre. J'aurai besoin de votre dévouement absolu. Sans votre soutien je n'aurais jamais pu repousser Orogastus et faire venir la pluie. Mais notre union par le Trillium fut éphémère, et n'était guère solide. Il nous faudra faire mieux si nous voulons vaincre le sorcier et ses alliés une fois pour toutes.

— Je te jure fidélité jusqu'à la mort, déclara vaillamment Kadiya, tout en prenant place sous le manteau.

Mais Anigel semblait singulièrement troublée.

— Ce grand froid..., murmura-t-elle en levant les yeux vers Haramis. Il n'a pas totalement disparu de l'ensemble de nos terres, n'est-ce pas ? Il est banni provisoirement de cette petite région, voilà tout...

Haramis hocha la tête de mauvaise grâce.

— Alors comment, demanda Anigel, pouvons-nous raisonnablement gagner ?

— Dans trois heures au plus je serai à Derorguila, lui dit le roi Antar. Et grâce à ces troupes supplémentaires, la situation se présente bien mieux pour nous. Ne te laisse pas abattre, ma chérie !

Haramis ferma les yeux. Le Roi n'avait pas compris la portée de la question plaintive de sa femme, mais Haramis l'avait comprise, elle. Elle ne connaissait pas la réponse à la question, et pour le moment elle ne s'en souciait même pas. Elle avait seulement envie de se reposer. A grand-peine, elle visualisa une image cristalline du salon royal du Donjon de Zotopanion.

— Adieu, lança le Roi. Nous vous rejoindrons dans quelques heures, si la Divinité Trine le permet.

La vision cristalline devint réalité.

Haramis s'enhardit à respirer de nouveau. Le voyage magique s'était déroulé sans encombre. Les enfants se mirent à bavarder. Kadiya et Anigel s'éloignèrent, laissant retomber le manteau. La chambre était froide et triste, car le feu s'était éteint, et ils étaient tous trempés jusqu'aux os. Haramis se demanda s'il lui restait encore une once de pouvoir magique.

Si. Une grande flambée se mit à ronfler dans l'âtre. Ses vêtements ainsi que ceux de tous les autres séchèrent et se réchauffèrent. Anigel, Kadiya et les enfants poussèrent des cris d'étonnement.

— Je vais appeler les valets, dit la Reine à l'Archimage, afin qu'ils te préparent mon lit immédiatement.

Mais Haramis avait aperçu un canapé garni de coussins. Elle alla s'y coucher, et s'endormit aussitôt d'un sommeil sans rêves. L'ambre de son talisman rougeoyait si faiblement qu'il paraissait à peine vivant.

— Maître ! Maître ! Réveillez-vous ! (La Voix Pourpre saisit une main flasque gantée d'argent et la pressa sur son front.) Maître, revenez à vous ! Vivez, cher Maître ! Ohhh... Puissances des Ténèbres, faites-le revenir à lui !

Orogastus grogna et son corps, qui était affalé de tout son long dans le salon royal du navire amiral, commença de remuer. La Voix Pourpre se hâta de défaire et d'ôter le masque étoilé du sorcier, puis lui glissa des coussins sous la tête.

— Ne reste pas planté là, mon garçon ! lança le mignon à Tolo. Va chercher de l'eau-de-vie !

La leçon du Prince en étiquette royale avait été étrangement interrompue. Assis, pétrifié, sur le trône mobile de Ledo, il avait assisté à une singulière lutte magique. Orogastus avait profité d'un bref instant de répit pour épier le roi Antar, et de toute évidence il avait découvert une inquiétante activité magique à l'œuvre. Enveloppé d'un halo vert et les yeux brillant comme deux fanaux blancs, il avait donné l'impression de se battre contre des démons invisibles. Il criait et leur donnait des coups de son talisman. Soudain, il s'était effondré. Que le sorcier pût être vulnérable, voilà qui était une nouvelle stupéfiante aux yeux de Tolo, et qui demandait réflexion.

Le garçon se dirigea d'un pas incertain vers un buffet, versa maladroitement de l'eau-de-vie dans un gobelet en or, puis le rapporta à l'assistant du Maître.

— Que s'est-il passé ? questionna Tolo. Est-il blessé ?

— Magie, répondit sèchement la Voix. L'Archimage Haramis s'est lancée dans une formidable entreprise de sorcellerie... dans le but de modifier le temps. Le Maître a découvert la chose par hasard et a tenté d'enrayer l'opération. Mais... il a échoué. De manière inexplicable.

— Echoué, répéta Orogastus d'une voix faible. (Il cligna des yeux. La Voix porta le gobelet à ses lèvres et Orogastus but quelques gorgées. Il reprit sur un ton hébété :) Ce n'est que par hasard que j'ai eu l'idée d'épier le roi Antar. Je me suis alors rendu compte que le temps allait changer. J'ai aussitôt deviné qu'Haramis devait accompagner l'armée des renégats, bien qu'il me fût impossible de m'assurer de sa présence à l'aide de ma Double Vue. J'ai tout fait pour maintenir le froid afin que les renforts aient du mal à atteindre la ville. (Il grimaça soudain de douleur.) Mais je n'y suis pas parvenu. Et juste avant d'échouer, j'ai vu... j'ai vu...

— Quoi donc, Maître ?

La Voix défit la boucle de la lourde cape du sorcier, installa ce dernier plus confortablement, et l'aida à avaler une autre gorgée d'eau-de-vie.

— J'ai vu Haramis. Et... puis qui ? Les deux autres Pétales du Trillium Vivant, très certainement. Mais j'ai l'impression qu'il y avait encore quelqu'un d'autre. (Orogastus secoua la tête.) Mais qui ? (Il plissa le front et marmotta une imprécation.) J'ai les méninges en capilotade !

— Ne pouvez-vous pas déclencher une nouvelle tempête de neige ? demanda la Voix. Vous commandez à la tempête ! Les vents glacés vous obéissent, semant ruine et désespoir parmi vos ennemis ! Après vous être reposé et avoir repris vos forces, sûrement que...

Orogastus leva la main.

— Ma Voix, j'ai fait croire au roi Ledavardis et aux autres Raktumiens crédules que c'était moi qui avais dévasté le Laboruwenda par cette grande vague de mauvais temps. Mais avec toi je n'ai pas besoin de dissimuler. Oui, je peux déclencher de petites tempêtes, déchaîner les éclairs, provoquer des tornades, ainsi que des coups de vent pour accélérer nos navires. Mais causer des ravages en prolongeant le mauvais temps, de cela je suis incapable, tout comme l'est l'Archimage Haramis. La vérité, c'est que je ne sais pas pourquoi le temps s'est détraqué. J'ai brièvement réfléchi à cette énigme de temps à autre, mais j'avais chassé cette question de mon esprit vu que les tempêtes secondaient mes plans. Seulement, mon échec à présent... Je n'y comprends rien ! Lors de nos joutes magiques aujourd'hui, Haramis et moi semblions plutôt à égalité. Puis la fatigue l'a terrassée et elle a abandonné après que nous eûmes forcé le blocus du port. Normalement elle n'aurait pas dû remporter la partie contre moi !

— Comment expliquez-vous cela, Maître ?

— Elle a reçu de l'aide de ses sœurs. J'en suis certain. Mais le trillium de la reine Anigel est toujours rouge sang. Donc la Fleur Vivante ne dispose pas de tous ses pouvoirs. Et pourtant j'ai été vaincu.

Orogastus se redressa et s'assit. Il prit la coupe de la main de son mignon et la but d'un trait. Puis il toussa et pressa les jointures de ses doigts contre son front.

— Elles ont fait venir la pluie et de l'air chaud. Uniquement en un lieu précis, au sud de Derorguila. L'armée provinciale va maintenant gagner rapidement la ville — le diable l'emporte ! — et tenter de se joindre aux troupes à l'intérieur du palais. Il faut que nous débarquions sur-le-champ et que nous prenions les choses en main. Il va falloir que le Roitelet Lutin et ses hommes cessent leurs pillages et retournent au combat. Et moi, je dois reprendre mon second taliman à la Voix Jaune. J'aurai besoin des deux talismans pour vaincre Haramis.

Il grogna derechef en se mettant debout, puis parut s'aviser pour la première fois de la présence du prince Tolivar depuis qu'il avait perdu connaissance.

— Laisse-moi un moment, ma Voix Pourpre, et emmène le garçon. Fais apprêter un canot pour que nous gagnions le rivage. Nous aurons besoin de mon escorte tuzaménienne. Et n'oublie pas d'emporter le coffre étoilé. Si je parviens à retrouver et à vaincre Haramis, il faut que je m'empare de son talisman immédiatement.

— A vos ordres, Maître, dit la Voix en s'inclinant.

Tolo s'empressa de la suivre.

Orogastus tira l'Œil Incandescent Trilobé de son fourreau et le tint droit à l'envers par la lame émoussée.

— Talisman, réponds-moi sans fard.

Le lobe noir, où se nichait l'Œil argenté, s'ouvrit.

Je n'y manquerai pas si la question est pertinente.

— Qui a aidé l'Archimage Haramis à faire tomber la pluie chaude ?

La Dame des Yeux, Kadiya. Et la Reine du Laboruwenda, Anigel.

— Oui ? Oui ? Je sais qu'il y avait quelqu'un d'autre. Qui était-ce ?

L'Archimage de la Mer, Iriane.

— Par les Os de Bondanus ! s'écria le sorcier. Un autre Archimage ? Est-ce possible ?

La question est sans objet.

Orogastus jura grossièrement.

— Dis-moi la vérité : combien y a-t-il d'Archimages en vie ?

L'Archimage de la terre, celui de la mer, et celui du firmament.

— Comment puis-je les voir et converser avec eux ?

Pour le moment aucun d'eux ne souhaite converser avec vous, et chacun refuse de se laisser voir par Double Vue. Ultérieurement, si tel est son bon plaisir, Denby, l'Archimage du Ciel, serait susceptible de s'entretenir avec vous. Pour l'instant vous ne l'intéressez pas.

Orogastus ravala un autre juron et reprit la parole sur un ton très suave :

— Transmets mon meilleur souvenir à Denby, l'illustre Archimage du Ciel. J'attends humblement son bon plaisir.

Voilà qui est fait.

L'Œil se ferma.

Durant quelques instants, Orogastus s'abîma dans ses pensées. Puis il rengaina son talisman, saisit son manteau, et s'apprêta à gagner le rivage pour livrer bataille.

29

Les combats sur le front de mer de Derorguila étaient déjà terminés lorsque Orogastus, le prince Tolivar et la Voix Pourpre en approchèrent à bord d'un petit bateau. Ses quelque douze rameurs étaient des guerriers tuzaméniens armés jusqu'aux dents.

Les navires, pratiquement déserts, des envahisseurs encombraient les docks. Vu qu'ils étaient tous amarrés les uns contre les autres, le sorcier et ses compagnons durent en franchir trois ou quatre d'affilée avant d'atteindre le quai. Une fois qu'ils eurent mis pied à terre, le spectacle qu'ils découvrirent était celui d'un pandémonium quasi indescriptible, arrosé d'une légère pluie. L'air était imprégné d'une fumée âcre, et la neige qui fondait rapidement était maculée de suie et de sang. Le sol était jonché des cadavres des envahisseurs et des défenseurs tout à la fois.

Au bord de l'eau, les catapultes en bois qui avaient été placées là pour repousser les pirates flambaient malgré la bruine. Les restes sanglants de leurs servants étaient éparpillés parmi des piles intactes de rochers-munitions et des pots de poix renversés. Brûlaient aussi les bâtisses des quais où les défenseurs laboruwendiens avaient d'abord pris position. D'autres cadavres, de Raktumiens comme de Laboruwendiens, jonchaient les étroites venelles entre les entrepôts. Les portes des énormes bâtisses étaient grandes ouvertes, leurs fenêtres fracassées. Des hordes de marins raktumiens en extrayaient leur butin et l'entassaient en bordure des docks. De vieux rouleaux de coûteux tissus, des balles de fourrure défaites, des boîtes contenant des bibelots de prix, des bouteilles et des tonnelets de spiritueux vides, éparpillés ici et là, témoignaient de l'étendue des pillages auxquels s'était déjà livré le gros de l'armée des pirates. Après qu'Orogastus en eut donné l'ordre à Ledavardis, les Raktumiens partirent prêter main-forte à leurs alliés tuzaméniens pour le siège du palais.

Tandis que quatre des hommes d'escorte allaient chercher une charrette ou quelque autre véhicule pour convoyer leur maître, Orogastus fit halte sous la porte cochère en pierre de la Banque du Commerce de Derorguila afin d'entrer en transe un court instant. Pour la première fois depuis son indisposition, il se sentait assez fort pour parler normalement à sa Voix Jaune.

Au terme de son entretien silencieux, Orogastus arborait une expression lugubre.

— La reine Anigel est dans le Donjon de Zotopanion avec sa sœur Kadiya, confia-t-il à la Voix Pourpre. La Jaune dit que les deux enfants s'y trouvent aussi, et ils ont laissé échapper que l'Archimage était également au Donjon et qu'elle dormait tant elle était épuisée. Endormie ou pas, Haramis reste cachée par la magie protectrice de son talisman. Mais pour le moment elle ne va pas nous nuire, et nous devons agir vite pour profiter de la situation.

— C'est une excellente nouvelle ! s'exclama la Voix Pourpre.

— La mauvaise nouvelle, repartit Orogastus, c'est que le roi Antar s'approche rapidement à la tête de son armée de quelque trois mille hommes. Il y a deux mille défenseurs dans l'enceinte du palais — principalement des chevaliers et la crème des soldats de l'ennemi. Si le Roi vient leur prêter main-forte, nous aurons un mal fou à les expulser sans que cela nous occasionne de lourdes pertes. Nos troupes du Tuzamen juste à l'extérieur du palais ont subi de terribles tirs d'arbalète depuis les bastions. Ces braves tiennent bon en dépit de graves pertes, mais nous devons nous hâter de leur porter secours.

— Avons-nous maintenant plus de chance de pratiquer une brèche dans le mur du palais ? s'enquit la Voix Pourpre.

Cette dernière tenait fermement par le bras le petit prince Tolivar, qui écoutait passionnément, ses frayeurs antérieures presque oubliées.

— Malheureusement, mon armement lourd ne semble pas fonctionner très efficacement. Ce fichu mur fait plus de soixante aunes d'épaisseur ! Il faut que je me rende là-bas sans tarder et que je tente d'y pratiquer une brèche à l'aide de mes deux talismans. Il est impératif que nous prenions le donjon et que nous mettions à mort la Reine ainsi que ses enfants avant l'arrivée du roi Antar.

L'un des hommes d'escorte qui avaient été envoyés à la recherche d'un moyen de locomotion revint en courant.

— Maître, l'écurie derrière la banque est pleine de carrosses, mais il est impossible de trouver la moindre bête.

— Peu importe, dit Orogastus. Je ne peux attendre plus longtemps.

Il choisit six des guerriers tuzaméniens pour l'accompagner et s'apprêta à partir à pied pour le palais, lequel se trouvait à presque une lieue, en plein cœur de la grande cité. Il fut convenu que la Voix Pourpre, Tolo et le reste de l'escorte suivraient comme ils pourraient.

— Veillez à ce qu'il n'arrive rien à notre jeune Roi, ordonna le sorcier, mais n'hésitez pas à le faire passer en premier dès que le mur du palais sera abattu. Nous aurons peut-être besoin de nous servir de lui pour faire pression sur sa mère ou sur l'Archimage.

Là-dessus, Orogastus s'en fut, sa robe noire et argentée scintillant de gouttes de pluie, l'Œil Incandescent Trilobé à la main.

Le petit Prince se tortilla sous la poigne de fer de la Voix Pourpre. Il était plus irrité qu'inquiet des paroles qu'il venait d'entendre de la bouche de son ancien héros. Le mignon secoua violemment le garçon et lui ordonna de se tenir tranquille, sinon ses royales oreilles allaient lui en cuire. Tolo se mit à pleurer de rage impuissante. A cet instant-là, les autres gardes tuzaméniens revinrent bredouilles, et tous commencèrent à gravir la rue escarpée à une allure qui fit trébucher le jeune garçon.

— Vous allez trop vite ! protesta Tolo. Les pavés sont glissants ! Je vais perdre ma couronne !

Jurant, la Voix Pourpre s'arrêta et jeta un ordre à l'un des gardes.

— Prends ce sale marmot sur tes épaules, Kaitanus. Je suis embarrassé par le coffre étoilé du Maître.

Un homme bien charpenté aux épais sourcils et à la barbe rousse broussailleuse saisit Tolo et le hissa sur ses épaules de mauvaise grâce. Les plaques d'acier de son armure meurtrirent la chair de Tolo, qui s'écria :

— Oh ! Oh ! C'est insupportable ! J'ai mal !

La Voix Pourpre lâcha un juron encore plus épouvantable.

— Pose-le par terre, dit-il en jetant au Prince un coup d'œil dégoûté. J'ai l'impression que c'est moi qui vais être obligé de te porter. Prends le coffre étoilé en ce cas, et tiens-le bien si tu veux rester en vie.

Cette fois-ci Tolo fut hissé sur des épaules plus accueillantes, et on lui remit avec vénération le coffre de verre frappé de l'emblème étoilé. Il le serra contre la poitrine et ils repartirent.

La fumée et les flammes, les cris des pillards, les hurlements des blessés, les écœurantes piles de cadavres, tout cela sembla irréel à Tolo, qui regardait la scène de son perchoir derrière le capuchon pourpre. Cette cité dévastée n'était pas la Derorguila qu'il connaissait, c'était un lieu cauchemardesque qu'il n'avait jamais vu. Seule la grande masse du palais en haut de la colline lui paraissait aussi solide et rassurante que jamais.

Ils entrèrent dans une zone d'hôtels particuliers

saccagés où d'âpres combats se livraient encore. Des hordes de Raktumiens s'adonnaient au pillage avec fureur. Tolo vit des pirates portant des colliers de perles volés, des chaînes en or, des bracelets incrustés de pierres précieuses, qui se battaient à mort avec des soldats et des chevaliers des Deux Trônes. Toutefois, les forces royales étaient largement surpassées en nombre, et le Prince frémit en les voyant taillées en pièces par l'ennemi qui hurlait. Leur propre sang éclaboussait ses beaux vêtements trempés de pluie, quoiqu'il fût bien à l'abri entre les six robustes gardes du corps. Les Tuzaméniens avaient maintenant sorti leurs épées à tranchant ondulé et repoussaient les Raktumiens qui étaient assez téméraires pour vouloir s'emparer de l'enfant de sang royal couvert de bijoux.

A mesure qu'ils approchaient du palais et que s'intensifiait le tumulte des combats, le pauvre Tolo ne supporta plus de regarder. Il ferma les yeux et appuya sa tête couronnée contre le coffre étoilé. Il fut secoué de sanglots. Vivre ou mourir lui était indifférent.

Et ce fut à cet instant-là que la mort faillit s'emparer de lui.

Il sentit la Voix Pourpre tituber et il entendit son cri inarticulé. Tolo ouvrit les yeux et eut le souffle coupé en voyant le bâtiment décoré devant lui onduler de la plus singulière façon. Au même moment, un grincement assourdissant se fit entendre, suivi d'un grondement continu, plus caverneux que le tonnerre. Du reste, le bruit ne provenait pas du ciel, mais de sous la terre. Les corniches et les façades commencèrent à s'écrouler. Les tuiles et les briques volaient dans toutes les directions. Des hommes paniqués hurlaient en voyant des avalanches de pierres et des murs entiers leur tomber dessus. Il n'était plus question de bataille ni de pillage.

— Un tremblement de terre ! s'écria la Voix Pourpre.

Les gardes tuzaméniens chancelaient, beuglaient, battaient en vain l'air de leurs épées, alors que tourbillonnaient des nuages de poussière et de fumée. Le bruit des pierres qui tombaient et du verre qui se brisait étouffait les cris, et le grondement allait crescendo. Laissant échapper un cri strident, la Voix Pourpre se mit à danser comme un dément, tandis que le sol sous ses pieds commençait à se déformer. Il lâcha les jambes de Tolo, et se débarrassa de lui violemment. Le Prince tomba en hurlant, toujours agrippé au coffre étoilé, puis se retrouva enveloppé de quelque chose de sombre et de rêche, doté toutefois d'une élasticité qui amortit sa chute.

Durant un long moment, Tolo resta étendu là en pleine confusion, dans le vacarme assourdissant. Il se demanda s'il n'était pas déjà mort. Mais les Seigneurs de l'Air n'étaient pas là pour l'escorter jusqu'au ciel. L'oscillation nauséeuse de la terre prit fin. Les bâtiments cessèrent de s'écrouler. Tolo entendit alors de faibles gémissements, des pleurs, la chute d'une pierre ou deux, des poutres qui craquaient, la pluie tombant sur la couronne qui ne voulait décidément pas quitter sa tête endolorie.

Il était empêtré dans un énorme massif de thranu. Les aiguilles serrées et légèrement collantes lui piquaient le visage et les mains. Avec précaution, tenant toujours le coffre étoilé, il se dégagea peu à peu et se retrouva sur le sol.

Tout autour de lui régnait une dévastation qui le laissa sans voix. La plupart des hôtels particuliers étaient en ruine. Leurs murs défoncés laissaient voir les intérieurs ravagés. Les meubles et les tentures murales étaient exposés à la pluie. Des amoncellements de débris encombraient les rues à perte de vue. Les arbres qui avaient été bien alignés le long des trottoirs penchaient dans tous les sens. Les allées elles-mêmes et la rue pavée avaient été retournées. La surface en était épouvantablement gauchie. L'air était lourd de poussière, vite plaquée au sol par la douce pluie.

A côté de ce massif bienvenu, s'élevait un amas de pierres, naguère un mur de maison, à près de trois aunes de hauteur. Au bord du tas, émergeait de sous un linteau de porte en granit un bras couvert de boue, pris dans une manche pourpre sale. Juste au-delà, à demi enterré, gisait un garde tuzaménien, les yeux écarquillés, la bouche ouverte en un cri silencieux.

Tolo se mit debout. Il était égratigné et meurtri. Ses effets étaient dans un triste état. Mais il n'avait rien de cassé et son mal de tête commençait à s'estomper. Il grimpa au sommet du tas de ferraille et regarda du côté du palais, attendant que l'obscurité se dissipe.

La forteresse des Deux Trônes était toujours debout ! Il perçut au loin le son des trompes guerrières, des cris martiaux, les étranges grésillements sourds que produisaient certaines armes des Disparus, ainsi que le sifflement des carreaux d'arbalète.

Ainsi donc, la guerre se poursuivait.

Tolo redescendit. Il dégrafa son manteau de fourrure blanche, sale et déchiré, et s'en débarrassa. Il ôta sa robe de velours bleu, puis la couronne, la chaîne royale, le baudrier orné, le fourreau. Il macula de boue son habit de brocart d'or, puis ses cheveux. Il utilisa son épée à garde de rubis pour couper une bande de velours dans sa robe bleue, et il en enveloppa le coffre étoilé. Il porta le reste de la robe et les attributs royaux à l'endroit où la Voix Pourpre et les gardes avaient péri.

Avec beaucoup de soin, il recouvrit la robe du baudrier et du fourreau, et il jeta artistement la chaîne en or près du col. Puis il empila un tas de pierres sur le tout. La robe était à peine visible, ce qui donnait l'impression qu'un petit corps était enfoui là-dessous. Il ajouta la touche finale en laissant bien en évidence la couronne en bordure du tas.

Tolo remit son manteau de fourrure après l'avoir pareillement maculé. Celui-ci recouvrit à la fois sa petite épée, qu'il avait passée à sa ceinture, et le coffre étoilé. Il fut enfin prêt à rentrer chez lui.

Il connaissait certaine porte inutilisée dans l'enceinte du palais du côté ouest, non loin de la Porte du Fumier. Elle avait servi jadis aux employés des écuries royales à jeter le fumier, à l'époque où l'on ne savait pas encore que cela était un précieux engrais. Aujourd'hui la vieille porte était recouverte de plantes grimpantes, et connue seulement de ceux qui travaillaient dans les écuries, comme par exemple Ralabun, l'aborigène qui était Maître des Animaux de la Reine.

Ralabun, l'ami intime de Tolo, lui avait montré cette porte secrète deux ans auparavant.

Le Maître des Animaux n'avait jamais imaginé qu'elle pourrait servir à sauver la vie d'un prince en fuite... si toutefois ce dernier pouvait l'atteindre à temps.

Orogastus venait de déboucher sur la grande place, devant la porte nord du palais, quand le tremblement de terre avait débuté.

La place grouillait de quelque six mille hommes. La plupart avaient pris position hors de portée des arbalètes et des catapultes qui tiraient depuis les remparts. Les escouades tuzaméniennes utilisant les armes des Disparus avaient avancé vers les fortifications à l'abri de chariots cuirassés munis de minces fentes sur le devant, à travers lesquelles passaient les gueules des armes magiques. Le haut mur d'enceinte était défoncé et criblé de projectiles, mais tenait toujours bon. Quelques chariots de siège étaient noircis et tout fumants, après avoir été arrosés de chaudrons de poix brûlante lancés par les catapultes des remparts. Des corps criblés de carreaux d'arbalète gisaient çà et là. D'autres cadavres entouraient un bélier abandonné devant la porte principale du Palais de Derorguila.

Lorsque le sol se mit à trembler et à gronder, un formidable cri s'éleva parmi les envahisseurs. Quelques hommes furent immédiatement jetés à terre tandis que d'autres couraient au hasard, paniqués, brandissant leurs armes et criant que l'Archimage attaquait. Les chariots de siège étaient ballottés comme de petits bateaux sur une mer houleuse, et tout autour de la place les bâtisses commencèrent à s'écrouler.

Orogastus crut d'abord que l'Archimage avait provoqué le séisme. Tombant à genoux, à moitié aveuglé par les nuages de poussière qui surgirent soudain et se transformèrent presque aussitôt en fine pluie de boue, il agrippa d'une main de fer l'Œil Incandescent Trilobé et implora le talisman de toutes ses forces d'apaiser la terre qui tremblait, de lui sauver la vie et d'épargner ses troupes. Mais quand il constata que la terre continuait à trembler sans rémission, il s'écria, désespéré :

« Haramis ! Haramis, pour l'amour de Dieu ! Veux-tu donc détruire ton propre peuple et le mien ? »

Paralysé, il attendit un moment sa réponse, puis il la vit, accrochée à un canapé oscillant, dans une chambre de palais. Elle n'avait pas l'air le moins du monde effrayée, mais seulement résignée, abattue.

Je n'y suis pour rien. Le monde tremble parce qu'il va de travers. Et la faute vous en incombe, même si vous n'avez pas provoqué cela délibérément.

— Que veux-tu dire ? s'exclama-t-il.

Mais elle ne lui adressa plus la parole et son image s'évanouit. Quelques instants plus tard, le sol était de nouveau ferme. Orogastus se mit péniblement debout.

Son escorte tuzaménienne jurait et exigeait de savoir ce qui s'était passé, ainsi que la plupart des combattants aux alentours. Mais au moment même où Orogastus allait les rassurer, il entendit tout à coup un étrange bruit.

Des acclamations.

De bruyantes acclamations, à pleine gorge, à la fois dans la langue du Tuzamen et dans celle du Raktum. Les hommes tendaient le doigt en direction du palais, criant, riant. Beaucoup étaient encore étendus sur le pavement brisé ou se mettaient debout en titubant.

— Le mur ! Le mur ! tonnèrent-ils. Vive Orogastus ! Vive le puissant sorcier ! Vive Orogastus !

Stupéfait, Orogastus se retourna et regarda.

Du côté ouest de la porte du palais, le mur d'enceinte massif s'était complètement effondré. La grande tour ouest s'était à demi écroulée également, et la tour orientale à l'autre bout des fortifications arborait tout un réseau de fissures menaçantes.

— Vive Orogastus ! Vive Orogastus !

Les trompes guerrières du roi Ledavardis du Raktum sonnèrent la charge. Poussant un fantastique rugissement, la horde des pirates se dressa et se rua pêle-mêle vers la nouvelle brèche.

— Maître, quel coup magnifique, dit l'un des gardes tuzaméniens d'une voix chevrotante. Mais la prochaine fois, prévenez-nous.

Le sorcier ne put que hocher la tête. Il rengaina son talisman et ajusta son masque étoilé, qui était de travers depuis sa chute.

— Maître, partons-nous à l'assaut, nous aussi ? s'écria un autre garde avec empressement.

— Dans un moment. Je dois me mettre en rapport avec mes Voix.

Plaçant la main en coupe sur le pommeau du talisman, Orogastus demanda à visionner sa Voix Jaune. Il vit aussitôt son acolyte, en train de courir derrière la sihouette trapue de Ledavardis revêtu de son armure. La Voix portait sur la tête le Monstre à Trois Têtes.

Ma Voix Jaune, est-ce que tout va bien pour toi et le Roitelet Lutin ?

Oh, oui, Maître ! Et vous n'imaginez pas comme il a été impressionné par votre extraordinaire tour de magie ! Vous avez accompli en un tournemain ce que des heures de bombardement par les armes magiques n'avaient pu obtenir. C'est incroyable ! Miraculeux...

Orogastus l'interrompit.

Il suffit ! Ecoute-moi bien. Tu dois maintenant agir en faisant très attention. Pénètre dans le palais avec les envahisseurs, mais essaie de trouver un prétexte pour fausser compagnie au Roi. Je veux que tu te caches en lieu sûr jusqu'à ce que je te rejoigne. J'ai besoin de la couronne talismanique pour ma confrontation avec l'Archimage et tu ne dois en aucun cas t'en séparer, dût-il t'en coûter la vie. Est-ce compris ?

Oui, Maître. Je comprends et suis à vos ordres.

En ce cas, à tout à l'heure, ma Voix.

Orogastus ordonna alors à son talisman de lui montrer la Voix Pourpre. Mais lorsque la vision apparut, il chancela et poussa un tel cri d'angoisse que les gardes tuzaméniens dégainèrent tous leurs épées et l'entourèrent, consternés, lui demandant ce qui s'était passé.

Mais il ne pouvait leur révéler que la Voix Pourpre était passée de vie à trépas, et que le petit prince Tolivar était mort lui aussi.

— Il n'y a pas de temps à perdre, dit Orogastus. Aucun de vous n'est blessé, car vous étiez sous ma protection. Nous devons avancer ! N'ayez crainte, je continuerai à vous protéger et il ne vous arrivera rien.

Les gardes se groupèrent autour de lui et ils partirent vers le mur écroulé, petite troupe disciplinée parmi la horde des Raktumiens qui hurlaient.

Orogastus avait parlé avec son arrogance habituelle, mais il commençait à sentir les prémices de l'appréhension. Le tremblement de terre s'était produit sans prévenir et il savait qu'il avait été incapable de le faire cesser et même d'en atténuer les effets le moins du monde. Si l'escorte et la plupart des envahisseurs s'en étaient sortis indemnes, cela tenait au fait qu'ils s'étaient trouvés sur la place à découvert et non entre les bâtiments qui s'écroulaient. Mais cela, Orogastus ne pouvait l'avouer à personne, et il ne pouvait avouer non plus à quel point il avait été épuisé par la bataille sur mer ainsi que par ses efforts pour contrer les deux Archimages.

Il gardait suffisamment de force pour se protéger, et protéger son escorte, des projectiles de l'ennemi ; mais il ne pourrait guère faire plus pour le moment. Pas avant d'avoir récupéré la petite couronne.

Il avait découvert que ce talisman était celui qui magnifiait le plus ses pensées et lui donnait la plus grande force intérieure, alors que l'épée émoussée magnifiait ses actions. Il se rendit compte que ç'avait été une lourde erreur de s'en séparer, même temporairement.

Puissances des Ténèbres, veillez sur le talisman !

Laissez-moi arriver jusqu'à lui avant qu'elle ne s'avise que je ne l'ai plus.

Le vieillard secoua la tête, arborant un sourire hautain. Il savait depuis le début que cela ne marcherait pas. Aucun des deux partis ne l'emporterait. Il l'avait dit aux deux autres quand elles avaient concocté leur plan et le lui avaient soumis.

Ce qui devait être, serait ! C'était inévitable, aussi simple que ça. Il ne servait à rien de s'en mêler, de tenter d'influer sur la direction que prenait le destin. On pouvait toujours essayer d'empêcher l'inéluctable pendant un certain temps, mais en définitive les choses se produisaient comme il était écrit.

Tant pis si tout se terminait mal une fois encore. Avec le temps, cela rentrerait dans l'ordre. N'en avait-il pas toujours été ainsi ?

Il savait comment s'achèverait cette ridicule affaire. Tout cela était si mesquin ! Banal. Insignifiant, comparé aux graves questions qui occupaient son esprit.

Ils ne méritaient même pas son mépris. Incapables de voir les solutions qui leur crevaient les yeux. Commettant erreur sur erreur.

Consternant. Pourquoi même se donnait-il la peine de regarder ?

Bien vite il lui faudrait cesser.

30

Haramis s'écarta de la fenêtre fracassée du salon et se dirigea vers le canapé d'un pas incertain. Elle se remettait peu à peu du choc d'avoir été réveillée en sursaut par le tremblement de terre et le cri du sorcier. Mais elle était horrifiée par ce qu'elle venait de voir : une immense armée d'envahisseurs, poussant des hurlements et sonnant de la trompe, massés devant les murs du palais. A présent ils s'infiltraient par la brèche comme de l'eau dans un bateau en perdition.

Et Orogastus était parmi eux.

Que devait-elle faire ? Que *pouvait-elle* faire ?

D'abord, il lui fallait réveiller son cerveau embrumé et s'éclaircir un peu les idées. Elle se laissa choir sur le canapé et appliqua son talisman contre le front. Voilà. Cela allait mieux.

La colossale secousse tellurique qui avait dévasté une grande partie de Derorguila semblait n'avoir causé presque aucun dégât au Donjon de Zotopanion. Le séisme avait seulement brisé toutes les vitres et précipité par terre le contenu des rayonnages et ce qui se trouvait sur les tables. La pluie passait par la fenêtre, trempant les rideaux. Il faisait de nouveau très froid, ce qui était normal.

Combien de temps avait-elle dormi ? Une heure ? Certainement pas deux. Mais elle se sentait un peu plus forte. Elle éleva son talisman et s'adressa à ses sœurs.

— Anigel ! Kadiya ! Ça va ?

Une vision d'elles apparut. Elles se trouvaient dans la chambre du conseil du donjon, en présence du maréchal Owanon, de lord Penapat, du chancelier Lampiar, et de plusieurs autres officiers nobles. L'air était plein de poussière. Il y avait des chaises renversées. Des bougies, des papiers, et d'autres objets étaient éparpillés un peu partout. Kadiya était en train d'aider le vénérable Lampiar à sortir de sous la lourde table du conseil, qui manifestement avait servi d'abri improvisé au cours du tremblement de terre. Owanon soutenait la Reine, qui semblait hébétée, mais indemne.

— Nous allons tous bien, répondit Kadiya, levant les yeux vers la silhouette fantomatique de l'Archimage suspendue dans les airs. Mais nous avons eu chaud quand le grand lustre s'est décroché. Heureusement, j'ai pu le détourner grâce à mon amulette. Qui est la cause de tout cela ? Ce porc d'Orogastus ?

— Non, dit l'Archimage. Il est pour le moment

presque aussi fatigué que moi. Le tremblement de terre est un symptôme supplémentaire du déséquilibre du monde.

Penapat et Kadiya soignèrent alors une coupure que le vieux Lampiar s'était faite au front, en la lavant avec du vin. Owanon avait aidé la Reine à s'asseoir dans un fauteuil. Puis il questionna l'Archimage sur l'état du palais.

— Je ne l'ai examiné que très rapidement, mais je peux vous dire que la situation est maintenant extrêmement grave. Le mur s'est effondré près de la porte principale et l'ennemi est en train d'envahir rapidement l'enceinte du palais. La tour ouest est en ruine. La tour orientale est branlante, bien que quelques défenseurs soient restés à leur poste à l'intérieur.

— Le donjon tient-il encore ? s'enquit Owanon.

— Heureusement, oui.

Le lord-maréchal hocha la tête d'un air sagace.

— Très bien. Il faudra que je rallie les troupes qui sont à l'extérieur du donjon. Nous tenterons d'en défendre les portes et de rester au moins maîtres des enceintes ouest et est. La poterne des fortifications doit demeurer ouverte afin d'accueillir les troupes du roi Antar. Nous avions espéré qu'il arriverait plus tôt.

Haramis visionna aussitôt le Roi.

— Il est encore à une heure de marche.

— Penapat, Lampiar, dit Owanon, il vous appartient de préparer les défenses à l'intérieur du Zotopanion. Hâtons-nous !

Les trois officiers et les chefs militaires sortirent précipitamment de la chambre du conseil. Kadiya et Anigel se retrouvèrent seules en présence de l'ectoplasme de l'Archimage.

— Et mes enfants, Hara ? s'enquit la Reine.

— Je vais tâcher de les localiser. Attends. (Un instant plus tard, l'Archimage reprit :) Janeel est en sûreté dans sa chambre du donjon avec Immu. Mais Niki... Il espérait peut-être guetter Antar, ou bien il avait l'idée folle de prendre part au combat. Je l'ai découvert près de la caserne de la poterne. Il règne une terrible confusion, car la bâtisse s'est effondrée au cours du tremblement de terre. Niki a le visage égratigné et les vêtements arrachés. Il est assis, étourdi mais conscient, parmi un groupe de blessés. Je ne saurais dire s'il souffre d'autre chose.

— Va le chercher, Hara ! s'écria la Reine affligée. Sauve-le !

— Je... je ne crois pas que je serai capable de me déplacer. Pas tout de suite. C'est une opération magique qui demande beaucoup de concentration. Je suis sincèrement navrée, Ani, mais j'avais très peu dormi quand le tremblement de terre s'est déclenché, et si j'essaie avant d'avoir repris des forces...

La Reine se leva d'un coup.

— En ce cas je vais aller chercher Niki moi-même !

— Te jeter au beau milieu d'une bataille rangée ! ? lança Kadiya, médusée.

— Oui ! hurla Anigel comme une folle. Si Hara refuse d'aider mon fils, eh bien, je le ferai !

Kadiya se pencha, saisit sa sœur par les épaules et la secoua. Ses cheveux auburn couverts de poussière se dressaient comme une crinière et ses yeux bruns jetaient des éclairs.

— Non ! Tu n'iras pas ! Rappelle-toi qui tu es. Rappelle-toi qui est l'Archimage, et le devoir solennel qui lui incombe. Pour l'amour de Dieu, Sœur, oublie la peur et l'affliction qui t'ont privée de ton bon sens ainsi que de ta probité, et conduis-toi en reine !

— Je sais ce que je suis, gémit Anigel, se tortillant comme un animal pris au piège. Je suis une faible, vile et méprisable, indigne des fonctions sacrées que j'occupe ! (Elle cessa soudain de se débattre et s'affaissa, accablée de détresse.) Tu as raison, Kadi. Je ne peux pas sauver mon pauvre fils. Il mourra, ainsi que nous tous. Et si ce n'est dû à la magie noire d'Orogastus ou aux épées de sa cohorte malfaisante, nous périrons sous l'avancée de la Glace Victorieuse.

Kadiya desserra son étreinte. Elle s'agenouilla et prit tendrement la petite femme dans ses bras.

— Chère Sœur, tu as tort. Je sais que le déséquilibre du monde te désespère et que tu te tiens pour responsable. Mais nous sommes tous aussi coupables... Nous avons agi égoïstement, imprudemment, lamentablement ! Te blâmer seule, c'est tout simplement de l'orgueil.

— De l'orgueil ? Tu es injuste avec moi. J'ai échoué de bien des façons, mais je n'ai jamais été hautaine ni arrogante.

— Tu as toujours été fière, malgré ta douceur. Et tu as pâti d'un égocentrisme qui t'a masqué la vérité. Au cours des années tu as refusé de croire qu'il pût y avoir des anomalies dans ton royaume prospère. Tu as refusé d'envisager l'éventualité d'un danger ou d'une injustice quelconque. Tu voulais seulement être heureuse, que ton mari et tes enfants soient heureux également. Tu nageais dans la béatitude et le contentement.

— Est-ce donc un péché ? s'écria Anigel avec emportement.

— Cela peut l'être... lorsqu'on a de plus grandes responsabilités. Ta sécurité et ton confort, ainsi que celui de tes êtres chers, tout cela est important. Mais ce n'est pas ce qui compte le plus au monde. Il existe de plus grands biens, de plus grands amours. Et nous sommes parfois appelés à faire de terribles sacrifices en leur nom. Parfois nous devons mourir pour eux... Ou, encore pis, laisser souffrir ou mourir un être aimé.

Une grande perplexité déforma les traits harmonieux de la Reine.

— Je sais que tu nourrissais en toi un noble altruisme autrefois, insista Kadiya. Fais-y appel à nouveau. Fais passer ton devoir souverain avant tes besoins personnels. Oublie l'amertume, les récriminations, le désespoir qui te rongent l'âme. Tous ces sentiments sont pires qu'inutiles. Ce sont des poisons ! Aime ta famille, tes amis, ton pays, le monde tout entier. Seulement, ne les aime pas pour ton petit confort, mais avec générosité, avec sagesse..., comme nous aime la Divinité Trine. Tu ne l'as pas fait, mais tu en es *capable*, je le sais.

— Kadi... si seulement je pouvais te croire.

— Dans ton cœur, tu sais que je dis la vérité sur ton péché d'égoïsme... Sinon, ton trillium n'aurait pas pleuré de honte.

La Reine leva son visage affligé.

— Je viens seulement de comprendre ce qui était en moi. Tu as raison : j'étais fière de ce qu'Antar et moi avions accompli dans le royaume des Deux Trônes. J'étais fière de mes beaux enfants, fière de moi-même. Quand tout cela s'est brisé, je t'ai haïe de ne pas comprendre ma peine. J'ai haï Hara avec ses idéaux sublimes, tellement plus nobles que les miens, et pour son refus d'aimer étroitement, comme je l'avais fait. Je croyais que mon mari et mes enfants étaient ce qui comptait le plus au monde, qu'ils étaient plus précieux que toi, que Hara, que mes amis et mon peuple. A mesure que s'amoncelaient les catastrophes j'aurais fait n'importe quoi pour leur sauver la vie, j'aurais même laissé la Glace Victorieuse engloutir le monde.

— Oui.

Doucement, Kadiya saisit les mains de la Reine. Les deux femmes se levèrent.

— J'avais tort.

— Oui.

— Kadi, je te pardonne de tout mon cœur.

— Je sais.

Les deux sœurs s'embrassèrent. Puis la Reine releva le menton.

— Je... je vais rejoindre Penapat et Lampiar dans quelques instants, et je vais voir si je peux aider nos valeureux défenseurs. Je ne suis bonne à rien avec une épée, mais...

La Dame des Yeux se mit à sourire.

— Moi je sais m'en servir !... Tu feras ce que tu pourras. En attendant, je vais aller chercher ce chenapan de Niki.

Repoussant ses cheveux épars, elle dégaina son épée et sortit à grandes enjambées de la salle du conseil.

La Reine parcourut lentement la pièce dévastée.

Comme en rêve elle ramassa des papiers qui étaient tombés par terre et les posa soigneusement sur la table poussiéreuse.

Regarde ton amulette, Sœur.

Anigel lâcha un cri de surprise. Elle avait complètement oublié que l'image spectrale de l'Archimage l'observait. Elle saisit sa chaîne en or, sortit la goutte d'ambre de sa cachette.

L'amulette luisait, et en son cœur la minuscule Fleur fossilisée était noire.

La Voix Jaune avait déjà essayé quatre fois de fausser compagnie au jeune roi Ledavardis du Raktum, lequel, à l'avant-garde de ses troupes, maniait l'épée et menait ses hommes avec une maestria étonnante. Mais les combats devinrent de plus en plus féroces à mesure que les bataillons impétueux du Raktum et du Tuzamen envahissaient l'enceinte du palais. Ils étaient passés par la brèche, puis par la tour ouest en ruine, d'où tous les défenseurs avaient fui, puis s'étaient repliés dans les communs, beaux bâtiments en pierre comprenant la blanchisserie, la boulangerie et les écuries, du côté ouest du donjon. Les chevaliers pirates qui flanquaient le monarque se servaient de leurs boucliers non seulement pour mettre Ledavardis à l'abri des flèches, mais aussi pour protéger la Voix. Ainsi, le sbire du sorcier n'avait pas le choix : il devait continuer à indiquer où positionner les armes des Disparus qui fonctionnaient encore — la plupart étaient hors service depuis belle lurette —, conseiller aux troupes les meilleurs itinéraires, et les prévenir d'éventuelles attaques suicidaires de la part des Laboruwendiens pris au piège.

De temps en temps, lorsqu'elle ne craignait pas pour sa vie, la Voix Jaune visionnait le Maître et lui parlait. Orogastus se protégeait, et protégeait son escorte de six hommes, grâce à un écran magique invisible qui détournait les armes ordinaires. Mais cela ne lui était pas d'un grand secours pour se frayer un chemin à travers l'épaisse cohue de soldats jusqu'à son acolyte cerné de toutes parts. Alors que Ledavardis et ses chevaliers avaient atteint la grande cour de l'écurie adjacente à la porte ouest du donjon, Orogastus avait tout juste réussi à franchir le mur d'enceinte écroulé, à quelque deux cents aunes de là.

Le jeune Roi avait l'intention d'attaquer la porte ouest du grand donjon, plutôt que l'entrée principale au nord qui était défendue par une solide barbacane grouillant d'arbalétriers, d'archers, et d'une foule de domestiques nyssomus envoyant des fléchettes empoisonnées à l'aide de leurs sarbacanes.

Un groupe de seulement trente ou quarante chevaliers laboruwendiens tentaient vainement de défendre la porte ouest. Ils étaient en train de se faire décimer rapidement par les guerriers du Roitelet Lutin quand la Voix Jaune aperçut une nouvelle troupe d'au moins cinq cents défenseurs, armés jusqu'aux dents, qui s'engouffraient dans la cour de l'écurie par la porte de derrière du donjon, côté sud. Ils avaient à leur tête un noble, portant un magnifique surcot vert. Ce dernier maniait l'épée avec une telle vigueur que sa lame semait la mort en des moulinets d'acier. Les chevaliers et les soldats derrière ce chef remarquable se jetèrent sur les Raktumiens les plus proches de la porte ouest et firent un carnage, enrayant brusquement l'avancée des envahisseurs. Certains pirates se mirent à fuir. La déroute menaçait.

— Quel est ce formidable combattant vêtu de vert ? lança le roi Ledavardis à la Voix Jaune.

— C'est Owanon, le lord-maréchal des Deux Trônes, le plus cher ami du roi Antar, messire. C'est un champion renommé dans les tournois du monde entier.

Le Roi s'adressa aux chevaliers à proximité.

— Il faut nous occuper de lui sur-le-champ. Il pousse ses hommes à se battre comme des lions et taille en pièces nos preux ! Vous tous, à moi ! Sus à cet homme !

Brandissant son épée, Ledavardis se détacha de son escorte et fonça en avant. Au bout d'un instant d'hésitation, ses chevaliers et les autres troupes de pirates le suivirent avec un sursaut d'énergie.

La Voix Jaune saisit enfin sa chance. Elle s'accroupit, releva sa robe maculée, puis se précipita vers l'écurie.

On se battait au corps-à-corps de toutes parts. Le sbire trébucha sur des cadavres, évitant à la fois les armes amies et ennemies, avant d'atteindre la grande bâtisse en pierre. Son enceinte extérieure grouillait de Raktumiens blessés, qui avaient cherché à s'abriter de la pluie incessante de carreaux et de flèches provenant des remparts du donjon. Plus loin vers l'intérieur gisaient une foultitude de garçons d'écurie massacrés et quelques cadavres de pirates, dont l'un avait une fourche plantée dans la gorge. Celui qui s'était servi de cette arme était affalé sur sa victime, un poignard planté dans le dos. Bizarrement, ce n'était pas un humain, mais un Singulier nain vêtu d'une splendide tenue en cuir marron.

Les échos assourdis de la bataille lui parvenant aux oreilles, la Voix Jaune atteignit les quartiers des palefreniers. Il découvrit là une chambre sans fenêtre que l'on pouvait fermer à clef de l'intérieur. Enfin un refuge ! Il s'y glissa précipitamment et referma doucement la porte. Puis, appuyé contre les épaisses planches, il attendit que se calment les battements de son cœur et que sa respiration se régularise avant de parler au Maître.

Contrairement aux dortoirs avoisinants, chichement meublés et dépourvus de portes, ce lieu possédait un certain luxe : une table, de petites chaises, un lit garni de belles couvertures, des tapis par terre, une cheminée où rougeoyaient encore des braises et où était accrochée une marmite de ragoût fumant. Sur la table étaient posés un bol en bois propre, une cuillère, une miche de pain, une cruche de bière et un pot d'étain.

Un vrai refuge, ma foi !

Attendant encore un peu, la Voix Jaune, affamée, assoiffée, poussa un soupir de gratitude et alla se servir. Elle versait à la louche le ragoût au délicieux fumet dans le bol quand elle sentit une vive piqûre dans le dos.

— Ne bouge pas ! siffla une voix.

La Voix s'immobilisa.

— Lâche tout ça !

— Je ne pensais pas à mal, se défendit la Voix. (Mais la lame lui entama la peau, et avec un cri de douleur elle lâcha la louche et le bol.) Je ne suis qu'un citadin désarmé, j'ai été pris dans cette bataille par erreur...

— Silence... ou tu meurs ! Et ne bouge pas.

La lame se retira et la Voix sentit le sang lui couler le long de la colonne vertébrale.

— Je ne fais pas un geste. Je n'ai pas l'intention de bouger...

Le babillage conciliant de la Voix s'étrangla dans sa gorge lorsqu'elle sentit qu'on lui ôtait d'un coup son capuchon. Du coin de l'œil elle entrevit une lame étroite passer devant son oreille. Du métal froid toucha son cuir chevelu, là où le métal chaud lui encerclait la tête. Son cœur cessa de battre quand elle comprit ce qui se passait.

— Grands Dieux, pas le talisman ! *Maître ! Aidez-moi !*

Mais la couronne argentée lui était déjà arrachée de la tête. Elle tournoya dans les airs, puis tomba par terre avec un cliquetis musical. La Voix Jaune, désespérée, fit volte-face et se jeta sur son assaillant avec un beuglement rauque. Mais où était-il ? Il n'y avait pas d'homme dans la chambre obscure, seulement une petite silhouette sombre qui arrivait à peine à la taille de la Voix. Un autre Singulier ?

Le sbire tomba sur la forme minuscule. Celle-ci cria... Mais le cri fut étouffé par le hurlement de douleur de la Voix, qui ressentit soudain un froid pénétrant sous les côtes. C'était fou comme ce froid lui faisait mal. La Voix battit l'air de ses mains, essayant d'arracher la douleur, soudain aveugle à tout ce qui l'entourait, ne voyant plus que le visage du Maître.

Des yeux comme des fanaux blancs, qui brillaient sous le masque étoilé. Et puis les yeux de la Voix elle-même se mirent à briller, et elle cessa ses efforts pour arracher la chose glacée de sa poitrine..., de la poitrine d'Orogastus lui-même.

Le petit assaillant avait réussi à se dégager. Tentant de lutter contre l'atroce douleur, le sorcier écoutait. Il entendit une respiration paniquée se transformer en sanglots. Son assaillant était dans l'angle, pris au piège ! Il ne restait plus à Orogastus qu'à tourner la tête pour voir qui était cet assassin, ce voleur... Tourner juste encore un peu la tête pour que celui qui se cachait dans le noir soit illuminé par les yeux enchantés, soit identifié. Se tourner avant que ne meure le cerveau sevré de sang. Se tourner ! Se tourner...

Les yeux brillants rencontrèrent leur cible, puis s'éteignirent. L'espace d'un bref instant, la Voix Jaune elle-même avait vu le prince Tolivar tapi dans un coin. L'acolyte gisait maintenant sur le dos, une petite épée à garde de rubis plantée dans le cœur.

« Je ne voulais pas », dit Tolo au bout d'un long moment. Mais la Voix Jaune ne bougeait plus.

Le petit Prince se releva, s'essuya les yeux et le nez sur sa manche dorée. Chancelant, il baissa les yeux vers le corps. Des rubis scintillaient entre les plis de l'étoffe jaune maculée. Tolo inspira profondément, se pencha, saisit la garde de l'épée à deux mains, puis tira. L'épée se retira avec une facilité déconcertante.

Il essuya la lame sur la robe du cadavre, puis gagna d'un pas mal assuré l'autre bout de la chambre.

Elle avait roulé sous le lit.

Tolo la récupéra à l'aide de son épée et la porta jusqu'à la table. Il approcha l'une des chaises, s'assit, la considéra d'un œil fixe. Elle arborait une étoile aux multiples rayons sur le devant ainsi que trois têtes grotesques qui semblaient le lorgner avec une familiarité narquoise à la lueur de l'âtre.

Il attendait... Mais, s'armant enfin de courage, il se dirigea vers l'endroit où était caché le coffre étoilé. Il le déballa, le porta jusqu'à la table. Il y avait à l'intérieur un coussin de treillis métallique et, dans un angle, une série de bijoux multicolores tout plats.

Tolo avait lu le petit livre rouge. C'était lui, pas la

Voix Noire, qui avait pris le coffre étoilé sans permission et l'avait examiné.

A l'aide de l'épée, il glissa précautionneusement le Monstre à Trois Têtes à l'intérieur du coffre. Il y eut un éclair aveuglant. Tolo recula en poussant un cri et faillit s'enfuir aussitôt. Mais il scruta l'intérieur du coffre et constata que l'Etoile n'occupait plus sa position initiale sous la tête de monstre au centre du talisman. Ce dernier n'était plus lié à Orogastus.

Tolo appuya sur le joyau bleu.

Il s'illumina, et une note mélodieuse se fit entendre.

Puis il pressa le rouge, le jaune, et les deux verts. Les joyaux se mirent à luire en émettant eux aussi une note musicale. Il ne restait plus que le joyau blanc. Lorsque Tolo appuya dessus, un carillon plus puissant se fit entendre, puis toutes les lumières s'éteignirent.

A travers l'épaisse porte Tolo entendit des cris et des cliquetis d'épées. Jusqu'ici il n'avait pas entendu de bruit. Les combats devaient se rapprocher. Ralabun lui avait fait promettre de rester caché dans sa chambre jusqu'à son retour, mais Tolo avait le sentiment qu'il ne reviendrait pas.

— Si les passes magiques n'ont pas marché..., chuchota-t-il, je vais mourir en touchant le talisman. Mais si les pirates me capturent, je mourrai de toute façon.

Tremblant, il glissa la main dans le coffre.

31

— Tolo ! Par les Os de Bondanus ! Non seulement le gosse était vivant, mais il avait aussi asservi à lui le Monstre aux Trois Têtes !

En plein pandémonium, assourdi de tous côtés par les armes qui résonnaient comme les marteaux de l'enfer, entouré de ses gardes qui hurlaient en repoussant les assaillants, Orogastus se sentit défaillir lorsque disparut la vision du petit Prince. Il était vain d'aller à la poursuite de Tolo maintenant. Comme ce dernier portait le talisman, il allait certainement se cacher quelque part dans les vastes écuries ou dans l'un des bâtiments adjacents, et il serait impossible de le déceler par le truchement de la magie. Utiliser le talisman à cette fin ne demanderait guère de mal au garçon.

Mais il serait sûrement incapable de donner des ordres au Monstre aux Trois Têtes. Il était à demi mort de peur. Non, Tolo ne s'en séparerait pas, voilà tout — ni du coffre étoilé du reste. Quel petit sournois ! Il se tapirait dans quelque cachette jusqu'à la fin de la bataille.

Orogastus eut la certitude affligeante que le Monstre aux Trois Têtes était perdu. Mais au moins ce n'étaient pas l'Archimage et ses sœurs qui l'avaient. Tolo ne le leur remettrait jamais. Pas après avoir tué pour l'obtenir. Quelle fin grotesque pour cette pauvre Voix Jaune...

Ses trois acolytes avaient disparu maintenant. De même que s'était évanoui l'espoir de faire revivre le Conseil de l'Etoile et de détruire la Cynosure. Mais il possédait toujours l'Œil Incandescent, la bataille se déroulait à merveille, et Haramis se révélait une adversaire beaucoup moins douée qu'il n'avait osé l'imaginer.

S'il remportait cette guerre, il aurait le temps de réfléchir aux moyens de forcer le petit Prince à rendre son talisman..., le temps d'apprendre à maîtriser son propre talisman..., le temps de gagner Haramis à sa cause ou de la détruire...

— Maître ! s'écria l'un des gardes tuzaméniens en pointant le doigt vers le côté ouest du donjon. Ecoutez les acclamations des pirates. Il s'est passé quelque chose là-bas !

— Je vais voir ça.

Le sorcier se servit de son talisman pour obtenir une vue plongeante sur la cour du palais. Il constata que les envahisseurs avaient ouvert les portes principales des fortifications, si bien que maintenant des hordes pullulaient partout. La plupart des pirates évitaient le donjon massif, privilégiant les nombreux autres bâtiments du palais, où ils s'adonnaient davantage au pillage qu'au combat.

Ils ne tentaient d'investir la place forte que du côté ouest. La plupart des défenseurs étaient massés devant la vulnérable porte ouest. L'attaque raktumienne était menée par le roi Ledavardis et sa bande de coupe-jarrets. Et ils se débrouillaient fort bien ! Le Roi...

Puissant Bakhup ! A quoi jouait donc Ledavardis ? Il défiait le maréchal Owanon en combat singulier ? Le jeune fou ! Il allait se faire tuer, et ce serait la débandade parmi les pirates.

— Vite ! cria Orogastus à son escorte. Il faut que je gagne une position plus élevée pour pouvoir exercer mes pouvoirs magiques.

— La boulangerie là-bas est dotée d'un toit solide et d'un parapet, dit un garde. Et elle est hors de portée des soldats dans le donjon.

Ils se frayèrent un chemin jusqu'à la bâtisse, fauchant même les Raktumiens qui ne s'écartaient pas assez rapidement. Une fois à l'intérieur, ils avisèrent un amoncellement de cadavres, de blessés gémissant, de tables et d'étagères fracassées, de murs éclaboussés de sang. Toutefois, la boulangerie avait été relativement épargnée. Le sorcier trouva l'échelle qui menait au toit et y grimpa prestement, laissant ses gardes en dessous. De là-haut il avait une vue parfaite du combat qui se livrait autour de la porte ouest du donjon.

Le jeune Roi trapu et le grand Maréchal se battaient en duel avec ardeur, tandis que les chevaliers des deux nations assistaient au spectacle en jetant des acclamations, épée baissée. Le monarque adolescent était agile et fort malgré son allure disgracieuse, mais il apparaissait évident que Ledo était surclassé par l'homme plus âgé. Owanon avait forcé le Roi à battre en retraite vers le cercle de Raktumiens. Ledo allait certainement tomber d'une minute à l'autre.

Orogastus brandit son talisman, tenant bien droit le pommeau trilobé. Il n'avait encore jamais osé tenter ce qu'il allait faire maintenant. S'il commettait une erreur, il savait que lui-même pouvait y laisser la vie. Mais il fallait courir ce risque.

Œil Incandescent Trilobé, frappe à mort Owanon.

Les trois yeux du pommeau s'ouvrirent. Un rayon tricolore en jaillit : blanc, vert, doré. Il atteignit le plastron du lord-maréchal. Bientôt celui-ci fut enveloppé tout entier d'un réseau de rayons étincelants, puis d'une fumée rougeoyante. Il lâcha son épée et s'effondra aux pieds du Roi du Raktum stupéfait. Des plaques d'armure tombèrent sur le pavement avec fracas, puis des os calcinés.

Œil Incandescent Trilobé, fais sauter cette porte !

De nouveau, le rayon jaillit, cette fois-ci d'une blancheur aveuglante, et alla frapper le lourd portail en bois à l'entourage de fer. Le métal devint incandescent et le bois s'enflamma. L'instant d'après, la porte était pulvérisée. Les guerriers raktumiens hoquetèrent de surprise, n'en croyant pas leurs yeux. Mais le roi Ledavardis poussa un hurlement de joie : « En avant ! » Les hommes se précipitèrent par l'entrée étroite en criant.

Exultant, Orogastus se tourna et brandit l'arme magique vers la porte principale, côté nord de la forteresse.

Œil Incandescent Trilobé, pulvérise cette porte !

Encore une fois, le rayon jaillit, et le large portail d'entrée du Donjon de Zotopanion s'ouvrit devant la horde des envahisseurs.

Haramis, s'écria le sorcier. *Haramis, rends-toi ! Je sais ordonner à mon talisman de tuer. J'ai tué le lord-maréchal du Laboruwenda et je tuerai tous ceux qui s'opposeront à moi ! Ordonne aux défenseurs du donjon de déposer leurs armes. Ordonne à la reine Anigel d'aller se rendre au roi Ledavardis. Si tu obtempères, j'épargnerai la vie de tout le monde à Derorguila. Si tu refuses, ils seront tous tués. Haramis, rends-toi !*

Il y eut un mouvement à l'une des fenêtres tout en

haut du donjon. A l'œil nu, Orogastus distingua une lointaine silhouette vêtue de blanc. Qui répondit :

Non.

Une rage folle s'empara de lui. Qu'elle soit damnée au plus profond des dix enfers ! Elle serait la prochaine à périr !

Il éleva son talisman... puis poussa un cri quand la Vision du visage d'Haramis envahit son esprit. Il fut incapable de donner l'ordre.

Le diable l'emporte ! Le diable l'emporte ! Il ne l'aimait pas, ne pouvait en aucun cas l'aimer ! Il la haïssait du plus profond de lui-même, de tout son cœur, de toute son âme, de toutes ses forces. Pourquoi alors se sentait-il enchaîné à elle..., attiré vers elle de manière irrésistible, fatale ?

« Je me libérerai de toi ! » grogna-t-il à haute voix. Il chassa son visage de son esprit et évoqua l'image de l'épée magique.

Œil Incandescent Trilobé, je... je t'ordonne de mettre Haramis... à mort !

Erreur ! Il avait commis une erreur, il avait hésité, trahi par cette faille intime qu'il abhorrait. Trahi par l'amour.

Cette haine de soi, qui brûlait en lui, s'unit au rayon tricolore qui fusa vers Haramis. Lorsqu'il atteignit la fenêtre, il se fragmenta en un millier de parcelles scintillantes. On eût dit de la glace cristalline, une myriade de diamants resplendissants. Entre ses mains gantées, le talisman était brûlant. Il le laissa tomber avec un cri de douleur. L'épée à ses pieds était morte. Ses gants de cuir argentés fumaient. Il les arracha et les jeta en jurant.

La silhouette à la fenêtre était indemne. Elle parut grandir et flotta à moins de deux aunes de lui, forme charmante, le visage triste mais arborant une expression résolue. Une fine main tenait le Cercle aux Trois Ailes.

Je dois porter assistance à mon peuple, Homme de l'Etoile. Puis je te retrouverai et nous en finirons.

Haramis renonça à se transporter par magie au rez-de-chaussée du donjon, ne tenant pas à gaspiller son énergie vacillante. Elle descendit en courant les huit étages. Mais lorsqu'elle fut arrivée au premier, il y avait tant d'envahisseurs s'engouffrant par les deux portes que la grande salle du bas était un véritable champ de bataille. Le sol de pierre ruisselait de sang, et il y avait une telle cohue de combattants qu'ils avaient peine à manier leurs épées.

Anigel et la jeune princesse Janeel avaient trouvé refuge dans une chambre forte bien gardée à côté de la salle d'audience, au premier étage du donjon. Elles y étaient à l'abri pour le moment. Nikalon ne souffrait que de légères blessures. Kadiya et le Prince de la Couronne se hâtaient à présent de gagner le sanctuaire par l'escalier de derrière.

Haramis passa sur un balcon de ménestrel au-dessus de l'entrée principale de la grande salle, espérant pouvoir refermer les deux portes à l'aide de ses pouvoirs magiques. Mais chaque fois qu'elle visualisait une barricade, le sorcier à l'extérieur la faisait sauter. Elle finit par être si épuisée par ses efforts inutiles qu'elle fut contrainte d'abandonner.

Mes pouvoirs magiques sont décidément inférieurs aux siens, se dit-elle. Malgré tout mon entraînement, c'est lui le plus fort. Nous sommes incapables de nous tuer par magie, mais il va certainement remporter cette guerre. Seigneurs de l'Air ! Comment cela va-t-il finir ?

Debout dans l'ombre, dominant le carnage, elle vit les vaillants Laboruwendiens, surpassés en nombre, essayer de repousser les forces ennemies. Celles-ci gravissaient le majestueux escalier qui menait vers la salle du trône et la Reine. L'escalier était en face de l'entrée principale de la salle. C'était l'une des merveilles du palais : il était en marbre blanc, deux fois plus large à la base qu'au sommet, recouvert d'un tapis écarlate, orné de balustrades dorées et de lampadaires argentés. Lors des cérémonies, cet escalier était illuminé de milliers de chandelles, et il était emprunté par des hommes et des femmes aux riches atours. Pour le moment il servait de théâtre à une boucherie.

Les défenseurs du palais étaient concentrés là. Ils avaient à leur tête Penapat, le lord Chambellan. Le robuste noble bondissait de part et d'autre des larges marches, jetant des ordres. Lorsqu'un groupe de chevaliers s'écroulaient vaincus, d'autres se lançaient à l'assaut depuis l'antichambre de la salle de cérémonie, se battant à mort pour défendre leur Reine.

Les pauvres, se dit Haramis. Ils espèrent toujours que je vais pouvoir repousser cette foule monstrueuse, que le roi Antar va survenir et gagner la bataille. Mais ils sont condamnés... condamnés. Ah, mon Dieu ! Si seulement j'avais les idées claires !

Tout en s'efforçant de se reprendre, Haramis aidait de son mieux les défenseurs. Affaiblie comme elle était, elle pouvait seulement dévier quelques coups d'épée ennemis, mais elle était incapable de protéger tous les combattants. Un par un ceux qui formaient l'avant-garde succombaient. Les ennemis jetaient leurs corps et ceux de leurs compagnons tués par-dessus les balustrades. Les cadavres s'entassaient en dessous.

Le roi Ledavardis du Raktum, légèrement blessé au bras qui maniait l'épée, ne pouvait plus combattre et observait la bataille d'une alcôve à droite de l'escalier. Protégé par une haie de soldats, il exhortait ses hommes en criant à tue-tête :

— La Reine ! La Reine ! Elle est là-haut dans la salle du trône en haut de l'escalier ! La moitié du butin de Derorguila à celui qui s'empare de la Reine Anigel !

Les pirates répondirent en poussant un formidable beuglement et en se ruant en avant. Il y avait maintenant plus de neuf cents hommes dans la grande salle, et les trois quarts d'entre eux étaient raktumiens. Un nouveau groupe de chevaliers laboruwendiens surgirent de l'antichambre sur l'ordre de Penapat et se préparèrent à charger.

Haramis toucha son talisman. Elle vit que Kadiya et Nikalon avaient atteint la chambre forte derrière les trônes. Antar et son armée étaient enfin arrivés à la poterne, mais elle était maintenant âprement défendue par une énorme troupe ennemie. Le Roi serait contraint de contourner la forteresse jusqu'à la brèche dans le mur. Là il rencontrerait inévitablement le flanc droit des pirates et serait contraint de s'arrêter. Son projet pour venir en aide aux défenseurs du donjon avait échoué.

« Oh, mon Dieu, c'est perdu d'avance ! s'exclama Haramis, désespérée, au bord des larmes. Je n'ai même pas la force de mettre à l'abri Anigel, Kadi et les enfants... Iriane ! Iriane ! Ne pouvez-vous donc rien faire, vous ? »

Un nuage de bulles bleues se matérialisa aussitôt à côté d'elle sur le balcon, et l'Archimage de la Mer en émergea. Iriane fronça les sourcils quand elle vit l'effrayante mêlée dans la salle, et elle secoua la tête.

— Il y en a tant, tous animés d'une telle rage de tuer... Nous pourrions encore nous servir de mirages, mais je doute sincèrement que cela détourne ces canailles. Ce qu'il te faut, ce sont des renforts.

— Le roi Antar ne peut pénétrer dans l'enceinte du palais par le sud. Les pirates tiennent la poterne. Il serait inutile que j'essaie de transporter le roi Antar et ses chevaliers les uns après les autres, même si j'en avais la force..., ce qui n'est pas le cas.

— Ma foi, j'en suis bien incapable, avoua Iriane. Je sais seulement me déplacer magiquement. (Avec une moue, elle plissa ses yeux ombrés d'indigo.) Mmm. Des combattants..., des combattants. Tu sais, ma chère, nous autres Archimages n'avons pas toujours été à la merci des impies. Jadis, la première fois que l'Etoile a menacé le monde, nous avons eu recours en dernière extrémité aux Sentinelles de l'Arrêt de Mort. Elles étaient capables d'ôter la vie aux êtres doués de raison qui se rendaient coupables d'agressions.

— Mais seul le Collège des Archimages au complet pouvait ordonner aux sindonas d'intervenir, rétorqua amèrement Haramis. C'est ce que m'a expliqué le Professeur du Lieu du Savoir. Et il y a longtemps que ces Archimages sont passés dans un monde meilleur.

Iriane secoua lentement la tête.

— Le Collège existe toujours. Il suffit de trois membres pour qu'il fonctionne. Toi, moi et...

— Denby ! coupa Haramis, électrisée par un regain d'espoir. Mais accepterait-il ? (Sans attendre la réponse d'Iriane, elle rejeta la tête en arrière et cria à perdre haleine.) Denby ! Aidez-nous ! Faisons appel aux sindonas !

Rien ne se produisit. Elle l'appela derechef, folle de désespoir.

— Denby ! Archimage du Ciel ! Sombre Seigneur du Firmament ! Vous faites semblant de rester à l'écart, mais je sais que vous nous observez de là-haut. Je sais que vous jouez un rôle dans tout ceci depuis le début, bien avant que mes sœurs et moi-même ne soyons nées. Aidez-nous ! (Elle saisit la main bleue et fraîche d'Iriane.) Nous, vos consœurs, vous implorons au nom de la Divinité Trine !

L'effrayant spectacle de la bataille s'estompa. Haramis aperçut les Trois Lunes pleines et argentées dans le ciel serein, constellé d'étoiles. Les lunes n'étaient pas aussi petites que d'habitude. Les globes en étaient au contraire si volumineux qu'ils occupaient tout son champ visuel.

L'une des lunes semblait avoir le visage d'un très, très vieil homme. Son front ratatiné arborait une expression perplexe et agacée.

— Denby ! s'exclama Haramis. Rappelez-vous vos fonctions sacrées et aidez-nous à faire venir les sindonas !

La terre et la mer ne sont pas de mon ressort, répondit la Lune avec irritation.

— Vous êtes Archimage, dit Haramis. Vous appartenez au Collège. Iriane et moi en appelons à vous solennellement !

Oh, ma foi ! Je présume qu'il le faut, si vous présentez les choses ainsi... Mais cela ne va rien résoudre définitivement, vous savez !

L'Homme de la Lune et ses deux homologues inanimés disparurent.

— Regarde ! s'écria Iriane joyeusement. Oh, regarde !

Une cinquantaine de statues en ivoire étaient apparues dans l'escalier monumental, juste derrière les défenseurs vacillants. Elles étaient bien plus grandes que des hommes. Elles arboraient des ceintures croisées scintillantes en travers des seins et des heaumes-couronnes irisés. Chacune portait un crâne doré sous le bras gauche. Elles descendaient lentement l'escalier ensanglanté en un ordre impeccable, cinq de front. Les Laboruwendiens stupéfaits se bousculaient pour s'écarter de leur chemin.

Les envahisseurs qui avaient aperçu ces Sentinelles de l'Arrêt de Mort — c'est-à-dire la plupart des combattants dans la grande salle — cessèrent de ferrailler et contemplèrent, éberlués, ce spectacle étrange. L'espace d'un instant, un silence presque total régna dans la salle.

Guerriers du Raktum, Guerriers du Tuzamen. Posez vos armes au nom du Collège des Archimages.

La voix était très douce, presque maternelle. Elle émanait de l'air ambiant, non des lèvres immobiles des sindonas.

Les pirates furent momentanément trop pétrifiés pour pouvoir réagir. Puis un chef militaire tuzaménien, au premier rang de ceux qui se trouvaient au pied de l'escalier, brandit son épée à bord ondulé et cria d'une voix de rogomme : « Le diable m'emporte si je me rends à une bande de spectres à demi nus ! »

L'une des sindonas en tête baissa les yeux vers lui, leva le bras, tendit le doigt.

Le chevalier disparut dans un petit nuage de fumée. Un crâne blanc bien poli, seul reste de l'homme, roula par terre et dégringola l'escalier sanglant. Les hommes à proximité murmurèrent, horrifiés.

Mais les envahisseurs n'avaient toujours pas compris ce qui se passait. Tandis que les sindonas continuaient à descendre l'escalier, bon nombre d'ennemis enhardis se lancèrent à l'attaque, portant aux statues vivantes des coups de leurs épées, de leurs haches, de leurs fléaux à pointes de fer. Les armes n'entamaient nullement les corps lisses en ivoire. Les têtes couronnées se tournaient et les doigts se tendaient. Une cascade de têtes de morts dégringolait sur la foule.

« Ce n'est qu'une ruse, les gars, s'écria un bravache. Ce sont des fantômes créés par l'Archimage ! N'y faites pas attention ! »

Les pirates poussèrent un hurlement de soulagement et de fureur, puis repartirent à l'attaque. Mais quelques instants plus tard, les rangs de sindonas parvinrent au niveau de la grande salle et s'éparpillèrent parmi les combattants, pointant le doigt vers l'un ou l'autre. Les crânes s'amoncelaient, et les envahisseurs qui survivaient ne pouvaient éviter de les écraser sous leurs pieds maillés. Ils commencèrent à comprendre que leurs camarades mouraient de tous côtés, partant dans un petit nuage de fumée. Nombre de Raktumiens cessèrent le combat, cherchant par où s'enfuir.

Les sindonas restaient totalement invulnérables. Le visage calme et majestueux, arborant un léger sourire, elles poursuivaient leur tâche implacable.

Les plus intelligents parmi les envahisseurs poussèrent des gémissements de terreur, se faufilant vers l'une des portes encombrées. Les chefs raktumiens et tuzaméniens leur crièrent : « Non, les gars ! Ce ne sont que des illusions ! En avant ! N'ayez pas peur ! A la salle du trône ! Sus à la Reine ! »

Dans son alcôve, le Roitelet Lutin s'apprêtait à faire écho à ces valeureux sentiments lorsqu'il aperçut une femme en blanc debout dans la galerie des musiciens à l'aplomb de l'entrée principale. C'était l'Archimage Haramis, les yeux rivés sur lui. Il entendit sa voix comme si elle se fût trouvée à deux pas de lui.

— Roi Ledavardis du Raktum ! Les êtres que vous voyez s'appellent les Sentinelles de l'Arrêt de Mort. Ce ne sont pas des illusions. Ce sont des créatures réelles, et elles mettent à mort ceux de vos guerriers qui nourrissent des pensées criminelles en leur cœur. Dans cette salle il y a cinquante sentinelles. Il y en a beaucoup d'autres à l'extérieur du donjon, également prêtes à tuer. Rendez-vous, sinon vous et les vôtres périront.

— Vous mentez ! balbutia le jeune monarque, perdant courage.

Elle pointa vers lui son talisman.

— Voyez par vous-même.

Et dans son esprit apparut une scène horrible : de grandes silhouettes pâles portant chacune un crâne doré sous le bras se faufilaient entre les combattants dans l'enceinte du palais, semant dans leur sillage mort et consternation.

Ne faiblis pas, Ledo ! Je suis là !

Orogastus apparut à la porte ouest. Son masque argenté et sa robe luisaient. Il brandissait l'Œil Incandescent Trilobé.

— Tuez ces choses ! hurla frénétiquement le Roi au sorcier. Tuez-les avant que la panique ne s'empare de tous !

Mais c'était déjà la débandade. Les envahisseurs à l'intérieur de la grande salle sortaient en courant par l'entrée principale, hurlant : « Nous sommes attaqués par des démons ! Courez aux bateaux ! » Leur terreur contagieuse gagna la foule des envahisseurs à l'extérieur.

Orogastus leva son talisman et jeta un ordre. Un rayon tricolore frappa l'une des sindonas, qui explosa avec une détonation assourdissante. Les pirates qui fuyaient furent criblés des minuscules fragments jaillissant de son corps pulvérisé, et se mirent à courir encore plus vite en braillant.

— Arrêtez-vous ! leur enjoignit Orogastus d'une voix tonitruante. Revenez, imbéciles ! Regardez ! Je les tue !

Et il tua une seconde statue vivante.

Lorsque la première sindona était morte, les autres avaient tourné des yeux impassibles vers le sorcier. Cette fois-ci, elles pointèrent toutes ensemble le doigt vers lui, et Haramis ne put s'empêcher de pousser un cri, le cœur battant.

Mais on ne vit point de petit nuage de fumée. La tête d'Orogastus resta solidement fixée sur ses épaules, son masque étoilé demeura bien en place. Il lâcha un cri de triomphe et s'appliqua à pulvériser les sindonas les unes après les autres. Les explosions faisaient un bruit épouvantable et cela n'eut pour effet que de démoraliser encore plus les envahisseurs.

Les chevaliers du Laboruwenda, en revanche, dévalèrent l'escalier, entraînés par lord Penapat. Ils se précipitèrent vers le roi Ledavardis et la trentaine d'hommes qui l'entouraient. Pris au piège dans leur alcôve, les Raktumiens opposèrent une résistance farouche.

Toutes les sindonas qui se trouvaient dans la grande salle convergèrent alors vers le sorcier, apparemment sans se soucier de l'extermination de leurs congénères. Haramis se rappela que l'esprit des statues détruites passait dans celui des survivantes. Les détonations assourdissantes se succédaient à mesure qu'Orogastus tuait les sentinelles, mais celles-ci continuaient à avancer inexorablement vers lui, tenant maintenant les crânes dorés entre leurs mains d'ivoire. Orogastus agitait follement son talisman meurtrier. Elles avançaient toujours... Et d'autres encore apparurent dans l'encadrement des deux portes, puis se dirigèrent vers lui.

— Iriane ! s'écria Haramis. Ne pouvez-vous me donner un peu de votre force ?

— Ma foi, je pourrais t'en communiquer un peu, répondit l'Archimage de la Mer, mais certainement pas suffisamment pour te ragaillardir totalement.

— Il faudrait seulement que je puisse me déplacer magiquement encore une fois.

— Essayons.

La Dame Bleue prit la tête d'Haramis entre ses mains et plaqua son front contre le sien. Haramis perçut un éclair bleu derrière les yeux. Un regain de vigueur parcourut son corps, pénétra son esprit.

— Merci ! A présent priez pour moi !

Ce sur quoi Haramis boucla son talisman et disparut.

— Mon Dieu, murmura Iriane, secouant la tête. Qu'a-t-elle donc l'intention de faire ? (Elle leva vers le ciel un regard inexpressif.) Denby ? Nous regardes-tu ?

Mais le firmament resta muet.

— Tant pis pour toi, lâcha l'Archimage de la Mer.

Elle souleva ses jupes et trottina le long du balcon jusqu'à l'ouest de la grande salle, là où Orogastus était toujours en train de fracasser les sindonas. Elle serait beaucoup plus à l'aise pour suivre de là-bas le spectacle de l'ultime confrontation.

32

La chambre forte derrière les trônes de la salle d'audience abritait les précieux insignes royaux et servait de salle de repos aux monarques durant les fastidieuses cérémonies de la Cour. Elle était quasi imprenable, mais de petites dimensions et encombrée de bijoux. Elle n'avait qu'une porte et la température y était glaciale. Impossible d'y rester indéfiniment.

Lord Penapat y avait fait entrer précipitamment Anigel, Janeel et la vieille gouvernante nyssomu Immu lorsque les portes du donjon avaient été détruites. La Reine n'aurait certainement pas choisi un endroit pareil. Anigel se rendit bien compte qu'elle ne pouvait pas livrer combat, mais elle était furieuse d'être aussi impuissante et ne de pas savoir ce qui se passait.

Elle fut ravie lorsque la porte de la chambre forte s'ouvrit peu de temps après et que Kadiya entra avec Nikalon. Immu examina rapidement le garçon. Elle déclara qu'il allait bien et ne souffrait que de quelques meurtrissures. Il était mort de honte d'avoir obligé sa tante à venir le chercher. Kadiya fit à sa sœur un récit très vivant de la façon dont elle s'était rendue invisible à l'aide de son amulette de Trillium Noir et comment elle avait retrouvé le Prince de la Couronne dans la caserne écroulée. Ne voulant pas priver Anigel et les autres de tout espoir, Kadiya s'abstint de mentionner que derrière le donjon grouillaient des centaines d'ennemis. Mais la Dame des Yeux savait fort bien qu'il était absolument impossible qu'Antar puisse faire pénétrer ses renforts par la poterne des fortifications.

Et à moins d'un miracle de la part d'Haramis, les occupants de la chambre forte seraient bientôt obligés de choisir entre la reddition ou mourir de faim et de soif à petit feu.

Ils se préparèrent à attendre. Kadiya, assise près de la porte, aiguisa son épée, tandis que les autres, serrés les uns contre les autres, s'enveloppaient dans les robes de cérémonie pour avoir chaud.

— Je te suis infiniment reconnaissante de m'avoir ramené Niki, dit Anigel à Kadiya. En ces heures terribles, c'est un réconfort de savoir qu'au moins deux de mes enfants sont en sûreté.

— Cet idiot de Tolo doit être lui aussi en sûreté, observa la princesse Janeel d'un air dégoûté.

— Ne parlons pas de lui méchamment, l'admonesta gentiment la Reine, dont les yeux s'embuèrent aussitôt. Tolo est trop jeune pour se rendre compte de la chose terrible qu'il a faite. S'il m'était rendu, je le serrerais contre ma poitrine, puis je lui pardonnerais de tout mon cœur. Et nous devrions tous le faire.

— Sans même qu'il soit puni ? s'exclama Niki, scandalisé.

— Oui.

Le prince de la Couronne marmonna quelque chose, et la princesse Janeel se mit à évoquer sans pitié le triste avenir de Tolo entre les griffes de l'horrible sorcier, jusqu'à ce qu'Immu leur ordonne de se taire et de parler de choses plus agréables.

— De quelles choses plus agréables ? questionna la petite princesse. Je n'en vois pas.

— Il y en a pourtant ! la tança Immu. Petite sotte !

— Les pirates vont nous capturer... Et je vais être finalement obligée d'épouser le Roitelet Lutin !

— Chut, chut, ma chérie. Il y a encore de l'espoir. Les choses ne sont peut-être pas aussi terribles qu'il y paraît. Ah... Ça allait beaucoup plus mal lors de l'effroyable bataille pour la Citadelle du Ruwenda. Y eut-il jamais situation plus désespérée ? Et pourtant nous avons gagné. Et les Trilliums Noirs ont fleuri au Ruwenda pour la première fois depuis le recul de la Glace Victorieuse.

— Je me rappelle. (La reine Anigel s'efforça de sourire, mais entendre parler de glace la fit frissonner.)

— Oui, ce fut la plus grande bataille jamais livrée au Ruwenda, dit Kadiya. Peut-être la plus grande jamais livrée dans le monde connu ! Les humains, les Peuples, même les Skriteks y ont participé. Et les trois Lunes en tremblèrent !

— Mais ce fut grâce aux trois Pétales du Trillium Vivant qu'une grande victoire fut remportée, dit Immu au Prince et à la Princesse. Votre mère, tante Kadiya et tante Haramis ont remporté la bataille et ont gagné la guerre bien que la situation semblât désespérée.

— Raconte-nous encore toute l'histoire, implora la Princesse, se pelotonnant sous ses extravagantes pelisses.

Immu s'exécuta. Elle expliqua que l'Archimage Binah était arrivé juste à temps pour aider à la naissance des Trois Princesses du Ruwenda, puis raconta comment avait grandi chacune des jeunes filles, comment chacune s'était mise en quête de son talisman magique et l'avait trouvé.

La vieille gouvernante nyssomu était sur le point de narrer comment avait été sauvé le Ruwenda quand l'Archimage Haramis ouvrit la porte de la chambre forte.

— Mes sœurs... Venez avec moi.

Kadiya se mit debout d'un bond, le visage en feu.

— Hara ! Nous apportes-tu une bonne nouvelle ?

— Pose ton épée, Kadi. Tu auras besoin d'une autre arme pour le combat qui se prépare.

L'Archimage était presque aussi pâle qu'une sindona. De sa silhouette découpée dans l'encadrement de la porte émanait un faible rayonnement irisé. Elle avait un air étrange, et même inquiétant.

— Nous n'avons donc pas remporté la bataille ? s'exclama la reine Anigel, atterrée.

— L'armée des pirates en déroute fuit vers le port, répondit Haramis. Antar et ses hommes talonnent les traînards. Quant à Ledavardis, le roi du Raktum, il est en ce moment même le prisonnier de lord Penapat et de ses chevaliers...

Niki et Jan poussèrent un cri de triomphe.

— ... mais la bataille n'est pas gagnée pour autant, poursuivit Haramis. Il reste Orogastus. J'ai fait intervenir les sindonas. Mais il est en train de les détruire rapidement, et il est temps que nous l'affrontions. Venez avec moi tout de suite. Vous n'aurez besoin que de vos amulettes.

Kadiya ôta son ceinturon. La Reine se débarrassa d'un manteau lourd et encombrant. Elles traversèrent en toute hâte la salle d'audience vide, passèrent devant l'antichambre, puis débouchèrent dans le vaste vestibule en haut du grand escalier.

— Grands Dieux ! souffla la Reine.

Kadiya resta muette, tant le spectacle qui s'offrait à leurs yeux était étrange et effroyable. L'énorme salle, d'une bonne centaine d'aunes en longueur et en largeur, était pleine de fumée. Des torchères murales brûlaient, sinistres, entre les antiques bannières accrochées à leurs hampes. Le sol était jonché de corps et parsemé de centaines de crânes humains, ressemblant à des fruits blancs tachés de rouge, tombés de quelque arbre invisible.

Des éclairs aveuglants provenaient du côté de la salle à l'ouest de l'escalier. Kadiya et Anigel virent de pâles silhouettes fantomatiques massées épaule contre épaule de ce côté-là. Des sindonas — peut-être une centaine, peut-être moins. Le sorcier se trouvait sans doute parmi elles, mais il demeurait invisible.

Haramis éleva son talisman.

— Restez près de moi, ordonna-t-elle aux autres. Prenez le Trillium Noir à la main. Bannissez toute peur, tout désespoir, tout ce qui a pu ternir votre amour. Donnez-vous librement l'une à l'autre, et à moi. Ayez confiance... Puis suivez-moi.

Kadiya et Anigel se placèrent de chaque côté d'Haramis au centre de l'escalier. L'obscurité et la fumée se dissipèrent soudain et la grande salle parut inondée d'une lumière crue. Elles virent distinctement Orogastus. Il portait sa tenue de l'Etoile et agrippait l'Œil Incandescent Trilobé par la lame émoussée. Il serrait celle-ci si fort que le métal sombre lui avait entamé la chair et que ses mains étaient couvertes de sang. Les yeux furieux du talisman jetaient des éclairs verts, dorés, blancs. Et à chaque triple éclair une sindona disparaissait avec grand bruit.

Des fragments de statues détruites jonchaient le sol autour du sorcier, telles de grossières boules de neige. Trois rangs de sindonas l'encerclaient. Les sentinelles couronnées les plus proches n'étaient qu'à six pas de lui. Chacune tenait un crâne doré devant elle. Elles étaient immobiles, semblaient impuissantes, et Orogastus pivotait sur lui-même, les pulvérisant de tous côtés.

La Reine et la Dame des Yeux se sentirent soudain soulevées dans les airs, et pourtant elles savaient qu'elles n'avaient pas bougé de la large marche sur laquelle elles se tenaient. En compagnie d'Haramis, elles se retrouvèrent à la verticale d'Orogastus, et baissèrent les yeux vers lui.

Il leva les yeux et les vit. De son visage, à demi caché par le masque, dardaient les rayons d'une grande étoile argentée. Il entrouvrit les lèvres et ne cria qu'un seul mot. « Haramis ! »

Je suis là. Nous sommes là. Nous devons en finir.

Orogastus leva vers elle l'Œil Incandescent Trilobé, prêt à lui donner l'ordre d'anéantir le Trillium

Vivant. Mais il hésita, se rappelant ce qui s'était déjà passé : l'échec du talisman l'avait forcé à lâcher ce dernier. S'il le lâchait à présent, les sindonas se jetteraient sur lui aussitôt et l'écraseraient de leurs corps massifs.

Sa volonté serait-elle assez forte cette fois-ci pour la tuer ? La fois précédente, il avait manqué de concentration, troublé par son maudit amour pour elle. Mais aujourd'hui l'un d'entre eux allait mourir...

Mais mourrait-il, lui ?

Une terreur paralysante s'empara de lui. Non ! Elle ne le tuerait pas. Elle ferait pis : elle l'enterrerait vivant dans le Gouffre de Captivité, dans les entrailles de la terre. La Cynosure l'y attirerait, tout comme elle l'avait attiré jusqu'au Kimilon, et il resterait emprisonné là jusqu'à la fin de ses jours.

« Non ! » hurla-t-il. « Il n'en est pas question ! » Brandissant le talisman au-dessus de la tête, il vida son esprit de toute pensée, puis formula l'ordre.

Kadiya, Anigel, serrez-vous contre moi avec toute la force de votre amour, dit l'Archimage. *Car nous devons retourner contre lui ce qu'il veut déchaîner contre nous.*

Le pommeau de l'Œil Incandescent Trilobé parut enfler jusqu'à des proportions titanesques, dissimulant l'Homme de l'Étoile qui se trouvait en dessous. Les trois femmes virent l'œil humain marron, l'œil doré des Peuples, et l'œil bleu argent des Disparus, les dévisager un court instant. Puis les yeux subirent une transformation progressive. Ils devinrent trois Lunes dorées, lesquelles furent peu à peu éclipsées par l'obscurité, puis se muèrent en globes noirs, cernés d'un halo doré. Les globes se transformèrent à leur tour en une grande Fleur à trois pétales couleur de nuit. Debout en son centre doré se tenait un homme, et sur les pétales du Trillium Noir se trouvaient trois femmes.

L'homme brandissait une épée sombre. De ses yeux jaillirent des rayons d'une lumière blanche éclatante. Il énonça distinctement : *Frappe-les toutes. Frappe de mort le Trillium Vivant.*

Les énergies magiques fusèrent.

Du centre de la Fleur où flamboyait maintenant l'étoile émergea un entonnoir tournoyant, un tourbillon de lumière. Avant qu'il ne les engouffre tous, ils virent le Trillium lui-même se scinder en trois : une forme dorée, une verte, une blanche, chacune dotée d'un cœur étoilé. Ils furent enveloppés d'une fantastique clarté et perçurent un grondement. Ils eurent l'impression d'être culbutés, de traverser les airs comme des feuilles, tandis qu'une tempête d'étincelles tricolores faisait rage autour d'eux.

« L'amour est non seulement permis, mais il est nécessaire », déclara l'Archimage de la Mer.

« Il est aussi fort importun », déclara l'Archimage du Firmament.

Il y avait quelque chose devant eux dans le tourbillon de lumière. L'objet, noir comme l'encre, avait une forme hexagonale. Emportés par la bourrasque, ils se précipitaient dessus. Il devint immense, et le bruit assourdissant devint insupportable.

« N'ayez pas peur ! » dit l'Archimage de la Terre.

Mais j'ai peur ! Si peur...

Haramis, Kadiya et Anigel restèrent hébétées par le silence.

Debout en rang dans l'escalier.

Haramis entre ses sœurs, tête penchée, les bras ballants, l'ambre de son talisman sur la poitrine palpitant au rythme de son cœur.

Leurs amulettes, lumineuses, palpitant elles aussi.

Vivantes.

Kadiya poussa un grand soupir. Elle descendit l'escalier, suivie d'Anigel, et se faufila avec précaution entre les cadavres vers les sindonas. Il en restait moins de deux douzaines. Toujours parfaitement disposées en cercle, elles tenaient encore les crânes dorés devant elles et semblaient sourire d'un air serein.

Au centre du cercle se trouvait l'Œil Incandescent Trilobé, et rien d'autre.

— C'était mon talisman, murmura Kadiya. Puis il lui a appartenu. A qui appartient-il maintenant ?

Mais les Sentinelles de l'Arrêt de Mort gardèrent le silence. Leurs formes devinrent aussi inconsistantes que de la brume, et finirent par se volatiliser.

— Je suppose que le sorcier a dû cacher le coffre étoilé quelque part, dit Anigel. Nous allons sans doute le trouver, et tu pourras alors utiliser de nouveau ton talisman.

— Je ne sais pas si je tiens à m'en servir de nouveau, dit la Dame des Yeux.

Anigel avait les yeux larmoyants — peut-être à cause de la fumée.

— Moi, je suis certaine de ne plus vouloir utiliser le mien.

Elles cherchèrent Haramis, mais celle-ci avait disparu. Il n'y avait plus personne dans la grande salle.

— Sortons à l'air libre, dit Kadiya en prenant sa sœur par la main.

Elles franchirent ensemble la porte ouest du donjon et sortirent dans la cour. Le soleil y brillait, l'air y était étonnamment doux et chaud. Une foule de chevaliers et de soldats laboruwendiens couverts de sang et de blessures les accueillirent avec des cris de joie.

— L'ennemi a tourné casaque, s'écria lord Penapat. Jusqu'au dernier homme... Sauf un !

Et la foule s'écarta pour laisser voir le roi Ledavardis du Raktum assis sur un montoir en pierre.

Il se leva, sourit avec gentillesse, s'inclina et dit :

— Le Roitelet Lutin implore la pitié de la reine Anigel ainsi que de la Dame des Yeux, et donne sa reddition.

— Vous avez traité avec bienveillance mes enfants emprisonnés, dit Anigel. Je vous traiterai semblablement. Je veux à présent que vous quittiez mon pays.

— C'est... C'est tout ? s'enquit Ledavardis stupéfait.

La Reine hocha la tête, puis s'adressa à Penapat :

— Prenez vos hommes, escortez le Roi du Raktum jusqu'à un bateau, et veillez à ce qu'il parte.

Il y eut des murmures, mais ensuite la plupart des guerriers se mirent à rire, et se dirigèrent vers la porte nord du palais.

La reine Anigel semblait ne pas voir les morts qui jonchaient le sol de tous côtés, ni le sang, ni les ruines du palais de Derorguila. Comme en rêve, elle leva les yeux vers le ciel bleu, où filaient quelques nuages blancs. C'était un ciel de Saison Sèche, et un vent chaud soufflait de la mer.

— Kadi..., finit-elle par dire. Je crois que le monde a retrouvé son équilibre.

— Tu as peut-être raison. Prions qu'il en soit ainsi. Haramis saura nous le dire avec certitude, mais je crois que nous ferions mieux d'attendre avant de lui en parler.

— Oui. Elle doit être très fatiguée.

Kadiya se redressa.

— Il reste beaucoup à faire. Nous devons soigner les blessés, donner à manger et à boire à nos combattants victorieux. Je vais monter en haut du donjon afin de réunir les dames de la noblesse et tous les valets que je pourrai trouver. Ensuite nous pourrons...

Elle s'interrompit. On entendit sonner de la trompette, des cris de joie, le martèlement de sabots.

— Antar ! s'écria la Reine. Antar !

Elle courut vers l'avant-cour, suivie de près par Kadiya. Elles virent le roi du Laboruwenda et ses hommes franchir le portail principal. Et derrière le Roi était assise une petite silhouette qu'Anigel prit d'abord pour Jagun ou Shiki. Mais ces deux vaillants aborigènes chevauchaient leur propre monture juste dans le sillage d'Antar, agitant les mains.

— Mais qui donc est avec lui ? lança Anigel à sa sœur.

Elle s'arrêta, essoufflée. Le Roi l'aperçut, éperonna sa bête, et galopa dans sa direction. La Reine vit enfin qui était assis derrière son mari et se mit à sangloter de joie.

— Mon petit ! Oh, Dieu merci ! Tolo ! Mes chéris, vous êtes tous les deux sains et saufs !

Le Roi, souriant, ramena sa monture au pas, sauta à terre, et prit sa femme dans les bras.

Kadiya, mains sur les hanches, regarda le prince Tolivar d'un œil ironique.

— Eh bien, jeune homme, tu dois avoir beaucoup de choses à nous raconter, hein ?

Tolo haussa les épaules, tandis que Kadiya le déposait à terre.

— Il ne s'est pas passé grand-chose. J'ai échappé au sorcier pendant le tremblement de terre. C'est Papa qui m'a trouvé. Comme par magie.

— Nous avons notre content de magie pour un bon bout de temps, dit la Reine à son fils. Et je suppose que toi aussi.

— Oui, Maman, acquiesça le prince Tolivar.

Elle le serra contre elle et l'embrassa, puis son père le prit à son tour dans les bras. Et tous se dirigèrent lentement vers le Donjon de Zotopanion, baigné de soleil.

Haramis gravit l'escalier. Aux étages supérieurs de la forteresse du palais, les civils commençaient à sortir de leurs tanières. L'Archimage passa un court instant au deuxième étage à rassurer ceux qu'elle rencontra, leur expliquant que la guerre était finie et que le Laboruwenda était victorieux. Puis elle demanda à être conduite dans un endroit calme pour pouvoir se reposer. Une dame âgée de la noblesse l'emmena dans ses propres appartements, l'assurant qu'elle serait honorée que l'Archimage s'y reposât. Après l'avoir remerciée, Haramis ferma la porte à clef avec reconnaissance.

L'appartement n'était pas très grand, et bien sûr les croisées avaient été brisées au cours du tremblement de terre. Mais la brise qui soufflait par les fenêtres sans carreaux était douce, le lit était sec, et Haramis sut qu'elle pourrait dormir.

Elle ôta ses souliers, desserra ses vêtements. Sur le point de s'allonger, elle se redressa soudain, s'avisant qu'une fois encore elle avait failli à sa mission. Elle devait être absolument certaine... certaine qu'il fût bien banni.

Elle prit son talisman pour la dernière fois de cette longue journée.

« Je veux voir le Gouffre de Captivité ».

La vision était difficile à interpréter, et il lui fallut du temps pour comprendre ce qu'elle voyait, un éboulis chaotique. Et lorsqu'elle comprit, elle était trop lasse pour en pleurer.

C'était dû au tremblement de terre, bien sûr. Le séisme avait frappé la totalité du Labornok et du Ruwenda. Le profond puits sous le Lieu du Savoir s'était effondré à la suite de la formidable secousse tellurique, enfouissant la caverne et la Cynosure sous un inimaginable amoncellement de pierres.

« Où... Où est Orogastus ? »

Il a pris le chemin des Disparus. Il n'est plus de ce monde.

Elle avait banni Orogastus dans cet enfer de pierres privé d'air sans savoir, et maintenant il était mort.

Iriane l'avait-elle su ? Ah, mais c'était une affaire qui concernait la Terre ! Même si la Dame Bleue avait su que le Gouffre s'était effondré, elle n'était nullement tenue d'en parler. Le sorcier était parti, et les principes des Archimages n'avaient pas été enfreints.

« C'est fini, chuchota-t-elle. Mais je regrette sincèrement qu'il ait eu si peur à la fin... Qui aurait cru qu'il aurait peur ? »

Elle ferma enfin les yeux, et s'endormit d'un sommeil plein de rêves.

EPILOGUE

Lorsque Orogastus s'éveilla, il faisait nuit autour de lui. Tous les os, tous les muscles de son corps le faisaient souffrir.

L'oreiller sous sa tête était doux. Surpris, il passa les doigts sur les couvertures. Elles étaient agréablement chaudes et soyeuses. Dans l'obscurité, il parvint à distinguer une haute forme oblongue à proximité. Mais il n'y avait sûrement pas de fenêtres dans l'horrible Gouffre de Captivité...

Il se dressa sur son séant, glissa hors du lit, et s'aperçut qu'il était nu. Il ne portait que le vieux pendentif de l'Etoile, accroché à une chaîne autour de son cou. La forme oblongue était bien une fenêtre, voilée de fins rideaux. Quand il les écarta, il eut le souffle coupé.

Des étoiles. Plus qu'il n'en avait jamais vu dans le ciel. Et elles ne jetaient pas une lueur blafarde clignotante, mais brillaient fixement de toutes les couleurs imaginables. Une triple rivière de minuscules étoiles pâles coulait entre les brillantes. Etaient-ce les constellations qu'il connaissait ?... Oui. Mais il ne les avait jamais vues aussi merveilleusement dessinées.

« Ainsi donc, je suis mort. » Il pivota sur lui-même, ahuri, et buta contre une petite chaise. La chambre était à présent illuminée par la lumière argentée des étoiles. Orogastus avisa une robe jetée sur la chaise et l'enfila machinalement.

Il semblait y avoir une porte au-delà du pied du lit. Claudiquant, il se dirigea vers celle-ci, mais se fit mal à un orteil en heurtant quelque chose par terre.

Un hexagone noir.

Il fut pris de vertige tout d'un coup. Il chancela et faillit tomber. Tenant d'une main une colonne du lit et le pendentif de l'Etoile de l'autre, il attendit que se dissipe cette vague de terreur mortelle. Puis il s'agenouilla et, prenant son courage à deux mains, ramassa l'objet noir en métal lisse. Celui-ci était plat et mesurait environ une demi-aune en largeur. La Grande Cynosure.

L'objet à la main, il ouvrit la porte.

Il se trouva dans un bureau confortable, croûlant sous les livres. Un très vieil homme au visage brun leva les yeux du livre qu'il était en train de lire, haussa un sourcil chenu, et attendit.

— Qui êtes-vous ? chuchota Orogastus. Et pourquoi...

Il tendit la Cynosure.

— Vous n'aurez pas besoin de cela, dit le vieillard. Jetez-la dans le coin là-bas. Puis venez vous asseoir. (Il désigna d'un geste un buffet poussiéreux.) Servez-vous à boire si vous le désirez. Ne vous formalisez pas de mes manières discourtoises. Je ne reçois guère. En fait, vous êtes mon premier visiteur depuis bien longtemps. Mais j'ai eu envie d'intervenir ! (Il gloussa d'un air entendu.) Très étrange. Mais c'est toute cette affaire qui est étrange.

Il reprit sa lecture, comme s'il eût été seul.

Au-dessus du buffet se trouvait une autre fenêtre donnant sur les étoiles. Seulement, il y avait autre chose qui flottait dans l'espace... On aurait dit une demi-lune resplendissante, bleu et blanc. Durant de longues minutes, Orogastus garda les yeux rivés dessus, sans dire un mot, sans comprendre.

— Vous vous habituerez à la vue, observa Denby Varcour. C'est l'un des grands atouts de cet endroit.

Marion Zimmer Bradley dans Le Livre de Poche

Les Dames du lac

La légende du roi Arthur et des chevaliers de la Table ronde n'avait, depuis longtemps, inspiré un roman d'une telle envergure, d'un pareil souffle. Merlin l'Enchanteur, Arthur et son invincible épée, Lancelot du Lac et ses vaillants compagnons, tous sont présents mais ce sont ici les femmes qui tiennent les premiers rôles : Viviane, la Dame du lac, Ygerne, duchesse de Cornouailles et mère d'Arthur, Guenièvre l'épouse de celui-ci, Morgane la fée, sœur et amante du grand roi... Cette épopée envoûtante relate la lutte sans merci de deux mondes inconciliables, celui des druides et des anciennes croyances défendant désespérément un paradis perdu et celui de la nouvelle religion chrétienne supplantant peu à peu rites et mystères enracinés au cœur de la Grande-Bretagne avant qu'elle ne devienne l'Angleterre.

Les Brumes d'Avalon
(Les Dames du lac, 2)

Grâce à la sagesse du roi Arthur et à Excalibur, son épée toute-puissante, grâce aussi à la bravoure des chevaliers de la Table Ronde, la paix règne enfin sur le royaume de la Grande-Bretagne, paix cependant précaire. Une lutte sans merci continue d'opposer les fidèles de l'antique culture druidique de la Dame du lac aux adeptes de plus en plus nombreux de la nouvelle religion chrétienne, prônée par les Romains. Seule la venue d'un héritier de la couronne pourrait peut-être consolider le trône et assurer l'avenir. Mais Morgane, prêtresse d'Avalon, Gwydion, son fils, né d'amours coupables avec le roi Arthur, Lancelot du lac, fidèle chevalier de cœur de la reine Guenièvre, ont-ils encore une chance d'accéder aux lumières secrètes de la sagesse et de l'amour ? Ne sont-ils pas plutôt sur le point d'entraîner dans l'abîme un roi, un royaume, toute une civilisation lentement broyée par un nouvel ordre du monde ? A moins qu'au tout dernier moment ne vienne à leur secours la force éblouissante et mystérieuse du Graal, porteur d'espoir pour tous les hommes de bonne volonté ?

La Trahison des dieux

Le récit légendaire de la guerre de Troie ressuscité par l'auteur des *Dames du lac*. La princesse Cassandre, fille du roi Priam, prêtresse du temple d'Apollon, a vu l'inexorable avenir : Hector tué par Achille, les Grecs vainqueurs après des années de siège, la ville à feu et à sang, en expiation de l'enlèvement d'Hélène. Mais comment détourner la marche du destin, comment surmonter l'aveuglement et l'inconséquence des hommes ? Ecartelée entre l'obéissance aux dieux et ses liens avec les humains, Cassandre assistera désespérée à l'accomplissement de la volonté divine. Passions amoureuses, fracas des batailles, héroïsme et violence des combats singuliers, intrigues de palais : l'épopée ancienne devient ici un fabuleux roman historique au rythme haletant, aux couleurs somptueuses.

La Colline du dernier adieu

A quinze ans, dans les forêts et les brumes de la terre britannique, Elane a vu surgir les aigles de l'envahisseur romain. Fille d'un druide farouchement attaché à l'indépendance de son peuple, promise au culte de la Déesse Mère, elle n'a jamais douté de son destin. Jusqu'au jour où, grâce à elle, le jeune Romain Gaïus échappe à la mort... Et sa vie en sera bouleversée. Bien des siècles avant le Roi Arthur, dans une terre habitée déjà par les enchantements de Merlin, la romancière mondialement reconnue des *Dames du lac* et des *Brumes d'Avalon* nous conte une histoire envoûtante et tragique, où se heurtent avec furie les passions de l'amour et de la guerre, où se dresse, entre l'histoire et la légende, l'inoubliable et frêle silhouette d'Elane...

La Princesse de la nuit

En 1791, avec *La Flûte enchantée*, Mozart donne à l'opéra mondial un de ses chefs-d'œuvre, naguère ressuscité au cinéma par Ingmar Bergman. C'est cette histoire envoûtante et mystérieuse, issue d'une légende orientale, que la romancière des *Dames du Lac* et de *La Trahison des dieux* fait revivre ici. Tamino s'est juré de délivrer la princesse Pamina, fille de la Reine de la Nuit, prisonnière du magicien Sarastro. Très vite, l'amour entre eux est réciproque, mais bien des épreuves attendent les deux jeunes gens avant que ne leur soit révélé le chemin de la Sagesse et de la Lumière... A cette histoire d'amour, l'une des plus belles jamais contées, Marion Zimmer Bradley restitue toute sa poésie et sa profondeur. Au travers de péripéties multiples, dans un climat de légende, nous découvrons un univers de mystères et de symboles, de secrets initiatiques que seule pouvait rendre aussi vivants une très grande dame de la littérature fantastique.

Les romans de science-fiction dans le Livre de Poche

Collection dirigée par Gérard Klein

Aldiss *Brian*
Le Printemps d'Helliconia
Helliconia, l'été
Le Monde vert
L'Autre Ile du Dr Moreau

Andrevon *Jean-Pierre*
Le Travail du furet
La Trace des rêves

Attanasia *A. A.*
Radix
L'Arc du rêve

Banks *Ian M.*
L'Homme des jeux
L'Usage des armes
Une forme de guerre

Bass *T.J.*
Le Dieu Baleine
Humanité et demie

Bayley *Barrington J.*
Le Rayon Zen

Bear *Greg*
Eon
Eternité
La Reine des anges

Benford *Gregory*
En chair étrangère
La Grande Rivière du ciel
Marées de lumière

Benford *G.* **et Brin** *D.*
Au cœur de la comète

Brin *David*
Jusqu'au cœur du soleil

Brunner *John*
A l'ouest du temps
Le Creuset du temps
Sur l'onde de choc
Eclipse totale
Les Dramaturges de Yan
Tous à Zanzibar
Les Productions du temps

Coney *Michael*
La locomotive à vapeur céleste
Les Dieux du Grand-Loin
La Grande Course de chars à voiles
Charisme
Le Gnome

Crowley *John*
L'Animal découronné

Curval *Philippe*
En souvenir du futur
Cette chère humanité

Delany *Samuel*
Nova
La Ballade de Bêta-2
Babel 17
L'Intersection Einstein

Devon *G.*
Désirs inavouables

Dick *Philip K.*
La Brèche dans l'espace
Le Profanateur

Disch *Thomas*
Génocides

Farmer *Philip José*
LE FLEUVE DE L'ETERNITE :
Le Monde du Fleuve
Le Bateau fabuleux
Le Noir Dessein
Le Labyrinthe magique
Les Dieux du Fleuve

Forward *Robert*
L'Œuf du dragon
Le Vol de la libellule

Herbert *Frank*
L'Etoile et le Fouet

Herbert *Frank* et *Brian*
L'Homme de deux mondes

Herbert *Franck* et **Ransom** *Bill*
Le Facteur ascension

Hjortsberg *William*
Matières grises

Jeury *Michel*
L'Orbe et la Roue
Le Temps incertain
Le Jeu du monde
Les Singes du temps

Jouanne *Emmanuel*
Nuage

Klein *Gérard*
Les Seigneurs de la Guerre
La Loi du talion

Leiber *Fritz*
Le Vagabond

McDonald *Ian*
Desolation Road
Etat de rêve

McIntyre *Vonda*
Le Serpent du rêve

McQuay *Mike*
Mémoire

O'Donnell *Kevin*
Ora : cle

Priest *Christopher*
Le Don

Reed *Robert*
La Jungle hormone
Le Lait de la chimère

Roberts *Keith*
Pavane
Molly Zero
Survol

Roszak *Theodore*
Puces

Ruellan *André*
Le Disque rayé

Sargent *Pamela*
Le Rivage des femmes

Shaw *Bob*
Les Yeux du temps

Sheckley *Robert*
Dramoclès
La Dimension des miracles
Echange standard

Sheffield *Charles*
Les Chroniques de McAndrew
La Toile entre les mondes

Shepard *Lucius*
Les Yeux électriques
La Vie en temps de guerre

Silverberg *Robert*
L'Oreille interne
Le Temps des changements
Les Profondeurs de la Terre
Les Monades urbaines
Chroniques de Majipoor
Le Maître du hasard
L'Etoile des Gitans
Shadrak dans la fournaise
Jusqu'aux portes de la vie
A la fin de l'hiver
La Reine du printemps
La Face des eaux
Les Royaumes du mur

Skal *David J.*
Les Croque-morts

Spinrad *Norman*
Rock Machine
L'Enfant de la fortune

Steiner *Kurt*
Les Enfants de l'Histoire
Les Océans du ciel

Vonarburg *Elisabeth*
Chroniques du pays des mères

Dans la collection « Les Maîtres de la science-fiction » :

Histoires d'extra-terrestres
Histoires de planètes
Histoires de voyages dans le temps
Histoires de robots

Composition réalisée par NORD COMPO

IMPRIMÉ EN FRANCE PAR BRODARD ET TAUPIN
Usine de La Flèche (Sarthe).
LIBRAIRIE GÉNÉRALE FRANÇAISE - 43, quai de Grenelle - 75015 Paris
ISBN : 2 - 253 - 14394 - 4

31/4394/8